千年學府文庫

文選學

駱鴻凱 著
傅湘龍 整理

湖南大學出版社·長沙

圖書在版編目（CIP）數據

文選學/駱鴻凱著；傅湘龍整理．—長沙：湖南大學出版社，2023.5
（千年學府文庫）
ISBN 978-7-5667-2807-4

Ⅰ.①文… Ⅱ.①駱… ②傅… Ⅲ.①《文选》—古典文学研究
Ⅳ.①I206.2

中國版本圖書館 CIP 數據核字（2022）第 253495 號

文選學

WENXUAN XUE

著　　者：駱鴻凱
整　　理：傅湘龍
責任編輯：王桂貞
印　　裝：長沙超峰印刷有限公司
開　　本：787 mm×1092 mm　1/16　　印　　張：24.75　　字　　數：552 千字
版　　次：2023 年 5 月第 1 版　　印　　次：2023 年 5 月第 1 次印刷
書　　號：ISBN 978-7-5667-2807-4
定　　價：128.00 圓

出 版 人：李文邦
出版發行：湖南大學出版社
社　　址：湖南·長沙·岳麓山　　郵　　編：410082
電　　話：0731-88822559（營銷部），88821594（編輯室），88821006（出版部）
傳　　真：0731-88822264（總編室）
網　　址：http：//www.hnupress.com
電子郵箱：wanguia@126.com

ISBN 978-7-5667-2807-4
9 787566 728074 >

『千年學府文庫』編輯出版領導小組

組　長：鄧　衛　段獻忠

成　員：曹升元　陳　偉　謝　赤
于祥成　譚蔚泓　徐國正
李樹濤　蔣健暉　汪衛斌

出版説明

湖南大學歷史上承嶽麓書院，書院肇建於公元九七六年，爲我國古代四大書院之一，歷經宋、元、明、清，朝代更迭，學脉綿延，弦歌不絶。一九〇三年，書院改制爲湖南高等學堂。清末民初，學制迭經變遷，黌宫數度更易。一九二六年定名爲湖南大學，一九三七年改歸國立。一九五三年全國高校院系調整，學校更名爲中南土木建築學院，一九五九年恢復湖南大學校名。享有千年學府之盛譽，承載着我國教育的發展歷程和厚重的文化積澱，是中國教育史、學術史、思想史、文化史的一個縮影。

惟楚有材，於斯爲盛。從嶽麓書院到湖南大學，一批批學者先賢在此教書育人、著書立説，人才之盛，達成之功，史有明徵，班班可考。爲表彰前賢之述作，昭示後生以軌節，開啓學海津梁，溝通中西文明，弘揚大學之道，傳承中華文化，值此嶽麓書院創建一千零四十周年暨湖南大學定名九十周年華誕之際，中共湖南大學委員會、湖南大學决定編纂出版『千年學府文庫』。兹謹述編纂原則如次：

一、以『成就人才，傳道濟民』爲主綫，以全面呈現千年學府發展歷程、辦學模式、師生成就、學術貢獻爲目標，收録反映千年學府學制變遷與文化傳承的學術著述。

二、選録人物係湖南大學及前嶽麓書院、時務學堂、湖南高等學堂、高等實業學堂、優級師範學堂、高等師範學校、公立工業專門學校、法政專門學校、商業專門學校、國立商學院、國立師範學院、省立克强學院、私立民國大學、省立音樂專科學校、中南土木建築學院、湖南工學院、湖南財經學院之卓有成效并具有重要影響之師生員工。已刊者選印，未刻者徵求，切忌貪多，惟期有用。

三、收録文獻，上起九七六年，下訖一九七六年，既合千年之數，更以人事皆需論定。

四、收録文獻，以學術著述、校史文獻、詩文日記爲主，旁及其他，力求精當，不務恢張。

五、收録文獻，有原刻者求原刻影印，無原刻者求善本精印，無善本者由本校校印。排版形式根據著述年代而定，古代著作采用繁體竪排；一九一九年至中華人民共和國成立前，原則上簡體横排，根據版本情況，亦可用繁體竪排，規範標點；中華人民共和國成立後的著作，用簡體横排。

六、文獻整理，只根據底本與參校本、參校資料等進行校勘標點，對底本文字之訛、奪、衍、倒作正、補、删、乙，有需要説明的問題，則作出校記，一般不作注釋。

七、收録文獻，均由整理者撰寫前言一篇，簡述作者生平、是書主旨、學術價值、版本源流及所用底本等。

八、『千年學府文庫』圖書，尚待徵求選定，徵求所得，擬隨時付印，故暫無總目。

『千年學府文庫』卷帙浩繁，上下千載，疏漏缺失，在所難免，尚祈社會各界批評指正。

『千年學府文庫』編輯出版委員會謹識

二〇一六年十月

前言

論及『選學』發展歷史，駱鴻凱《文選學》無疑是現代文選學的經典著作，學者傅剛認爲『標志著《文選》研究的新開端』，許逸民亦推崇曰：『是中國「選學」研究的一道分水嶺。正是這部著作第一次從整體上對《文選》加以系統、全面的評介，作者不僅對《文選》自身的纂集、義例、源流、體式有獨到的見解，還對如何研讀《文選》指出了門徑。如果要把「選學」研究劃分爲兩個不同時期的話，我認爲駱氏《文選學》出版以前可稱爲「傳統選學」時期，以後即當視爲「新選學」時期。』此後學界儘管對駱鴻凱、周貞亮同名著作的内容孰先孰後的問題存在分歧，但均認同此書是二十世紀傳統國學向現代學科轉化的重要標志，津逮後學至深。

駱鴻凱（一八九二至一九五五），一名蒼霖，字紹賓，號彦均，長沙沱市（今屬望城區）人。駱家世代經商，以經營藥鋪爲主，在當地頗有名望。根據馬積高的記載，駱鴻凱年少嫻熟『四書』『五經』及古詩文。一九一四年考入北京高等師範學校英語部。次年，轉入北京大學文科中國文學門。從一九二一年起，駱先生一直在高等學校任教，歷任南開大學教員，北京師範大學及北京女子師範大學講師，暨南大學、武漢大學、河北大學教授。一九三二年返湘，任湖南大學教授，并擔任中國文學系主任。一九四一年改任國立師範學院教授，曾兼任中山大學師範學院國文系主任。新中國成立後，國師并入湖南大學，他復任湖南大學教授。一九五三年院系調整，在原湖南大學文理科的基礎上建立湖南師範學院，他轉入該院任教，直至逝世。在湖南大學任教期間，開設了『聲韵學』『訓詁學』『文選學』『楚辭』『文始研究』『尚書研究』『毛詩研究』等課程，湖南圖書館、湖南師範大學圖書館等館藏機構存録其《爾雅學》、《文始箋》、《初文彙編》石印本、《文選學附編》、《聲韵學》、《楚辭文句集釋》、《離騷論文六篇》鉛印本，署題均有『湖南大學』字樣。

作爲著名文字學家黄侃的高足，駱鴻凱在學術思想、治學方法上深受黄氏影響，平生潛研經、子，博涉文、史，尤精於古文字、聲韵、訓詁及《楚辭》《文選》之學。早年治學特重家法，於文字宗許慎《説文解字》，聲韵宗本師黄君，訓詁宗《爾雅》及漢人經注，《楚辭》宗王逸，《文選》則崇昭明之旨趣而尊李善之詮注，倘非證據確切不移，不輕改易所尊各家之説。故早年著述，大抵以旁徵博引、發明古義爲主，立説創義，至爲矜慎。（見馬積高所撰駱鴻凱生平）

關於《文選學》，駱鴻凱自言『戊辰己巳間，教授武漢大學，有《文選講疏》之作』。『戊辰己巳間，教授武漢大學。主者以《文選》設科，凱承其乏，乃爲諸生講述《文選》纂集、義例，及前代研治『選學』者之成績，殿以《文選讀法》十六事，其有未備，別詳附篇』。可以説，一九二八至一九二九年執教武漢大學期間，駱鴻凱已基本完成《文選學》的框架。一九三二年十月任職湖南大學後，反復修改《文選學》書稿，現存湖南大學鉛印本上下二册圈點塗抹之處比比皆是，所涉有調整結構、增補内容、校改誤字等，可見駱鴻凱治學從教之用心與認真。

《文選學》的主體篇章結構分爲纂集、義例、源流、體式、撰人、撰人事迹生卒著述考、徵故、評騭、讀選導言、餘論凡十章，對《文選》進行了全面系統的論述。『纂集』叙述昭明太子的生平以及《文選》成書的背景，辨正有關蕭統聚集『高齋十學士』在襄陽編書等訛誤。認爲是書得益於自西晉至梁代日漸興盛的編纂總集的文化氛圍，由蕭統手自編訂或與臣僚綴輯而成。『義例』援引阮元《書文選序後》的學説，闡揚蕭統《文選》『事出於沉思，義歸乎翰藻』的選文總則，論及《文選》的選録標準與範圍，辨析是書去取之失凡六，計有『入選之文有爲贋品者』『入選之文有事與人不足録者』『入選之文道理事理文理俱無者』『入選之文失於滑澤者』『未選之文有宜取者』『未選之文從而爲之詞者』；編次文辭之失亦有五，如『增删古人之文』『割裂古人之文代造題目』『誤析賦首或摘史辭爲序』『標題之誤』『叙次之失』。《文選學》第三章『源流』梳理歷代《文選》研究的發展脉絡，將選學研究厘分爲注釋、辭章、廣續、讎校、評論五派，又對選學興盛、名家輩出、成果豐碩的唐代與清代加以詳細論述，堪稱一部《文選》研究小史。『體式』榷論《文選》的文體分類，列爲三十八體。因劉勰《文心雕龍》對文體的論述非常精詳，駱鴻凱頗爲推崇，故常常引用劉勰的觀點來詮釋，使《文選》《文心雕龍》關於文體分類而呈現的相互關係至爲鮮明。『撰人』『撰人事迹生卒著述考』則基於文史研究慣常采用的知人論世之義，以汪師韓《文選理學權輿》之《撰人》一章爲基礎，對《文選》所録一百三十位作家的生平、仕履及著述加以考證。對於有争議的作品，彙集諸説，斷以己意，許多考證本諸實事求是，切實可信。同時編撰相關資料目録，以便讀者檢尋。『徵故』分别從賦、詩、雜文三類輯録『時流品藻，史臣論斷』『藝苑珍談，選樓故實』，詳細列舉有關作家作品的典故。『評騭』輯録評論資料，其不滿方成珪《文選集成》、于光華《文選集評》等泛采雜徵，故而主要彙輯張惠言評賦、王闓運評詩、李兆洛與譚獻評雜文的言論。『讀選導言』十六則，指導閲讀研習《文選》的門徑，强調需具備訓詁、聲韵、名物、句讀、文律、史實、地理、文體、文史乃至玄學内典之知識，并從文體、風格、駢文、通變、五言詩之流變、作家品德及才思、作家比較研究等角度述及展開研究的要領。駱鴻凱深受其業師黃侃的影響，對《文選》《文心雕龍》之相互關聯篤信不疑，『讀選導言』實際上成爲以《文心雕龍》指導閲讀《文選》的説明書。『餘論』分爲『徵史』『指瑕』『廣選』三門，考察《文選》作品出現在正史中的篇目，以及入選作品的數種弊端。此書末尾《選學書著録》，分全注本、删注本、校訂補正之屬、音義訓詁之屬、評文之屬、摘類之屬、選賦選詩之屬、補遺廣續之屬，列舉《文選》相關書目，足資參考。

《文選學》成書後，民國二十六年（一九三七）、二十八年（一九三九）、三十年（一九四一）先後在中華書局印行，短短數年幾經印刷，廣爲流傳。二十世紀八十年代，馬積高根據駱鴻凱在湖南大學任教時的講義稿，增補《文選分體研究舉例》《文選專家研究舉例》，從而使《文選學》體系與内容更臻完善。是書於一九八九年由中華書局出版，二〇一五年再版時編輯部對專名綫、頓號漏標誤用等情况作了修訂。其他如羅慧據民國二十六年（一九三七）版重加點校，收録於《民國文存》第一輯，由知識産權出版社於二〇一三年出版。陳松青重新調整《文選學》附編部分，使内在層級更加明晰；并簡化原書繁複的版式，使閲讀更加順暢；此外，對文字訛誤亦作了部分修訂，二〇一八年由湖南師範大學出版社出版。這些已刊本，爲本書的整理奠定了厚實的基礎。

誠如馬積高整理時所言，講義稿錯字、脱字頗多，且駱鴻凱的論述往往斟酌文義，以意校定。穆克宏認爲《文選學》引文删節改動而不加標記的現象頗爲普遍。此次湖南大學出版社將駱鴻凱《文選學》列入『千年學府文庫』，爲避免與已出書稿的重複，整理者主要核查原始文獻，逐一校改引文的訛誤。至於引文脱漏、删改，或因文獻版本差异（如《文心雕龍》）而存在的問題等，容待以後再作修訂。本書整理過程中，劉萬磊、劉心宇兩位優秀學子幫忙初校，特此致謝。

傅湘龍

二〇二二年九月

整理凡例

一、本書以馬積高整理的中華書局一九八九年版爲底本進行整理，并將一九三七年中華書局版作爲參校本。

二、駱著引用文獻，凡有訛誤的文字，均采用頁下注的方式標注，这样既尊重原著，亦便於讀者覽鑒。

三、駱著開篇之『叙』，頁下注層級頗多，括號中的按語均爲整理者所加。

四、駱著引文中常見之混用字，如『辭』『詞』等，則徑加訂正，不再出校。

五、駱著引文脱漏、删改之處較爲普遍，本書不出校。

六、部分异體字，依據《國家語言文字規範標準》進行了統一。但涉及人名、地名以及容易産生質疑的异體字，則不加改動。

目録

文選學

敘曰：研治『選學』，厥塗有二：李匡乂《資暇録》，辨寒鱉與芳蓮〔一〕。邱光庭《兼明書》，訂雲窾與藻棁〔二〕。脚麟之賦，旁證《説文》〔三〕。天鷄之問，博涉《爾雅》〔四〕，以及繚絙同亘〔五〕，骨母爲胥〔六〕；張釋釋卿之殊〔七〕，桓譚譚拾之誤〔八〕，莫不甄明异同，是正違失。此考據家之所有事也。清暉望舒，繽紛入用。王孫驛使，雅故相仍〔九〕。翠流之詩，則冥符乎茂實〔一〇〕。紫脱之表，則影寫乎麗章〔一一〕。

〔一〕李匡乂《資暇録》曰：曹植樂府『寒鱉炙熊蹯』，李氏云：『今之臘肉謂之寒』，復引『羊淹鷄寒』爲證。又李氏以上句『膾鯉臇胎鰕』，因注詩曰：『炰鱉膾鯉』，五臣遂改寒鱉爲炰鱉，以就《毛詩》之句。又子建《七啓》『寒芳苓之巢龜』，五臣亦改寒爲搴，何以對下句之膾耶？

〔二〕邱光庭《兼明書》曰：《靈光賦》『雲窾藻棁』，臣向曰：『棁，叉手也。』不依《爾雅》之文，臆爲其説。且上文枝撑即叉手也，何得更以棁爲叉手，違經背義，乖繆之甚。

〔三〕方以智《通雅》曰：漢武帝獲麟，實鹿之异者。相如賦曰『射麋脚麟』。此麟并州界有之，大小如鹿。羅願指此爲麟，皆本《説文》。

〔四〕楊大年《談苑》曰：淮南張佖知貢舉，有進士白試官云：『《爾雅》天鷄有二，未詳（按，作「知」）孰是？』佖不能對，亟檢（按，作『取』）《爾雅·釋蟲》有『螒，天鷄』、《釋鳥》有『鶾，天鷄』。江東士人深於學問，有如此者。

〔五〕繚絙見《西京賦》注。

〔六〕骨母見《七發》注。

〔七〕張釋釋卿見《宦者傳論》注。

〔八〕桓譚譚拾見《廣絶交論》注。

〔九〕陸務觀《老學庵筆記》曰：國初尚《文選》。當時文人專意此書，故草必稱王孫，梅必稱驛使，月必稱望舒，山水必稱清暉。方其盛時，士子至爲之語曰：『《文選》爛，秀才半。』

〔一〇〕王應麟《困學紀聞》曰：陸務觀記東坡詩『兩朵姣紅翠欲流』，謂蜀語鮮翠，猶言鮮明也。愚按嵇叔夜《琴賦》云『新衣翠粲』，李周翰曰（按，作『注』）：『翠粲，鮮色。』李善注引《子虛賦》『翕呷翠粲』，揖曰：『翠粲，被衣聲。』其義一也。以鮮明爲翠，乃古語。案錢大昕《養新録》云，《説文》：『滜，新也。』與翠同音，故謂鮮新爲鮮翠。

〔一一〕方以智《通雅》曰：王融《曲水詩序》『紫脱華，朱英秀』。《文選》注，瑞草也。宋人進芝賀表用之。

岑文本擬《劇秦》之篇〔一〕，白太傅襲《咏史》之句〔二〕。此則詞章家之所有事也。前者主於徵實，後者謂之課虛〔三〕。事雖相資，功有偏至。自古善用《選》理以入文者，唐有子美，宋有景文。子美熟精《選》理，景文小名選哥，又嘗自言手鈔《文選》三過。近人李審言著書，於《杜詩》證《選》，考之已詳。景文之集，箋者闕如。間嘗取而誦之，閎贍則高齋學士之選，淵洽則江都記室之遺，字必有徵，采非徒縟，歐公以札闥譏之，非知言也。《談苑》楊大年稱李商隱爲文，多檢閲書册，左右鱗次，號獺祭魚。當時治《選》學者，蓋亦莫不如是。王若《選腴》，蘇易簡《雙字類要》之屬〔四〕，大都文人薰香摘艷，矜爲枕秘，以備貧糧。斯事雖細，亦有裨於文用，未可以餖飣薄之也。今之所述，首叙《文選》之義例，以及往昔治斯學者之塗轍，明《選》學之源流也。末篇所述，則以文史、文體、文術諸方，析觀斯集，爲研習《文選》者導之津梁也。遠自姬籙，訖於梁初，時更七代，人逾百二。玄圃積玉，擷其菁英。鄧林千枝，標其靈秀。藝苑矜爲瓌寶，英髦奉作準繩。昔劉彦和言，才高者菀其鴻裁，中巧者獵其艷詞，吟諷者銜其山川，童蒙者拾其香草。其諸君子，亦有樂於斯歟。

戊辰十一月長沙駱鴻凱自叙。

〔一〕《困學紀聞》曰：岑文本擬《劇秦美新》，雖不作可也。班孟堅《典引》師其意，南豐《説非异》師其辭。案南豐《説非异》一篇，見《聖宋文選》，長洲顧氏録入《南豐集外文》。閻若璩疑『説非异』三字有誤，蓋未見曾氏原文。

〔二〕洪邁《容齋續筆》曰：左太冲《咏史詩》曰：『鬱鬱澗底松，離離山上苗。以彼徑寸莖，蔭此百尺條。世胄躡高位，英俊沉下僚。地勢使之然，由來非一朝。』白樂天《續古》一篇全用之，曰：『雨露長纖草，山苗高出雲。風雪折勁木，澗松摧爲薪。風摧此何意，雨長彼何因。百尺澗底死，寸莖山上春。』語意皆出太冲。

〔三〕張之洞《輶軒語》曰：選學有徵實、課虛兩義。考典實，求訓詁，校古書，此爲學計。摹（按，作『摩』）高格，獵奇采，此爲文計。

〔四〕陳振孫《書録解題》曰：《選腴》五卷，以五聲韵編輯（按，作『集』）《文選》中字。《文選雙字類要》三卷，摘取雙字以類編集。

纂集第一

文籍日興，散無友〔二〕紀，於是總集作焉。或以防放佚，使零篇殘什，并有所歸；或以存鑒別，使莠稗咸除，菁華畢出，斯固文章之品藻，著作之淵藪矣。總集之存於今者，以《文選》爲最古。鴻篇鉅製，垂範千秋。然溯其起源，最初選集列代之文以成一書者，當自晋杜預之《善文》始。《隋志》：『杜預《善文》五十卷。』杜書早亡，而據《史記·李斯傳》集解引辯士隱姓名《遺章邯書》云『在《善文》中』，則知其搜采頗廣。《聖賢群輔録》、章懷《後漢書·皇后紀》注并有徵引，又知其於選文之外，頗涉作者生平。是誠《文選》之蘿蕍矣，其後繼之而作，則有李充《翰林論》。其書至隋僅存三卷，《隋志》：『《翰林論》三卷，晋李充撰，梁五十四卷。』按，《史通·論贊篇》評沈侯《宋書·謝靈運傳論》云：『此正可爲《翰林》之補亡。』是李書傳至隋唐僅有存者。今已全亡。其題爲論者，謂於纂集之外，復有評騭之言，以明去取別裁之意也。嚴氏輯《全文》，掇拾遺佚，尚得論文數條。載《全晋文》五十三。今補益一二，并録如下。

木氏《海賦》壯則壯矣，然首尾負揭，狀若文章，亦由未成而然也。《文選·海賦》注引。

應休璉五言詩百數十篇，以風規治道，蓋有詩人之旨焉。《文選·百一詩》注引。

或問曰：『如何斯可謂之文？』答曰：『孔文舉之書，陸士衡之議，可謂成文矣。』

潘安仁之爲文也，猶翔禽之羽毛，衣被之綃縠。

容象圖而贊立，宜使詞簡而義正。孔融之贊楊公，亦其義也。

表宜以遠大爲本，不以華藻爲先。若曹子建之表，可謂成文矣。諸葛亮之表劉主，裴公之辭侍中，羊公之讓開府，可謂德音矣。

駁不以華藻爲先，世以傅長虞每奏駁事，爲邦之司直矣。

〔二〕 據《四庫全書總目》，作『統』。

研求名理，而論難生焉。論貴於允理，不求支離。若嵇康之論，成文矣。

在朝辨政，而奏議出，宜以遠大爲本。陸機議晋斷，亦名其美矣。

揚子論秦之劇，稱新之美，此乃計其勝負，比其優劣之義。《文選·劇秦美新》注引。

盟檄發於師旅。相如《諭〔二〕蜀父老》，可謂德音矣。

依上所列，可知充書所選之文，蓋以沉思翰藻爲主，故極推潘、陸，而立名曰《翰林》。且既録文辭，復標選旨，體例亦善，可爲《文選》之先河矣。論中所舉之文，如木玄虚之賦，應休璉之詩，孔文舉之書，潘安仁之賦，諸葛公、羊叔子之表，嵇康之論，揚子雲之符命，司馬長卿之檄，《文選》俱有之。《隋志》列摯虞《文章流别》，《文章流别集》六十卷、《志》二卷、《論》二卷。爲總集之始，《隋志》云：『總集者，以建安之後辭賦轉繁，衆家之集日以滋廣。晋代摯虞苦覽者之勞倦，於是采摘孔翠，芟剪繁蕪，自詩賦下各爲條貫，合而編之，謂之流别。是後又集總鈔，作者相繼。屬辭之士以爲覃奥而取則焉。』雖不免數典忘祖之嫌，然其書分集與志、論三種：集者所選之文，志者作家之略歷，而論則自述論文之微意也。歷代選家誠未有似此詳備者。惜其書至隋已殘，嚴氏輯《全文》僅得論十許條。載《全晋文》五十七。今亦沾補一二，并録如下。

文章者，所以宣上下之象，明人倫之序〔三〕，窮理盡性，以究萬物之宜者也。王澤流而詩作，成功臻而頌興，德勛立而銘著，嘉美終而誄集，祝史陳辭，官箴王闕。《周禮》太師掌教六詩：曰風，曰賦，曰比，曰興，曰雅，曰頌。言一國之事，繫一人之本，謂之風。言天下之事，形四方之風，謂之雅。頌者美盛德之形容。賦者敷陳之稱也。比者喻類之言也。興者有感之詞也。後世之爲詩者多矣，其功德謂之頌，其餘則總謂之詩。頌，詩之美者也。古者聖帝明王功成治定而頌聲興。於是史録其篇，工歌其章，以奏於宗廟，告於鬼神。故頌之所美者，聖王之德也。則以爲吕律，或以頌形，或以頌聲，其細已甚，非古頌之意。昔班固爲《安豐戴侯頌》，史岑爲《出師頌》《和熹鄧后頌》，與《魯頌》體意相類，而文辭之異，古今之變也。揚雄《趙充國頌》，頌而似雅。傅毅《顯宗頌》，文與《周頌》相似，而雜以風雅之意。若馬融《廣成》《上林》之屬，純爲今賦之體，而謂之頌，失之遠矣。

賦者，敷陳之稱，古詩之流也。古之作詩者發乎情，止乎禮義。情之發因辭以形之，禮義之旨須事以明之，故有賦焉。所以假象盡詞，敷陳其志。前世爲賦者有孫卿、屈原，尚頗有古詩之義，至宋玉則多淫浮之病矣。楚辭之賦，賦之善者也。故揚子稱賦，莫深於

〔二〕據《文選》，作『喻』。

〔三〕據《藝文類聚》《漢魏六朝百三名家集》《全上古三代秦漢三國六朝文》等，作『叙』。

《離騷》。賈誼之作，則屈原儔也。古詩之賦以情義爲主，以事類爲佐。今之賦以事形爲本，以義正爲助。情義爲主，則言省而文有例矣。事形爲本，則言當而辭無常矣。文之煩省，辭之險易，蓋由於此。夫假象過大，則與類相遠。逸詞過壯，則與事相違。辨言過理，則與義相失。麗靡過美，則與情相悖。此四過者，所以背大體而害政教，是以司馬遷割相如之浮説，揚雄疾辭人之賦麗以淫。

《書》云：『詩言志，歌永言。』言其志謂之詩。古有采詩之官，王者以知得失。古之詩有三言、四言、五言、六言、七言、九言。古詩率以四言以爲體，而時有一句二句雜在四言之間。後世演之，遂以爲篇。古詩之三言者，『振振鷺，鷺于飛』之屬是也，漢郊廟歌多用之。五言者，『誰謂雀無角，何以穿我墉』之屬是也，於俳諧倡樂多用之。六言者，『我姑酌彼金罍』之屬是也，樂府亦用之。七言者，『交交黄鳥止于桑』之屬是也，於俳諧倡樂世用之。古詩之九言者，『泂酌彼行潦挹彼注兹』之屬是也，不入歌謡之章，故世希爲之。夫詩雖以情志爲本，而以成聲爲節，然則雅音之韵，四言爲正，其餘雖備曲折之體，而非音之正也。

《七發》造於枚乘，借吴、楚以爲客主，先言出輿入輦蹷痿之損，深宫洞房寒暑之疾，靡曼美色晏安之毒，厚味暖服淫濯〔一〕之害，宜聽世之君子，要言妙道以疏神導引，蠲淹滯之累。既設此詞，以顯明去就之路，而後説以色聲逸游之樂。其説不入，乃陳聖人辨士講論之娱，而霍然疾瘳。此因膏粱之常疾以爲匡勸，雖有甚泰之詞，而不没其諷諭之義也。其流遂廣，其義遂變，率有詞人淫麗之尤矣。崔駰既作《七依》，而假非有先生之言曰：『嗚呼，揚雄有言「童子雕蟲篆刻」，俄而曰「壯夫不爲也」。孔子疾小言破道，斯文之簇〔二〕，豈不謂義不足而辨有餘者乎。賦者將以諷，吾恐其不免於勸也。』

揚雄依《虞箴》作《十二州》當作二十五《官箴》而傳於世，不具九官。崔氏累世彌縫其闕。胡公又以次其首目而爲之解，署曰《百官箴》。

夫古之銘至約，今之銘至繁〔三〕，亦有由也。質文時异，前〔四〕既論之矣。且上古之銘，銘於宗廟之碑。蔡邕爲揚公作碑，其文典正，末世之美者也。後世以來之器，銘之嘉者，有王莽《鼎銘》、崔瑗《杌銘》、朱公叔《鼎銘》、王粲《硯銘》，咸以表顯公德。天子銘嘉量，諸侯大夫銘太常，勒鐘鼎之義，所言雖殊，而令德一也。李尤爲銘，自山河都邑，至於刀筆平〔五〕契，無不有銘。而文多穢病，討

〔一〕據《藝文類聚》《太平御覽》《漢魏六朝百三名家集》，作『曜』。
〔二〕據《藝文類聚》《漢魏六朝百三名家集》，作『族』。
〔三〕據《太平御覽》《漢魏六朝百三名家集》，作『煩』。
〔四〕據《太平御覽》《漢魏六朝百三名家集》，作『則』。
〔五〕據湖南大學民國鉛印本《文選學》，作『苄』。

論潤色，言可采録。

詩、頌、箴、銘之篇，皆有往古成文，可放依而作。惟誄無定製，故作者多异焉。見於典籍者，《左傳》有魯哀公爲孔子誄。

哀辭者，誄之流也。崔瑗、蘇順、馬融等爲之，以施於童殤夭折，不以壽終者。建安中，文帝與臨淄侯各失稚子，命徐幹、劉楨等爲之哀辭。哀辭之體，以哀痛爲主，緣以嘆息之辭。今所□哀策者，古誄之義。

若《解嘲》之弘緩優大，《應賓》之淵懿温雅，《答〔一〕旨》之壯厲忼慨〔二〕，《應間》之綢繆契闊，郁郁彬彬，靡有不長焉矣。

古有宗廟之碑，後世立碑於墓，顯之衢路，其所載者銘詞也。

圖讖之屬，雖非正文之制，然以取其縱横有義，反覆成章。

《幽通》精以整，《思玄》博而贍，蔡邕《玄表》擬之而不及。《金樓子·立言篇》引。

王粲與蔡子篤、文叔良、士孫文始、楊德祖及所爲潘文則作《思親詩》，其文當而整，近乎雅矣。《古文苑》注八引。

以上叙論各體，原流粲然。《文選》一書，若詩，若頌，若賦，若七，若箴，若銘，若誄，若哀辭、哀策，若設論，若碑，各體有之。賦如《幽通》《思玄》，詩如王粲與蔡子篤、文叔良、士孫文始，設論如《解嘲》《賓戲》，《文選》亦并入録。《選序》所陳之義，又與《流别論》大旨宛爾符合。則摯氏是書，真可爲《文選》之前導矣。

此外總集之書，依《隋志》所録，尚有《文章流别本》十二卷，謝混撰。《續文章流别》三卷，孔寧撰。《集苑》四十五卷，梁六十卷。《集林》一百八十一卷，宋臨川王劉義慶撰，梁二百卷。《集林鈔》十一卷，《集鈔》十卷，沈約撰。梁有《集鈔》四十卷，邱遲撰，亡。《集略》二十卷，《撰遺》六卷，梁又有零集三十六卷，亡。《文苑》一百卷，孔逭撰。《文苑鈔》三十卷。斯皆承流而作，輝映藝林。雖其書湮没，體例無徵，而晋、宋、齊、梁間總集之盛，要可概見矣。昭明太子生於其世，沿時代之風尚，踵昔賢之成規，乃集《文選》，以行於代。《梁書》本傳云：

昭明太子統字德施，高祖長子也，母曰丁貴嬪。初，高祖未有男，義師起，太子以齊中興元年九月，生於襄陽。高祖既受禪，有司奏立儲副。高祖以天下始定，百度多闕，未之許也。群臣固請。天監元年十〔三〕月立爲皇太子。時太子年幼，依舊居於内，拜東宮官屬，

〔一〕據《北堂書鈔》，作「達」；《漢魏六朝百三名家集》，作「連」。
〔二〕據《北堂書鈔》，作「愾」；《漢魏六朝百三名家集》，作「慷」。
〔三〕據《梁書》，作「十一月」。

文武皆入直永福省。太子生而聰叡，三歲受《孝經》《論語》，五歲遍讀《五經》，悉能諷誦。五年二〔一〕月庚戌，始出居東宮。太子性仁孝，自出宮，恒思戀不樂。高祖知之，每五日一朝，多便留永福省，或五日三日乃還宮。八年九月，於壽安殿講《孝經》，盡通大義。講畢，親臨釋奠於國學。十四年正月朔旦，高祖臨軒，冠太子於太極殿。舊制，太子著遠游冠，金翠蟬纓綏〔二〕，至是加金博山。太子美姿貌，善舉止，讀書數行并下，過目皆憶。每游宴祖道，賦詩至十數韵。或命作劇韵賦之，皆屬思便成，無所點易。高祖大弘佛教，親自講説，太子亦崇信三寶，遍覽衆經。普通元年，甘露降於慧義殿，咸以至德所感焉。三年十一月，始興王憺薨。舊事東宮禮绝旁親，書翰并依常儀。太子意以爲疑，命僕射劉孝綽議其事。孝綽議曰：『案張鏡撰《東宮儀記》，稱三朝發哀者，踰月不舉樂，鼓吹寢奏，服限亦然。尋傍绝之義，義在去服。服雖可奪，情豈無悲。鐃歌輟奏，良亦爲此。既有悲情，宜稱兼慕。卒哭之後，依常舉樂，稱悲竟，此理例相符。謂猶應兼慕，請至卒哭。』僕射徐勉、左率周捨、家令陸襄并同孝綽議。太子令諸賢更共詳衷。司農卿明山賓，步兵校尉朱异，議稱慕悼之解，宜終服月。於是令付典書遵用，以爲永準。七年十一月，貴嬪有疾，太子還永福省。朝夕侍疾，衣不解帶。及薨，步從喪還宮。至殯，水漿不入口，每哭輒慟绝。高祖遣中書舍人顧協宣旨曰：『毁不滅性，聖人之制。禮不勝喪，比於不孝。有我在，那得自毁如此。可即强進飲食。』太子奉敕乃進數合。自是至葬，日進麥粥一升。高祖又敕曰：『聞汝所進過少，轉就羸瘵。我比更無餘病，正爲汝如此，胸中亦圮塞成疾。故應强加饘粥，不使我恒爾懸心。』雖屢奉敕勸逼，日止一溢，不嘗菜果之味。體素壯，腰帶十圍，至是減削過半。每入朝，士庶見者莫不下泣。太子自加元服，高祖便使省萬機，内外百司奏事者填塞於前。太子明於庶事，纖毫必曉。某〔三〕所奏有謬誤及巧妄，皆即就辯析，示其可否，徐令改正，未嘗彈糾一人。平斷法獄，多所全宥，天下皆稱仁。性寬和容衆，喜愠不形於色。引納才學之士，賞愛無倦，恒自討論篇籍，或與學士商榷古今，間〔四〕則繼以文章著述，率以爲常。於時東宮有書幾三萬卷，名才并集，文學之盛，晋、宋以來，未之有也。性愛山水，於玄圃穿築，更立亭館，與朝士名素者游其中。嘗泛舟後池，番禺侯軌盛稱此中宜奏女樂。太子不答，咏左思《招隱詩》曰：『何必絲與竹，山水有清音。』侯慚而止。出宮二十餘年，不畜聲樂。少時敕賜大〔五〕樂女妓一部，略非所好。普通中大軍北討，京師穀貴。太子因命菲衣減膳，改常饌爲小食。每霖雨積雪，遣腹心左右周行閭巷，視

〔一〕據《梁書》，作『六』。
〔二〕據《梁書》，作『金蟬翠綏纓』。
〔三〕據《梁書》，作『每』。
〔四〕據《梁書》，作『閑』。
〔五〕據《梁書》，作『太』。

貧困家，有流離道路，密加賑賜。又出主衣綿帛，多作襦褲，冬月以施貧凍。若死亡無可以斂者，爲備棺槥。每聞遠近百姓賦役勤苦，輒斂容色。常以户口未實，重於勞擾。吴興郡屢以水災失收，有上言當漕大瀆以瀉浙江。中大通二年春，詔遣前交州刺史王弁假節，發吴郡、吴興、義興三郡民丁就役，太子上疏諫止，高祖優詔以諭[二]焉。太子孝謹天至，每入朝，未五鼓，便守城門開。東宫雖燕居内殿，一坐一起，恒向西南面臺。宿被召當入，危坐達旦。三年三月，寢疾，恐貽高祖憂，敕參問，輒自力手書啓。及稍篤，左右欲啓聞，猶不許，曰：『云何令至尊知我如此惡！』因便嗚咽。四月乙巳薨。時年三十一。按西歷五百零一至五百三十一。高祖幸東宫，臨哭盡哀，詔斂以衮冕，謚曰昭明。五月庚寅，葬安寧陵。詔司徒左長史王筠爲哀册文。太子仁德素著，及薨，朝野惋愕。京師男女奔走宫門，號泣滿路。四方氓庶及疆徼之民，聞喪皆慟哭。所著《文集》二十卷，又撰古今典誥文言爲《正序》十卷，五言詩之善者爲《英華集》二十卷，按，《隋志》云：『《古今詩苑英華》十九卷。』昭明《與湘東王書》云，往年因暇，搜采英華，上下數十年間，未易詳悉，猶有遺恨，而其書已傳。雖未爲精核，亦粗足諷覽。《文選》三十卷。按，《隋志》云，《文選》三十卷。《隋志》又有《文章英華》三十卷。

此可以明昭明之生平與其著述矣。《正序》之文，《英華》之選，既共《玄經》而覆瓿，隨江東之劫灰，惟《文選》獨存。當時撰次，或昭明手自編訂，或與臣僚綴輯，史無明文，末由深考。惟其一時文士若王規、殷鈞、王錫、張緬、張纘，并見《梁書·王規傳》。劉孝綽、王筠、殷芸、陸倕、到洽諸人，并被賓禮；并見《梁書·王筠傳》。其爲東宫官屬者，若謝舉、謝覽、張率、陸倕、劉孝綽，皆嘗掌東宫管記；到沆、劉苞、陸襄，則爲太子洗馬；徐勉領中庶子之職，明山賓居學士之位，以上并見《梁書·謝覽》等本傳。皆屬一朝上選。昭明選文，或相商榷。而《劉勰傳》載其兼東宫通事舍人，深被昭明愛接；《雕龍》論文之言，又若爲《文選》印證，笙磬同音。是豈不謀而合，抑嘗共討論，故宗旨如一耶。明楊升庵考之不審，乃以簡文所置之高齋學士，誤爲昭明聚文士以集《選》。相沿至今。吾友鄭石君及今人高氏均駁正之矣。高閬仙氏《文選李注義疏》云：王應麟《玉海》卷五十四引《中興書目》曰：《文選》，梁昭明太子蕭統集子夏、屈原、宋玉、李斯及漢迄梁文人才士所著賦、詩、騷、七、詔、册、令、教、表、書、啓、箋、記、檄、難、對問、議、論、序、頌、贊、銘、誄、碑、志、行狀等爲三十卷。原注曰：『與何遜、劉孝綽等撰集。』《楊升庵外集》卷五十二曰：『梁昭明太子統聚文士劉孝威、庾肩吾、徐防、江伯操、孔敬通、惠子悅、徐陵、王囿、孔爍、鮑至十人，謂之高齋十學士，集《文選》。今襄陽有文選樓，池州有文選臺，未知何地爲的。但十人姓名，人多不知，故特著之。』步瀛案，王象之《輿地紀勝》：『京

[二] 據《梁書》，作『喻』。

西南路襄陽府古迹有文選樓。』引舊圖經云：『梁昭明太子所稱〔二〕，以撰《文選》。聚才人賢士劉孝威、庾肩吾、徐防、江伯操、孔敬通、惠子悦、徐陵、王筠、孔爍、鮑至等十餘人，號曰高齋學士。』升庵之説殆本此，而改王筠爲王囿，是也。然此説乃傳聞之誤。昭明太子當居建業，不應遠出襄陽。考襄陽於梁爲雍州襄陽郡。《梁書》簡文帝天監五年封晋安王，普通四年由徐州刺史都督雍、梁、南北秦四州、郢州之竟陵、司州之隨郡諸軍事、雍州刺史。《南史・庾肩吾傳》曰：『初爲晋安王國常侍。至〔三〕每徙鎮，肩吾常隨府。在雍州被命與劉孝威、江伯操、孔敬通、惠子悦、徐防、徐摛、王囿、孔爍、鮑至等十人，抄撰衆籍，豐其果饌，號高齋學士。』是高齋學士乃簡文置而非昭明置，則襄陽文選樓，即果爲高齋學士集所，亦屬簡文遺迹，而無關昭明選文也。大抵地志所稱之文選樓，多不足信。揚州文選樓今在江蘇江都縣東南，或云曹憲以教授生徒所居。池州文選閣在今安徽貴池縣西，則後人因昭明太子祠而建者也。升庵狃於俗説，不能據《南史》是正，而反詡十學士姓名人多不知，陋矣。

〔二〕據王象之《輿地紀勝》，作『立』。
〔三〕據《南史》，作『王』。

義例第二

總集爲書，必考鏡文章之源流，洞悉體製之正變，而又能舉歷代之大宗，東名家之精要，符斯義例，乃稱雅裁。《翰林》《流別》各有論文，以見選録之意。《文選》則不别撰論著，而惟以一序揭其義例，語簡而義賅，蓋元凱《春秋經傳集解序》之類也。録之如左：

節録學海堂諸生張杓等十人注，間加補正。

式觀元始，眇覿玄風，冬穴夏巢之時，茹毛飲血之世，世質民淳，斯文未作。此上言未有文字。逮乎伏羲氏之王天下也，始畫八卦，造書契，以代結繩之政，由是文籍生焉。書契不作於伏羲，此蓋因仍僞古文書傳序文，不及是正。《易》曰：『觀乎天文，以察時變；觀乎人文，以化成天下。』《易・賁卦・彖傳》文。文之時義遠矣哉。若夫椎輪爲大輅之始，大輅寧有椎輪之質；椎輪即椎車，椎車無輻，合大木爲輪，其形如椎，故謂之椎。無輻不曰輪，故正名爲椎車。今謂椎輪，散文可通也。增冰爲積水所成，積水曾微增冰之凜。何哉？蓋踵其事而增華，變其本而加厲。上句言大輅因已成之車而增飾之，下句言層冰沍寒，失本來之形，而加之凛冽。物既有之，文亦宜然。隨時變改，難可詳悉。此上序文字肇興源流寖廣之意。《宋書・謝靈運傳論》曰：『自漢至魏，四百餘年，詞人才子，文體三變。』

嘗試論之曰：《詩序》云：『詩有六義焉：一曰風，二曰賦，三曰比，四曰興，五曰雅，六曰頌。』從此至『不可勝載』，序賦之源流。賦爲六義之一，故引《詩序》文發端也。至於今之作者，异乎古昔。古詩之體，今則全取賦名。以荀、宋以來作者，對《三百篇》以上作者言，故曰今也。荀、宋表之於前，賈、馬繼之於末。言荀不言屈者，昭明以屈子之騷，當别爲一類，荀卿有《禮》《智》諸賦，故舉之也。自茲以降，源流實繁。述邑居，則有憑虚、亡是之作；謂《子虚》《上林》二賦也。二賦昭明列畋獵類。而序云『述邑居』者，以上篇述雲夢，下篇述上林，皆言苑囿也。戒畋游，則有《長楊》《羽獵》之制。若其紀一事，咏一物，風雲草木之興，魚蟲禽獸之流，推而廣之，不可勝載矣。紀事如潘岳《藉田》《西征》諸賦，咏物如王褒《洞簫》、馬融《長笛》諸賦，風雲如宋玉《風賦》，其後陸機《白雲》《浮雲》二賦，草木如孫楚《菊花賦》、王粲《柳賦》，魚蟲禽獸如摯虞有《觀魚賦》、傅玄《蟬賦》、禰衡《鸚鵠賦》、顔延之《赭白馬賦》。諸賦有入選者，有不入選者。

又楚人屈原，含忠履潔，從此至『自茲而作』，序騷之源流。君匪從流，臣進逆耳，深思遠慮，遂放湘南。耿介之意既傷，壹鬱之懷靡愬。臨淵有懷沙之賦〔一〕，吟澤有憔悴之容。騷人之文，自茲而作。賦之源雖本於《詩》，而實始於《騷》。屈原爲詞賦之祖，故别叙入，但名騷不名賦，後人所以有擬《騷》諸作。是騷於賦究自爲一類。

詩者，志之所之也，情動於中而形於言。《關雎》《麟趾》，正始之道著；語本《詩序》。桑間濮上，亡國之音表；《禮記·樂記》曰：『桑間濮上，亡國之音也。』《鄭注》曰：『濮水之上，地有桑間者，亡國之音於此之〔二〕出也。昔殷紂使師延作靡靡之樂，已而自沉於濮水。後師涓過焉，夜聞而寫之，爲平公鼓之，是之謂也。桑間在濮陽南。』從此至『又亦若此』，序詩之源流，兼言詩頌之同异。故風雅之道，粲然可觀。自炎漢中葉，厥途漸异。退傅有《在鄒》之作，降將著《河梁》之篇，退傅謂韋孟，降將謂李陵也。孟事附《漢書·韋賢傳》，有《在鄒詩》。陵事附《漢書·蘇建傳》，其與蘇武詩曰：『携手上河梁，游子暮何之。』故曰《河梁篇》也。四言五言，區以别矣。任昉《文章緣起》曰：『四言詩始漢楚王傅韋孟，五言詩漢騎都尉李陵《與蘇武詩》。』又少則三字，多則九言，各體互興，分鑣并驅。三字詩，漢《安世房中歌》《郊祀歌》諸篇。九言詩，今所見者，宋謝莊《明堂樂歌·白帝》一首爲最先。頌者所以游揚德業，褒贊成功。吉甫有『穆若』之談，季子有『至矣』之嘆。序頌語本《詩序》。《詩·大雅·烝民》篇曰：『吉甫作頌，穆如清風。』《漢魯峻碑》作『穆若清風』。《左氏·襄二十九年傳》：『吴公子來聘，請觀周樂。爲之歌頌，曰：至矣哉。』舒布爲詩，既言如彼；總成爲頌，又亦若此。如彼指古詩之頌，若此指今頌贊之頌，體又不同。

次則箴興於補闕，從此至『蓋云備矣』，序各體文之源流。各體既繁，作者不一，故祇釋其義，或舉其名，不復言始自何人，與序詩賦异也。戒出於弼匡，論則析理精微，銘則序事温〔三〕潤。美終則誄發，圖像則贊興。又詔誥教令之流，表奏箋記之列，書誓符檄之品，吊祭悲哀之作，答客指事之制，指事蓋七類，如《七發》説七事以發太子是也。三言八字之文，三言八字，疑即《文章緣起》所謂『離合體』也。《古微書》引《孝經·援神契》曰：『寶文出，劉季握。卯金刀，在軫北。字禾子，天下服。』是三言之文也。《後漢書·曹娥傳》注引《會稽典録》：『邯鄲淳作《曹娥碑》，操筆而成，無所點定。』其後，蔡邕又題八字曰：『黄絹幼婦，外孫虀臼。』是八字之文也。孔融四言離合體實本於此。篇辭引序，碑碣志狀，衆制鋒起，源流間出。譬陶匏异器，并爲入耳之娱，黼黻不同，俱爲

〔一〕據《文選》，作『志』。
〔二〕據《禮記》，作『水』。
〔三〕據《昭明太子集》，作『清』。

悦目之玩。作者之致，蓋云備矣。陶，埴也。《周禮·太師職》鄭注：『匏，笙也。』《考工記》曰：『畫繢之事雜五色，白與黑謂之黼，黑與青謂之黻。』

余監撫餘閑，居多暇日，從此至『大半難矣』，序所以選文之意。歷觀文囿，泛覽詞林，未嘗不心游目想，移晷忘倦。自姬、漢以來，眇焉悠邈，時更七代，數逾千祀。七代，周、秦、漢、魏、晉、宋、齊也。詞人才子，則名溢於縹囊；飛文染翰，則卷盈乎緗帙。自非略其蕪穢，集其清英，蓋欲兼功，大[一]半難矣。

若夫姬公之籍，孔父之書，與日月俱懸，鬼神爭奥，孝敬之準式，人倫之師表，豈可重以芟夷，加之剪截？此序所以不選六經之意。老莊之作，管孟之流，蓋以立意爲宗，不以能文爲本，今之所選，又亦略諸。此序不選諸子之意。

若賢人之美辭，忠臣之抗直，謀夫之話，辯士之端，從此至『亦所不取』，序不選《戰國策》及兩漢奏疏之意。冰釋泉涌，金相玉振。所謂坐狙邱[二]，議稷下，李善注曹植《與楊德祖書》引魯連子言曰：『齊之辯者田巴辯於狙邱[三]而議於稷下，毁五帝，罪三王，一旦而服十[四]人。』仲連之却秦軍，見《史記·魯仲連傳》。食其之下齊國，見《史記·酈食其傳》。留侯之發八難，見《漢書·高帝紀》。曲逆之吐六奇，見《史記·陳丞相世家》。蓋乃事美一時，語流千載。概見墳籍，旁出子史。若斯之流，又亦繁博，雖傳之簡牘，而事异篇章，今之所集，亦所不取。

至於記事之史，繫年之書，所以褒貶是非，紀別同异，方之篇翰，亦已不同。此序所以不選史之意。若其贊論之綜緝辭采，序述之錯比文華，事出於沉思，義歸乎翰藻，故與夫篇什，篇什謂文章之單行者。雜而集之。此因集内有史傳、贊論、序述諸文，故申明其入選之意也。

遠自周室，迄於聖代，都爲三十卷，名曰《文選》云爾。

凡次文之體，各以彙聚。詩賦體既不一，又以類分。類分之中，各以時代相次。此附言分體類之意。自賦至祭文凡三十八，（今仿宋胡刻本書首目録，書下奪移一行，當補。）而文分隸其中，所謂『各以彙聚』也。賦自京都至情凡十五類，詩自補亡至雜擬凡二十三類，所謂又以類分也。而每類之中，文之先後以時代爲次，如賦之京都類，先班孟堅，次張平子是也。詩之各類中，先後間有錯出，崇

[一] 據《昭明太子集》，作『太』。
[二] 據《昭明太子集》，作『丘』。
[三] 據《六臣注文選》，作『丘』。
[四] 據《六臣注文選》，作『千』。

賢皆訂其失矣。

此篇首論文之起源，與文章遞變之故。次論賦，次論騷，次論詩，次論各體文，而總之以『作者之致，蓋云備矣』。中叙選文之由，在集古今之清英，便來學之省覽。末復述經、史、子所以不選之意，而於史之贊論、序述有詞采文華者，仍采録之。而總其大旨曰：『事出於沉思，義歸乎翰藻。』此昭明自明入選之準的，亦即其自定文辭之封域也。顧後人於此頗持异議。又其分析文體，去取文詞，與夫編次之間，議者亦衆。次第述之，備商略焉。

阮伯元書《文選序後》曰：昭明所選，名之曰文，蓋必文而後選也，非文則不選也。經也，子也，史也，皆不可專名之爲文也。故昭明《文選序》後三段，特明其不選之故，必沉思翰藻，始名之爲文，始以入選也。或曰：昭明必以沉思翰藻爲文，於古有徵乎？曰：事當求其始。凡以言語著之簡策，不必以文爲本者，皆經也，史也，子也。言必有文，專名之曰文者，自孔子《易・文言》始。《傳》曰：『言之無文，行之不遠。』故古人言貴有文。孔子《文言》，實爲萬世文章之祖。此篇奇偶相生，音韵相和，如青白之成文，如《咸》《韶》之含節；非清言質説者比也，非振筆縱書者比也，非佶屈澀語者比也。是故昭明以爲經也，史也，子也，非可專名之爲文也；專名爲文，必沉思翰藻而後可也。自唐宋韓、蘇諸大家以奇偶相生之文爲八代之衰而矯之，於是昭明所不選者，反皆爲諸家所取。故其所著非經即子，非子即史，求其合於昭明序所謂文者鮮矣。其不合之處，蓋分於奇偶之間。經、子、史多奇而少偶，故唐宋八家不尚偶。《文選》多偶而少奇，故昭明不尚奇。如必以比偶非文之古者而卑之，則孔子自名其言曰文者，一篇之中偶句凡四十有八，韵語凡三十有五，豈可以爲非文之正體而卑乎？

章公《文學總略》曰：昭明之序〔一〕《文選》也，其於史籍則云『不同篇翰』；其於諸子則云『不以能文爲貴』。此爲裒次總集，自成一家，體例適然，非不易之定論也。《抱樸子・百家》曰：『狹見之徒，區區執一，惑詩賦瑣碎之文，而忽子論深美之言。真僞顛倒，玉石混殽，同廣樂於桑間，均龍章於素質。』斯可以箴矣。且沉思孰若莊周、荀卿？翰藻孰若吕氏、淮南？總集不摭九流之篇，格於科律，固不應爲之辭。誠以文筆區分，《文選》所集，無韵者猥衆，豈〔二〕獨諸子？若云文貴其彣耶〔三〕，不〔四〕知賈生《過秦》、魏文《典論》，同在諸子，何以獨堪入録？有韵文中既録漢祖《大風》之曲，即《古詩十九首》亦皆入選，而漢晋樂府反有憖遺，是其於韵文也，

〔一〕據章太炎《國故論衡》先校本、校定本，作『昭明太子』。
〔二〕據章太炎《國故論衡》校定本，作『寧』。
〔三〕據章太炎《國故論衡》校定本，作『邪』。
〔四〕據章太炎《國故論衡》校定本，作『未』。

亦不以節奏低卬爲主，獨取文采斐然，足耀觀覽，又失韵文之本矣。是故昭明之説，本無以自立者也。

又曰：《文選序》云：『謀夫之話，辯士之端，雖傳之簡牘，而事异篇章。』此則[一]語言文字之分也。然選例亦不[二]一致，依史所載，荆卿《易水》、漢祖《大風》，皆臨時觸興而作，豈嘗先屬草稿，亦與出話何异？而《文選》固録之矣。至於辭命，則有草創潤色之功；蘇、張陳説，度亦先有篇章。《文選》録《易水》《大風》二歌，而獨汰去辯説，亦自相鉏铻矣。士衡《文賦》云：『説煒曄而譎誑』，是亦列爲文之一種矣。

又曰：《文選》之興，蓋依乎摯虞《文章流別》，謂之總集。《隋書·經籍志》曰：『總集者，以建安之後，辭賦轉繁，衆家之籍，日以孳廣，晋代摯虞苦覽者之勞倦，於是芟剪繁蕪，自詩賦下各爲條貫，合而編之，謂之《流別》。』李充之《翰林論》，劉義慶之《集林》，沈約、丘遲之《集鈔》，放於此乎？《七略》惟有詩賦，及東漢銘誄論辯始繁。荀勖以四部變古，李充、謝靈運繼之，則集部自此著。總集者，本括囊別集爲書，故不取六藝、史傳、諸子，非曰別集爲文，其他非文也。《文選》上承其流，而稍入《詩序》、史贊、《新書》《典論》諸篇，故名不曰集林、集鈔，然已痟矣。其序簡別三部，蓋總集之成法，顧已迷誤其本。以文辭之封域相格，慮非摯虞、李充意也。《經籍志》別有《文章英華》三十卷、《古今詩苑英華》十九卷，皆昭明太子撰。又以詩與雜文爲异，即明昭明義例不純。《文選序》率爾之言，不爲恒則。

阮氏此篇推闡昭明沉思翰藻之旨，與不選經史子之故，可謂明暢。章公之意，則以文辭之體，鈔選之業，廣狹异途，總集不選經史子者，體例適然，不足以盡文辭之封域，其言良是。然竊謂文之封域，本可弛張，推而廣之，則凡書以文字，著之竹帛者，皆謂之文，非獨不論有文采與無文采，抑且不論有句讀與無句讀，此至大之範圍也。故《文心·書記篇》，雜文多品，悉可入録。再縮小之，則凡有句讀者皆爲文，而不論其文飾與否。純任文飾，固謂之文矣，即樸質簡拙，亦不得不謂之文。此類所包，稍小於前，而經傳子史皆在其籠罩。若夫文章之初，實先韵語；傳久行遠，實貴偶詞；修飾潤色，實爲文事；敷文摛藻，實异質言；則阮氏之言，良有不可廢者。即彦和泛論文章，而《神思篇》已下之文，乃專有所屬，非泛爲著之竹帛者而言，亦不能遍通於經傳子史。然則拓其疆宇，則文無所不包；揆其本原，則文實有所專美。《文選》所録，獨以沉思翰藻爲宗，即斯意也。抑六朝論文，最嚴文筆之辨。其所謂文，類不外如昭明之所揭櫫。觀於梁元著書，其言明白，足與昭明相發已。

[一] 據章太炎《國故論衡》校定本，作『即』。
[二] 據章太炎《國故論衡》校定本，作『未』。

《金樓子·立言篇》曰：古人之學者有二，今人之學者有四。夫子門徒，轉相師受，通聖人之經者謂之儒。屈原、宋玉、枚乘、長卿之徒止於辭賦，則謂之文。此言古之學二。今之儒博窮子史，但能識其義〔一〕不能通其理者謂之學。此言儒分爲二。至如不便爲詩如閻纂，善爲章奏如伯松，若此之流，泛謂之筆。此言文分爲二，而指明筆之義界。吟咏風謡，流連哀思者謂之文。此言文之義界。

又曰：筆退則非謂成篇，此篇即單篇，亦即昭明所云篇什。進則不云取義，謂有所立義，如經史子然。神其巧慧〔二〕，筆端而已。此言筆但以當時施用、能達意而已。至如文者，惟須綺縠紛披，即昭明所謂『義歸翰藻』。宮徵靡曼，脣吻遒會，此言有韵。情靈摇蕩。即前所謂『吟咏風謡，流連哀思』，亦即昭明所謂『事出沉思』。而古之文筆，今之文筆，其源又异。此言古之文筆以體裁分，今之文筆以聲律分。

此足以明六朝文筆之分，足以證昭明沉思翰藻之説，有由來矣。阮氏又有《文言説》《文韵説》二篇，以推闡文之義界。又命其子福作《文筆對》，以爲文取乎沉思翰藻，吟咏哀思，故以有情辭聲韵者爲文，直言無文采者爲筆。繁徵博引，反覆證明。《文筆對》太長，今録《文言》《文韵》二篇，《文言説》後附列儀徵劉君《廣文言説》。合而觀之，於昭明選文之封域，更無疑義矣。

《文言説》曰：古人無硯筆〔三〕紙墨之便，往往鑄金刻石，始傳久遠，其著之簡策者，亦有漆書刀削之勞，非如今人下筆千言，言事甚易也。許氏《説文》：『直言曰言，論難曰語。』《左傳》曰：『言之無文，行之不遠。』此何也？古人以簡策傳事者少，以口舌傳事者多；以目治事者少，以口耳治事者多。故同爲一言，傳〔四〕相告語，必有愆誤。是必寡其詞，協其音，以文其言，使文〔五〕易於記誦，無能增改，且無方言俗語雜於其間，始能達意，始能行遠，此孔子於《易》所以著《文言》之篇也。古人歌詩箴銘諺語，凡有韵之文，皆此道也。《爾雅·釋訓》主於訓蒙，『子子孫孫』以下，用韵者三十二條，亦此道也。孔子於乾坤之言，自名曰文，此千古文章之祖也。爲文者不務協音以成韵，修詞以達遠，使人易誦易記，而惟以單行之語，縱横恣肆，動輒千言萬字，不知此乃古人所謂直言之言，論難之語，非言之有文者也，非孔子所謂文也。《文言》數百字，幾於句句用韵。孔子於此發明乾坤之蘊，詮釋四德之名，幾費修詞之

〔一〕據蕭繹《金樓子》，作『事』。
〔二〕據蕭繹《金樓子》，作『惠』。
〔三〕據阮元《揅經室集·文言説》，作『筆硯』。
〔四〕據阮元《揅經室集·文言説》，作『轉』。
〔五〕據阮元《揅經室集·文言説》，作『人』。

意，冀達意外之言，要使遠近易誦，古今易傳，公卿大夫[一]皆能記誦，以通天地萬物，以警國家身心。不但多用韵，抑且多用偶。即如『樂行憂違』偶也，『長人合禮』偶也，『和易[二]幹事』偶也，『庸言庸行』偶也，『雲龍風虎』偶也，『本天本地』偶也，『無位無民』偶也，『勿用在田』偶也，『潛藏文明』偶也，『道革位德』偶也，『偕極天則』偶也，『隱見行成』偶也，『存亡得喪』偶也，『餘慶餘殃』偶也，『直内方外』偶也，『通理居體』偶也，凡偶皆文也。於物兩色相偶而交錯之，乃得名爲[三]文，文即象其形也。然則千古之文，莫大於孔子之言《易》。孔子以用韵比偶之法，錯綜其言，而自名曰文，何後人必欲反孔子之道，而自命曰文，且尊之曰古也？

《廣文言説》曰：阮氏《文言説》以儷詞韵語爲文言，又徵引六朝文筆之分以成其説。今考《説文》云：『文，錯畫也，象交文。』又云：『彣，䛐也。』《廣雅·釋詁》二云：『文，飾也。』《釋名·釋言語》云：『文者，會集衆采以成錦綉，會集衆字以成詞誼，如文綉也。』是文以藻繪成章爲本訓。《説文》『䛐』字下云：『有彣彰也。』蓋彣彰即文章别體，猶『而』與『耏』同，『丹』與『彤』同也。厥後始區二字。彣訓爲䛐，與文訓錯畫，其義互明。觀『青與赤謂之文』『經緯天地亦曰文』，則訓飾訓錯，義實相兼。故三代之時，凡可觀可象，秩然有章者，咸謂之文。就事物言，則典籍爲文，禮法爲文，文字亦爲文。就物象言，則光融爲文，華麗者亦爲文。就應對而言，則直言爲言，論難爲語，修辭者始爲文。文也者，别乎鄙詞俚語者也。《左傳》曰：『言之無文，行之不遠。』又曰：『非文辭不爲功。』言語既然，則筆之於書，亦必象取錯交，功施藻飾，始克被以文稱。故魏、晉、六朝悉以有韵偶行爲文，而昭明《文選》亦以沉思翰藻爲文也。兩漢之世，雖咸以筆爲文，然均指典册及文字言，非言文體。如《史記·太史公自序》『《春秋》文成數萬』『論次其文』，《論衡·超奇篇》『文以萬計』是也。不得據是以非阮。惟阮於許、張、劉諸故訓，推闡弗詳，故略伸其説，以證文章之必以彣彰爲主焉。

《文韵説》曰：福問曰：『《文心雕龍》云：「今之常言，有文有筆。以爲無韵者筆也，有韵者文也。」據此則梁時恒言，有韵者乃可謂之文，而昭明《文選》所選之文，不押韵脚者甚多，何也？』曰：『梁時恒言，所謂韵者，固指押脚韵，亦兼謂章句中之音韵，即古人所言之宫羽，今人所言之平仄也。』福曰：『唐人四六之平仄，似非所論於梁以前。』曰：『此不然。八代不押韵之文，其中奇偶相生，頓挫抑揚，咏嘆聲情，皆有合乎音韵宫羽者。《詩》《騷》而後，莫不皆然。而沈約矜爲創獲，故於《謝靈運傳論》曰：「夫五

[一] 據阮元《揅經室集·文言説》，作『公卿學士』。
[二] 據阮元《揅經室集·文言説》，作『義』。
[三] 據阮元《揅經室集·文言説》，作『曰』。

色相宣，八音協暢，由乎玄黃律呂，各適物宜。欲使宮羽相變，低昂舛節。若前有浮聲，則後須切響。一簡之內，音韻盡殊；兩句之中，輕重悉異。妙達此旨，始可言文。」又曰：「自靈均以來，此秘未睹，至於高言妙句，音韻天成，皆暗與[一]理合，匪由思至。」又沈約《答陸厥書》云：「韻與不韻，復有精粗，輪扁不能言之，老夫亦不盡辨。」休文説此，乃指各文章句之內，有音韻宮羽而言，非謂句末之押脚韻也。即如「雌霓連蜷」，「霓」字必讀仄聲是也。是以聲韻流變而成四六，亦祇[二]論章句中之平仄，不復有押脚韻也。四六乃有韻文之極致，不得謂之爲無韻之文也。昭明所選不押脚韻[三]之文，本皆奇偶相生，有聲音者，所謂韻也。休文所矜爲創獲者，謂漢、魏之韻，乃暗合於無心；休文之音韻，乃多出於意匠也。豈知漢、魏以來之音韻，溯其本源[四]，亦久出於經哉？孔子自名其言《易》者曰文，此千古文章之祖。《文言》固有韻矣，而亦有平仄聲音焉。即如「濕」「燥」「龍」「虎」「睹」上下八句，何等聲音。無論「龍」「虎」二句不可顛倒，若改爲「龍」「虎」「燥」「濕」「睹」，即無聲音矣。無論「其德」「其明」「其序」「其吉凶」四句不可錯亂，若倒「不知退」於「不知亡」「不知喪」之後，即無聲音矣。此豈聖人天成暗合，全不由於思至哉？由此推之，知自古聖賢屬文時，亦皆有意匠矣。然則此法肇開於孔子，而文人沿之。休文謂「靈均以來，此秘未睹」，正所謂文人相輕者矣。不特《文言》也，《文言》之後，以時代相次，則及於卜子夏之《詩大序》。序曰：「情發於聲，聲成文謂之音。」又曰：「主文而譎諫。」又曰：「長言之不足則嗟嘆。」鄭康成曰：「聲謂宮、商、角、徵、羽也。聲成文者，宮商上下相應也。」此子夏直指《詩》之聲音而謂之文也，不指翰藻也。然則孔子《文言》之義益明矣。蓋孔子《文言》《繫辭》，亦皆奇偶相生，有聲音嗟嘆以成文者也。聲音即韻也。《詩·關雎》「鳩」「洲」「逑」押脚有韻，而「女」字不韻；「得」「服」「側」押脚有韻，而「哉」字不韻。此正子夏所謂聲成文之宮羽也。此豈詩人暗與[五]韻合，匪由思至哉？王懷祖先生云：《三百篇》用韻，有字字相對極密，非後人所有者。如有瀰、有鷕，濟盈、雉鳴，不濡軌、求其牡，鳳凰梧桐、鳴矣生矣、於彼於彼、高岡朝陽、菶菶雍雍、萋萋喈喈，無一字不相韻。此豈詩人天成暗合，全無意匠於其間哉？此即子夏所謂聲成文之顯然可見者。子夏此序，《文選》選之，亦因其中有抑揚咏嘆之聲音，且多偶句也。鄉人、邦國，偶一；風、教，偶二；爲志、爲詩，偶三；手之、足之，偶四；治世、亂世，偶五；天地、鬼神，偶六；聲教、人倫、教化、風俗，偶七

[一] 據阮元《揅經室集·文韵説》，作『於』。
[二] 據阮元《揅經室集·文韵説》，作『祇』。
[三] 據阮元《揅經室集·文韵説》，作『韵脚』。
[四] 據阮元《揅經室集·文韵説》，作『原』。
[五] 據阮元《揅經室集·文韵説》，作『於』。

八；化下、刺上，偶九；言之、聞之，偶十；禮義、政教，偶十一；國异、家殊，偶十二；傷人倫、哀政刑[一]，偶十三；發乎情性、止乎禮義，偶十四；謂之風、謂之雅，偶十五；繫之周、繫之召，偶十六；正始、王化，偶十七；哀窈窕、思賢才，偶十八。其偶之長者，如周公、召公即比也，後世四書文比基於此。綜而論之，凡文者在聲爲宫商，在色爲翰藻。即如孔子言[二]「雲龍風虎」一節，乃千古宫商、翰藻、奇偶之祖；「非一朝一夕之故」一節，乃千古嗟嘆成文之祖。子夏《詩序》「情文聲音」一節，乃千古聲韵、性情、排偶之祖。吾固曰：韵者即聲音也，聲者即文也。韵字不見於《説文》，而王復齋《楚公鐘》篆文内實有韵字，從音從匀。許氏所未收之古文也。然則今人所便單行之文，極其奥折奔放者，乃古之筆，非古之文也。沈約之説，或可横指爲八代之衰體。孔子、子夏之文體，豈亦衰乎？是故唐人四六之音韵，雖愚者能效之；上溯齊、梁，中材已有所限；若漢、魏以上，至於孔、卜，非上哲不能擬也。』

上論《文選》之封域。

《文選》次文之體凡三十有八，曰賦，曰詩，曰騷，曰七，曰詔，曰册，曰令，曰教，曰策文，曰表，曰上書，曰啓，曰彈事，曰箋，曰奏記，曰書，曰移，曰檄，曰對問，曰設問，曰辭，日序，曰頌，曰贊，曰符命，曰史論，曰史述贊，曰論，曰連珠，曰箴，曰銘，曰誄，曰哀，曰碑文，曰墓志，曰行狀，曰吊文，曰祭文。賦與詩又析爲若干類。賦曰京都，曰郊祀，曰耕藉，曰畋獵，曰紀行，曰游覽，曰宫殿，曰江海，曰物色，曰鳥獸，曰志，曰哀傷，曰論文，曰音樂，曰情，凡十五類。詩曰補亡，曰述德，曰勸勵，曰獻詩，曰公宴，曰祖餞，曰咏史，曰百一，曰游仙，曰招隱，曰反招隱，曰游覽，曰咏懷，曰哀傷，曰贈答，曰行旅，曰軍戎，曰郊廟，曰樂府，曰挽歌，曰雜歌，曰雜詩，曰雜擬，凡二十三類。分析或不無煩雜，後人訾議頗多，特條舉而辨之：

吴子良《林下偶談》曰：太史公曰：『離騷者，遭憂也。』離訓遭，騷訓憂，屈原以此命名，其文則賦也。故班固《藝文志》有《屈原賦》二十五篇。梁昭明集《文選》，不并歸賦門，而别名之曰騷。後人沿襲，皆以騷稱，可謂無義。篇題名義且不知，况文乎？

姚姬傳《古文辭類纂》序詞賦類曰：漢世校書有《辭賦略》，其所列者甚當。昭明《文選》分體碎雜，其立名多可笑者。後之編集者或不知其陋而仍之。

章實齋《文史通義·詩教篇》曰：賦先於詩，騷别於賦，賦有問答發端，誤爲賦序，前人之議《文選》，其顯然者也。若夫《封

[一] 據阮元《揅經室集·文韵説》，作『刑政』。
[二] 據阮元《揅經室集·文韵説》，作『《文言》』。

禪》《美新》《典引》，皆頌也。稱符命以頌功德，而別類其體爲符命，則王子淵以聖主得賢臣而頌嘉會，亦當別類其體爲主臣矣。班固次韵，乃《漢書》之自序也，其云『述《高帝紀》第一』『述《陳項傳》第一』者，所以自序撰書之本意，史遷有作於先，故已退居於述爾。今於史論之外，別出一體爲史述贊，則遷書自序，所謂『作《五帝紀》第一』『作《伯夷傳》第一』者，又當別立〔一〕一體爲史作贊矣。漢武《詔策賢良》，即策問也。今以出於帝制，遂於策問之外，別名曰詔，然則制策之對，當離諸策而別名爲表矣。賈誼《過秦》，蓋《賈子》之篇目也，因陸機《辨亡》之論，規仿《過秦》，遂援左思『著論準《過秦》』之説，而標體爲論。魏文《典論》，蓋猶桓譚〔二〕《新論》、王充《論衡》之以論名書耳。《論文》其篇目也。今與《六代》《辨亡》諸篇同次於論，然則昭明自序所謂『老、莊之作，管、孟之流，立意爲宗，不以能文爲本』，其例不收諸子篇次者，豈以有取斯文，即可裁篇題論，而改子爲集乎？七林之文皆設問也，今以枚生發問有七，而遂標爲七，則《九歌》《九章》《九辨》亦可標爲九乎？《難蜀父老》亦設問也，今以篇題爲難，而別爲難體，則《客難》當與同篇〔三〕，而《解嘲》當別有〔四〕嘲體，《賓戲》當別爲戲體矣。《文選》者，辭章之圭臬，集部之準繩，而淆亂蕪穢，不可殫詰，則古人流別，作者意指，流覽諸集，孰是深窺而有得者乎？

俞蔭甫《第一樓叢書》曰：《文選》一書，辭章〔五〕家奉爲準繩，乃其體例，實多可議。如賦、詩宜以時代爲次，多爲標目，反或拘牽。且特立『耕藉〔六〕』之目，而所録止潘安仁《藉〔七〕田賦》一首，特立『論文』之目，而所録止陸士衡《文賦》一首，然則『耕藉〔八〕』即潘賦之正名，論文乃陸賦之本意，題前立題，猶屋上架屋矣。又如風、月、雪賦之物色，義既不通，而《秋興》一賦，又非其倫，斯亦義例之未安者乎？

吴、姚二氏以《漢志》《屈原賦》二十五篇，《宋玉賦》十六篇，《淮南王群臣賦》四十四篇皆列於賦家。《離騷》特二十五篇之一，《招魂》亦十六篇之一，《招隱士》亦四十四篇之一。昭明乃以騷各三家之賦；而又與賦別爲一體，疑有未當。不知賦出於騷，騷爲賦

〔一〕據章學誠《文史通義》，作『出』。
〔二〕據章學誠《文史通義》，作『子』。
〔三〕據章學誠《文史通義》，作『編』。
〔四〕據章學誠《文史通義》，作『爲』。
〔五〕據俞樾《春在堂全書》，作『詞賦』。
〔六〕據俞樾《春在堂全書》，作『籍』。
〔七〕據俞樾《春在堂全書》，作『籍』。
〔八〕據俞樾《春在堂全書》，作『籍』。

之祖，究可自爲一類。彦和析論文體，以《辨騷》與《詮賦》分篇，是亦别騷於賦矣。《隋經籍志·集部》特立《楚辭》一類，後世仍之，尤見推崇騷體，不與其他文辭同列之意。審是，可無疑於昭明之失當矣。《文選》賦列詩前，此其例啓於《漢志》，彦和所謂『六藝附庸，蔚爲大國者』是也。是又不得以之責昭明矣。章氏以昭明論文，惟拘形貌，而昧於文學之流别，斯言誠中其失。《難蜀父老》，《文選》本入檄類，章氏謂别爲難體，語失檢。然夷考爾時劉氏《文心》，列體亦繁。惟以對問、設論、連珠、七林統歸雜文，誄碑爲一類、哀吊爲一類，此昭明爲簡括耳。世傳任昉《文章緣起》，縷舉八十五種，雜碎尤甚。任以專書辨析衆製，尚復如此，知昭明分體，亦因仍前規耳。《文心·詮賦篇》云：『夫京殿、苑獵、述行、序志，體國經野，義尚光大。至於草區禽族，庶品雜類，觸興致情，因變取會。』據此，是賦之分類，昭明仍前貫也。《頌贊篇》云：『遷、固著書，托贊褒貶。又紀傳後評，亦同其名。而仲洽《流别》，謬稱爲述，失之遠矣。』顔師古《匡謬正俗》亦云：『摯虞《流别集》全取孟堅書序爲一卷，謂之《漢述》。』是史述贊之名，昭明亦承仲洽之誤者也。又《吴志·闞澤傳》有《過秦論》之稱，則此篇稱論已舊，非始昭明，明矣。至物色之名，本六朝常語，延年取以入咏，《秋胡詩》：『日暮行采歸，物色桑榆時。』《雕龍》亦用題篇，其義猶漢人言雲物，今人言光景，遠出鄭君，《周官·保章氏》注。詞非晦解，俞氏誚爲不通，何耶？

上論《文選》之分體。

《文選》一書，囊括七代，凡得百三十餘家，家取如干首，自謂『略其蕪穢，集其清英』矣。然去取之間，猶不免議者紛紜。分别述之，爲辨白焉。

一、入選之文有爲贋品者

蘇子瞻《答劉沔書》[一]曰：梁蕭統《文選》，世以爲工。以軾觀之，拙於文而陋於識者，亦莫統若也。李陵、蘇武贈别長安，而詩有江漢之語。及陵與武書，詞句儇淺，正齊梁間小兒所擬作，决非西漢人[二]，而統不悟。劉子玄獨知之。真識真者少，蓋從古所痛也。案，劉子玄言見《史通·雜説篇》，曰：《李陵集》有《與蘇武書》，詞采壯麗，音調[三]流靡。觀其文體，不類西漢人，殆後來所爲，

[一] 據蘇軾《蘇文忠公全集》，作『《答劉沔都曹書》』。
[二] 據蘇軾《蘇文忠公全集》，作『文』。
[三] 據蘇軾《蘇文忠公全集》，作『句』。

假稱陵作也。遷史缺而不載，良有以焉。編於李集中，斯爲謬矣。

二、入選之文有事與人不足録者

王西莊《蛾術篇》曰：《文選補遺》四十卷，元陳仁子撰。廬陵趙文儀稱同傭，仁子之字。少閲《文選》，即恨其紕繆，以爲存《封禪書》，何如存《天人三策》；存《劇秦美新》，何如存更生《封事》；存魏公《九錫文》，何如存蕃、固諸賢論列。《出師表》不當删去《後表》。《九歌》不當止存《少司命》《山鬼》。案，《九歌》尚有《東皇太一》《雲中君》《湘君》《湘夫人》四首在《少司命》《山鬼》之前，因别分爲卷在前。陳氏只見三十三卷之《少司命》《山鬼》，遽謂止存二首，可謂失檢。《九章》不當止存《涉江》。漢詔令載武帝，不載高、文；史論贊取班、范，不取司馬遷；淵明詩家冠冕，十不存一二。此種的是宋元人議論，中有一段道理。但所謂《後出師表》者，乃宋元人爲之題目，據亮本傳但有一表，後表乃在裴松之注。松之云：『此表亮集所無，出張儼默記。』然則昭明不收，固當。抑其所取之未合，則不但如同傭所云而已。如任彦升《宣德皇后令》、殷仲文《自解表》、繁休伯《與魏文帝箋》、阮嗣宗《爲鄭冲勸晋王箋》、阮元瑜《爲曹公作書與孫權》，此等文似皆可以不存，而蕭氏俱收入《文選》。陸機、陸雲，吴之世臣，不宜仕晋，潘岳品尤卑。世稱潘江陸海，然二子但有麗詞，苦無風骨，而《文選》取之亦頗多。蓋彼所謂『略其蕪穢，集其清英』者，原但論其文詞之美，而不論其事，亦不説〔一〕其人也。《文選》之體如此。

三、入選之文道理事理文理俱無者

梁茝林《退庵論文》曰：吾友謝退谷嘗與余論文，多篤實心得之語。一日謂余曰：『文有三理：善言德行者道理足也，達於時務者事理足也，筆墨變化者文理足也。三者俱無，則昭明《文選》之文是〔二〕已。』余初聞之，即覺其言之過，已而退谷筆之書矣，此則不可不辨者也。姑無論諸葛武侯之《出師表》、李令伯之《陳情表》、束廣微之《補南陔白華詩》，爲千古言忠孝者之職志；卜子夏之

〔一〕據王鳴盛《蛾術編》，作『論』。
〔二〕據梁章鉅《退庵隨筆》，作『而』。

《毛詩序》、杜元凱之《左氏傳序》、劉子駿之《移太常博士書》，開後來論經學者之津涂；即陸士衡之《文賦》，古今之言文章者亦豈能外之？且如屈子之《離騷》，李少卿、司馬子長之書，可謂之文理不足而筆墨不變化乎？司馬長卿之諫獵、《難蜀父老》，枚叔之諫吴王，班叔皮之《王命論》，可謂之事理不足而不達於時務乎？崔子玉之《座右銘》、韋宏嗣之《博弈論》、張茂先之《勵志詩》《女史箴》，可謂之道理不足而不善言德行者乎？大抵退谷喜講心性之學，所最服膺者真文忠公之《文章正宗》，其於《文選》并未嘗全部翻讀，故不自覺其失言。

四、入選之文失於滑澤者

章公《國故論衡·論式篇》引《與人書》曰：余以爲持誦《文選》，不如取三國晋宋書[一]《弘明集》《通典》觀之，縱不能上窺九流，尤[二]勝於滑澤者。

五、未選之文有宜取者

洪慶善《楚辭補注》曰：《漢志·屈原賦》二十五篇，然則自《騷經》至《漁父》皆賦也，後之作者苟得其一體，皆可以名家矣。而梁蕭統作《文選》，自《騷經》《卜居》《漁父》之外，《九歌》去其五，《九章》去其八。然司馬相如《大人賦》率用《遠游》之語，《史記·屈原傳》獨載《懷沙》之賦，揚雄作《畔[三]牢愁》亦旁《惜誦》至《懷沙》。統所去取，未必當也。自漢以來，靡麗之賦，勸百而諷一，無惻隱古詩之義，故子雲有曲終奏雅之譏。而統乃以屈子與後世詞人同日而論，其識如此，則其文可知矣。

蘇子瞻《志林》曰：舟中讀《文選》，恨其編次無法，去取失當。齊梁文章衰陋，而蕭統尤爲卑弱，《文選序》斯可見矣。如李陵書、蘇武五言，皆僞而不能辨。今觀《淵明集》，可喜者甚多，而獨取數首，以知其餘人忽遺者多矣。淵明作《閑情賦》，所謂『國風好

[一] 據章太炎《國故論衡》，作『《三國志》《晋書》《宋書》』。
[二] 據章太炎《國故論衡》，作『猶』。
[三] 據洪興祖《楚辭補注》，作『伴』。

色而不淫』者，正使不及《周南》，與屈宋所陳何异。而統大譏之，此乃小兒强作解事也[一]。

劉申受《八代文苑叙録》曰：《文選》綴緝，有三善焉。體例謹嚴，芟剪不加經史，一也。搜羅廣博，奥隱不墜浮沉，二也。笙簧六籍，鼓吹百家，後有明哲，罕出範圍，三也。若乃類聚乖舛，棄置失當，亦有可譏者焉。靈均《遠游》《天問》，開詞賦之宗。文通《故鄉》《江上》，采騷歌之韵。長卿凌雲之氣，枚叔梁園之才。子雲《蜀都》，太冲斯仿。武皇《悼逝》，黄門是規。明遠《游思》，徽音宋玉。張融賦海，表裏玄虚。《郊祀》不采《漢志》，僅及延年。《樂府》止涉五言，未遑曲調。册令勸進之作，視獎亂爲故常。詩序史論之收，顯違例而彌陋。《七發》命七，《章》《辨》幾可以九名；王褒對問，非韵安得以頌列。雄風《高唐》，義存譎諫，焉止狀景言情。《鵩鳥》集合，志明死生，非誇博物多識。《臨終》《百一》，徒受嗤於後人；僞孔擬蘇，炫别裁於玄鑒。下略。

六、未選之文從而爲之詞者

王勉夫《野客叢書》曰：《遯齋閑覽》云：『季父虚中謂王右軍《蘭亭序》以「天朗氣清」，自是秋景，以此不入選。余亦謂「絲竹管弦」亦重複。』僕謂不然。『絲竹管弦』本出《前漢·張禹傳》，而『三春之際[二]，天氣肅清』，見蔡邕《終南山賦》。『熙春寒往，微雨新晴，六合清朗』，見潘安仁《閑居賦》。『仲春令月，時和氣清』，見張平子《歸田賦》。安可謂春間無天朗氣清之時？右軍此筆，蓋直述一時真率之會趣耳。然則斯文之不入選，良由[三]搜羅之不及，非故[四]遺之也。

喬松年《蘿藦亭雜記》曰：六朝談名理，以老莊爲宗，貴於齊死生，忘得喪，王逸少《蘭亭序》謂『一死生爲虚誕，齊彭殤爲妄作』，有惜時悲逝之意，非彼時之所貴也，故《文選》棄而不取。

按，《文選》所録贋品有三：一爲司馬長卿《長門賦》，《南齊書·陸厥傳》：《上林》《長門》，殆非一家之賦。顧炎武《日知録》亦謂此賦首稱孝武皇帝、陳皇后云云，相如卒於元狩五年，安得言孝武皇帝？何屺瞻《讀書記》亦斷此賦爲後人所擬。一爲子玄所舉之李陵《答蘇武書》。二篇皆作僞之絶工，幾於亂真者。豈昭明之鑒裁有失，抑欣賞其文，不忍割愛耶？至蘇李之詩，見疑後代，摯虞

[一] 據蘇軾《東坡志林》，作『者』。
[二] 據王楙《野客叢書》，作『季』。
[三] 據王楙《野客叢書》，作『往往』。
[四] 據王楙《野客叢書》，作『固』。

《文論》，延之《庭誥》，俱有是言，《御覽》五百八十六引顔延之《庭誥》曰：『李陵衆作，總雜不類，殆是假托，非盡陵制。至其善篇，有足悲者。』摯虞《文論》，足稱優洽，是仲洽已明其僞矣。亦不自東坡始也。一爲孔安國《尚書序》。此本東晋梅賾所上《僞古文書序》。然其案自清閻若璩、惠定宇諸人著書考論，始成定讞。若昭明時，固無不信以爲真也。王西莊氏就事衡文，捨文方人，其見甚謬。本吾友鄭石君説。退谷所見，又下於王，退庵駁之，允已。章公以名理議禮之文，六代所優，而《選》不録，以爲缺陷。竊謂昭明選文，主於沉思翰藻，名理議禮之作，質浮於文，所由見外。然固不得以滑澤絀之也。蓋自江左文辭，稍崇華贍，下逮齊、梁，駢麗之習成，聲病之學盛，取青媲白，鏤葉雕花，日趨於纖艷，而古初渾樸之意盡失。昭明芟次七代，薈萃群言，擇其文之尤典雅者，勒爲一書，用以切劘時趨，標指先正。迹其所録，高文典册十之七，清辭秀句十之五，纖靡之音百不得一。以故班、張、潘、陸、顔、謝之文，班班在列，而齊梁有名文士若吴均、柳惲之流，概從刊落。崇雅黜靡，昭然可見。其《荅湘東王求文集及詩苑英華書》曰：『夫文典則累野，麗亦傷浮。能麗而不浮，典而不野，文質彬彬，有君子之致，吾嘗欲爲之，但恨未逎耳。』此其識見之卓，度越古今。《文選》所録，猶斯旨也，豈滑澤者比哉？至洪氏、蘇氏以《文選》去取未當，斥爲無識。不知《楚辭》別有專集，故《選》僅拔取其尤。鮑、謝采録不遺，淵明猶有未備，此自爾時士論趨嚮如此，所以記室評詩，淵明夷之中品，而隱侯《宋書·謝客傳論》，暢言文變，亦獨遺淵明而弗及也。蘇氏之言，則宋韓淲、張戒、清人錢季鄉均駁斥之。

韓氏《澗泉日記》曰：東坡謂梁昭明不取淵明《閑情賦》，以爲小兒强解事。《閑情》一賦，可以見淵明所寓。然昭明不取，亦未足以損淵明之高致。東坡以昭明爲强解事，余以東坡爲强生事。

張氏《歲寒堂詩話》曰：近時士大夫以蘇子瞻譏《文選》去取之謬，遂不復留意。不知《文選》雖昭明所集，非昭明所作，秦漢魏晋奇麗之文盡在，所失雖多，所得不少。作詩賦之士〔一〕，此其大法，安可以昭明去取一失而忽之？子瞻文章從《戰國策》、陸宣公奏議中來，長於議論，而欠宏麗。揚雄亦薄之，云：『好爲艱深之詞，以文淺易之説。』雄之説淺易則有矣，案，此語未然。其文詞安可以艱深而非之也。韓退之文章豈減子瞻，而獨推揚雄，云：『雄死後作者不復生。』雄文章豈可非哉？《文選》中求議論則無，求奇麗之文則多矣。

錢氏《隱叟遺集》曰：自唐初以來，選學盛行，故雖以杜少陵之雄視百代，其訓子猶勖其熟精。而子瞻題是書後，獨譏其文體卑弱，去取失當者，何哉？大抵駢儷之文，足供詞人采獵，而擅古文者多嗤之。少陵工詞賦，《大禮》《太清》諸作，希踪魏晋，其餘表狀

〔一〕據張戒《歲寒堂詩話》，『之士』作『四六』。

志碑〔一〕，亦沿六代餘習，時尚藻麗，《文選》固所枕藉矣。子瞻爲古文，微特涂與選殊，其卓越陵轢〔二〕之氣，亦視此誠有所不屑。案，此語亦有病。然文章關乎風氣，未可以一格繩，蕭梁之際，曼聲縟響〔三〕，風扇藝林。昭明是選，猶能導源屈、宋，遠溯揚、班，則所目想心游，固非狃近代之靡靡者。至其偶儷居宗，葩華是擷，則當時風氣爲之。令子瞻而處斯世，未必不徇所尚，又何必以一己之愛憎，程墨前〔四〕古耶？夫子瞻喜陶，而少陵謂其非知道。可知文人祈嚮，性情既殊，指〔五〕趣斯异。苟執一爲定評，則循聲失實，古人之撰述可廢者多矣。《文選》網羅衆家，諸體咸備，而搜珍剪穢，文質相扶，固後生英髦所爲準的者矣。淵明之詩，不因少陵一言而見損；昭明之選，豈以子瞻不取而可棄乎？夫李陵之詩與答蘇武之書，僞體失裁，則尺璧之瑕，誠不能爲昭明掩，然劉知幾《史通》已議之，亦不自子瞻始云。

且昭明選文之旨，在乎搴擷孔翠，以供文苑之雒誦，非以此存七代之文獻；篇幅所限，纔三十卷，其不能無所遺漏，亦勢使之然也，安得以一家偶遺，或家取數首，嫌爲未備哉？善乎士衡之言曰：『彼瓊敷與玉藻，若中原之有菽。同槖籥之罔窮，與天地乎并育。雖紛藹於此世，差不盈於予掬。』知斯義也，可與論《文選》矣。

《文選》去取，議者紛紜，已辨白如上矣。其去取之準，尚有當知者二事：一曰不録生存。晁公武《郡齋讀書志》曰：『竇常謂統著《文選》，以何遜在世，不録其文。蓋其人既往，而後其文克定，故所録皆前人作也。』蓋論人以蓋棺而允，談藝亦以殁世爲公。自昭明首創斯例，記室《詩品》，亦不録存者。後來選家，大都準此，多以録同時人爲嫌於標榜矣。一曰近詳遠略。何屺瞻《讀書記》謂：『此書於嬴、劉二代，聊示椎輪，當求諸史集。建安以降，大同以前，衆論之所推服，時士之所鑽仰，蓋無遺憾焉。』按登《選》之文，雖甄録《楚辭》與子夏《詩序》，上起成周，其實偏詳近代。由近代視兩漢略已，先秦又略之略已，何以知之？試觀令載任彦昇《宣德皇后令》一首，教載傅季友《爲宋公修張良廟教》《修楚王元廟教》二首，《策秀才文》則祇有王元長與彦昇兩家，以及啓類、彈事類、墓志、行狀、祭文諸類，彦昇爲多，其餘則沈約、颜延之、謝惠連、王僧達數人之文，豈非以近代爲主乎？不然，自啓以下，古人詎無此體者？是知昭明選文，詳近略遠，又其所懸之準的矣。

〔一〕據錢桂笙《錢隱叟遺集》，『志碑』作『碑志』。
〔二〕據錢桂笙《錢隱叟遺集》，作『凌轢』。
〔三〕據錢桂笙《錢隱叟遺集》，作『采』。
〔四〕據錢桂笙《錢隱叟遺集》，作『先』。
〔五〕據錢桂笙《錢隱叟遺集》，作『旨』。

上論《文選》之去取。

《文選》編次文辭，有增删者，有割裂者，有誤析賦首或摘史辭爲序者。至於標題、叙次之間，亦不無小失。此固無關宏旨，不足爲其書病也。條舉於下：

一、增删古人之文

俞理初《癸巳叢[一]稿·文選自校本跋》曰：「《文選》見於史策者極多。選家例有甄别增删。其本有視它增多者，《西都賦》視《漢書》多『衆流之隈，汧涌其西』，《東都賦》詩視《漢書》多『嘉祥阜兮集皇都』，司馬子長《報任少卿書》視《漢書》多『太史公牛馬走司馬遷再拜言』十二字，東方朔《答客難》視《漢書》多『傳曰天下無害灾……』一[二]十七字，蓋昭明得他本增入者。《景福殿賦》注引薛綜《東京賦》注曰：『高昌、建成，二觀名也』，有注而賦文無此二觀，今所得《後漢宮殿圖》亦無此二觀，則賦文昭明删之。《九章·涉江》云『亂曰』以下删五十三字。鍾士季《檄蜀文》，《魏志》『亦無及也，其詳擇利害，自求多福』，今《文選》『亦無及也』下，删『其詳擇……』九字。任彦昇《爲褚蓁讓代兄襲封表》注云：『此表與集，略詳不同，疑是稿本，詞多冗長。』《奏彈劉整》注云：『昭明删此文大[三]略，故詳引之，令與彈相應也。』是亦昭明删之，而李崇賢復補。唐僧《辨正論》内《九箴篇》引古詩曰：『服食求神仙，多爲藥所誤。不如飲美酒，被服紈與素。寄語世上人，道士慎莫作。』《文選·古詩十九首》無『寄語……』十字，亦昭明删之。其亦以意存者，王子淵《聖主得賢臣頌》、劉孝標《重答秣陵書》，頌與書正文皆不見，蓋古人僅傳其序引。其增改字者，據注則颜延年《宋文皇后哀册文》，依用宋文帝加八字；陸佐公《石闕銘》，依用梁武帝改十四字；《刻漏銘》，依用梁武帝改一字，沈約改二字。然則《文選》不當以拘牽元稿，評説是非也。其中本爲昭明所移改者，曹子建《與吴質書》注引别題，言：『昭明移「墨翟不好伎」置「和民[四]無貴矣」下，與季重之書相應也。』朱浮《與彭寵書》注云：『《後漢書》載此事[五]，《東觀漢記》亦載此

[一] 據俞正燮《癸巳存稿》，作『存』。
[二] 據俞正燮《癸巳存稿》，作『二』。
[三] 據俞正燮《癸巳存稿》，作『太』。
[四] 據俞正燮《癸巳存稿》，作『氏』。
[五] 據俞正燮《癸巳存稿》，作『書』。

書，大義雖同，辭旨全別，蓋録事者取舍有詳略矣。』録有取舍，選亦必有取舍，校者詳其异同，以見古人之趣，非有彼此是非之見。凡書皆然，况其爲文辭選集本耶[二]？《史記·司馬相如列傳》云：『《子虚》《上林》言上林、雲夢所有甚衆，故删取其要』，西漢録賦，已删取如此。

二、割裂古人之文代造題目

賈誼《過秦》，在《新書》中本有三篇，昭明乃截其一，題以論字，猶沿前人之誤也。范曄《後漢書》本自有論，昭明又截《皇后紀》《宦官傳》《逸民傳》之首節，題以論字。承其謬者，如《史記》之《年表》《月表》，《漢書》之《諸侯王表》，《唐書·藝文志》，《五代職方考》，姚氏《古辭類纂》皆截其首節，題以序字。而《一行傳》《伶官傳》，則又截其首節，一題爲序，一題爲論。《宦者傳論》則且截取傳中一節爲之，隨意命題，無復定例，此皆踵昭明之爲也。

三、誤析賦首或摘史辭爲序

蘇子瞻《志林》曰：『宋玉《高唐》《神女賦》自「玉曰唯唯」以前皆賦也，而統謂之序，大可笑也。相如賦首有子虚、烏有、亡是三人論難，豈亦序耶。』王觀國《學林》曰：『傅武仲《舞賦》，宋玉《高唐賦》《神女賦》《登徒子好色賦》，本皆無序。昭明編《文選》，各析其賦首一段爲序。此四賦皆記楚襄王答問之語，蓋借意也，故皆有唯唯之文。昭明誤認唯唯之文爲賦序，遂析其詞。觀國按，司馬長卿《子虚賦》托烏有先生、亡是公爲言，揚子雲《長楊賦》托翰林主人、子墨客卿爲言，二賦皆有唯唯之文，是以知之。傅武仲、宋玉四賦本皆無序，昭明因其賦皆有唯唯之文，遂誤析爲序也。揚子雲《羽獵賦》首有二序，《五臣注文選》曰：「賦有兩序，一者史臣，一者雄序。」詳其文第一序乃雄序也，第二序非序，乃雄賦也。賦中用「頌曰」二字不害於義，昭明析「頌曰」爲一段，乃見其有二序，蓋誤析之也。馬融《長笛賦》首尾兩處有「辭曰」字，潘安仁《藉田賦》末有「頌曰」字，潘安仁《笙賦》、張平子《思玄賦》、鮑明遠《蕪城賦》、謝希逸《月賦》，其末皆有「歌曰」字，王文考《魯靈光賦》、班孟堅《幽通賦》、王子淵《洞簫賦》、

[二] 據俞正燮《癸巳存稿》，作『也』。

顔延年《赭白馬賦》，其末皆有「詞曰」字。由此觀之，則《羽獵賦》有「頌曰」字，乃賦也，非序也，亦豈有一賦而兩序耶？又《文選》揚子雲《解嘲》有序，揚子雲《甘泉賦》有序，賈誼《鵩鳥賦》有序，禰正平《鸚鵡賦》有序，司馬長卿《長門賦》有序，漢武帝《秋風辭》有序，劉子駿《移書責太常博士》有序，以上皆非序也，乃史辭也，昭明摘史辭以爲序，誤也。』又曰：『張平子《四愁詩序》非衡自作，豈有爲相而斥言國王驕，又自稱下車威嚴，郡中大治者？按《後漢書·張衡傳》，知此乃史辭也，詞有不同，蓋撰《後漢》者非一家，編衡集者增損之耳。』

四、標題之誤

詩游覽類鮑明遠《車駕幸京口侍游蒜山作》一首，張銑曰：『觀其詩意乃不得從駕，恐題之誤也。』江文通《從建平王登廬山香爐峰》一首，吕延濟曰：『觀淹詩意，乃和王詩，此序不云應教，誤矣。』贈答類二曹子建《贈丁儀》一首，李善曰：『《五言集》云「與都亭侯丁翼」，今云「儀」，誤也。』又《贈丁儀王粲》一首，李善曰：『《五言集》云「答丁敬禮、王仲宣」，翼字敬禮，今云儀，誤也。』陸士衡《爲顧彦先贈婦》二首，李善曰：『集云《爲全彦先作》，今云「顧彦先」，誤也。且此上篇贈婦，下篇答，而俱云贈婦，又誤也。』贈答類三郭泰機《答傅咸》一首，何屺瞻曰：『案詩乃贈傅，非答也。』陸士龍《爲顧彦先贈婦詩》二首，李善曰：『集亦云《爲全彦先》。然此二篇并是婦答，而云贈婦，誤也。』行旅上陸士衡《赴洛》二首，李善曰：『集云此篇赴太子洗馬時作，下篇云東宫作。而此同云赴洛，誤也。』張銑曰：『後篇意乃在東宫作，蓋撰者合也。』

騷類劉安《招隱士》一首，案王逸章句云：『小山之徒閔傷屈原，故作《招隱士》之賦以章其志。』則此篇明爲淮南賓客所作，題曰劉安，誤也。

表類下庾元規《讓中書令表》一首，李善曰：『諸《晋書》并云讓中書監。此云令，恐誤也。』

書類下趙景真《與嵇茂齊書》一首，案宜改題爲吕仲悌《與嵇叔夜書》，其説詳後。劉孝標《重答劉秣陵沼書》一首，案《梁書·劉峻傳》著《辨命論》成，中山劉沼致書以難之，凡再反，峻并爲申析以答之，會沼卒，不見峻後報者，峻乃爲書以序之。今案其語，似非答書，以書中存其梗概更酬其旨考之，知爲答書之序，昭明竟撰入書類，誤也。

檄類陳孔璋《爲袁紹檄豫州》一首，趙琴士《讀書偶記》云：『昭明《文選》此文標題曰《爲袁紹檄豫州》，李善注引《魏志》曰：「琳避難冀州，袁本初使典文章，作此檄以告劉備，言曹公失德，不堪依附，宜歸本初也。」今案《魏志·陳琳傳》，并無此檄，

「告劉備」以下數語，皆善妄增。又案《後漢書》及《魏志·袁紹傳》，宣此檄時，已在備奔歸紹之後。然則非獨善注妄也，即昭明標題，亦不當爲[一]《爲袁紹檄豫州》。宋胡三省注《通鑑》，知善之説非也，乃泥於昭明此題，而云蓋帝都許，許屬潁州[二]郡，豫州部屬也，故《選》專以檄豫州爲言。此似但見《文選》之題，而未細看陳琳之文。檄首一行云：「左將軍領豫州刺史郡國相守」；左將軍領豫州刺史，非劉備而誰，乃以爲指其地言耶？此檄末云：「即日幽、并、青、冀，四州并進，書到荆州，便勒見兵，與建忠將軍協同聲勢，州郡各整戎馬，羅絡[三]境外。」則非專檄豫州可知。裴松之《魏志》注云：「《魏氏春秋》載袁紹檄州郡文」，此爲傳[四]其實。故余謂此當題爲陳琳《爲袁紹檄州郡討操》。「左將軍豫州刺史」下，「郡國相守」土[五]，當有「告」字。如魏《檄吳將校部曲》云「尚書令彧，告江東諸將校部曲也」。操檄吳托之彧，紹檄操托之備，皆倚以爲重。二檄俱出陳琳之手，其體例同可知也。彧名而備不名者，尊帝室之胄，又或本有而傳寫遺落，未可知也。近有重訂《文選》者，見此檄首一行不甚可通，乃爲之注云：「《蜀志》先主歸謙，陶謙表爲豫州刺史，後歸曹公，曹公表爲左將軍，故稱郡國相；又稱守者，郡守也。」左將軍既非郡國相，豫州刺史亦非郡守，何得强紐而合爲一耶？』

五、叙次之失

詩公宴類曹子建《公宴詩》一首，李善曰：『贈答雜詩，子建在仲宣之後，而此在前，疑誤也。』招隱類左太冲《招隱詩》二首，李善曰：『雜詩左居陸後，而此在前，誤也。』哀傷類曹子建《七哀詩》一首，李善曰：『贈答子建在仲宣之後，而此在前，誤也。』贈答類二張茂先《答何邵》二首，劉良曰：『邵贈華詩，則此詩之下是也。贈答之詩，則贈詩當爲先，今以答爲先者，蓋依前賢所編，不及追改也。』行旅類潘安仁《河陽縣作》二首，李善曰：『哀傷贈答皆潘居陸後，而此在前，疑誤也。』樂府類下陸士衡《挽歌》三首，胡果泉云：『第三章首句與第一章末句相接，以文義訂之，第三章當在二章之前。』雜詩類何敬祖《雜詩》一首，李善曰：『贈答

[一] 據趙紹祖《讀書偶記》，作「云」。
[二] 據趙紹祖《讀書偶記》，作「川」。
[三] 據趙紹祖《讀書偶記》，作「落」。
[四] 據趙紹祖《讀書偶記》，作「得」。
[五] 據趙紹祖《讀書偶記》，作「上」。

何在陸前，而此居後，誤也。』上書類枚叔《上書諫吴王》，李善曰：『乘之卒在相如之前，誤也。』書類朱叔元《爲幽州牧與彭寵書》一首，何屺瞻曰：『此書在建武中興之初，而列七子之伍，誤也。』論類李蕭遠《運命論》一首，文列《養生論》後。按叔夜卒於魏常道鄉公景元三年，而蕭遠爲魏明帝時人，前後倒置，亦誤。

上論《文選》之編次。

源流第三

選學之名，昉於唐初。自曹秘書播斯蘭茝，李崇賢綉其帨鞶，津塗既闢，纘述日盛，門分類別，人各爲書。一曰注釋：廣釋事類，搜討冥幽，援毛、鄭蟲魚之勤，達向、郭筌蹄之表，非惟蕭氏之功臣，實亦百家之肴饌，此一家也。二曰辭章：采拾菁華，抉摘藻异，雅類兔園之册，允爲獺祭之資，此一家也。三曰廣續：孟、卜之續擬，陳、劉之補廣，探遺珠於滄海，异伐木於鄧林，不免好事之譏，祇厠附庸之末，此一家也。四曰讎校：自南宋鋟版，即以李注合於五臣，展轉訛混，梳剔維艱，復崇賢之舊觀，成藝林之善本，此一家也。五曰評論：標舉義理，甄別瑕瑜，發哲匠之巧心，啓童蒙之妙悟，此又一家也。總斯五家，梗概略舉。隋唐以降，代有成書，而唐與清爲最盛。今分三期述之：一、隋唐間文選學之起源及唐代文選學家考；二、宋元明文選學；三、清代文選學家述略。

一、隋唐間文選學之起源及唐代文選學家考

自《文選》書成，至隋即有蕭該著書，首加研討，實開文選學之先河，特先述之。

《隋書·儒林·何妥傳》附載：蕭該，蘭陵人[一]，梁鄱陽王恢之孫。少封攸侯。荆州平[二]，與何妥同至長安。性篤學，《詩》《書》《春秋》《禮記》并通大義，尤精《漢書》，甚爲貴游所禮。開皇初，賜爵山陰縣公，拜國子博士。奉詔與何妥正定經史，然各執所見，遞相是非，久而不能就，上譴而罷之。後撰《漢書》及《文選音義》，咸爲當時所重[三]。《北史·儒林·何妥傳》略同。

[一] 據魏徵等撰《隋書》，作「蘭陵蕭該者」。
[二] 據魏徵等撰《隋書》，作「梁荆州陷」。
[三] 據魏徵等撰《隋書》，作「貴」。

按鄱陽王恢，梁武帝弟，則該爲昭明從子。所著《文選音義》，《隋志》作《音》三卷，新、舊《唐志》并作《音義》十卷。可謂蕭氏家學，淵源有自矣。惜其書不傳。今可見者，惟《文選・思玄賦》『行頗僻而獲志兮』注引蕭該《音》『頗，本作陂，布義切』；《漢書・揚雄傳》官本引蕭該《音義》曰『吷，《文選》余日反』二條。此則片羽僅存，不得如《漢書音義》，後人得爲搜集成卷耳。

繼該之後，卓然以文選學名者，首推隋、唐間之曹憲。李善承憲之業，集厥大成，而許淹、公孫羅諸人，相繼傳授，亦於斯學有所撰著。今録諸家傳略，考論如下。

曹憲，揚州江都人也。仕隋爲秘書學士。每聚教徒授，諸生數百人。當時公卿以下，亦多從之受業。憲又精諸家文字之書，自漢代杜林、衛宏之後，古文泯绝，由憲此學復興。大業中，煬帝令與諸學者撰《桂苑珠叢》一百卷，時人稱其該博。憲又訓注張揖所撰《博雅》，分爲十卷，煬帝令藏於秘閣。《隋志》又載《古今字圖雜録》一卷，曹憲撰。貞觀中，揚州長史李襲譽表薦之，太宗徵爲宏[一]文館學士，以年老不仕，乃遣使就家拜朝散大夫，學者榮之。太宗又嘗讀書有難字，字書所闕者，録以問憲。憲皆爲之音訓，及引證明白。太宗甚奇之。年一百五歲卒。所撰《文選音義》，甚爲當時所重。初江淮間爲文選學者，本之於憲。又有許淹、李善、公孫羅，復相繼以《文選》教授，由是其學大興於代。《舊唐書・儒學傳》。

許淹者，潤州句容人也。少出家爲僧，後又還俗。博物洽聞，尤精訓詁[二]。撰《文選音》十卷。同上。

李善者，揚州江都人。方雅清勁，有士君子之風。顯[三]慶中高宗，累補太子内率府録事參軍、崇賢館直學士，兼沛王侍讀。嘗注解《文選》，分爲六十卷。表上之，賜絹一百二十匹，詔藏於秘閣。除璐[四]王府記室參軍，轉秘書郎。乾封中高宗，出爲涇[五]城令，坐與賀蘭敏之周密，配流姚州。後遇赦得還，以教授爲業，諸生多自遠方而至。又撰《漢書辨惑》二[六]十卷。載初元年卒。睿宗永昌六年己丑歲十一月改爲載初元年。子邕亦知名。同上。

公孫羅，江都人也。歷沛王府參軍，無錫縣丞。撰《文選音義》十卷行於代。同上。

[一] 據劉昫等撰《舊唐書》，作『弘』。
[二] 據劉昫等撰《舊唐書》，作『詁訓』。
[三] 據劉昫等撰《舊唐書》，作『明』。
[四] 據劉昫等撰《舊唐書》，作『潞』。
[五] 據劉昫等撰《舊唐書》，作『經』。
[六] 據劉昫等撰《舊唐書》，作『三』。

父善嘗受《文選》於同郡人曹憲。後爲左侍極賀蘭敏之所薦，引爲崇賢館學士，轉蘭臺郎。敏之敗，善坐罪[一]，流嶺外。會赦還，因寓居汴、鄭之間，以講《文選》爲業。年老疾卒。所注《文選》六十卷，大行於時。《文苑·李邕傳》。

憲始以梁昭明太子《文選》授諸生，而同郡魏模及模子景倩，皆相傳授。模，武后時爲左拾遺。景倩亦世其學，以拾遺召，後歷度支員外郎。《新唐書·儒學·曹憲傳》。

李邕字太[二]和，揚州江都人。父善，有雅行，淹貫古今，不能屬辭，故人號書簏。顯慶中，累擢崇賢館直學士，兼沛王侍讀。爲《文選注》，敷析淵洽。表上之，賜賚頗渥。……坐與賀蘭敏之善，流姚州。遇赦還，居汴、鄭間講授，諸生四遠至，傳其業，號『文選學』。邕少知名，始善注《文選》，釋事而忘義[三]。書成以問邕，邕不敢對。善詰之，邕意欲有所更。善曰：『試爲我補益之。』邕附事見義，善以其不可奪，故兩書并行。《文藝·李邕傳》。

綜新、舊兩《書》以觀，《文選》之學，蓋自曹氏開其朔，而李氏集厥成。今考諸家著述，曹憲之《文選音義》十卷《唐志》久已亡佚。公孫羅之《文選注》六十卷、《文選音》十卷《唐志》僅可於日本金澤文庫唐寫殘本《文選集注》中窺見崖略。《集注》引有《文選鈔》及《文選音決》二書，按《日本國見在書目》有公孫羅撰《文選鈔》五十九卷，《文選音決》十卷，殆即《注》與《音》也。《見在書目》爲唐時日本人撰，著録當時所得中國書，則《鈔》與《音決》或本公孫羅書原名。《唐語林·文學篇》劉禹錫曰：『《南都賦》言「春茆夏韭」，子卯之卯也，而公孫羅云「茆，鳧卯」，非也。』此條亦《文選注》之佚文。許淹之《文選音》十卷《唐志》今亦亡佚。《新唐志》又別載釋道淹《文選音》十卷，考本傳淹出家爲僧，後又還俗。疑道淹、許淹當即一人，二書當即一書，《舊志》載道淹之《文選音》，而又不載許淹之《文選音》，得其實矣。《華嚴經音義》六十六引淹師《文選音義》云：『猗，美也。』此淹師即許淹。此條即《文選音》之佚文。魏模及其子景倩兩家，則僅以斯學傳授，并無著述。於是李氏《選注》一書，奄有衆家之長，獨擅千古，流傳藝苑，光景常新。《唐志》別載李善《文選辨惑》十卷，今佚。清嘉慶中儀徵阮氏表章選學，因於揚州舊祀昭明太子之文選樓，特改題隋文選樓，崇祀曹憲以下七人，并爲之記云：

揚州舊城文選樓、文選巷，考古者以爲即曹憲故宅，《嘉慶[四]圖志》所稱文選巷者也。宋王象之《輿地紀勝》於揚州載文選樓，注

[一] 據劉昫等撰《舊唐書》，作『配』。
[二] 據歐陽修、宋祁撰《新唐書》，作『泰』。
[三] 據歐陽修、宋祁撰《新唐書》，作『意』。
[四] 據阮元《揅經室集》，作『靖』。

引舊圖經，云文選巷即其處也，煬帝嘗幸焉。元案，……《藝文志》載曹憲《爾雅音義》二卷、《博雅》十卷、《文字指歸》四卷、《桂苑珠叢》一百卷；李善注《文選》六十卷、《文選辨惑》十卷；公孫羅注《文選》六十卷，又《音義》十卷；曹憲《文選音義》幾卷。元謂古人古文小學，與詞賦同源共流。漢之相如、子雲，無不深通古文雅訓。至隋時曹憲在江淮間，其道大明，馬、揚之學，傳於《文選》。故曹憲既精雅訓，又精選學，傳於一郡，公孫羅等皆有《選注》，至李善集其成。然則曹、魏、公孫之注，半存李善注中矣。憲於貞觀中年百五歲，度生於梁大同時。爾時揚州稱『揚[一]一益二』，最爲殷盛。文選巷當是曹氏故居，即今舊城旌忠寺文選樓西北之街也。今樓中但奉昭明栗主。元以爲昭明不在揚州，揚州選樓，因曹氏得名，當祀曹憲主，以魏模、公孫羅、李善、魏景倩、李邕、許淹配之。《唐書》於李善稱江夏人，而李邕乃曰江都人，蓋江夏乃李氏郡望；《唐韵》載李氏有江夏望，《大唐新語》亦稱江夏李善，李白詩亦稱江夏李邕，是善、邕實江都人，爲曹、魏諸君同郡也。唐人屬文，尚精選學，五代後乃廢棄之。昭明選例，以沉思翰藻爲主，經史子三者皆所不選。唐宋古文，以經史子三者爲本。然則昌黎諸人之所取，乃昭明之所不選，其例已明著於《文選序》者也。《桂苑珠叢》久亡佚，間見引於他書。其書諒有部居，爲小學訓詁之淵海，故隋唐間人注書，引據便而博。元幼時即爲文選學，既而爲《經籍纂詁》二百二十二卷，猶此志也。此元曩日之所考也。嘉慶九年，元既奉先大夫命，遵國制立阮氏家廟。廟在文選樓、文選巷之間。廟西餘地，先大夫論構西塾，以爲子姓齋宿飲餕之所。元因請爲樓五楹，題曰隋文選樓。樓之上奉曹君及魏君、公孫君、李君、許君七栗主。樓之下爲西塾。經營方始，先大夫慟捐館舍。元於十年冬哀敬肯構之，越既祥，書此以示子孫，俾知先大夫存古迹、祀鄉賢、展廟祀之盛心也。《揚州隋文選樓記》

阮公主持壇坫，獨以《蕭選》標宗。此記闡明辭章小學同源共流，足舉唐初選學之全矣。

至《新書》謂崇賢注《選》，由邕補益，晁公武《郡齋讀書志》亦云：『李善初爲輯注，博引[二]經史，釋事而忘其義。書成上進，問其子邕，邕無言。善曰：「非邪，爾當正之。」於是邕更加以義解，精於五臣，今釋事加義者兩存焉。蘇子瞻讀善注而嘉之，故近世復行。』其事殊不足信。自唐李濟翁著書，已言之鑿鑿。清《四庫提要》復據濟翁之説，駁正《新傳》，事愈益明。

李濟翁《資暇録》曰：李氏《文選》有初注成者，覆注者，有三注、四注者，當時旋被傳寫。其绝筆之本，皆釋音訓義，注解甚多，余家幸而有焉。嘗將數本并校，不惟[三]注之贍略有异，至於科段，互相不同，無似余家之本該備也。

[一] 據阮元《揅經室集》，作『楊』。
[二] 據晁公武《郡齋讀書志》，作『學』。
[三] 據《資暇録》，作『唯』。

《四庫全書總目·文選李善注提要》云：「《文選》舊本三十卷。李善爲注，始每卷各分爲二。《新唐書·李邕傳》稱其父善始注《文選》，釋事而忘義，書成以問邕，邕意欲有所更，善因令補益之，乃附事見義，故兩書并行。今本事義兼釋，似爲邕所改定。然傳稱善注《文選》在顯慶中，與今本所載題顯慶三年者合。而《舊唐書·邕傳》稱天寶五載坐柳勣事杖殺，年七十餘。上距顯慶三年，凡八十九年。是時邕尚未生，安得有助善注書之事？且自天寶五載上推七十餘年，當在高宗總章、咸亨間，而《舊書》稱善《文選》之學，受之曹憲，計在隋末，年已弱冠，至生邕之時，當七十餘歲，亦決無伏生之壽，待其長而著書。考李匡乂《資暇録》云云，是善之定本，本事義兼釋，不由於邕。匡乂，唐人，時代相近，其言當必有徵。知《新唐書》喜采小説，未詳考也。」高閬仙氏《文選李注義疏》云：「《四庫書目》從李濟翁説，以今本事義兼釋者爲李善定本。其説甚是，足正新傳之訛。然顯慶三年表上之本，必非其絶筆之本。《書目》既以今本爲定本，則雖冠以顯慶三年上表，其爲晚定本固無妨也。至謂善受《文選》在隋末，生邕時當七十餘歲，則非是。舊傳善卒在載初元年，即永昌元年，上推至貞觀元年，凡六十三年。《舊書·儒學傳》言曹憲百有五歲卒，《新書·文藝傳》亦言憲百餘歲卒，使貞觀元年，憲七八十歲，尚有二三十年以外之歲月。善弱冠受業，當在唐初，不在隋末也。由此言之，假使善生貞觀初年，則總章、咸亨間亦僅四十餘歲，安得謂七十餘歲始生邕哉？」

李善《上文選注表》節録高氏注

臣善言：竊以道光九野，縟景緯以照臨。德載八埏，麗山川以錯峙。垂象之文斯著，含章之義聿宣。協〔一〕人靈以取則，基化成而自遠。

以上人文與天地文并著。

《易·益·彖傳》曰：「其道大光。」《呂氏春秋·有始篇》曰：「天有九野，中央曰鈞天，東方曰蒼天，東北曰變天，北方曰玄天，西北曰幽天，西方曰顯〔二〕天，西南曰朱天，南方曰炎天，東南曰陽天。」《淮南子·天文篇》同。《開元占經》卷三引《尚書考靈耀》、《楚辭·天問》王逸注、《廣雅·釋天》作東方皋〔三〕天，南方赤天，西方成天，餘并同。《太玄·玄數篇》曰：「九天，一爲中天，二爲羡天，三爲從天，四爲更天，五爲睟天，六爲廓天，七爲減天，八爲沈天，九爲成天。」又不同。《漢書·王莽傳》顔注曰：「縟，

〔一〕據高步瀛《文選李注義疏》，作「恊」。
〔二〕據高步瀛《文選李注義疏》，作「顥」。
〔三〕據高步瀛《文選李注義疏》，作「皞」。

繫也。』本書王元長《三月三日曲水詩序》曰：『揆景緯以裁基。』注曰：『景，日也；緯，星也。』《詩・日月》曰：『照臨下土。』《左傳・莊二十二年》曰：『照之以天光。』《易・坤・彖傳》曰：『地〔一〕厚載物，德合無疆。』本書《封禪文》曰：『下泝八埏。』李注引孟康曰：『埏若瓮埏，地之八際也。』《漢書・司馬相如傳》顔注曰：『《淮南子》作八寅。』案，今《淮南・墬形篇》作『八殥』。《易・離・彖傳》曰：『百穀草木麗乎土。』《周禮・小司寇》鄭注曰：『麗，附也。』本書《射雉賦》徐爰注曰：『峙，立也。』《易・繫辭傳》曰：『天垂象。』《坤・六三》曰：『含章可貞。』恊、協字通。《書・僞太誓上》曰：『惟人萬物之靈。』本書《文賦序》曰：『取則不遠。』《易・恒・彖傳》曰：『聖人久於其道，而天下化成。』

故羲繩之前，飛葛天之浩唱；媧簧之後，掞叢雲之奧辭〔二〕。步驟分途，星躔殊建；球鍾愈暢，舞咏方滋。楚國辭人，御蘭芳於絶代；漢朝才子，綜鞶帨於遥年。虚玄流正始之音，氣質馳建安之體。長離北度，騰雅咏於圭陰。化龍東鶩，煽風流於江左。

以上古今文章之變遷。

《易・繫辭傳》曰：『古者，庖犧氏之王天下也，作結繩而爲罔罟。』張景陽《七命》曰：『解羲皇之繩。』《呂氏春秋・古樂篇》曰：『昔葛天氏之樂，三人操牛尾，投足以歌八闋。』高注曰：『葛天氏，古帝名。』《禮記・明堂位》曰：『女媧之笙簧。』鄭注引《世本・作篇》曰：『女媧作笙簧。』《漢書・禮樂志》注引晋灼曰：『掞，即光炎字也。』《太平御覽・天部》引《尚書大傳》曰：『舜爲賓客，禹爲主人，百工相和而歌《卿雲》。於時八風循通，卿雲藂藂。』注曰：『言和氣應也。』案『藂』『叢』字同。《後漢書・曹褒傳》：『元和二年下詔曰：三五步驟。』李賢注引《孝經鉤命决》曰：『三皇步，五帝驟，三王馳。』《方言》十二曰：『日運爲躔。』《漢書・律曆志》顔注曰：『躔，舍也。』《公羊傳・隱元年》何注曰：『夏以斗建寅之月爲正，殷以斗建丑之月爲正，周以斗建子之月爲正。』《禮記・月令》：『孟春之月，日在營室。』鄭注曰：『日月之行，一歲十二會，聖王因其會而分之以大數焉。觀斗所建，命其四時。此云孟春者，日月會於娵〔三〕訾而斗建寅之辰也。』案《月令》據夏正建寅，故正月日在營室。推之殷正建丑，則日在婺女。周正建子，則日在斗。然恒星東移，古今日躔有异，此不過言其大略耳。《書・益稷》僞孔傳曰：『球，玉磬。』又曰：『鏞，大鍾。』案『鍾』乃『鐘』之通借字。《禮記・樂記》曰：『歌，咏其聲也。舞，動其容也。』屈原作《離騷》，見昭明序。本書《離騷》曰：『紉秋蘭以爲佩。』揚子《法言・寡見篇》曰：『今之學也，非獨爲華藻也，又從而綉其鞶帨。』《世説新語・賞譽篇》曰：『王敦爲大

〔一〕據高步瀛《文選李注義疏》，作『坤』。
〔二〕據高步瀛《文選李注義疏》，作『詞』。
〔三〕據高步瀛《文選李注義疏》，作『諏』。

將軍，鎮豫章。衛玠避亂，從洛投敦，相見欣然，談話彌日。於時謝鯤爲長史，敦謂鯤曰：「不意永嘉之中，復聞正始之音。」』劉孝標注引《玠别傳》曰：『敦爲〔一〕僚屬曰：「昔王輔嗣吐金聲於中朝，此子今復玉振於江表。微言之緒，絶而復續。不悟永嘉之中，復聞正始之音。」』又見《晉書·衛玠傳》。又《王衍傳》曰：『魏正始中，何晏、王弼等祖述老莊立論，以爲天地萬物皆以無爲爲本。無也者，開物成務，無往不存者也。』《文心雕龍·明詩篇》曰：『正始明道，詩雜仙心。何晏之徒，率多浮淺。』《魏志·三少帝紀》曰：『齊王芳即皇帝位，詔曰：以建寅之月爲正始元年正月。』本書沈休文《宋書·謝靈運傳論》曰：『至于建安，曹氏基命，子建、仲宣以氣質爲體。』《後漢書·獻帝紀》曰：『改元建安。』本書潘安仁《爲賈謐作贈陸機詩》曰：『婉婉長離，凌江而翔。長離云誰，咨爾陸生。』注曰：『長離，喻機也。《漢書》曰：「長麗揬光耀明。」臣瓚曰：「長離，靈鳥也。」』『離』與『麗』古字通。案李引《漢書》見《禮樂志》。『北度』謂陸機度江入洛陽也。《周禮》：『大司徒之職，以土圭之灋測土深，正日景，以求地中。日南則景短多暑，日北則景長多寒，日東則景夕多風，日西則景朝多陰。日至之景，尺有五寸，謂之地中。』鄭司農曰：『土圭之長尺有五寸，以夏至之日立八尺之表，其景適與土圭等，謂之地中，今潁川陽城地爲然。』據先鄭此注，漢潁川郡陽城縣正當地中。陽城爲今河南登封縣地，在洛陽東南一百二十里，則洛陽在其西，與『日西則景朝多陰』之義合，故云『圭陰』也。《藝文類聚·帝王部》引《晉陽秋》曰：『太安中童謡曰：「五馬浮渡江，一馬化爲龍。」永嘉大亂，王室淪覆，唯琅邪〔二〕、西陽、汝南、南頓、彭城五王獲濟。至是中宗登祚。』又見《晉書·元帝紀》。《宋書·謝靈運傳論》曰：『在晉中興，玄風獨扇，爲學窮於柱下，博物止乎七篇。馳騁文辭，義殫乎此。』《文心雕龍·明詩篇》曰：『江左篇製，溺於玄風。蚩〔三〕笑徇務之志，崇盛忘機之談。宋初文咏，體有因革。莊老告退，而山水方滋。』

爰逮有梁，宏材彌劭。昭明太子，業膺守器，譽貞問寢。居肅成而講藝，開博望以招賢。搴中葉之詞林，酌前修之筆海。周巡綿嶠，品盈尺之珍。楚望長瀾，搜徑寸之寶。故撰斯一集，名曰《文選》。後進英髦，咸資準的。

以上昭明之撰《文選》。

《梁書·武帝本紀》曰：『中興二年三月丙辰，齊帝禪位於梁王。天監元年夏四月丙寅，高祖即皇帝位。』《晉書·郭璞傳贊》曰：『夙振宏材。』《爾雅·釋詁》曰：『劭，勉也。』《易·序卦傳》曰：『主器者莫若長子。』《禮記·文王世子》曰：『文王之爲世子，

〔一〕據高步瀛《文選李注義疏》，作『謂』。
〔二〕據高步瀛《文選李注義疏》，作『琊』。
〔三〕據高步瀛《文選李注義疏》，作『嗤』。

朝于王季日三。鷄初鳴而衣服至於寢門外，問内竪之御者曰：今日安否何如？』《三國志·魏志·文帝紀》裴注引王沈《魏書》曰：『帝初在東宮，集諸儒於肅城門内，論〔二〕論大義，侃侃無倦。』《太平御覽·皇王部》引『肅城』作『肅成』。《漢書·武五子傳》曰：『戾太子據元狩元年立爲皇太子，及冠就宮，上爲立博望苑，使通賓客。』案《梁書·昭明太子傳》曰：『引納才學之士，賞愛無倦。恒自討論篇籍，或與學士商榷古今。閑則繼以文章著述，率以爲常。於時東宮有書幾三萬卷，名才并集，晋宋以來，未之有也。』《離騷》王逸注曰：『搴，取也。』本書《蜀都賦》曰：『當中葉而擅名。』此文中葉指周秦以來，對上古言。《離騷》曰：『謇吾法夫前脩兮。』王注曰：『上法前世遠賢。』案『脩』『修』字通用。《論衡·亂龍篇》曰：『劉子駿，漢朝智囊，筆墨淵海。』『周巡綿嶠』四句，以品珠玉喻選文也。《穆天子傳》曰：『乃至於崑崙之丘，以觀春山之寶。』本書陸士衡樂府《飲馬長城窟行》注曰：『綿，遠也。』《爾雅·釋山》曰：『山鋭而高嶠。』《釋文》曰：『嶠，渠驕反。』郭又音『驕』。《字林》作『嶠』，云『山鋭而長也，巨照反』。《尹文子·大道》上曰：『魏田父有耕於野者，得寶玉徑尺。』本書《西都賦》注亦引之。《淮南子·覽冥篇》高注曰：『隋侯，漢東之國，姬姓諸侯也。隋侯見大蛇傷斷，以藥傅之。後蛇於江中銜大珠以報之，因曰隋侯之珠，蓋明月珠也。』《西都賦》注亦引之。又《搜神記》卷二十曰：『隋縣溠水側有斷蛇丘，隋侯出行，見大蛇被傷中斷，使人以藥封之，蛇乃能走。歲餘蛇銜明珠以報之。珠盈徑寸，純白，而夜有光明，如月之照，可以燭室，故謂之隋侯珠，亦曰靈蛇珠，又曰明月珠。』案『隋』字當作『隨』。隨，漢東之國，與楚鄰，後入於楚。長瀾，指江漢也。《管子·揆度篇》曰：『南貴江漢之珠。』《史記·封禪書》曰：『齊桓公曰：南伐至召陵，登熊耳山，以望江漢。』《爾雅·釋水》曰：『大波爲瀾。』《爾雅·釋言》曰：『髦，俊也。』本書《辨命論》曰：『英髦秀達。』《淮南子·兵略篇》許注曰：『的，射準也。』

伏惟陛下，經緯成德，文思垂風。則大居尊，耀三辰之珠璧。希聲應物，宣六代之雲英。孰可撮壤崇山，導涓宗海。

以上稱頌高宗。

蔡邕《獨斷》曰：『天子正號曰皇帝，自稱曰朕，臣民稱之曰陛下。陛下者，陛階也，所由升堂也。天子必有近臣執衛〔三〕陳於陛側，以戒不虞。謂之陛下者，群臣與天子言，不敢指斥，故呼在陛下者而告之，因卑達尊之意也。上書亦如之。』《左傳·昭二十八年》成鱄曰：『經緯天地曰文。』《書·堯典》曰：『欽明文思安安。』《論語·泰伯篇》子曰：『唯天爲大，唯堯則之。』《儀禮·喪服》傳

〔二〕據高步瀛《文選李注義疏》，作『講』。
〔三〕據高步瀛《文選李注義疏》，作『兵』。

曰：『君，至尊也。』《左傳·桓二年》曰：『三辰旂旗。』注曰：『三辰，日月星也。』《漢書·律曆志》曰：『日月如合璧，五星如連珠。』《老子》曰：『大音希聲。』《周禮·春官·大司樂》曰：『以樂舞教國子，舞《雲門》《大卷》《大咸》《大磬》《大夏》《大濩》《大武》。』鄭注曰：『此周所存六代之樂。黄帝曰《雲門》。《大卷》《大咸》《咸池》，堯樂也。《大磬》，舜樂也。《大夏》，禹樂也。《大濩》，湯樂也。《大武》，武王樂也。』賈疏引《樂緯》曰：『帝嚳之樂曰《六英》。』《漢書·禮樂志》曰：『帝嚳作《五英》。』《白虎通義·禮樂篇》《風俗通義·聲音篇》《御覽·樂部》引《樂緯》皆作《五英》。《廣雅·釋樂》作《五韺》。本書李斯《上書》曰：『太山不讓土壤，故能成其大。河海不擇細流，故能就其深。』《禮記·中庸》曰：『今夫地一撮土之多。』《説文》曰：『涓，小流也。』《書·禹貢》曰：『江漢朝宗於海。』

臣蓬衡蕞品，樗散陋姿。汾河委筴，夙非成誦。崇山墜簡，未議澄心。握玩斯文，載移涼燠。有欣永日，實昧通津。故勉十舍之勞，寄三餘之暇，弋釣書部，願言注緝，合成六十卷。

以上作注。

《禮記·儒行》曰：『蓬户甕牖。』《詩·衡門》毛傳曰：『衡門，横木爲門，言淺陋也。』《左傳·昭七年》杜注曰：『蕞，小貌。』《莊子·逍遥游》曰：『惠子謂莊子曰：吾有大樹，人謂之樗。其大本擁腫而不中繩墨，其小枝卷曲而不中規矩。立之塗，匠者不顧。』又《人間世篇》曰：『匠石之齊，至乎曲轅，見櫟社樹，其大蔽牛，絜之百圍。匠石不顧，曰：「散木也，以爲舟則沉，以爲棺椁則速腐，以爲器則速毁，以爲門户則液樠，以爲柱則蠹，是不材之木也。」匠石歸，櫟社見夢曰：「而幾死之散人，又惡知散木。」』『筴』『策』字通，實『册』之借字。《漢書·張安世傳》曰：『上行幸河東，嘗亡書三篋，詔問莫能知，唯安世識之，具作其事。後講〔二〕求得書以相校，無所遺失。』案《武帝紀》元鼎四年十一月，立后土祠於汾陰脽上。此後元封四年、六年，太初二年，天漢元年，皆幸河東祠后土。三篋書亡，《安世傳》未明言爲何年。然幸河東爲祠汾陰后土，故此文汾河連言。本書漢武帝《秋風辭》曰：『泛樓船兮濟汾河。』乃元鼎四年幸河東祠后土作，可見幸河東必濟汾河。何氏焯以爲汾河代河東，恐未是。本書楊德祖《答臨淄侯箋》曰：『若成誦在心，借書於手。』本書任彦昇《爲蕭揚州薦士表》曰：『竹書無落簡之謬。』注引張騭《文士傳》曰：『人有嵩山下得竹簡一枚，兩行科斗書，人莫能識。張華以問束皙，皙曰：此明帝《顯節陵策文》。驗校果然，朝廷士庶皆服其博識。』又見《晉書·

〔二〕據高步瀛《文選李注義疏》，作『購』。

束晳傳》。『嵩』『崇』同字。《說文》新附嵩字曰：『中岳嵩高山也。』韋昭《國語注》云：『古通用嵩〔一〕字。』即其證。張雲璈、許巽行所考，皆是。何焯據《舜典》僞孔傳言崇山南裔，而大酉、小酉二山在武陵郡，亦南裔，故以崇山代之。其説甚謬，姚鼐《惜抱軒筆記》已駁之矣。本書《文賦》曰：『罄澄心以凝思。』本書陳孔璋《爲曹洪與魏文帝書》曰：『讀之喜笑，把玩無厭。』《南齊書·樂志》謝朓《雩祭歌辭》歌黄帝曰：『凉燠資成化。』《詩·山有樞》曰：『且以喜樂，且以永日。』王凝之《蘭亭詩》曰：『逍遥暎通津。』《論語·微子篇》集解引鄭玄曰：『津，濟渡處也。』案此謙言雖喜其書可永朝夕，而實昧其從濟之路。《淮南子·齊俗篇》曰：『夫駃騠千里，一日而通，駑馬十舍，旬亦及之。』《魏志·王肅傳》裴注引《魏略》曰：『董遇言「讀書百遍，而義自見」。從學者云「苦渴無日」。遇言當以三餘。或問「三餘」之意，遇言「冬者，歲之餘。夜者，日之餘。陰雨者，晴之餘也」。』本書任彦昇《天監三年策秀才文》注亦引之，『夜』下有『與陰』二字，『雨』上無『陰』字，未知孰是。本書嵇叔夜《與山巨源絶交書》曰：『弋釣草野。』案此『弋釣』喻獲取也。《隋書·經籍志》曰：『班固、傅毅并依《七略》而爲書部。』《詩·伯兮》曰：『願言思伯。』

殺青甫就，輕用上聞。享帚自珍，緘石知謬。敢有塵於廣内，庶無遺於小説。謹詣闕奉進，伏願鴻慈，曲垂照覽。謹言。顯慶三年九月上表。

以上上表。

《後漢書·吴祐傳》曰：『父恢欲殺青簡以寫經書。』李賢注曰：『殺青者，以火炙簡令汗，取其青易書，復不蠹，謂之殺青，亦謂汗簡。義見劉向《别録》。』案《初學記·果木部》、《太平御覽·文部》引《風俗通義》，亦據劉向《别録》爲説。本書魏文帝《典論·論文》曰：『里語曰：家有弊帚，享之千金。』注引《東觀〔二〕記》光武《讓吴漢詔》有此二語。本書〔三〕《百一詩》注引《闕子》曰：『宋之愚人得燕石於梧臺之側，藏之以爲大寶。周客聞而觀焉。主人齋七日，端冕玄服以發寶。革匱十重，巾十襲。客見俯而掩口，盧胡而笑曰：「此特燕石也，其與瓦甓不殊。」主人大怒曰：「商賈之言，醫匠之心。」藏之愈固，守之彌謹。』《水經·淄水注》謂古梧宫之臺東，即《闕子》所謂宋愚人得燕石處。故馬國翰《玉函山房輯佚書》據以輯入《闕子》，謂《太平御覽》卷五十一誤作《闞子》。然此注及《藝文類聚·地部》亦引作《闞子》。《莊子·逍遥游篇》釋文曰：『塵垢，染污也。』梁簡文帝《上昭明太子集别

〔一〕據高步瀛《文選李注義疏》，作『崇』。
〔二〕據高步瀛《文選李注義疏》，作『漢』。
〔三〕據高步瀛《文選李注義疏》，『本書』作『又』。

傳表》曰：『請備之廷閣，藏之廣内。』《法言·學行篇》曰：『仰聖人而知衆説之小也。』又《漢書·藝文志》有小説家。

昭明選文，著其例於序内。李善緝注，則散其凡於注中。此蓋遠本左氏作傳，立凡五十，散在各篇，以發明《春秋》之例，可謂於古有徵矣。今剌取而彙輯之。

諸引文證，皆舉先以明後，以示作者必有所祖述也。他皆類此。《兩都賦序》注。言能發起遺文以光贊大業也。《論語》子曰：『興滅國，繼絶世。』然文雖出彼，而意微殊，不可以文害意也。他皆類此。《兩都賦序》『以興滅繼絶，潤色鴻業』注。

按《舞鶴賦》『窮天步而高尋』注，引《詩》『天步艱難』，亦此例。

諸釋義或引後以明前，示臣不敢專也。他皆類此。《兩都賦序》『朝廷無事』注。

按《西京賦》『青瑣丹墀』注，引王逸《楚辭》注爲證，亦此例。

引《漢書》注，云音義者，皆失其姓名，故云音義而已。《西都賦》注。

石渠已見上文，同卷再見者，并云已見上，務從省也。他皆類此。同上。

婁敬已見上文。凡人姓名皆不重見。餘皆類此。《東都賦》注。

諸夏已見《西都賦》。其异篇再見者，并云已見某篇。他皆類此。同上。

諸夏已見上文。其事煩已重見及易知者，直云已見上文。他皆類此。同上。

高氏《李注略例》云：此二條各爲一例，不可偏廢也。即以《東都賦》注核之，如『講武』『乘輿』『鳳蓋』『和鑾』『百僚』『防御』『建章』『甘泉』『游俠』等注，所云見上文者，皆指《西都賦》，即準此例而非前例。然猶曰《兩都》同卷也。又如《南都賦》之『鱓鱣』見《西京》，《甘泉賦》之『承明』見《西都》，『轇轕』見《東京》及《吴都》，『通天』見《西京》，『崢嶸』見《西都》及《魏都》，《藉田賦》之『沛艾』見《東京》，『康衢』見《西都》，《長楊賦》之『三驅』見《羽獵》（《羽獵賦》注云：見《東都》），《西征賦》之『衿帶』見《東京》，《蜀都賦》之『鄭白』『鄠竹』『藍田』等并見《西都》，『華蓋』見《西京》，《江賦》之『海童』見《吴都》及《海賦》等注，而注皆云上文，不惟异篇且异卷，相隔甚遠，實皆準此例也。若但前例而無此例，則不免自言之而自違之矣。

舊注是者，因而留之，并於篇首題其姓名。其有乖謬者，臣乃具釋，并稱臣善以别之。他皆類此。《西京賦》薛綜注。

案《文心·指瑕篇》云：『中黄育獲之疇，薛綜注謂之閹尹，是不聞執雕虎之人也。』今《文選》薛注無『閹尹』句，此即善因注有未是，從而去之也。《隋書·牛宏傳》、《東京賦》注引《黄圖》曰：『大司徒宫奏曰：「明堂辟雍，其實一也。」』此亦薛注，爲善所删。

欒大已見《西都賦》。凡人姓名及事易知而别卷重見者，云見某篇，亦從省也。他皆類此。《西京賦》注。

鶺鴒已見《西都賦》。凡魚鳥草木皆不重見。他皆類此。同上。

按李注訓解前後叠出者實爲不少，竟有複至六七處者，蓋由其書繁重，前後偶有不照耳。

舊有集注者，并篇内具列其姓名，亦稱臣善以相别。他皆類此。《甘泉賦》注。

《藉田》《西征》咸有舊注，以其釋文膚淺，引證疏略，故并不取焉。《藉田賦》注。

汪韓門《理學權輿》列舊作注者，有《二京賦》薛綜注；《蜀都賦》劉逵注；《吴都賦》劉逵注（注内或稱張載），劉成、殷仲文（二人皆注所引，未詳何本）；《魏都賦》張載注（標題亦稱劉逵）、曹毗注；《南都賦》皇甫謐注；《子虚賦》張揖注、司馬彪注、晋灼注、郭璞注；《上林賦》張揖注、司馬彪注、韋昭注、郭璞注；《甘泉賦》服虔注、晋灼注、張晏注、孟康注；《射雉賦》徐爰注；《魯靈光殿賦》張載注；《幽通賦》曹大家注、項岱注（曹、項二注，皆顔師古《漢書》注所無）；《思玄賦》舊注（《文章流别集》以爲平子自注，李氏辨其非）；《咏懷詩》顔延之、沈約等注（案標題雖有等字，而注所引亦惟此二人）；《楚辭》王逸注；《答賓戲》舊注；《典引》蔡邕注；《演連珠》劉峻注；《詩序》鄭康成注。又云：『凡舊作注者二十三人，所注賦十四，詩十七，楚辭十七，設論符命序各一，連珠五十，李氏皆標明某注，不似後人之攘爲己有也。若《藉田》《西征》，雖有舊注不取，亦有無注者二篇，則《尚書》《左傳》之序是也。』

孫志祖《讀書脞録續編》云：汪氏列《文選》舊注二十三人。然如《吴都賦》之劉成、殷仲文，云二人皆注所引，未詳何本。按〔一〕賦『平仲君遷』注引劉成説。劉成不知何代人，未見其爲賦注。至『鳴律條暢』注云：『殷仲文所謂幽律是也。』則明指仲文《南州桓公九井詩》『爽籟警幽律』語，其非賦注甚明。又《南都賦》『立唐祀乎堯山』注，引皇甫謐曰：『堯始封於唐，今中山唐縣是也。』蓋李善采謐《帝王世紀》語，謐必不爲本賦作注也。然則舊注之可考者，但二十人而已。

按舊注據《隋書·經籍志》載，又有晁矯注《二京賦》一卷，武巽注《二京賦》二卷，衛瓘注《三都賦》三卷（瓘爲《三都賦略解序》，即載《晋書·左思傳》。黄朝英《緗素雜記》卷一引衛瓘注《吴都賦》：『青瑣，户邊青鏤也，一曰天子門内有眉格再重，裏青

〔一〕據孫志祖《讀書脞録》，作『案』。

畫白項。』據此則《略解》傳至北宋猶存），綦毋邃注《三都賦》三卷（李注《三都賦》成，張載爲注《魏都》，劉逵爲注《吴》《蜀》。按《南都賦》『縠玃猱挺』下李注引張載《吴都賦》注，《後漢·臧宫傳》章懷引張載注《蜀都賦》，則《三都》張并有注），蕭廣濟注《海賦》一卷（《寰宇記》七十二又引廣濟注《江賦》云：『觸玉壘山，東回爲沱』），孫壑注《洛神賦》一卷，羅潛注江淹《擬古》一卷，何承天注陸機《演運珠》一卷，善注《選》皆不之引。《藉田》《西征》則以舊注膚淺，因而不取。考《水經》河水注袁豹、崔浩皆曾注《西征賦》，崔浩注又見《洛水篇》。《史記·文帝紀》索隱又引邢承宗《西征賦》注，李稱舊注，即指此三家。

卞蘭《許昌宫賦》曰：『則有望舒涼室，羲和温房。』卞、何同時，今引之者，轉以相明也。他皆類此。《景福殿賦》『温房』二句注。

陳僅《讀選意籤》云：李注每引用同時人語作繹，頗爲後人訾謷。惟《赭白馬賦》『豈不以國尚軍〔一〕容軍駃趫迅而已哉』，注引庾中丞《昭君辭》『冰原嘶代駃』，顔、庾同時，未詳所出。《洛神賦》『踐遠游之文履』，注引繁欽《定情詩》『足下雙遠游』有此言，未詳其本。王仲宣《贈蔡子篤詩》『風流雲散，一别如雨』，注引《鸚鵡賦》曰：『何今日以雨絶。』陳琳《檄吴將校》曰：『雨絶於天。』然諸人同有此言，未詳其始。《七啓》『揮泪則九野生風，慷慨則氣成虹霓』，注引劉劭《趙都賦》曰：『煦氣成虹霓，揮袖起風塵。』文與此同，未詳其本也。此四注無病，可以爲法。

班婕妤《擣素賦》『佇風軒而結睇，對愁雲之浮沉』，然疑此賦非婕妤之文，行來已久，故兼引之。《雪賦》注。

未詳其姓名。摯虞《流别》題曰衡注。其義訓甚多疏略，而注又稱愚以爲，疑非衡明矣。但行來已久，故不去。《思玄賦》注。

諸家之説豐隆皆曰雷師，此賦别言雲師。明豐隆爲雷也，故留舊説以廣异聞。《思玄賦》注。

按《思舊賦》注引《文士傳》言《太平引》，又引《嵇康别傳》言《廣陵散》；鮑明遠《放歌行》注兩引黄金臺所在，皆此例。

然集所載與《文選》不同，各隨所引而用之。《琴賦》注引宋玉對問。

引應及傳者，明古有此曲，轉以相證耳，非嵇康之言出於此也。他皆類此。《琴賦》注。

言古詩不知作者姓名。他皆類此。《樂府古辭》注。

此不言古辭，起自此也。他皆類此。《燕歌行》注。

此解阿義與《子虛》不同，各依所説而留之。舊注既少，稱臣以别之。他皆類此。李斯《上書》注。

〔一〕據蕭統《文選》，作『威』。

右皆李氏注例明白可尋者。此外注中有以注訂誤者：李氏每以注訂行文之誤，又因文以訂他書之誤，或《選》自誤及别本之誤者，其類凡四十有七。以注補闕者：《選》内脱落之句，删節之文，互异之本，經李氏注補者，其類凡五。以注辨論者：史有不載之事，文有率成之篇，一事而説有數端，兩説而義可并取，李氏皆一一辨其得失，其類凡四十有三。至以李氏之浩博，而《選》中用事，時亦多所未詳，李氏皆一一標出，不似後人之强以臆説解之也，其類凡百有十四。俱載汪師韓《文選理學權輿》。不特此也，注中有引書約文者，《西京賦》『洪鐘萬鈞』『猛簴趪趪』，注引《周禮》曰：『鳧氏寫獸之形，大聲有力者以爲鐘簴。』案此約《考工記》之文也。陸機《答賈謐詩》『獄訟違魏』『謳歌適晋』，案注引《孟子·萬章篇》一段，皆撮舉之文。唯多『舜曰天也』四字在『失而後歸中國』上。有先釋義後釋事者，《文賦》《嘆逝賦》《廣绝交論》《頭陀寺碑》諸篇皆是。有文外推意者。《射雉賦》『雉鷕鷕而朝雊』，注曰：《詩》云『雉之朝雊，尚求其雌』。雌雉不得言雊，颜延年以潘爲誤用也。按《詩》『有鷕雉鳴』，則云求牡；及其朝雊，則云求雌。今『鷕鷕朝雊』者，互文以舉雄雌皆鳴也。又《七命》『價兼三鄉，聲貴兩都』，注引《越绝書》謂實二鄉，而云三者，避下文也。又《恨賦》『孤臣危涕，孽子墜心』，注引《孟子》謂心當云危，涕當云墜。江氏愛奇，故互文以見義。又《樂府·東武吟》『顧垂晋主惠，不愧田子魂』，注曰：晋主言惠，田子言愧，互文也。又趙至《與嵇茂齊書》：『李叟入秦，及關而嘆；梁生適越，登岳長謡』，注曰：『老子之嘆不爲入秦，梁鴻之謡不由適越。且復以至郊爲及關，升邙爲登岳，斯蓋取意而略文也。』按已上曰互文，曰避下文，曰取意略文，皆從文外推作者之意。其音義之例，有直音者，《西都賦》『街衢通達』注文曰：街，四通也，音佳。有曰古字通者，《西都賦》『北彌明光而亘長樂』注：《方言》：絙，竟也。亘與絙古字通。有反切者，《西都賦》『凌墱道而超西墉』注：墱，閣道也。丁鄧切。有曰音義同者，《西都賦》『混建章而連外屬』注：《方言》曰：棍，同也。音義與混同，胡本切。有曰音義通者，《西都賦》『龢鑾玲瓏』注：龢與和音義通。有曰協韵者，《東都賦》『丘陵爲之摇震』注：震協韵，音真。有曰合韵者，《思玄賦》『拂穹岫之騷騷』注：合韵，騷，所流切。有曰古字同者，《羽獵賦》『於是天子乃以陽晁出乎玄宫』注：陽朝，陽明之朝。朝、晁古字同。有曰或爲某者，《東都賦》『寢威盛容』注：寢威，寢其威武也，寢或爲侵。有曰古某字者。《羽獵賦》『亶觀夫剽禽之紲[一]踰』注：韋昭曰：亶音但。善曰：古但字。凡此雖涉瑣細，要亦注釋古書所宜取法，不獨前列諸條然也。至其徵引群書，取材繁富，藝林尤爲無匹。以今考之，凡經傳十八種，經類十八種，經總訓三種，小學三十六種，緯候圖讖七十三種，正史八十一種，雜史六十九種，史類七十三種，人物别傳二十三種，譜牒十二種，地理九十九種，雜藝四十三種，諸子八十五種，子類三十八種，兵書二十種，道釋經論三十二種，總集

〔一〕據蕭統《文選》，作『絏』。

六種，集四十二種，詩一百五十四種，賦二百二十種，頌二十二種，箴十七種，銘二十一種，贊七種，碑三十三種，誄哀詞三十二種，七十四種，連珠三種，詔表箋啓三十八種，書九十三種，吊祭文六種，序四十七種，論二十二種，雜文三十七種，都二十三類，一千六百八十九種。其引舊注二十九種，尚不在内。目載汪氏《理學權輿》，孫志祖重加訂正。武昌徐行可先生又就其目爲補遺訂誤，最精審可據。沈家本有《文選李善注書目》六卷，未刊。胡枕泉曰：「李善[一]注援引賅博，經史傳注，靡不兼綜。又旁通《倉》《雅》訓故，及梵釋諸書。史家稱其淹貫古今。陸放翁謂注《頭陀寺牌》，穿穴三藏，注《天台山賦》，消釋三幡，至今法門耆宿，未窺其奥，洵非溢美。不特此也，注所引某書某注，并注明篇目姓名，而後之采鄭氏《易》注、《書》注，輯三家《詩》，述《左氏》服注者本焉。纂《倉頡》遺文，作《字林考逸》者，又本焉。李時古書尚多，自經殘缺，而吉光片羽，藉存什一，不特文人資爲淵藪，抑亦後儒考證得失之林也。」《文選箋證》自序。此則李注之淵洽，與其餉遺來學之廣，從可知矣。李詳《愧生叢録》云：李義山《判春詩》『珠相類，同名作夜光』，案《文選·西都賦》李玉終注：經典不載夜光本末，故説者參差。《西京賦》云：『流懸黎之夜光。』《吴都賦》『隨侯於是鄙其夜光』，鄒陽云『夜光之璧』，劉琨云『夜光之珠』，然則夜光爲通稱，不繫之於珠璧也。此義山所本。唐人熟精善注《文選》，亦所鑽習，蓋自少陵已然矣。

《新書》稱善不能屬辭，有書簏之目。然如《上文選注表》，文章遒麗，仿佛齊梁。《選》注中如郭景純《游仙詩》題下注曰：『凡游仙之篇，皆所以滓穢塵網，錙銖纓紱，飡霞倒景，餌玉玄都。而璞之制，文多自叙，雖志狹中區，而詞兼俗累，見非前識，良有以哉。』劉孝標《辨命論》題下注曰：『孝標植根淄右，流寓魏庭，冒履艱危，僅至江左。負材矜地，自謂坐致雲霄。豈圖逡巡十稔，而榮慚一命。因兹著論，故辭多憤激。雖義越典謨，而足杜浮競也。』皆涉筆成辭，慮周藻密，孰謂書簏而有此哉？

李注行世已久，有病其繁釀者，有嫌其釋事而不及義者。開元中，工部侍郎吕延祚乃别撰《五臣集注》，書成表獻。

晁公武《讀書志》曰：『吕延祚以李善止引經史，不釋述作意義，集吕延濟、劉良、張銑、吕向、李周翰五人注，延祚不與焉，復爲三十卷。開元六年，延祚上之，名曰《五臣注》。』

《新唐書·文藝傳》：『吕向字子回，亡其世貫，或曰涇州人。少孤，托外祖母，隱陸渾山。工草隸，能一筆環寫百字，若縈髮然，世號聯[二]綿書。强志於學，每賣藥，即市閲書，遂通古今。玄宗開元十年，召入翰林，兼集賢院校理。侍太子友[三]諸王爲文章。時帝歲

[一] 據胡紹煐《文選箋證》，作「氏」。
[二] 據歐陽修、宋祁撰《新唐書》，作「連」。
[三] 據歐陽修、宋祁撰《新唐書》，作「及」。

遣使采〔一〕天下姝好，内之後宫，號花鳥使。向因奏《美人賦》以諷。帝善之，擢左拾遺。天子數校獵渭川，向又獻詩規諷，進左補闕。帝自爲文，勒石西嶽，詔向爲鐫勒使，以起居舍人從帝東巡。久之，遷主客郎中，專侍皇太子，眷賚良异。始向之生，父岌客遠方不還。少喪母，失墓所在。將葬，巫者求得之。不知父在亡，招魂合諸墓。後有傳父猶在者，訪索累年不獲。他〔二〕日自朝還，道見一老人，物色問之，果父也。下馬抱父足號慟，行人爲流涕。帝聞咨嘆，官岌朝散大夫，賜錦綵，給内教坊樂工，娛懌其心。卒，贈東平太守。向終喪，再遷中書舍人，改工部侍郎。卒，贈華陰太守。嘗以李善釋《文選》爲繁釀，與吕延濟、劉良、張銑、李周翰等，更爲詁解，時號《五臣注》。」

吕延祚《上〔三〕集注文選表》曰：臣延祚言，臣受之於師曰：同文底績，是將大理。刊書啓衷，有用廣化，實昭聖代，輒極鄙懷。臣延祚誠惶誠恐，頓首頓首。臣覽古集至梁昭明太子所撰《文選》三十卷，閲翻〔四〕未已，吟讀無斁。風雅以〔五〕來，不之能尚。則有遺詞激切，揆度其事，宅心隱微，晦滅其兆，飾物反諷，假時維情，非夫幽識，莫能洞究。往有李善，時謂宿儒，推而傳之，成六十卷。忽發章句，是徵載籍，述作之由，何嘗措翰。使復精核注引，則陷於末學，質訪旨趣，則巋然舊文，袛謂攪心，胡爲析理？臣懲其若是，志爲訓釋。中〔六〕求得衢州常山縣尉臣吕延濟、都水使者劉承祖男臣良、處士臣張銑、臣吕向、臣李周翰等，或藝術精遠，塵游不雜，或詞論穎曜，巖居自修。相與三復乃詞，周知秘旨，一貫於理，杳測澄懷，目無全文，心無留義，作者爲志，森乎可觀。記其所善，名曰《集注》。并具字音，復三十卷。其言約，其利博，後事元龜，爲學之師。豁若撤〔七〕蒙，爛然見景，載謂激俗，誠惟便人。伏惟陛下濬德乃文，嘉言必史，特發英藻，克〔八〕光洪猷，有彰天心，是效臣節，敢有所隱，斯與同進。謹於朝堂拜表以聞。輕瀆冕旒，精爽震越。臣誠惶誠恐，頓首死罪，謹言。開元六年九月十日工部侍郎臣吕延祚上表。

〔一〕據歐陽修、宋祁撰《新唐書》，作「采擇」。
〔二〕據歐陽修、宋祁撰《新唐書》，作「它」。
〔三〕據《全唐文》，作「進」。
〔四〕據《全唐文》，作「玩」。
〔五〕據《全唐文》，作「其」。
〔六〕據《全唐文》，作「乃」。
〔七〕據《全唐文》，作「徹」。
〔八〕據《全唐文》，作「允」。

此表上聞，明皇嘉賞，賚絹綵百段。惟其詆李注曰：『忽發章句，是徵載籍，述作之由，何嘗措翰。』而自詡其爲注：『目無全牛〔一〕，心無留義，作者爲志，森乎可觀。』顧李氏晚定之本，事義兼釋，絶不如表所云。是呂氏所見，當爲善初注本無疑。内府所藏，當亦爲初注本。故口敕亦云比見注本，唯只引事，不説事義。至《五臣注》之竊誤糅雜，遠遜善注，自唐李濟翁以來，早經論定，自詡之妄，又不待言矣。本師黄氏曰：『清余蕭客《文選音義》所稱舊音，乃六臣本音及汲古閣本音不在善注中者。《五臣注》既謭陋，亦必不能爲音。今檢覆舊音，殊無乖謬。而直音反切間用，又絶類《博雅音》之體。是必蕭該、許淹、曹憲、公孫羅、僧道淹之遺，五臣特因仍前作爲之耳。觀其杜撰故實，豈肯涉獵群書？襲舊爲之，寧非甚便。又善注發音雖云簡當，而有必不可闕者亦復闕之，良由師説具存，不須覼縷也。』斯則所云『并具字音』，皆由鈔襲矣。今摘濟翁以來抨彈五臣之詞，以備參考：

李濟翁《資暇録》曰：世人多謂李氏立意注《文選》，過爲迂繁，徒自騁學，且不解文意，遂相尚習五臣者，大誤也。所廣徵引，非李氏立意。蓋李氏不欲竊人之功，有舊注者，必逐每篇存之，仍題原〔二〕注人之姓氏〔三〕，或有迂闊乖謬，不削去之。苟舊注未備，或興新意，必於舊注中稱臣善以分别。既存原〔四〕注，例皆引據，李續之，雅宜殷勤也。五臣所注，盡從李氏注中出，開元中進表，反非斥李氏，無乃欺心歟？且李氏未詳處，將欲下筆，宜明引憑證。細而觀之，無非率爾。今聊各舉其一端。至如《西都賦》云：『許少施巧，秦成力折。』李氏云：『許少、秦成未詳。』五臣云：『昔之捷人壯士，搏移〔五〕猛獸。』施巧力折，固是捷壯，文中自解矣，豈假更言，況又不知二人所從出乎？又注『作我上都』云：『上都，西京也。』何太〔六〕淺近忽易歟？必欲補〔七〕李氏所未注，何不云『上都者，君上所居，人所都會』耶？況秦地厥田上上，居天下之上乎？又輕改前賢文旨，若李氏注云，某字或作某字，便隨而改之。其有李氏不解而自不曉，輒復移易。今不能繁駁，略指其所改字。曹植《樂府》云：『寒鱉炙熊蹯。』李氏云：『今之臘肉謂之寒，蓋韓國事饌尚此法。』復引《鹽鐵論》『羊淹鷄寒』、劉熙《釋名》『韓羊韓鷄』爲證，寒與韓同。又李以上句云『膾鯉臇胎鰕』，因注『《詩》曰：「炰

〔一〕據呂延祚《進集注文選表》，作『文』。
〔二〕據李濟翁《資暇録》，作『元』。
〔三〕據李濟翁《資暇録》，作『字』。
〔四〕據李濟翁《資暇録》，作『元』。
〔五〕據李濟翁《資暇録》，作『格』。
〔六〕據李濟翁《資暇録》，作『大』。
〔七〕據李濟翁《資暇録》，作『加』。

鶩鱠鯉」』。五臣兼見上句有鱠鯉，遂改寒鶩爲炰鶩，以就毛詩之句。又子建《七啓》云：『寒芳苓〔一〕之巢龜，鱠〔二〕四〔三〕海之飛麟〔四〕。』五臣亦改寒爲搴。搴，取也，何以對下句之鱠耶？況此篇全説脩事之意，獨入此搴字，於理甚不安。上句既改寒爲搴，即下句亦改鱠爲取，縱一聯稍通，亦於〔五〕諸句不相承。以此言之，明子建故用寒字，豈可改爲炰鶩〔六〕耶？斯類篇篇有之，學者幸留意。乃知李氏絶筆之本，懸諸日月焉，方之五臣，猶虎狗鳳鷄耳。其改字也，至有翩翻恍忽〔七〕，則獨改翩翻爲翩翩，與下句不相收。又李氏依舊本，不避國朝廟諱，五臣易而避之，宜矣。其有李本本作泉及年代字，五臣貴有异同，改其字，故〔八〕犯國諱，豈惟〔九〕矛盾而已哉。

丘光庭《兼明書》曰：五臣者不知何許人也，所注《文選》，頗謂乖疏，蓋以時有主〔一〇〕張，遂乃盛行於代。將欲從首至末，搴其蕭稂〔一一〕，則必溢帙盈箱，徒費箋翰。苟蔑而不語，則誤後學習。是用略舉綱條，餘可三隅反也。《雪賦》云：『君寧見階上之白雪，豈鮮耀〔一二〕於陽春。』臣銑曰：『鮮，寡也。雪之光輝，豈寡於陽春也。』明曰：『下文云「玄陰凝沍，不昧其潔。太陽輝耀，不固其節」，則鮮謂鮮明也。言雪當見日而消，不能鮮明光輝於陽春也。』郭璞《游仙詩》曰：『珪璋雖特達，明月難暗投。』臣延濟曰：『特達，美貌。』明曰：『案〔一三〕朝聘之禮，有珪璋璧琮，璧琮則加束帛然後能達。而珪璋德重，可以獨行，故曰特達。《聘義〔一四〕》云：「珪璋特

〔一〕據李濟翁《資暇録》，作「蓮」。
〔二〕據李濟翁《資暇録》，作「鱠」。
〔三〕據李濟翁《資暇録》，作「西」。
〔四〕據李濟翁《資暇録》，作「鱗」。
〔五〕據李濟翁《資暇録》，作「與」。
〔六〕據李濟翁《資暇録》，作「搴」。
〔七〕據李濟翁《資暇録》，作「惚」。
〔八〕據李濟翁《資暇録》，作「却」。
〔九〕據李濟翁《資暇録》，作「唯」。
〔一〇〕據丘光庭《兼明書》，作「王」。
〔一一〕據丘光庭《兼明書》，作「根」。
〔一二〕據丘光庭《兼明書》，作「輝」。
〔一三〕據丘光庭《兼明書》，作「按」。
〔一四〕據丘光庭《兼明書》，作「禮」。

達，德也。」此詩之意，言君子雖有才德，不假外助，然亦不可仕於亂代，如明月之珠，不可以暗中投入[一]也。」謝惠連《西陵遇風獻康樂詩》，臣良曰：「西陵蓋所居之西陵也。」明曰：「西陵，浙江東之西陵驛名也。何以知之？以其詩云「昨發浦陽汭，今宿浙江湄」知也。」都二十二條，今録三條。

蘇子瞻《書謝瞻詩》曰：李善注《文選》，本末詳備，極可喜。五臣真俚儒之荒陋者也。而世以爲勝善，亦謬矣。謝瞻《張子房》詩云[二]：「苛慝暴三殤。」此《禮》所謂上中下殤，言暴秦無道，戮及孥稚也。而乃引苛政猛於虎，吾父吾子吾夫皆死於是，謂夫與父爲殤，此非俚儒之荒陋者乎？諸如此甚多，不足言，故不言。又《書文選後》曰：五臣注《文選》，蓋荒陋愚儒也。今日讀嵇中散《琴賦》：「間遼故音痺，弦長故徽鳴。」所謂痺者，猶今俗云敂聲也，兩弦之間遠則有敂，故云「間遼故音痺」。徽鳴者，今之所謂泛聲也。弦虛而不按，乃可泛，故云「弦長則徽鳴」也。五臣皆不曉，妄注。又云：「《廣陵》《止息》、《東武》《太山》。《飛龍》《鹿鳴》、《鵾鷄》《游弦》。」中散作《廣陵散》，一名《止息》，特此一曲爾，而注云八曲。其他淺妄可笑者極多。以其不足道，故略之。聊舉此，使後之學者勿憑此愚儒也。

洪景盧《容齋隨筆》曰：東坡詆五臣注《文選》，以爲荒陋。予觀《選》中謝玄暉《和王融詩》云：「阽危賴宗衮，微管寄明牧。」正謂謝安、謝玄。安石於玄暉爲遠祖，以其爲相，故曰宗衮。而李周翰注云：「宗衮謂王導，導與融同宗，言晋國臨危，賴王導而破苻堅。牧謂謝玄，亦同破堅者。」夫以宗衮爲王導固可笑，然猶以和王融之故，微爲有説。至以導爲與謝玄同破苻堅，乃是全不知有史策，而狂妄注書，所謂小兒强解事也。唯李善注得之。

《四庫全書總目·六臣注文選提要》云：觀其進表所言，頗欲排突前人，高自位置。然唐李匡乂作《資暇録》，備摘其竊據善注，巧爲顛倒，條分縷析，言之甚詳。又姚寬《西溪叢話[三]》詆其注揚雄《解嘲》，不知伯夷、太公爲二老，反駁善注之誤。王楙《野客叢書》詆其誤叙王暕世系，以覽爲祥後，以曇首之曾孫爲曇首之子。明田汝成重刊《文選》，其子藝衡又摘所注《西都賦》之『龍興虎視』、《東都賦》之『乾符坤珍』、《東京賦》之『巨猾閑亹』、《蕪城賦》之『袤廣三墳』諸例。今觀所注，迂陋鄙俗之處，尚不止此。而以空疏臆見，輕詆通儒，殆固[四]韓愈所謂蚍蜉撼樹者歟？然其疏通文意，亦間有可采。唐人著述，傳世已稀，不必竟廢之也。

[一] 據丘光庭《兼明書》，作『人』。
[二] 據蘇軾《書謝瞻詩》，作『曰』。
[三] 據永瑢等撰《四庫全書總目》，作『語』。
[四] 據永瑢等撰《四庫全書總目》，作『亦』。

未幾，馮光震以李注不精，疏請改注，未成。蕭嵩又奏請注《文選》，事亦不就。

《集賢注記》曰：開元十九年三月，蕭嵩奏王智明、李元成、陳居注《文選》。先是馮光震奏〔一〕敕入院校《文選》，上疏以李注〔二〕不精，請改注，從之。光震自注得數卷。嵩以先代舊業，按嵩爲蕭鈞之孫，昭明六世孫也。欲就其功，奏智明等助之。明年五月，令智明、元成、陸善經專注《文選》，事竟不就。《玉海》五十四引。

劉肅《大唐新語》曰：開元中，中書令蕭嵩以《文選》是先代舊業，欲注釋之，奏請左補闕王智明、金吾衛佐李元成、進士陳居等注《文選》。先是東京〔三〕衛佐馮光震入院校《文選》，兼復注釋。解『居鵰蹲〔四〕』云：『今之芋子，即是著毛蘿蔔〔五〕。』院中學士向挻之，蕭嵩撫掌大笑。智明等學術非深，素無修撰之藝，其後或遷，功竟不就。

馮、蕭而外，其時私家注《文選》者，猶不乏人。據唐寫本《文選集注》殘本所引，李善注、五臣注外，有陸善經注，有《文選鈔》，有《文選音決》。《鈔》與《音決》，即《唐志》所載公孫羅之《文選注》與《文選音》，已如前述。陸善經乃嘗奉敕注《選》而未就者，此所引注，或爲陸之私撰，今未由考也。即此《集注》原書凡一百二十卷，亦亡撰者姓名，今存纔十六卷。上虞羅振玉序云：

日本金澤文庫藏古寫本《文選集注》殘卷，無撰人姓名，亦不能得總卷數。卷中所引，於李善及五臣注外，有陸善經注，有《音決》，有《鈔》，皆今日我國所無者也。於唐諸帝諱，或缺筆，或否。其寫自海東，抑出唐人手〔六〕，不能知也。往在京師得一卷，珍如璆璧。宣統紀元，再游扶桑，欲往披覽，匆匆未果。乃遺知好往彼移寫，得殘卷十有五。其本歸武進董氏子，勵〔七〕以授之梓，董君諾焉。予以與善注本詳校，异同甚多，且知其析善注本一卷爲二。蓋昭明原本爲三十卷，善注析爲六十卷，此又析爲百二十卷，卷弟〔八〕固可知矣，而作者卒不可知也。此書久已星散，予先後得二卷，東友小川簡齋君得二卷，海鹽張氏得二卷，楚中楊氏得一卷。今在文庫者，多短篇殘紙而已。其海東藏書家尚存幾許，則不可備知也。予所藏二卷，影寫本無之。楊氏藏本今不知在何許。小川君及張氏本則均已影

〔一〕據王應麟《玉海》，作『奉』。
〔二〕據王應麟《玉海》，作『李善舊注』。
〔三〕據劉肅《大唐新語》，作『宮』。
〔四〕據劉肅《大唐新語》，作『蹲鴟』。
〔五〕據劉肅《大唐新語》，作『蔔』。
〔六〕據羅振玉《唐寫〈文選集注〉殘本序》，作『乎』。
〔七〕據羅振玉《唐寫〈文選集注〉殘本序》，作『予勸』。
〔八〕據羅振玉《唐寫〈文選集注〉殘本序》，作『第』。

寫，在十五卷中。予念此零卷者，雖所存不及什一二，然不謀印行，异日求此且不可得。而刊行之事，予當任之，乃假而付之影印。予所藏二，即就原本印之，不復傳寫，以存其真。張氏藏卷，聞將自印於上海。乃去此二卷，仍得十有六卷，乃稍稍可流傳矣。然距影寫時則已十年，其卒得印行，亦幸也。諸卷中其第百十六前半，據東友所藏謄寫小字本鈔補。小字本至《褚淵碑》『元戎啓行，衣冠未輯』注止，而原本則自『衣冠未輯』二句起。此二句之注，兩本詳略互异，不知他注何如，惜無從比勘。似此書原本外，尚有謄寫別本，且與此本有异同。第〔二〕未聞東邦學者言及之。附記於此，俟它日訪焉。

蓋唐以詩賦試士，所設制科，有博學造議、博通墳典、學兼流略、辭擅文場、辭殫文律、詞標文苑、手筆俊拔、下筆成章、文學優贍、文辭秀逸、詞藻宏麗、文辭清麗、文辭雅麗、藻思清華、文經邦國、文藝優良、文史兼優諸名，見王應麟《辭學指南》。即後世博學鴻詞科目所自昉。而時主雅重其書，乃至分別本以賜金城，《唐書·吐蕃傳上》：『開元十八年，命有司寫《毛詩》《禮記》《左傳》《文選》各一部，以賜金城公主，從其請也。』書絹素以屬裴行儉。《唐書·裴行儉傳》：『高宗以行儉工草書，以絹素百卷，令行儉草書《文選》一部。帝覽之，稱善，賜帛五百段。風尚所趨，尤關輕重。故唐代士人之於《文選》，無不人手一編，奉爲圭臬。杜甫《宗武生日詩》曰：『熟精《文選》理。』《水閣朝霽詩》曰：『續兒誦《文選》。』是少陵嘗以《文選》教子矣。韓愈《李郱墓志》曰：『能暗記《論語》《尚書》《毛詩》《左氏》《文選》。』是當時以《文選》與經傳并重矣。詞章之盛，家握隨珠。觀楊升庵《丹鉛總録》『杜詩本選』一條及今人李審言所著《杜詩證選》，即知少陵詩材陵跨百代，其選辭用事，幾無不出於《文選》。考核之繁，人懷楊槧。《新志》所載，又有康國安注《駁文選异義》二十卷、常寶鼎《文選著作人名目》三卷。《宋史·藝文志》作《文選名氏類目》十卷，書名卷數并异。二氏《唐書》無傳，書皆早亡。晁氏《讀書志》載寶鼎書，纂《文選》所集文章、著作、人名、鄉里、行事，及其述作之意。考之《御覽》，猶可儻見遺文：

《文選人名録》曰：曹植年十歲，誦讀詩論及賦數萬言，能屬文。卷六百二文部。

《文選人名録》曰：謝靈運幼而聰慧，善屬文，舉筆立成。文章之盛，獨绝一時。同上。

其有依《文選》義例爲補其闕遺者，《新志》所載，有孟利貞《續文選》十三卷，《舊書·文苑·崔行功傳》附載孟利貞以文藻知名，撰《續文選》十三卷。卜長福《續文選》二十卷，開元十七年上，授富陽尉。卜隱之《擬文選》三十卷。開元處士。此則《選》學之附庸，依附末光，意存標榜，書既不傳，不必深考矣。《舊書·裴潾傳》又載：潾嘗裒古今辭章，續梁昭明太子《文選》，自號

〔二〕據羅振玉《唐寫〈文選集注〉殘本序》，作『而』。

《大和通選》，上之。

此外，唐人著書論《選》及注者，有顔師古之《匡謬正俗》，載孫志祖《理學權輿補》，凡十三條。李匡乂之《資暇集》，亦稱《資暇録》。匡乂字濟翁，《唐書》無傳，《四庫提要》考定爲唐末人。丘光庭之《兼明書》。陳振孫《書録解題》題爲唐人，《提要》考定爲五代時人。李、丘所云，并引見前。大都抉摘五臣，而由此益顯李注之審核。至師古著書，本在李善之先，故《匡謬》所考訂者，僅涉《選》文，無關善注也。

二、宋元明文選學

宋初承唐積習，選學之風未沫。蓋宋亦以辭科取士，是書之見重藝林，猶之唐也。下引數事，益了然已。

鄭文寶《南唐近事》曰：後主壬申，張佖知貢舉，試『天鷄弄和風』。佖但以《文選》中詩句爲題，未嘗詳究。有進士白云：『《爾雅》螒天鷄、鶾天鷄，未知孰是？』佖大驚，不能對。亟取《爾雅》檢之，一在《釋蟲》，一在《釋鳥》，果有二，因自失。

按謝靈運《於南山往北山經湖中瞻眺》詩：『海鷗戲春岸，天鷄弄和風。』李善注引《爾雅》『鶾天鷄』，則當爲鳥，與上『海鷗』相對。此事亦見楊大年《談苑》。

陶岳《五代史補》曰：毌昭裔貧賤時常借《文選》於交游間，其人有難色，發願[一]异日若貴，當版以鏤之，遺學者。後仕蜀爲宰相，遂踐其言刊之。吴任臣《十國春秋·後蜀·毌昭裔傳》曰：又令門人句中正、孫逢吉書《文選》《初學記》《白氏六帖》，刻板行之。

陸游《老學庵筆記》曰：國初尚《文選》，當時文人專意此書，故草必稱王孫，梅必稱驛使，月必稱望舒，山水必稱清暉。至慶曆後惡其陳腐，諸作者始一洗之。方其盛時，士子至爲之語曰：『《文選》爛，秀才半。』

王應麟《困學紀聞》曰：李善精於《文選》，爲注解，因以講授，謂之『文選學』。少陵有詩云：『續兒誦《文選》。』又訓其子『熟精《文選》理』。蓋選學自成一家。江南進士試『天鷄弄和風』詩，以《爾雅》天鷄有二，問之主司，其精如此。故曰：『《文選》爛，秀才半。』熙、豐之後，士以穿鑿談經，而選學廢矣。

[一] 據陶岳《五代史補》，作『憤』。

王氏謂熙、豐神宗以後，選學遂廢，殆謂自荆公以新經試士後，帖括代興，學者趨義疏之空疏，棄辭章於弗問矣。然此特就一般之士習言也，至積學之士，著書考訂，其中涉及《文選》者仍多有。其著者，若沈括之《夢溪筆談》、姚寬之《西溪叢話》、黄朝英之《靖康緗素雜記》、僧惠洪之《冷齋夜語》、朱翌之《猗覺寮雜記》。諸書考證《文選》，條數多寡不等，大抵多引據詳明，有資考核。此則新經試士，足以蠹一般之士習，而不足以錮通儒之見聞，明矣。迄乎南渡，則有洪景盧著《容齋隨筆》《續筆》，考證《文選》至數十條，詳載《理學權輿》。大致精審。嗣是則陸游之《老學庵筆記》，王觀國之《學林》，羅大經之《鶴林玉露》，袁文之《甕牖閑評》，趙彦衛之《雲麓漫鈔》，王楙之《野客叢書》，張世南之《游宦紀聞》，葛立方之《韵語陽秋》，吴曾之《能改齋漫録》，程大昌之《雍録》《演繁露》，葉夢得之《石林燕語》《避暑録話》，相繼而作。其考證《文選》，亦多能究根柢，非徒爲臆斷之談。其他諸家説部，討論藝文，亦常究心是書，其言頗足以備徵引而資博識。迨於末葉，王氏《困學紀聞》作。應麟博洽多聞，在宋代罕有倫比，書中涉及《文選》凡數十條，考證尤多精鑿。亦載《理學權輿》。凡此諸家，雖不爲選學專著，而不得謂無貢獻。清余仲林撰《文選紀聞》，凡宋以來評論《文選》之説，搜采殆盡，卷帙頗富，學者可以參考矣。

宋世《文選》著有專書者，以今考之，有下列數種：

蘇易簡《文選菁英》二十四卷　《宋志》《玉海》作十二卷。

蘇易簡《文選雙字類要》三卷　《直齋書録解題》《四庫類書類存目》《宋志》不載

搜取雙字[一]，以類編集。《解題》。

是編取《文選》藻麗之語，分類纂輯，其中語出經史，偶爲漢以來詞賦采用者，亦即以采用之注爲出典。易簡名臣，不應荒陋至此，疑其時科舉之徒輯爲此書，托易簡之名以行也。《提要》。

劉攽《文選類林》十八卷　《四庫類書類存目》《宋志》不載

是編取《文選》字句可供詞賦之用者，分門標目，共五百四十九類。然攽兄弟以文章學問與歐陽修諸人馳騁上下，未必爲此餖飣之學，疑亦南宋時業詞科者所依托也。《提要》。

《文選類林》十八卷，摘《選》中麗語類而聚之，稱清江劉攽貢父編。按貢父本傳不言著有此書，即以《宋史》及《讀書志》《書

[一] 據陳振孫《直齋書録解題》，作「摘取雙字」。

録解題》諸簿録考之，《文選》摘類者，第有周明辨〔一〕之《彙類》、蘇易簡之《菁英》及《雙字類要》、黄簡之《韵粹》、王若之《選腴》，豈有彪炳若貢父者，而不詳列其著述，直待明世乃始刊布？此可疑者一也。又其徵引多有重複，是必作者未定之稿。貢父刊《兩漢》之誤，句櫛字比，體尚縝密，豈有編纂一書而疏忽若此？此可疑者二也。有明内閣之書號稱繁富，一編再編。是書既見遺於永樂，又不傳於萬曆，天府無副墨，而民間乃有藏本，至焦弱侯撰《經籍志》乃始收之。此可疑者三也。杭大宗《道古堂集·文選類林跋》。

周明辨《文選彙聚》十卷　《宋志》

周明辨《文選類彙》十卷　《宋志》在前書下，未知亦周所撰否。

王若《選腴》五卷　《直齋書録解題》

以五聲韵編輯《文選》中字。淳熙元年序。《解題》。

曾發《選注摘遺》三卷　《宋志》

高似孫《文選句圖》一卷　《四庫總集類存目》

按〔二〕摘句爲圖，始於張爲。其書以白居易等六人爲主，以楊乘等七十八人爲客，主分六派，客亦各有上入室、入室、升堂、及門四格，排比聯貫，可〔三〕同譜牒，故以圖名。後九僧各摘名句，亦曰句圖，蓋非其本。似孫此書亦沿舊名，所録《文選》諸詩，去取不甚可解。如蘇武詩之『馥馥秋〔四〕蘭芳，芬馨良夜發』，上下聯各割一句，尤爲創調。其句下附録之句，蓋即鍾嶸《詩品》源出某某之意。其句下附録一兩首者，則莫喻其體例矣。《提要》。

《李善五臣同异》一卷　《宋志》

《宋志》在文史類，無撰人名氏。《遂初堂書目》有《文選同异》，當即此書。又尤袤刻《文選》，有李善與五臣同异附後，胡克家刻本遺之。陸心源補刻於《群書校補》中。據袁説友跋，即袤所爲也。高閬仙氏説。

黄簡《文選韵粹》三十五卷　《宋志》

卜鄰《續文選》二十三卷　《宋志》

〔一〕據杭世駿《道古堂全集》，作『辯』。
〔二〕據永瑢等撰《四庫全書總目》，作『案』。
〔三〕據永瑢等撰《四庫全書總目》，作『事』。
〔四〕據永瑢等撰《四庫全書總目》，作『我』。

此書未知與《新唐志》所載卜長福《續文選》二十卷爲一書否。

陳仁子《文選補遺》四十卷　《四庫總集類》《宋志補》

是書前有廬陵趙文儀序，述仁子之言曰：見前《義例篇》引趙文儀序云云。『又不當以詩賦先詔令奏疏，使君臣失位，質文先後失宜。』其排斥蕭統甚至，蓋與劉履《選詩補注》皆私淑《文章正宗》之説者。然《正宗》主於明理，《文選》原止於論文，言豈一端，要各有當。仁子以彼概此，非通方之論也。且所補司馬談《六家要旨論》，則齊黃、老於《六經》。魯仲連《遺燕將書》，則教人以叛主。高帝《鴻鵠歌》，情鍾嬖愛。揚雄《反離騷》，事异忠貞。蔡琰《胡笳十八拍》，非節烈之言。《越人歌》《李延年歌》，直淫褻之語。班固《燕然山銘》，實爲貢諛權臣。董仲舒《火灾對》，亦不免附會經義。律以《正宗》之法，皆爲自亂其例，亦非能恪守真氏者。至於宋王微《咏賦》，訛爲宋玉《微咏賦》，則姓名、時代并訛；引佛經横陳之説以注《諷賦》，則龐雜已甚；荆軻《易水歌》與《文選》重出，亦爲不檢。觀仁子所著《牧萊脞語》，於古文、時文之格律尚未分明，則排斥古人，亦貿貿然徒大言耳。然其説云補《文選》，不云竟以廢《文選》，使兩書并行，各明一義，用以濟專尚華藻之偏，亦不可謂之無功，較諸舉一而廢百者，固尚有間〔二〕焉。《提要》。

以上諸書，類多亡佚，其僅存者，傳本亦稀。大抵或臚類典，或摘辭藻，祇供詞章家撏扯之用，無當於選學也。迄乎元代，承其餘習，於是評釋《文選》者有數家焉。其書瑕瑜互見，《提要》并爲摘出。今述於下：

方回《文選顔謝鮑詩評》四卷　《四庫總集類》

是編取《文選》所録顔延之、鮑照、謝靈運、謝惠連之詩，各爲論次。回所撰《瀛奎律髓》，持論頗偏。此集所評，如謝靈運詩，多取其能作理語，又好標一字爲句眼，仍不出宋人窠臼，然其他則中理解。又如謝靈運《述祖德詩》第二首，評曰：『《文選》注：「高揖七州外，謂舜分天下爲十二州，時晋有七州，故云七州外。」余謂不然，此指謝玄所謂〔三〕徐、兗、青、司、幽、并七州都督耳。謂晋有七州而高揖其外，則不復居晋土耶。』謝瞻《張子房詩》評曰：『東坡詆五臣誤注三殤，其實乃是李善。』顔延之《秋胡詩》評曰：『秋胡之仕於陳，止是魯之鄰國，而云王畿，恐是延之一時寓言。雖以《秋胡子》爲題，亦泛言仕宦。善注乃引《詩緯》曰：陳，王者所起也。此意似頗未通。』亦間有所考證。至於評謝靈運《九日戲馬臺送孔令詩》，謂『鳴葭當作鳴笳』，則未考《晋書·夏統傳》。

〔二〕據永瑢等撰《四庫全書總目》，作『閒』。
〔三〕據永瑢等撰《四庫全書總目》，作『解』。

評鮑照《行藥至城東橋詩》，謂『行藥爲乘興還來看藥欄』之意，則誤引杜詩。評謝朓《郡内高齋閑坐答呂法曹詩》，謂『或以岫本訓穴，以爲遠山亦無害』，則附會陶潛《歸去來辭》。小小舛漏，亦所不免，要不害其大體。統觀全集，究較《瀛奎律髓》爲勝，殆於晚年所見又進歟？《提要》。

劉履《風雅翼》十四卷附曾原《選詩演義》。《四庫總集類》《元志補》

是書[一]首爲《選詩補注》八卷，取《文選》各詩删補，訓釋大抵本之五臣舊注。曾原《演義》，而各斷以己意。次爲《選詩補遺》二卷，取古歌謡之散見於傳記、諸子及《樂府詩集》者，選四十二首，以補《文選》之闕。次爲《選詩續編》四卷，取唐宋以來諸家詩詞之近古者一百五十九首，以爲《文選》嗣音。去取大旨，亦本《正宗》。其詮釋體例，則悉以朱子《詩集傳》爲準。以漢魏篇章，强分比興，未免刻舟求劍，附合支離。以其大旨不失於正，而亦不至全流於膠固，又所詮釋[二]評論，亦頗詳贍，尚非枵腹之空談，較陳仁子書猶在其上。《提要》。

虞集邵庵《文選心訣》一卷　《元志補》

元代學術益衰，而著述中評論《文選》者，亦有二家，則白珽之《湛淵静語》與李治之《敬齋古今黈》是已。珽以武帝《秋風辭》作於元鼎四年十一月，十一月即夏正八月也，其説最是。李書以考證佐其議論，其中涉及《文選》者十餘條，雖摭拾瑣細，亦非漫無根柢、虚騁浮詞者比也。

有明承宋元之後，定制以時文取士，選學益廢。著述之家，或輯注釋，或施評點，或摘腴詞，其書類不足觀。《明志》既鮮著録，《提要》列入存目，一一加以抨彈。今亦彙述於下。別有廣續者五家附末。

張鳳翼《文選纂注》十二卷　《四庫總集類存目》

是書雜采諸家詮釋《文選》之説，故曰《纂注》。然所引多不著所出。夫詮釋義理，可以融會群言，至於考證舊文，豈可不明依據，言各有當，不得以朱子《集傳》《集注》藉口也。其論《神女賦》王字訛玉，玉字訛王，蓋采姚寬《西溪叢話》[三]之説，極爲精審。其注無名氏《古詩》以『東城高且長』與『燕趙多佳人』分爲兩篇，十九首遂成二十。不知陸機擬作，文義可尋，未免太自用矣。《提要》。

[一] 據永瑢等撰《四庫全書總目》，作『編』。
[二] 據永瑢等撰《四庫全書總目》，作『箋』。
[三] 據永瑢等撰《四庫全書總目》，作『語』。

林兆珂《選詩約注》十二卷　《四庫總集類存目》

是編取昭明《文選》所録諸詩，重爲編次，以時代先後爲序。其訓釋文義較舊注稍爲簡約，亦無考證發明。《提要》。

凌迪知《文選錦字》二十一卷　《四庫類書類存目》《明志》

是書以《文選》字句輯爲二十七門，自謂合清江劉氏《類林》、眉山蘇氏《雙字類要》而增損之。然二家之書已涉餖飣，叠床架屋，尤爲無謂矣。《提要》。

按今通行本厘爲四十六門，此云二十七門，疑誤。

陳與郊《文選章句》二十八卷　《四庫總集類存目》

此書以坊刻《文選》顛倒棼亂，每以李善所注竄入五臣注中，因重爲厘正，汰其重複，斥五臣而獨存善注。凡善所録舊注，如《楚辭》之王逸，《兩京賦》之薛綜，《咏懷詩》之顔延之、沈約，皆仍存之，亦時時正其舛誤。較閔齊華、張鳳翼諸本差爲勝之。然點竄古人，增附己説，究不出明人積習，不如存其原本之愈也。《提要》。

鄒思明《文選尤》十四卷　《四庫總集類存目》

是〔一〕書取《文選》舊本臆爲删削，以三色板〔二〕印之。凡例謂總評分脉則用朱，細評探意則用緑，釋音義、解文詞則用墨云。《提要》。

閔齊華《文選瀹注》三十卷　《四庫總集類存目》

是書以六臣注本删削舊文，分繫於各段之下，復采孫鑛評語列於上格，蓋以批點制義〔三〕之法施之於古人著作也。《提要》。

凌濛初《合評選詩》七卷　《四庫總集類存目》

是編全録《文選》諸詩，而雜采各家評語附於上方，以朱墨板〔四〕印之。所采惟鍾、譚爲多，圈點則一依郭正域本，其宗旨可以概見也。《提要》。

按正域有批點《考工記》及《韓文杜律》二書，并見《四庫存目》。

劉節《廣文選》六十卷　《四庫總集類存目》《明志》

〔一〕據永瑢等撰《四庫全書總目》，作「其」。
〔二〕據永瑢等撰《四庫全書總目》，作「版」。
〔三〕據永瑢等撰《四庫全書總目》，作「藝」。
〔四〕據永瑢等撰《四庫全書總目》，作「版」。

是書以補《文選》之遺，前有王廷相、吕楠二序，皆稱八十二卷，而此本實六十卷。末有晋江陳蕙跋，稱節舊本所録凡千七百九十六篇。其中訛字逸簡雜出，又文義之甚悖而俚者間在焉。乃以視鹺之暇，與揚郡守王子松，教授林璧，訓導曾辰、李世用，共校讎增損之。刻置淮陽〔一〕書院，删去二百七十四篇，增入三十篇云云。則此本爲蕙等重編，非節之舊矣。蕭統妙解文理，擷歷代之菁華，以成一集。雖以杜甫文章陵〔二〕跨百代，猶有『熟精《文選》理』之句，其推重詎出漫然。此可知當時去取别裁，具有深意。徐陵與統同時，所撰《玉臺新咏》頗采《文選》所遺，劉克莊已有『皆統棄餘』之誚，則操筆繼作，何可易言。節不度德量力，乃有是集。蕙等又謬種流傳，如塗塗附。田藝衡《留青日札》嘗摘其張協諸人詩與《文選》複收，及《阮嗣宗碑》諸篇誤改名姓之類，不一而足。今更校之，如其凡例。以《焦仲卿妻詩》爲俚俗，斥而不録。又《亢倉子》本唐王士元撰，實非古書，而題曰周亢倉楚，特稱其《君道》《政道》等四篇爲高古，所見已爲甚淺。其編次亦仿《文選》分類，而顛舛百出。如《文選》《文賦》，無類可歸，故别立論文一門。此書乃以荀卿《禮》《智》二賦及揚雄《太玄賦》當之，其爲學步，寧止壽陵餘子耶？曹植《蟬賦》、傅玄〔三〕《螢賦》，入之鳥獸，而傅亮《金燈草賦》不入草木，謝朓《游後園賦》不入游覽，陸雲《南征賦》不入紀行，陶潜《桃花源詩》入咏史，《史記·禮書》、班固《律曆志》入雜文，皆不可理解。又《胡姬年十五》一篇，本梁劉琨作，郭茂倩《樂府詩集》可考，而沿《文翰類選》之誤，案是書明李伯嶼、馮原同編，《四庫存目》著録。以爲晋劉琨。莊忌本漢人，而誤以爲梁人；《柏梁詩》本聯句，而注曰六首；徐樂上書，本無標題，而名曰《論土崩瓦解書》；《左傳》『吕相絶秦』本爲口語，而名曰《絶秦書》。《史記·自序》中下大夫壺遂云云，本文中之一段，而删除前後，名曰《答壺問》，隔數卷後，又出《太史公自序》一篇；《文心雕龍·序志篇》本其第五十篇，而改名曰《文心雕龍序》。至於諸葛亮《黄陵廟記》之類，以贋文竄入，更無論矣。《提要》。

周應治《廣廣文選》二十三卷　《四庫總集類存目》

此又拾節之遺，故曰《廣廣文選》。其舛漏踳駁，與節書亦魯衛之政。甚至《松柏歌》題曰齊王建，是并『共建住者客耶』一句，亦未觀〔四〕也。《越绝書序》題周吴平，如據《論衡》及書末題詞，則平爲後漢人，亦不得謂之周。如以爲周人書，則當曰子貢、子胥，不得謂之吴平也。則其他可不問矣。《提要》。

〔一〕據永瑢等撰《四庫全書總目》，作『揚』。
〔二〕據永瑢等撰《四庫全書總目》，作『凌』。
〔三〕據永瑢等撰《四庫全書總目》，作『咸』。
〔四〕據永瑢等撰《四庫全書總目》，作『覯』。

張溥《廣文選删》十二卷　《明志》不載

馬繼銘《廣文選》二十五卷　《明志》

胡震亨《續文選》十四卷　《明志》

張、馬二書未見。震亨字孝轅，海鹽人。萬曆丁酉舉人，由固城縣教諭歷官兵部員外郎。有《海鹽縣圖經》《唐音戊籤》，并見《四庫存目》。是書以續《文選》，凡所采摭，梁代自昭明所入諸家外，合後魏、北齊、後周、陳、隋都七十一家。撰爲十四卷。類聚區分，尚準舊例。書首列著作人姓名録，亦便檢閲。綉水沈士龍爲序，其略云：『嘗觀梁《選》所届，期及大通。藻運固云未窮，膻鄉復在攸擯。猶之鍠鍠在懸，闕收合止之韵；關關斯唱，不聞卒亂之章。體變未訖，有識慨焉。誠以江、徐奮藻於江介，温、魏門妍於河、洛。莫不氣藴山嶽，詞振[一]風雨。飾悲怒則朱天欲爲造冰，貌情悦則枯林以之迸萼。弦匏不能寫其響，丹青不能染其色。操翰之妙，蔑此加矣。孝轅於是抉葳髓於南腴，取醍醐於北酪。雖諧新嗜，必協舊賞。遂使梁朝三帝，幾庶魏武一門。白下諸才，比迹建安七子。初明既方越石，孝穆何減鄴陽。大法衆篇，冀與《頭陀》争地；徵士一序，欲同《思舊》分感。至於録姓名則寧以未見附人，存篇類則不以有文累目。詩以《木蘭》辨趨，賦從《枯樹》知變。不逢具眼，誰會深心。然重言亦以古貴，《太玄》不免今輕。不知昭明雖古，而古亦自今。孝轅雖[二]今，而今必到古。譬諸東旭之於下舂，晨濤之於夜汐。景分早暮，均之一日。波有前後，原[三]非二海。合之則完寶，析之則兩珍。自非耽樂芳雋，究極升降者，烏能識風流之會[四]，結撰之旨乎？』按是編起自大通，下窮隋季，江左河朔，并蓄旁羅。而普通以前蕭《選》所限斷者，不更拾其餘瀋。雖持擇之精，難語藻鑒，而八代文苑，得是編上承蕭《選》，藉見源流，尚非無知妄作。惟昭明選例，文質相扶，歸於雅正。同時文士，如吴均文體清拔有古氣，周興嗣善爲文，柳惲工爲詩，并歿於天監普通之間，人亡論定，昭明概從刊落，宜出别裁，豈容輕議。河朔辭義貞剛，重乎氣質。競奏符檄，則粲然可觀。體物緣情，則寂寥於世。邢、魏晚出，昭明所不逮見，非擯膻鄉於化外也。梁自大同之後，雅道淪缺，漸乖典則，争馳新巧。簡文、湘東啓其淫放，徐陵、庾信分路揚鑣。意淺而繁，文匿而采。詞尚輕險，情多哀思。格以延陵之聽，蓋亦亡國之音。《隋書·文學傳序》。假使昭明生際斯世，扶持文統，宜有嚴郛。孝轅所續，揆之蕭旨，未必盡同。固知凫脛雖短，續之則憂，先民有作，難爲繼軌矣。

[一] 據胡震亨《續文選》，作『搖』。
[二] 據胡震亨《續文選》，作『洵』。
[三] 據胡震亨《續文選》，作『元』。
[四] 據胡震亨《續文選》，作『風會之流』。

其有非《文選》專著，而著書考訂，涉及選學者，若中葉之楊升庵氏，著《鉛丹總録》[二]，得《文選》五十五條。末造之方密之，撰《通雅》，得《文選》七十八條。并載《理學權輿》。升庵以博洽冠一時，而成書太急，時亦不免疏舛。密之考據精核，方於升庵，後來居上。兩家於《文選》所得深淺，大率準是。晚有大儒顧亭林氏，著《日知録》，考證經史，旁綜藝文，其中涉《文選》者五十六條，亦載《理學權輿》。皆極精審。雖不爲《文選》專著，而即此殘膏賸馥，沾溉後人，固非明代選學諸書所可同年語也。

三、清代文選學家述略

有清學術昌明，一洗元明之陋。自亭林開其先，儒生輩出。若校勘，若小學，若群經，若子史，既已研求纘述，無復遺蘊，乃以餘力涉獵集部。集部莫古於《文選》，而復佐以李注，網羅浩博。好尚所托，精力彌注。著述美富，何亞唐初。惟崇賢緝注，但取義明，非求炫博。補注諸家不悟，餘波所及，皆彼之遺，而欲持布鼓，過雷門，竇燕石，驕周客，支離牽引，累牘連篇，抑不足尚也。張之洞撰《書目答問》，著文選學家之目，以爲清代漢學、小學、駢文家皆深選學。所列猶多遺漏，聊復博徵著述，略依時代先後，論次如下：其有無關考核，僅爲評文摘字之學者，以其在選學中本可分居一席，兹亦弗略。

何焯屺瞻《義門讀書記·文選》五卷、《校文選》若干卷

附潘耒稼堂校本、錢陸燦圓沙閱本、陳景雲少章《文選舉正》六卷

清初校《文選》者，莫先如潘、錢兩家，《書目答問》列爲文選學家之首者也。然稼堂校本，僅就當時通行之本，審核文字，而於選學無所發明。圓沙本亦然。孫志祖《文選考异》多引之。逮康熙末葉，長洲何義門出，始博采衆本，以汲古爲善。晚年評定，多所折衷。此余蕭客之言。其考定《選》事，時有可取。如《洛神賦》斥感甄無稽之説，謂子建此賦，乃托辭宓妃，以寄心文帝，識解可云精到。《提要》稱：『何氏學問殫洽，生平無所著作，没後其弟子堂始裒其點校諸書之語，爲《義門讀書記》六卷。嗣經其門人蔣維鈞益爲搜輯，乃得五十八卷。』今按《讀書記》中《文選》編爲五卷，悉評文之言，而校注之語缺焉不録，未免買櫝還珠。幸余仲林、孫頤谷、胡果泉、梁茝林諸家稱引尚詳，最見精思所在。本師黄氏有云：『清代爲選學者，簡要精核，未有超於何氏。』洵不誣也。少章少從義門游，精史學，所著《文道十書》，中有《文選舉正》六卷。卷數據錢泰吉《曝書雜記》。紹其師説，多所發明，而惜無傳本。胡

[二] 此應爲『《丹鉛總録》』。

果泉《文選考异》時引其校語，可搜輯成卷。

余蕭客仲林《文選音義》八卷、《文選紀聞》三十卷

何氏而後，以選學名家者，當推余仲林氏。江藩《漢學師承記》稱：『余氏以漢學名，自幼受《文選》於其母顔氏。年甫三十，即於《爾雅釋》《注雅别鈔》之外，成《文選音義》八卷。』今案《音義自叙》云：『《文選》自陳、隋後，注則有公孫羅、李善、李邕、吕延濟、劉良、吕向、張銑、李周翰，音則有蕭該、許淹，音義則有公孫羅、僧道淹、曹憲。李邕注，《新書》本傳言其與善注兩行。《郡齋讀書志》言善注成，邕更加以義，今釋事加義者兩存焉。則似今善注中解釋文義，即邕所加。曹憲《音義》，不見於《通志·藝文略》；公孫《注》，蕭、該[二]《音》，及道淹、公孫《音義》，不見於《通考·經籍考》，則不傳已久。其吕延濟以下五人，開元中工部侍郎吕延祚所招共注《文選》，即《五臣注》。陳直齋《書録解題》曰：《五臣注》三十卷，後人并李善原[三]注合爲一書，名《六臣注》。然則六臣之名，趙宋已見，而直齋已不能定其爲何人所合矣。今考《五臣注》，空據本文，每條加十許字，映帶作轉。其所發明，往往本文自明，無待辭費。至於顛倒事實，乖錯文義，予嘗摘其第一卷誤辨正於《注雅别鈔》，已二三十。則其俚儒荒陋，不足繼起李善，不但如《東坡題跋》《容齋隨筆》所言。今六臣本割五臣之羔褭，飾李善之狐裘，遂使侍郎越次，崇賢降階，襲舊爲六，知其不爲定論。又其書首載善注，或零斷無文句，或割以益五臣，多則覆舉注文，少則妄删所引，其詳贍有體，亦不及汲古閣本。蓋今所傳又爲後人訛亂，非直齋所見六臣之舊矣。然汲古閣本獨存善注，而總題六臣，又誤入向曰、銑曰注十數條，蓋未考六臣、五臣之别，漫承舊刻訛雜，未必汲古主人有意欺世，及以所刻數條五臣注爲善也。前輩何義門先生，當士大夫尚韓愈文章，不尚文選學，而獨加賞好，博考衆本，以汲古爲善。晚年評定，多所折衷，士論服其該洽，然諸書散見與《文選》出入者，尚多可采。輒不自料，據何爲本，益以所聞，摘字爲音，作《音義》八卷。先盡善注本音，次及六臣舊刻所補，二書未備，乃復旁及。其字一從汲古，諸本异同參注其下。叶韵則從沈重改音，古音則從入韵偶見，音叶無考，則從闕疑。《五臣注》可備一説，及可補善注闕者，百無一二。今每卷擇稍可數條，列於音後，并注昭明李善序表。别舊訓之朱紫，備一家之瞽説，未敢謂善注功臣，然校正數十處，補遺數百事，未嘗稍亂李氏舊章。知其説者，或不致以吕向、張銑同類見譏，則五臣餘波不能來及，實所望於將來君子。』觀此序，是編據何校汲古閣爲本，而於李注、五臣注，鋠析頗精，不可謂不勤矣。《四庫》少之，列入存目，爲約舉其失數端：一曰引證亡書，不具出典。如李善《進文選注表》，『化龍』引

[二] 據余蕭客《文選音義自叙》，作『許』。
[三] 據余蕭客《文選音義自叙》，作『元』。

《晋陽秋》，『肅成』引王沈《魏書》，『莢』[一]字引徐邈、李順《莊子音》，如斯之類，開卷皆是。舊籍存佚，諸家著録可考，世無傳本之書，蕭客何由得見，此展[二]轉稗販，而諱所自來也。一曰本書尚存，轉引他籍。如《西都賦》『火齊』引龐元英《文昌雜録》『《南史》中天竺國説火齊』云云，何不竟引《南史》也？《逸民傳論》引宋俞成《螢雪叢説》『嚴子陵本姓莊，避顯宗諱，遂稱嚴氏』，此説果宋末始有耶？一曰嗜博貪多，不辨真僞。《海賦》『陰火』引王嘉《拾遺記》『西海之西浮玉山巨穴』云云，與木華所云『火齊[三]』何涉？盧諶《覽古詩》『和璧』引杜光庭《録异記》『歲星之精墮於荆山』云云，是晋人讀五代書矣。《飲馬長城窟》『雙鯉魚』引《元散堂詩話》『試鶯以朝鮮原繭紙作鯉魚』云云，此出龍輔《女紅餘志》。案錢希言《戲瑕》明言《娜嬛記》《女紅餘志》諸書，皆桑懌依托，則《女紅餘志》已屬僞本，所引《元散堂詩話》更屬僞中之僞，乃據爲事實，不亦顛耶？一曰摭拾舊文，漫無考訂。如《閑居賦》『櫻』字引《鬼谷子》『崖蜜櫻桃』也，按[四]此惠洪《冷齋夜話》之文，《鬼谷子》實無此語，蕭客既没惠洪之名，攘爲已有，又不知宋人已屢有駁正。《吴都賦》『攙[五]槍』引李周翰注，以爲鯨魚目精，此因《博物志》『鯨魚死彗星出』之文，而加以妄誕。陸機《贈從兄詩》言樹背與襟，引謝氏《詩源》『堂北曰背，堂南曰襟』，亦杜撰虚詞，不出典記。《歸去來辭》『西疇』引何焯批本曰『即農服先疇之意，西、先古通用』，案西古音先，非義同先也，『西疇』正如《詩》之南畝，偶舉一方言之耳，如是穿鑿，則本辭『東皋』何以獨言『東』耶？凡斯之類，皆疏舛也。一曰叠引瑣説，繁複矛盾。如《三都賦》『玉樹』引顔師古《漢書》注，謂左思不曉其義。《甘泉賦》『玉樹』又引王楙《野客叢書》，謂顔師古注甚謬。劉琨《重贈盧諶詩》下注引蔡寬夫《詩話》曰『秦漢以前，平仄皆通，魏晋間此體猶存，潘岳詩「位同單父邑，愧無子賤歌。豈敢陋微官，但恐忝所荷」是也』；潘岳《河陽詩》下又注曰『《國語補音》負荷之荷亦音何』。兩卷之中，是非頓异；數頁之後，平仄迥殊，將使讀者何從耶？一曰見事即引，不究本始。如《蜀都賦》『琥珀』引曹昭《格古要論》，不知昭據《廣韵》楓字注也。《飲馬長城窟行》引吴兢《樂府解題》『或云蔡邕』，不知兢據《玉臺新咏》也。《尚書序》伏生，引《經典序[六]録》云『名勝』，不知《晋書·伏滔傳》稱遠祖勝也。至於凡注花草必引王象晋《群芳譜》，益不足據矣。一曰旁

[一] 據永瑢等撰《四庫全書總目》，作『筴』。
[二] 據永瑢等撰《四庫全書總目》，作『輾』。
[三] 據永瑢等撰《四庫全書總目》，作『陰火』。
[四] 據永瑢等撰《四庫全書總目》，作『案』。
[五] 據永瑢等撰《四庫全書總目》，作『欃』。
[六] 據永瑢等撰《四庫全書總目》，作『叙』。

引浮文，苟盈卷帙。首引何焯批本稱《麈史》宋景文母夢朱衣人携《文選》一部與之，遂生景文，故小字選哥，已爲枝蔓。又沿用其例，於顔延年《贈王太常詩》「玉水記方流」句下，注曰「王定保《摭言》，白樂天《及第省試玉水記方流詩》」，此於音義居何等也。一曰鈔撮習見，徒混簡牘。如《賢良詔》「漢武帝」下注：「向曰：《漢書》云諱徹，景帝中子。」《洛神賦》「曹子建」下注曰：「武帝第三子。」世有不知漢武帝、曹子建而讀《文選》者乎？至於八言詩見東方朔本傳，蕭統序所云八字，正用此字，乃引吕延濟注，以八字爲魏文帝《樂府詩》，已爲紕繆。又引何焯批本，蔓引三言至五言，獨遺八字，挂漏者亦所不免。惟《魏都賦》「廣蒼」一條，效曹子建題注「孫巖《宋書》」一條，并引《隋書·經籍志》爲證；《洞簫賦》「顔叔子」一條，引毛萇《詩傳·巷伯篇》爲證；《曲水詩序》「三月三日」一條，引《宋書·禮志》爲證；《東京賦》注「偷字叶韵」一條，引沈重《毛詩音義》爲證，糾何焯批本之誤，爲有考證〔一〕耳。蓋蕭客究心經義，詞章非所擅長，强賦六合，違才易務，其見短也宜矣。

按如《提要》所摘，亦頗中其失，可爲余氏之諍友矣。然據《漢學師承記》言：「余氏是書，本悔少作，然久已刊行，乃別撰《文選雜題》三十卷。病革之時，以付弟子朱敬輿。敬輿實爲枕中秘，以是學者罕知之。」又言余氏深於選學，因名其樓曰「選音」，有《選音樓詩拾》若干卷，亦付敬輿。今按巴陵方氏所刻《碧琳瑯館叢書》，中有余氏《文選紀聞》三十卷，實即《雜題》原書，歷久而光，亦云幸已。書中泛引群籍至數百種，意取疏通《選》義，頗嫌雜遝，不盡本原。如《雲仙散録》《類林》《雙字類要》諸書，本非可信之作，仲林悉加摭録。注《頭陀寺碑》，雜引三藏以炫博，而不能舉其最先。董澤之蒲，焉可勝既，皆其可議者。本師黄氏謂其書名《紀聞》，所聞往往實無涉於《選》。戴庶吉士譏其《古經解鈎沉》有沉而未鈎者，有鈎而非沉者，此書亦其類。此裁制之不精，然多聞可爲古之益友也。

汪師韓韓門《文選理學權輿》八卷

附孫志祖頤谷《文選理學權輿補》一卷、《考异》四卷、《李注補正》四卷附錢士謐重校本。

余氏《音義》成後，越十年而汪書作。《音義》成於乾隆二十三年，汪書成於三十三年。汪氏是書，蓋取《選》注以類別爲八門，末乃綴以己説。一曰撰人，則臚《選》中作者百三十家，於各家之下分隸所撰篇目也。二曰書目，則録《選》注所引書目，分類次之也。三曰舊注，則述舊注二十三家及不知名者所注是也。四曰訂誤，則著李氏以注訂誤之四十七類也。五曰補闕，則著李氏以注補《選》之五類也。六曰辨論，則著李氏以注辨論《選》中用事之四十三條也。七曰未詳，則著李氏所未詳之百四十事也。八曰評論，則

〔一〕據永瑢等撰《四庫全書總目》，作「正」。

録後儒之論《選》及注者，如唐之李濟翁、丘光庭，宋以後之蘇子瞻、洪景盧、王伯厚、楊升庵、方密之、顧寧人諸家是也。又於讀《選》時或見注有徵引之未當，闕遺之欲補，未敢妄信，謂之質疑。就此九者，附舊注於書目，附補闕於訂誤，而分評論爲三，質疑爲二，共成十卷。名曰《理學權輿》者，謂舉其書以示後來，如將窮《選》理，通《選》學，以是爲權輿可也。以上并見汪氏自序。以今觀之，是書發揮《選》注，縷舉最詳，俾世之爲《選》學者得門而入，裨益匪淺。顧自云：『分評論爲三，質疑爲一，共十卷。』今評論止二卷，質疑一卷，蓋汪氏未卒業之書也。觀自叙於評論云：『間有記憶未全者，客游無書，且先提其要以俟他時補綴。』又於質疑云：『見已得若干條，後有所見，更續增焉。』則其書之未成可知矣。

繼汪氏後，爲補完其書者，則有孫頤谷氏。既輯顔師古、朱仲叔、楊升庵諸家評論爲一卷，以補汪氏之評論。復以潘稼堂、何義門、錢圓沙三家勘本，汪氏俱未之見，因爲研核參考，别撰《文選考异》四卷，《李注補正》四卷，皆以補汪氏之質疑也。其《考异》自序云：『毛汲古閣所刻《文選》，世稱善本。然李善與五臣所據，各本〔一〕不同。今注既載李善一家，又間從五臣，未免踳駮。且字句訛誤脱衍，不可枚舉。國朝潘稼堂及何義門兩先生，并嘗讎校是書，而義門先生丹黄點勘，閲數十年，其致力尤勤。《讀書記》有評無校，其校注之語僅見此書及余氏《音義》、胡氏《考异》、梁氏《旁證》所稱引。又有圓沙閲本，不著題跋，而徵引顧仲恭、馮鈍吟評語居多，意其爲錢氏之書，皆少陵所謂熟精《選》理者也。志祖嘗閲三家校本，參稽衆説，隨筆甄録，仿朱子《韓文考异》之例，輯成四卷，以正毛刻之誤。至汲古閣本卷首列錢士謐重校者，較之他本爲勝，今按是書卷首題「康熙丙寅孟夏上元錢士謐重校」。今悉據此重加厘正。其坊間翻刻之妄謬，更不足道云。』《李注補正》自序云：『崇賢生於唐初，與許淹、公孫羅并承江都曹憲爲《文選》音訓。《倉》《雅》之學，遠有端緒，而李注盛行於世，學者與顔師古《漢書》并稱，良不誣也。吕延濟輩荒陋無識，甚愧六臣之目。明汲古閣毛氏本止載崇賢一家，藝林奉爲鴻寶。顧其書網羅群籍，博洽罕有倫比，而釋事遺義，亦所不免。夫顔師古書薈萃衆説，精矣。然三劉吴氏迭有刊落，豈積薪之居上，亦集腋之易工。予用是喟然深思，不能已於握槧也。曩既輯《文選考异》四卷，兹復合前賢評論及朋儕商榷之説，附以管窺，仿吴師道校《戰國策》之例，輯《李注補正》四卷，以諗世之爲選學者。』此孫氏著書之大意。晚出者勝，宜視汪氏所造爲深。其成書則在嘉慶戊午間云。《考异》中潘、錢、何三家外，兼引許慶宗、金甡、王鳴盛、梁玉繩、陳少章、邵長蘅諸家，《李注補正》中引趙曦明、葉樹藩、許慶宗、徐鯤、顧仲恭諸家，皆於《選》文、《選》注有所發明。

葉樹藩星衛《文選補注》

〔一〕據孫志祖《文選考异序》，作『本各』。

葉氏是書自序云：『《文選》一書，後人合《五臣注》與李善注爲一，更名《六臣注》。五臣注之荒陋，六臣本之舛訛，前人已有定論。近世惟汲古閣本一復崇賢〔一〕之舊，較諸刻爲完善。然既獨存李注，而雜入五臣之説數條，殊失體裁。且其書疏於讎校，帝虎陶陰，棼然迷目，談藝家往往有遺憾焉。吾吴何義門先生手評是書，於李注多所考正，士論服其精核。余輒不自揆，手自勘輯，削五臣之紕謬，存李氏之訓詁。卷帙則仍毛氏而正其脱誤，評點則遵義門而詳爲厘訂。至管窺所及，有可補李注、何評所未備者，竊附列於後。』又凡例云：『毛氏汲古閣本頗多脱遺，如第八卷司馬長卿《上林賦》不標郭璞注，三十六卷《宣德皇后令》失載任彦昇，三十四卷枚乘《七發》遺「太子有悦色也」至「然而有起色矣」一段。至一篇中脱遺數句，如十五卷張平子《思玄賦》遺「爛漫麗靡，藐以迭逷」，二十四卷陸士衡《答賈長淵詩》遺「魯侯戾止，衮服委蛇」，二十七卷曹子建《箜篌引》遺「百年忽我遒，生存華屋處」，二十八卷鮑明遠《放歌行》遺「今君有何疾，臨路獨遲迴」，三十七卷曹子建《求通親親表》遺「有不蒙施之物」，四十八卷司馬相如《封禪文》遺「上帝垂恩儲祉，將以慶成」。此類更不勝縷舉，兹悉以宋本校定。』按星衛是書，成於乾隆三十七年，蓋據汲古閣本，以宋本校定。全采義門評點，但録《讀書記》，無校語。刊爲朱墨套本。其間削崇賢原注，附以新注百餘條，自謂補李、何所未備，然多襲人説以爲己有。《魏都賦》『兼重悂以貤謬』，注引《廣倉》，義門以爲《埤倉》《廣雅》之誤，葉氏則謂《廣倉》實有其書，舉以糾何。而余仲林《音義》已先言之，葉乃襲余説爾。又往往有説而無出處，如《西京賦》『跳丸劍之揮霍』，葉補注『戰國時有蘭子者』云云，即不引出何書。其凡例稱：『《文選》一書毋丘儉開雕於蜀。』則以五代孟蜀之毋昭裔誤爲三國時魏之毋丘儉，即此足見其考據之疏矣。

王煦汾原《文選李注拾遺》二卷，《文選賸言》一卷稿本

汾原所著《小爾雅疏》《説文五翼》頗善。此二書考訂亦實事求是，而援引未廣，所據亦非善本。其《賸言》中枚乘《七發》越女侍一條，至不知鄭巴之即鄭旦。干寶《晉紀總論》一條，至以賈充之父逵，謂即漢儒之賈景伯，可謂疏矣。後有其邑人錢世叙跋，言所撰尚有《文選七箋》二卷，與此二種多同，蓋其初撰本。據李慈銘《越縵堂讀書記》。

周春芚兮《選材録》一卷

是書取《文選》中著作人名，自周秦迄齊梁凡一百三十人，人繫以字，字繫以里，間綴數語，論其得失。自序謂：『鄭夾漈曰：常寶鼎《文選著作人名目録》不傳，可取於《文選》，言雖佚而猶存也。按《唐志》書三卷，其體例未詳，惟《御覽》中采數條。長夏煩暑，莫消永日，因抄撮以補其亡云。』案是編周氏率爾之作，漫未經心，殆無足取。

〔一〕據葉樹藩《文選補注·序》，『崇賢』作『江夏』。

胡克家果泉《文選考异》十卷

前此校勘《文選》者，僅據汲古閣爲本。然《文選》李善注自南宋以來，皆與《五臣注》合刊，名曰《六臣注文選》，而善注單行之本，世遂罕傳。汲古所刻，雖稱從宋本校正，今考其第二十五卷陸雲《答兄機詩》注中有『向曰』一條、『濟曰』一條，又《答張士然詩》注中有『翰曰』『銑曰』『向曰』『濟曰』各一條，殆因六臣之本，削去五臣，獨留善注，故刊除不盡，未必真見單行本也。他如班固《兩都賦》誤以注列目録下，左思《三都賦》善明稱劉逵注《蜀都》《吴都》，張載注《魏都》，乃三篇俱題劉淵林字。又如《楚辭》用王逸注，《子虚》《上林賦》用郭璞注，《兩京賦》用薛綜注，《思玄賦》用舊注，《魯靈光殿賦》用張載注，《咏懷詩》用顔延年、沈約注，《射雉賦》用徐爰注，皆題本名，而注則别稱『善曰』，於薛綜條下發例甚明。乃於揚雄《羽獵賦》用顔師古注之類，則竟漏本名，於班固《幽通賦》用曹大家注之類，則散標句下。又《文選》之例，於作者皆書其字，而杜預《春秋傳序》則獨題名。豈非從六臣本中摘出善注，以意排纂，故體例互殊歟？至二十七卷末附載樂府《君子行》一篇，注曰：『李善本古詞止三首，無此一篇，五臣本有，今附於後。』其非善原書，尤爲顯證。以是例之，其孔安國《尚書序》、杜預《春秋傳序》二篇僅列原文，絶無一字之注，疑亦從五臣本勦入，非其舊矣。以上本《提要》。至嘉慶中，鄱陽胡果泉氏乃得宋淳熙尤延之本。時阮元亦得一尤本，藏之隋文選樓。此本雖亦從六臣本提掇而出，然厥後李注單行之本咸從之出，實汲古之祖。胡氏既摹刻尤本於吴中，復據吴郡袁氏翻雕六臣本、茶陵陳氏刻增補六臣本，以校尤本异同，著《考异》十卷，附刊於後。其序曰：『《文選》之异[一]，起於五臣，然使有五臣而不與善注合并，若合并矣，而未經合并者具在，即任其异而勿考，當無不可也。今世間所有[二]，僅有袁本，有茶陵本，及此次重刻之淳熙辛丑尤延之本。夫袁本、茶陵本，固合并者，而尤本仍非未經合并也。何以言之？觀其正文，則與五臣已相羼雜，或沿前而有訛，或改舊而成[三]誤，悉心推究，莫不顯然也。觀其注，則題下篇中各嘗[四]闌入吕向、劉良，頗得指名，非特意主增加，他多誤取也。觀其音則當句每末刊五臣，注内間兩存善讀。割裂既時有之，删削殊復不少。崇賢舊觀，失之彌遠也。然則數百年來，徒據後出單行之善注，便云顯慶勒成，已爲如此，豈非大誤？即何義門、陳少章斷斷於片言隻字，不能挈其綱維，皆由有异而弗知考也。余夙昔鑽研，近始有悟，參而會之，

[一] 據顧廣圻《思適齋集》，作『《文選考异》』。
[二] 據顧廣圻《思適齋集》，作『存』。
[三] 據顧廣圻《思適齋集》，作『仍』。
[四] 據顧廣圻《思適齋集》，作『經』。

徵驗不爽。又訪於知交之通此學者，元和顧廣圻、鎮洋彭君兆蓀，深相剖析〔一〕，僉謂無疑。遂乃條舉件繫，編撰〔二〕十卷。諸凡義例，反覆詳論，幾於二十萬言，苟非體要，均在所略。不敢秘諸篋衍，用貽海内好學深思之士，庶其有取於斯。』此序載顧千里《思適齋集》卷十，注云代胡。此書成於嘉慶十四年，胡氏實延、顧君廣圻與彭君兆蓀同撰。二氏皆精校勘，辨析頗詳。又詳列何屺瞻、陳少章校語，亦多辨正是非。校核《文選》，以此書爲最懿矣。

張雲璈仲雅《選學膠言》二十卷

自序略云：『選學向無專書，所有者前人評騭而已。雲璈讀《文選》久，凡詩賦之源流、文章之體格，得其解，心領而神會之；不得其解，則有諸家之説在，一展卷可以瞭然，誠無所置喙。顧文義不無乖〔三〕誤，注家尚多异同，與夫名物典故，字句音釋，間出於諸説所備之外者，不能無疑，隨疑隨檢，隨檢隨記，簡眉牘尾間，久而漸滿。乃取而件繫條録，凡諸説未及者補之，諸説已有者删之，諸説未盡者詳之，諸説未安者辨之，且因此以見彼，有不必爲《文選》設者，觸類而引申。最後得鄱陽胡中丞克家據尤延之貴池鋟本，及袁本、茶陵本，詳加讎校，更爲考异，刻之吴中，尤稱周密。書中多采取之，而間糾其失，共存二十卷。《魏都賦》曰：「牽膠言而踰侈。」注引《李克書》云：「言語辨聰之説而不度於義者，謂之膠言。」取以顔其書，蓋志愧也。夫《文選》有李善，猶《詩》《禮》有康成，沉博绝麗，後人莫由窺其堂奥。今欲於尋行數墨中效愚者之得，不惟不值李氏哂，直恐爲當世嗤鄙。然而芻蕘之言，聖人所詢，且祗備遺亡〔四〕，非關著述，故既毁而復存。至五臣之注乖疏，誠有如《資暇録》《兼明書》所云者，乃後人反以李注爲繁迂，莫不崇尚五臣。唐宋以來，名家所引，往往皆五臣之注，其實多竊李注而人不知。此最不解之一事。故所輯專據李氏，於五臣偶及之，誠不足辨也。』

按張氏是書名曰《膠言》，膠之訓欺。見《方言》《廣雅》。以欺自名，吾師嘗誚其失。其書成於嘉慶壬午。自言從事幾三十年，自經説史評、山圖水注，以及名物象數、聲音訓詁，罔不旁搜博引，以助多聞，又頗采胡氏《考异》之説，間加駁正。其注例説云：『李

〔一〕據顧廣圻《思適齋集》，作『判』。
〔二〕據顧廣圻《思適齋集》，作『成』。
〔三〕據張雲璈《選學膠言序》，作『舛』。
〔四〕據張雲璈《選學膠言序》，作『忘』。

氏〔一〕之注《文選》，自有其例。不明其例，則李注之次第不可得而知也，凡五臣注之闌入李氏者，不可得而知也，其〔二〕非五臣注而闌入〔三〕李氏者，更不可得而知也。例者如何〔四〕，諸引文證，皆舉先以明後，以示作者必有所祖述也。或引後以明前，示不敢專也。又如同卷再見者，云已見某篇，務從省也。舊注并於題〔五〕首題姓名，有乖繆〔六〕乃具釋，必稱善以別之，不攘爲己有也。其引詩，如自引則稱《毛詩》，若舊注所引則止云《詩》，蓋劉淵林、張孟陽諸人之注所引《詩》未必是《毛詩》，觀《魏都賦》「牒牒坰野」注可見也。引《漢書》如《太子報桓榮書》之在《榮傳》。谷永《與王譚書》之在《永傳》之類，初不稱班、范二史也。音釋多在注末，而不在正文下，凡音之在正文下者，皆非李氏舊也。稱「然則」必單用「然」字，此通注中悉如此。其有「則」字者，後人誤增也。凡此皆李氏注一定之例。』則是書考正《選》注，亦云細心矣。

梁章鉅茝林《文選旁證》四十六卷

附段玉裁《校文選》、林茂春暢園《文選補注》

梁氏自序略云：『《文選》自唐以降，有兩家。李注固遠勝五臣，而在宋代，五臣頗盛，抑且并列爲六臣，其〔七〕行於世，幾將千年。近者何義門、陳少章、余仲林、段懋堂輩，先後校勘，咸以李爲長，各伸其〔八〕説。但閲時已久，顯慶經進，原書竟墜，淳熙添改，重刊孤傳，居乎今日，將以尋繹崇賢之緒，不綦難哉。伏念束髮受書，即好蕭《選》，仰承庭訓，長更名〔九〕師，南往北來〔一〇〕，鑽研不廢，歲月迄兹，遂有所積。最後得鄱陽師新翻晋陵尤氏本，乃汲古之祖。其中异同，均屬較是。合觀諸刻，竊謂李氏斯注，引用繁富，爲之考訂校讎者，亦宜博綜，詳哉言之，爰聚群籍，相涉之處，悉加薈萃，上羅前古，下搜當今，期於疑惑得此發明，未敢托爲抱殘守闕自限。

〔一〕據張雲璈《文選注例説》，作『善』。
〔二〕據張雲璈《文選注例説》，作『且有』。
〔三〕據張雲璈《文選注例説》，『闌入』作『混淆於』。
〔四〕據張雲璈《文選注例説》，作『何如』。
〔五〕據張雲璈《文選注例説》，作『篇』。
〔六〕據張雲璈《文選注例説》，作『謬』。
〔七〕據梁章鉅《文選旁證》，作『共』。
〔八〕據梁章鉅《文選旁證》，作『厥』。
〔九〕據梁章鉅《文選旁證》，作『明』。
〔一〇〕據梁章鉅《文選旁證》，作『南北往來』。

至於五臣之注，亦必反覆推究，雖似與李注無關，然可以觀之，益見李注精核，正一助也。歸田後，重加校勘，厘爲四十六卷，名之曰《文選旁證》，願用區區，就正有道』云云。

此梁氏著書大旨，蓋以博采見長。其評校於何、陳、余三家外，兼引段懋堂之説，段氏評校《文選》無刻本，是書徵引特詳。而根據胡氏《考异》者爲尤多。此外徵引所及，若同時林茂春之《補注》，林氏《補注》亦即藉此書以傳。及翁方綱、紀昀、阮元、顧千里、孫義均、朱綬、鈕樹玉、朱珔、姜皋諸家之説，皆多有之。自言所采書籍凡一千三百餘種。阮元序其書『沉博美富，可爲選學之淵海』。而朱氏珔序亦以集大成許之，云：『茝林方伯揚歷中外，勤職之暇，撰《文選旁證》，蓋取唐李善之注而加參核焉。余觀李氏之書，體製最善，纖文軼事，反覆曲暢。遇字差互，必曰某與某通，深得六書同音假借之旨，雖裴駰等弗逮。至其徵引經語，不盡齊一，由唐初寫本流傳，各據所見。即孔穎達《正義》與陸德明《釋文》，已難免傑僢，而《釋文》更多出別本。此如鄭司農注《禮》，每云「故書作某」，《尚書》今文、古文乖异者累累，後儒兩備其説，正足資研覃而明訓詁[一]也。其餘典籍，或今世亡佚，搜采者尤稱淵藪。惜當時單行原帙，業就湮廢。汲古閣毛氏僅輯自六臣注內，非本來面目。惟宋晋陵尤氏本較勝，胡果泉中丞得之，影板以行，兼著《考异》，嘉惠藝林，顧第辨彼此之歧淆，他未遑及。君獨博綜審諦，梳櫛疑滯，并校勘諸家，一一臚列。且李氏偶存不知蓋闕之義，閱代綿邈，措手倍艱。然郭璞注《爾雅》，精殫[二]數十年，動有未詳。近人邵二雲、郝蘭皋間爲補遺，用相翊助。君亦沿厥例，斯真於是書能集大成者也。」按是序推究李氏徵引經語不盡齊一之故，其説最爲閎通。桂未谷《札樸》之言，《札樸》七云：李善所引《倉頡篇》《三倉解詁》《聲類》《字林》諸書，多依隨《文選》俗字，非本書原文。如引《説文》『彷佛』作『髣髴』，『輭』作『輀』，『隤』作『頹』，『玓瓅』作『的樂』，此類不可枚舉。由不知此也。

朱珔蘭坡《文選集釋》二十四卷

與梁氏同時爲選學者，有朱蘭坡氏，梁書成於道光甲午，朱書成於道光丙申。著述亦裒然成巨帙。朱氏嘗自序其書云：『《文選》一書，惟李注號稱精贍，而騷類祇用舊文，不復加證，經序數首，更絶無詮語，未免於略。且傳刻轉寫，動成舛誤。凡名物猶須[三]補正，并可引申推闡，暢宣其旨。前代諸家率湮没罕行者，近人如汪韓門侍讀、孫頤谷侍御，雖彌罅塞漏，終屬寥寥。暇時流覽，偶尋繹，輒私札記。久之積累盈帙，屢有增改，厘分二十四卷。蓋嘗嘆考古之難矣。載籍浩繁，安能遍觀而盡識。窮日孜孜，左右采獲，得此苦

[一] 據梁章鉅《文選旁證》，作『詁訓』。
[二] 據梁章鉅《文選旁證》，作『殫精』。
[三] 據朱珔《文選集釋》，作『需』。

失彼，即并列簡内，慮致前後參錯。又歧論紛出，是非疑似，折衷匪易。況是書自象緯輿圖，暨夫宫室車服器用之制，草木鳥獸蟲魚之名，訓詁之通借，音韻之淆别。罔弗該[一]具。余性素闇蒙，鮮克穿貫，衰齒漸臻，尤善忘，顧欲薈萃群言，應自哂不自[二]量矣。雖然李氏當日有初注、覆注、三注、四注，至絶筆之本乃愈詳，其不自域可知。余之綴輯此編，將兼存互析，土壤細流之益，當亦儒修不廢。中間援引曩哲外，更多時賢，故名曰「集釋」。在昔許叔重作《説文解字》，博訪通人，至於小大，信而有徵，竊願取斯義[三]焉。若夫管窺所及，則不盡沿襲，余亦慎甄擇，戒阿徇，疑者仍存[四]蓋闕之義。極知疏陋，妄付剞劂。舊傳「《文選》爛，秀才半」，余尚愧其未爛也。每[五]駒陰恐負，蛾術思勤，庶幾爲考訂之助爾[六]。』按序稱善注騷類祇用舊文，疑失於略。不知《楚辭》唯宜守叔師章句，不宜紛紜妄説。李氏采王注無所沾益，誠知訓故之精者。經序二首無詮，或由是時《正義》已行。故李不復加注，非竟闕如也。是書分十四卷，每卷各列若干條，全書凡數百條，大抵詳於名物，意在補李，而不免爲吐果之核、棄藥之滓。要其用力勤劬，亦足多也。

陳饉餘山《讀選意籤》一卷

餘山，嘉道間人。號漁珊，鄞人，嘉慶舉人，累官寧陜廳同知。是書乃讀《文選》之筆記，評論多而考證少。然其考證間有可采，評文亦鮮制舉習氣，其書亦不可廢也。

徐攀鳳桐巢《選注規李》一卷、《選學糾何》一卷

桐巢亦嘉道間人。華亭人，諸生。其《規李》自序云：『李崇賢《文選注》六十卷。原[七]本散佚久矣，猶賴前之君子編輯成書，仿佛廬山真面，則今所傳顯慶本爲汲古閣毛氏所刊者是也。幼耽讎校，老而忘疲，簡畢所存，積久盈卷[八]，命曰《規李》。』又自序《糾何》云：『讀書之法，必先貫穿一家而後馳騁乎百家。義門先生之讀《選》也，率以李崇賢注爲宗，其評本嘉惠後學越百年矣。予既樂味其精美，不揣固陋，别作《糾何》一卷，遥質諸先生焉。』今按《規李》之名，何异蚍蜉撼樹；《糾何》尚非無見，寧過而存可也。

〔一〕據朱珔《文選集釋》，作「賅」。
〔二〕據朱珔《文選集釋》，作「知」。
〔三〕據朱珔《文選集釋》，作「意」。
〔四〕據朱珔《文選集釋》，作「仍從」。
〔五〕據朱珔《文選集釋》，作「特」。
〔六〕據朱珔《文選集釋》，「之助爾」作「之一助云」。
〔七〕據徐攀鳳《選注規李》，作「元」。
〔八〕據徐攀鳳《選注規李》，作「箱」。

趙晉魏齋《文選叩音》一卷

自叙引《法言》云：『一卷之書，不勝异説。識賢識小，是在其人。讀《文選》注，妄參鄙見，自附於不賢識小，以云駁議，則吾豈敢。』案是書寥寥才三十許條，亦非漫無所得，名曰叩音，取《文賦》『叩寂寞以求音』之義也。

薛傳均子韵《文選古字通疏證》六卷

附吕錦文壽棠《文選古字通補訓》四卷、《拾遺》一卷　杜宗玉午丞《文選通假字會》四卷

《文選》多古字，崇賢輯注，已發其凡，而未有專著一書以疏證之者，於是薛氏是書作焉。引《説文》以釋《文選》，於字之假借、音之轉移、義之引申者，必析其同异，斷其是非。薛壽爲之序曰：『粤自姬宗典學，六書載於周官。漢律試僮，八體颺於太史。而語宗宣聖，正以雅言。《詩》美樊侯，式於古訓。形聲既具[一]，訓詁滋多。夫創字之初[二]，音先而義後；解字之用，音近則義通。儀厥兩途，實爲一貫。若夫昔賢論韵，止爲譬况之談；漢學傳經，已別重輕之語。填塵栗裂，《詩箋》述古字之同；志識聯連，《禮注》列故書之异。讀如讀若，擬其音均；古文今文，半由通轉。至若相如撰《凡將》於前，子雲述《訓纂》於後；《上林》之作，易逍遥爲消摇；《長楊》之篇，以拮隔代戛擊。闓軨亦通闓鞨[三]，紛紜或假汾沄。詞賦之家，每多古字；昭明所選，具載原文。良以先民字簡，本無者立假借之端；後代義明，同音者得旁通之證。昔蕭該、曹憲，具有《選音》；道淹、國安，亦傳達詁。然《隋唐志》雖著其目，而《經籍考》已佚其書。注《選》之家，斷推李氏。况乎善注由於再世，選學盛於揚州。文而又儒，斯爲兼備。但學雖淹雅，音少疏通。杭、余二家，未遑闡發。若不廣加銓釋，奚由辨厥指歸。吾鄉薛子韵先生熟精選理，覃究許書，明六藝之源[四]流，統衆經而條貫。通乎部分，則一字兼數字之音；究其异同，則數字歸一字之義。間有善注异體，不載古通，亦必參考折衷，實事求是，成《文選古字通疏證》若干卷。證贅綴於《春官》，釋叉蚤於《喪禮》。揮揚[五]之正字爲徽，條梓之古本作柟。制折或體，申《魯論》折獄之言；槷臬原通，取《説文》臬準之義。飛遁肥遯，异文與同部相參；娑婆便姍，叠韵與雙聲互見。論方音之轉，則瀾漣薄魄之必詳；據形似之訛，則臺臺芰發之必辨。而且偏旁可以例推，部居不相雜越。詞約義博，件繫條分。信足以索隱鈎沉，旁推曲暢。惜乎注文雖録長篇，

[一] 據薛傳均《文選古字通疏證》，作『著』。
[二] 據薛傳均《文選古字通疏證》，作『原』。
[三] 據薛傳均《文選古字通疏證》，作『鍠鞨』。
[四] 據薛傳均《文選古字通疏證》，作『原』。
[五] 據薛傳均《文選古字通疏證》，作『揚揮』。

疏語未能卒業。偉長云逝，空傳《中論》之書；高密告終，難定禮堂之學。則有涇邑翟楚珍先生，并吾師儀徵劉孟瞻先生，誼篤交游，商付剞劂。委命比校，用竭惷愚。乃與同門句容陳立、儀徵劉毓崧，對共討論，拾遺授梓，本有缺略，未敢增加。補《陔夏》之亡篇，願以俟諸异日；睹《漢書》之原本，不妨待續將來。何期彥輔之短才，勉效興公之後序。綴名末簡，待質通人。』壽字矸伯，《清史列傳》載有《續文選古字通》二十卷，未見傳本。

近儀徵劉君又爲是書題其後曰：『薛子韵先生作《文選古字通疏證》，明於古字通假之義。吾觀《選注》通假之義，厥有四：一則正文與注本係一字，而有古今體之殊[一]，則曰某古某字，或曰某與某古今字。一則當時別本异字，義或相同，則曰某或爲某字，某本作某。此二端皆係於形。一則聲義俱同，則曰某與某音義同。一則字之本義不同，因同一諧聲，遂假其義，則曰某與某古字通。此二端皆係於聲。均六書中假借通例也。蓋李氏受業曹憲，當時小學未衰，於轉注、假借二例深通其蘊。且《倉》《雅》諸書并傳於世，故凡云通假，其說均確有所承。惟間有一字而通者數處，亦有僅載某某兩字古通而牽同類數字者，非比而觀之，則假借之例不著。薛氏之書間有缺漏[二]，本係未成之帙。然古字同聲通用之例，證以此書而益明。足與王氏《廣雅疏證》媲美矣。』如二君之言，可謂繩譽備至矣。顧薛書摭拾纔百九十餘事，既係未成之帙，宜有拾補之編，於是閱數年而呂錦文之補訓作，薛書刊於道光辛丑，呂氏是書成於道光己酉。名曰《文選古字通補訓》，所補皆薛氏之遺也。包慎伯爲序其書曰：『唐初江都曹憲以《文選》學教授，李善傳其業，因爲《文選》作注。今讀其書，賅洽宏通，有孔、賈義疏所不逮者，而於訓詁猶[三]詳。自《爾雅》《說文》《廣雅》外，凡《三倉》《倉頡》《凡將》《字林》《聲類》《通俗》遺佚諸篇，皆賴是以存涯略。史稱杜林古文、衛宏官書，至隋末學幾亡绝，至憲而復興，然後知《文選》爲小學津梁，而李注蓋欲紹其師之绝學以貽來哲也。亡友甘泉薛子韵精小學，猶[四]篤好是書，嘗取李所標古字通借者，疏通證明，爲李氏作長箋。余昔見其草。子韵既歿，其同郡友劉孟瞻録遺書，以此爲從事《文選》者所必資，乃爲理其草付梓，以公同好。然子韵僅就李注所及引申之，李注所未及，猶多癥結。旌德呂壽棠明經善子韵書，乃推廣其例，摭李注所不及者，博引旁徵，條釋其假借旁通之由，共得四卷，名曰《文選古字通補訓》。其遺漏者又重輯爲《拾遺》一卷。蓋由[五]昌黎列名三王之次意也。余讀之，向之癥結，不覺渙然解，

[一] 據劉師培《小學發微補》，「殊」作「不同」。
[二] 據劉師培《小學發微補》，作「漏缺」。
[三] 據包世臣《文選古字通補訓序》，作「尤」。
[四] 據包世臣《文選古字通補訓序》，作「尤」。
[五] 據包世臣《文選古字通補訓序》，作「猶」。

益信德必有鄰，而又幸子韵之學爲不孤也。』按吕氏是書於形聲雅訓，頗能引申觸類，究厥根源，以續薛編，有積薪之嘆矣。

逮光緒中葉，杜宗玉復有《文選通假字會》之作。其著書之意，正與吕同，而書則下吕一等。譚復堂爲之序曰：『古者獨體爲文，孳乳爲字，文字相益，孳乳浸多。故書契至今，所以濟事物之變，充文章之用者，日出不窮。由是便文假借，習以〔一〕爲常。夫豈嚮壁虚造，所可借口。有唐以來，篇韵大備。承學識字，里俗間發。求之三古，藍縷未昌。五百四十部中，往往借義行，本義轉晦。漢魏六朝，文學淵林，莫甚〔二〕於《文選》。維時形聲假借之字，世用有餘，無不足矣。去古未遠，學有流别，故足信好也。甘泉薛子韵氏生小學大〔三〕備之日，奉手通人，折衷經典，撰《文選古字通疏證》，引申觸類，各有依據。數十年間，好學深思，熟精《選》理者，頗病其缺〔四〕漏。今乃松滋杜君午丞講學〔五〕餘暇，泚筆補之。如數家珍，如入寶山，左右采獲，詳説反約。於是知古昔作者，涉筆摛藻，异同間出，有用本字而退借字，亦有用孳生字以代本字，淵源緒業，軌轍可尋。於以周文章之藝術，廣文字之義例，抑亦居今稽古，論世知人之徑隧。』按是書命名，杜氏凡例稱『《説文》：「會，合也。從合〔六〕曾省。」曾，益也。名曰通假字會，取增益義也』云云。

胡紹煐枕泉《文選箋證》三十二卷

胡氏是書蓋亦詳於訓故，其成書後於薛、吕，而精核過之。自序略云：『《文選》李氏注引援〔七〕賅博，經史傳注，靡不兼綜，又旁通《倉》《雅》訓故及梵釋諸書，史家稱其淹貫古今，洵非溢美。然擇焉不精，往往望文生訓，轉失本旨。如《西都賦》「横被六合」，「横被」用今文《尚書·堯典篇》，古文作「光被」，「横」「光」古通，而注引《漢書音義》關西讀〔八〕「横」，爲〔九〕縱横之「横」。「紱冕所興」，「紱」與「黻」通，祭服也，而注引《倉頡篇》以「紱」爲「綬」。《蜀都賦》「龍池澙瀑濆其隈」，《説文》：「瀑，一曰沫也。」此其義。澙，沸也，謂沸沫而濆其沫也，而注以澙瀑爲水沸聲，解瀑爲沸。《甘泉賦》「薌呹肸以掍批兮」，「薌」與「響」同，謂

〔一〕據譚獻《文選通假字會·序》，作『焉』。
〔二〕據譚獻《文選通假字會·序》，作『盛』。
〔三〕據譚獻《文選通假字會·序》，作『明』。
〔四〕據譚獻《文選通假字會·序》，作『闕』。
〔五〕據譚獻《文選通假字會·序》，作『舍』。
〔六〕據許慎《説文解字》，作『亼』。
〔七〕據胡紹煐《文選箋證·序》，作『援引』。
〔八〕據胡紹煐《文選箋證·自序》，作『爲』。
〔九〕據胡紹煐《文選箋證·自序》，作『讀』。

回猋之響布，《説文》：「肸，響布也。」而注云：「薌亦香字，讀同香。」《羽獵賦》「拔鹵莽」，鹵蓋滷之省，《説文》：「蓾，草也，或從鹵，粗草也。」而注引《説文》「鹵，西方鹹地」，以鹵爲斥鹵。《補亡詩》「彼居之子」，「居」讀爲〔一〕「姬」，語助詞，彼居之子，猶云彼其之子，而注謂居爲未仕者。吴季重《答魏太子箋》「時邁齒載」，「載」與「迭」通，更也，而注引杜注「七十曰載」。又書中多連語，非叠韵，即雙聲，皆無兩義。《魯靈光殿賦》「仡欺猑以雕眖」，假雕爲瞗，并深目貌，而注謂如雕之視，以雕爲鳥。《風賦》「枳句來巢」，「枳句」猶「枳椇」，并拳曲之狀，而注謂枳樹多句，以枳爲木。《洞簫賦》「乃使夫性昧之宕冥」，宕冥猶混沌，而注謂天性過於幽冥，引《説文》以「宕」爲「過」。「躊躇稽詣」，蓋稽遲之意，猶躊躇也，而注謂聲稽留如有所詣，以詣爲至。《長笛賦》「搏拊雷抃」，「雷」與「礧」通，皆擊也，而注謂抃聲如雷。左太冲詩「咄嗟復凋枯」，「咄嗟」猶「倏忽」，《倉頡篇》「咄嗟易度也」，而注引《説文》以「咄」爲「啐」。《七命》「馳浩霓」，「浩霓」并形容高大之貌，而注謂浩霓即素霓。若斯之類，既背正文，復乖古訓。《唐書·李善〔二〕傳》謂「善注《文選》，釋事忘義，邕欲有所更」，是當是時其子已不滿是書。自此以後，鮮有專家。國朝名儒輩出，前有余氏之《文選音義》，何氏、陳氏之評《文選》，汪氏之《文選理學權輿》，孫氏之《李注補正》，林氏之《文選補注》，胡氏之《考异》，近梁氏又有《旁證》，皆足以羽翼江都。惟王氏、段氏獨闢畦徑，由音求義，即義準音，能發前人所未發，雖僅數十條，而考核精詳，直駕千古。紹煐涉獵《文選》，即窺此秘，以之校讀李注，觸類引申〔三〕，爲王、段二氏〔四〕所未及訂者尚夥。并及薛綜之注《兩京》，張載、劉逵之注《三都》，曹大家之注《幽通》，徐爰之注《射雉》，王逸之注《離騷》，颜延年、沈約之注《咏懷》，與《史》《漢》之舊注，朝夕鑽研，無間寒暑，闕者補之，略者詳之，誤者正之。稿經屢易，最後删定，厘爲三十二卷。夫後人議前人易，前人而不爲後人議難，螳螂捕蟬，安知黄雀不在其後？抑心有所疑，則不能無言，言則不能不〔五〕辨，區區之意，願以質諸當世之深於選學者。』是書前有朱右曾序，稱枕泉少受三禮於其族兄竹邨先生，而尤有得於王、段一〔六〕家之學。按王、段二家考訂《文選》，見其所著《讀書雜志》《廣雅疏證》及《説文解字注》中。胡氏此書意在推廣其例，其抉摘李注，除《補亡詩》『彼居之子』一事以外，餘雖不免

〔一〕據胡紹煐《文選箋證·自序》，作『如』。
〔二〕據胡紹煐《文選箋證·自序》，作『邕』。
〔三〕據胡紹煐《文選箋證》，作『伸』。
〔四〕據胡紹煐《文選箋證》，作『君』。
〔五〕據胡紹煐《文選箋證》，作『無』。
〔六〕據胡紹煐《文選箋證》，作『二』。

妄下雌黃，要之即文字聲音以通詁訓，旁推側證，前此選學諸家所未有也。

朱銘元撰《文選拾遺》八卷

是書前有咸豐八年自序，稱少喜讀《文選》，尤愛李氏注該博，足資考證。嘗采集諸書以證發李注之有疑義者，而辨證諸説之糾紛者，爲《文選質疑》一書。書成，計十餘萬言。懼其語之詳而未擇之精也，是以删之，取其有裨於李注而足證諸家之疏舛者，録之爲八卷，命曰《拾遺》云爾。末有象州鄭獻甫跋，謂其《湘夫人篇》之『登白薠』，注『薠草秋生』，似應用《子虛賦》注『青薠似莎』之文，不當作『蘋』字。《石闕銘》之創法律，注《漢書》曰：『蕭何次律令。』應用《爾雅》『坎、律，銓也』之文，不當用『次』字之類，猶多考之未塙。然元撰研精選學，所得爲多，雖有疵纇，無害具體也。

許巽行密齋《文選筆記》八卷

密齋是書校訂异文，申説字義，亦有助於選學者也。書成於乾隆丙申、戊午間。逮光緒間，其玄孫嘉德復加案語，始以鋟板。書首有嘉德識語，略云：《文選》善注宋時[一]已廢不行。今之善注，皆從六臣本中鈔出，成一家之書。六臣以茶陵陳本、金閶袁本爲最善。而茶陵本先列善注，次列五臣。金閶本先列五臣，後列善注，所注已多錯雜。又或云善注與五臣某注同，或云五臣某注與善注同。又有校語云善本作某，五臣本作某。其實以注證之，明明善注而云五臣，明明五臣而妄加善曰，尤極淆亂。五臣好奇，即同一意義，每欲改易正文，以期取异於善，又或故改李氏原文，以誣善作。故不博辨五臣，無以釋疑破惑，亦不削盡五臣，無以還善注本來面目。汲古善本正文或留五臣，而注則從善，或誤以五臣爲善注，而善注反多删削，以致正文與注語每不相應。以訛承訛，轉雕轉[二]寫，各本皆同，校家未及遍正。高祖密齋公校讎《文選》凡十三次，痛削五臣沿習之舊，悉還李氏原有之文，或本六臣，或依史集，隨文辨正，歷數十年而始得定本。然所校各本，逐篇逐段，皆有更正之文，而多未載入筆記，此所記者乃校本所未及詳焉者耳。今將《筆記》八卷先付剞劂，嘉德復博采諸家，加之案語，以期互相考證云云。

程先甲一夔《選雅》二十卷

是書摭拾李注訓故，依《爾雅》分類。其體例一如陳奐本《毛傳》而作《毛雅》，朱駿聲本《説文》而作《説雅》，俞樾本《唐韵》而作《韵雅》。然書實未精，序與書前《致陳慶年書》尤多紕繆語。竊意是書如爲考據起見，當悉載原注所引書名。如爲翻檢起見，

[一] 據許巽行《文選筆記》，作『宋時善注』。
[二] 據許巽行《文選筆記》，作『傳』。

又不必摹仿陳、朱之體，自當依韵排列，如《經籍纂詁》之爲者。乃矻矻成書，略無裨益，殊可惜也。程氏又別著《文選古字補疏》八卷、《文選校勘記》四卷、《選學管窺》六卷、《選學源流記》二卷，俱載其目於所著《千一齋叢書》，未見刊本。

李詳審言《文選拾瀋》二卷

審言熟精《選》理，涉筆淵懿，不愧作者。是書雖非巨帙，而引據精核，兼能搜討古人文字從出之原，隨在見其博涉。自叙云：『受性愚蔽。幼爲父母所饒，憒[一]不知學。逮於稍長，從師受讀，涉獵之餘，愛誦《文選》。鑽味善注，資爲淵海。視有遺義，間復研究。家貧無書，所得亦劣。粵在乙酉，長沙適來，自注：王益吾祭酒夫子。標映人倫，甄挹道素，策士勸學，《文選》其一。承命奮迅，雅志權輿。素心既違，邪許罕助。恍焉慨然，爲山中輟。舊稿在篋，敝帚私珍。自爾奔走，羈迹袁浦。府主眄睞，自注：謝子受觀察夫子。視如籍、湜。插架墳素[二]，縱予[三]檢尋。料簡良楛，率從掌録。積之數歲，略有可觀。知友來索，不能遍給。寫定[四]二卷，先付剞劂。復有好事，許既[五]刊資。癡符流布，自忘醜拙。脩[六]軌不暇，何偟[七]更續[八]。覆瓿之誚，知不免焉。』時光緒甲午三月也。審言又有《杜詩證選》《韓詩證選》若干卷，取兩集中單詞片典遍加鈎稽，得其來歷。使人知文家如杜、韓，而所謂『沉浸醲郁，含英咀華』，大都不出於《選》。又豈僅野人芹曝之獻已哉？今録其《杜詩證選自叙》云：『杜陵熟精《文選》，自宋以來，注家能舉其辭者，已略得六七。然或遺其篇目，或易其字句，或多繁文而於[九]本旨無關，或芟薙首尾而於左證不悉，此皆病也。又少陵每句有兼數事者，有暗用其語者，但舉其偏，與略而不及，皆有愧於杜陵「熟精」二字。如《客居詩》「壯士斂精魂」，既效謝客「幽人秘精魂」句法，又用江淹賦「拱木斂魂」，不僅古《蒿里歌》也。《玉華宮詩》「萬籟真笙竽」，此用左思《吴都賦》「蓋象琴筑并奏，笙竽俱唱」語，故云「真笙竽」，蓋引古自證也。如此之類，歷來注家尚未窺此秘。余既治《韓詩證選》畢，又取杜詩證之。恒恐末學耳食，謂引

[一] 據李詳《選學拾瀋》，作『懵』。
[二] 據李詳《選學拾瀋》，作『案』。
[三] 據李詳《選學拾瀋》，作『余』。
[四] 據李詳《選學拾瀋》，作『足』。
[五] 據李詳《選學拾瀋》，作『寄』。
[六] 據李詳《選學拾瀋》，作『修』。
[七] 據李詳《選學拾瀋》，作『遑』。
[八] 據李詳《選學拾瀋》，作『讀』。
[九] 據李詳《杜詩證選序》，作『與』。

《選》語已見注中，而怪余爲剽襲，比之重臺累僕，然安知不有深通其意者復相賞耶？』又《韓詩證選自叙》云：『唐以詩賦取〔一〕士，無不熟精《文選》。杜陵特最著耳。韓公之詩，引用《文選》亦夥。惟宋樊汝霖窺得此旨，於《秋懷詩》下云：「公以六經之文爲諸儒倡，《文選》弗論也。獨於李邢墓志之曰：能暗記《論語》《尚書》《毛詩》《文選》。故此詩往往有其體。」余據樊氏之言，推尋公詩，不僅如樊所舉，因條而列之，名曰《韓詩證選》。宋人舊注，如詮「賤嗜非貴獻」及「徒觀斧鑿痕，不矚治水航」諸語，能以嵇康《絶交書》、郭景純《江賦》證之，始知韓公熟精《選》理，與杜陵相亞』云云。吾師嘗謂『唐人詩皆自《選》出，改一二字便爲己作，即李杜亦然。後之宗唐祧《選》者，誠可以止也』。得審言此編而益信。

右所述者，皆清代考證《文選》之專著。此外但詳書名，而其書未經寓目者，尚有鄧晟之《文選集解》五十卷，引見《復堂日記》。薛壽之《續文選古字通》二十卷、劉庠之《文選小學》若干卷，并見《清史列傳》，而俱無傳本，無以窺其造詣。其著書中勒有專卷考訂是書者，則有王念孫《讀書志餘》中之《文選》半卷、宋翔鳳《過庭録》中之《文選》一卷，及姚範《援鶉堂筆記》中之《文選》一卷，而王氏、宋氏所得爲多。其無專卷而著書中間涉《文選》者，則有洪頤煊之《讀書叢録》、徐鼒之《讀書雜釋》、姚鼐之《惜抱軒筆記》、桂馥之《札樸》、錢泰吉之《曝書雜記》。諸書或校《選》文，或考《選》注，條數亦多寡不等。雖隨筆札録，不過諸家之緒餘，要旨可爲《選》學之助也。其他諸家文集、筆記中，儻見一二條者，尤難以僂指數。

此外沿明人積習以著書者，亦有數家。或刪原本，或削舊注，或輯評點，或摘辭藻。其書皆庸陋無足稱，以其流傳頗廣，或經《四庫》著録，特附述之。

洪若皋虞鄰《昭明文選越裁》十一卷

是編取《昭明文選》重加〔二〕刪定，復捃拾諸家之注，略爲詮解。其圈點評語，則全如詩文之式。其謂之越裁者，自序謂『時避居越城，志地，亦志僭也』。案昭明舊本，唐人奉爲龜著〔三〕，以杜甫詩才陵跨百代，猶有『熟精《文選》理』之句，餘子可以知矣。若皋橫加剪薙，可謂不自揣量。即以開卷一篇而論，班固《兩都賦》文本相承，乃删去《東都》一篇，遂使語無歸宿，全乖本意，是於作賦之故且茫然未考矣。《提要》。

〔一〕據李詳《韓詩證選序》，作『試』。
〔二〕據《四庫全書總目提要》，作『爲』。
〔三〕據《四庫全書總目提要》，作『蓍龜』。

吳湛〔二〕伯其《選詩定論》十八卷

是書以《文選》所録諸詩歌，自漢高帝以下，以時代編次，而荆軻《易水歌》十五字别爲一卷，終焉。前列六朝選詩緣起一卷，皆雜引六經以釋之，迂遠鮮當。次統論古今詩及總論六朝一卷，區分時世，而〔三〕謂陳、隋無選詩，宋、金、元皆無詩。而明人古體學《選》，律詩學唐，亦七子之緒論。其詮釋諸詩，亦皆高而不切，繁而鮮要，如解《中山王孺子妾歌》之類，於考證尤疏也。《提要》。

顧施楨適園《文選六臣彙注疏解》十九卷

是編書首題顧施楨纂輯，鄭重字山公鑒定。前有重自序，略謂《文選》善注，視五臣爲優，東坡已有定論。迄明張鳳翼有《纂注評林》，閔齊伋有《瀹注》，并爲世所稱。然雖分章按節，而意義未盡融貫，讀者往往鬱而不暢。適園是書取善及五臣注義之長者，章分句斷，經之緯之，疏辭明悉。二家未當者，則旁引他書以歸於是，名曰《彙注》。又因其行文段落自爲起止者，通解其義，使全篇一節之脉絡貫通無隔截，名曰《疏解》。予猶恐或有遺義，復與二三友人取諸書重加參訂，複者去之，蕪者删之，缺者補之，音之未當者正之，研核盡善，名曰《文選六臣彙注疏解》，仍六十卷。將欲盡付梨棗而全帙頗多。因念是書賦爲首類，又居十之三。適園解義明晰，尤爲學者最切要，因先舉以屬梓云云。亦可見是書之大旨矣。

方廷珪伯海《文選集成》六十卷

按是編於《文選》舊本，任意移易次序，增消篇目，而又芟夷李注，多加臆説，真妄人之尤也。書列騷爲首卷。《凡例》云：《離騷》爲詞賦之祖，凡《兩都》《兩京》《三都》及《七啓》《七發》《七命》等篇，盛稱宫殿、美人、歌舞、飲饌、畋獵，本《騷》中招魂。班孟堅《幽通賦》托之占夢卜筮，本《騷》中靈氛、巫咸。張平子《思玄賦》托之四方，本《騷》中求女。諸如此類，難以悉舉。舊列之三十一卷，是爲數典而忘其祖矣。今改列爲首卷。《高唐》諸賦次之。《凡例》云：《選》序中既云以年代相次，則《高唐》《神女》及《甘泉》《子虚》《上林》《羽獵》諸賦，原居班、張各家之先，即後來各家賦中亦多所借潤，今以《騷》爲首，《高唐》諸賦次之。舊首《兩都》，今改列爲第七卷，而《七啓》等篇與賦一類，賦終即綴其後。而詩之編次，改移亦多。《凡例》云：五言始於《十九首》及《蘇李贈答》暨諸樂府，自應列前。《選》舊抑置之二十九卷。且《五君咏》有阮步兵，亦當先録其《咏懷》十七首，始顯步

〔二〕應作『淇』。
〔三〕據《四庫全書總目提要》，作『至』。

兵本來面目。今亦《五君咏》列前，十七首列後。至於中間問〔一〕答，贈宜居先，答宜諸〔二〕後，顛倒甚多，悉爲正之。分類每變舊觀。《凡例》云：《選》中如《畋獵》《京都》等賦，俱分門類。惟〔三〕《幽通》《思玄》《閑居》《文賦》皆不列類。且以《藉田》《甘泉》屬之郊祀類，義亦未協。今改郊祀爲典禮，《幽通》三篇編感遇類，《文賦》一篇編爲經籍類。他如詩文中各類，或遺或未協，亦各案〔四〕其文義編列相次。卷帙亦有增減。《凡例》云：是編舊分爲六十卷，今約爲五十九卷，經前人所訾其未收入者，代爲補出《後出師表》一篇、《蘭亭記》一篇、《閑情賦》一篇，共三篇。另成一卷，仍爲六十卷。其於李注駁正改易，自謂發明甚多。評文圈點，皆不出時文家惡習。《凡例》云：張氏《纂注》失之約，顧氏《疏解》失之泛，玆編所以异於各家者，字句既無疑義，而前後段落，血脉承接，用意結穴，歷歷分明，至於一篇既終，總括大意，間以議論，尤屬切要。又云：圈點義例，悉依林西仲〔五〕《古文析義》，眼目用黑圈，佳處用密圈，結穴用重圈，餘用句點句圈，段落用截，大段小段即於截下分注。蓋此書之一大厄，視明人所爲纂注、瀹注更甚矣。厥後陳雲程字孫鵬又以方氏爲定本，兼采入諸家評論，張伯起、顧適園、周平園、楊用修、王弇州、王元美、孫月峰、孫執升、俞犀月、李安溪、蔡漳浦、林西仲、盧此人、何義門、陸雨侯、孫端人、郭明龍、祝氏、陸生生、沈歸愚、潘西黄、陸平泉、吴古愚、劉書升、陳尹梅、黄崐圃、邵子湘、浦二田、魏霽亭、陳螺渚、陳泉、何念修、張惕庵、林霽川、林月波。余仲林《音義》間亦采入，名曰《增訂昭明文選集成詳注》。坊賈無識，據以翻印，可謂謬種流傳矣。

于光華晴川《文選集評》十五卷

是書據何義門爲藍本，并采諸家評論。《瀹注》所載孫月峰評，全録無遺，餘如《纂注》《評林》《瀹注》《約注》《山曉閣》孫琮字執升《賦彙疏解》，及張伯起、陸雨侯、俞犀月、李安溪諸家，亦各采其一二。其注解則本汲古原注而删其複出者，余氏《音義》亦悉登入。此外圈點畫乙，科條亦極煩密。大段落用大畫截住，小段落用句中逗圈别之，佳句用密圈，脉落用密點；逐段眼目用尖圈，或用密點；字法用實，或用單點。竊謂讀《文選》，必先於《文心雕龍》之説，信受奉行，退觀此書，乃有真解。若以後世時文家法律論之，是猶算春秋曆用杜預《長編》，行鄉飲酒儀於晉朝學校，必不合矣。清世論《文選》，惟阮公爲近之。義門考訂雖精，而評文則吾師

〔一〕據方廷珪《昭明文選大成》，作「贈」。
〔二〕據方廷珪《昭明文選大成》，作「居」。
〔三〕據方廷珪《昭明文選大成》，作「其」。
〔四〕據方廷珪《昭明文選大成》，作「按」。
〔五〕據方廷珪《昭明文選大成》，「林西仲」作「吾鄉先輩」。

嘗詆其弊有三：一曰時代高下之見。如評顔延年、王元長《曲水詩序》，則云宋齊文格，不止判若商周。二曰體裁朦混之見。評任彦昇《王文憲集序》，云直是一篇四六行狀；評《齊竟陵文宣王行狀》，云碑板行狀之文。自蔡中郎以來，皆華而無實。唐梁肅、李華、獨孤及、權德輿輩欲變而未能，至昌黎而始一洗其習。此皆昧於體裁，而不悟史之與碑，截然二物。昌黎以史爲碑，正後人所宜匡飭者。三曰時文門法之見。而以起承轉合、點伏照應諸語示法，篇篇皆是。此實齋所謂『時文結習深錮腸府[二]，進窺一切古書古文，皆此時文見解』。《古文十弊篇》。義門如此，其它更不足誅斥矣。至圈點之流弊，則曾滌生言之頗悉。略謂：『梁世劉勰、鍾嶸之徒，品藻詩文，褒貶前哲，其後或以丹黄識別高下，於是有評點之學。前明以《四書》經義[三]取士，我朝因之，科場有勾股點句之例，蓋猶古者章句之遺意。試官評定甲乙，用硃墨旌別其旁，名曰圈點。後人不察，輒仿其法以塗抹古書，大圈密點，狼籍行間。故章句者，古人治經之盛業也，而今專以施之時文。圈點者，科場時文之陋習也，而今反以施之古書。末流之遷變，何可勝道。』《經史百家簡編序》。此爲圈點一切古書者言。讀《文選》而斤斤於是，不足以示人，而徒增魔障，果何益乎。于氏是書刊於乾隆壬辰，越戊戌而又加重訂。自謂得何氏初次評本，支分節解，於初學尤宜。又益以邵子湘《手評》，方伯海《集成》，及孫端人《選詩讀本》。書末復彙録葉星衛近注百條，名曰《重訂文選集評》云。

鍾駕鰲海六《選詩偶箋》八卷

是書以《文選》所録諸詩，爲之箋解，以羽翼李善注。凡録取前人之說，多標姓氏。惟吕延祚等五臣注，率多荒陋，間采一二而已。前有凡例六則。其一曰：說經貴乎簡嚴，說詩不嫌繁碎，李善釋事而遺意，邕雖間爲詁解，而附見亦少。今意重箋解，然必自信爲確鑿者存之，否則寧從闕如。故有見輒箋，不拘篇數，從盧陵宛邱《毛詩》之例，不求全備云云。

傅上瀛字未詳《文選珠船》五卷

是編前有傅氏自序，略云：『昔昭明選八代之文，序云：「略其蕪穢，集其精華。」然體同編書，僅分門類，其去取之意不可得而見也。後有李崇賢作注六十卷，弋釣書部，鉤稽故實，幾於備矣，而去取之意，仍不可得而見也。梁代有劉舍人、鍾記室，雖不在高齋學士之列，其所論者與昭明撰集之意多符，差异者什特一二耳。蓋前人名作，早有定價，先達之所嗟賞，後進之所鑽研，不越乎此也。但二家各自成書，尋省匪易。《文選集評》之刻，專采近世文士所說，未有取二書之語按篇分載者。又前人傳記，名家集部，或與此書

[二] 據章太炎《古文十弊篇》，作『腑』。

[三] 據曾國藩《經史百家簡編序》，作『藝』。

參涉，李注亦未兼及。今以劉、鍾二家爲主，餘并抄内，以備觀覽。王伯厚云：王微之讀書，每得一義，如得一真珠船，故取以名焉。小年喜事，寓目輒記，晚更補録，厘爲五卷。語雖不備，可藉以考見去取之意。而一時風會變更，人品邪正，舉莫能遁於鑒察之中，竊附於論世知人云爾。』按是書用意頗善，惜搜采甚疏，又間增附己説，與序所云，殊不副也。書内卷一賦，卷二卷三詩，卷四卷五騷七詔册雜文。

杭世駿大宗《文選課虚》四卷

自序云：『文章之用，虚實二者而已。餖飣典故，襞積舊文[一]，猶襲公家之言，虚則一心所獨運也。屈宋暴興，馬揚代嬗，相如作《凡將篇》，子雲撰《倉頡訓纂》，諧聲會意，細入毫髮，故能巧構形似之言，深探窈冥之域，沉博绝麗，横绝百代。六朝而後，惟杜子美能抉其精。逮至場屋，以律程材，頹波莫挽，而斯道亡矣。宋人精《選》理者，向推蘇易簡[二]、劉貢父二書，采摭過多，少所持擇，似童蒙之告，非賦家之心也。天台王若以五聲編類《選》字，而其書久不傳。余慚起家辭賦，學術單疏，獭祭徒勤，疥[三]駝終誚。夫一字隉杌[四]，則當句見疵。一言鉏铻，則全篇不振。斯篇[五]之作，意主於疏瀹性源，擺脱凡想。諗夫操奇觚者，有因物造端之妙用，而或以《雙字》《類林》之例相擬，則傎矣。』按是編分類凡四，曰天象、地形、人事、物産。每類之中，又分細目如干。名曰課虚，蓋取陸氏賦『課虚無以責有』之義。然陸之此語，本狀臨文綴慮，用意精微。杭氏此篇，抉摘藻异，分類排纂，實不過《雙字》《類林》之續。叠床架屋，何與性源，而謬托美名，以誣來者，不亦傎乎？

石韞玉《文選編珠》一卷

是編取《文選》雋語可作對偶者，綴輯爲書。序謂昔隋時著作佐郎杜公瞻集書中雋語可爲對偶者，輯爲《編珠》一書。其書不見於隋之《經籍》、唐之《藝文》二志，當世罕知者。至本朝康熙間詹事高公士奇在秘府録出，補其殘闕而傳之，學者始知有是書。惟是杜氏博極群書，而所采無多，亦滄海之一粟而已。因思《昭明文選》一書爲藝苑津梁，唐時固有以選學專門名家者。燕居無事，乃取《選》中雋語可以對偶者摘出，非敢云繼軌杜氏，聊以充初學餖飣之助云云。

〔一〕據杭世駿《文選課虚序》，作『聞』。

〔二〕據杭世駿《文選課虚序》，作『太』。

〔三〕據杭世駿《文選課虚序》，作『疵』。

〔四〕據杭世駿《文選課虚序》，作『臲卼』。

〔五〕據杭世駿《文選課虚序》，作『編』。

何松峽青《文選類雋》十四卷

是編蓋糅雜僞《類林》、僞《雙字》，及凌氏《錦字》、杭氏《課虚》而成。凡分天文、時令、地理、政事、人倫、人事、文學、武備、禮制、樂律、衣食、宫室、動物、植物十四門。自序略云：『昔之爲文者，非苟尚辭而已，將以質實之理，抒綿邈之情，情至理得，文自生焉。然宏達之材，六籍供其驅使；中人以下，群言未罄淵源，則提要鈎玄，功綦急物。……當夫掄材之會、角藝之秋，思欲馳騁乎辭林，出入於文囿，遣詞則鏘鳴金石，會意則變幻風雲。苟舍蕭《選》，厥道無由。特其爲書，取材淵博，辭旨恢宏，若非分别部居，采輯菁華，蓋欲兼功，大半難矣。於是乘我三餘，搜兹三十卷。前朝《錦字》，奉爲椎輪；劉氏《類林》，芟其凡艷。俾紛錯綺肴，各以彙聚；纖纚錦繢，更以類分。質既至而文彌耀，實先培而華自敷，以之鳴盛，端在斯矣。若夫瞻智宏材，抗心希古，考義於六經三史，選詞以諸子百家，尚何取區區碎錦哉。』按何氏先有《五經典林》，與是編皆取供場屋之用，其爲餖飣可知矣。

體式第四

《文選》分體凡三十有八，七代文體，甄録略備。而持校《文心》，篇目雖小有出入，大體實適相符合。《文心》権論文體，凡有四義：一曰原始以表末，二曰釋名以章義，三曰選文以定篇，四曰敷理以舉統。見《序志篇》。體制區分，源流昭晰。熟精《選》理，津逮在斯。書中選文定篇，去取之情，復與昭明同其藻鏡。良由先士茂製，諷高歷賞，人無异論，故識鮮差池也。吾友鄭石君嘗刪其要，彙而録之。今沾益一二，俾學者由是明《文選》諸體之程式焉。《文心》以外論文之言宜參鏡者亦附入。《流别論》《翰林論》佚文已引見前，此不重録。

賦

《詩》有六義，其二曰賦。賦者鋪也，鋪采摛文，體物寫志也。《文心·詮賦》。

上釋名。

傳曰：『不歌而誦謂之賦。』『登高能賦，可以爲大夫。』言感物造端，材知深美，可與圖事，故可以爲列大夫也。古者諸侯卿大夫交接鄰國，以微言相感，當揖讓之時，必稱《詩》以諭其志，蓋以别賢不肖而觀盛衰焉。故孔子曰：『不學《詩》無以言也。』春秋之後，周道寖壞，聘問歌咏不行於列國，學詩之士逸在布衣，而賢人失志之賦作矣。大儒孫卿及楚臣屈原離讒憂國，皆作賦以風，咸有惻隱古詩之義。其後宋玉、唐勒，漢興枚乘、司馬相如，下及揚子雲，競爲侈麗閎衍之詞，没其風諭之義。是以揚子悔之曰：『詩人之賦麗以則，辭人之賦麗以淫。如孔氏之門人用賦也，則賈誼登堂，相如入室矣。如不用何！』《漢書·藝文志·詩賦略》。

上緣起及流變。

合綦組以成文，列錦綉而爲質，一經一緯，一宫一商，此作賦之迹也。賦家之心，苞括宇宙，總覽人物，斯乃得之於内，不可得其傳也。司馬相如《答盛覽問作賦》。原夫登高之旨，蓋睹物興情。情以物興，故義必明雅。物以情觀，故詞必巧麗。麗詞雅義，符采相勝，如組織之品朱紫，畫繪之著玄黄，文雖新而有質，色雖糅而有本。此立賦之大體也。《文心·詮賦》。

上體式及作法。

夫京殿苑獵，述行序志，并體國經野，義尚光大。既履端於唱叙[一]，亦歸餘於總亂。序以建言，首引情本。亂以理篇，迭致文契。至於草區禽族，庶品雜類，則觸興致情，因變取會。擬諸形容，則言務纖密；象其物宜，則理貴側附。《文心·詮賦》。

上類區。

觀夫荀結隱語，事數自環，宋發巧談，實始淫麗，枚乘《菟園》，舉要以會新，相如《上林》，繁類以成艷，賈誼《鵩鳥》，致辨於情理，子淵《洞簫》，窮變於聲貌，孟堅《兩都》，明約[二]以雅贍，張衡《二京》，迅拔以宏富，子雲《甘泉》，構深瑋之風，延壽《靈光》，含飛動之勢。凡此十家，并詞賦之流也。及仲宣靡密，發端必遒，偉長博通，時逢壯采，太冲、安仁策勛於鴻規，士衡、子安底績於流制，景純綺巧，縟理有餘，彦伯梗概，情韻不匱。亦魏晋之賦首也。《文心·詮賦》。

上作家及作品評。

詩

詩者，志之所之也。在心爲志，發言爲詩。情動於中而形於言，言之不足故嗟嘆之，嗟嘆之不足故永歌之，永歌之不足，不知手之舞之足之蹈之也。情發於聲，聲成文謂之音。治世之音安以樂，其政和。亂世之音怨以怒，其政乖。亡國之音哀以思，其民困。故正得失，動天地，感鬼神，莫近於詩。先王以是經夫婦，成孝敬，厚人倫，美教化，移風俗。《毛詩序》。

上緣起及效用。

人禀七情，應物斯感。感物吟志，莫非自然。昔葛天氏樂辭云『玄鳥在曲』，黄帝《雲門》，理不空綺。至堯有《大唐》之歌，舜造《南風》之詩，觀其二文，辭達而已。及大禹成功，九序惟歌，太康敗德，五子咸怨，順美匡惡，其來久矣。自商暨周，雅頌圓備，

[一] 據劉勰《文心雕龍》，作『序』。
[二] 據劉勰《文心雕龍》，作『絢』。

四始彪炳，六義環深。子夏監絢素之章，子貢悟琢磨之句，故商、賜二子，可與言詩。自王澤殄竭，風人輟采，《春秋》觀志，誦諷〔二〕舊章，酬酢以爲賓榮，吐納而成身文。逮楚國諷怨，則《離騷》爲刺；秦皇滅典，亦造《仙詩》。漢初四言，韋孟首唱，匡諫之義，繼軌周人。孝武愛文，《柏梁》列韵，嚴、馬之徒，屬辭無方。至成帝品録三百餘篇，朝章國采亦云周備，而詞人遺翰，莫見五言，所以李陵、班婕妤見疑於後代也。按《召南·行露》，始肇半章，孺子《滄浪》，亦有全曲；《暇豫》優歌，遠見春秋；《邪徑》童謡，近在成世。閲時取證，則五言久矣。又古詩佳麗，或稱枚叔，其《孤竹》一篇，則傅毅之詞。比采而推，兩漢之作乎。觀其結體散文，直而不野，婉轉附物，怊悵切情，實五言之冠冕也。至於張衡《怨篇》，清典可味。《仙詩》《緩歌》，雅有新聲。《詩品序》云：夏歌曰：『鬱陶乎予心。』楚謡曰：『名余曰正則。』雖詩體未全，然是五言之濫觴也。逮漢李陵，始著五言之目矣。古詩眇邈，人世難詳。推其文體，固是炎漢之製，非衰周之倡也。自王、揚、枚、馬之徒，詞賦競爽，而吟咏靡聞。從李都尉，迄班婕妤，將百年間，有婦人焉，一人而已，詩人之風，頓已缺喪。東京二百載中，惟有班固《咏史》，質木無文。暨建安初，五言騰踊，文帝、陳思縱轡以騁節，王、徐、應、劉望路而争驅。并憐風月，狎池苑，述恩榮，叙酣宴，慷慨以任氣，磊落以使才。造懷指事，不求纖密之巧，驅詞逐貌，唯取昭晰之能，此其所同也。及正始明道，詩雜仙心，何晏之徒，率多浮淺。唯嵇旨清峻，阮旨遥深，故能標焉。若乃應璩《百一》，獨立不懼，辭譎義貞，亦魏之遺直也。晋世群才，稍入輕綺，張、潘、左、陸，比肩詩衢，采縟於正始，力柔於建安，或析文以爲妙，或流靡以自妍，此其大略也。江左篇製，溺乎玄風，嗤笑徇務之志，崇盛亡機之談。袁、孫已下，雖各有雕采，而辭趣一揆，莫與争雄。所以景純《仙篇》，挺拔而爲俊矣。宋初文咏，體有因革，莊老告退，而山水方滋。儷采百字之偶，争價一句之奇，情必極貌以寫物，辭必窮力而追新，此近世之所競也。故鋪觀列代，而情變之數可監，撮舉同异，而綱領之要可明矣。《文心·明詩》。降及建安，曹公父子篤好斯文，平原兄弟鬱爲文棟，劉楨、王粲爲其羽翼。次有攀龍托鳳自致於屬車者，蓋將百計，彬彬之盛，大備於時矣。爾後陵遲衰微，迄於有晋，太康中三張、二陸、兩潘、一左，勃爾復興，踵武前王，風流未沫，亦文章之中興也。永嘉時，貴黄老，稍尚虚談，於時篇什，理過其辭，淡乎寡味。爰及江表，微波尚傳，孫綽、許詢、桓、庾諸公詩，皆平典似道德論，建安風力盡矣。先是郭景純用俊上之才創變其體，劉越石杖〔三〕清剛之氣贊成厥美，然彼衆我寡，未能動俗。逮義熙中，謝益壽斐然繼作，元嘉中有謝靈運，才高詞盛，富艷難踪，固已含跨劉、郭，凌轢潘、左。故知陳思爲建安之傑，公幹、仲宣爲輔；陸機爲太康之英，安仁、景陽爲輔；謝客爲元嘉

〔二〕據劉勰《文心雕龍》，作『諷誦』。
〔三〕據鍾嶸《詩品》，作『仗』。

之雄，顔延年爲輔。斯皆五言之冠冕、文詞之命世也。《詩品序》。

上源流及歷代大家。

夫四言文約意廣，取效《風》《騷》，便可多得，每苦文繁而意少，故世罕習焉。五言居文詞之要，是衆作之有滋味者也。故云會於流俗，豈不以指事造形，窮情寫物，最爲詳切者耶？《詩品序》。若夫四言正體，雅潤爲本，五言流調，清麗居宗，華實异用，唯才所安。故平子得其雅，叔夜含其潤，茂先凝其清，景陽振其麗，兼善則子建、仲宣，偏美則太冲、公幹。《文心·明詩》。

上體式及各體作家。

詩有三義焉：一曰興，二曰比，三曰賦。文已盡而意有餘，興也；因物喻志，比也；直書其事，寓言寫物，賦也。宏斯三義，酌而用之，幹之以風力，潤之以丹采，使味之者無極，聞之者動心，是詩之至也。若專用比興，患在意深，意深則詞躓。若但用賦體，患在意浮，意浮則文散，嬉成流移，文無止泊，有蕪漫之累矣。《詩品序》。

上作法。

騷

屈原者名平，楚之同姓也。爲楚懷王左徒，博聞强志，明於治亂，嫻於辭令。入則與王圖議國事，以出號令，出則接遇賓客，應對諸侯，王甚任之。上官大夫與之同列，爭寵而心害其能。懷王使屈原造爲憲令，屈原〔一〕屬草稿未定，上官大夫見而欲奪之，屈平不與，因讒之。王怒而疏屈平。屈平疾王聽之不聰也，讒諂之蔽明也，邪曲之害公也，方正之不容也，故憂愁幽思而作《離騷》。《離騷》者，猶離憂也。《史記·屈原列傳》。是時秦昭王使張儀譎楚〔二〕懷王，令絶齊交。又使誘楚，請與俱會武關，遂脅與俱歸，拘留不遣〔三〕，卒客死於秦。其子襄王復用讒言，遷屈原於江南。屈原放在草野，復作《九章》，援天引聖以自證明，終不見省。不忍以清白久居濁世，遂赴汨淵自沉而死。王逸《離騷經序》。

上《屈原傳略》與《離騷》所由作。

〔一〕據司馬遷《史記·屈原列傳》，作「平」。

〔二〕據王逸《離騷經序》，作「詐」。

〔三〕據王逸《離騷經序》，作「遺」。

屈原既死之後，楚有宋玉、唐勒、景差之徒者，皆好辭而以賦見稱。然皆祖屈原之從容辭令，終莫敢直諫。《史記・屈原傳》。弟子宋玉痛惜其師，傷而和之。其後賈誼、東方朔、劉向、揚雄嘉其文彩，擬之而作。蓋以原楚人也，謂之《楚辭》。《隋志・楚辭》。楚人高其行義，瑋其文采，以相教傳。至於孝武帝，恢廓道訓，使淮南王安作《離騷經章句》，則大義粲然，後世雄俊莫不瞻慕，舒肆妙慮，纘述其詞，逮至劉向，典校經書，分爲十六卷。孝章即位，深弘道藝，而班固、賈逵復以所見改易前疑，各作《離騷經章句》，其餘十五卷闕而不説，又以『壯』爲『狀』，義多乖异，事不要括。今臣逸復以所識所知，稽之舊章，合之經傳，作十六卷章句，雖未能究其微妙，然大指之趣略可見矣。王逸《楚辭叙》。後漢校書郎王逸集屈原已下迄於劉向，逸又自爲一篇，并叙而注之，今行於世。隋時有釋道騫善讀之，能爲楚聲，音韵清切，至今傳《楚辭》者皆祖騫公之音。《隋志》。

上《楚辭》及其注。

屈平之作《離騷》，蓋自怨生也。《國風》好色而不淫，《小雅》怨誹而不亂，若《離騷》者可謂兼之矣。上稱帝嚳，下道齊桓，中述湯、武，以刺世事，明道德之廣崇、治亂之條貫，靡不畢見。其文約，其辭微，其志潔，其行廉，其稱文小而其指極大，舉類邇而見義遠。其志潔故其稱物芳，其行廉故死而不容。自疏濯淖污泥之中，蟬蛻於濁穢，以浮游塵埃之外，不獲世之滋垢，皭然泥而不滓者也。推此志也，雖與日月争光可也。《史記・屈原傳》。《離騷》之文，依《詩》取興，引類譬諭，其詞温而雅，其義皎而朗。凡百君子莫不慕其清高，嘉其文采，哀其不遇而愍其志焉。王逸《離騷叙》。優游按衒[一]，屈原尚之。窮侈極妙，相如之長也。然原據托譬喻，其志[二]周旋綽有餘度，長卿、子雲不能及。《典論》。《離騷》之文依經立義，漢宣嗟嘆，以爲皆合經術，揚雄諷味，亦言同體[三]《詩・雅》。《文心・辨騷》。《楚辭》者體慢於三代，而風雅於戰國，乃《雅》《頌》之博徒，而詞賦之英傑也。觀其骨鯁所樹，肌膚所附，雖取鎔經意，亦自鑄偉辭，故《騷經》《九章》朗麗以哀志，《九歌》《九辯》綺靡以傷情，《遠游》《天問》瓌詭而惠巧，《招魂》《大招》耀艷而深華，《卜居》標放言之致，《漁父》寄獨往之才。故能氣往轢古，辭來切今，驚采绝艷，難與并能矣。自《九懷》以下，遽躡其迹，而屈、宋逸步，莫之能追。故其叙情怨則鬱伊而易感，述離居則愴怏而難懷，論山水則循聲而得貌，言節候則披文而見時。是以枚、賈追風以入麗，馬、揚沿波而得奇，其衣被辭人，非一代也。《辨騷》。

上論《離騷》之文。

[一] 據曹丕《典論・論文》，作『衍』。
[二] 據曹丕《典論・論文》，作『意』。
[三] 據劉勰《文心雕龍・辨騷》，作『体同』。

《離騷》之文弘博麗雅，爲辭賦宗，後世莫不斟酌其英華，則象其從容。班固《離騷序》。智彌盛者其言博，才益多者其識遠，屈原之詞誠博遠矣。自終没以來，名儒博達之士著造辭賦，莫不擬則其儀表，祖式其模範，取其要妙，竊其華藻。王逸叙。才高者菀其鴻裁，中巧者獵其艷詞，吟諷者銜其山川，童蒙者拾其香草。若能憑軾以倚《雅》《頌》，懸轡以馭楚篇，酌奇而不失其真，玩華而不墜其實，則顧盼可以驅詞力，咳唾可以窮文致，亦不復乞靈於長卿，假寵於子淵矣。《辯騷》。

上論學《騷》。

七

枚乘摛艷，首製《七發》，腴辭雲構，夸麗風駭。蓋七竅所發，發乎嗜欲，始邪末正，所以戒膏粱之子也。自《七發》以下，作者繼踵，觀枚氏首唱，信獨拔而偉麗矣。及傅毅《七激》，會清要之工；崔駰《七依》，入博雅之巧；張衡《七辨》，結采綿靡；崔瑗《七厲》，植義純正；陳思《七啓》，取美於宏壯；仲宣《七釋》，致辨於事理；自桓麟《七説》以下，左思《七諷》以上，枝附影從，十有餘家。或文麗而義暌，或理粹而詞駁。觀其大抵所歸，莫不高談宫館，壯語畋獵，窮瓌奇之服饌，極蠱媚之聲色，甘意摇骨體，艷詞動魂識，雖始之以淫侈，而終之以居正，然諷一勸百，勢不自反，子雲所謂『先〔一〕騁鄭衛之聲，曲終而奏雅者也』。唯《七厲》叙賢，歸以儒道，雖文非拔群，而意實卓爾矣。《文心·雜文》。

孟子問齊王之大欲，歷舉輕煖、肥甘、聲音、采色，七林之所啓也，而或以爲創之枚乘，忘其祖矣。《文史通義·詩教》。

詔册令教策文

皇帝御寓，其言也神，淵嘿黼扆，而響盈四表，唯詔策乎。昔軒轅、唐、虞，同稱爲命，命之爲義，制性之本也。其在三代，事兼誥誓。誓以訓戎〔二〕，誥以敷政，命喻自天，故授管〔三〕錫胤。《易》之姤象，后以施命誥四方，誥命動民，若天下之有風矣。降及七國，

〔一〕據《漢書·司馬相如傳》，作『猶』。
〔二〕據《太平御覽》，作『誡』。
〔三〕據劉勰《文心雕龍》，作『官』。

并稱曰令，令者使也。秦并天下，改命曰制。漢初定儀，則命有四品：一曰策書，二曰制書，三曰詔書，四曰戒敕。敕戒州部，詔誥百官，制施赦命，策封王侯。策者簡也，制者裁也，詔者告也，敕者正也。《詩》云『畏此簡書』，《易》稱『君子以制度數』，《禮》稱『明君之詔』，《書》稱『敕天之命』，并本經典以立名目，遠詔近命，習秦制也。《記》稱絲綸，所以應接群后。虞重納言，周貴喉舌，故兩漢詔誥，職在尚書。王言之大，動入史策，其出如綍，不反若汗。是以淮南有英才，武帝使相如視草，隴右多文士，光武加意於書詞，豈直取美當時，亦敬慎來葉矣。觀文、景以前，詔體浮新〔一〕，武帝崇儒，選言弘奥。策封三王，文同訓典，勸戒淵雅，垂范後代。及制誥嚴助，即云『厭承明廬』，蓋寵才之恩也。孝宣璽書賜太守陳遂，亦故舊之厚也。逮光武撥亂，留意斯文，而造次喜怒，時或偏濫。詔賜鄧禹，稱司徒爲堯，敕責侯霸，稱黄鉞一下。若斯之類，實乖憲章。暨明帝〔二〕崇學，雅詔間出。安、和〔三〕政弛，體〔四〕閣鮮才，每爲詔敕，假手外請。建安之末，文理代興，潘勖《九錫》，典雅逸群，衛凱《禪誥》，符命〔五〕炳耀，弗可加已。自魏晋誥〔六〕策，職在中書。劉放、張華，互管斯任，施命〔七〕發號，洋洋盈耳。魏文帝下詔，詞義多偉，至於作威作福，其萬慮之一弊乎。晋氏中興，唯明帝崇才，以温嶠文清，故引入中書。自斯以後，體憲風流矣。夫王言崇秘，大觀在上，所以百辟其刑，萬邦作孚。故授官選賢，則義炳重離之輝；優文封策，則氣含風雨之潤；敕戒恒詔，則筆吐星漢之華；治戎燮伐，則聲有洊雷之威；眚災肆赦，則文有春露之滋；明罰敕法，則詞有秋霜之烈。此詔策之大略也。《文心·詔策》。教者效也，言出而民效也。契敷五教，故王侯稱教。昔鄭弘之守南陽，條教爲後所述，乃事緒明也；孔融之守北海，文教麗而罕於理，乃治體乖也。若諸葛孔明之詳約，庾稚恭之明斷，并理得而辭中，教之善也。同上。

〔一〕據《太平御覽》，作『雜』。
〔二〕據《太平御覽》，作『章』。
〔三〕據《太平御覽》，作『和、安』。
〔四〕據劉勰《文心雕龍》，作『禮』。
〔五〕據《太平御覽》，作『采』。
〔六〕據《太平御覽》，作『詔』。
〔七〕據《太平御覽》，作『令』。

表上書啓彈事

周監二代，文理彌盛，再拜稽首，對揚休命，承文受册，敢當丕顯，雖言筆未分，而陳謝可見。降及七國，未變古式，言事於主，皆稱上書。秦初定制，改書曰奏。漢定禮儀，則有四品：一曰章，二曰奏，三曰表，四曰議。章以謝恩，奏以按劾，表以陳情，議以執异。章者明也，《詩》云『爲章於天』，謂文明也，其在文物，赤白曰章。表者標也，《禮》有《表記》，謂德見於儀，其在器式，揆景曰表。章表之目，蓋取諸此也。按《七略·藝文》，謡咏必録。章表奏議，經國之樞機，然闕而不纂者，乃各有故事而在職司也。前漢表謝，遺篇寡存，及後漢察舉，必試章奏。左雄奏議，臺閣爲式，胡廣章表，天下第一，并當時之傑筆也。觀伯始謁陵之章，足見其典文之美焉。昔晉文受册，三辭從命，是以漢末讓表，以三爲斷。曹公稱爲表不必讓，又勿得浮華，所以魏初表章，指事造實，求其靡麗，則未足美矣。至於文舉之薦禰衡，氣揚采飛，孔明之辭後主，志盡文暢，雖華實异旨，并表之英也。琳、瑀章表，有譽當時，孔璋稱健，則其標也。陳思之表獨冠群才，觀其體贍而律調，詞清而志顯，應物制巧，隨變生趣，執轡有餘，故能緩急應節矣。逮晉初筆札，則張華爲俊，其三讓公封，理周詞要，引義比事，必得其偶。世珍《鷦鷯》，莫顧章表。及羊公之辭開府，有譽於前談，庾公之讓中書，信美於往載，序志顯[一]類，有文雅焉。劉琨勸進，張駿自序，文致耿介，并陳事之美表也。原夫章表之爲用也，所以對揚王庭，昭明心曲，既其身文，且亦國華。章以造闕，風矩應明。表以致禁，骨采宜耀。循名課實，以章[二]爲本者也。是以章式炳賁，志在典謨，使要而非略，明而不淺。表體多包，情僞屢遷，必雅義以扇其風，清文以馳其麗。然懇惻者辭爲心使，浮侈者情爲文使，繁約得正，華實相勝，脣吻不滯，則中律矣。《文心·章表》。

夫説貴撫會，弛張相隨，不專緩頰，亦在刀筆。范雎之言事，李斯之止逐客，并煩情入機，動言中務，雖批逆鱗而功成計合，此上書之善説也。至於鄒陽之説吴、梁，喻巧而理至，故雖危而無咎矣。敬通之説鮑、鄧，事緩而文繁，所以歷騁而罕遇也。《文心·論説》。啓者開也，高宗云『啓乃心，沃朕心』，取[三]其義也。孝景諱啓，故兩漢無稱。至魏國箋記，始云啓聞，奏事之末，或云謹啓。自晉來盛啓，用兼表奏。陳政言事，既奏之异條，讓爵謝恩，亦表之别幹。必斂飭入規，促其音節，辨要輕清，文而不侈，亦啓之大略也。

[一] 據《太平御覽》，作『聯』。
[二] 據《太平御覽》，作『文』。
[三] 據《太平御覽》，作『蓋』。

《文心・奏啓》。

若乃按劾之奏，所以明憲清國。昔周之太僕，繩愆糾繆〔一〕，秦之御史，職主文法，漢置中丞，總司按劾，故位在鷙擊，砥礪其氣，必使筆端振風，簡上凝霜者也。觀孔光之奏董賢，則實其奸回，路粹之奏孔融，則誣其釁惡，名儒之與險士，固殊心焉。若夫傅咸勁直，而按詞堅深；劉隗切正，而劾文闊略，各其志也。後之彈事，迭相斟酌，惟新日用，而舊準弗差。然函人欲全，矢人欲傷，術在糾惡，勢必深〔二〕峭。《詩》刺讒人，投畀豺虎；《禮》疾無禮，方之鸚猩。墨翟非儒，目以豕彘。孟軻譏墨，比諸禽獸。《詩》《禮》、儒、墨，既其如兹，奏劾嚴文，孰云能免？是以世人〔三〕爲文，競於詆訶，吹毛取瑕，次骨爲戾，復似善罵，多失折衷。若能闢禮門以懸規，標義路以植矩，然後踰垣者折肱，捷徑者滅趾，何必躁言醜句，詬病爲切哉。是以立範運衡，宜明體要，必使理有典刑，詞有風軌，總法家之式〔四〕，秉儒家之文，不畏强御，氣流墨中，無縱詭隨，聲動簡外，乃稱絶席之雄、直方之舉耳。《文心・奏啓》。

箋奏記書

戰國以前，君臣同書。秦漢立儀，始有表奏。王公國内，亦稱奏書。張敞奏書於膠后，其義美矣。迄至後漢，稍有名品，公府奏記，而郡將奏箋。記之言志，進己志也。箋者表也，表識其情也。崔寔奏記於公府，則崇讓之德音矣；黄香奏箋於江夏，亦肅恭之遺式矣。公幹箋記，麗而規益，子桓弗論，故世所共遺，若略名取實，則有美於爲詩矣。劉廙謝恩，喻切以至，陸機自理，情周而巧，箋之爲善者也。原箋記之爲式，既上窺乎表，亦下睨乎書，使敬而不懾，簡而無傲，清美以惠其才，彪蔚以文其響，蓋箋記之分也。《文心・書記》。

書者舒也，舒布其言，陳之簡牘，受〔五〕象於夬，貴在明決而已。三代政暇，文翰頗疏。春秋聘繁，書介彌盛。繞朝贈士會以策，子

〔一〕據劉勰《文心雕龍》，作「謬」。
〔二〕據《太平御覽》，作「剛」。
〔三〕據《太平御覽》，作「近世」。
〔四〕據《太平御覽》，作「裁」。
〔五〕據劉勰《文心雕龍》，作「取」。

家與趙宣以書，巫臣之遺[一]子反，子産之諫范宣，詳觀四書，辭若對面。又子服敬叔，進吊書於滕君，固知行人挈詞，多被翰墨矣。及七國獻書，詭麗輻輳，漢來筆札，辭氣紛紜。觀史遷之報任安，東方朔之難[二]公孫，楊惲之酬會宗，子雲之答劉歆，志氣槃桓，各含殊采，并杼軸乎尺素，抑揚乎寸心。逮後漢書記，則崔瑗尤善，魏之元瑜，實號[三]翩翩。文舉屬章，半簡必録，休璉好事，留意辭翰，抑其次也。嵇康《绝交》，實志高而文偉矣。趙至《叙離》，乃少年之激切也。至如陳遵占詞，百封各意，禰衡代書，親疏得宜，斯又尺牘之偏才也。詳總書體，本在盡言，言以散鬱陶，托風采，故宜條暢以任氣，優柔以懌懷，文明從容，亦心聲之獻酬也。《文心·書記》。

檄移

震雷始於耀[四]電，出師先乎威聲，故觀電而懼雷壯，聽聲而懼兵威。兵先乎聲，其來已久。昔有虞始戒於國，夏后初誓於軍，殷誓軍門之外，周將交刃而誓之。故知帝世戒兵，三王誓師，宣訓我衆，未及敵人也。至周穆西征，祭公謀父稱古有威讓之令，有文告之詞，即檄之本源也。及春秋征伐自諸侯出，懼敵弗服，故兵出須名，振此威風，暴彼昏亂，劉獻公所謂『告之以文詞，董之以武師』者也。齊桓公征楚，詰苞茅之闕，晋厲伐秦，責箕郜之焚，管仲、吕相，奉詞先路，詳其意義，即今之檄文。暨乎戰國，始稱爲檄。檄者皦也，宣露於外，皦然明白也。張儀檄楚，書以尺二。明白之文，或稱露布，播諸視聽也。夫兵以定亂，莫敢自專，天子親戎，則稱『恭行天罰』，諸侯御師，則云『肅將王誅』。故分閫推轂，奉辭伐罪，非唯致果爲毅，亦且厲詞爲武，使聲如衝風所擊，氣似欃槍所掃，奮其武怒，總其罪人，懲其惡稔之時，顯其貫盈之數，摇奸宄之膽，訂信慎之心，使百尺之衝，推[五]折於咫書，萬雉之城，顛墜於一檄也。觀隗囂之檄亡新，布其三逆，文不雕飾，而辭切事明，隴右文士，得檄之體矣。陳琳之檄豫州，壯於[六]骨鯁，惟奸閹携養，章密太甚，發邱摸金，誣過其虐。然抗詞書釁，皦然露骨矣。敢指曹公之鋒，幸哉免袁黨之戮也。鍾會檄蜀，徵驗甚明，桓公檄胡，觀釁尤切，并壯

〔一〕據《太平御覽》，作『責』。
〔二〕據《太平御覽》，作『謁』。
〔三〕據劉勰《文心雕龍》，作『號稱』。
〔四〕據劉勰《文心雕龍》，作『曜』。
〔五〕據劉勰《文心雕龍》，作『摧』。
〔六〕據劉勰《文心雕龍》，作『有』。

筆也。凡檄之大體，或述此休明，或叙彼苛虐，指天時，審人事，算强弱，角權勢，標蓍龜於前驗，懸鞶鑒於已然，雖本國信，實參兵詐，譎詭以馳旨，煒曄以騰説，凡此衆條，莫或違之者也。故其植義揚辭，務在剛健，插羽以示迅，不可使詞緩，露板以宣衆，不可使義隱，必事昭而理辨，氣盛而詞斷，此其要也。若曲趣密巧，無所取才矣。《文心·檄移》。

移者易也，移風易俗，令往而民隨者也。相如之難蜀老，文曉而喻博，有移檄之骨焉。及劉歆之移太常，詞剛而義辨，文移之首也。陸機之移百官，言約而事顯，武移之要者也。同上。

對問設論

自對問宋玉《對楚王問》以後，東方朔效而廣之，名爲《客難》，托古慰志，疏而有辨。揚雄《解嘲》，雜以諧謔，迴環自釋，頗亦爲工。班固《賓戲》，含懿采之華。崔駰《達旨》，吐典言之裁。張衡《應閑》，密而兼雅。崔寔《客譏》，整而微質。蔡邕《釋誨》，體奧而文炳。景純《客傲》，情見而采蔚。雖迭相祖述，然屬篇之高者也。至於陳思《客問》，辭高而理疏。庾敳《客咨》，意榮而文悴。斯類甚衆，無所取裁矣。原兹文之設，乃發憤以表志，身挫憑乎道勝，時屯寄於情泰，莫不淵岳其心，麟鳳其采，此立本之大要也。《文心·雜文》。

辭

宋玉、唐勒、景差爲文祖屈原，而《史記》稱之曰『皆好辭而以賦見稱』。此則賦辭通稱。辭爲大名，賦爲小名，其來已舊。是以漢人復立《楚辭》之名以目屈宋。《文選》此體，凡録漢武《秋風》，淵明《歸去來》兩篇，皆感物造端之作，亦《楚辭》之支與也。

序史論論

孔安國有云：『序者，所以叙作者之意也。』竊以《書》列典謨，《詩》含比興，若不先叙其意，難以曲得其情。故每篇有序，敷暢厥義。降逮《史》《漢》，以記事爲宗，至於表志雜傳，亦時復立序，文兼史體，狀若子書，然可與誥誓相參，風雅齊列矣。迨華嶠

《後漢》，多同班氏，如劉平、江革等《傳》，其序先言孝道，次述毛義養親，此則《前漢·王貢傳》體，其篇以四皓爲始也。嶠言辭簡質，敘致温雅，味其宗旨，亦孟堅之亞歟？爰洎范曄，始革其流，遺棄史才，矜衒文彩。後來所作，他皆若斯。於是遷、固之道忽諸，微婉之風替矣。《史通·序例》。

《春秋左氏傳》每有發論，假君子以稱之。二傳云公羊子、穀梁子。《史記》云太史公。既而班固曰贊，荀悦曰論，《東觀》曰序，謝承曰詮，陳壽曰評，王隱曰議，何法盛曰述，揚雄曰撰，劉昞曰奏，袁宏、裴子野自顯姓名，皇甫謐、葛洪列其所號，史官所撰，通稱史臣。其名萬殊，其義一揆，必取便於時者，則總歸論贊焉。夫論者所以辯疑惑，釋凝滯，若愚智共了，固無俟商榷，丘明『君子曰』者，其義實在於斯。司馬遷始限以篇終各書一論，必理有非要，則强生其文，史論之煩，實萌於此。夫擬《春秋》成史，持論尤宜闊略，其有本無疑事，輒設論以裁之，此皆私徇筆端，苟衒[一]文彩，嘉辭美句，寄諸簡册，豈知史書之大體，載削之指歸者哉？必尋其得失，考其异同，子長淺[二]泊無味，承祚偄緩不切。賢才間出，隔世同科。孟堅辭惟温雅，理多愜當，其尤美者，有典誥之風，翩翩奕奕，良可咏也。仲豫義理雖長，失在繁富。自兹以降，流宕忘返，大抵皆華多於實，理少於文，鼓其雄詞，誇其儷事。必擇其善者，則干寶、范曄、裴子野是其最也。沈約、臧榮緒、蕭子顯抑其次也。孫安國都無足采，習鑿齒時有可觀。若袁彦伯之務飾玄言，謝靈運之虚張高論，玉卮無當，曾何足云。王劭志在簡直，言兼鄙野，苟得其理，遂忘其文，觀過知仁，斯之謂矣。大唐修《晋書》，作者皆當代詞人，遠棄史、班，近宗徐、庾。夫以飾彼輕薄之句，而編爲史籍之文，無异加粉黛於壯夫，服綺紈於高士者矣。史之有論也，蓋欲事無重出，文省可知。如太史公曰『觀張良貌如美婦人』，『項羽重瞳，豈舜苗裔』，此則别加他語，以補書中，所謂事無重出者也。又如班固贊曰『石建之浣衣，君子非之』，『楊王孫裸葬，賢於秦始皇遠矣』，此則片言如約，而諸義甚備，所謂文省可知者也。及後來贊語之作，多録紀傳之言，其有所异，唯知[三]文飾而已。至於甚者，則天子操行，具諸紀末，繼以論曰，接武前修。紀論不殊，徒爲再列。馬遷自序傳後，歷寫諸篇，各叙其意。既而班固變爲詩體，號之曰述。范曄改彼述名，呼之以贊。尋述贊爲例，篇有一章，事多者則約之使少，理寡者則張之令大，名實多爽，詳略不同。且欲觀人之善惡、史之褒貶，蓋無假於此也。然固之總述合在一篇，使其條貫有序，歷然可閲。蔚宗《後書》，實同班氏，乃各附本事於卷末，篇目相離，斷绝失次。而後生作者不悟其非，如蕭、李南北《齊史》，大唐新修《晋史》，皆依范書誤本，篇終有贊。夫每卷立論，其煩已多，而嗣論以贊，爲黷彌甚。亦猶文士製碑，序終而續以銘曰，釋

[一] 據劉知幾《史通》，作『衒』。
[二] 據劉知幾《史通》，作『淡』。
[三] 據劉知幾《史通》，作『加』。

氏演法，義盡而宣以偈言。苟撰史若斯，難以議夫簡要者矣。《史通·論贊》。

聖哲彝訓曰經，述經叙理曰論。論者倫也，倫理無爽，則聖意不墜。昔仲尼微言，門人追記，故抑其經目，稱爲《論語》。蓋群論立名，始於兹矣。自《論語》已前，經無論字。《六韜》二論，後人追題乎。詳觀論體，條流多品，陳政則與議説合契，釋經則與傳注參體，辨史則與贊評齊行，詮文則與叙引共紀。故議者宜言，説者説語，傳者轉師，注者主解，贊者明意，評者評〔一〕理，序者次事，引者胤詞。八名區分，一揆宗論。論也者，彌綸群言，而研精一理者也。是以莊周《齊物》，以論爲名，不韋《春秋》，六論昭列。至石渠論藝，白虎通講，述聖通經，論家之正體也。及班彪《王命》，嚴尤《三將》，敷述昭情，善入史體。魏之初霸，術兼名法，傅嘏、王粲，校練名理。迄至正始，務欲守文，何晏之徒，始盛玄論。於是聃、周當路，與尼父争塗矣。詳觀蘭石之《才性》，仲宣之《去伐》，叔夜之辨聲，太初之《本玄》，輔嗣之兩《例》，平叔之二《論》，并師心獨見，鋒穎精密，蓋人倫〔二〕之英也。至如李康《運命》，同《論衡》而過之，陸機《辨亡》，效《過秦》而不及，然亦其美矣。次及宋岱、郭象鋭思於幾神之區，夷甫、裴頠交辨於有無之域，并獨步當時，流聲後代。然滯有者全繫於形用，貴無者專守於寂寥，徒鋭偏解，莫詣正理，動極神源，其般若之绝境乎？逮江左群談，惟玄是務，雖有日新，而多抽前緒矣。至如張衡《譏世》，韵似俳説，孔融《孝廉》，但談嘲戲，曹植《辨道》，體同書抄，言不持正，論如其已。原夫論之爲體，所以辨正然否，窮於有數，追於無形，迹堅求通，鈎深取極，乃百慮之筌蹄，萬事之權衡也。故其理〔三〕貴圓通，辭忌枝碎，必使心與理合，彌縫莫見其隙，辭共心密，敵人不知所乘，斯其要也。是以論如析薪，貴能破理。斤利者越理而横斷，辭辨者反義而取通。覽文雖巧，而檢迹如妄。唯君子能通天下之志，安可以曲論哉？《文心·論説》。

頌

四始之至，頌居其極。頌者容也，所以美盛德而述形容也。昔帝嚳之世，咸墨爲頌，以歌《九韶》。自商已下，文理允備。夫化偃一國謂之風，風正四方謂之雅，容告神明謂之頌。風雅序人事，兼變正。頌主告神，義必純美。魯國以公旦次編，商人以前王追録，斯乃宗廟之正歌，非宴饗之常咏也。《時邁》一篇，周公所製，哲人之頌，規式存焉。夫民各有心，勿壅惟口，晉輿之稱原田，魯民之刺

〔一〕據劉勰《文心雕龍》，作「平」。
〔二〕據《太平御覽》《玉海》，「人倫」作「論」。
〔三〕據劉勰《文心雕龍》，作「義」。

袠韡，直言不咏，短辭以諷。丘明、子高，并諜爲誦，斯其〔一〕野誦之變體，浸被乎人事矣。及三閭《橘頌》，情采芬芳，比類寓意〔二〕，又覃及細物矣。至於秦政刻文，爰頌其德，漢之惠景，亦有述容，沿世并作，相繼於時矣。若夫子雲之表充國，孟堅之序戴侯，武仲之美顯宗，史岑之述熹后，或擬《清廟》，或範《駉》《那》，雖淺深不同，詳略各异，其褒德顯容，典章一也。至於班、傅之《北征》《西巡》，變爲序引，豈不褒過而謬體哉？馬融之《廣成》《上林》，雅而似賦，何弄文而失質乎？又崔瑗《文學》，蔡邕《樊渠》，并致美於序，而簡約乎篇。摯虞品藻，頗爲精核。至云雜以風雅而不變旨趣，徒張虚論，有似黄白之僞説矣。及魏晋辨頌，鮮有出轍。陳思所綴，以《皇子》爲標；陸機積篇，惟《功臣》最顯。其褒貶雜居，固末代之訛體也。原夫頌惟典雅，辭必清鑠，敷寫似賦，而不入華侈之區，敬慎如銘，而异乎規戒之域，揄揚以發藻，汪洋以樹義，唯纖曲巧致，與情而變，其大體所弘，如斯而已。《文心·頌贊》。

贊 附史述贊

贊者明也，助也。昔虞舜之祀，樂正重贊，蓋唱發之辭也。及益贊於禹，伊陟贊於巫咸，并揚言以明事，嗟嘆以助詞也。故漢置鴻臚，以唱拜爲贊，即古之遺語也。至相如屬筆，始贊荆軻。及遷《史》、固《書》，托贊褒貶，約文以總録，頌體以〔三〕論辭，又紀傳後評，亦同其名，而仲洽《流别》，謬稱爲述，失之遠矣。及景純注《雅》，動植必贊，義兼美惡，亦猶頌之變耳。但〔四〕本其爲義，事生獎嘆，所以古來篇體，促而不廣，必結言於四字之句，盤桓乎數韵之詞，約舉以盡情，昭灼以送文，此其體也。發原雖遠，而致用蓋寡，大抵所歸，其頌之細條乎。《文心·頌贊》。

司馬子長撰《史記》，其《自序》一卷，總歷自道作書本意，篇别有引辭，即孔安國所云『書序，序所以爲作者之意也』。揚子雲著《法言》，其本傳亦載〔五〕《法言》之目，篇皆引辭。及班孟堅爲《漢書》，亦放其意，於《叙傳》内又歷道之。而謙不敢自謂作者，避於擬聖，故改作爲述。然叙致之體，與馬、揚不殊。後人不詳，乃謂班《書》本贊之外别爲覆述，重申褒貶。摯虞撰《流别集》，全取

〔一〕據劉勰《文心雕龍》，作『則』。
〔二〕據《太平御覽》，『寓意』作『屬興』。
〔三〕據《太平御覽》，作『而』。
〔四〕據劉勰《文心雕龍》，作『然』。
〔五〕據颜師古《匡謬正俗》，作『傳』。

孟堅《書序》爲一卷，謂之《漢述》，已失其意。而范蔚宗、沈休文之徒撰史者，詳論之外，别爲一首，華文麗句，標舉得失，謂之爲贊，自以取則班馬，不其惑歟？劉軌思《文心雕龍》雖略曉其意，而言之未盡。《匡謬正俗》卷五。

符命

史遷八書，明述封禪者，固禋祀之殊禮，名號之秘祝，祀天之壯觀矣。秦始銘岱，文自李斯，法家辭氣，體乏弘潤，然疏而能壯，亦彼時之絶采也。鋪觀兩漢隆盛，孝武禪號於肅然，光武巡封於梁父，誦德銘勛，乃鴻筆耳。觀相如《封禪》，蔚爲唱首。爾其表權輿，序皇王，炳元符，鏡鴻業，驅前古於當今之下，騰休明於列聖之上，歌之以禎瑞，贊之以介邱，絶筆兹文，固維新之作也。及光武勒碑，則文自張純，首胤典謨，末同祝辭，引鈎讖，叙離亂，計武功，述文德，事核理舉，華不足而實有餘矣。凡此二家，并岱宗實迹也。及揚雄《劇秦》，班固《典引》，事非鎸石，而體因紀禪。觀《劇秦》爲文，影寫長卿，詭言遯辭，故兼包神怪。然骨掣靡密，詞貫圓通，自稱極思，無遺力矣。《典引》所叙，雅有懿乎。歷鑒前作，能執厥中，其致義會文，斐然餘巧，故稱『《封禪》麗而不典，《劇秦》典而不實』，豈非追觀易爲明，循勢易爲力歟？至於邯鄲受命，攀響前聲，風末力寡，輯韵成頌，雖文理順序，而不能奮飛。陳思魏德，假論客主，問答迂緩，且已千言，勞深勣寡，飆焰缺焉。《文心·封禪》。

連珠

揚雄覃思文闊[一]，業深綜述。碎文瑣語，肇爲《連珠》，其辭雖小，而明潤矣。自《連珠》以下，擬者間出，杜篤、賈逵之曹，劉珍、潘勖之輩，欲穿明珠，多貫魚目，可謂壽陵匍匐，非復邯鄲之步，里醜捧心，不關西施[二]之顰矣。唯士衡運思，理新文敏，而裁章置句，廣於舊篇，豈慕朱仲四寸之璫乎？夫文小易周，思閑可贍，足使義明而詞凈，事圓而音澤，磊磊自轉，可稱珠耳。《文心·雜文》。所謂連珠者，興於漢章之世，班固、賈逵、傅毅三子受詔作之。其文體詞麗而言約，不指説事情，必假喻以達其旨，而覽者微悟，

[一] 據《太平御覽》《玉海》，作『閣』。
[二] 據《太平御覽》，作『子』。

合於古詩諷興之義，欲使歷歷如貫珠，易看而可悦，故謂之連珠。傅玄《叙連珠》。沈約注《制旨連珠表》曰：『竊聞〔一〕連珠之作，始自子雲，放《易象論》，動模經誥。班固謂之命世，桓譚〔二〕以爲絶倫。連珠者，蓋謂辭句連續，互相發明，若珠之結排也。雖復金鑣互騁，玉轃〔三〕并馳，妍蚩優劣，參差相間。翔禽伏獸，易以心威；守株膠瑟，難以〔四〕適變。水鏡芝蘭，隨其所遇；明珠燕石，貴賤相懸。』《北史·李先傳》魏帝召先讀《韓子》《連珠》二十二篇。韓子，韓非子，書中有連語，先列其目，而後著其解，謂之連珠。據此，則連珠已兆韓非。陳懋仁《文章緣起》注。韓非《儲説》，比事徵偶，《連珠》之所肇也。而或以第〔五〕始於傅毅之徒，非其質矣。《文史通義·詩教上》。

箴銘

箴者所以攻疾防患，喻針石也。斯文之興盛於三代。夏、商二箴，餘句頗存。及周之辛甲《百官箴》一篇，體義備焉。迄至春秋，微而未絶，故魏絳諷君於后羿，楚子訓民於在勤。戰代已來，棄德務功，銘詞代興，箴文委绝。至揚雄稽古，始範《虞箴》，作《卿》《尹》《州牧》二十五篇。及崔、胡補綴，總稱《百官》。指事配位，鞶鑒可徵，信所謂追青風於前古，攀辛甲於後代者也。至於潘勖符節，要而失淺。温嶠傅臣，博而患繁。王濟國子，引廣事雜。潘尼乘輿，義正體蕪。凡斯繼作，鮮有克衷。至於王朗雜箴，乃置巾履，得其戒慎，而失其所施。觀其約文舉要，憲章戒銘，而水火井竈，繁詞不已，志有偏也。《文心·銘箴》。

銘者名也，觀器必也正名，審用貴乎盛德。蓋臧武仲之論銘也，曰：『天子令德，諸侯計功，大夫稱伐。』夏鑄九牧之金鼎，周勒肅慎之楛矢，令德之事也。吕望銘功於昆吾，仲山鏤績於庸器，計功之義也。魏顆紀勛於景鐘，孔悝表勤於衛鼎，稱伐之類也。案此本蔡邕《銘論》。若乃飛廉有石椁之錫，靈公有蒿里〔六〕之謚，銘發幽石，吁可怪矣。趙靈勒迹於番吾，秦昭刻博於華山，夸誕示後，吁可

〔一〕據《淵鑒類函·連珠》所録沈約注《制旨連珠表》，作『尋』。
〔二〕據《淵鑒類函·連珠》所録沈約注《制旨連珠表》，作『伊』。
〔三〕據《淵鑒類函·連珠》所録沈約注《制旨連珠表》，作『軑』。
〔四〕據《淵鑒類函·連珠》所録沈約注《制旨連珠表》，作『與』。
〔五〕據章學誠《文史通義》，作『爲』。
〔六〕據《太平御覽》，作『奪埋』。

笑也。詳觀衆例，銘義見矣。至於始皇勒岳，政暴而文澤，亦有疏通之美焉。若〔一〕班固燕然之勒，張昶華陰之碣，序亦盛矣。蔡邕銘思，獨冠古今，橋公之鉞，吐納典謨，朱穆之鼎，全成碑文，溺所長也。至如敬通雜器，準矱戒銘，而事非其物，繁略違中。崔駰品物，贊多戒少。李尤積篇，義儉辭碎。蓍龜神物，而居博弈之中；衡斛嘉量，而在臼杵之末。曾名品之未暇，何理事之能閑哉？魏文九寶，器利辭鈍。唯張載《劍閣》，其才清采，迅足駸駸，後發前至，勒銘岷漢，得其宜矣。《文心·銘箴》。

夫箴誦於官，銘題於器，名目雖异，而警戒實同。箴全御過，故文資確切。銘兼褒贊，故體貴弘潤。其取事也必核以辨，其摛文也必簡而深，此其大要也。然矢言之道蓋闕，庸器之制久淪，所以箴銘异用，罕施於代。惟秉文君子宜酌其遠大焉。《文心·銘箴》。

誄哀

周世盛德，有銘誄之文，大夫之材，臨喪能誄。誄者累也，累其德行，旌之不朽也。夏、商已前，其詳靡聞。周雖有誄，未被於士。又賤不誄貴，幼不誄長，在萬乘則稱天以誄之。贊誄定謚，其節文大矣，自魯莊戰乘丘，始及於士。逮尼父卒，哀公作誄。觀其憖遺之切，嗚呼之嘆，雖非叡作，古式存焉。至柳妻之誄惠子，則辭哀而韵長矣。暨乎漢世，承流而作。揚雄之誄元后，文實煩穢，沙麓撮其要，而摯疑成篇，安有累德述尊，而闊略四句乎？杜篤之誄，有譽前代，《吴誄》雖工，而他〔二〕篇頗疏，豈以見稱光武，而改盼千金哉？傅毅所制，文體倫序，孝山〔三〕、崔瑗，辨絜相參。觀其序事如傳，辭靡律調，固誄之才也。潘岳構意，專師孝山，巧於序悲，易入新切，所以隔代相望，能徵厥聲者也。至如崔駰誄趙，劉陶誄黄，并得憲章，工在簡要。陳思叨名，而體實繁緩，《文皇誄》末，旨言自陳，其乖甚矣。若夫殷臣誄湯，追喪〔四〕《玄鳥》之祚，周史歌文，上闡后稷之烈，誄述祖宗，蓋詩人之則也。至於序述哀情，則觸類而長。傅毅之誄北海，云『白日幽光，雰霧杳冥』，始序致感，遂爲後式，景而效者，彌取於工矣。詳夫誄之爲制，蓋選言録行，傳體而頌文，榮始而哀終，論其人也，曖乎若可覿，道其哀也，悽焉如可傷，此其旨也。《文心·誄碑》。

漢代山陵，哀策流文。周喪盛姬，內史執策。然則策本書贈，因哀而爲文也。是以義同於誄，而文實告神，誄首而哀末，頌體而祝

〔一〕據《太平御覽》，作『乃』。
〔二〕據《太平御覽》，作『結』。
〔三〕據《太平御覽》，作『蘇順』。
〔四〕據《文心雕龍》，作『褒』。

儀，太史所作之贊，因周之祝文也。《文心·祝盟》。

賦憲之謚，短折曰哀。哀者依也，悲實依心，故曰哀也。以辭遣哀，蓋不淚之悼，故不在黄髮，必施夭昏。昔三良殉秦，百夫莫贖，事均夭横，《黄鳥》賦哀，抑亦詩人之哀辭乎？暨漢武封禪，而霍子侯暴亡，帝傷而作詩，亦哀辭之類矣。及後漢汝陽王亡，崔瑗哀辭，始變前式，然履突鬼門，怪而不辭，駕龍乘雲，仙而不哀，又卒章五言，頗似歌謡，亦仿佛乎漢武也。至於蘇順、張升，并述哀文，雖發其情華，而未極心實。建安哀詞，惟偉長差善，《行女》一篇，時有惻怛。及潘岳繼作，實踵其美，觀其慮善詞變，情洞悲苦，叙事如傳，結言摹詩，促節四言，鮮有緩句，故能義直而文婉，體舊而趣新，《金鹿》《澤蘭》，莫之或繼也。原夫哀詞大體，情主於痛傷，而辭窮乎愛惜，幼未成德，故譽止於察惠；弱不勝務，故悼加乎膚[一]色。隱心而結文則事愜，觀文而屬心則體奢，奢體爲辭，則雖麗不哀，必使情往會悲，文來引泣，乃其貴耳。《文心·哀悼》。

碑

碑者埤也，上古帝皇紀號封禪，樹石埤岳，故曰碑也。周穆紀迹於弇山之石，亦古碑之意也。又宗廟有碑，樹之兩楹，事止麗牲，未勒勳績。而庸器漸缺，故後代用碑，以石代金，同乎不朽。自廟徂墳，猶封墓也。自後漢以來，碑碣雲起，才鋒所斷，莫高蔡邕。觀楊賜之碑，骨鯁訓典，陳、郭二文，詞無擇言。周乎衆碑，莫非清[二]允。其叙事也該而要，其綴采也雅而澤。清辭轉而不窮，巧義出而卓立。察其爲才，自然而至。孔融所創，有慕伯喈，張、陳兩文，辨給足采，亦其亞也。及孫綽爲文，志在碑誄，温、王、郄、庾，詞多枝雜，桓彝一篇，最爲辨裁。夫屬碑之體，資乎史才，其序則傳，其文則銘。標序盛德，必見清風之華；昭紀鴻懿，必見俊偉之烈。此碑之制也。夫碑實銘器，銘實碑文，因器立名，事先於誄，是以勒石贊勳者入銘之域，樹碑述已者同誄之區焉。《文心·誄碑》。

[一] 據《太平御覽》，作『容』。

[二] 據《太平御覽》，作『精』。

墓志

晋東陽太守殷仲文作《從弟墓》。《文章緣起》。漢崔瑗作《張衡墓志銘》，洪适云：『所傳墓志，皆漢人大隸。』此云始於晋日，蓋丘中之刻，當其時未露見也。周必大云：『銘墓三代已有之。』薛尚功《鐘鼎款識》十六卷載唐開元四年偃師耕者得比干墓銅盤篆文，云：『右林左泉，後岡前道。萬世之靈，兹焉是寳。』然則銘墓三代時已有之矣。晋隱士趙逸曰：『生時中庸人耳，及死也，碑文墓志必窮天地之大德，盡生民之能事。爲君共堯、舜連衡，爲臣與伊、皋等迹。牧民之臣，浮虎慕其清塵。執法之吏，埋輪謝其梗直。所謂生爲盗跖，死爲夷、齊。妄言傷正，華詞損實。』《文章緣起》陳注。

志者記也。銘者名也。古人之有德善功烈可名於世，歿則後人爲之鑄器以銘，而俾傳於無窮，若《蔡中郎集》所載《朱公叔鼎銘》是也。至漢杜子夏始勒文埋墓側，遂有墓志。後人因之。蓋於葬時述其人世系、名字、爵里、行治、壽年、卒葬日月，與其子孫之大略，勒石加蓋，埋於壙前三尺之地，以爲异時陵谷變遷之防，而謂之志銘，其用意深遠而於古意無害也。迨夫末流，乃有假手文士，以謂可以信今而傳後，而潤飾大過者亦往往有之，則其文雖同，而意斯异矣。《文章緣起》方熊補注。

石志不出禮典，起宋元嘉顔延之爲《王琳石志》。《文選》李善注引吴均《齊春秋》載王倹説。

行狀

狀者貌也，體貌本原，取其事實。先賢表謚，并有行狀，狀之大者也。《文心・書記》。

三代時誄而謚，於遣之日讀之。後世誄文傷寒暑之退襲，悲霜露之飄零，巧於序悲，易入新切而已。交游之誄，實同哀辭，后妃之誄，無异哀策，誄之本意盡失，而讀誄賜謚之典亦廢矣。至典午之時，始有行狀，綜述生平行迹，上之於朝，以請謚。任彦昇《齊竟陵文宣王行狀》，所謂易名之典，請遵前烈。故《文心》以狀爲表謚，則狀亦誄之流也。狀者上之朝廷，賜謚以爲飾終之典，亦付之史官立傳，以揚前烈之休。此唐李習之所以有百官行狀之奏也。江藩《炳燭室雜文・行狀説》。

漢丞相倉曹傅胡幹作《楊元伯行狀》。《文章緣起》。補注云：『先賢表謚，并有行狀，蓋具死者世系、名字、爵里、行治、壽年之詳，或牒考功太常，使議謚；或牒史館，請編録；或上作者，乞墓志碑表之類，皆用之。而其文多出於門生故吏親舊之手，以謂非此輩不能知也。』

吊文祭文

吊者至也。《詩》云『神之吊矣』，言神至也。君子令終定謚，事極理哀，故賓之慰主，以至到爲言也。壓溺乖道，所以不吊矣。又宋水鄭火，行人奉辭，國灾民亡，故同吊也。及晋築虒臺，齊襲燕城，史趙、蘇秦，翻賀爲吊，虐民構敵，亦亡之道。凡斯之例，吊之所設也。或驕貴而殞身，或狷忿以乖道，或有志而無時，或美才而兼累，追而慰之，并名爲吊。自賈誼浮湘，發憤吊屈，體周而事核，辭清而理哀，蓋首出之作也。及相如之吊二世，全爲賦體，桓譚以爲其言惻愴，讀者嘆息，乃卒章要切，斷而能悲也。揚雄吊屈，思積功寡，意深文略，故辭韵沉膇。班彪、蔡邕，并敏於致語，然影附賈氏，難爲并驅耳。胡、阮之吊夷、齊，褒而無聞。仲宣所制，譏呵實工。然則胡、阮嘉其清，王子傷其隘，各其志也。禰衡之吊平子，縟麗而輕清；陸機之吊魏武，序巧而文繁。降斯以下，未有可稱者矣。夫吊雖古義，而華詞未造，華過韵緩，則化而爲賦，固宜正義以繩理，昭德而塞違，割析褒貶，哀而有正，則無奪倫矣。《文心・哀吊》。禮之祭祀，事止告饗。而中代祭文，兼贊言行。祭而兼贊，蓋引神而作也。《文心・祝盟》。凡群言發華，而降神務實，修辭立誠，在於無愧，祈禱之式，必誠以敬，祭奠之楷，宜恭且哀，此其較大〔二〕也。班固之祀濛山，祈禱之誠敬也；潘岳之祭庾婦，奠祭之恭哀也。舉彙而求，昭然可鑒矣。同上。

〔二〕 據《文心雕龍》，作『大較』。

撰人第五

汪氏《理學權輿》臚舉撰人百三十家，於各家之下分隸所撰篇目，最便檢觀。而先後叙次之間，不無舛誤。今爲粗加訂正，篇目據仿宋胡刻本，二首已上者注明首數。凡撰人失其姓名，或真僞難明者，并附辨證，備考覽焉。

周

卜子夏（商）　《毛詩序》

屈　原（平）　《離騷經》、《九歌》六首、《九章》一首、《卜居》《漁父》

宋　玉　《風賦》《高唐賦》《神女賦》《登徒子好色賦》、《九辯》五首、《招魂》《對楚王問》

荆　軻　《歌》一首〔二〕

秦

李　斯　《上秦始皇書》

古　詞　《古樂府》三首、《古詩十九首》

〔二〕　據汪師韓《文選理學權輿》，作『《易水歌》』。

漢

高　帝　《歌》一首
武　帝　《詔》一首、《賢良詔》、《秋風辭》
賈　誼　《鵩鳥賦》《過秦論》《弔屈原文》
淮南小山　《招隱士》
韋　孟　《諷諫詩》
枚　叔（乘）　《七發》八首、《奏書諫吴王濞》、《重諫舉兵》
鄒　陽　《上書吴王》《於獄中上書自明》
司馬長卿（相如）　《子虚賦》《上林賦》《長門賦》《上疏諫獵》《喻巴蜀檄》《難蜀父老》《封禪文》
東方曼倩（朔）　《答客難》《非有先生論》
司馬子長（遷）　《報任少卿書》
李少卿（陵）　《與蘇武詩》三首、《答蘇武書》
蘇子卿（武）　詩四首
孔安國　《尚書序》
楊子幼（惲）　《報孫會宗書》
王子淵（褒）　《洞簫賦》《聖主得賢臣頌》《四子講德論》
揚子雲（雄）　《甘泉賦》《羽獵賦》《長楊賦》《解嘲》《趙充國頌》《劇秦美新論》
劉子駿（歆）　《移書讓太常博士》
班婕妤　《怨歌行》

後漢

班叔皮（彪）《北征賦》《王命論》

朱叔元（浮）《與彭寵書》

班孟堅（固）《兩都賦》《幽通賦》《答賓戲》《典引》《漢書·公孫弘傳贊》《漢書·述高祖紀贊》《述成紀贊》《述韓彭英盧吴傳贊》《封燕然山銘》

傅武仲（毅）《舞賦》

張平子（衡）《西京賦》《東京賦》《南都賦》《思玄賦》《歸田賦》、《四愁詩》四首

崔子玉（瑗）《座右銘》

馬季長（融）《長笛賦》

史孝山（岑）《出師頌》

王文考（延壽）《魯靈光殿賦》

蔡伯喈（邕）《郭林宗碑文》《陳仲弓碑文》

孔文舉（融）《薦禰衡表》《與曹公論盛孝章書》

禰正平（衡）《鸚鵡賦》

潘元茂（勖）《魏王九錫文》

阮元瑜（瑀）《爲曹公作書與孫權》

劉公幹（楨）《公宴詩》、《贈五官中郎將》四首、《贈徐幹》、《贈從弟》三首、《雜詩》一首

陳孔璋（琳）《答東阿王箋》《爲曹洪與魏文帝書》《爲袁紹檄豫州》《爲曹公檄吴將校部曲文》

應德璉（瑒）《侍五官中郎將建章臺集詩》

楊德祖（修）《答臨淄侯箋》

王仲宣（粲）《登樓賦》《公宴詩》《詠史詩》、《七哀詩》二首、《贈蔡子篤》《贈士孫文始》《贈文叔良》、《從軍詩》五首、

《雜詩》一首
繁休伯（欽）《與魏文帝箋》
曹大家（昭）《東征賦》

蜀漢

諸葛孔明（亮）《出師表》

魏

武　帝（操）《樂府》二首
文　帝（丕）《芙蓉池作》、《樂府》二首、《雜詩》二首、《與朝歌令吴質書》《與吴質書》《與鍾大理書》《典論·論文》
曹子建（植）《洛神賦》《上責躬詩》《應詔》《公宴詩》、《送應氏詩》二首、《三良詩》《七哀詩》《贈徐幹》《贈丁儀》《贈王粲》《又贈丁儀王粲》《贈白馬王彪》《贈丁廙》、《樂府》四首、《朔風詩》、《雜詩》六首、《情詩》、《七啓》八首、《求自試表》《求通親表》《與楊德祖書》《與吴季重書》《王仲宣誄》
吴季重（質）《答魏太子箋》《在元城與魏太子箋》《答東阿王書》
繆熙伯（襲）《挽歌》
應休璉（璩）《百一詩》《與滿公琰書》《與侍郎曹長思書》《與廣川長岑文瑜書》《與從弟君苗君胄書》
李蕭遠（康）《運命論》
曹元首（冏）《六代論》
何平叔（晏）《景福殿賦》
嵇叔夜（康）《琴賦》《幽憤詩》《贈秀才入軍》《雜詩》《與山巨源绝交書》《養生論》
阮嗣宗（籍）《咏懷詩》十七首、《爲鄭冲勸晋王箋》《奏記詣蔣公》

鍾士季（會）　《檄蜀文》

吳

韋弘嗣（昭）　《博弈論》

晉

應吉甫（貞）　《晉武帝華林園集詩》
傅休奕（玄）　《雜詩》
羊叔子（祜）　《讓開府表》
皇甫士安（謐）　《三都賦序》
趙景真（至）　《與嵇茂齊書》（當改題《吕仲悌與嵇康書》）
杜元凱（預）　《春秋經傳集解序》〔二〕
棗道彦（據）　《雜詩》
成公子安（綏）　《嘯賦》
向子期（秀）　《思舊賦》
劉伯倫（伶）　《酒德頌》
夏侯孝若（湛）　《東方朔畫像贊》
傅長虞（咸）　《贈何劭王濟》
孫子荆（楚）　《征西官屬送於陟陽侯作詩》《爲石仲容與孫皓書》

〔二〕 據汪師韓《文選理學權輿》，作『《左氏傳序》』。

張茂先（華）《鷦鷯賦》《勵志詩》《答何劭》二首、《雜詩》《情詩》二首、《女史箴》

潘安仁（岳）《藉田賦》《射雉賦》《西征賦》《秋興賦》《閑居賦》《懷舊賦》《寡婦賦》《笙賦》《關中詩》《金谷集作詩》《悼亡詩》三首、《爲賈謐作贈陸機》《河陽縣作》《在懷縣作》二首、《楊荆州誄》《楊仲武誄》《夏侯常侍誄》《馬汧督誄》《哀永逝文》

何敬祖（劭）《游仙詩》《贈張華》《雜詩》

石季倫（崇）《王明君辭》《思歸引序》

張孟陽（載）《七哀詩》二首、《擬四愁詩》《劍閣銘》

陸士衡（機）《嘆逝賦》《文賦》《皇太子宴玄圃宣猷堂有令賦詩》《招隱詩》《贈馮文羆遷斥丘令詩》《答賈謐詩》《於承明作與士龍》《贈尚書郎顧彦先》二首、《贈交趾太守顧公真》《贈從兄車騎》《答張士然詩》《爲顧彦先贈婦》二首、《贈馮文羆》《又贈弟士龍》《赴洛》二首、《赴洛道中作》二首、《爲吴王郎中時從梁陳作》《樂府》十七首、《挽歌》三首、《園葵詩》《擬古詩》十二首、《謝平原内史表》《豪士賦序》《漢高祖功臣頌》《辨亡論》《五等諸侯論》《演連珠》五十首、《弔魏武帝文》

陸士龍（雲）《大將軍宴會被命作詩》《爲顧彦先贈婦》二首、《答兄機》《答張士然》

司馬紹統（彪）《贈山濤》

張景陽（協）《詠史》《雜詩》《七命》八首

潘正叔（尼）《出爲吴王郎中令》《贈陸機》《贈河陽詩》《贈侍御史王元貺》《迎大駕》

左太冲（思）《三都賦序》《蜀都賦》《吴都賦》《魏都賦》《詠史詩》八首、《招隱詩》二首、《雜詩》

張士然（悛）《爲吴令謝詢求爲諸孫置守冢人表》

李令伯（密）《陳情表》

曹顔遠（攄）《思友人詩》《感舊詩》

王正長（讚〔二〕）《雜詩》

〔二〕據汪師韓《文選理學權輿》，作『瓚』。

歐陽堅石（建）《臨終詩》

郭泰機《答傅咸》

木玄虛（華）《海賦》

劉越石（琨）《答盧諶》《重贈盧諶》《扶風歌》《勸進表》

郭景純（璞）《江賦》、《游仙詩》七首

庾元規（亮）《讓中書監表》〔二〕

盧子諒（諶）《覽古》《贈劉琨》《贈崔温》《答魏子悌》《時興詩》

袁彦伯（宏）《三國名臣序贊》

干令升（寶）《晋武帝革命論》《晋紀總論》

桓玄子（温）《薦譙元彦表》

孫興公（綽）《天台山賦》

束廣微（晳）《補亡詩》六首

張季鷹（翰）《雜詩》

殷仲文《南州桓公九井作》《自解表》

謝叔源（混）《游西池》

王康琚《反招隱》

陶淵明（潛）《始作鎮軍參軍經曲阿作》《辛丑歲七月赴假還江陵夜行塗口作》《挽歌》《雜詩》二首、《咏貧士》《讀山海經》《擬古詩》《歸去來》

〔二〕據汪師韓《文選理學權輿》，作『《讓中書令表》』。

宋

謝宣遠（瞻）《九日從宋公戲馬臺送孔令》《王撫軍庾西陽集别作詩》《張子房詩》《答靈運》《於安城答靈運》

傅季友（亮）《爲宋公修張良廟教》《修楚元王廟[一]教》《爲宋公至洛陽謁五陵表》《爲宋公求加贈劉前將軍表》

謝惠連　《雪賦》《泛湖出樓中玩月》《秋懷》《西陵遇風獻康樂》《七月七日夜咏牛女》《擣衣》《祭古冢文》

范蔚宗（曄）《樂游應詔》《後漢書・皇后紀論》《二十八將論》《宦者傳論》《逸民傳論》《後漢光武紀贊》

袁陽源（淑）《仿白馬篇》《仿古詩》

颜延年（延之）《赭白馬賦》《應詔曲水宴詩》《皇太子釋奠會詩》《秋胡詩》《五君咏》五首、《應詔觀北湖田收》《車駕幸京口侍游蒜山作》《車駕幸京口三月三日侍游曲阿後湖詩》《拜陵廟作》《贈王太常》《夏夜呈從兄散騎車長沙》《直東宫答鄭尚書》《和謝監靈運》《北使洛》《始安郡還都與張湘州登巴陵城樓作》《宋郊祀歌》二首、《三月三日曲水詩序》《陽給事誄》《陶徵士誄》《宋文元皇后哀策文》《祭屈原文》

謝希逸（莊）《月賦》《宋孝武宣貴妃誄》

鮑明遠（照）《蕪城賦》《舞鶴賦》《咏史》《行藥至城東橋》《還都道中作》《樂府》八首、《數詩》《玩月城西門廨中》《擬古詩》三首、《學劉公幹體》《代君子有所思》

劉休玄（鑠）《擬古詩》二首

王僧達　《答颜延年》《和琅邪王依古》《祭颜光禄文》

王景玄（微）《雜詩》

[一] 據汪師韓《文選理學權輿》，作『墓』。

齊

王仲寶（儉）《褚淵碑文》

王元長（融）《永明九年策秀才文》五首、《永明十一年策秀才文》五首、《三月三日曲水詩序》

謝玄暉（朓）《新亭渚别范零陵》《游東田》《同謝諮議銅雀台》《郡内高齋閑坐》《答吕法曹》《在郡卧病呈沈尚書》《暫使下都夜發新林至京邑贈西府同僚》《酬王晉安》《之宣城出新林浦向板橋》《敬亭山》《休沐重還道中》《晚登三山還望京邑》《京路夜發》《鼓吹曲》《始出尚書省》《直中書省》《觀潮〔一〕雨》《郡内登望》《和伏武昌登孫權故城》《和王著作八公山詩》《和徐都曹詩》《和王主簿怨情》《拜中軍記室辭隨王箋》《齊敬皇后哀策文》

陸韓卿（厥）《奉答内兄希叔》《中山王孺子妾歌》

孔德璋（稚珪）《北山移文》

梁

范彦龍（雲）《贈張徐州》《古意贈王中書》《效古詩》

江文通（淹）《恨賦》《别賦》《從建平王登廬山香鑪峰》《望荆山》《雜體詩》三十首、《詣建平王上書》

任彦昇（昉）《出郡傳舍哭范僕射》《贈郭桐廬》《爲宣德皇后勸進梁公令》《天監三年策秀才文》三首、《爲齊明帝讓宣城郡公表》《爲范尚書讓吏部封侯第一表》《爲蕭揚州薦士表》《爲褚諮議蓁讓代兄襲封表》《爲范始興作求立太宰碑表》《奉答敕示七夕詩啓》《爲卞彬謝修卞貞忠墓啓》《上蕭太傅固辭奪禮啓》《奏彈曹景宗》《奏彈劉整》《到大司馬記室箋》《爲百辟勸進今上箋》《王文憲集序》《劉先生夫人墓志》《齊竟陵文宣王行狀》

邱希範（遲）《侍宴樂游苑》《送張徐州應詔》《旦發漁浦潭》《爲吕僧珍與陳伯之書》

〔一〕據汪師韓《文選理學權輿》，作「朝」。

沈休文（約）《應詔樂游餞呂僧珍》《别范安成》《鍾山詩應西陽王教》《宿東園》《游沈道士館》《早發定山》《新安江水至清淺見底貽京邑游好》《和謝宣城詩》《應王中丞思遠咏月》《冬節後至丞相第詣世子車中作》《直學省愁臥》《咏湖中雁》《三月三日率爾作》《奏彈王源》《宋書・謝靈運傳論》《恩幸傳論》《齊安陸昭王碑文》

王簡栖《頭陀寺碑文》

虞子陽（羲）《咏霍將軍北伐》

劉孝標（峻）《重答劉秣陵沼書》《辨命論》《廣绝交論》

陸佐公（倕）《石闕銘》《新刻漏銘》

徐敬業（悱）《古意酬到長史溉登琅邪城》

《古樂府》三首、《古詩十九首》，昭明不題撰人。善注亦云：『言古詩，蓋不知作者姓氏。』今案《古樂府》之《飲馬長城窟》《傷歌行》二首，《玉臺新咏》一題爲蔡邕作，一題爲魏明帝《樂府詩》，而無結二句。《十九首》之《孤竹》一篇，《文心・明詩》以爲傅毅之詞。又曰：『古詩佳麗，或稱枚叔。』孝穆撰詩，亦録《行行重行行》《青青河畔草》《西北有高樓》《涉江采芙蓉》《庭中有奇樹》《迢迢牽牛星》《東城高且長》《明月何皎皎》八首，題爲乘作。先後次第與《文選》异。鍾嶸《詩品》又謂《去者日以疏》《客從遠方來》二首，舊疑建安中陳思王所製。合而觀之，計此二十二首之作，可得主名者十有三篇。然《西北有高樓》，據《洛陽伽藍記》四以此樓爲西明門外之西北高樓，則楊衒之不以爲枚乘作也。此外主名難詳，而其作於何時，猶約略可知者，則《青青陵上柏》《驅車上東門》《凜凜歲云暮》三首，當爲東都之辭。前詩云『游戲宛與洛』，善注：『《漢書》南陽郡有宛縣，洛東都也。』案張平子《南都賦》注引摯虞曰：『南陽郡治宛，在京之南，故曰南郡[一]。』《南郡賦》曰：『夫南陽者，真所謂漢之舊都者也。』詩以宛洛并言，明在東漢之世。次詩云『驅車上東門』，阮嗣宗《咏懷詩》注引《河南郡圖經》曰：『東有三門，最北頭有[二]上東門。』案此東都城門名也，故疑爲東漢人之辭。末詩云『錦衾遺洛浦』，準以篇中地名，顯然知爲東漢之作也。《明月皎夜光》《孟冬寒氣至》二首，據詩中稱引節序，則宜在太初未改曆以前。前詩云『玉衡指孟冬』，而上云『促織』，下云『秋蟬』，是此孟冬正夏正之孟秋。若在改曆以還，稱節序

[一] 據《文選》李善注，作『都』。
[二] 據《文選》李善注，作『曰』。

者不應如此。後詩云『涼風率已厲』。涼風之至，候在孟秋，《月令》：孟秋之月，涼風至。而此云歲暮，亦是太初以前之詞也。大抵古詩眇邈，人世難詳，彦和渾言兩漢之制，不爲膠執之詞，其鑒審矣。休文又言：『凡樂章古詞，今之存者，并漢世街陌謡謳也。』此則《十九首》中雖有主名，亦屬閭里相傳之什，正不必拘泥其人，疑以傳疑可也。

《文選》撰人有僞托者。昭明以其文傳頌自古，循例登録。後來攻詰，以爲口實。然以文論，固宜存也。今彙辨之。

一、司馬長卿《長門賦》

顧寧人曰：『相如以元狩五年卒，安得言孝武皇帝？』何屺瞻曰：『此後人所擬，非相如作。其辭細麗，蓋張平子之流也。』案謂之細麗，則非。《南齊書·陸厥傳》：『《長門》《上林》，殆非一家之賦。』梁茝林曰：濟注五臣：陳皇后復得親幸，按諸史傳并無此文。《史記索隱》十四云：『相如作頌以奏，皇后復親幸。作頌有之，復親幸恐非實。』顧氏炎武曰：『陳后復幸云云，正如馬融《長笛賦》所云「屈平適樂國，介推還受禄」也。』《藝文類聚》引《漢書》曰：『武帝陳皇后爲妒，别在長門宫。司馬相如作賦，皇后復親幸。』此不知所據何本。《黄滔集》有陳皇后因賦復寵賦云：『已無行[二]雨之期，空懸夢寐；終自凌雲之製，能致烟霄。』蓋唐人皆以爲實有此事矣。

二、李少卿《與蘇武詩》　蘇子卿《古詩》

顔延年《庭誥》曰：『李陵衆作，總雜不類，殆是假托，非盡陵制。至其善篇，有足悲者。摯虞《文論》足稱優洽。』《御覽》五百八十六引。蘇子瞻《答劉沔書》曰：『李陵、蘇武贈别長安詩，有江漢之語，而蕭統不悟。』洪容齋曰：『盈爲惠帝諱，漢法觸諱有罪，不應陵敢用。東坡云，後人所擬，可信也。』案韋孟《諷諫》曰：『實絶我邦。』亦漢詩也，豈亦後人所擬邪？擬不擬不當以此定之。翁覃溪曰：『自昔相傳蘇、李河梁贈别之詩，蘇武四章，李陵三章，皆載昭明《文選》。然《文選》題云《蘇子卿古詩》四首，不言與李陵别也。李詩則明題曰《李少卿與蘇武詩》三首，而其中有「携手上河梁」之語，所以後人相傳爲蘇、李河梁贈别之作。今[三]即以此三詩論之，皆與蘇、李當日情事不切。史載陵與武别，陵起舞作歌。「徑萬里兮」五句，此當日真詩也，何嘗有携手上河梁之事。

[二] 據黄滔《陳皇后因賦複寵賦》，作『爲』。
[三] 據翁方綱《復初齋文集》，『今』作『然而』。

即以河梁一首言之，其曰「安知非日月，弦望自有時」，此謂離別之後或尚可冀其會合耳。不思武既南歸，即〔一〕無再北之理，而陵云「丈夫不能再辱」，亦自知決無還漢之期，此則日月弦望爲虚詞〔二〕矣。又云「嘉會難再遇，三載爲千秋」。蘇、李二子之留匈奴皆在天漢初年，其相別則在始元五年，是二子同居者十八九年之久矣，安得僅云三載嘉會乎？就此〔三〕三首，其明題爲〔四〕蘇武者，而語意尚不合如此，況蘇四詩之全不與李相涉乎？藝林相傳蘇、李河梁之別，蓋因李詩有「携手河梁」之句，可謂言情叙別之故實。猶之《許彦周詩話》云「燕燕于飛一篇，爲千古送行詩之祖也」，而蘇、李遠在异域，猶〔五〕動文人感激之懷，故魏晋以後，遂有擬作〔六〕《李陵答蘇武書》者。若準本傳歲月證之，皆有所不合。而詞場口熟，亦不必一一細繩之矣。』今案『昔爲鴛與鴦，今爲參與辰』一首，《初學記·離別部》引此詩誤作《李陵贈蘇武》。《古文苑》别有《蘇武答李陵》一首，中有『雙鳧俱北飛』四句，《初學記》引亦誤作《李陵答蘇武》。又按蘇、李古詩，後人疑之者多。《古文苑》所載李陵詩成篇者六，又佚句六，《文選注》皆屢引之。此外如《三良詩》注及《安陸王碑》注并引李陵詩曰：『嚴父潛長夜，慈母去中堂。』《王明君辭》注引李陵詩曰：『行行且自割，無令五内傷。』陸士衡《擬古詩》注引李陵詩曰：『招摇西北馳，天漢東南流。』江文通《雜體詩》注引李陵詩曰：『何以慰我心？』《與孫皓書》注及《檄豫州》注并引李陵詩曰：『幸托不肖軀，且當猛虎步。』皆《古文苑》所未載，不知從何處采取。姑附輯於此。

三、李少卿《答蘇武書》

劉子玄曰：『詞采壯麗，音調流靡。觀其文體不類西漢人，殆後來所爲，假稱陵作。』蘇子瞻曰：『辭句儇淺，正齊梁間小兒所擬作，決非西漢人。』梅鼎祚曰：『《漢書》云陵在海上説武曰：「來時太夫人已不幸，陵送葬至陽陵。子卿婦年少，聞已更嫁矣。」武在匈奴，胡婦産一子通國。今書中所云「老母終堂，生妻去帷」，又云「足下胤子無恙」，指此也。昭帝立，令陵故人任立政等使匈奴招陵，陵自循其髮曰：「吾已胡服矣，大丈夫不能再辱。」在匈奴二十餘年，亦無蘇武書令歸漢之語。大略陵與武相往反書，其事意多緣

〔一〕據翁方綱《復初齋文集》，作「而」。
〔二〕據翁方綱《復初齋文集》，作「言」。
〔三〕據翁方綱《復初齋文集》，「此」作「李詩」。
〔四〕據翁方綱《復初齋文集》，「其明題爲」作「其題明出與」。
〔五〕據翁方綱《復初齋文集》，作「尤」。
〔六〕據翁方綱《復初齋文集》，「遂有擬作」作「往往擬托」。

本李陵、蘇武二傳及司馬遷《任少卿書》而爲之耳。而武與陵書尤膚謭。』按數語搜出作僞之根據，所見卓矣。儲同人曰：『李陵《答蘇武書》，前叙己功，後憤漢薄，哀怨靡靡，東坡斥爲僞作，良然。大抵古人文字當想之於神氣骨力之間，則真僞立辨。更以時代參之，百不失一矣。西漢文雖麗如鄒、枚，質幹蒼厚，時代然也。此文流麗反不如鄒、枚之俳，而的然知其爲僞者，其神氣骨力非也。僞爲之者，蘇公謂齊梁間人。余謂齊梁浮脆已極，又不能到此，當是東漢魏晋間人爲之，亦於神氣骨力定其時代耳。』何屺瞻曰：『似亦建安才人之作，若西京斷乎無是。即自從初降一段，便似子卿從未悉其降北事者，其爲擬托何疑？「當享茅土之薦」，蔡邕《獨斷》云「漢興惟王子當享茅土之薦」，故是後人語也。況漢法非軍功不侯，丞相封侯，始自公孫，夷之恩澤，博望裂土，事由導軍。「茅土」「千乘」之云，雅殊事實。燕王上書亦以楊敞無勞爲搜粟都尉相提言之。可知武雖守節，無緣得侯。自唐以後，承用多誤。若夫定陵之侯，乃出亂政，不容相難也。』章實齋曰：『李陵《答蘇武書》，自劉知幾後，衆口一辭，以爲僞作。以理推之，僞者何所取乎？當是南北朝有南人羈北，而事類李陵，不忍明言者，擬此書以見志耳。』按此太拘泥，文人涉筆擬古，本關結習，豈必身世相類耶？翁覃溪曰：『李陵《答蘇武書》，後人謂非陵作，又云司馬遷代作。今按其文排蕩感慨，與西京風氣迥別，是故[一]不待言。抑又有説者，中間一段叙戰事極詳。按武在匈奴十九年，常與陵往來，其敗其降，先後原委，豈有不洞然胸中者，乃必待前書未盡，始復暢所懷乎？陵在匈奴，雖痛漢之負己，然觀其與武飲酒，自謂罪通於天。及置酒賀武，惟自痛不能類武。比立政等至匈奴招陵，陵止以再辱爲懼，未有它語。豈在匈奴時反無一語及漢之過，而於書中必相責望耶？且陵即怨漢，不過及武帝一身，與諸帝何與？而乃稱引韓、彭諸往事，雖當盛怒，然亦曾臣漢，何至絶棄一至於此乎？揣陵之心，其將欲以此速子卿之禍歟？況漢之族陵家，本以陵教單于爲兵備漢故耳，非因其降也。今謂厚誅陵以不死，亦與本事相乖，此時田千秋爲丞相，桑弘[二]羊爲御史大夫，霍子孟、上官少叔用事；霍與上官故善陵，烏睹所謂妨功害能之臣盡爲萬户侯，親戚貪佞之類悉爲廊廟宰者哉？況武與陵稱夙善，楊惲以南山詩句貽孫會宗，遂至大戮，而會宗亦坐免官。今連篇怨望，萬里相贈，其誰不知？幼主在上，可爲寒心，武獨不一思乎？是此書必不作於西漢。若作於西漢時，吾知子卿得書，且投之水火，泯其踪迹，必不得[三]至今日矣。第前後布置，於當日情事段段取用，此正作者善以假爲真處。故自昭明《選》後，鮮不以爲陵作，

[一] 據翁方綱《復初齋文集》，作『固』。
[二] 據翁方綱《復初齋文集》，作『宏』。
[三] 據翁方綱《復初齋文集》，作『傳』。

而卒難取〔一〕諸千百年〔二〕後也。至以此爲司馬代之辨白，此又非也。子長於陵事於任少卿〔三〕一書痛自稱〔四〕述，不必再爲剖〔五〕白。況被刑以後，此事亦不復深言。作《李陵傳》草草點次便止，今復撰此書，其意何居？將示時人乎？則一之爲甚，不得復自招尤，將示後人乎？取擬筆之書貽之千百年後，信不信未可知，何益之有？或云六朝高手所爲，想是明眼也。」

今按上列諸説，有推測當日情事以證知此篇之僞者，翁言是也。有依據本篇之辭以證其僞者，何屺瞻是也。觀《陵傳》，任立政至匈奴招陵，達言且爲不易，縱有此書，誰爲致之？此亦情事之顯然者。少卿痛其家以李緒而誅，使人刺緒，則其怨當有所屬，責漢薄恩之言，必不肯出諸口矣。又《武傳》載上官桀子安與大將軍霍光争權，疏光過失，言蘇武在匈奴二十年不降，還乃爲典屬國，大將軍長史無功勞爲搜粟都尉。書中『聞子之歸』一節，殆即從此化出，少卿安得見桀、安之疏耶？至自叙戰功一段，從『昔先帝授陵步卒五千』至『泣血也』，詞意節奏，純襲子長《報任少卿書》叙陵事。『足下又云漢與功臣不薄』至『痛心哉』一段，詞意又襲《報少卿書》叙漢事。其前幅『每一念』至『輒復苟活』數行，又襲《報少卿書》自叙隱忍苟活一事，後幅『誰復能屈身稽顙』數語，又自《史記·李將軍傳》『終不能復對刀筆之吏』一語化來。少卿豈能見子長書與《李將軍傳》耶？此據本篇之辭證之，作僞之迹更較然矣。『五將失道』，李善注『時無五將』，未審陵書之誤，而武紀略之，按此亦作僞者之失檢也。再就文體言之，此篇多偶句，率以四字成讀，西漢時文體不爾。章法清晰，多用頓筆以畫段落，文勢亦淋漓恣肆，少停蓄之致，舉非爾時所有。至於詞采之壯麗，西京風格又無是也。義門斷爲建安才人之作，可云巨眼。建安之文氣健詞麗，而陳孔璋微傷繁富。師説此篇頗類孔璋手筆，是也。子瞻以爲齊梁人作，無論文體不類，抑觀江文通《上建平王書》，已用『少卿捶心』之語，果出齊梁，文通豈以時流語作典故哉？

《太平御覽》四百八十九引此篇謂出《李陵别傳》。詳别傳之體盛於漢末，亦非西漢所有也。西漢人有别傳者，惟東方朔及陵，皆後人所爲。

此書以外，《藝文類聚》《文選注》及《北堂書鈔》《御覽》，又載李陵《與蘇武書》、蘇武《答李陵書》，皆麗辭。恐蘇、李往復諸書，未必出自一時，作於一手也。姑附輯於此。《藝文類聚》卷三十載李陵《與蘇武書》云：『子卿名聲冠於圖籍，分義光於二國，形

〔一〕據翁方綱《復初齋文集》，作『欺』。
〔二〕據翁方綱《復初齋文集》，作『世』。
〔三〕據翁方綱《復初齋文集》，『少卿』作『益州』。
〔四〕據翁方綱《復初齋文集》，作『陳』。
〔五〕據翁方綱《復初齋文集》，作『明』。

影表於丹青，爵禄傳於王室，家獲無窮之寵，永明白於千載。夫行志志立，求仁得仁，雖遭困厄，死而後已，將何恨哉！陵前提步卒五千，深入匈奴右地三千餘里，雖身降名辱，下計其功，豈不足以免老母之命耶？嗟乎子卿！世事謬矣！功者福主，今爲禍先。忠者義本，今爲重患。是以彭、蠡赴流，屈原沉身，子欲居九夷，此不由感怨之志耶？行矣子卿！恩若一體，分爲二朝，悠悠永絶，何可爲思？人殊俗异，死生斷绝，何由復達！』按此所載恐非全文。《文選》本篇注尚有李陵前《與蘇子卿書》云：『陵前爲子卿死之計所以然者，冀其驅醜虜，翻然南馳，故且屈而求伸。若將不死，功成事立，則上報厚恩，下顯祖考之明也。』又《西征賦》注及《責躬詩》注并引李陵《與蘇武書》云：『言爲瑕穢，動增泥滓。』又《責躬詩》注及《燕然山銘》注并引李陵《與蘇武書》云：『雷鼓動天，朱旗翳日。』又張茂先詩注、繁休伯箋注并引李陵《與蘇武書》云：『陵自有識以來，士之立操，未有如子卿者也。』又《孫子荆書》注引李陵《與蘇武書》云：『陵當謂單于畜兵養士，循先將軍之令，將飲馬河洛，收珠南海。』此皆《藝文類聚》所未收。惟《郭有道碑文》注引李陵書曰：『策名於清時。』則『書』字爲『詩』字之誤。此五字見《古文苑》所載李陵《贈别詩》第六首之末。《薦禰衡表》注引作詩，尚不誤。《藝文類聚》卷三十八[一]載蘇武《報李陵書》云：『曩以人乏，奉使方外。至使遐夷作逆，封豕造悖，豺狼出爪，摧辱王命。身幽於無人之處，迹戢於胡塞之地。歃朝露以爲飲，茹田鼠以爲糧，窮目極望，不見所識。側耳遠聽，不聞人聲。當此之時，生不足甘，死不足惡。所以忍困强存，徒念忠義。雖誘僕以隆爵厚寵，萬金之利，不以滑其慮也。迫以白刃在頸，鐵[二]鑕在喉，不以動其心也。何則？志定於不回，期誓於没命。幸賴聖明遠垂拯贖。每念足下才爲世英，器爲時出。語曰：「夜行被綉，不足爲榮。」况於家室孤滅，棄在絶域，衣則异制，食味不均，棄捐功名，雖尚視息，與亡無异。向使君服節死難，書功竹帛，傳名千代，茅土之封，永在不朽，不亦休哉！嗟乎李卿！事已去矣，失之毫厘，差之千里，將復何言？所貺重遺，義當順承。本爲一體，今爲异俗。余歸漢室，子留彼國。臣無境外之交，故不當受。乖離邈矣，相見未期。國别俗殊，死生隔绝。代[三]馬越鳥，能不依依。謹奉答報，并還所贈。』按《文選·答盧諶詩》注、《邱希範書》注、《三國名臣序贊》注并引蘇武《答李陵書》云『每念足下才爲世生，器爲時出』云云，即此書也。又《海賦》注引蘇武《答李陵書》云：『雖乘雲附景不足以比速，晨凫失群不足以喻疾。』又《博弈論》注引蘇武《答李陵書》云：『其於學人皆如鳳如龍。』又《北堂書鈔》卷一百十七引蘇武《答李陵書》云：『當子鋭氣深入之時，朝發夕息，數千萬里，雖乘風附景，不足擬其迅也。』又《太平御覽》卷九百十九引蘇武《與李陵書》云：『乘雲附景不足以譬速，晨凫失群不足以喻疾，豈

[一] 據《藝文類聚》，此處應爲『卷三十』。
[二] 據《藝文類聚》，作『鈇』。
[三] 據《藝文類聚》，作『岱』。

可因歸雁以運糧，托景風以餉軍哉？』又《文選》張景陽《雜詩》注引《蘇武書》云：『「越人衣文蛇，代馬依北風。」君子於其國也，愴愴傷於心。』亦皆《藝文類聚》所未收。

四、孔安國《尚書序》

此東晋梅賾所上《僞孔安國序》也。宋元以來，諸儒所辨，詳於各書，而清閻氏若璩《古文尚書疏證》、惠氏棟《古文尚書考》考論尤審。雖毛奇齡作《古文尚書冤詞》，其第七曰『書序之冤』，終不能强詞奪也。僞古文作者，或言王肅，或曰鄭冲。據《釋文序録》云王肅亦注今文，謂二十九篇之本。而解大與古文相類。或肅私見古文而秘之乎？則今本《尚書》傳有與王肅大同者。又自馬季長疑今文《太誓》，王肅承之，亦云《太誓》後得，非其本經，故僞古文遂别造三篇，是則疑王肅所作，其言近是。序文辭采淵美，亦與《家語序》文體相似。中如『睹史』二句，『芟夷』四句，『以闡大猷』句，『研精覃思』至『有補於將來』，文皆不似西漢。排僞書者以爲俗，則又非也。

五、趙景真《與嵇茂齊書》

李善注《嵇紹集》曰：『「趙景真《與從兄茂齊書》」，時人誤謂吕仲悌《與先君書》，故具列本末。趙至字景真，代郡人。州辟遼東從事。從兄太子舍人蕃字茂齊，與至同年相親。至始詣遼東時，作此書與茂齊。』干寶《晋紀》以爲吕安與嵇康書。二説不同，故題云景真而書曰安。』

按《文選·思舊賦》注引干寶《晋書》，太祖徙吕安遠郡，遺書與康，『昔李叟入秦，及關而嘆』云云。太祖惡之，追收下獄。康理之，俱死。臧榮緒《晋書》亦云：『安妻甚美，兄巽報之，内慚，誣安不孝，啓太祖徙安遠郡，即路與康書。太祖見而惡之，收安付廷尉，與康俱死。』又《魏氏春秋》言安亦至烈，有濟世志力。證以書中平滌九區、恢維宇宙之議，干生之言爲得其實。紹以父與安同誅，懼時所疾，故移此書於趙景真也。再就此書細勘之，曰『夫以嘉遯之舉，猶懷戀恨，况乎不得已者哉？』如景真歸就州辟，未即爲不得已也。又曰『常恐風波潜駭，危機密發』，非安不得爲此言也。又曰『北土之性難以托根』，景真乃代郡人，豈得云北土難以托根耶？又曰『若乃顧影中原，憤氣雲踊，躡崑崙使西倒，蹋太山令東覆』云云。叔夜與魏宗室爲婚，本書《恨賦》注引王隱《晋書》曰：『康妻，魏武帝孫穆王林女也。』而又性烈才俊，當司馬秉政之日，乃心魏室，未嘗或忘。《晋書》載鍾會譖康，欲助毌丘儉，賴山濤不聽。《魏志》注引《世語》曰：『毌丘儉反，康有力，且欲起兵應之，以問山濤。濤曰：「不可。」儉亦已敗。』徵之此文而益信矣。惟『吾子植根芳苑』一節，不似叔夜生平，無以詳知也。然叔夜本高門，姬侍蓋亦所有，未足爲病。且其竺信導養，以安期、彭祖爲可求，然則弄姿房帷，信有之乎。更觀『酒色令人枯』之篇，是又與荒淫者异趣矣。書末云：『各敬爾儀，敦履樸〔二〕沈。』此堅其乃心王室也。假使景真所作，何乃與嵇、吕往還相類若斯耶？

〔二〕據房玄齡《晋書》，作『璞』。

撰人事迹生卒著述考第六

自唐常寶鼎之書既亡，清周松靄嘗撰《選材録》補之。顧其書偶緣消夏，抄撮以成，未爲盡善。夫尚論古人之文，而於其生平事實茫然不考，則知人論世之義廢矣。又唐以前之文，文章與學術猶未判分，論其文而不詳其著述，則李文饒以《文選》不根藝實，誠不免如所譏矣。二者固無一而可。今援斯義，最録此編。凡撰人名字、爵里及著作之意，李注已詳。事實、著述，則諸史傳志具在。兹編但標目録，庶便學者檢尋爾。著述不載出處者，悉據嚴《全文》小傳。

周

卜子夏（商）　見《史記·仲尼弟子列傳》（衛人，周敬王十三年甲午生）。《喪服經傳》《詩小序》（與毛公合作）、《爾雅》（補周公作）、《易傳》（見李鼎祚《周易集解》）。

屈原（平）　見《史記》本傳（楚之同姓人，楚宣王二十七戊寅生）。賦二十五篇（《漢志》）。

宋玉　附見《史記·屈原傳》。《漢書·藝文志》本注（楚人）。賦十六篇（《漢志》）、集三卷（《隋志》）。

荆軻　見《史記·刺客傳》（其先齊人，徙於衛，衛人謂之慶卿，之燕，燕人謂之荆卿）。

秦

李斯　見《史記》本傳（楚上蔡人）。《蒼頡篇》上七章（《漢志》）、秦刻石（《始皇本紀》）。

漢

高帝　見《史記》《漢書》本紀（沛豐邑人，秦莊襄王三甲寅生，漢高祖十二丙午卒，年五十三）。傳十三篇（《漢志·儒家》）。

武帝　見《史記》《漢書》本紀（文帝後七甲申生，武帝後元二甲午卒，年七十一）。賦二篇（《漢志》）、集二卷（《隋志》）。

賈誼　見《史記》《漢書》本傳（洛陽人，漢高祖七辛丑生，文帝十二癸酉卒，年三十三）。《賈誼》五十八篇、賦七篇（《漢志》）、《賈子》十卷、集四卷（《隋志》）。

淮南小山　淮南王安客，失其姓名。

韋孟　附見《漢書·韋賢傳》（魯國鄒人）。

枚叔（乘）　見《漢書》本傳（淮陰人，漢景帝後元三庚子卒）。賦九篇（《漢志》）、集二卷（《隋志》）。

鄒陽　見《史記》《漢書》本傳（齊人）。

司馬長卿（相如）　見《史記》《漢書》本傳（蜀郡成都人，漢文帝初年生，武帝元狩五癸亥卒，年六十餘）。《凡將》一篇、賦二十九篇（《漢志》）、集二卷（《隋志》）。

東方曼倩（朔）　見《史記·滑稽傳》、《漢書》本傳（平原厭次人）。《七諫》（《楚辭》）、集二卷（《隋志》）。

司馬子長（遷）　見《史記·太史公自序》、《漢書》本傳（龍門人，漢景帝中元五丙申生，年六十餘）。太史公百三十篇、賦八篇（《漢志》）、《史記》百三十卷、集一卷（《隋志》）。

李少卿（陵）　附見《史記》《漢書·李廣傳》（隴西成紀人，漢昭帝元平元丁未卒，年六十餘）。集二卷（《隋志》）。

蘇子卿（武）　附見《漢書·蘇建傳》（杜陵人，漢景帝後元初生，宣帝神爵二辛酉卒，年八十餘）。

孔安國　見《漢書·儒林傳序》，又附見《申公傳》（魯人）。

楊子幼（惲）　附見《漢書·楊敞傳》（華陰人）。

王子淵（褒）　見《漢書》本傳（蜀人）。賦十六篇（《漢志》）、集五卷（《隋志》）。

揚子雲（雄）　見《漢書》本傳（蜀郡成都人，漢宣帝甘露元戊辰生，王莽天鳳五戊寅卒，年七十一）。《訓纂》一篇、《蒼頡訓纂》一篇、揚雄所序三十八篇、賦十二篇（《漢志》）、《方言》十三卷、《訓纂》一卷、《蜀王本紀》一卷、《法言》十三卷、《太玄經》九卷、《琴清英》一卷、集五卷。

劉子駿（歆）　附見《漢書·楚元王交傳》及《王莽傳》（漢宣帝甘露初生，更始元癸未卒，年七十餘）。《列女傳頌》一卷、《七略》七卷、《三統曆法》三卷、集五卷。

班婕妤　見《漢書·外戚傳》（扶風安陵人，父况，附《後漢書班彪傳》）。集一卷。

後漢

班叔皮（彪）　見《後漢書》本傳（扶風安陵人，漢平帝元始三癸亥生，漢光武帝建武三十甲寅卒，年五十二）。集五卷。

朱叔元（浮）　見《後漢書》本傳（沛國蕭人）。

班孟堅（固）　附見《漢書·班彪傳》（漢光武帝建武八壬辰生，和帝永元四壬辰卒，年六十一）。《續訓纂》十三章（《漢志》小學自叙）、《白虎通》六卷、《漢書》一百十五卷、集十七卷。

傅武仲（毅）　見《後漢書·文苑傳》（扶風茂陵人）。集五卷。

張平子（衡）　見《後漢書》本傳（南陽西鄂人，漢章帝建初三戊寅生，順帝永和四己卯卒，年六十二）。《靈憲》一卷、《渾天儀》一卷、集十四卷。

崔子玉（瑗）　附見《後漢書·崔駰傳》（涿郡安平人）。集六卷。

馬季長（融）　見《後漢書》本傳（扶風茂陵人，漢章帝建初四己卯生，桓帝延熹九丙午卒，年八十八）。《周易注》十卷、《尚書注》十一卷、《毛詩注》十卷、《周官注》十二卷、《喪服經傳注》一卷、《孝經注》二卷、集九卷，又《儀禮注》《禮記注》《春秋三傳异同説》《論語注》《列女傳注》《老子注》《淮南子注》《離騷注》若干卷。

史孝山（岑）　《後漢書·文苑·王隆傳》：『初王莽末，沛國史岑字子孝，莽以爲謁者。』善注考定有二史岑，字子孝者仕莽末，字孝山者當和、熹之間，引《流別集》及《集林》載岑《和熹鄧后頌并序》爲據。今案孝山爲和帝時人。《出師頌》爲鄧騭而作，則非子孝矣。

王文考（延壽）　見《後漢書·文苑傳》（南郡宜城人，當桓帝建和間，年二十餘。案文考一字子山，見《博物志》六）。

蔡伯喈（邕）　見《後漢書》本傳（陳留圉人，漢順帝陽嘉二癸酉生，獻帝初平三壬申卒，年六十）。《月令章句》十二卷、《獨斷》二卷、《勸學》一卷、集二十卷。

孔文舉（融）　見《後漢書》本傳，又附見《三國·魏志·崔琰傳》（魯人，漢桓帝永興元癸巳生，獻帝建安十三戊子卒，年五十六）。《春秋雜議難》五卷、集十卷。

禰正平（衡）　見《後漢書·文苑傳》（平原般人，年二十六）。集二卷。

潘元茂（勖）　附見《三國·魏志·衛覬傳》（中牟人，注初名芝，漢獻帝建安二十乙未卒，年五十餘）。

阮元瑜（瑀）　附見《三國·魏志·王粲傳》（陳留人，漢獻帝建安十七壬辰卒）。集五卷。

劉公幹（楨）　同上（東平人，漢獻帝建安二十二丁酉卒）。《毛詩問義》十卷、集四卷。

陳孔璋（琳）　同上（廣陵人，同上）。集十卷。

應德璉（瑒）　同上（汝南人，同上）。集五卷。

楊德祖（修）　見《三國·魏志》本傳，又附見《後漢書·楊震傳》（弘農華陰人，漢靈帝熹平二癸丑生，獻帝建安二十二丁酉卒，年四十五）。集二卷。

王仲宣（粲）　見《三國·魏志》本傳（山陽高平人，漢靈帝熹平六丁巳生，獻帝建安二十二丁酉卒，年四十一）。《去伐論集》三卷、《漢末英雄記》十卷、集十一卷。

繁休伯（欽）　附見《三國·魏志·王粲傳》（潁川人，漢獻帝建安二十三戊戌卒）。集十卷。

曹大家（昭）　見《後漢書·列女傳》（扶風安陵人，字惠班，年七十餘）。《女誡》一卷、集一卷。

蜀漢

諸葛孔明（亮）　見《蜀志》本傳（瑯琊陽都人，漢靈帝光和四辛酉生，蜀後主建興十二甲寅卒，年五十四）。《論前漢事》一卷、《集誡》二卷、《女誡》一卷、集二十五卷。

魏

武　帝（操）　見《魏志》本紀（沛國譙人，漢桓帝永壽元乙未生，獻帝建安二十五庚子卒，年六十六）。《孫子略解》一卷、《兵書接要》十卷、《兵法接要》三卷、《兵書要略》九卷、《兵法》一卷、集三十卷。

文　帝（丕）　見《魏志》本紀（同上，漢靈帝中平三丙寅生，魏文帝黄初七丙午卒，年四十一）。《典論》五卷、《列异傳》三卷、集二十三卷。

曹子建（植）　見《魏志》本傳（同上。漢獻帝初平三壬申生，魏明帝太和六壬子卒，年四十一）。《列女傳頌》一卷、集三十卷。

吴季重（質）　附見《魏志·王粲傳》（濟陰人，魏明帝太和四庚戌卒）。集五卷。

繆熙伯（襲）　附見《魏志·劉劭傳》（東海人，漢靈帝中平三丙寅生，魏齊王芳正始六乙丑卒，年六十）。《列女傳贊》一卷、集五卷。

應休璉（璩）　附見《魏志·王粲傳》（南頓人，漢獻帝初平元庚午生，魏齊王芳嘉平四壬申卒，年六十三）。集十卷。

李蕭遠（康）　善注引《集林》中山人。魏明帝時爲尋陽長，政有美績，卒。

曹元首（冏）　見《魏志·武文世王公傳》注引《魏氏春秋》（沛國譙人）。

何平叔（晏）　附見《魏志·曹爽傳》（何進孫，南陽宛人）。《論語集解》十卷、《老子道德論》二卷、集十一卷。

嵇叔夜（康）　附見《魏志·王粲傳》，又見《晋書》本傳（譙國銍人，魏文帝黄初四癸卯生，元帝景元三壬午卒，年四十）。《聖賢高士傳贊》三卷、集十五卷。

阮嗣宗（籍）　附見《魏志·王粲傳》，又見《晋書》本傳（陳留人，漢獻帝建安十五庚寅生，魏元帝景元四癸未卒，年五十四）。集十三卷。

鍾士季（會）　見《魏志》本傳（潁川長社人，魏文帝黄初六乙巳生，元帝咸熙元甲申卒，年四十）。《老子注》二卷、《芻蕘論》五卷、集十卷。

吳

韋弘嗣（昭） 見《吳志》本傳（吳郡雲陽人，吳烏程侯皓鳳凰二癸巳卒）。《國語注》二十三卷、《吳書》五十五卷、集二卷。

晋

應吉甫（貞） 見《晋書·文苑傳》，又附見《三國·魏志·王粲傳》（汝南南頓人，晋武帝泰始五己丑卒）。集五卷。

傅休奕（玄） 見《晋書》本傳（北地泥陽人，漢獻帝建安二十二丁酉生，晋武帝咸寧四戊戌卒，年六十二）。《傅子》百二十卷、集五十卷。

羊叔子（祜） 見《晋書》本傳（泰山南城人，蜀昭烈帝章武元辛丑生，晋武帝咸寧四戊戌卒，年六十二）。集二卷。

皇甫士安（謐） 見《晋書》本傳（安定朝那人，漢獻帝建安二十乙未生，晋武帝太康三壬寅卒，年六十六）。《帝王世紀》十卷、《年曆》六卷、《高士傳》六卷、《逸士傳》一卷、《列女傳》六卷、《玄晏春秋》三卷、集二卷。

趙景真（至） 見《晋書·文苑傳》（代郡人，卒於晋武帝太康中，年三十七）。

杜元凱（預） 見《晋書》本傳（京兆杜陵人，魏文帝黄初三壬寅生，晋惠帝元康五甲辰卒，六十三）。《春秋經傳集解》三十卷、《春秋釋例》十五卷、集十八卷。

棗道彦（據） 見《晋書·文苑傳》（潁川長社人，晋武帝太康中卒，年五十餘）。集二卷。

成公子安（綏） 見《晋書·文苑傳》（東郡白馬人，吳大帝黄龍三辛亥生，晋武帝泰始九癸巳卒，年四十三）。集十卷。

向子期（秀） 見《晋書》本傳（河内懷人）。《莊子隱解》二十卷、集十二卷。

劉伯倫（伶） 見《晋書》本傳（沛國人）。

夏侯孝若（湛） 見《晋書》本傳（沛國譙人，魏齊王芳正始四癸亥生，晋惠帝元康元辛亥卒，年四十九）。《新論》十卷、集十卷。

傅長虞（咸） 附見《晋書·傅玄傳》（北地泥陽人，玄子。蜀後主延熹二己未生，晋惠帝元康四甲寅卒，年五十六）。集三十卷。

孫子荆（楚）　見《晉書》本傳（太原中都人，晉惠帝元康三癸丑卒）。集十二卷。

張茂先（華）　見《晉書》本傳（范陽方城人，魏明帝太和六壬子生，晉惠帝永康元庚申卒，年六十九）。《博物志》十卷、《雜記》五卷，又《雜記》十二卷、集十卷。

潘安仁（岳）　見《晉書》本傳（滎陽中牟人，晉惠帝永康元庚申卒）。集十卷。

何敬祖（劭）　附見《晉書·何曾傳》（夏陽人，晉惠帝永寧元辛酉卒）。集二卷。

石季倫（崇）　附見《晉書·石苞傳》（渤海南皮人，蜀後主延熙十二己巳生，晉惠帝永康元庚申卒，年五十二）。集三卷。

張孟陽（載）　見《晉書》本傳（安平人）。集七卷。

陸士衡（機）　見《晉書》本傳（吴郡人，吴景帝永安四辛巳生，晉惠帝泰安二辛亥卒，年四十三）。《晉記》四卷、《洛陽記》一卷、集四十七卷。

陸士龍（雲）　見《晉書》本傳（同上。吴景帝永安五壬午生，晉惠帝泰安二辛亥卒，年四十二）。《陸子新書》十卷、集十二卷。

司馬昭統（彪）　見《晉書》本傳（河内温人，魏齊王芳正始間生，晉惠帝永興間卒，年六十餘）。《續漢書》八十三卷、《九州春秋》十卷、《莊子注》二十卷、《兵記》二十卷、集四卷。

張景陽（協）　附見《晉書·張載傳》（載弟，晉懷帝永嘉中卒）。集四卷。

潘正叔（尼）　附見《晉書·潘岳傳》（岳從子，晉懷帝永嘉中卒，年六十餘）。集十卷。

左太冲（思）　見《晉書·文苑傳》（齊國臨淄人）。集五卷。

張士然（悛）　善注引孫盛《晉陽秋》（吴國人，當惠帝元康間）。

李令伯（密）　見《晉書·孝友傳》，又見《三國蜀志·楊戲傳》注引《華陽國志》（一名虔，犍爲武陽人）。

曹颜遠（攄）　見《晉書·良吏傳》（沛國譙人，晉懷帝永嘉二年卒）。集三卷。

王正長（贊）　善注引臧榮緒《晉書》（義陽人）。集五卷。

歐陽堅石（建）　見《晉書》本傳（世爲冀方右族，年三十餘）。集二卷。

郭泰機　善注引《傅咸集》（河南人）。

木玄虚（華） 善注引傳亮《文章志》（廣川人）。

劉越石（琨） 見《晉書》本傳（中山魏昌人，晉武帝泰始六庚寅生，元帝建武元丁丑卒，年四十八）。集十卷、别集十二卷。

郭景純（璞） 見《晉書》本傳（河東聞喜人，晉武帝咸寧二丙申生，明帝太寧二甲申卒，年四十九）。《爾雅注》五卷、音二卷、圖十卷、《圖贊》二卷、《方言注》十三卷、《三倉注》三卷、《穆天子傳注》六卷、《山海經注》二十三卷、《圖贊》二卷、《水經注》三卷、《周易林》五卷、《洞林》三卷、《新林》四卷、又九卷、《卜韵》一卷、《楚辭注》三卷、《子虚上林賦注》一卷、集十七卷。

庾元規（亮） 見《晉書》本傳（鄢陵人，晉武帝太康十己酉生，成帝咸康六庚子卒，年五十二）。集二十二卷。

盧子諒（諶） 附見《晉書・盧欽傳》，又附見《三國魏志・盧毓傳》（范陽涿人，晉武帝太康五甲辰生，穆帝永和六庚戌卒，年六十七）。《雜祭法》六卷、集十卷。

袁彦伯（宏） 見《晉書・文苑傳》（扶樂人，晉成帝咸和三戊子生，孝武帝太元元丙子卒，年四十九）。《後漢紀》三十卷、《正始名士傳》三卷、《竹林名士傳》三卷、《中朝名士傳》若干卷、集二十卷。

干令升（寶） 見《晉書》本傳（新蔡人）。《周易注》十卷、《周易宗塗》四卷、《周官注》十二卷、《春秋左氏傳義》十五卷、《晉紀》二十三卷、《搜神記》三十卷、《干子》十八卷、集五卷。

桓玄子（温） 見《晉書・叛逆傳》（譙國龍亢人，晉孝武帝寧康元癸酉卒，年六十二）。集四十三卷、要集二十卷。

孫興公（綽） 附見《晉書・孫楚傳》（太原中都人，年五十八）。《至人高士傳贊》二卷、《列仙傳贊》三卷、《孫子》十二卷、集二十五卷。

束廣微（晳） 見《晉書》本傳（陽平元城人，年四十）。《發蒙記》一卷、集七卷。

張季鷹（翰） 見《晉書・文苑傳》（吴郡吴人，年五十七）。集二卷。

殷仲文（仲文） 見《晉書》本傳（陳郡人，晉安帝義熙三丁未卒）。集七卷。

謝叔源（混） 附見《晉書・謝安傳》（陳國陽夏人）。集五卷。

王康琚 善注，爵里未詳。梁茝林云：《南史》載，王瑒字子瑛，王瑜字子珪，王球字蒨玉，又有王琨、王琮。在晉代已有王珣，康琚疑爲一族也。《藝文類聚》三十六載康琚《招隱詩》一首，亦不詳爵里。

陶淵明（潛） 見《晉書》《宋書》《南史・隱逸傳》（尋陽柴桑人，或曰淵明字元亮，晉簡文帝咸安二壬申生，劉宋文帝元嘉四丁卯卒，年五十六）。集九卷。

宋

謝宣遠（瞻）　見《宋書》本傳，又附見《南史·謝晦傳》（陳郡陽夏人，一曰名檐，字通遠。劉宋武帝永初二辛酉卒，年三十五）。集三卷。

傅季友（亮）　見《宋書》《南史》本傳（北地靈州人，劉宋文帝元嘉三丙寅卒）。集三十一卷。

謝惠連　附見《宋書》《南史·謝方明傳》（陳郡陽夏人，劉宋文帝元嘉七庚午卒，年三十七）。集六卷。

謝靈運　見《宋書》《南史》本傳（同上。劉宋文帝元嘉十癸酉卒，年四十九）。《晉書》三十六卷、集二十卷。

范蔚宗（曄）　見《宋書》本傳，又附見《南史·范泰傳》（順陽人，晉安帝隆安二戊戌生，劉宋文帝元嘉二十二乙酉卒，年四十八）。《後漢書》九十七卷、集十五卷。

袁陽源（淑）　見《宋書》本傳，又附見《南史·袁湛傳》（陳郡陽夏人，晉安帝義熙四戊申生，劉宋文帝元嘉三十年癸巳卒，年四十六）。集十一卷。

顏延年（延之）　見《宋書》《南史》本傳（瑯琊臨沂人，晉孝武帝太元九甲申生，劉宋孝武帝孝建三丙申卒，年七十三）。集三十卷、逸集一卷。

謝希逸（莊）　見《宋書》本傳，又附見《南史·謝弘微傳》（陳郡陽夏人，劉宋武帝永初二辛酉生，明帝泰始二丙午卒，年四十六）。集十九卷。

鮑明遠（照）　附見《宋書》《南史·臨川王道規傳》（東海人，劉宋武帝永初中生，明帝泰始中卒，年四十餘）。集十卷。

劉休玄（鑠）　見《宋書·文九王傳》《南史·宋文帝諸子傳》（彭城人，劉宋文帝元嘉八辛未生）。集五卷。

王僧達　見《宋書》本傳，又附見《南史·王弘傳》（瑯琊臨沂人，劉宋孝武帝孝建間卒，年三十六）。集十卷。

王景玄（微）　見《宋書》本傳，又附見《南史·王弘傳》（同上。劉宋孝武帝時卒）。集十卷。

齊

王仲寶（儉）　見《南齊書》本傳，又附見《南史·王曇首傳》（瑯琊臨沂人，劉宋文帝元嘉二十九壬辰生，齊武帝永明七己巳卒，年三十八）。《吊答儀》十卷、《吉書儀》二卷、《百家集譜》十卷、元徽元年《四部書目録》四卷、《今書七志》七十卷、集六十卷。

王元長（融）　見《南齊書》本傳，又附見《南史·王彧傳》（同上。劉宋明帝泰始四戊申生，齊太孫昭業隆昌元甲戌卒，年二十七）。集十卷。

謝玄暉（朓）　見《南齊書》本傳，又附見《南史·謝裕傳》［陳郡陽夏人，劉宋孝武帝大明末生，齊建武（明帝）、永元（東昏侯）間卒，年三十六］。集十卷、逸集一卷。

陸韓卿（厥）　見《南齊書·文學傳》，又附見《南史·陸慧曉傳》（吴郡吴人，劉宋明帝泰豫元壬子生，齊東昏侯永元元己卯卒，年二十八）。集十卷。

孔德璋（稚珪）　見《南齊書》《南史》本傳（《南史》作孔珪，會稽山陰人。劉宋文帝元嘉二十四丁亥生，齊東昏侯永元三辛巳卒，年五十五）。集十卷。

梁

范彦龍（雲）　見《梁書》《南史》本傳（南鄉舞陰人，劉宋文帝元嘉二十八辛卯生，梁武帝天監二癸未卒，年五十三）。集十一卷（本傳作三十卷）。

江文通（淹）　見《梁書》《南史》本傳（濟陽考城人，劉宋文帝元嘉二十一甲申生，梁武帝天監四乙酉卒，年六十二）。《齊史》十二卷、集二十卷、後集十卷。

任彦昇（昉）　見《梁書》《南史》本傳（樂安博昌人，劉宋孝武帝大明四庚子生，梁武帝天監七戊子卒，年四十九）。《雜傳》二百四十七卷、《地記》二百五十二卷、集三十四卷。

邱希範（遲）　見《梁書·文學傳》，又附見《南史·邱靈鞠傳》（吴興烏程人，劉宋孝武帝大明八甲辰生，梁武帝天監七戊子卒，年四十五）。《集鈔》四十卷、集十一卷。

沈休文（約）　見《宋書自序》《梁書》《南史》本傳（吴興武康人，劉宋文帝元嘉十八辛巳生，梁武帝天監十二癸巳卒，年七十三）。《謚法》十卷、《四聲譜》一卷、《晉書》百十一卷、《宋書》一百卷、《齊紀》二十卷、《高祖紀》十四卷、《宋世文章志》三十卷、《邇言》十卷、《俗説》五卷、《雜説》二卷、《袖中記》二卷、《袖中略集》一卷、《珠叢》一卷、集鈔十卷、集百一卷。

王簡栖（屮）　善注引《姓氏英賢録》（瑯琊臨沂人，天監四年卒）。《法師傳》十卷、集十一卷。

虞子陽（羲）　善注引《虞羲集》（會稽人，天監中卒）。集十一卷。

劉孝標（峻）　見《梁書·文學傳》，又附見《南史·劉懷珍傳》（平原人。劉宋孝武大明六壬寅生，梁武帝普通二辛丑卒，年六十）。《世説注》十卷、集六卷。

陸佐公（倕）　見《梁書》本傳，又附見《南史·陸慧曉傳》（吴郡吴人，劉宋明帝泰始六庚戌生，梁武帝普通七丙午卒，年五十七）。集十四卷。

徐敬業（悱）　附見《梁書》《南史·徐勉傳》（東海郯人，梁武帝普通五甲辰卒，年三十七）。

徵故第七

晉宋以來，總集繁興，而《文章志》《文士傳》諸書亦緣之而作。《隋志》所載摯氏《文章志》外，又有傅亮《續文章志》二卷、宋明帝《晉江左文章志》三卷、沈約《宋世文章志》二卷、荀勖《雜撰文章家集敘》十卷、張隱《文士傳》五十卷，諸書除荀、沈二家外，《世説》劉注、《文選》李注，以及《書鈔》《類聚》《御覽》各書，并多甄引。別有顧愷之《晉文章紀》，邱淵之《文章録》，雖書名不見《隋志》，然《世説》各書所引，并有明文。詳其體例，大都人各爲傳，具載所著文若干，見存若干。而凡撰文之由與著作之意，亦必詳哉言之。此即古代文學史也。自桓譚《新論》、王充《論衡》，雜論篇章。繼此以降，作者間出。《典論》《文賦》猶爲簡略，《翰林》《流別》各自成書，而劉氏《文心》、鍾氏《詩品》，尤集論文論詩之大成，此又研究古代文學之津梁也。蕭《選》一書，綴輯雖善，而志論俱闕，美猶有憾。李善作注，弋釣書部，鈎稽故實，凡撰人著作之意，與昭明去取之旨，亦大略可見矣。惟時流品藻，史臣論斷，或生於并時，風流相接，或聞之舊史，褒貶可憑。錯采鏤金，得參軍而論定；朔風零雨，待沈《宋》沈約《宋書・謝客傳論》而名高。蓋皆文苑之銓裁，後生之鑿鑒。崇賢限於篇帙，未克騈羅。此一事也。善長釋水地，取證舊文；宋武議藉田，頗采故事。德林數歲，解誦《蜀都》；之推十年，一理《魯殿》。以及維摩《招隱》之咏，廣平蕭傳之嘲，莫非藝苑珍談，選樓故實。抵掌稱善，多聞饋貧。此二事也。故書浩瀚，搜采難周。蕭客《紀聞》，貪多炫博，有聞而不闕《選》之病。今則限斷李唐，世取近古。劉、鍾二書，理宜精核，不復割裂，都爲賦、詩、雜文騷附三篇，先後悉依《文選》舊次。好古博雅君子，或有取於斯。

賦

《晉書・文苑傳序》云：西都賈、馬，耀靈蛇於掌握。東漢班、張，發雕龍於綈槧。

《論衡・案書篇》云：今尚書郎班固，蘭臺令楊終、傅毅之徒，賦象屈原、賈生，奏事象唐林、谷永，并比以觀，其美好一也。

《南齊書・陸厥傳》：《與沈約書》曰：「孟堅精整〔一〕，《咏史》無慚〔二〕於東主；平子恢富，《羽獵》不累於憑虛。」

《史通・核才篇》云：以張衡之文而不閑於史，以陳壽之史而不習於文。其有賦述《兩都》，詩裁《八咏》，而能編次漢册，勒成宋典，若斯人者，其流幾何？

《顔氏家訓・書證篇》云：《詩》云：「有渰萋萋，興雲祁祁。」毛傳：「渰，陰雲貌。」案「渰」已是陰雲，何勞復云「興雲祁祁」耶？「雲」當爲「雨」，傳寫誤耳。班固《靈臺詩》云：「習習祥風，祁祁甘雨。」此其證也。班孟堅《兩都賦》。

《抱樸子・鈞世篇》云：《毛詩》者，華彩之辭也，然不及《上林》《羽獵》《二京》《三都》之汪濊博富也。

《晉書・孫綽傳》云：絶重張衡、左思之賦，每云《三都》《二京》，「五經」之鼓吹也。《世説・文學篇》同，劉注言此五賦是經典之羽翼。

《魏書・李彪傳》云：彪表曰「天文之官，太史之職，如有其人，宜其世矣。《尚書》稱羲和世掌天地之官，張衡賦「學乎舊史氏」，斯蓋世傳之義也」。按語出《西京賦》。

唐王涯《太華仙掌辨》《唐文粹》卷四十六云：太華首峰有五崖，比壑破巖而列，自下遠望〔三〕，偶爲掌形。傳者皆曰：昔河自積石出，越龍門南馳，拔〔四〕波左旋，將走東溟，連山塞之，不得出〔五〕。有巨靈力劈而剖其中，跖而北者爲首陽，絶而南者爲太華，河自此下馳，故其掌迹猶存。予往觀曰：夫所謂神者非人也？焉有人〔六〕之作力，而有人迹乎？且山谷之形爲虎牙、爲熊耳、爲牛首、爲鷄頭，以形類形，而必加説鷄牛龍虎之象，亦有作乎？張平子賦《西京》「巨靈高掌，厥迹猶存」。該聞精通，尚〔七〕以是惑。子〔八〕不語怪神之旨，何所述聞〔九〕？將假文神事以飾其詞歟，爲思而有闕歟？

〔一〕據蕭子顯《南齊書》，作「正」。
〔二〕據蕭子顯《南齊書》，作「虧」。
〔三〕據《唐文粹》，作「而望之」。
〔四〕據《唐文粹》，作「折」。
〔五〕據《唐文粹》，「不得出」作「壅不得去」。
〔六〕據《唐文粹》，作「神」。
〔七〕據《唐文粹》，作「常」。
〔八〕據《唐文粹》，作「使」。
〔九〕據《唐文粹》，作「明」。

《元和志》《關内道・長安縣》云：龍首山在縣北一十里，長六十里，頭入渭水，尾達樊川。秦時有黑龍從南山出飲水，其行道因土成山〔一〕。疏山爲臺殿，不假版築，高出長安城。《西京賦》所云『疏龍首以抗殿』也。

《南齊書・廢帝紀》云：濬儀等殿及華林秘閣三千餘間，盡被火燒。有左右趙鬼者能誦《西京賦》，云：『柏梁既灾，建章是營。』於是大起芳樂、芳德等殿。

《魏志・國淵傳》云：時有投書誹謗，其書多引《二京賦》。國淵曰：『《二京賦》，博物之書也。』又《高堂隆傳》云：詔問隆：『吾聞漢武帝時柏梁灾而大起宮殿以厭之，其義云何？』隆對曰：『臣聞《西京》：「柏梁既灾，越巫陳方。建章是經，用〔二〕厭火祥。」』案西京者，《西京賦》也。『柏梁既灾』下皆賦語。可知漢魏人士習誦者多，於淵、隆二傳見之。

《黄圖》卷二云：《三輔舊事》：『建章東起别風闕，高二十五丈。宫門北起圜闕，高二十五丈，上有銅鳳凰，赤眉賊壞之。《西京賦》「圜闕竦以造天，若雙碣之相望」是也。』

《黄圖》卷二云：《廟記》：『長安市有九，各方二百六十六步。六市在道西，三市在道東。凡四里爲一市，致九州之人。在突門夾横橋大道，市樓皆重屋。《西京賦》「郭開九市」。』

又云：杜門大道又有當市橋，有令署以察商賈，三輔都尉掌之。《西京賦》：『旗亭五重，俯察百隧。』

《唐書・楊炯傳》云：《虞書》『藻火』，藻者逐水上下，象聖王隨代而興〔三〕也。蘇知幾稱藻爲水草，無所法象，引張衡賦『蒂倒茄於藻井，披紅葩之押〔四〕獵』，請爲蓮花，取其文彩。夫茄者，蓮也。若以蓮代藻，變古從今，既不知草木之名，亦未達文章之義。語見《西京賦》。

《三輔故事》《漢書・郊祀志》注引云：建章宫承露盤高二十丈，大七圍，以銅爲之。上有仙人掌，承露和玉屑飲之。蓋張衡《西京賦》所云『立修莖之仙掌，承雲表之清露。屑瓊蕊以朝餐，必性命之可度』也。

《水經》河水注云：歷北出東崤，謂之函谷關。邃岸天高，空谷幽深，澗道之峽，車不方軌，號曰天險。故《西京賦》曰：『巖險周固，襟帶易守。』

〔一〕據《元和郡縣志》，『因土成山』作『因成土山』。
〔二〕據陳壽《三國志》，作『以』。
〔三〕據劉昫《舊唐書》，作『應』。
〔四〕據劉昫《舊唐書》，作『狎』。

又渭水注云：「渭水又東北逕渭城南，文穎以爲故咸陽矣，秦孝公之所居離宮也。獻公都櫟陽，天雨金，周太史儋見獻公曰：『周故與秦國合而別，別五百歲復合，合七十歲而霸王出。』至孝公作咸陽，築冀闕而徙都之。故《西京賦》曰：『秦里其朔，實爲咸陽。』」

《新唐書・元載傳》云：「載擅權多年。客有賦《都盧尋橦篇》諷其危。載泣下而不知悟。」按篇名用《西京賦》語。

又河水注云：「華岳本一山，當河。河水過而曲行。河神巨靈手蕩脚蹋，開而爲河〔二〕。今掌足之迹仍存華巖，所謂『巨靈贔屭，首冠靈山』者也。」李詳云：「『巨靈贔屭』見《西京賦》，左思《吴都賦》：『巨鰲贔屭，厥首冠靈山。』善長本當引『巨靈贔屭，厥迹猶存』，而誤引《吴都》，又改『鰲』爲『靈』，當由熟於張、左之賦而互引不覺也。」

唐王定保《摭言》云：「盧肇開成中就江西解末，肇送啓謝曰：『巨鰲負贔，首冠蓬山。』試官曰：『昨以人數擠排，深慚名第奉浼，焉得首冠之語？』肇曰：『頑石處上，巨鰲戴之，豈非首冠耶？』」

《水經》穀水注云：「穀水又南逕平樂觀東。華嶠《後漢書》曰：『靈帝於平樂觀下起大壇，上建十二重五采華蓋，高十丈。壇東北爲小壇，復建九重華蓋，高九丈。列奇兵騎士數萬人。天子住大蓋下。禮畢，天子躬擐甲，稱無上將軍，行陳三匝而還。設秘戲以示遠人。』故《東京賦》曰：『其西則有平樂都場，示遠之觀。龍雀蟠蜿，天馬半漢。』」

《元和志》關内道二鄠縣云：「牛首山在縣西南二十三里，南接終南，在上林苑中。《西京賦》云『繞黄山，款牛首』是也。澇水所自出。」

《世説・容止篇》云：「王丞相見衛洗馬曰：『居然有羸形，雖復終日調暢，若不堪羅綺。』」注引《西京賦》曰：「始徐進而羸形，似不勝乎羅綺。」

《隋書・禮儀志》云：「屬車八十一乘。閻毗曰：『此起於秦，遂爲後式。』故張衡賦云『屬車九九』，是也。」語見《東京賦》。

《水經》穀水注云：「洛陽諸宮名曰南宮，有謻臺。《東京賦》：『其南則有謻門曲榭，邪阻城洫。』謻門即宣陽門也。」

又云：「山之東舊有九江。陸機《洛陽記》曰：『九江直作圓水，水中作圓壇三。破之，夾水得相徑通。』《東京賦》曰：『濯龍芳林，九谷八溪。芙蓉覆水，秋蘭被涯。』」

《魏書・袁翻傳・明堂辟雍議》曰：「《東京賦》：『乃營三宮，布教班〔三〕常。複廟重屋，八達九房。』乃明堂之文也。而薛綜注：

〔二〕據酈道元《水經注》，作「兩」。
〔三〕據張衡《東京賦》，作「頒」。

『房，室也。』謂堂後九室之制，非巨异乎？

《北齊書·陽斐傳》云：答《陸士佩書》：『相如壯《上林》之觀，揚雄騁《羽獵》之辭。雖係以隤墻填塹，亂以收罝落網。言無補於風規，祇足昭其愆戾。』案數語用《東京賦》。

《水經》沔水注云：沔水又東徑萬山北。山下水曲之隈，云漢女昔游處。《南都賦》：『游女弄珠於漢皋之曲。』漢皋即萬山异名。

又淯水注云：淯水又南徑宛城東，又屈而徑其縣南，故《南都賦》所言『淯水蕩其胸』者也。

又溠水注云：温泉水出北山，七泉〔一〕奇發。湯谷側又有寒泉，地勢不殊，炎凉异致。渾流同溪，南注溠水。温泉炎勢奇毒，痾疾之徒無能操〔二〕其衝漂，咸去湯十許步别池然後可入。湯側有石，銘曰〔三〕：『皇女湯可以療萬疾。』杜彦達云：『可以熟米。』即《南都賦》所謂『湯谷涌其後』者也。然宛縣有紫山，山東有一水，東西十五里，南北二百步，湛然冲滿，無所通會。冬夏常温，世亦謂之湯谷。張平子廣言土地所苞，明非此矣。

又比水注云：太湖〔四〕山在比陽北如東三十餘里，廣員五六十里。《南都賦》所謂『天封太狐』者也。

戴凱之《竹譜》云：箛篥誕節，内實外澤。箛篥竹生於漢陽，時貢〔五〕以爲輅馬策，見《南都賦》。

《水經》溠水注云：堯之末孫劉累以龍食帝孔甲。孔甲又求之，不得，累懼而遷於魯縣。立堯祠於西山。故《南都賦》曰：『奉先帝而追孝，立唐祀乎〔六〕堯山。』又云：堯山在太和川太和城東北，溠水出焉。《南都賦》曰『其川瀆則溠、澧、藻、瀘，發源巖穴，布濩漫汗，漭沆洋溢，總括急趨，箭馳風疾』者也。

《新唐書·隱逸傳》云：陸羽字鴻漸，少時得張衡《南都賦》不能讀，危坐效群兒囁嚅，若成誦狀。

《世説·巧藝篇》：戴安道有《南都賦圖》。

《貞觀公私畫史》：楊修有《兩京圖》，史文敬有《西京賦圖》。已上張平子《二京》《南都賦》。

〔一〕據酈道元《水經注》，作『源』。
〔二〕據酈道元《水經注》，作『澡』。
〔三〕據酈道元《水經注》，作『云』。
〔四〕據酈道元《水經注》，作『胡』。
〔五〕據戴凱之《竹譜》，作『獻』。
〔六〕據酈道元《水經注》，『祀乎』作『祠於』。

《晉書·左思傳》云：《三都賦》成，張載爲注《魏都》。劉逵注《吴》《蜀》而序之曰：『觀中古以來爲賦者多矣，相如《子虛》擅名於前，班固《兩都》理勝其辭，張衡《二京》文過其意。至若此賦擬議數家，傅辭會義，抑多精致。非夫研核者不能練其旨，非夫博物者不能統其异。世咸貴遠而賤近，莫肯用心於明物。斯文吾有异焉，故聊以餘思爲其引詁，亦猶胡廣之於《官箴》，蔡邕之於《典引》也。』陳留衛瓘又爲思作《略解》，序曰：『余觀《三都》之賦，言不苟華，必經典要，品物殊類，禀之圖籍，辭義瓌瑋，良可貴也。有晉徵士故太子中庶子安定皇甫謐，西州之逸士，耽籍樂道，高尚其事，覽斯文而慷慨爲之都序。中書著作郎安平張載、中書郎濟南劉逵，并以經學洽博，才章美茂，咸皆悦玩，爲之訓詁。其山川土域，草木鳥獸，奇怪珍异，僉皆研精所由，紛散其義矣。余嘉其文，不能默已，聊藉二子之遺忘，又爲之《略解》，祇增煩重，覽者闕焉。』

又云：思造《齊都賦》一年乃成。復欲賦三都，構思十年，賦成，張華見而嘆曰：『班、張之流也。使讀之者盡而有餘，久而更新。』於是豪貴之家競相傳寫，洛陽爲之紙貴。初陸機入洛，欲爲此賦，聞思作之，撫掌而笑。與弟雲書曰：『此間有一傖父欲作《三都賦》。須其成當以覆酒甕耳。』及思賦出，機絶嘆伏，以爲不能加也，遂輟筆焉。

《周書·蕭大圜傳》云：大圜，梁簡文帝子，四歲能誦《三都賦》。

《金樓子·后妃篇》云：梁宣修容，年數歲能誦《三都賦》。

《隋書·李德林傳》云：年數歲誦左思《蜀都賦》，十餘日便度。

《世説·文學篇》云：左太冲作《三都賦》初成，劉注引思别傳云：『《三都賦》改定至終乃上，初作《蜀都賦》云：「金馬電發於高岡，碧鷄振翼而雲披；鬼彈飛丸以礌礉，火井騰光以赫曦。」今無鬼彈，故其賦往往不同。』時人互有譏訾，思意不愜，後示張公，張曰：『此《二京》可三。然君文未重於世，宜以經高名之士。』思乃詢求於皇甫謐，謐見之嗟嘆，遂爲作叙。於是先相非貳者莫不斂衽贊述焉。

《史通·書志篇》云：齊府肇建，誦《魏都》以立宫。代國初遷，寫《吴京》而樹闕。

劉餗《隋唐嘉話》下卷云：雲陽縣界多漢離宫故地。地有樹似槐，葉細，土人謂之玉樹。揚雄賦『玉樹青葱』，左思以爲『假稱珍怪』，不審也。

《水經》沔水注云：褒水又東南歷小石門，門穿山通道，六丈有餘。刻石言漢明帝永平中司隸校尉犍爲楊厥之所開。逮桓帝建和二年，漢中太守同郡〔一〕王升，嘉厥開鑿之功，琢石頌德，以爲石中〔二〕道。《蜀都賦》『阻以石門』，其斯之謂也。

《水經》江水注云：都安縣李冰作大堰於此。《益州記》：江至都安，堰其右，檢〔三〕其左，其正流遂東。因山頹水，坐致竹木，以溉諸郡。又穿羊摩江、灌江，西於玉女房下白沙郵作三石人立水中，刻要江神。水竭不至足，盛不至要。故記曰：水旱從人，不知饑饉。沃野千里，世號陸海，謂之天府。都安堰亦曰湔堰，又謂金隄，左思賦『西踰金堤』者也。案賦語見《蜀都》。

《齊書·謝朓傳》云：朓常輕江祏爲人。後祏及弟祀、劉渢、劉晏俱候朓。朓謂祏曰『可謂帶二江之雙流』，以嘲弄之。祏轉不堪。

按『帶二江之雙流』句，出《蜀都賦》。

《水經》沔水注云：漢水又東逕鱉池鯨灘。鯨，大也。《蜀都賦》『流漢湯湯，驚浪雷奔』者也。

《元和志》劍南道上雙流縣云：本漢廣都縣。隋元壽元年避煬帝諱，改爲雙流。因以縣在二江之間，仍取《蜀都賦》『帶二江之雙流』爲名。

又劍南道上峨眉縣云：峨眉大山在縣西七里，《蜀都賦》云：『抗峨眉於重阻。』兩山相對，望之如峨眉，故名。

又劍南道上臨邛縣云：火井廣五尺，深三丈。在縣南百里。以家火投之，有聲如雷。以竹筒盛之持行，終日不滅。《蜀都賦》云：『火井沈熒於幽泉。』

《颜氏家訓·勉學篇》云：梁〔四〕有一權貴讀誤本《蜀都賦》注解『蹲鴟，芋也』而爲羊字。後有人餉〔五〕羊肉，答書曰：『損惠蹲鴟。』舉朝驚駭，不解事義。久後尋繹，方知如此。案唐朱揆《諧噱録》：張九齡知蕭炅不學，故相調謔，一日送芋，書稱『蹲鴟』。蕭答云：『損芋拜嘉，惟蹲鴟未至耳，然僕家多怪，亦不願見此惡鳥也。』九齡以書示客，滿座大笑。

《水經》淹水東南至青蛉縣注云：縣有禺同山。其山神有金馬碧鷄，光景倏忽，民多見之。故左太冲《蜀都賦》曰：『金馬騁光而絶影，碧鷄倏忽而耀儀。』

又葉榆水注云：東逕漏江縣，伏流山下，復出蝮口，謂之漏江。左思《蜀都賦》曰：『漏江洑流潰其阿，汩若湯谷之揚濤，沛若

〔一〕據酈道元《水經注》，作『漢太中大夫同郡』。
〔二〕據酈道元《水經注》，作『牛』。
〔三〕據酈道元《水經注》，作『撿』。
〔四〕據《颜氏家訓》，『梁』作『江南』。
〔五〕據《颜氏家訓》，作『饋』。

濛汜之涌波。』

又云：盤水又東逕漢興縣。山溪之中多生邛竹桄榔，樹樹出麵，而夷人資以自給。故《蜀都賦》曰：『邛竹緣嶺。』又曰：『麵有桄榔。』

又佷水注云：逕博羅縣，西界龍川。左思所謂『目龍川而帶坰』者也。

又温水注云：牂柯亦江中兩山名也。左思《吴都賦》所云『吐浪牂柯』者也。案此篇衹有『修鯢吐浪』句，蓋《三都》皆屢有改本不同也。

《隋唐·禮儀志》云：指南車，大駕出爲先啓之車〔一〕。漢初置俞兒騎，并爲先驅。左太冲曰：『俞騎騁路，指南司方。』後遂廢其騎而存其車。案二句見《吴都賦》。

《南史·齊·明僧紹傳》云：高帝謂僧紹弟慶符曰：『卿兄高尚其事，亦堯之外臣。朕夢想幽人，固已勤矣。所謂「逕路絶，風雲通」。』仍賜竹根如意笋籜冠。按『逕路絶』句用《吴都賦》。

《竹譜》云：筋竹别名䈥，長二丈許，圍數寸，至堅利，南土以爲矛。其笋未成時，堪爲弩弦。見徐忠《南中表》。劉淵林云：『夷人以䈥竹爲矛。』余之所聞，即是筋竹，豈非一物二名者也？案此釋《吴都賦》『䈥簩有叢』，而文字小异，蓋傳寫之本不同也。

《水經》温水注云：九真太守任延始耕犂交土象林。知耕以來六百餘年，火耨耕藝，法與華同。名白田，種白穀，七月火作，十月登熟。名赤田，種赤穀，十二月作，四月登熟。所謂『兩熟之稻』也。案此引《吴都賦》：『國税再熟之稻。』

陸廣微《吴地記》云：闔閭城陸門八，象天八風。水門八，象地八卦。《吴都賦》『通門二八，水道陸衢』是也。

《舊唐書·鄭惟忠傳》云：拜黄門侍郎。時議禁嶺南首領家，畜兵器。惟忠曰：『爲政不可革以習俗。《吴都賦》云：「家有鶴膝，户有犀渠。」如或禁之，豈無驚擾耶？』遂寢。

杜寶《大業拾遺録》《御覽》九四三引云：吴都獻蜜蟹三千頭，作如糖蟹法。蜜擁劍四甕。擁劍似蟹而小，二螯偏大。《吴都賦》所謂『烏賊擁劍』是也。

段公路《北户録》云：比目魚一名鰈，音榻。一名鰜，《南越志》謂之板魚。亦曰介，介亦作魪。《吴都賦》：『雙則比目，片則王餘。』

〔一〕據魏徵《隋書》，作『乘』。

《水經》濁漳水注云：魏武遏〔一〕漳水，迴流東注，號天井堰。里中作十二墱，墱相去三百步，令互相灌注。一源分爲十二流，皆懸水門。故左思賦謂『墱流十二，同流异口』者也。案語見《魏都賦》。

又云：今鄴西三臺。中曰銅雀臺，南曰金虎臺，北曰冰井臺。左思《魏都賦》曰『三臺列峙而崢嶸』者也。

《南齊書・王儉傳》云：齊高帝時，朝議草創，衣服制則，未爲〔二〕定準。儉議曰：『漢景六年，梁王入朝，中郎謁者金貂出入殿門。左思《魏都賦》云：「藹藹列侍，金貂齊光。」此藩國侍臣有貂之明文。』

《元和志》河北道臨城縣云：泜水在縣南二里。出白土，細滑如膏，以之濯錦，色如霜雪，如蜀錦之得江津也。故俗稱房子之纊。《魏都賦》曰：『綿纊房子。』

《洛陽伽藍記》城東景寧寺，楊元慎責陳慶之云：『江左假息，僻居一隅。地多濕蟄，攢育蟲蟻。疆土瘴癘，蛙黽共穴。短髮之君無杼首之貌，文身之民稟蕞〔三〕陋之質。禮樂所不沾，憲章弗能革。雖復秦餘漢罪，雜以華言〔四〕。復閩楚殊音〔五〕，不可變改。』案元慎諸語，取裁《魏都賦》『榷惟庸蜀』一節，而如出己意，讀者只謂楊倉卒詰難，詞采葩流，不及摹古，因放善注《東征賦》引曹植賦，《海賦》引伏滔《望清賦》，《高唐賦》引《上林賦》，《晋紀》論晋武革命引謝靈運表之例，甄叙於此，以志祖述之有自也。已上左太冲《三都》。

《法言・吾子篇》云：或問吾子曰：『少而好賦？』曰：『然，童子雕蟲篆刻。』俄而曰：『壯夫不爲也。』

《答劉歆書》云：雄爲郎之歲，自奏少不得學，而心好沉博絶麗之文。

《漢書・揚雄傳》云：雄以爲賦者將以風之，必推類而言，極麗靡之辭，閎侈鉅衍，競於使人不能加也；既乃歸之於正，然覽者已過矣。往時武帝好神仙，相如上《大人賦》欲以風，帝反縹縹有陵雲之志。繇是言之，賦勸而不止明矣。又頗似俳優淳于髡、優孟之徒，非法度所存，賢人君子詩賦之正也，於是輟不復爲。

又《叙傳》述揚雄云：初擬相如，獻賦長門。

〔一〕據《水經注》，作『魏武王又堨』。
〔二〕據《南史》，作『有』。
〔三〕據楊衒之《洛陽伽藍記》，作『蕞』。
〔四〕據楊衒之《洛陽伽藍記》，作『音』。
〔五〕據楊衒之《洛陽伽藍記》，『殊音』當作『難言』。

《西京雜記》云：或問揚雄爲賦。雄曰：『讀千首賦乃能爲之。』

《論衡·佚文篇》云：玩揚子雲之篇，樂於居千石之官。

《漢書》本傳又云：甘泉本秦離宮，既奢泰，而武帝復增通天、高光、迎風，游觀屈奇瑰瑋，故遂推而隆之，乃上比於帝室。若曰此非人力之所能〔一〕，黨鬼神可也。又是時昭儀方大幸，每上甘泉，常法從在屬車間豹尾中。故雄聊盛言車騎之衆、參麗之駕，逆厘三神。又言屏玉女，却宓妃，以微戒齋宿〔二〕之事。

桓譚《新論》李善《甘泉賦》注引云：賦成，明日遂卒。又《文賦》注引云：成帝祠甘泉，詔雄作賦。思精苦困倦，小卧，夢五臟出外，以手收而納之。及覺，病喘悸少氣。案二注不同，當以後注爲正。馬總《意林》三引同。

《黄圖》卷五云：《雲陽宮記》，宫東北有石門山，岡巒糾紛，干霄出秀〔三〕。有石巖容數百人。上起甘泉觀。《甘泉賦》云：『封巒石闕弭迤乎延屬。』

又卷二云：甘泉谷北岸有槐樹，今謂玉樹，根幹盤峙，二三〔四〕百年木也。楊震《關輔古語》云：耆老相傳，謂此即揚雄《甘泉賦》所謂『玉樹』。已上揚子雲《甘泉賦》。

《晉書·潘岳傳》史臣曰：安仁思緒雲騫，詞鋒景焕。前史儔於賈誼，先達方之士衡。賈論政範，源王化之幽賾；潘著哀詞，貫人靈之情性。機文喻海，藴〔五〕蓬山而育蕪。岳藻如江，濯美錦而增絢。混三家以通校，爲二賢之亞匹矣。然挾彈盈果，拜塵趨貴，斯才也而有斯行也，天之所賦何其駁歟？

《宋書·禮志》云：潘岳《藉田賦》先叙五路九旗，次言瓊鈒雲罕。若罕爲旗，則岳不應頻句於九旗之下，又以其物匹鈒戟，宜是今罼網，明矣。此説爲得之。又《藉田賦》：『常伯陪乘，太僕秉轡。』推此，輿駕藉田，宜改儀注。

張鷟《龍筋鳳髓判》云：潘岳創賦，備陳執耒之端。案言創則岳以前無《藉田賦》。

《貞觀公私畫史》：章悏伯有《藉田圖》，全幅長三丈。已上潘安仁《藉田賦》。

〔一〕據班固《漢書》，作『爲』。
〔二〕據班固《漢書》，作『齊肅』。
〔三〕據《三輔黄圖》，作『秀出』。
〔四〕據《三輔黄圖》，作『三二』。
〔五〕據房玄齡《晉書》，作『韞』。

《抱朴子·鈞世篇》云：同説游獵，而《叔田》《盧令》之詩，何如相如之言上林乎？

《漢書·司馬相如傳》云：空[一]藉此三人爲辭，以推天子諸侯之苑囿。其本意[二]歸之於節儉，因以諷[三]諫。贊曰：揚雄以爲靡麗之賦勸百諷一，猶騁鄭衛之聲，曲終而奏雅，不已戲乎？

《漢書·叙傳》云：文艷用寡，子虛烏有。寓言淫麗，托諷[四]終始。多識博物，有可觀采。蔚爲辭宗，賦頌之首。

《漢書·枚乘傳》云：子皋爲文疾，受詔輒成，故所賦者多。司馬相如善爲文而遲，故所作少而善於皋。皋詞賦[五]中自言爲賦不如相如。

《西京雜記》云：長卿首尾温麗，枚皋時有累句，故知疾行無善迹矣。

《西京雜記》云：司馬長卿賦，時人皆稱典而麗，雖詩人之作不能加也。揚子雲曰：『長卿賦似不從人間來，其神化所至邪！』子雲學相如爲賦而弗逮，故雅服焉。

又云：相如爲《上林賦》，意思蕭散，不復與外物[六]相關。控引天地，錯綜古今。忽然而[七]睡，躍[八]然而興，幾百日而後成。

班固《典引序》云：司馬相如洿行無節，雖[九]有浮華之詞，不周於用。

嵇康《高士傳·司馬長卿贊》《文選·秋懷詩》注引云：長卿慢世，越禮自放。犢鼻居市，不耻其狀。托疾避世[一〇]，蔑此卿相。乃至仕人[一一]，超然莫尚。

[一] 據《漢書》，作『虚』。
[二] 據《漢書》，『本意』作『卒章』。
[三] 據《漢書》，作『風』。
[四] 據《漢書》，作『風』。
[五] 據《漢書》，作『賦辭』。
[六] 據《西京雜記》，作『事』。
[七] 據《西京雜記》，作『如』。
[八] 據《西京雜記》，作『焕』。
[九] 據班固《典引序》，作『但』。
[一〇] 據嵇康《司馬相如傳》，作『官』。
[一一] 據嵇康《司馬相如傳》，『至仕人』作『賦大人』。

《齊民要術》卷十云：《吴録》：朱光禄爲建安郡，中庭有橘，冬月於樹上覆裹之，至明年春夏，色變青黑，味绝美。《上林賦》盧橘夏熟，近於是也。《廣州記》：盧橘皮厚，大如甘，酢酸。二月漸變青，至夏熟，味亦不异冬時。土人呼爲壺橘。其類有七八種，不如吴會橘。已上司馬長卿《子虚》《上林賦》。

《顔氏家訓·書證篇》云：伎癢者懷其伎而腹癢也，是以潘岳《射雉賦》云：『徒心煩而伎癢。』

《貞觀公私畫史》：顧寶光有《射雉圖》。已上潘安仁《射雉賦》。

《唐書·列女傳》云：宋庭瑜妻魏氏善屬文。庭瑜自司農少卿左遷涪州别駕，魏氏隨夫之任，作《南征賦》以叙志。張説嘆曰：『曹大家《東征》之流也。』

《水經》河水注云：河水又東徑旋門坂北，今成皋西大阪[一]也。昇陟此坂而東趣成皋。曹大家《東征賦》曰『望河洛之交流，看成皋之旋門』者也。

又濟水注引《陳留風俗傳》曰：長垣縣有蘧伯鄉，一名新鄉。有蘧亭、伯玉祠、伯玉冢。曹大家《東征賦》曰：『到長垣之境界兮，察農野之居民。睹蒲城之邱墟兮，生荆棘之蓁蓁。蘧氏在城之東南兮，民亦嚮其邱[二]墳。惟[三]令德之不朽兮，身既没而名存。』已上曹大家《東征賦》。

《晉書·潘岳傳》云：岳爲長安令，作《西征賦》，述所經人物山水，文清旨詣。

《史通·二體篇》云：悠哉邈矣。此用《西征賦》『邈矣悠哉』。李詳云：知幾《史通》體擬《文心》，雖摛辭稍遠齊梁，其博辨縱横，間以駢偶，隸事淹雅，不减彦和。又熟精《文選》，或用其成句，或隱括其語。今略爲證之如下：《書志篇》『强箸一書』，用《文選》楊修《與臨淄侯箋》。『笻竹傳節，蒟醬流味』，用左思《蜀都賦》。《載文篇》『福不盈眥』，用班固《答賓戲》。《因習篇》『曾無先覺』，用沈約《謝靈運傳論》。《邑里篇》『居於晋者，齒便從黄』，用嵇康《養生論》『齒居晋而黄』。《言語篇》『先王桑梓，剪爲蠻貊，被髮左衽，充牣神州』，用劉峻《辨命論》『左帶沸脣，乘閑電發，居先王之桑梓，種落繁殖[四]，充牣神州』。《品藻篇》『薰蕕不同器，梟鸞不接翼』，用《辨命論》。《直書篇》『夫爲於可爲之時則從，爲於不可爲之時則凶』，用揚雄《解嘲》，劉節去『可爲不可

[一] 據《水經注》，作『坂者』。
[二] 據《水經注》，作『丘』。
[三] 據《水經注》，作『唯』。
[四] 據《辯命論》，作『熾』。

爲』五字。『貫三光而洞九泉，曾未足喻其高下也』，用《西征賦》。《鑒識篇》『窮達命也』，用李康《運命論》。『雖濬發於巧心，反〔一〕受嗤於拙目』，用陸機《文賦》。《探賾篇》『强奏庸音，持爲足曲』，用《文賦》『放庸音以足曲』。《書事篇》『笑他人之未工，忘己事之已拙』，用陸機《豪士賦序》。『上智猶其若此，而況庸庸者哉』，用劉峻《辨命論》『聖賢且猶若此，而況庸庸者乎』。《序傳篇》『以《春秋》所諱，持爲美談』，用張衡《東京賦》。『班門之雄朔野』，用班固《幽通賦》『雄朔野以揚聲』。《雜述篇》『先王桑梓，列聖遺塵』，用左思《魏都賦》。《疑古篇》『人風婐劉』，用《魏都賦》『風俗以韰果爲嫿』。《史官·建置篇》『恥當年而功不立，疾没世而名不聞』，用韋昭《博弈論》。

《南史·庾登之傳》云：登之與晦謝晦俱爲曹氏婿，名位本同，一旦爲之佐，意甚不愜。嘗於晦坐誦《西征賦》，云生有脩短之命，位有通塞之遇。晦雖恨而常優容之。

《水經》穀水注云：穀水又東徑千秋亭南，其亭纍石爲垣，世謂之千秋城〔二〕。《西征賦》『亭有千秋之號』，謂此。

又云：巷瀆口高三丈，謂之臯門橋。《西征賦》曰：『秣馬臯門。』即此處也。

又洛水注引崔浩注《西征賦》云：定當爲敬。梁茝林云：賦文無定字，當云丏當爲敬，景悼皆舉謚，不應丏獨稱名。

又穀水注云：平蓬山西十里魔山，俞、隨之水出於其陰，北流〔三〕注於穀，世謂之孝水也。《西征賦》曰：『澡孝水以濯纓，嘉美名之在兹。』

又河水注云：亭〔四〕水北流出谷，謂之漫澗，與安陽溪水合。水出石崤南，西徑安陽城南，潘岳所謂『我徂安陽』也。東合漫澗水，北有逆旅亭，謂之漫口客舍也。又云：河水又東得七里澗。澗在陜城西七里，故因名焉。其〔五〕水自南山通河，亦謂之曹陽坑。是以《西征賦》曰：『行於漫瀆之口，憩於曹陽之墟。』

又瀍水注云：水歷梓澤東南流。水西有一原，其上平敞，古瞥〔六〕亭之處。即《西征賦》所謂『越街郵』者也。

〔一〕據《文賦》，作『或』。
〔二〕據《水經注》，『千秋城』作『城也』。
〔三〕據《水經注》，作『波』。
〔四〕據《水經注》，作『橐』。
〔五〕據《水經注》，作『谷』。
〔六〕據《水經注》，作『舊』。

又河水注云：北徑皇天原東。其西名桃原，古之桃林，周武王克殷休牛之地。《西征賦》曰『咸徵名於桃原〔一〕』者也。

又云：漢武微行柏谷，遇辱竇門。又感其妻深識之饋。既返玉階，厚賞賚焉。賜以河津，命〔二〕其斠渡，今竇津是也。故潘岳《西征賦》云：『酬匹婦其已泰，胡厥夫之謬官？』

又云：河水自潼關東北流，水側有長坂，謂之黄巷坂，傍绝澗。陟〔三〕此坂以升潼關，所謂『泝黄巷以升潼〔四〕』矣。按語見《西征賦》。

《元和志》關内道一萬年縣云：終南山在縣南五十里。按經傳所説，終南山一名太一，名中南。據張衡《西京賦》『終南太一，隆崛〔五〕崔崒』，潘岳《西征賦》『九嵕巀嶭〔六〕，太一巃嵸，面終南而背雲陽，跨平原而連嶓冢』，然則終南、太一非一山也。

《三輔黄圖》云：武帝常欲夸羌胡，飲以鐵杯。重不能舉，皆低頭〔七〕牛飲。《西征賦》：『酒池監於商辛，追覆車而不悟。』

《新唐書·蕭至忠傳》云：嘗出太平公主第，遇宋璟。璟曰：『非所望於蕭傅。』至忠笑曰：『善乎宋生之言。』上句出《西征賦》，下句出《秋興賦》，璟以潘語戲蕭，蕭亦以潘語相答，唐人熟精《文選》，所在皆是。閻若璩云：『《通鑑》蕭傅改曰蕭君，便是不知出《西征賦》語。』

《唐書·李義府傳》云：或作河間道行軍元帥劉祥道破銅山大賊李義府露布，榜之通衢。義府先多取人奴婢。及敗，一時奔散，各歸其家。露布稱『混奴婢而亂放，各識家而競入者』，謂此也。

《南齊書·劉瓛傳》云：應刃、落俎，膳夫之事。殿下親執鸞刀，下官未敢安席。案此用《西征賦》：『饔人縷切，鸞刀若飛；應刃落俎，靃靃霏霏。』已上《西征賦》。

魏文帝《典論·論文》云：王粲長於詞賦。如粲之《初征》《登樓》《槐賦》，雖張、蔡不過也。又《與吴質書》云：仲宣獨自善

〔一〕據《水經注》，作『園』。
〔二〕據《水經注》，作『令』。
〔三〕據《水經注》，作『涉』。
〔四〕據《西征賦》，『升潼』作『濟潼關』。
〔五〕據《元和郡縣圖志》，作『崫』。
〔六〕據《元和郡縣圖志》，作『嶭』。
〔七〕據《三輔黄圖》，『低頭』作『抵』。

於詞賦。惜其體弱，不足起其文。至於所善，古人無以遠過。

《陸清河集·與兄平原書》云：《登樓》名高，恐未可越爾。又與兄書云：仲宣《登樓》，前即甚佳。其餘平平，不得言情處。

《水經》漳水注云：漳水又南逕當陽縣，又南逕麥城東。王仲宣登其東南隅，臨漳水而賦之曰『夾清漳之通浦，倚曲沮之長洲』是也。又沮水注云：沮水又南逕楚昭王墓，東對麥城。故王仲宣之賦登樓云『西接昭邱〔一〕』是也。案仲宣所登之樓，善注引盛弘之《荆州記》以爲即當陽縣城樓，與道元説异，按之地理，酈説爲是。

《宋書·王華傳》云：每閑居諷咏，常誦王粲《登樓賦》曰：『冀王道之一平，假高衢而騁力。』出入逢羡之等，每切齒憤吒，嘆曰：『當見太平時否〔二〕？』已上王仲宣《登樓賦》。

《晉書·孫綽傳》云：嘗作《天台山賦》，以示友人范榮期曰〔三〕：『卿試擲地，當作金石聲也。』榮期曰：『恐此金石非中宫商。』然每至佳句，輒云是我輩語。

《世説·文學篇》注云：『赤城霞起而建標，瀑布飛流以〔四〕界道。』此賦之佳處。

《南齊書·樂志》云：永明六年赤城山雲霧開朗，見石橋瀑布，從來罕睹。山道士朱僧標以聞，上遣主書董仲民案視，以爲神瑞。大樂令鄭義泰案孫興公賦造天台山伎，作莓苔石橋道士捫翠屏之狀。已上孫興公《天台山賦》。

《南史·臨川王義慶傳》云：明遠文辭贍逸，嘗爲古樂府，文甚遒麗。元嘉時爲《河清頌》，其叙甚工。

齊虞炎《鮑集序》云：照所賦述，雖乏精典，而有超麗。

《史通·人物篇》云：裴幾原删略《宋史》，號爲〔五〕簡要，至如鮑照文宗學府，馳名海内，方於漢代，褒、朔之流。事皆闕如，何以申其褒奬？已上鮑明遠。

《蜀志·劉琰傳》云：侍婢數十，悉教誦《魯靈光殿賦》。

《博物志·文籍考》云：《靈光殿賦》，南郡宜城王子山作。子山之泰山，從鮑子真學算。過魯國都殿而賦之。按《後漢書·文苑

〔一〕據《水經注》，作『丘』。
〔二〕據《宋書》，作『不』。
〔三〕據《晉書》，作『云』。
〔四〕據《世説新語》，作『而』。
〔五〕據《史通》，『號爲』作『時稱』。

傳》注：文考，一字孝山。

《抱樸子·鈞世篇》云：俱論宮室，而奚斯路寢之頌，何如王生之賦靈光乎？

《水經》泗水注云：孔廟東南五百步有雙石闕，即靈光之南闕。北百餘步即靈光殿基。東西二十四丈，南北十二丈，高丈餘。東西廊廡別舍中間方七百餘步。闕之東北有浴池，方四十許步，池中有釣臺方十步，臺之基岸〔一〕悉石也。遺基尚整。故王延壽曰『周行數里，仰不見日』者也。

《晉書·阮孚傳》云：孚字遥集，其母即胡婢也。孚之初生，其姑取王延壽《魯靈光殿賦》曰『胡人遥集於上楹』，而以字焉。

《颜氏家訓·勉學篇》云：吾七歲時誦《魯靈光殿賦》，至今〔二〕十年一理，猶不遺忘。

《唐書·文苑·李華傳》云：華進士時，著《含元殿賦》。蕭穎士見之曰：『《景福》之上，《靈光》之下。』已上王文考《魯靈光殿賦》。

《太平廣記》四百六十六云：海中魚蜄置陰處，有光。海水遇陰晦，波如然，火滿海。以物擊之，迸散如星火。有月即不見。《海賦》『陰火潛然』，豈謂此乎？出《嶺南异物志》。木玄虚《海賦》

《世説·文學篇》注引《郭璞别傳》云：文藻粲麗，詩賦贊〔三〕頌并傳於世。又《晉書·郭璞傳》云：著《江賦》，其辭甚偉，爲世所稱。

《水經》江水注云：江津口，江大自此始。故郭景純云：『濟江津以起漲。』言其深廣也。

又江水與沔水合流注云：南江〔四〕東注於具區，謂之五湖口。五湖謂之長蕩湖、太湖、射湖、貴湖〔五〕、滆湖。郭景純《江賦》曰『注五湖以漫漭』，蓋言江水經緯五湖，而包〔六〕注太湖也。

〔一〕據《水經注》，『臺之基岸』作『池臺』。
〔二〕據《颜氏家訓》，作『至於今日』。
〔三〕據《世説新語》，作『誄』。
〔四〕據《水經注》，作『江南』。
〔五〕據《水經注》，作『射貴湖』。
〔六〕據《水經注》，作『苞』。

又江水注云：又有湔水入焉。水出綿道，亦曰綿虒〔一〕縣之玉壘山，下注江。江水又東別爲沱，開明之所鑿也。郭景純所謂『玉壘作東別之標』者也。

又云：江水又東歷荆門、虎牙之間。荆門在南，上合下開，闇徹山南，有門像；虎牙在北，石壁色紅，間有白文，類牙形；并以物像受名。此二〔二〕山，楚之西塞也。水勢峻急〔三〕。故郭景純《江賦》云：『虎牙嵥〔四〕竪以屹崒，荆門闕〔五〕竦而磐礴〔六〕。圓淵九迴以懸騰，溢〔七〕流雷呴而電激。』

又云：東北百四十里曰崍山，中江所出，東注於大江。又東百五十里曰崌山，北江所出，東注於大江。郭景純《江賦》曰：『流二江於崌崍。』

又云：江水東徑廣溪峽。峽中有瞿塘、黄龕二灘。其峽蓋自昔禹鑿以通江。郭景純所謂『巴東之峽，夏后疏鑿』者。

又沔水注云：沔水又東得滻口。其水〔八〕承大滻、馬骨諸湖水，周三四百里。及其夏水來同，浩〔九〕若滄海。洪潭巨浪，縈連江沔。故郭景純《江賦》云『其旁則有朱滻丹漅』是也。

又引《吴地記》云：太湖有包山，在國西百餘里。旁有小山。山有石穴，南通洞庭，遠莫知所極。三苗之國，左洞庭，右彭蠡，今宫亭湖是也。以太湖之洞庭對彭蠡，則左右可知也。余按二湖俱以洞庭爲目者，亦分爲左右也。但以趣矚爲方耳。是以郭景純《江賦》云：『爰有包山洞庭，巴陵地道。潛逵〔一〇〕旁通，幽岫窈窕。』

又湘水注云：洞庭湖中有君山、編山。君山有地道潛通吴之包山，郭景純所謂『巴陵地道』者也。

〔一〕據《水經注》，作『夷』。
〔二〕據《水經注》，作『三』。
〔三〕據《水經注》，作『急峻』。
〔四〕據《江賦》，作『嵥』。
〔五〕據《水經注》，作『門』。
〔六〕據《水經注》，作『盤薄』。
〔七〕據《水經注》，作『溢』。
〔八〕據《水經注》，作『也』。
〔九〕據《水經注》，作『渺』。
〔一〇〕據《水經注》，作『達』。

山謙之《南徐〔一〕州記》《寰宇記》百二十三引云：瓜步山東五里有赤岸山，南臨江中。濤水自海入，衝激六七百里。及至此岸側，其勢始衰。《江賦》『鼓洪濤於赤岸』，即此。已上郭景純《江賦》。

《晉書·文苑傳序》云：姬歷云季，歌頌滋繁。荀、宋之流，導源自遠。總金羈而齊騖，指〔二〕玉馱而并馳。言泉會於九流，文律諧於六變。宋玉。

《世説·言語篇》云：桓玄問虎賁中郎省應在何處。有人答曰無省。問何以知無，曰潘岳《秋興賦》叙曰：『余兼虎賁中郎將，寓直散騎之省。』玄咨嘆〔三〕稱善。潘安仁《秋興賦》。

《宋書·謝莊傳》云：七歲能屬文。袁淑嘆曰：『江東無我，卿當獨步〔四〕。』

《南史·謝莊傳》云：孝武帝〔五〕問顔延之曰：『謝希逸《月賦》何如？』答曰：『美則美矣，但莊始知「隔千里兮共明月」。』帝召莊，以延之之答語之。莊應聲曰：『延之作《秋胡詩》，始知「生爲久離別，没爲長不歸」。』帝拊掌竟日。按孟棨《本事詩》又引宋武帝吟謝莊《月賦》，謂顔延之曰：『希逸此作，前不見古人，後不見來者，昔陳王何足尚耶？』

《唐書·文苑·袁朗傳》云：朗在陳爲秘書郎，後主詔爲《月賦》，朗染翰立成。後主曰：『謝希逸不能〔六〕獨美於前矣。』已上謝希逸《月賦》。

《宋書·謝方明傳》云：惠連幼而聰敏，能屬文。爲《雪賦》以高麗見奇。靈運見其新文，每曰：『張華重生，不能易也。』

《水經》睢水注云：睢水又東徑睢陽縣故城南。城東二十里有臺，寬廣而不甚極高，俗謂之平臺。或言兔園在平臺側。梁王與鄒、枚、司馬相如之徒極游於其上。故謝氏賦雪曰：『梁王不悦，游於兔園。』今也歌堂淪宇，律管埋音，孤基〔七〕塊立，無復曩日之望矣。已上謝惠連《雪賦》。

〔一〕據《太平寰宇記》，作『兖』。
〔二〕據《晉書》，作『揚』。
〔三〕據《世説新語》，作『嗟』。
〔四〕據《宋書》，作『秀』。
〔五〕據《南史》，作『孝武嘗』。
〔六〕據《新唐書》，作『謝莊不得』。
〔七〕據《水經注》，作『墓』。

《西京雜記》云：長沙俗以鵩鳥至人家，主人死。誼作《鵩鳥賦》，齊生死，等榮辱，以遣憂累焉。

《隋書·隱逸·李士謙傳》云：善談玄理。嘗有客坐不信佛家報應，以爲外典無聞。士謙曰：佛經輪轉五道，無復窮已。此則賈誼所謂〔一〕『千變萬化，未始有極』。佛道未東，賢者已知其然。

《晉書·庾敳傳》云：見王室多難，終知嬰禍，乃著《意賦》以豁情，衍賈誼之《鵩鳥》也。已上賈誼《鵩鳥賦》。

《酉陽雜俎·語資篇》引魏肇師曰：古人托曲者多矣。然《鸚鵡賦》，禰衡、潘尼二集并載。古人用意何至於此？

李白《望鸚鵡洲悲禰衡詩》云：吴江賦鸚鵡，落筆超群英。鏘鏘振金石〔二〕，句句欲飛鳴。已上禰正平《鸚鵡賦》。

《晉書·張華傳》云：華學業優博，辭藻温麗，朗瞻多通，圖緯方伎之書，莫不詳覽。又云：初未知名，著《鷦鷯賦》以自寄。陳留阮籍見之，嘆曰『王佐之才』也。由是聲名始著。本師黄氏云：茂先賦意實本莊子《逍遥》，故爲阮公所許。案莊子稱許由答堯之詞曰：『鷦鷯巢於深林，不過一枝；偃鼠飲河，不過滿腹。』郭注云：『性各有極，苟足其極，則餘天下之財也。』莊子又云：『鵬將圖南，蜩與學鳩笑之，曰：「我决起而飛，槍榆枋，時則不至，而控於地而已矣，奚以九萬里而南爲？」又云：澤雉十步一啄，百步一飲，不蘄畜於樊中，神雖王，不善也。』斯并取譬於小鳥，以恬静去歆羡之情，唯阮公《咏懷》亦云『鸄鳩飛桑榆，海鳥運天池。豈不識宏大，羽翼不相宜。招摇安可翔，不若棲樹枝。下集蓬艾間，上游園圃籬。正〔三〕爾亦自足，用子爲追隨。』此則茂先之言，正與阮公同趣也。張茂先《鷦鷯賦》。

陸士衡《遂志賦序》云：昔崔篆作詩以明道述志。而馮衍又作《顯志賦》，班固作《幽通賦》，皆相依仿焉。班生彬彬，切而不絞，哀而不怨。《思玄》精練而和惠，欲麗前人，而優游清典，漏《幽通》矣。

《後漢書·張衡傳》云：常思圖身之事，以爲凶吉倚伏，幽微難明，乃作《思玄賦》以宣寄情志。

《南史·蕭子顯傳》云：工屬文，著《鴻序賦》，沈約稱爲《幽通》之流。

《史通·雜説上》云：班固稱項羽自取天亡，于公待封，嚴母待喪。如固斯言，深信夫天怨神怒，福善禍淫者矣。至其賦《幽通》也，復以天命久定，非理所移，善惡無徵，報施多爽。同理异説，前後以相矛盾。已上《幽通賦》《思玄賦》。

《顔氏家訓·勉學篇》云：泰山羊肅讀潘岳《閑居賦》『周文弱枝之棗』爲杖策之杖。

〔一〕據《隋書》，作『言』。
〔二〕據《李太白全集》，作『玉』。
〔三〕據阮籍《咏懷》，作『但』。

《晉書・潘岳傳》云：性輕躁趨勢〔一〕利。其母數誚之曰：『爾當知足，而乾没不已乎。』岳終不改。既仕宦不達，乃作《閑居賦》。《金樓子・立言篇》引潘岳賦云：太夫人御板輿，乘輕軒。柳垂陰，車結軌。或宴於林，或宴於沚。兄弟斑白，兒童稚齒。稱福壽以獻觴，咸一懼而一喜。嗟夫，天下之至樂唯斯而已矣。已上《閑居賦》。

《南齊書・陸厥傳》云：《長門》《上林》，殆非一家之賦。《長門賦》。

《水經》清水注云：清水又徑七賢祠東，左右筠篁列植，冬夏不變貞萋。向子期所謂山陽舊居也。向子期《思舊賦》。

《南史・江淹傳》云：留情文章。齊高帝《讓九錫》及諸章表，皆淹製也。少以文章顯。晚節才思微退。夢張景陽向其索錦，淹探懷中數尺與之。景陽〔二〕曰：『那得割裂〔三〕都盡？』顧見邱〔四〕遲曰：『餘此數尺，聊以遺君。』

《酉陽雜俎・語資篇》云：李白前後三擬《文〔五〕選》，不如意，輒〔六〕焚之，惟〔七〕留《恨》《别》賦。按王琢崖注，今《别賦》已亡，惟存《恨賦》。江文通《恨》《别》賦。

《晉書・陸機傳》云：機天才秀逸，辭藻弘〔八〕麗。張華嘗謂之曰：『人之爲文常患〔九〕才少，而子患其多。』弟雲嘗與書：『君苗見兄文，輒欲焚〔一〇〕其筆硯。』後葛弘〔一一〕著書稱：『猶玄圃之積玉，無非夜光焉。五河之吐流，泉源如一焉。其弘麗妍贍，英鋭漂逸，亦一代之絶乎！』其爲人所推服如此。

陸雲《與兄平原書》云：往日論文，先辭而後情，尚絜而不取悦澤。嘗憶兄道張公文，子論文實自欲得。今日便欲宗其言。兄文

〔一〕據《晉書》，作『世』。
〔二〕據李延壽《南史》，作『此人大恚』。
〔三〕據李延壽《南史》，作『截』。
〔四〕據李延壽《南史》，作『丘』。
〔五〕據《酉陽雜俎》，作『詞』。
〔六〕據《酉陽雜俎》，作『悉』。
〔七〕據《酉陽雜俎》，作『唯』。
〔八〕據房玄齡《晉書》，作『宏』。
〔九〕據房玄齡《晉書》，作『恨』。
〔一〇〕據房玄齡《晉書》，作『燒』。
〔一一〕據房玄齡《晉書》，作『洪』。

章之高遠絶异，不可復稱言。然猶皆欲微多。但清新相接，不以此爲病耳。若復令小省，恐其妙欲不見可復稱極。不審兄猶〔一〕以爲爾否〔二〕？

文詞源流不出俗檢。

《抱樸·外》佚文孫輯本引歐陽生曰：張茂先、潘安仁文遠過二陸。或曰：張、潘與二陸爲比，不徒步驟之間也。歐陽曰：二陸

又《抱樸子》曰：秦時不覺無鼻之醜，陽翟憎無癭之人。陸君深疾文士放蕩，流遁遂往，不爲虛誕之言，非不能也。陸君之文，猶玄圃之積玉，無非夜光。吾生之不別陸文，猶侏儒測海，非所長也。却後數百年，若有幹迹如二陸，猶比肩也，不謂疏矣。

又嵇君道問二陸優劣。《抱樸子》曰：吾見二陸之文百許卷，似未盡也。朱淮南嘗言，二陸重規沓矩，無多少也。一手之中，不無利鈍。方之他人，若江漢之與潢污，及其精處，妙絶漢魏之人也。

又云：陸平原作子書未成。吾門生有二〔三〕陸君，軍中常在左右，説陸君臨亡曰：『窮通時也，遭遇命也，古人貴立言以爲不朽，吾所作子書未成，以此爲恨耳。』余謂仲長統作《昌言》未竟而亡，後繆襲撰次之。桓譚《新論》未備而終，班固爲其成《琴〔四〕道》。今才士何不贊成陸公子書？

《陸清河集·與兄平原書》云：《文賦》甚有辭，綺語頗多。文適多體，便欲不清。不審兄呼爾否〔五〕？已上陸士衡《文賦》。

《漢書·王褒傳》云：太子元帝喜褒所爲《甘泉》及《洞簫頌》，令後宮貴人左右皆誦讀之。

《宋書·樂志》云：笛〔六〕起近世，出羌中。馬融《長笛賦》云：京房、邱仲工其事，皆漢武帝時人。其後更有羌笛爾。馬季長《長笛賦》。

《魏志·王粲傳》云：嵇康文辭壯麗，好言老莊而尚奇任俠。

嵇喜撰《叔夜傳》《魏志·王粲傳》注引云：彈琴咏詩，自足於懷抱之中。

〔一〕作「由」。
〔二〕作「不」。
〔三〕據嚴可均《全晉文》，作「在」。
〔四〕據嚴可均《全晉文》，作「瑟」。
〔五〕作「不」。
〔六〕據《宋書》，作「此器」。

嵇叔夜《與山巨源绝交書》云：濁酒一杯，彈琴一曲，志願畢矣。

《晋書·嵇康傳》云：嘗游於[一]洛西，暮宿華陽亭，引琴而彈。夜分忽有客詣之，稱是古人。與康共談音律，辭致清辯，因索琴彈之而爲《廣陵散》，聲調绝倫，遂以授康。仍誓不傳人，亦不言其姓字。及康將刑，顧視日影，索琴彈之，曰：『袁孝尼嘗從吾學《廣陵散》，吾每靳固之，《廣陵散》於今绝矣。』

《晋書·文苑·顧愷之傳》云：嘗爲《箏賦》成，謂人曰：吾賦之比嵇康《琴》，不賞者必以後出相遺，深識者亦當以高奇見貴。《世説·文學篇》同。

《世説·賞悟篇》云：許玄度言《琴賦》所謂『非至精者不能與之析理』，劉尹其人。『非淵静者不能與之閑止』，簡文其人。已上嵇叔夜《琴賦》。

習鑿齒《襄陽耆舊傳》唐余知古《渚宫舊事》引云：襄王與宋玉游於雲夢之臺，望朝雲之館。其上有雲氣，變化無窮。王曰：『何氣也？』玉曰：『昔者先王游於高唐，怠而晝寢，夢見一婦人，曖兮[二]若雲，皎兮[三]若星，將行未止，如浮雲[四]停。詳而觀之，西施之形。王悦而問之。曰：「我夏帝之季女也，名曰瑶姬，未行而亡。封乎巫山之臺，精魂爲草，摘而爲芝，媚而服焉，則與夢期。所謂巫山之女，高唐之姬。聞君游於高唐，願薦寢席。」王因幸之。既而言之曰：「妾處之褕，尚莫可言之。今遇君之靈，幸妾之搴，將撫君苗裔，藩乎江漢之間。」王謝之。辭去。曰：「妾在巫山之陽，高邱之岨，旦爲朝雲，暮爲行雨，朝朝暮暮，陽臺之下。」王朝視之，如言。乃爲立館，號曰朝雲。王曰：「願子賦之以爲楚志。」』

唐范攄《雲溪友議》卷七云：故太尉李德裕鎮渚宫。嘗謂余，偶賦巫山神女詩，下句云：『自從一夢高唐後，可是無人勝楚王。』晝夢宵征，巫山似欲降者。如何？段記室成式曰：屈平流放，宋玉招魂，恐禍及身，假高唐之夢以感[五]襄王，非真夢也。我公思神女之會，惟慮夢亦非真。李公退，慚其文，不編集於卷也。已上宋玉《高唐》《神女賦》。

《晋書·文苑·成公綏傳》云：雅好音律，嘗當暑承風而嘯，泠然成曲。因爲《嘯賦》。按封演《聞見記》：孫廣著《嘯旨》十五

[一] 據房玄齡《晋書》，作『乎』。
[二] 據余知古《渚宫舊事》，作『乎』。
[三] 據余知古《渚宫舊事》，作『乎』。
[四] 據余知古《渚宫舊事》，作『忽』。
[五] 據范攄《雲溪友議》，作『惑』。

章。成公綏《嘯賦》。

《金樓子・立言篇》云：曹子建、陸士衡皆文士也，觀其辭致側密，事語堅明，意匠有序，遺言無失，雖不以儒者命家，此亦悉通其義也。

《南齊書・陸厥傳》云：《洛神》《池雁》，便成二體之作。

又沈約云：以《洛神》比陳思他賦，有如[一]异手之作。故知天機啓則律吕自調，六情滯則音律頓舛也。

陳思王《前録序》《類聚》五十五引云：余少而好賦。其所尚也，雅好慷慨。所著繁多，雖觸類而作，然蕪穢者衆。故删定別撰爲《前録》七十八篇。

《魏志・陳思王植傳》評云：陳思文才富艷，足以自通後葉。

《金樓子・説蕃篇》云：劉休玄少好學，嘗爲《水仙賦》。當時以爲不減《洛神》。已上曹子建《洛神賦》。

詩

沈休文《宋書・謝靈運傳論》云：至於先士茂製，諷高歷賞。子建函京之作，仲宣灞[二]岸之篇，子荆零雨之章，正長朔風之句，并直舉胸情，非傍詩史，正以音律調韵，取高前式。按所舉諸篇并見《文選》。

《隋書・經籍志序》云：宋齊之世，下逮梁初，靈運高致之奇，延年錯綜之美，謝玄暉之藻麗，沈休文之富溢，輝焕斌蔚，辭義可觀。

駱賓王《和學士閨情詩啓》云：李都尉鴛鴦之辭，纏綿巧妙。班婕妤霜雪之句，發越清迴。平子《桂林》，理在文外。伯喈《翠鳥》，意盡行間。河朔詞人，王、劉爲稱首；洛陽才子，潘、左爲先覺。若乃子建之牢籠群彦，士衡之藉甚當時，并文苑之羽儀，詩人之龜鏡。爰逮江左，謳謡不輟。非有神骨仙才，專事玄風道意。颜、謝特起[三]，戕伐典麗。自兹以降，聲律稍精。

[一] 據沈約《沈隱侯集》，作「似」。
[二] 據《宋書》，作「霸」。
[三] 作「挺」。

《唐書·白居易傳·與元稹書》云：《國風》變爲《騷》，五言始於蘇、李。蘇、李騷人，皆不遇者，各係〔一〕其志，發而爲文，故河梁之句止於傷别，澤畔之吟歸於怨思，彷徨抑鬱，不可〔二〕及他耳。然去詩未遠，梗概尚存，故興離别則引雙鳧一雁爲喻，諷君子小人則引香草惡鳥爲比，雖義類不具，猶得風人之什二三焉。於時六義始缺矣。晋宋已來〔三〕，得者蓋寡，以康樂之奥博，多溺於山水，以淵明之高古，偏放於田園，江、鮑之流又狹於此，如梁鴻《五噫》之例者百無一二焉。於時六義浸微矣，陵夷矣。至於梁陳間，率不過嘲風月〔四〕弄花草而已。噫！風雪花草之物，《三百篇》中豈捨之乎，顧所用何如耳。設如『北風其凉』，假風以刺威虐也；『雨雪霏霏』，因雪以愍征役也；『棠棣之華』，感華以諷兄弟也；『采采芣苢』，美草以樂有子也。皆興發於此，而義歸於彼，反是者可乎哉？然則『餘霞散成綺，澄江净如練』『離〔五〕花先委露，落〔六〕葉乍辭風』之什，麗則麗矣，吾不知所諷焉。故僕所謂嘲風雪、弄花草而已，於時六義盡去矣。按元、白諷諭，直指時事，自創新體，而輕詆六朝，上及陶、謝，所謂論甘則忌辛，非通方之談也。已上詩。

《抱朴子·鈞世篇》云：近者夏侯湛、潘安仁并作補亡詩《白華》《由庚》《南陔》《華黍》之屬。案夏侯湛補亡名『周詩』。安仁補亡名『家風詩』，并見《世説·文學篇》《晋書·夏侯湛傳》。不審廣微之作，稚川何以不言也。束廣微《補亡》。

《宋書〔七〕·謝靈運傳》云：文章之美，與颜延之爲江左第一。縱横俊發過於延之，深密則不如也。

《南史·颜延之傳》云：文章冠绝當時。又云：與謝靈運俱以詞采齊名，而遲速懸绝，延之嘗問鮑照，己與靈運優劣。照曰：『謝五言如初發芙蓉，自然可愛。君詩若鋪錦列綉，亦雕繢滿眼。』斯時議者以延之、靈運自潘岳、陸機之後，文士莫及。江右稱潘、陸，江左稱颜、謝焉。

又《靈運傳》云：詩書兼绝，文帝稱爲二寶。

《南齊書·武陵王傳》云：與諸王共作短句詩，學謝靈運體，以呈上。報曰：『康樂放蕩，作體不辨首尾，安仁、士衡深可宗尚，

〔一〕據劉昫《舊唐書》，作『繫』。
〔二〕據劉昫《舊唐書》，作『暇』。
〔三〕據劉昫《舊唐書》，作『還』。
〔四〕據劉昫《舊唐書》，作『雪』。
〔五〕據劉昫《舊唐書》，作『歸』。
〔六〕據劉昫《舊唐書》，作『别』。
〔七〕應爲《南史》。

顔延之抑其次也。』

梁簡文帝《與湘東王書》云：謝客吐言天拔，出於自然。時有不拘，是其糟粕。已上謝靈運詩。

《史通・載文篇》云：至如詩有韋孟《諷諫》，篇則賈誼《過秦》，論則班彪《王命》，張華述箴於女史，張載題名〔一〕於劍閣，諸葛表主以出師，此皆言成軌則，爲世龜鏡。韋孟《諷諫》。

魏文帝《典論・論文》云：應瑒和而不壯，劉楨壯而不密。《與吳質書》云：公幹有逸氣，但未遒耳。其五言詩之善者，妙絶時人。已上應德璉、劉公幹。

《晉書・文苑・應貞傳》史臣曰：應貞宴射之文，極形言之美。華林群藻，罕或疇之。應吉甫《晉武帝華林園集詩》。

《南史・謝瞻傳》云：與從叔混〔二〕、族弟靈運，俱有盛名。嘗作《喜霽詩》，靈運寫之，混〔三〕咏之，王宏〔四〕在坐，以爲三絶。謝宣遠詩。

《南史・沈約傳》云：善屬文。時謝玄暉善爲詩，任彦昇工於筆，約兼而有之，然不能過。

《顔氏家訓・文章篇》云：沈隱侯曰：『文章當從三易：易見事，一也；易識字，二也；易誦讀，三也。』邢子才常曰：『沈侯文章用事，不使人覺，若胸臆語也。』深以此服之。祖孝徵亦嘗謂吾曰：『沈詩云「崖傾護石髓」，此豈似用事邪？』

《唐書・文苑傳序》云：近代唯沈隱侯斟酌『二南』，剖陳『三變』，攄淵、雲〔五〕之抑鬱，振潘、陸之風徽，律吕和諧，宮商輯洽。不但〔六〕子建總建安之霸，客兒擅江表〔七〕之雄。已上沈休文詩。

《世説・仇隙篇》云：孫秀收石崇，同日收岳。潘曰可謂『白首同所歸』。潘《金谷集詩》『投分寄石友，白首同所歸』，乃成其讖。

〔一〕據劉知幾《史通》，作『銘』。
〔二〕據《南史》，作『琨』。
〔三〕據《南史》，作『琨』。
〔四〕據《南史》，作『王弘』。
〔五〕據《舊唐書》，作『雲、淵』。
〔六〕據《舊唐書》，作『獨』。
〔七〕據《舊唐書》，作『左』。

《大唐新語・文章篇》云：劉希夷一名挺之，少有文華。嘗爲《白頭翁咏》，曰：『今年花落顔色改，明年花開復誰在？』既而自悔曰：『我此詩似讖，與石崇「白首同所歸」何异也？』潘安仁《金谷集作詩》。

《史通・浮詞篇》云：子建之咏三良，延年之歌秋婦，至於臨穴涙下，閨中長嘆。雖語多本傳，而事無异説。蓋鳧脛雖短，續之則悲。史文雖約，增之反累。加減前哲，豈容易哉？曹子建《三良詩》、顔延年《秋胡詩》。

《北史・魏・薛憕傳》云：江表取人多以世族，憕世無貴仕，既不被擢用，常鬱鬱不得志。韋潛度謂曰：『何不斆裾數參吏部？』，憕曰：『「世胄躡高位，英俊沉下僚」，古人以爲嘆息，竊所未能也。』左太冲《咏史》。

《南史・謝朓傳》云：文章清麗，善草隸，長五言詩。沈約常云：『二百年來無此詩也。』

梁簡文帝《與湘東王書》云：近世謝朓、沈約之詩，任昉、陸倕之筆，斯實文章之冠冕、述作之楷模。

《南史・王筠傳》云：謝朓嘗見語云：『好詩圓美流轉如彈丸。』近見其數首，方知此言爲實。

《金樓子・立言篇》云：謝玄暉始見貧小，然而天才命世，過足以補尤。

《顔氏家訓・文章篇》云：劉孝綽當時既有重名，無所與讓，唯服謝朓。常以謝詩置几案間，動静輒諷味。已上謝玄暉詩。

《元和志》江南道四宣城縣云：敬亭山，州北十二里，即謝朓賦詩之所。謝玄暉《敬亭山》。

《隋書・經籍志》：梁有應貞注應璩《百一詩》八卷，亡。

《魏書・賨李雄傳》云：李壽奢侈，百姓疲於使役。其臣龔壯作詩七首，托言應璩，以諷壽。壽曰：『省詩知意。若今人所作，賢哲之話言；古人所作，死鬼之常辭耳。』

《楚國先賢傳》葛立方《韵語陽秋》卷四引云：應璩作《百一詩》，譏切時事，在事者皆以爲應焚棄之。應休璉《百一》。按《文選》所載略不及時事，郭茂倩雜體詩載《百一》五篇皆璩所作。首篇言馬子侯解音律；二篇傷翳桑二老無以葬妻子，已無宣孟之德可以賙其急；三篇言老人桑榆之景，斗酒自勞；末篇即《文選》所載。第四篇似有風諫，所謂『苟欲娱耳目，快心樂腹腸。我躬不悦歡，安能慮死亡。』鍾嶸評陶淵明出於應璩，璩詩不多見。《文選》所載《百一》，與淵明詩了不相類。已上應休璉《百一》。

《梁書・徐勉傳》云：悱始踰立歲，文章之美，得之天然。居無塵雜，多所著述。徐敬業。

《魏志・王粲傳》云：阮瑀子籍，才藻艶逸，而倜儻放蕩，行己寡欲，以莊周爲模。

《晉書・阮籍傳》云：作《咏懷詩》八十餘篇，爲世所重。

《水經》渭水注云：長安城第三門，亦曰青門。門外舊出好瓜。昔廣陵人邵平爲秦東陵侯。秦破，爲布衣，種瓜此門。瓜美，故世謂之東陵瓜。是以阮籍《咏懷詩》云：『昔聞東陵瓜，近在青門外。連畛拒阡陌，子母相鉤帶。』指謂此門也。

又穀水注云：穀水逕建春門石橋下，即上東門也。阮嗣宗詩〔二〕曰『步出上東門』者也。

《洛陽伽藍記序》云：北頭第一門曰建春門，漢曰上東門，阮籍詩曰『步出上東門』是也。已上阮嗣宗《咏懷》。

《續晋陽秋》《世説·文學篇》注引云：正始中，王弼、何晏好老莊〔三〕玄勝之談，而世遂貴焉。至過江，佛理尤盛，故郭璞五言始會合道家之言而韵之。詢許詢及太原孫綽轉相祖尚，又加以三世之辭，而詩騷之體盡矣。

《水經》汳水注云：汳水又東逕蒙縣故城北，即莊周之本邑也。爲蒙之漆園吏，郭景純所謂『漆園有傲吏』者也。悼惠施之没，杜門於此邑。

《梁書·王筠傳》云：昭明太子嘗與王筠、劉孝綽、陸倕、到洽、殷芸等游玄圃。太子執筠袖，撫孝綽肩，曰：所謂『左把浮邱袖，右拍洪崖肩』。已上郭景純《游仙》。

《梁書·昭明太子統傳》云：性愛山水，嘗泛舟後池，番禺侯軌盛稱此中宜奏女樂。太子不答，咏左思《招隱詩》曰：『何必絲與竹，山水有清音。』侯慚而止。

《世説·任誕篇》云：王子猷居山陰，夜大雪，眠覺，開室命酌酒，四望皎然，因起彷徨，咏左思《招隱詩》。已上左太冲《招隱》。

《南史·謝方明傳》云：靈運每有篇章，對惠連輒得佳語。嘗於永嘉西堂思詩，竟日不就，忽夢見惠連，即得『池塘生春草』，大以爲工。常云：『此詩有神助，非吾語也。』

《酉陽雜俎·語資篇》云：歷城房家園尹孝逸還都，詞人餞宿於此。逸爲詩曰：『風淪歷城水，月倚華山樹。』時人以比靈運『池塘』十字。已上謝靈運《登池上樓》。

《南齊書·王儉傳》云：世祖問儉當今五言詩。儉對曰：『謝朓、江淹。』江文通詩。

《晋書·嵇康傳》云：吕安爲兄所枉訴，以事繫獄。辭相證引，遂收康。康性慎言行，一旦縲紲，乃作《幽憤詩》。嵇叔夜《幽憤詩》。

〔二〕據《水經注》，作『《咏懷詩》』。

〔三〕據《世説新語》，『老莊』作『莊老』。

《金樓子·捷對篇》云：宋武帝登霸陵，乃眺西京。使傅亮等各詠古詩名句。亮誦王仲宣詩，曰：『南登霸陵岸，回首望長安。』《晉書·文苑·郭澄之傳》云：劉裕既克長安，意更欲西伐。集寮屬議之，多不同。次問澄之，澄之不答。西向誦王粲詩曰：『南登霸陵岸，回首望長安。』裕意便定，謂澄之曰：『當與卿共登霸陵岸耳。』《元和志》關内道萬年縣云：白鹿原在縣東二十里，亦謂之霸上。漢文帝葬其上，謂之霸陵。王仲宣詩曰『南登霸陵岸，回首望長安』，即此也。已上王仲宣《七哀詩》。

《南史·任昉傳》云：時人云，任筆沈詩。昉聞甚以爲病。晚節轉好著詩，欲以傾沈，用事過多，不得流便。自爾都下士子慕之，轉爲穿鑿，於是有才盡之談矣。任彦昇詩。

《水經》澧水注云：澧水又東徑南安縣南，澹水注之。水上承澧水於作唐縣東，徑其縣北，又東注於澧，謂之澹口，王仲宣《贈孫文始詩》『悠悠澹澧』者也。王仲宣《贈士孫文始》。

《洛陽伽藍記序》云：洛陽西面承明門，高祖所立，世人謂之新門。時王公卿士當[一]迎駕於新門，高祖謂御史中尉李彪曰：『曹植詩「謁帝承明廬」，此門宜以承明爲稱。』遂名之。《北史·東魏孝静帝紀》云：帝遜位於齊，與夫人嬪以下訣。嬪趙國李氏誦陳思王詩『王其愛玉體，俱享黄髮期』。已上曹子建《贈白馬王彪》。

《晉書·文苑·顧愷之傳》云：每重嵇康四言詩，因爲之圖。常[二]云：『手揮五弦易，目送飛[三]鴻難。』嵇叔夜《贈秀才入軍》。

《魏志·衛覬傳》注引《潘尼别傳》曰：尼嘗贈陸機詩，機答之，其四句曰：『猗歟潘生，世篤其藻。仰儀前文，丕隆祖考。』潘正叔《贈陸機出爲吴王郎中令》。

《劉琨集》載盧諶答琨詩《野客叢書》卅引云：『誰言日向暮，桑榆猶啓晨。誰言繁英實，振藻耀芳春。百鍊或致屈，繞指所以伸。』按此答琨贈詩『功業未及建，夕陽忽西流。朱實隕勁風，繁英落素秋。何意百鍊剛，化爲繞指柔』六句之意。《選》載劉、盧贈答止一二首，琨集載詩往返四首。《野客叢書》云。已上《重贈盧諶》。

陽休之《陶潛集序録》云：余覽陶潛之文，辭采雖未優，而往往有奇絶异語。放逸之致，棲托仍高。按陶公詩，仲偉第之中品，

[一] 據《洛陽伽藍記》，作『常』。
[二] 據《晉書》，作『恒』。
[三] 據《晉書》，作『歸』。

而稱其純篤真古，爲隱逸詩人之宗。休之此論，既稱其逸致，復推其奇語，與仲偉可謂同音。自宋以來，文士因淵明之高節而并重其詩，遂疑仲偉品評未當。蘇子瞻至謂曹、劉、鮑、謝、李、杜諸人皆莫能及。此乃任情隆奉，未可率爾信從。詳陶公之詩，托意高遠，措語真質，自非卑棲塵俗者所能爲。若論其風力，挹其辭采，雖略殊於孫、許，實未逮於晉初，蓋緣無意爲詩，所以不事研鍊，惟其清風苦節，作表方來，奇語妙辭，間出篇内，故流傳彌廣，稱譽彌高。若能玩索遺文，參驗時序，乃覺鍾、陽之論非爲膚淺矣。陶淵明詩。

《宋書·樂志》云：元嘉二十二年南郊始設登歌，詔御史中丞顔延之造詩。又云：宋南郊雅樂登歌三篇，顔延之造。顔延年《宋郊祀歌》。

劉敞《南北朝雜記》云：吴筠常爲詩曰：『秋風隴〔一〕白水，雁足印黄沙。』沈約語之曰：『印黄沙語太險。』筠曰：『亦見公詩云「山櫻發欲然」。』約曰：『我始欲然，君〔二〕已印訖。』沈休文《早發定山》。

吴兢《樂府古題解》云：《飲馬長城窟》，古辭，傷良人流宕不歸。陳琳『水寒傷馬骨』，言秦人苦長城之役。古詞《飲馬》。

又云：《長歌行》，古詞，言榮華不久，當努力爲樂。曹魏改奏文帝所賦『西山一何高』，言仙道洪濛不可識。陸士衡『逝矣經天日』，復言人運短促當乘閑。歌行〔三〕不與古文合。古詞《長歌行》。

《玉臺新咏》一《怨詩序》云：漢成帝班婕好失寵，供養於長信宫，乃作賦自傷，并爲《怨詩》一首。

《樂府古題〔四〕》云：《怨歌行》，一曰《怨詩行》，古詞『爲君既不易，爲臣良獨難』，言周公輔政，二叔流言。梁簡文『十五頗有餘』，自言姝艷，而以讒見毁。班婕好《紈扇詩》亦云《怨歌行》，不知與此同否？

《唐書·張九齡傳》云：九齡内懼，恐遂爲李林甫所危。因帝賜白羽扇，乃獻賦自況。其末曰：『縱秋氣之移奪，終感恩於篋中。』

已上班婕好《怨歌行》。

《魏志·武帝紀》注引《魏書》云：魏武帝御軍三十餘年，手不捨書。晝則講軍〔五〕策，夜則思經傳。登高必賦，被之管弦，皆成樂章。

〔一〕據《太平廣記》，作『瀧』。

〔二〕作『即』。

〔三〕據《樂府古題要解》，『歌行』作『長歌』。

〔四〕應作『樂府古題要解』，以下均同。

〔五〕據《三國志》，作『武』。

元稹《杜子美墓銘序》云：建安之後，天下文士遭罹兵戰。曹公〔一〕父子鞍馬間爲文，往往横槊賦詩。故其遒文壯節，抑揚怨哀，悲離之作，尤極於古。

《樂府古題》云：魏武帝『對酒當歌』，晉陸士衡『置酒高堂』，皆言當及時爲樂。又舊説，長歌短歌大率言人壽命短長〔二〕分定，不可妄求。魏武帝《短歌行》。

《晉書·謝安傳》云：羊曇爲安所重，安薨後，行不由西州路。嘗因石頭大醉，扶路唱樂，不覺至州門。悲感不已，以馬策扣扉，誦曹子建詩曰：『生存華屋處，零落歸山丘。』慟哭而去。曹子建《箜篌引》。

《樂府古題》云：《燕歌行》，晉樂奏魏文帝『秋風蕭瑟天氣凉』，『別日容〔三〕易會日難』二篇。言時序遷换，行役不歸，佳人怨曠，無所謝〔四〕也。魏文帝《燕歌行》。

又云：《善哉行》古辭『來日大難，口燥脣干』，言人命不可保，當樂見親友，求長生術。魏文帝詞云『有美一人，婉如清揚』，言其知音識曲，善爲樂方。此篇諸集所出，不入樂志。《善哉行》。

又云：曹植『白馬飾金羈』，鮑照『白馬騂角弓』，沈約『白馬紫金鞍』，皆言邊塞征戰之狀。曹子建《白馬》。

傅玄《琵琶賦序》云：故老云，漢遣烏孫公主嫁昆彌，念其行道思慕，故使工人知音者載琴、箏、筑、箜篌之屬，作馬上之樂，以方語目之，故云琵琶，取其易傳於外國也。杜摯以爲嬴秦之末，蓋苦長城之役，百姓弦鞉而鼓之。二者各有所據，以意斷之，烏孫近焉。石季倫《王明君詞》。

《樂府古題》云：陸機『泛舟濤〔五〕川渚』，謝靈運『出宿告密親』，皆傷離别，言壽短景馳，容華不久，傅玄《苦相篇》『苦相身爲友〔六〕』，言盡力於人，終以花〔七〕落見棄。亦題曰《豫章行》。陸士衡《豫章行》。

〔一〕據元稹《元氏長慶集》，作『氏』。
〔二〕據《樂府古題要解》，作『長短』。
〔三〕據《樂府古題要解》，作『何』。
〔四〕據《樂府古題要解》，作『訴』。
〔五〕據《樂府古題要解》，作『清』。
〔六〕據《樂府古題要解》，作『女』。
〔七〕據《樂府古題要解》，作『華』。

又云：《齊謳行》，齊人以歌其地。《齊謳行》。

又云：晉陸士衡『扶桑升朝暉』等，但言〔一〕佳人好會，與古詞始同末异。《日出東南隅行》。

又云：《會吟行》謝靈運『六引緩清唱』，其致與《吴趨行》同。謝靈運《會吟行》。

又云：《東武吟》鮑照『主人且勿喧』，沈約『天德深且曠』，傷時移世异，芳華徂謝而已。鮑明遠《東武吟》。

又云：《出自薊北門行》，其詞與《從軍行》同，兼言燕薊風物及突騎悍勇之狀。《出自薊北門行》。

又云：《結客少年場行》言輕生重義，慷慨以立功名也。《結客行》。

又云：《東門行》古詞云：『出東門，不顧歸。』言士有貧不安其居者，拔劍將去，妻子牽衣留之，願共餔糜，不求富貴。若鮑照『傷禽惡弦驚』，但傷離別。《東門行》。

又云：古詞『皚如山上雪，皎若雲間月』，言良人有兩意，故來與之相决絶。次言别於溝水之上，叙其本情。終言男兒當重意氣，何用於錢刀也。若鮑照『直如朱絲繩』，自傷清直芬馥而遭金點玉之謗，與古文近焉。《白頭吟》。

又云：《升天行》曹植『日月何肯留』，鮑照『家世宅關輔』，又如陸士衡《緩聲歌》，皆傷俗情艱險〔二〕，當翱翔六合之外，蓋出楚辭〔三〕《遠游篇》也。《白孔六帖》補卷十八引《升天行》注：采芝法有五，故云五圖。出《太清金匱記》。《升天行》。

《漢書·禮樂志》云：高祖過沛，作『風起』之詩，令沛中僮兒百二十人習歌之。至孝惠時，以沛宫爲原廟，歌兒常以百二十人爲員。文景之間，禮宫〔四〕肄業而已。漢高帝歌。

《魏書·常景傳》云：經涉山水，悵然懷古，乃擬劉琨《扶風歌》十二首。

《水經》沁水注云：《上黨記》曰：丹水出長平北山南流。秦坑趙衆，流血丹川，由是俗名爲丹水。又東南流注於丹谷，即劉越石《扶風歌》所謂『丹水』者也。已上劉越石《扶風歌》。

《唐詩紀事》卷二云：文宗宫人沈翹翹者，歌《河滿子》，有『浮雲蔽白日』之句，其聲宛轉。上因欷歔問曰：『汝知之耶？此《文選》《古詩》第一首，蓋忠臣爲奸邪所蔽也。』乃賜金臂環。

〔一〕據《樂府古題要解》，作『歌』。
〔二〕據《樂府古題要解》，作『險艱』。
〔三〕據《樂府古題要解》，作『歌』。
〔四〕據《漢書》，作『官』。

《洛陽伽藍記》云：城西冲覺寺在西明門外一里，西北有樓出凌雲霄〔一〕，《古詩》所謂『西北有高樓，上與浮雲齊』者也。

《世説·文學篇》云：王孝伯在京行散，至其弟王睹户前，問《古詩》中何句爲最。睹思未答，孝伯咏『所遇無故物，安〔二〕得不速老？』此句爲佳。

《唐語林·言語篇》云：司稼卿梁孝仁，高宗時造蓬萊宫，庭院列樹白楊。將軍契苾何力於宫中縱觀。但誦古詩『白楊多悲風，蕭蕭愁殺人』，意此非宫室所宜種。孝仁遂令拔去，更種梧桐。

《新唐書·李石傳》云：石曰，古詩有之：『人生不滿百，常懷千歲憂』，畏不逢也。『晝短苦夜長』，闇時多也。『何不秉燭游』，勸之照也。已上《古詩十九首》。

《玉臺新咏》卷八傅玄《擬四愁詩序》云：平子《四愁》，體小而俗，七言類也。

《水經》渭水注云：汧水有二源，一水出縣西山，謂之小隴山，巖嶂高險，不通軌轍，故張衡《四愁詩》曰：『我所思兮在漢陽，欲往從之隴坂長。』已上張平子《四愁詩》。

《晋書·殷浩傳》云：甥韓伯隨至徙所，經歲還都，浩送至渚側，咏曹颜遠詩云：『富貴他人合，貧賤親戚離。』因而泣下。曹颜遠《感舊詩》。

《水經》淯水注云：魯陽關左右連山插漢，秀木干雲，是以張景陽詩：『朝發魯陽關，峽路峭且深。』已上張景陽《雜詩》。

《颜氏家訓·勉學篇》云：莊生有乘時鵲起之説，故謝朓詩曰：『鵲起登吴臺。』吾有一親表作七夕詩云：『今夜吴臺鵲，亦往共〔三〕填河。』此耳食〔四〕之過也。謝玄暉《和伏武昌登孫權故城》。

《金樓子·説蕃篇》云：劉休玄嘗爲《擬古詩》，時人以爲陸士衡之流。劉休玄《擬古詩》。

《唐語林·文學篇》鄭此下原闕二字云：杜工部《八哀詩》，時人比之大謝《擬魏太子鄴中八篇》。杜曰：『吾詩曰：「汝陽讓帝子，眉宇真天人。虬髯似太宗，色映塞外春」。八篇中有此句不？』或曰：『「百川赴巨海，衆星拱北辰。」所謂世有其人。』杜曰：『使昭明再生，吾當出劉、曹、二謝上。』謝靈運《擬魏太子鄴中集詩》。

〔一〕據《洛陽伽藍記》，作『臺』。
〔二〕據《世説新語》，作『焉』。
〔三〕據《颜氏家訓》，『往共』應作『共往』。
〔四〕據《颜氏家訓》，作『學』。

《江淹集·雜體詩序》云：夫楚謠漢風，既非一國〔一〕，魏製晉造，固亦二體。譬猶藍朱成彩，雜錯之變無窮；宮角〔二〕爲音，靡曼之態不極。故蛾眉詎同貌，而俱動於魄；芳草寧共氣，而皆悦於魂，不其然歟？至於代〔三〕之諸賢，各滯所迷，莫不論甘則忌辛，好丹則非素，豈所爲〔四〕通方廣恕、好遠兼愛者哉？乃致〔五〕公幹、仲宣之論，家有曲直；安仁、士衡之評，人立矯抗，況復殊於此者乎？夫〔六〕貴遠賤近，人之常情，重耳輕目，俗之恒蔽。是以邯鄲托曲於李奇，士季假論於嗣宗，此其效也。然五言之興，諒非夐古。但關西鄴下，既已罕同，河外江南，頗爲异法。故玄黄經緯之辨，金碧浮沉之殊，僕以爲亦各共〔七〕美兼善而已。今作三十首詩，斅其文體，雖不足品藻淵流，庶亦無乖商榷云。

《南史·吉士瞻傳》云：少有志氣，徵士吴苞見其姿容，勸以經學。因誦鮑照詩云：『竪儒守一經，未足識行藏。』按此文通《雜體》擬鮑之作。江所擬陶公詩，今亦在陶集。蓋在當時江實托之諸人，迨江集流傳，始歸之江，或兩存之也。文通《擬休上人詩》『日暮碧雲合，佳人殊未來』，唐人亦用爲休上人詩。考見王楙《野客叢書》。

裴庭裕《東觀奏記》云：宣宗聽政之暇，賦詩多令翰林學士屬和。一日賦詩賜寓直學士蕭寘令和，寘手狀謝曰：『陛下此詩，雖「桂〔八〕水日千里，因之平生懷」，亦無以加。』明日召學士韋澳問此兩句。澳奏曰：『宋太子家令沈約詩，寘以睿藻清新，可方沈約。』上不悦曰：『將人臣比我得否？』恩遇漸薄，執政乘之，出觀察使。案此亦文通《擬休上人》中語。已上江文通《雜體詩》。

雜文

《史通·序傳篇》云：屈原《離騷經》，其首章上陳氏族，下列祖考，先述厥生，次顯名字。自叙發迹，實基於此。

〔一〕據《江文通集》，作『骨』。
〔二〕據《江文通集》，作『商』。
〔三〕據《江文通集》，作『世』。
〔四〕據《江文通集》，作『謂』。
〔五〕據《江文通集》，作『及』。
〔六〕據《江文通集》，作『又』。
〔七〕據《江文通集》，作『具』。
〔八〕據裴庭裕《東觀奏記》，作『湘』。

《世説・任誕篇》云：王孝伯言名士不必須奇才，但使常得無事，痛飲酒，熟讀《離騷》，便可稱名士。

《北史・魏・盧元明傳》云：少時嘗從鄉還洛，途遇中山王熙。熙見而嘆曰：「盧郎有此風神，惟須誦《離騷》，飲美酒，自爲佳器。」

蔡邕《獨斷》《史記・始皇紀》集解引云：朕，我也。古者上下共稱之，貴賤不嫌。屈原曰「朕皇考」。

《北史・隱逸・張文詡傳》云：閑居無事。從容嘆曰：「老冉冉而將至，恐修名之不立。」以如意擊几自樂。

《水經》江水又東過秭歸縣之南注云：袁山松[一]曰：屈原有賢姊，聞原放逐，亦來歸，喻令自寬全。鄉人冀其見從，因名曰秭歸。即《離騷》所謂「女嬃嬋媛以詈余」也。已上《離騷》。

又澧水注云：澧水又東南注於沅水，曰澧口，蓋其枝瀆耳。《離騷》曰：「沅有芷兮澧有蘭。」

郭璞《山海經・中山經》注云：洞庭之山，帝之二女居之。天帝二女處江爲神，即《列仙傳》江妃二女，《離騷》《九歌》所謂湘夫人稱帝子者是。説者皆以舜陟方而死，二妃從之，俱溺死湘江，號爲湘夫人。按《九歌》，湘君、湘夫人，自楚[二]二神。江湘有夫人，猶河洛有宓妃。《禮記》曰：「舜葬蒼梧，二妃不從。」明二妃生不從征，死不從葬。《傳》曰：「生爲上公，死爲貴神。」湘川不及四瀆，無秩於命祀，二女帝者之后，配靈神祇，無緣下降小水而爲夫人。原其致誤[三]之由，由乎俱以帝女爲名。名實相亂，莫矯其失。

《南史・劉勔傳》云：孝綽子諒爲湘東王所善。王嘗游江濱，嘆秋望之美。諒對曰：「今日可謂『帝子降於北渚』。」王有目疾，以爲刺己。應曰：「卿言『目眇眇以愁予』邪？」從此嫌之。

皇甫湜《答李生第二書》云：生笑「紫貝闕兮珠宮」，此與《詩》之「金玉其相」何異？天下人有金玉爲相[四]質者乎？「被薜荔兮帶女蘿」，此與「贈之以芍藥」何异？文章不當如此説也。

《世説・豪爽篇》云：王司州在謝公座，咏「入不言兮出不辭，乘回風兮載雲旗」，語人云：「當爾時覺一座無人。」已上《九歌》。

《水經》沅水注云：沅水東徑辰陽縣東南，合辰水，舊治在辰水之陽，故名。《楚辭》所謂「夕宿辰陽」也。沅水又東歷小灣，謂

[一] 據《水經注》，作「崧」。
[二] 據郭璞注《山海經》，作「是」。
[三] 據郭璞注《山海經》，作「謬」。
[四] 據皇甫湜集，作「之」。

之枉渚。《涉江》。

《世説·排調篇》云：王子猷詣謝公，謝曰：『云何七言詩？』子猷承問答曰：『昂昂若千里之駒，泛泛若水中之鳧。』《南史·齊·袁昂傳》云：昂本名千里。齊武帝謂曰『「昂昂千里之駒」，在卿有之。今改卿名爲昂，即字千里。』已上《卜居》。

《史通·雜説下》云：自戰國以下，時〔一〕人屬文，皆僞立主客〔二〕，假相酬答。至於屈原《離騷辭》稱遇漁父於江渚，宋玉《高唐賦》云夢神女於陽臺。言并文章，句結音韵，以兹叙事，足驗憑虚。而司馬遷、習鑿齒之徒皆采爲逸事，編諸史籍，遺〔三〕誤後學，不其甚耶？

劉澄之《永初山水記》《寰宇記》百卅一引云：沔口，古文以爲滄浪水，即屈子遇漁父所云『滄浪之水清兮』是也。按《韓詩外傳》孔子聞孺子歌，則知是古歌，非漁父所作，蓋諷之。已上《漁父》。

潘岳《秋興賦》《文選》卷十三云：善乎宋玉之言曰：『悲哉秋之爲氣也，蕭瑟兮草木摇落而變衰，憀慄兮若在遠行，登山臨水送將歸。』夫送歸懷慕徒之戀兮，遠行有羈旅之憤，臨川感流以嘆逝兮，登山懷遠而悼近；彼四慼之疚心兮，遭一塗而難忍，嗟秋日之可哀兮，諒無愁而不盡。

《南史·范曄傳》云：曄在獄中，文帝有白團扇甚佳，送曄令書出詩賦美句。曄受紙〔四〕援筆而書曰：『去白日之昭昭，襲長夜之悠悠。』上循覽凄然。已上《九辯》。

《齊民要術》卷九云：史游《急就篇》云：『饊生侶反飴餳。』《楚辭》曰：『粔籹密〔五〕餌有餦餭。』餦餭亦飴也。柳下惠見飴曰：『可以養老。』然則飴餔〔六〕可養老與〔七〕幼，故録之也。《招魂》。

《新唐書·后妃傳》云：太宗賢妃徐惠八歲自曉屬文，孝德嘗試使擬《離騷》爲《小山篇》。曰：『仰幽巖而流眄〔八〕，撫桂枝以凝

〔一〕據《史通》，作『詞』。
〔二〕據《史通》，作『客主』。
〔三〕據《史通》，作『疑』。
〔四〕據《南史》，作『旨』。
〔五〕據《招魂》，作『蜜』。
〔六〕據《齊民要術》，作『餢餔』。
〔七〕據《齊民要術》，作『自』。
〔八〕據《新唐書》，作『盼』。

想。將千齡兮此遇，荃何爲兮獨往？』《招隱士》。

《史通·序例篇》云：方朔始爲《客難》，續以《賓戲》《解嘲》。枚乘首唱《七發》，加以《七章》《七辨》。音辭雖异，旨趣皆同，讀者所厭聞，老生之恒説。

《論衡·書虚篇》云：廣陵曲江有濤，文人賦之。

《水經》漸江注云：浙江水流兩山之間，江川急濬，兼濤水晝夜再來，至二月、八月最高。潮水之前揚波者伍子胥，後重水者大夫種。是以枚乘曰：『海水上潮，江水逆流，似神而非。』已上枚叔《七發》。

《晉書·張協傳》云：轉河間内使，在郡清簡寡欲。於時天下已亂，所在寇盜，協遂棄絶人事，屏居草澤，守道不競，以屬咏自娱，擬諸文士作《七命》。張景陽《七命》。

殷芸《小説》《御覽·文部》引云：潘元茂作《魏公册[一]命》，人謂訓誥同風。元茂亡後，王仲宣擅名當時，便疑此册是仲宣所爲。及晉王爲太傅，臘月[二]大會賓客，語元茂子滿[三]曰：『尊公《魏公册》高妙，仲宣亦以不如。』人始信爲元茂作。

《西陽雜俎·語資篇》云：《九錫》或稱王粲，《六代》亦言曹植。已上潘元茂册文。

《南史·任昉傳》云：八歲能屬文。王儉每見其文，以爲當時無輩。王融見其文，恍然自失。又云：昉尤長載筆，頗慕傅亮，才思無窮。當時王公表奏莫不請焉，起草即成，沈約深所推挹。梁台建，禪讓文誥多昉所具。

沈約《太常卿任昉墓志銘》云：天才俊逸，文雅弘備。心爲學府，辭同錦肆。含華振藻，鬱焉高致。

王僧孺《太常敬子任府君傳》云：少孺速而未工，長卿工而未速，孟堅辭不逮理，平子意不及文，孔璋傷於健，仲宣病於弱。其有集論《尚書》，窮文質之敏，駐馬停信，極亹亹之功，莫尚於斯焉。

《金樓子·立言篇》云：任彦昇甲部闕如，才長筆翰。善緝流略，遂有龍門之名。已上任彦昇。

《宋書·颜延之傳》云：傅亮自以文義一時莫及。

《宋書·傅亮傳》云：博涉經史，尤善文辭。武帝受命，表策文誥，皆亮辭也。已上傅季友。

魏文帝《典論·論文》云：孔融體氣高妙，有過人者。然不能持論，理不勝辭，至於雜以嘲戲。及其所善，揚、班儔也。

[一] 據《太平御覽》，作『策』，此段引文『册』均作『策』。
[二] 據《太平御覽》，作『日』。
[三] 據《太平御覽》，作『蒲』。

《隋書·李德林傳》任城王楷〔一〕遺楊遵彦書云：吾嘗怪〔二〕孔文舉《薦禰衡表》云『洪水横流，帝思俾乂』，以正平比夫大禹，常謂擬論非倫。今以德林言之，便覺前言非大。已上孔文舉《薦禰衡表》。

《水經》沔水注云：沔水又東徑隆中，歷孔明舊宅北。亮語劉禪云：『先帝三顧臣於草廬之中，咨臣以當世之事。』即此宅也。車騎將軍劉季和之鎮襄陽也，與犍爲人李安共觀此宅。命安作宅銘。云：『天子命我於沔之陽。聽鼓鞞而永思，庶先哲之遺光。』後六十餘年，永平之五年，習鑿齒又爲其宅銘焉。

又若水注云：禁水又北注瀘津水，又東徑不韋縣北，而東北流，兩岸皆高山數百丈，瀘峰高秀三千餘丈。水之左右，馬步之徑裁通，而時〔三〕有瘴氣。三月四月徑之必死，非此時猶令人悶吐。五月後行者差得無害。故諸葛亮言：『五月渡瀘，并日而食。』已上諸葛孔明《出師表》。

《梁書·任昉傳》云：齊明帝既廢鬱林〔四〕王；始爲侍中宣城郡公，帝使昉具表草，帝惡其辭斥，甚愠。昉由是終建武世〔五〕，位不過列校。任彦昇《爲齊明帝讓宣城郡公表》。

《魏志·衛覬傳》注云：繁欽以文才機辯，少得名於汝潁。既長於書記，又善爲詩賦。其所與太子書，記喉轉意，率皆巧麗。

魏文帝《答繁欽書》《類聚》四十三，《初學記》十九、廿五、三十并引云：披書歡笑，不能自勝。奇才妙伎，何其善也。頃守宫王〔六〕孫世有女曰瑣，年始九歲，夢與神通，寤而悲吟，哀聲急切，涉歷六載，於今十五。近者督將具以狀〔七〕聞。是日戊午，祖於北園，博延衆賢，遂奏名倡，曲極數彈，歡情未逞，白日西逝，清風赴闈，羅帷徒祛，玄燭方微。乃令從官引内世女，須臾而至，厥狀甚美，素顔玄髮，皓齒丹唇。詳而問之，云『善歌舞』。於是振〔八〕袂徐進，揚蛾微眺，芳聲清激，逸足横集，衆倡騰游，群賓失席。然後修〔九〕

〔一〕據《隋書》，作『湝』。
〔二〕據《隋書》，作『見』。
〔三〕據《水經注》，作『特』。
〔四〕據《梁書》，作『陵』。
〔五〕據《梁書》，作『中』。
〔六〕據《藝文類聚》，『宫王』改爲『土』。
〔七〕據《藝文類聚》，作『牧』。
〔八〕據《藝文類聚》，作『提』。
〔九〕據《藝文類聚》，作『循』。

容飾妝，改曲變度，激清角，揚白雪，接孤聲，赴危節。於是商風振條，春鷹度吟，飛霧成霜。斯可謂聲協鐘石，氣應風律，網羅韶濩，囊括鄭衛者也。今之妙舞莫巧於絳樹，清歌莫激〔一〕於宋臈。豈能上亂靈祇，下變庶物，漂悠風雲，橫厲無方，若斯也哉？固非車子長吟所能逮〔二〕也。吾鍊〔三〕色知聲，雅應此選，謹卜良日，納之閑房。已上繁休伯《與魏文帝箋》

《世説·文學篇》云：魏朝封晋文王爲公，備禮九錫。文王固讓不受，公卿將校當詣府敦喻。司空鄭冲馳遣信就阮籍求文。籍時在袁孝尼家宿醉，扶起，書札爲之，無所點定。乃寫付使。時人以爲神筆。又注引顧愷之《晋文章記》云：阮籍勸進，落落有宏致，至轉説徐而攝之也。

《水經》河水注云：昔蒙恬爲秦北逐戎人，開榆中之地。按《地理志》金城郡之屬縣也。故徐廣《史記音義》曰榆中在金城，即阮嗣宗《勸進文》所謂『榆中以南』者也。已上阮嗣宗《勸晋王箋》。

《南史·謝朓傳》云：時荆州信去倚待。朓執筆便成，文無點易。謝玄暉《辭隨王箋》。

魏文帝《典論·論文》云：琳、瑀之章表，今之雋也。

《與吴質書》云：元瑜書記翩翩，致足樂也。已上阮元瑜。

《世説·文學篇》云：簡文稱許掾詢云：『玄度五言詩，可謂妙绝時人。』

《南史·宋宗室廬陵王義真傳》云：義真與謝靈運、顔延之、慧林道人并周旋异常。故吏范宴〔四〕戒之。義真曰：『靈運空疏，延之隘薄，魏文云「鮮能以名節自立」者。但性情所得，未能忘言於悟賞，故與游耳。』魏文帝《與吴質書》。

《南史·文學·檀超傳》云：吴邁遠好自誇而嗤鄙他人，每作詩得稱意語，輒擲地呼曰：『曹子建何足數哉？』超聞而笑曰：『劉季緒才不逮於作者，而好詆訶人文章。季緒瑣瑣焉足道哉？至於邁遠何爲者乎！』

《南史·任昉傳》云：王儉出自作文，令昉點正。昉因定數字。儉拊几嘆曰：『後世誰知子定吾文？』曹子建《與楊德祖書》。

《世説·栖逸篇》注云：《康别傳》曰：山巨源爲吏部郎，遷散騎常侍，舉康，康辭之，并與山绝。豈不識山之不以一官遇己情邪？亦欲標不屈之節以杜舉者之口耳。嵇叔夜《與山巨源绝交書》。

〔一〕據《藝文類聚》，作『善』。
〔二〕據《藝文類聚》，作『建』。
〔三〕據《藝文類聚》，作『練』。
〔四〕據《南史》，作『晏』。

《晉書・孫楚傳》史官曰：孫楚貽皓之書，諒曩代之佳筆也。孫子荆《爲石仲容與孫皓書》。

《水經》河水注云：池[一]水又北入門水，門水又北徑宏[二]農縣故城東。城即故函谷關校尉舊治處也。昔老子西入關，尹喜望氣於此。故趙至《與嵇茂齊書》：『李叟入秦，及關而嘆。』亦言《與嵇叔夜書》。趙景真《與嵇茂齊書》。

《梁書・文學・邱[三]遲傳》云：八歲便屬文，勸進梁王及殊禮，皆遲文也。高祖著《連珠》，詔群臣繼作者數十人，遲文最美。天監四年，中軍將軍臨川王宏北伐，遲爲諮議參軍，領記室。時陳伯之在北，與魏軍來距。遲以書喻之，伯之遂降。丘希范《與陳伯之書》。

《梁書・文學・劉峻傳》云：文藻秀出。爲《辨命論》成，中山劉沼致書以難，凡再反，峻并申析以答。會沼卒，峻不見後報者，乃爲書以叙[四]之，曰『劉侯既重有斯難』云云。其論文多不載。劉孝標《重答劉秣陵沼書》。

《文選》魏文帝《與吳質書》云：孔璋表章[五]殊健，微爲繁富。

《顔氏家訓・文章篇》云：陳孔璋居袁裁書，則呼操爲豺狼。在魏製檄，則目紹爲蛇虺。在時君所命，不得自專，然亦文人之巨患。

《魏志・王粲傳》注引《典略》曰：琳作諸書及檄，草成，呈太祖。太祖先苦頭風，是日疾發，卧讀琳所作，翕然而起，曰：『此愈我病。』陳孔璋《爲袁紹檄豫州》《檄吳將校部曲文》。

《襄陽耆舊傳》云：宋玉識音善文，襄王美其才而憎之似屈原也，曰：『子盍從俗，使楚人貴子之德乎？』對曰：『昔楚有善歌者，始曰《下俚》《巴人》，國中和者數百人。既曰《陽春》《白雪》《朝日》《魚離》，國中和者不至十人。含商吐角，絶倫赴曲，國中和者不至三人。其曲彌高，其和彌寡。』宋玉《對楚王問》。

劉向《别録》《漢書・東方朔傳》引云：朔之文辭，《客難》《非有先生論》，二篇最善。東方曼倩。

[一] 據《水經注》，作『濁』。
[二] 據《水經注》，作『弘』。
[三] 據《梁書》，作『丘』。
[四] 據《梁書》，作『序』。
[五] 據《文選》，作『章表』。

《後漢書·姜肱傳》注引謝承《後漢書》靈帝手筆下詔曰：肱抗浮〔一〕雲之志，養浩然之氣。按此用班孟堅《答賓戲》語。

《元和志》河東道龍門縣云：汾水北去縣五里。漢武帝行幸河東作《秋風辭》，即此也。

《文中子·中説上》云：《秋風》樂極哀來，其悔志之萌乎！漢武帝《秋風辭》。

《南齊書·武十七王傳》云：晉安王子懋啓求所好書。武帝賜子懋杜預手所定《左傳》。

《魏書·景穆十二王傳》云：任城王澄子順年十六，通《杜氏春秋》。恒集門生，討論同异。杜元凱《左氏傳序》。

《晉書·陸機傳》云：齊王冏既矜功自伐，受爵不讓。機惡之，作《豪士賦》以刺焉。冏不之悟而竟以敗。

《史通·探賾篇》云：歷觀古之才〔二〕士，爲文以諷其上者多矣。齊冏失德，《豪士》於焉作賦。賈后無道，《女史》由其〔三〕獻箴。

《新唐書·劉知幾傳》云：武后時吏横酷，淫及善人，公卿被誅死者踵相及。子玄悼士無良而甘於禍，乃作《思慎賦》以刺時。蘇味道、李嶠見而嘆曰：『陸機《豪士》之流乎，周身之道盡矣。』陸士衡《豪士賦序》。

《南齊書·王融傳》云：博涉有文才。武帝幸芳林園，禊宴群〔四〕臣。使爲《曲水詩序》，文藻富麗，當世稱之。上以融才辯，使兼主客，接虜使宋弁、房景高。景高謂曰〔五〕：『在北聞主客此製，勝於顔延年，實願一見。』後日宋弁謂融曰：『昔觀相如《封禪》，以知漢武之德。今覽王生《詩序》，用見齊王之盛。』王元長《曲水詩序》。

《世説·文學篇》云：劉伶《酒德頌》意氣所寄。

《晉書·劉伶傳》云：未嘗措意文翰，惟著《酒德頌》一篇。

《魏書·高允傳》云：上《酒訓》曰：往昔〔六〕有晋，士多失度。調酒之頌，以相眩曜。已上劉伯倫《酒德頌》。

《水經》河水注云：河水又東過〔七〕平陰縣北。三老董公説高祖處。陸機所謂『皤皤董叟，謨我平陰』者也。

〔一〕據《後漢書》，作『凌』。
〔二〕據《史通》，作『學』。
〔三〕據《史通》，作『之』。
〔四〕據《南齊書》，作『朝』。
〔五〕據《南齊書》，『謂曰』作『又云』。
〔六〕據《魏書》，作『者』。
〔七〕據《水經注》，作『徑』。

又獲水注云：獲水自虞來，東南徑下邑縣故城北。楚漢彭城之戰，吕后兄澤〔二〕軍於下邑。高帝敗，從澤〔三〕軍。子房肇捐地之策，收垓下之師。陸機所謂『即謀下邑』也。陸士衡《漢高祖功臣頌》。

《世説・文學篇》注引《文士傳》云：湛有盛才，文章巧思，名亞潘岳。

《晉書・夏侯湛傳》史臣曰：孝若掞蔚春華，時標麗藻。

《史通・邑里篇》云：案夏侯孝若撰《東方朔贊》云：朔字曼倩，平原厭次人。魏建安中分厭次爲樂陵郡，故又爲郡人焉。夫以身没之後，地名改易，猶復追書其事，以示後來，則知身〔三〕生之前，故宜詳録者矣。已上夏侯孝若《東方朔畫像贊》。

《南齊書・王儉傳》云：太祖曲宴群臣數人，使各〔四〕效伎藝。王儉曰：『臣唯知誦書。』因跪上前誦相如《封禪書》。上笑曰：『此盛德之事，吾何以堪之。』

《北齊書・魏收傳》云：以文章見知。曾奉詔爲《封禪文》。收對曰：『封禪者，帝之盛事。昔司馬長卿尚绝筆於此。以臣下才，何敢輒擬？』

《唐書・崔日用傳》云：常采《小雅》《大雅》〔五〕二十篇及相如《封禪書》，因玄宗生日，表上之，以申規諷，并述告成之事。

《顔氏家訓・書證篇》云：導一莖六穗於庖。此導訓擇。而《説文》云，䆃是禾名，引《封禪書》爲證。無妨自有禾名䆃。非相如所用也。『禾一莖六穗於庖』，豈成文乎？縱使相如天才鄙拙，强爲此語，則下句當云『麟雙觡共抵之獸』，不得云『犧』也。已上司馬長卿《封禪文》。

又《文章篇》云：或問揚雄曰：『吾子少而好賦。』雄曰云云。余竊非之，曰：虞舜歌《南風》之詩，周公作《鴟鴞》之咏，吉甫、史克雅頌之美者，未聞皆在幼年累德也。若論『詩人之賦麗以則，辭人之賦麗以淫』，但知變之而已，又未知雄自爲壯夫何如也？著《劇秦美新》，妄投於閣，周章怖慴，不達天命，童子爲耳。揚子雲《劇秦美新》。

《宋書・宗室傳》云：臨川王義慶擬班固《典引》爲《典叙》，以述皇代之美。班孟堅《典引》。

〔二〕據《水經注》，『兄澤』作『弟周』。
〔三〕據《水經注》，作『周』。
〔三〕據《史通》，作『在』。
〔四〕據《南齊書》，作『各使』。
〔五〕據《舊唐書》，作『《毛詩》〈大雅〉〈小雅〉』。

《史通·忤時篇》云：范曄爲書，盛言矜其贊體。

《南史·范泰傳》云：子曄字蔚宗，善爲文章，删衆家《後漢書》爲一家之作，獄中與諸甥侄書以自序曰：『吾雜序〔一〕論皆有精意深旨。其中合者往往不減《過秦》，非但不愧班氏，贊自是吾文傑思，殆無一字空設。奇變不窮，同合異體，乃自不知所稱。』范蔚宗《後漢書論贊》。

《南齊書·陸厥傳》與沈約書曰：『范詹事自序，性別宮商，識清濁，特能適輕重，濟艱難。古今文人多不全了斯處。縱有會此者，不必從根本中來。《尚書》亦云：「或闇與理合，匪由思至。」但觀歷代衆賢，似不都闇此處，魏文屬論，深以清濁爲言。劉楨奏書，大明體勢之致。咀唔〔二〕妥帖之談，操末續顛之論〔三〕，興玄黄於律吕，比五色之相宣。苟此秘未睹，兹論爲何所指耶？』約答曰：『宮商之聲有五，文字之别累萬。以累萬之繁配五聲之約，高下低昂，非思力所學〔四〕。又非止若斯而已；十字之文，顛倒相配。字不過十，巧歷已不能盡，况復過此者乎〔五〕？靈均以來，未經用之懷抱，固不〔六〕從得其仿佛矣。若斯之妙，聖人不尚何耶？此蓋曲折聲韵之巧，無當於訓義，非聖哲立言之所急也。古人〔七〕豈不知宮羽之殊、商徵之别，雖知五音之异，而其中參差變動，所昧實多。故鄙意所謂「此秘未睹」者也。』

李德裕《文章論》云：沈休文獨以音韵未〔八〕切，重輕爲難。意〔九〕雖甚工，旨則未遠。古人〔一〇〕言妙而工，適情不取於音韵，意盡而止，成篇不拘於隻耦，故篇無足〔一一〕曲，詞寡累句。譬音樂古辭，如金石琴瑟，尚於至音。今文如絲竹鞞鼓，迫於促節，即知聲律之爲弊

〔一〕據《南史》，作『傳』。
〔二〕據《南齊書》，作『岨峿』。
〔三〕據《南齊書》，作『説』。
〔四〕據《南齊書》，作『舉』。
〔五〕據《南齊書》，作『何况復過於此者乎？』
〔六〕據《南齊書》，作『無』。
〔七〕據《南齊書》，作『自古辭人』。
〔八〕據李德裕《文章論》，作『爲』。
〔九〕據李德裕《文章論》，作『語』。
〔一〇〕據李德裕《文章論》，作『蓋以』。
〔一一〕據李德裕《文章論》，作『定』。

甚矣。已上沈休文《宋書·謝靈運傳論》。

《梁書·劉之遴傳》云：鄱陽嗣王範得班固所上《漢書》真本，獻之東宮。太子令之遴等參校异同。今本《韓彭英盧吴述》云云，古本《述》云：『淮陰毅毅，杖劍周章。邦之傑子，實惟彭、英，化爲侯王，雲起龍驤。』班孟堅述《韓彭英盧吴傳贊》。

《吴志·闞澤傳》云：孫權問闞澤，書傳篇賦何者爲美。澤欲諷論〔一〕以明治亂，因對『賈誼《過秦論》最善』。賈誼《過秦論》。

《抱朴子·外》佚文孫輯本云：余問班，班云：『吕氏望雲而知高祖所在。』天豈獨開吕氏之目而掩衆人之目邪？

《唐書·楊嗣復傳》云：文宗謂宰臣曰：『人傳符讖之語自何而來？』嗣復對曰：『漢光武好以讖書决事，近代隋文帝亦信此言，自此説日滋。只如班彪《王命論》所引，蓋矯意以正賊亂，非所重也。』

《南史·陳虞寄傳》云：陳寶應將有异志，令人讀《漢書》，至蒯通説韓信，相君之背，貴不可言，乃大稱嘆。寄曰：『覆酈驕韓，豈若班彪《王命》識所歸乎？』

《世説·言語篇》云：劉琨謂温嶠曰：『班彪識劉氏之復興，馬援知漢光之可輔。』已上班叔皮《王命論》。

《齊書·高十二王傳》史臣曰：陳思王表《求通親》云：『權之所存，雖疏必重。勢之所去，雖親必輕。』若夫六代之興亡，曹冏論之當矣。

《晋書·曹志傳》云：魏陳思王孽子。武帝嘗閲《六代論》，問志曰：『是卿先王所作邪？』志對曰：『先王有所作目録，請歸尋按。』還奏曰：『按録無此。』帝曰：『誰作？』志曰：『以臣所聞，是臣族父冏所作。以先王文高名著，欲令書傳於後，是以假托。』帝曰：『古來亦多有是。』顧謂公卿曰：『父子證明，足以爲審。自今以後可無復疑。』曹元首《六代論》。

《顔氏家訓·雜藝篇》云：家語曰：『君子不博，爲其兼行惡道也。』《論語》曰：『不有博弈者乎，爲之猶賢乎已。』然則聖人不用博弈爲教，但以學者不可常精，有時疲倦，則儻爲之，猶勝飽食昏睡，兀然端坐耳。至於〔二〕吴太子以爲無益，命韋昭論之，此勤篤之志也，能爾爲佳。韋弘嗣《博弈論》。

又《養生篇》云：養生先須慮禍全身，有此生然後養之，勿徒養其無生也。嵇康著養生之論，而以傲物受刑。石崇冀服餌之徵，而以貪溺取禍。

〔一〕據《三國志》，作『喻』。

〔二〕據《顔氏家訓》，作『如』。

《世説·文學篇》云：舊云王丞相導過江左，止道聲無哀樂、養生、言盡意三理而已。然宛轉關生，無所不入。

《續博物志》卷六云：孫思邈以合歡爲萱草。嵇叔夜『合歡蠲忿，萱草忘憂』，兩物也。已上嵇叔夜《養生論》。

《唐書·魏元忠傳》云：陸士衡著《辨亡論》，而不救河橋之敗；養由基射能穿札，而不止鄢陵之奔。

《元和志》山南道二臨漢云：鄧塞故城在縣東南二十二里，南臨宛水，阻一小山，號曰鄧塞。昔孫文臺破黄祖於此山下，魏常於此裝治舟艦以伐吴。陸士衡表『下江漢之卒，浮鄧塞之舟』，謂此。陸士衡《辨亡論》。

《史通·核才篇》云：孝標持論談〔一〕理，誠爲绝論〔二〕。《忤時篇》云：劉峻作傳，自述長於論才。

《梁書·文學傳》姚察曰：劉峻〔三〕之論，命之徒也。命也者，聖人罕言。就而必之，非經意也。

《唐書·蕭瑀傳》云：嘗〔四〕觀劉孝標《辯命論》，惡其傷先王之教，迷性命之理，乃作《非辯命論》以釋之。晉府學士柳顧言、諸葛穎見而稱之曰：『孝標後十數年言性命之理者，莫能詆詰。今蕭君此論，足療劉子膏肓』。劉孝標《辨命論》。

《文中子·中説下》云：五交三釁，劉峻亦知言哉。

《梁書·文學·陸倕傳》云：與任昉友善。及昉爲中丞，簪裾輻凑，預其宴者，殷芸、到溉、劉苞、劉孺、劉顯、劉孝綽及倕而已，號龍門之游。《绝交論》。

《宣和畫譜》卷一顧愷之有《女史箴圖》。張茂先《女史箴》。

《唐語林·文學篇》劉禹錫云：段文昌爲《淮西碑》，碑頭便曰：『韓弘〔五〕爲統，公武爲將。』用《左氏》『欒書將中軍，欒黶佐之』文勢也。亦是效班固《燕然碑》樣。

《大唐新語·徵誡篇》云：張由古有吏才而無學術，累歷臺省，嘗於衆中嘆班固大才，文章不入《文選》。或曰：『《兩都》《燕然山銘》《典引》并入《選》。』由古曰：『此并班孟堅文章，何關班固事？』聞者掩口。班孟堅《燕然山銘》。

〔一〕據《史通》，作『析』。
〔二〕據《史通》，作『倫』。
〔三〕據《梁書》，作『氏』。
〔四〕據《舊唐書》，作『常』。
〔五〕據《唐語林》，作『宏』。

《南史·王曇首傳》云：孫儉字仲寶，幼篤學，賓客或相稱美。叔父僧虔曰：『我不患此兒無名，正〔一〕恐名太盛耳。』乃手書崔子玉《座右銘》以貽之。崔子玉《座右銘》。

《晋書·張載傳》云：太康初，載至蜀省父，道經劍閣，以蜀人恃險好亂，因著銘以作誡。

《水經》漾水注云：白水又東南徑小劍戍北，西去大劍三十里。連山絶險，飛閣通衢，故謂之劍閣也。張載銘曰：『一人守險，萬夫趦趄。』信然。

《元和志》劍南道下普安縣云：石新婦東北一里，千人巖之南，懸崖絶壁，高數千丈，即劍山之危峰，見數百里外，旁視衆嶺，猶平地也。巖下高百許丈有石壁，紅色，方如座席，即張孟陽勒銘之處。張孟陽《劍閣銘》。

《梁書·陸倕傳》云：高祖愛倕才，乃撰《新漏刻銘》，其文甚美。又詔爲《石闕銘記》奏之。敕曰：『陸倕所製《石闕銘》辭義典雅，足爲佳作。昔虞丘辨物，邯鄲獻賦，賞以金帛，前史美談，可賜絹三十匹。』陸佐公《新刻漏銘》《石闕銘》。

《宋書·文帝元袁皇后傳》云：后崩，年三十六，上甚悼痛，詔前永嘉太守顔延之爲《哀策文》甚麗。策既奏，上自益『撫存悼亡，感今懷昔』八字以致其意焉。顔延年《宋文元皇后哀策文》。

《南史·后妃傳》上云：殷淑儀薨，謝莊作《哀策文》奏之。帝卧覽讀，起坐流涕曰：『不謂當今復有此才！』都下傳寫，紙墨爲之貴。

《宋書·謝莊傳》云：前廢帝即位，爲光禄大夫。初世祖寵姬殷貴妃薨，莊爲誄曰〔二〕：『贊軌堯門。』引漢昭帝母趙倢伃〔三〕堯母門事，廢帝在東宫，銜之，至是遣人詰責莊曰：『卿昔作《殷貴妃誄》，頗知有東宫不？』將誅之，或説帝繫於左尚方，太宗定亂，得出。謝希逸《宣貴妃誄》。

《南史·謝朓傳》云：敬皇后遷祔山陵，朓撰《哀策文》，齊世莫有及者。謝玄暉《齊敬皇后哀策文》。

《後漢書·郭泰傳》云：蔡邕爲文，既而謂涿郡盧植曰：『吾爲碑銘多矣，皆有慚德，唯郭有道無愧色耳。』

《南史·齊宗室豫章王嶷傳》云：樂藹與竟陵王子良箋，欲率荆、江、湘三州僚吏爲嶷建碑。與沈約書，請爲文。約答云〔四〕：『郭

〔一〕據《南史》，作『政』。
〔二〕據《宋書》，作『云』。
〔三〕據《宋書》，作『婕妤』。
〔四〕據《南史》，作『曰』。

有道漢末之匹夫，非蔡伯喈不足以偶三绝。」蔡伯喈《郭有道碑文》。

《魏志·鄧艾傳》云：艾字士載，年十二，隨母至潁川，讀《故太丘長陳寔碑文》，言「文爲世範，行爲士則」。艾遂自名範，字士則。後宗族有與同者，故改焉。《陳仲弓碑文》。

《梁書·陶季直傳》云：褚彦回爲尚書令，與季直素善，頻以司空司徒主簿，委以府事。彦回卒，季直請尚書令王儉爲立碑。

《南史·王儉傳》云：儉少便有宰臣之志，賦詩曰〔一〕：「稷契匡虞夏，伊吕翼商周。」

《齊書·王儉傳》云：甚閑辭翰，大典將行，禮儀詔策皆出於儉。又云：手筆典裁，爲當時所重。已上王仲寶《褚淵碑文》。

《梁高僧傳》王曼潁與慧皎法師書云：唯釋法進所造，王巾有著，意存該綜，可擅一家。然進名博而未廣，巾體立而不就。又梁釋慧皎《高僧傳序》云：瑯琊王巾所撰《僧史》，意似該綜，而文體未足。據此則簡棲於宗教究心已久，宜碑文之精詣也。王簡棲《頭陀寺碑文》。

《水經》湘水注云：湘水又北，汨水注之。水東出豫章艾縣桓山西南，西逕羅縣北。又西逕玉笥山。又西爲屈潭，即汨羅淵也。屈原懷沙自沉於此，故淵潭以屈爲名。昔賈誼、史遷皆嘗逕此。弭檝江波，投吊於淵。賈誼《吊屈原文》。

桓譚《新論·求輔篇》嚴本云：賈誼不左遷失志，則文采〔二〕不發。

〔一〕據《南史》，作「云」。
〔二〕據桓譚《新論》，作「彩」。

評騭第八

評文之言，歷代歧迕，是丹非素，門户紛然。悉取雜陳，誰爲準的？稍求謹慎，衹宜取當代之言。《文選》篇章，彥和批判已備，片言隻字，拱璧同珍。外此若《翰林》《流別》之篇，鍾嶸《詩品》所述，以及時流品藻，史臣論贊，并宜奉以周旋，服膺誦法。等是已降，愛憎紛紜。世近彌甚，益滋异議。坊本所見，若方成珪《集成》、于光華《集評》之屬，泛采雜徵，編者自矜善本矣。然大都以時文之科臼，繩墨古人，塵穢簡編，謬以千里。今兹所録，甄擇頗嚴，詮賦惟取於茗柯，明詩折衷夫湘綺，雜文已下，兼采李、譚。其它一切糞除，以歸清謐。張摹漢賦，王擅《選》詩，申耆文法中郎，尚存矩矱，蓋皆懷區區之獨照，屏流俗之讕言。復堂究心《李鈔》，淹歷廿稔，簡眉牘尾，朱墨紛綸，自謂有益於文章機杼。古人往矣，輪扁難言。欲求評判得中，其唯千載一遇。聊當蒙告，以佐起予。成學之士貴於自得，宜無取焉。

張惠言曰：譎而不觚，盡而不觳，肆而不衍，比物而不醜，其志潔，其物芳，其道杳冥而有常，此屈平之爲也。與風雅爲節，涣乎翔風之運輕霞，灑乎若元泉之出乎蓬萊而注渤澥。及其徒宋玉、景差爲之，其質也華然，其文也縱而後反。雖然，其與物椎拍，宛轉泠汰，其義觳輠於物，芴芴乎古之徒也。

剛志决理，輐斷以爲紀，内而不污，表而不著，則荀卿之爲也。其原出於禮經，樸而飾，不斷而節。及孔臧、司馬遷爲之，章約句制，奡不可理，其辭深而旨文，確乎其不頗者也。其趣不兩，其於物無㖶，若枝葉之附其根本，則賈誼之爲也。其原出於屈平，斷以正誼，不由其曼，其氣則引費而不可執。

循有樞，執有廬，頡滑而不可居，開决宧窔而與萬物都，其終也芴莫，而神明爲之橐，則司馬相如之爲也。其原出於宋玉。揚雄恢之，脅入竅出，緣督以及節，其超軼絶塵而莫之控也，其波駭石礐而没乎其無垠也。

張衡盱盱，塊若有餘，上與造物爲友，而下不遺埃壒。雖然，其神也充，其精也茶。及王延壽、張融爲之，傑格拮㩲，鈎孑菣牾，而俶佹可睹，其於宗也無蛻也。

平敞通洞，博厚而中，大而無瓠，孫而無弧，指事類情，必偶其徒，則班固之爲也。其原出於相如，而要之使夷，昌之使明。及左思爲之，博而不沉，贍而不華，連犿焉而不可止。

言無端厓，倪傲〔一〕以爲質，以天下爲郛廓，入其中者眩震而謬悠之，則阮籍之爲也。其原出於莊周。雖然，其辭也悲，其韵也迫，憂患之詞也。

塗澤律切，荂蘛紛悦，則曹植之爲也。其端自宋玉，而枘其角，摧其牙，離其本而抑其末。浮華之學者相與尸之，率以變古，曹植則可謂才士矣。揩揩乎改繩墨，易規矩，則佞之徒也。

不揩於同，不獨於异，其來也首首，其往也曳曳，動静與適，而不爲固植，則陸機、潘岳之爲也。其源〔二〕出於張衡、曹植，矯矯乎振時之俊也。以情爲裏，以物爲襮，鑱雕雲風，琢削支鄂，其懷永而不可忘也。

坌乎其氣，煊乎其華，則謝莊、鮑照之爲也，江淹爲最賢。其原出於屈平《九歌》。其掩抑沉怨，泠泠輕輕，其縱脱浮宕而歸大常。鮑照、江淹，其體則非也，其意則是也。

逐物而不反，駘蕩而駁舛，俗者之囿而古是抗，其言滑滑而不背於塗奥，則庾信之爲也。其規步矱驟，則揚雄、班固之所引銜而控轡，惜乎拘於時而不能騁。然而其志遠，其思哀，其體之變則窮矣。

王壬秋曰：詩有六義，其四爲興。興者，因事發端，托物寓意。隨時成咏，始於虞廷《喜起》及《琴操》諸篇，四、五、七言無定，而不分篇章，异於風雅，亦自發性情，與人無干。雖足以諷上化下，而非爲人作，或亦寫情賦景，要取自適，與風雅绝异，與騷賦同名。明以來論詩者，動稱《三百篇》，非其類也。太白能詩者，而其説曰：『五言不如四言，七言又其靡也。』太白四言，如《獨漉篇》，其靡殆甚，豈古法乎？無亦以大言欺人，托於《三百篇》，而不知五言生〔三〕於唐、虞，時在《三百篇》千年前乎？漢人四言，乃是箴銘一類有韵之文耳，非詩也。嵇康四言，則誠妙矣，然是從五言出，蓋五言之靡者也。七言出於《離騷》，開合縱横，可謂靡矣，而其氣足以振靡，故與五言亦分兩途，非出於五言也。今欲作詩，但有兩派：一五言，一七言。五律則五言之别派，七律亦五律之增加。五绝、七绝乃真興體，五言法門皆從此權輿。既成五言一體，法門乃出。要之衹蘇、李兩派，蘇詩寬和，枚乘、曹植、陸機宗之。李詩清勁，劉楨、左思、阮籍宗之。曹操、蔡琰，則李之别派；潘岳、延之，蘇之支流。陶、謝俱出自阮，陶詩真率，謝詩超艷。自是以

〔一〕據張惠言《七十家賦鈔目録序》，作『傲倪』。

〔二〕據張惠言《七十家賦鈔目録序》，作『原』。

〔三〕據《湘綺樓説詩》，作『出』。

外，皆小名家矣，山水雕繪，未若宮體。故自宋以後，散爲有句無章之作，雖似極靡，而實興體，是古之式也。

又曰：作詩必先學五言，五言必讀漢詩。而漢詩甚少，題目種類亦少，無可揣摩處，故必學魏晋也。詩法備於魏晋，宋齊但擴充之，陳隋則開新派矣。自來推曹子建爲大家，無一靈妙句。阮嗣宗稍後之，便高華變化，不可方物，而不爲大家者，重意不重詞也。詩之旨則以詞掩意，如以意爲重，便是陶淵明一派。鍾嶸以爲陶詩出於《百一》，不言出《咏懷》者，陶語句更明白易曉也。學阮、陶只可處悲憤亂世，若富貴閑適便無詩。學曹尚有可發舒，比老莊、山水、宮體爲闊大，可以應用。此外諸家皆其枝流，雖各有妙，而不外此。曹以後則大陸足以繼之。

《古詩十九首·行行重行行》　　王云：清勁。

《青青河畔草》　　王云：清勁。

《西北有高樓》　　王云：寬和。

《涉江采芙蓉》　　王云：清勁。

《冉冉孤生竹》　　王云：寬和。又云：宛轉關生，情溢於墨。

《庭中有奇樹》　　王云：清勁。

《迢迢牽牛星》　　王云：清勁。又云：遠處取神，開後人超妙一派。

《東城高且長》　　王云：清勁。『迴風』二句，王云：蕭然而至。『馳情』四句，王云：容與徘徊。

《驅車上東門》　　王云：『更相送』三字驚心動魄。

《凛凛歲云暮》　　『獨宿』二句，王云：嫵媚絶倫。『願得常巧笑』八句，王云：神光離合，百擬不似。

《客從遠方來》　　王云：温婉。

《明月何皎皎》　　王云：清勁。

《李少卿與蘇詩》三首：

《良時不再至》　　王云：子卿詩樸厚，少卿詩激烈，其才大而遇奇也。讀之有蒼凉無際之感。

《攜手上河梁》　　王云：此別而云弦望有時，是詩人不迫切而愈悲悽處。

《蘇子卿詩》四首：

《結髮爲夫妻》

王云：寬和。

《骨肉緣枝葉》

王云：寬和。『昔者長相近』四句，王云：相近而悠悠，臨別而相思，寫盡交友情事。

《黃鵠一遠別》

王云：寬和。『何況雙飛龍』二句，王云：又以龍喻，便惝恍積厚。若云『何況我與子』，則弱矣。『欲展清商曲』二句，王云：『念子不得歸』已足傷感，若『展清商』，則更傷矣。

《燭燭晨明月》

王云：清勁。又云：明秀。

劉公幹《公宴詩》

王云：開六朝派。又云：自然華貴。

《贈五官中郎將四首・秋日多悲懷》

王云：『明鐙曜閨中』四句，清而不冷，骨重故也。

《贈從弟三首・亭亭山上松》

王云：前皆明麗，此則勁急。

應德璉《侍五官中郎將建章臺集詩》

王云：全自述其坎軻，殊非侍宴之體，而何焯偏亟取之。

王仲宣《公宴詩》

王云：詩派太重，故不及曹。然其用意運筆之超妙，亦當時獨步。又云：氣皆樸厚。

《從軍詩五首・從軍有苦樂》

王云：筆意高遠。『禽獸憚爲犧』二句，王云：言雖憚爲人用，而良苗之實，豈甘棄置耶？

魏武帝《樂府》二首：

《短歌行》

王云：『子衿』四句指孫吳，『明月』四句有取漢而代之意，『月明』四句欲招致劉備，末四句自謂能相容也。

《苦寒行》

王云：此亦少陵所祖。

魏文帝《芙蓉池作》

王云：自然奇麗。

《雜詩二首・漫漫秋夜長》

『俯視清水波』二句，王云：襲『江漢』『浮雲』句，而光景倍新。

曹子建《送應氏詩》二首

『中饋豈獨薄』四句，王云：温厚婉致。

《三良詩》

王云：起特自道。

《贈徐幹》

『志士榮世業』，王云：驚心動魄。『慷慨有悲心』四句，王云：慷慨激昂。

《贈王粲》

王云：此當是和仲宣《日莫游西園》一首。

《又贈丁儀王粲》

『全國爲令名』四句，王云：忽發正論，只是爲君子在末位耳。若專學此種以爲風人之習，則腐。

《贈丁翼》

『滔蕩固大節』二句，王云：所謂禮法豈爲我輩設？

《贈白馬王彪》

『玄黃猶能進』四句，王云：接筆百折千回。『鴟梟鳴衡軏』四句，王云：憤恨之意多，故無所諱。『歸鳥赴喬林』四句，王云：寫景處淒凉欲绝。『太息將何爲』二句，王云：忽入『天命』一句，即將任城王死痛發積憤。下二章緊承直下，開合動蕩，乍陰乍陽，情深百年，調绝千古。蓋後人之轉折者望洋而嘆，自涯而反矣。

《樂府》四首：

《箜篌引》

王云：此篇言盛時難恃，樂不可極，其末歸於知命而無憂也。又云：婉而多諷。

《美女篇》

『媒氏何所營』已下，王云：媒氏，臧文仲之類也。又云：遺世獨立之姿。

《白馬篇》

王云：此亦求自試之意。

《名都篇》

『左挽因右發』四句，王云：捷巧在目。

《雜詩》六首：

《轉蓬離本根》

王云：此即子桓『西北浮雲』局調，殆同時和作。

《西北有織女》

末二句，王云：開後人無數情語。

《南國有佳人》

『時俗薄朱顔』二句，王云：世人重色，適所以薄朱顔耳。

《高臺多悲風》

末四句，王云：仿佛淒凉。

《飛觀百餘尺》

『遠望周千里』二句，王云：悲凉曠遠。

《情詩》

王云：此首有禪代之感，故言黍離式微，嘉賓山陽公也。《魏書》言王聞禪涕泣，蓋不誣云。

應休璉《百一詩》

王云：韓愈屢效之，但覺笨强。此篇佳在不多著語。

稽叔夜《贈秀才入軍》

阮嗣宗《詠懷》十七首：

《夜中不能寐》

《二妃游江濱》

《嘉樹下成蹊》

《天馬出西北》

《昔聞東陵瓜》

《昔年十四五》

《徘徊蓬池上》

《灼灼西隤日》

《湛湛長江水》

棗道彦《雜詩》

傅長虞《贈何劭王濟》

孫子荆《征西官屬送於陟陽侯作詩》

張茂先《雜詩》

《情詩》二首

潘安仁《金谷集作詩》

《悼亡詩》三首

王云：逸氣天成，殊有才多之患，蓋未鍛冶者。又云：如此深心，未能免禍，薄世果難居也。

王云：八句而有長篇之勢，起二句飄飄仙舉，遂爲千古名作。又云：賦物清麗，以冠諸篇，詩中之興者也。

王云：阮詩好以香草美人迷離其旨，有騷之遺音。

王云：收得突兀。

王云：言野草不能久存，喻晋室亦不能久。

王云：此却與嵇康同其理境。

王云：説理而异嵇康輩所作。又云：一「蔽」字使人氣索。

王云：「朔風」二句直入盤鬱。

王云：寫景處皆非常筆可到。又云：刺顯職之從异姓。

王云：使人神移。又云：刺清言玄晏之流。

「既懼非所任」二句，王云：奉使而怨路，甚難措詞，二句回互入妙。

「槁葉待風飄」四句，王云：少陵《别韋左丞詩》雖仿此而遠不及。

王云：離别而談道，爲後世開一法門。

王云：司空作句往往似唐人，如「死聞俠骨香」及「朱火」句是也。

第一首，王云：凄凉如畫。第二首，王云：「巢居」二句選言不妍，始知「枯桑」二語之妙。結二句則新意苦語也，所謂「昔者長相見，邈若胡與秦」，又諺云：「新昏不如遠别」，皆此意。

王云：此詩徒作富貴語，了無情致。

第一首，王云：「周邊忡驚惕」，正以忡互句，以拙見巧。劉勰乃以爲累句，謬矣。又云：「春風」二句寫景以助情，使氣不單弱。二首，王云：此言夏秋。又云：

轉韵處節愈促，情愈長。三首，王云：此首冬。又云：將落葉枯荄點染不忍生之所見，遂使景皆成情。下即孤魂靈無，如見徘徊揮涕時也。

《在懷縣作》二首

第二首，『信美非吾土』，王云：四句連下，遂覺悠然深遠。

何敬祖《雜詩》

王云：超空而來。

石季倫《王明君辭》

王云：層累拉雜，勢遠氣厚，其源出於蔡琰，駸駸欲過之。

張孟陽《七哀詩》二首

第一首，王云：未極鑪冶，頗嫌澀滯。

陸士衡《招隱詩》

『哀音附靈波』二句，王云：『附』『赴』二字，他人百思不能下，足令江山俱響。

《答張士然》

王云：『余固水鄉士』二句，橫嶺迴峰。

《贈馮文羆》

王云：朔塗荒曠，以『迴』〔二〕『深』二字寫之，愈覺驚心。

《赴洛二首》

第一首，王云：緩緩而來，仍無懈處，層層凝鍊，却饒寬局，陸詩獨絶處。此篇尤易尋其妙。二首，王云：謂爲太子洗馬也。銅輦，太子車。

《赴洛道中作》二首

第二首，王云：此篇勁急驚動。又云：夜中悲風以爲大雨至矣，及仰望俯視，月高懸，北中每多此境。南人賦之，始覺凄亮入妙。

《樂府十七首》：

《君子行》

王云：通首澀鍊。有此二句『朗鑒豈遠假』二句頓挫出致。

《豫章行》

『薄暮』四句，王云：言薄暮已足悲，曷爲復離别乎？曾是當此而不懷苦心耶！人生有遠節者嬰外物之累淺，然近與親别，情則宜深也。

《飲馬長城窟行》

王云：首二句已是律詩佳起。『末德争先鳴』，先鳴言必勝也。用《左氏傳》語。『師克』二句，王云：『薄微』二字精峭。

《長安有狹邪行》

『規行』二句，王云：言規行矩步既無所及，故投足前緒且當止矣。猶四時异節，不必相循，亦足緒事也。末句言進取殊途、富貴同津也。

〔二〕原詩作『迴』。

《君子有所思行》

《悲哉行》

《日出東南隅行》

《前緩聲歌》

《塘上行》

《擬古詩》十二首：

《擬今日良宴會》

《擬迢迢牽牛星》

《擬青青河畔草》

《擬明月何皎皎》

《擬東城一何高》

《擬庭中有奇樹》

陸士龍《答兄機》

張景陽《雜詩》

王云：『色斯升』疑當作『斯色升』，言以色選也。

王云：長秀即芝草，非指蘭也。然芝不得蔽岑，或是概言芳草。

王云：此蓋爲齊王冏而作。『朝暉』喻王朝，『妖麗』指八王也。『清颜』以下，喻冏以名王子，但美其儀服，矜名自炫。『風雲會』喻王室多故也。『盤』以喻位高而危。『隨颜變』『無定源』，言冏無定國之才也。『良可嘆』，知其必敗矣。又云：『春服成』，指其專政。又云：以美人而陵七盤，非其地也，有托而然。『鮮膚』二句，王云：寫美人遂爲千古佳語。

『長風萬里舉』，王云：『舉』字得御風之神。

王云：『淑氣』二句鍊。末四句，王云：《小舟》卒章之意也。

王云：似魏文帝。

『華容』二句，王云：新語。

王云：結健而婉。

『照之』二句，王云：遂爲咏月绝調。

王云：陸擬詩面貌雖間有華麗研鍊之處，而氣骨直與古作契合。須觀其鋪叙回復，縝密中而有疏宕。每出兩句，皆苦心有得語。

王云：古詩難擬在澹。『芳草』四句，愈澹愈秀，愈近愈遠，是神來之筆。

『南津』二句，王云：言己心有绝濟而可旋，機行無河渠而可涉也。《漢書》『直渡爲绝』。『神往』二句，王言：言己形雖留而神實往，故曰神往同逝言之感，形留同參商之隔。

一首，王云：李白全祖此。其度寬而骨秀，設色尤麗，有天生之美。二首末二句，王云：『之以』二字，以虚著力。三首末四句，王云：理語無陳色。四首『叢林森如束』，王云：『束』字下得驚動，蕭瑟之氣如見。六首，王云：紙上有風，却异

左太冲《咏史》八首

《招隱詩》二首

曹颜遠《思友人詩》

王正長《雜詩》

歐陽堅石《臨終詩》

郭泰機《答傅咸》

劉越石《重贈盧諶》

《扶風歌》

郭景純《游仙詩》七首

盧子諒《覽古》

《贈崔温》

《答魏子悌》

於出力寫景者。七首，王云：忽然而來，百感交集。八首，王云：秀绝古今。

一首，王云：太冲詩亦追險勁，而多托以興，加之頓挫，無直致之處。二首，王云：取譬精切，造語新警。四首，王云：寬紆中傲睨不凡。六首，『雖無』二句，王云：以抑爲揚，又云：雙結又出一格。

一首，王云：太冲每用雙句，安仁亦善此調。二首，王云：發端悠妙，結摇曳多姿。

『情隨』二句，王云：苦鍊之句。

王云：『朔風』二語，當時傾倒，只是以自然爲勝，故與子荆『零雨』并稱。

王云：堅石以忠節爲趙王倫所害，而語多自咎，不肯矜炫，蓋古人立心謙厚，作文委曲如此。後人乃有氣作山河及枷鎖滿城之句，文既陋，品亦卑矣。又云：急節苦言而中含寬博，調亦摇曳。堅石將死時，猶能作此名篇。

王云：婉而盡。

『苟能隆二伯』二句，王云：大將之言。『雖云聖達節』四句，王云：四句一氣，可謂勁矣，而局度仍清空也。

王云：杜甫所祖。其不及者爲無『攬轡』以下寬拙之句耳。作詩峭密，故是一病。

一首，王云：『進退』二字宜互易。二首，王云：如藐姑射仙人，自非飛燕、西施所能方比，非艷詩而美麗者也。三首，王云：起四語以色澤勝，遂覺無窮清新。六首，王云：起有氣勢，結斗健。七首，王云：『蓐收』二句新鍊。

王云：『爰在』一節，詩中文體也，然專效此則亦不佳。又云：『必用舍生』八句，重重頓挫，氣方厚，色方濃。

王云：此首學安仁而去之遠矣。

『恩由契闊生』二句，王云：高夢漢云：『道盡交情。』蓋世之交者自一二金石以外，賴此以异於五流也。

張季鷹《雜詩》
殷仲文《南州桓公九井作》
謝叔源《游西池》
陶淵明《雜詩》二首
《挽歌》
謝宣遠《王撫軍庾西陽集別作詩》
謝惠連《秋懷》
謝靈運《九日從宋公戲馬臺送孔令》
《鄰里相送方山》
《從游京口北固應詔》
《晚出西射堂》
《登池上樓》

《游南亭》
《游赤石進帆海》

《石壁精舍還湖中作》
《登石門最高頂》
《於南山往北山經湖中瞻眺》
《從斤竹澗越嶺溪行》

「榮與」二句，王云：遲暮傷心，語特精妙。
「爽籟」二句，王云：哀鍊。
王云：起得倜儻，不落凡調。
一首，王云：手揮目送，宛然在紙，結嫌薄。
王云：「送我出遠郊」，「我」字驚绝。
「頹陽」二句，王云：畫出斜照平野之景。
王云：起四句無意成文，所謂因歌成賦。
王云：文情俱遠，局度超然。
王云：潔净精緻。
王云：「皇心」二句軒敞。
王云：寫秋望山林之景，妙手偶得之。
王云：「潛虯」二句，深静高亮兼有之。「春草」句以當時思不屬，忽得目前景，安放得地，故愜意耳，非謂此一句工妙自然也。
王云：情所止，言甘心服藥，若將終身，故嘆衰疾耳。
王云：「況乃」猶恍然曠如也。若作虚字，便與上下文乖。又云：此詩以「溟漲無端倪，虚舟有超越」爲警策，爲其詩足狀海，非爲海賦詩也。一丘一壑，則有畫工寫景之法。五岳溟瀆，非神力舉之不足以稱。「虚舟」一句，所謂納須彌於芥子。而所以有力者乃在「海月」二句，以景運情，即所謂點景也。
王云：澹漾空明。又云：游罷光景更佳，是真得游理者，否則徒勞跋涉耳。
「心契」四句，王云：寄興遥深，有傲世之志。
「不惜去人遠」四句，王云：言孤游非吾情所欲，而賞心坐廢，此理誰通。
「想見」二句，王云：如畫。「情用」二句，王云：言情以賞心爲美，而人事昏昧，不能辨之，今此行乃一悟之。

《廬陵王墓下作》

《還舊園作見颜范二中書》

《登臨海嶠與從弟惠連》

《七里瀨》

《登江中孤嶼》

《初去郡》

《初發石首城》

《道路憶山中》

《入彭蠡湖口》

《入華子岡是麻源第三谷》

《南樓中望所遲客》

《田南樹援〔一〕激流植援》

《齋中讀書》

《石門新營所住四面高山迴溪石瀨茂林修竹》

《擬魏太子鄴中集詩》八首：

王云：『平生』四句排奡動蕩，沉鬱蒼涼。『一隨』二句，王云：愈推開，愈沉痛。

王云：『偶與』字下得從容大雅，不特無宦情，亦不務高蹈也。『事躓兩如直』，『如直』應作『如矢』，『兩』謂有道無道也。『感深』四句，王云：深厚。

『茲情已分慮』四句，王云：言離別已分我之慮，況又有泉蝯協我悲端耶？

王云：余過嚴瀨，方知『日落』句寫景奇麗。他手必不肯放過嚴光，此只一句了之。又用任公作陪，高潔非常，心目俱曠。

王云：『正絶』是實字，以對『中川』。又云：『亂流』四句明秀鮮瑩。

王云：起句玲瓏秀麗。『异音』二語，靈響滿空。謝公非恬澹人，而誦詩令人心迹寂寞，良由筆妙度勝。又云：脱離塵中，天地爲爽。『野曠』二句寫得出去郡光景，『憩石』二句寫得出去郡心事。『臞肥』承上『落英』，『流停』承上『飛泉』，興也。

王云：『游湘』當作『浮湘』。

『在鄉爾思積』，王云：爾即指楚人。

『乘月』四句，王云：是久於舟中人語。

王云：南城縣荒僻，故『羽人』以下，惜其境勝而地偏。

王云：起四句玲瓏秀麗。

王云：謝公號山賊，而曰罕人功，游山、治宅二者相助不相妨也。

王云：輕蒨生脆，謝詩中別調。

王云：此首稍密。

〔一〕據《文選》，作『園』。

《魏太子》

王云：起二句是强作帝王之語。

《王粲》

王云：詞密氣疏。

范蔚宗《樂游應詔》

『山梁』二句，王云：是律中嚴重之句。

颜延年《秋胡詩》

王云：颜光禄詩大抵仿士衡、安仁以立局，總取寬厚穩重，不以新艷爲能，其撰字生澀，故是當時風尚。《秋胡行》於《焦仲卿妻》《羅敷行》以外，别開一種。叙次稍文飾，節奏亦齊整，情景妙绝。又云：『勞此山川路』，『勞此』二字，深款似女子閨中口角。又云：『凉風起坐隅』比『衡闈拂帷』尤爲寂寞。『寢興日寒』尤妙，駱賓王亦云：『别在寒長在。』又云：六章回斡接攏，情事宛在。又云：『慚嘆前相持』，『慚嘆』二字括盡前事。又云：八章叙述别後語，不獨使事不直致，且文法得此一展，便濃至婉厚。又云：此篇妙處全在不急搶，有排場。又云：九章調急響高，使一篇敷叙，如萬流赴壑，湯湯迅绝，天下之奇觀也。

《五君咏》

王云：觀《秋胡詩》知颜之秀，觀《五君咏》見颜之潔。二者皆不類公平日所作，烏知其本領無有邪？又云：短章括綜中出俠語，見幽憤勃鬱之氣。

《應詔觀北湖田收》

『陽陸』二句，王云：『團曳』二字出色。

《車駕幸京口侍游蒜山作》

王云：起宏敞。『春江』二句，王云：中得壯語，精神愈出。

《車駕幸京口三月三日侍游曲阿後湖作》

王云：通首以造字生新。

《贈王太常》

『庭昏』二句，王云：秀立亭亭。

鮑明遠《行藥至城東橋》

『懷金』四句，王云：正以排律爲宕。後人仿古，先戒對偶，由俗説久有六朝駢儷之禁，使人錮聰明、廢筆墨，悲夫。

《還都道中作》

『夕聽』二句，王云：作守風語更入畫。

《樂府八首·東武吟》

『將軍既下世』以下，王云：刻意悲凉。

《出自薊北門行》

王云：作邊塞詩用十二分力量，是唐人所祖。結與『棄席』四句同調。

《結客少年場行》

王云：起突出奇語，雖微掉鞭，而氣自壯。

《東門行》

《放歌行》

《玩月城西門廨中》

《擬古詩》三首

《學劉公幹體》

《代君子有所思》

劉休玄《擬古詩》二首《擬行行重行行》

謝玄暉《新亭渚別范零陵》

《在郡卧病呈沈尚書》

《暫使下都夜發新林至京邑贈西府同僚》

《酬王晉安》

《之宣城出新林浦向板橋》

《晚登三山還望京邑》

《和伏武昌登孫權故城》

沈休文《別范安成》

『涕零』四句，王云：此等則可謂驚心動魄，一字千金者也。『居人』四句，比張司空『巢居』二語勝矣，終不若『枯桑』二語也。

王云：起四句直説有倜儻恢奇之勢。又云：無答語竟住，所以妙。

王云：新月初出，光景靈幻。此以實寫傳虚景，後人不能再著語。又云：此首佳在起八句，而元稹乃摘其『歸華』二句以爲晉後之詩，小人之不通如此。

第一首，王云：言外譏用兵冒功之徒也。二首，王云：此即『湘中有靈鳥』一種局調。彼軒昂，此深穩，明遠所創調。

王云：亦是律起，與陸詩『驅馬陟陰山』同調。

王云：『絲淚』以狀淚之少，非用泣素絲事。

『日夕』四句，王云：從『臨河濯長纓』二句脱化。又云：『卧坐』二句，沉思撰語。

『水還江漢流，』鄧保之云：一『還』字驚心動魄，所謂謝朓驚人句。

王云：起言古人處劇郡猶卧治，况我邊地邪？全學康樂風度。

王云：起二句偶然得之，自成壯遠。結四句悽愴激昂，悲憤交集。

王云：『南中』二句蓋言京洛已秋，晉安未寒也。『橘柚』『鴻雁』四字頗滯。或乃以爲妙語，陋矣。豈不聞『小寒妾已知，南心君不見』乎？

『天際』二句，王云：初唐王、岑、李諸君皆摹之入律。又云：賡韵寄懷深遠，情致摇曳，不可及也。

王云：以『綺』『練』相對生色耳。若作單句，便不能佳。

王云：三國俱以伯許之，是有史裁。然在當時是通議，今日方爲特見耳。又云：極仿宣遠《張子房詩》格。

王云：往與高伯足論此詩，高以入律爲不合。然古體中無此婉弱之筆，反生深款之致，故仍入新體，以待來哲。

王壬秋曰：駢儷之文，起於東漢。大抵書奏之用，舒緩其詞。經傳雖有偶對，未有通篇整齊者也。自劉宋以後，日加綿密。至齊梁純爲排比，庚、徐又加以抑揚，聲韵彌諧，意趣愈俗。唐人漸同律賦；宋體更入文心。自是遂有文賦二派，愈益俳矣。夫碑版之文，貴於凝重。若氣調馳騁，所謂鶩入翰林。故宜謹飭端嚴，以符詩頌。大篇長序，必類駢詞，此外箋疏，涉筆成趣，亦不宜遠宗謨誥，佶屈聱牙。若詔命王言，動成典要，詞簡意遠，必依六經。《尚書》之文，迴殊論議，短句相續，不容行氣，斯皆駢文之類也。能宗雅正，自然遠俗，故詞必麗則，駢散一家。若妃白儷青，施朱傅粉，求工字句，取材山淵，雖有可觀，殊乖大雅，無煩措意，自敝精神。韓退之笑其衰颓，裴行儉嗤其器識，又在八家俳優之下也。誠知文無整散，各有體宜，則無是丹非素之見矣。

枚叔《七發》

譚復堂云：聖人辨士之詞皆具。又云：貌似策士，純用比興，千古奇作。楊佩瑗云：合之爲鉅製，析之各爲小賦，楚人之遺則，源亦從《招魂》《大招》出耳。

曹子建《七啓》

楊佩瑗云：以意運，遂欲抗手枚生。譚云：文士語耳。

張景陽《七命》

譚云：采句。又云：回徑小阜，境漸平夷。又云：七林宏麗，有章法，有句格，駢儷家之科律也。權其利鈍，則枚叔語語用意，高不可企。陳思鬱伊，意内言外，非苟作者。景陽已病蔓辭，而形容變化，不無深沉之思。繼此則斧藻而已。但後人運入雜文，便見遒厚，不可不習。

潘元茂《册魏王九錫文》

譚云：所言不夸飾，淵乎茂乎，精神肌理與典誥相通，自是子雲以後有數瑋篇。又云：神完氣足，樸茂淵懿，揚、班儔也。黄先生云：元勖此文，猶未如巨君《大誥》直寫《周書》改其訓故之佳。其歷叙魏王功德，則又兼學張竦《爲陳崇頌德》之篇者也。

任彦昇《宣德皇后令》

譚云：琢辭自工。

傅季友《爲宋公修張良廟教》

譚云：與《譙元彦表》樞軸頗近。又云：金石之聲，風雲之氣。

傅季友《爲宋公修楚元王墓教》

譚云：機軸與前篇略同。

王元長《永明九年策秀才文五首》

譚云：純以意運，傅、任之正則。

王元長《永明十一年策秀才文五首》

譚云：精深駿快，洞見癥結。又云：意勝。

任彦昇《天監三年策秀才文三首》

譚云：亦開闔動宕，工力豈遜元長？且有主文譎諫之意。

孔文舉《薦禰衡表》　譚云：深美閎約。又云：詼麗奇隽，絶後空前。

諸葛孔明《出師表》　譚云：與《伊訓》《洛誥》相表裏。又云：立誠而後修辭。六藝散矣，賴此類文字，淵源不隊[一]。

曹子建《求自試表》　譚云：憂危憤懣，噴薄而出。言在此而意在彼。又云：畦畛井然，旋導旋頓，由於筆妙。宗臣悱惻，至性語而有充耳之嘆，時勢阻之。又云：句有可删，字不可減。

曹子建《求通親表》　譚云：師法子政。其言殊懟，而紆徐卓犖，固文章之能事，所不逮子政者樸至之氣耳。

羊叔子《讓開府表》　譚云：款款誠言。又云：廟堂之上其言如家人父子，立誠固先於修辭也。

李令伯《陳情表》　譚云：言外尚有沉憂，情摯語出之自然，遂以千古。文事殊弱，漢人渾穆之氣盡矣。

陸士衡《謝平原内史表》　譚云：覊旅局脊，已無生之氣矣。又云：客子畏人，惟憂用老。當牢户之餘生，言言酸惻。正不欲推波助瀾，已覺情辭激注。又云：一意槃互，不待敷藻。晋宋間文字與東漢衹隔一塵。

劉越石《勸進表》　李申耆云：正大光明，固是偉作。譚云：誠心所發，乃爲高文。又云：悃悃款款樸以忠，文如其人，直可追配武鄉《出師表》。

張士然《爲吴令謝詢求爲諸孫置守冢人表》　譚云：上接兩漢，下開八家，亦古今有數之文。又云：聖稱辭達，此爲近之。

庾元規《讓中書監表》　譚云：文心激蕩，往而不留。又云：與時論相迕，一往忿悁之言。弭謗而謗愈生，由於懟衆。辭寵而寵愈固，意在激上。元規塵固污人。

桓玄子《薦譙元彦表》　譚云：絶唱。又云：茂密神秀，文家上駟。

殷仲文《自解表》　譚云：忸怩之言乃似出以忼慨，不可謂非奇作。

[一] 據譚批《駢體文鈔》，作『墜』。

傅季友《爲宋公至洛陽謁五陵表》
傅季友《爲宋公求加贈劉前軍表》
任彦昇《爲齊明帝讓宣城郡公第一表》
任彦昇《爲范尚書讓封侯第一表》
任彦昇《爲蕭揚州薦士表》
任彦昇《爲褚諮議蓁讓代兄襲封表》
任彦昇《爲范始興作求立太宰碑表》
李斯《上秦始皇書》
鄒陽《上書吴王》
鄒陽《於獄中上書自明》
司馬長卿《上疏諫獵》
枚叔《上書諫吴王》

譚云：悱惻忼慨，西平露布所出。

譚云：驚心動魄。又云：不啻口出。

譚云：刻鷙奮發，氣盛言宜。又云：絶似血誠噴薄，而出自代言，反以獲咎。顛危之世不合以文字事人，君子慎之。

譚云：朝爲朋友，暮爲君臣。恃舊之言，不無失體。『去歲』以下，不足爲典要。又云：一意之運必綴以藻詞，駢體與古文不能不分矣。

譚云：大臣之言，捉刀者真英雄也！又云：蔣心餘評《四六法海》以開闔生動論駢體，固不刊之論。而獨崇子山，不能識魏晋人散朗泂復之妙，故於任彦昇多所不滿，此通人之蔽。救正陳、章、袁、吴流弊，亦砥柱中流矣。

譚云：波折可法。

譚云：綿懇動人。季友、彦昇而外，殆鮮鼎立。又云：微婉之妙，任筆獨擅。

李云：此文若去其中間一節，則了無生趣矣。然語既泛濫，意雜詼嘲，雖曰羈旅之臣，要豈陳言之體，玩其華焉可也。譚云：此之謂兔起鶻落，此之謂語奇句重。又云：是駢體初祖。

李云：尚是《戰國》遺響。譚云：連犿吊詭，骨氣奇鷙。又云：《漢書》陽奏書諫，爲其事隱，惡指斥言，故先引秦爲喻，因道胡、越、齊、趙之難，然後乃致其意。又云：百家未降爲別集。

李云：迫切之情，出以微婉；嗚咽之響，流爲激亮。此言情之善者也。譚云：蔡澤、春申去人不遠。又云：鄒、枚皆出於戰國，而鄒以婉，枚以壯。先秦之文原有此二種。又云：詞重語複，煩冤咄唶，幾無轍迹。晚周先秦之文絶似《離騷》。又云：斷處仍連，正言若譎，文章至此，乃盡危苦之能，然亦可矜。

李云：樸而能華。譚云：發端雄奇，敷陳懇到，有屈刀爲鏡之妙。

李云：諷諫之文，若近若遠，《新序》《説苑》皆師其意者也。譚云：欲言難言，

江文通《詣建平王上書》

任彦昇《奏彈曹景宗》

任彦昇《奏彈劉整》

沈休文《奏彈王源》

楊德祖《答臨淄侯箋》

繁休伯《與魏文帝箋》

陳孔璋《答東阿王箋》

吴季重《答魏太子箋》

吴季重《在元城與魏太子箋》

阮嗣宗《爲鄭冲勸晋王箋》

謝玄暉《拜中軍記室辭隨王箋》

任彦昇《爲百辟勸進今上箋》

阮嗣宗《奏記詣蔣公》

司馬子長《報任安書》

朱叔元《與彭寵書》[二]

陳孔璋《爲曹洪與魏文帝書》

[二] 據《文選》，作『《爲幽州牧與彭寵書》』。

愈離奇，愈沉痛，《國策》之體，《離騷》之神，後來無繼。

譚云：無意摹鄒而神理自合。寫仿司馬子長處，則蹊徑存焉。又云：開闔頓宕，氣體岸异。

譚云：可謂筆挾風霜。又云：駿邁曲折，氣舉其辭。

譚云：韶令。

譚云：曲勘盡致，筆端甚鋒鋭。

譚云：措詞不匱，恍如面語。

譚云：入微語妙绝古今，遂乃抗手傅毅《舞賦》。然當時文士已開江、孔狎客之風矣。

譚云：亦是韶令。

譚云：略具姿致。

譚云：沾溉後人，探源《國策》。

李云：此與任彦昇篇皆意寓規切，語無慚色。楊佩瑗云：許以桓、文，諷以文、許，所謂意寓規切也。譚云：滑稽之雄。

譚云：巧思。又云：情詞相副，祇覺婉轉悱惻，忘其寒乞，所謂妙於語言。

譚云：嫖姚激越，與他文微婉之致异矣。

譚云：亦自嫖姚。又云：可謂伐雷鼓於聵者之側。

李云：厚集其陣，鬱怒奮勢，成此奇觀。譚云：周秦渾穆之氣盡變，兩漢精純之體若失，起落皆有千鈞之重。層層逼拶，始出本意，如神龍出没，一掉入於九淵。

譚云：幸灾之言，詞鋒甚鋭。又云：破觚散樸，險悄如見其人。

譚云：摇筆有滑稽之意，故先後皆不爲莊語。而行文迅疾，旋起旋落處可悟。

阮元瑜《爲曹公作書與孫權》

譚云：辭巽意狹。又云：飾辨强颜，文氣殊荼，然章法變化，滔滔自運，繁而不厭。

魏文帝《與朝歌令吴質書》

譚云：縈拂有致。

魏文帝《與吴質書》

譚云：以感逝爲主，不立間架，自成章法。

魏文帝《與鍾大理書》

譚云：書已似賦。

曹子建《與楊德祖書》

譚云：有波瀾，有情性。

曹子建《與吴季重書》

譚云：傲睨風刺。

吴季重《答東阿王書》

譚云：夸激不情之言，所謂强作周旋也。往還兩書皆足以府怨，不如其已。

應休璉《與滿公琰書》

譚云：諧婉出以矯厲。

應休璉《與侍郎曹長思書》

譚云：尺幅有噴薄之勢。

應休璉《與廣川長岑文瑜書》

譚云：二應傲然有縱横策士之遺風。

應休璉《與從弟君苗君胄書》

譚云：銳入處可悟文法，然亦剽矣。

孫子荆《爲石仲容與孫皓書》

譚云：阮、孫二書用同馳檄。又云：用意在蜀亡之後，情事易於竦切，文未滿量。又云：蜀亡之後形勢利便，精采遜鍾士季《檄蜀》，而婉宕殊勝。

趙景真《與嵇茂齊書》

譚云：尚有内轉之氣，故麗宕不縟。又云：窮士失職，以兀㚖見其嗚咽。又云：探四六之源者正在此種。意密而句展，亦云跌宕昭彰矣。

邱希范《爲吕僧珍作書與陳伯之》

譚云：情生意消，然而靡矣。又云：情致綿麗自足，而古素樸健之體，至此無餘矣。又云：源於魯仲連《燕將》之篇。

劉孝標《重答劉秣陵沼書》

譚云：遒上。

劉子駿《移書讓太常博士》

譚云：愈古厚，愈疏宕。然樸至之味，遂視中壘爲稍減矣。

孔德璋《北山移文》

譚云：俗調開山。許槤云：此六朝中極雕繪之作。鍊格鍊詞，語語精闢。其妙處尤在數虚字旋轉得法。當與徐孝穆《玉臺新咏序》并爲唐人軌範。

司馬長卿《喻巴蜀檄》

李云：教令所頒亦謂之檄，非止用之軍旅也。其體與移文相類。譚云：淳實。又

陳孔璋《爲袁紹檄豫州》

陳孔璋《檄吳將校部曲》

鍾士季《檄蜀文》

司馬長卿《難蜀父老》

宋玉《對楚王問》

東方曼倩《答客難》

揚子雲《解嘲》

班孟堅《答賓戲》

〔二〕據譚批《駢體文鈔》，作『論』。

云：意深重而語微婉，骨幹大而脉理甚細，西京之文，去六藝未遠。

譚云：甚有仗義執言之風。紹勢方盛，故無茶辭。又云：罪狀皆實迹，故操見而駭。斡旋失策，仍多飾詞，不覺瑕釁自露矣。又云：磊磊軒軒，固是奇作。

譚云：諱飾語多，遂爾囁嚅，文不可不先質也。又云：反正開闔，謀篇甚善。又云：篇末『如其未能』一折，正其命意所在。

李云：《檄豫州》最壯駭，而詞慚以支，《檄吳》嘽緩如不欲戰，皆中有戒心也。魏蜀强弱形見，故言之磊落，獨得文誥體。譚云：不事恢張，亦不加詆毁，搏捖一氣，無不盡之辭。

李云：意雖寓規，實則頌也。解此措語之法，乃能氣壯情駭。又云：《四子講德論》仿之必俗，此文仿之必駭世。然必解此，然後文有生氣。藻麗絶特，尤擷香拾艷之淵藪也。譚云：語無滲漏，所以吐辭爲經。又云：相如文如中郎碑板，右軍正書，不名一體。此篇與《巴蜀檄》孰爲劍氣，孰爲珠光，讀者辨之。又云：力争上流，言之鑿鑿，終是頌不忘規。

譚云：文之至者曰自然風行水上，非晚周先秦之文不能當之。

譚云：一起九天，一落千丈，李斯、鄒陽蹊徑若一，枚、馬之流有敷陳之轍迹矣。

姚鼐曰：薑塢先生云：雄瑋瑰麗，後人於此不能復加恢奇矣。譚云：漸趨聲色，文字消息與天地準。又云：跌蕩昭彰，泉涌風發，記明人評此篇目爲純綿裹針，亦知言哉。

譚云：從容平實，不免晋帖唐臨。又云：設辭一類，高接箸書，下淪〔二〕俳戲，先後稗販，格調相襲。知人論世，略其轍迹。子雲尚矣，已有杼軸可尋，不若東方先生二篇爲戰國百家之流也。班、張終執規矩，變而成方。亭伯夷於班，中郎健於張，廣微以下益不振。然皇甫夏侯，就其命意，矯然自异，亦可誦已。

石季倫《思歸引序》

譚云：氣體不俗。

陸士衡《豪士賦序》

李云：此士龍所謂清新相接者也，神理亦何減鄒、枚？譚云：鄒、枚隱顯激射處不易至。又云：頓挫回薄，意内言外，不當僅賞其清新。

颜延年《三月三日曲水詩序》

李云：隸事之富始於士衡，織詞之縟始於延之；詞事并繁，極於徐、庾；而皆骨足以載之，初唐諸傑[一]則惟恐肉之不勝也。譚云：開闔動宕，情文相生，儷體之上駟也。又云：垂縮激射，文章[二]上乘，開闔動宕次之。此爲開闔動宕者歟？

王元長《三月三日曲水詩序》

譚云：寬博過颜，而精練稍遜。至於嫖姚生動，同一機杼。又云：以意運辭，可以取法。

任彦昇《王文憲集序》

譚云：雖甚敷腴，語必傳質。又云：行以傳狀之體，名言輻輳，清英品目，固當美於休文。

王子淵《聖主得賢臣頌》

李云：此非頌體，後人亦遂無效之者。譚云：風骨學於諸子，華實化於騷賦。又云：譬之拳勇，純以筋節運神氣，不露聲色，所以爲高。又云：引喻處皆有噴薄之氣，有神無迹。

揚子雲《趙充國頌》

譚云：質厚。

史孝山《出師頌》

李云：薄於子雲，勁於中郎。譚云：壯闊。

陸士衡《漢高祖功臣頌》

李云：此士衡所謂文繁理富，意必指適者也。優游彬蔚，精微朗暢，兩者兼之。譚云：有變化，有頓挫，可謂跌宕昭彰矣。又云：神完氣足，意内言外，不刊之文。

夏侯孝若《東方朔畫贊》

譚云：擇言尤雅。

袁彦伯《三國名臣序贊》

李云：神彩壯於士衡。譚云：此論未然，竊以爲渾穆不逮矣。又云：意存風教。

〔一〕據《駢體文鈔》，作『作』。

〔二〕據《駢體文鈔》，作『字』。

司馬長卿《封禪文》

揚子雲《劇秦美新》

班孟堅《典引》

干令升《晉紀總論》

賈誼《過秦論》

東方曼倩《非有先生論》

王子淵《四子講德倫》

又云：伯仲士衡，持論尤勝，特堂宇遂狹耳。又云：江東著述推崇吴賢處較詳。

姚鼐曰：薑塢先生云：《封禪文》相如創爲之，體兼賦頌。其設意措詞皆翔躡虛無，非如揚、班之徒誕妄貢諛，爲蹠實之文也。通體結構，若無畔岸，如雲興水溢，一片渾茫駿邈之氣。觀揚、班之作，而後知相如文句句欲活。李云：以允答競業立意，故極波涌雲亂之觀，而仍字字有歸宿。此意揚、班已不能窺，況其下乎？譚云：邁往之韵，峻绝之骨，奇宕之氣，蕭疏之神，頌語不襲商周，幾欲抗手。又云：襲舊六爲七，此是何等志趣。海嶽瑰狀，金石奇聲，不可無一，不能有二。

李云：誣善之人其詞游，失其守者其辭屈，此文之謂也。然古駿藻邁之氣則與長卿并驅矣。譚云：心苦於司馬，詞慎於孟堅，衆流山立，語語金湯。又云：順逆集散，與長卿或合或離，紬繹之乃得文章機竅。又云：綴句漸有轍迹，《劇秦》處避重就輕，詞恧心苦。

李云：裁密思靡，遂爲駢體科律。又云：語無歸宿，閱之覺茫無畔岸，此其所以不逮卿雲。譚云：琢句益工，結體益順，摹寫馬、揚處有痕。又云：詞意不能出馬、揚之外。又云：温潤而澤，故可密爾自娱。

李云：雄駿類賈生，縝密似子政，晉文之傑也。譚云：厚集其陣，使轉處省力有神，佳篇也。又云：雄駿縝密皆未滿量，襲《過秦》一節，爲謀篇之疏。

譚云：學傳《左氏》，時近短長，竟無一語出入，故奇。又云：韓潮蘇海皆溝澮耳。

譚云：開闔有天倪，觀其合，知其離。又云：後人言浩乎沛然，惟秦漢人文耳。

李云：張宛鄰云：往時讀此文，病其氣靡辭冗。今再讀之，始知其氣之淳厚，辭之腴暢，從容雅頌，令人漸漬其中而不能自已。譚云：此評與此文同不朽。皋文喜《中論》亦是此意。又云：嘽緩舒繹，曲折不失節，即以品目斯文。又云：送瀾推波，表裏瑩澈，以視《非有先生論》，覺恢詭舒和各極其勝，春松秋菊華榮一致。

班叔皮《王命論》

曹元首《六代論》

韋弘嗣《博弈論》

嵇叔夜《養生論》

李蕭遠《運命論》

陸士衡《辯亡論》上下

陸士衡《五等諸侯論》

劉孝標《辨命論》

劉孝標《廣绝交論》

李云：安徐重固。譚云：匡、劉以下之文，此評盡之，而子政嫖姚矣。又云：起伏結撰，盡言盡意，遂成東京文體。匡、劉而後此其轉捩。又云：言在此而意在彼。又云：所謂頓之山立，導之泉流。

李云：一氣奔放，尚是西漢之遺。往復過多，則利害切身，不覺言之灌灌耳。譚云：文無今古，以有隱顯激射者爲高深。又云：摹擬長沙，轍迹太顯。又云：正喻始終一意，所以門亂不亂，然蹊徑存焉。

黄先生云：此文蓋學《國語》而複調稍多。又云：篇首純從惜陰勤事立論，筆意暢滿，有高厓建瓴水之勢。

李云：此等文自《論衡》出，時有牙慧可取。譚云：頹然自放。

李云：可謂浩乎沛然矣。譚云：知其不可奈何而安之若命，是此文注脚。又云：『希世苟合』一節，興感所由。又云：處處即束即起，晋以後人不能矣。又云：駿足奔馳，源出《國策》，與李斯《逐客》《督責》二篇亦相出入。又云：奇氣噴薄，要亦憤懣之言。

黄先生云：葛稚川稱『士衡之文弘麗妍贍，英鋭漂逸，爲一代之绝。』觀於此論，知其信然。而彦和謂其『效《過秦》而不及』，此緣時代既异，風格略殊，不得執此以貶陸君也。

李云：運思極密，細意極多，然亦以此累氣。譚云：間架遂成。又云：須尋其論議營陣與元首同异處，乃識文章升降之故，立言先後之法。又云：何嘗不闔闢盡能，而不能執規矩以爲方圓。措意欲挽昔人之偏。又云：錙銖稱量而出，字句皆有氣類。於古爲散朴，於後爲指南。

李云：疏越。譚云：奇才不達，興感之由，因以自命。故激昂憤厲，語無餘藴。然後知蕭遠爲温然其詞。

李云：以刻酷摅其憤懥，真足以狀難狀之情。《送窮》《乞巧》皆其支流也。譚

陸士衡《演連珠》

張茂先《女史箴》

班孟堅《封燕然山銘》

崔子玉《座右銘》

張孟陽《劍閣銘》

陸佐公《新刻漏銘》

陸佐公《石闕銘》

曹子建《王仲宣誄》

潘安仁《楊荊州誄》

潘安仁《楊仲武誄》

潘安仁《馬汧疾奔督誄》

云：尚有《韓非》《吕覽》遺意。又云：辭勝於理，文苑之粢粱。

譚云：熟讀深思，文章扃奥盡闢。又云：文字之用不外事理。駢儷詞夸，不能盡理之精微，事之曲折，乃爲談古文者所鄙夷。承學之士先習陸、庾《連珠》，沉思密藻，析理述事，充之復何所滯。庶有達者識予卮言。

李云：極醇實，是宋人所宗。譚云：惠帝時華懼后族之盛，作《女史箴》以諷。又云：清華茂美。

李云：寬博。楊佩瑗云：序亦用韵，即琅邪刻石體。譚云：瑰瑋绝特，追琢金玉之文。崔、蔡不能爲。

譚云：不朽之作。

李云：雖曰銘，其實箴也。亦是步趨子雲。譚云：精鍊。

李云：銘起盤盂。辨物當名，貴核而肅。文雖失於辟積，而密藻可觀。譚云：辭尚體要，淵淑靈韌。又云：整栗有度。又云：製作大手，整栗自然。豈燕、許、沈、宋所能？

李云：以典章法度之所係，而绝無尊嚴閎鉅之思，詞靡裁疏，不及《刻漏銘》遠矣。録而論之，以示軌轍。譚云：寬緩是當時文體，難盡責以尊嚴。惟組練含容，功力自遜《刻漏》。又云：銘詞不弱。

譚云：此書家所謂中鋒也，不尚姿致，而骨幹偉异，『感昔』一節，後人多從此悟入。

譚云：潘江固多安流，不爲波瀾之勢。

譚云：子建變爲安仁，稍平矣，差有標致耳。

譚云：叙槃亘紆軫，拔奇於漢魏之外。又云：瑰瑋绝特，奇作也。又云：世稱退之起八代之衰，《曹成王》《楊燕奇》諸碑視此恐亦走僵如籍、湜矣。曾滌生示子紀澤書云：尔前讀《馬汧督誄》，謂其沉鬱似《史記》，極是。余往年亦篤好斯篇。尔若於斯篇及《蕪城賦》《哀江南賦》《九辨》《祭張署文》等篇，吟玩不已，則聲情并茂，文思汩汩矣。

潘安仁《夏侯常侍誄》

譚云：任彥昇之文，潘安仁之筆，异曲同工。第學任無流弊，潘語一塵，即淪平易矣。

顔延年《陽給事誄》

譚云：去《汧督》篇已遠，然有深湛之思、澹雅之用，夫亦可謂暖暖矣。又云：『凉冬』二語，頗疑今之李陵書出於前也。

顔延年《陶徵士誄》

譚云：文章之事，味如醇醪，色若球璧。有道之士，知己之言。又云：予嘗言文詞不外事理，而運動之者情也。似此情事理交至，六經九流而外，此類文字古今數不盈百。

潘安仁《哀永逝文》

譚云：《招魂》《大招》《李夫人賦》而下，益婉益哀，殆亦如樂府詩之流爲填辭耳。未到齊梁，故以真氣動人，不事譬况填綴。

顔延年《宋文元皇后哀策文》

譚云：帝增八字，澹語彌悲。

謝玄暉《齊敬皇后哀策文》

譚云：雅贍不縟。

蔡伯喈《郭林宗碑文》

李云：表墓之文，中郎爲正宗。楊佩瑗云：絶不徵引事實，而能隱括無餘藴。譚云：陳、郭兩賢如見其人。中郎諸碑皆在此後。又云：楩楠之幹，琴瑟之音，李氏云中郎爲表墓正宗，此二篇尤上品也。又云：碑文亦垂亦縮，仍是一筆書。銘詞語語可味。

蔡伯喈《陳仲弓碑文》

楊佩瑗云：委婉舒妍，樸實渾茂。譚云：文有道氣，漸近自然。推崇至極，猶若不盡。又云：以微言圮绝爲嘆，苟非若人則失實。

王仲寶《褚淵碑文》

李云：逐節敷叙，中郎遺矩。羌無鎔裁，但苦辭費。仲寶、休文尚疏雋可觀。譚云：逐事鋪叙中僅堪摘句，文章至是不能無待於起衰。又云：尚有生氣。又云：如元、白長律詩平易近人，亦是檢點有法度。

王簡栖《頭陀寺碑文》

譚云：辭不泛濫，漢魏義法未淪。又云：名理之言出以回薄，紀序之體貫以玄遠，

沈休文《齊故安陸昭王碑文》

任彦昇《齊竟陵文宣王行狀》

任彦昇《劉先生夫人墓志》

陸士衡《吊魏武帝文》

謝惠連《祭古冢文》

王僧達《祭颜光禄文》

范蔚宗《〈後漢書〉諸傳論補》

此爲南朝有數名篇。沾溉唐初，何能青勝。又云：銘詞秀出。又云：文士但能作『百姓有餘、天下無事』語，已爲鷄群之鶴。

譚云：似健於仲寶。前後誄頌已甚。叙歷仕措注有勢。銘辭複述，則昌黎已前通病。

譚云：入《昭明選》者都無鄙語。

李云：以儷辭述實事，於斯體尚稱。譚云：須識其單行叙事處皆駢儷之滋旨。任、沈而後此風漸墜。

譚云：當與《豪士賦序》并觀。又云：豈爲魏武言。

譚云：文有蕭澹之致。

譚云：不免以句勝。

黄先生書《後漢書論贊》曰：自蔚宗善别宫商，識清濁，沈休文繼之，而文辭之聲調若有定軌。其後愈求諧叶，更以修飾偶語爲工，遂漸成四六之體。此由古詩變爲近體，雖形態小殊，而波瀾不异。學者之於古處，苟非甚偭規矩，以長愆尤，有其隆之，無或殺也。談古文者以四六爲非，遂并議及齊梁而上。謂文章不須偶語，聲韵不貴均調，斯又矯枉之過常，而非適道之通理也。詳覽古來篇簡，自記事載言而外，慮皆取聲律以調唇吻，聯詞義以織文章。《書》則有『平章百姓，協和萬邦』。《詩》則有『覯閔既多，受侮不少』。至於宣尼贊《易》，柱史著書，尤多捶雙詞以成文，本天籟而爲韵。斯乃經子之正宗，實亦文辭之臯極也。但劉宋以往，昭質未虧，故偶語雖多，而未嘗拘牽於對仗，聲調雖協，而未嘗膠執於宫商。蓋偶語出於自然，而對仗多由刻飾，聲調由乎天至，而宫商或賴安排。知文理者亦惟去甚去奢，以求合於本度而止。若必『礫裂章句，隳廢聲韵』，此八字，裴晋公之言。譬猶知櫝之非貴而并棄其珠，懲哽之爲害而無心於食，過已。已上論文中聲律對偶之由來，因言其利病。尋繹范氏之文，雖多偶語，而不盡拘牽。雖諧聲律，而絶無膠執。舉例以觀，昭然可察。《逸民傳序》「堯稱則天，武盡美矣」，句度相類，而「則天」「美矣」詞性不同。已下如「長往」與「感致」對舉，「甘心」將「憔悴」連言。「蒙恥」「蹈海」，語不齊同，「蟬蜕」「自致」，詞性無定。非如四六之專攻對仗，令五雀六燕，輕重適同也。若乃聲響相殊，亦無嚴律。「隱居」二語，句末悉是側音；「薛方」二聯，結調初無平響。要取大齊不亂，非必銖寸度量者矣。已上舉蔚宗文對語調聲無膠執之事。尚考文章之多偶語，固由便於諷誦，亦緣心靈感物，每有聯想之能，庶事浩穰，常得齊同之致。或比方而愈憭，或反覆以相明。兼以諸夏語文，單觭成義，斯所以句能成式，語可同均。是則聯類之思，人類所同有；排比之文，吾族所獨擅。論文體者宜於此察也。已上明對偶之理。至於調和聲律，本愜人情。觀夫琴瑟嫥壹，不能爲聽；語言哽介，不能達懷。故絲竹有高下之均，宣唱貴清英之響。然則文詞之用，以代語言，或流弦管，焉能廢斯樂語，求諸鄙言，以調喉娛耳爲非，以蹇吃冗長爲是哉？已上明文貴聲律之理。古人有言，「既雕既琢，還反於樸。」聲偶之末流，誠宜有所匡飭，令不離宗。亦當專究前文，廣陳利害，師古而不爲所役，趨新而不畔其規。若夫心不能知其意者，則以憔悴枯槁救對仗之弊，詰詘蹇澀藥聲律之拘，而無俚之夫乃得肆其外來之説，於是爭聲偶之是非者不得不同歸於敗矣。惜夫！已上明聲偶之末流宜有以救正，而不必以成見觝排聲偶。

讀選導言第九

導言一

戴東原有言：『誦《堯典》數行，至「乃命羲、和」，不知恒星七政所以運行，則掩卷不能卒業。誦《周南》《召南》，自《關雎》而往，不知古音，徒强以協韵，則齟齬失讀。誦古《禮經》，先《士冠禮》，不知古者宫室衣服等制，則迷於其方，莫辨其用。不知古今地名沿革，則《禹貢》《職方》失其處所。不知少廣旁要，則《考工》之器不能因文而推其制。不知鳥獸蟲魚草木之狀類名號，則比興之意乖。』《與是仲明論學書》。此言治經之難，爲學者示以始事也。《文選》一書，雖次居集部，而上下千載，兼攬衆長，義藴既深，篇章尤富，固非漫無根柢、造次涉獵所可窮其理而通其學也。舉其先豫，得數事焉。

一曰訓詁

辭賦小學，同源共流。揚、馬賦家，亦爲小學之宗。魏晋綴藻，雖字有常檢，而文人如束晳、景純、康樂、延之并有字詁之編。郭璞有《爾雅注》《方言注》《三倉注》，束晳有《發蒙記》三卷，康樂有《要字苑》一卷，延之有《詁幼》二卷。而爲文亦古訓是式，深厚爾雅。六代作者，大抵皆然。是則讀《文選》首宜識字明矣。字有本義、引申義、通借義，示例如左：舉『方』字。

本義　方　泭也。泭，編木以爲渡也。

方之舟之。《詩·谷風》箋：『方，泭也。』

大夫方舟。《爾雅·釋水》

引申爲比　子貢方人。《論語集解》：『比方人也。』

類　其惡有方。《禮記·緇衣》注：『方，喻輩類也。』
等　梓人爲侯，廣與崇方。《考工記》注：『方，猶等也。』
則　萬邦之方。《詩·皇矣》毛傳：『方，則矣。』
法　且知方也。《論語》鄭注：『方，禮法也。』
官脩其方。《左傳·昭二十九》杜注：『方，法術也。』
常　游必有方。《論語》鄭注：『方，常也。』
通借爲匚　規矩方圓之至也。《孟子》
旁　方行天下。《尚書·立政》
傍　左右曰方。《儀禮·大射儀》注：『出傍也。』
房　既方既皂。《詩·大田》箋：『方，房也。』
妨　方命虐民。《孟子》趙注：『方，猶逆也。』
幠　維鳩方之。《詩·鵲巢》毛傳：『方之，方有之也。』《爾雅·釋詁》：『幠，有也。方，幠音。』模唐對轉。
甫　民今方殆。《詩·正月》箋：『方，且也。案，且，始也，甫亦始也。』

今宜先讀《説文》，明字之本義。次讀《爾雅》《義疏》《廣雅》《疏證》，以求引申通借之義。故訓熟洽，乃於經子成文辭賦奇字無所凝滯矣。

二曰聲韵

字有形有音有義。訓詁就形義言，聲韵則音之部也。音有唐、虞、三代之音，漢魏之音，六朝至唐之音，元明以後之音，潜移默化，隨時變遷。今大别爲古音今音。古音斷自唐虞迄於周秦。兩漢爲古音之變。今音斷自魏晋迄於唐宋。元明爲今音之變。古音較今音爲簡。今音聲類有五十一，古音則止十九。今音韵部有二百六，古音則止二十八。又三代古音惟有平入二音，無去上二聲，《詩》《易》《楚辭》用韵可證。兩漢爲古音之變，用韵最雜。四聲具備，實在魏晋之際，而界限未嚴，故晋宋文詞去入二聲恒相通用，至齊梁而始密。

《文選》兼苞七代，賦與詩騷約占全書之大半，不了聲韵，讀之皆詰籒爲病，非特有韵之文爲然，即《王命論》《六代論》《養生論》《辨亡論》諸篇閒亦用韵，特學者讀之易於忽略耳。而一切雙聲叠韵連語，更不知所從來，不免望文生訓矣。《子虛賦》：『衆色炫曜，照爛龍鱗。』龍鱗雙聲，猶玲瓏也。玲之言霝，瓏者婁之别字，并訓空，引申訓明。而郭景純注曰：『如龍之鱗彩。』《離騷》：『心猶豫而狐疑兮。』狐疑熟語，猶豫亦雙聲字。猶之本字爲冘，《説文》冂部：冘冘，行貌，音淫。從人出冂。引申爲寬緩意。而《顔氏家訓·書證篇》釋猶爲獸，取與狐對。可謂無稽之談。顔説亦有所本，《史記·吕后紀》索隱引崔浩曰：『猶猿類也，卬鼻長尾，性多疑。』是則小學如郭、顔，猶不免千慮之一失。孫志祖校《高唐賦》『若浮海而望碣石』，『石』字爲衍文，以碣與上下文『會』『磕』相叶，石字則不也。王念孫又校本篇『九竅通鬱，精神察滯』，『滯』字亦羨，理亦如孫。則本書傳寫之訛，并得據音理是正之矣。

三曰名物

賦家之心，控引天地。總攬人物，當時實爲類苑，末學窮於搜討。蓋揚、馬、班、張諸賦，不啻漢世制度名物之專籍。太沖自序《三都》曰：『其山川城邑則稽之地圖，其鳥獸草木則驗之方志。』安仁《射雉賦》所用名物，亦皆當時俗稱，今則成爲雅詁。乃至洛陽伽藍，衒之撰而成記，《離騷》草木，劉杳衍以爲疏，凡涉名物，皆學者所不可忽矣。

四曰句讀

語意已完爲句，語意未完而語氣可稽者爲讀。秦漢之交，奇偶相生，東京已降，漸趨整練，宜若句讀易尋矣。然不諳文法，或得其讀，不必得其句也。知其常例，不必知其變例也。如賦中往往合數讀爲一主辭或語辭，狀詞讀或與主句并列。

《蕪城賦》：若夫藻扃黼帳，歌堂舞閣之基；璿淵碧樹，弋林釣渚之館；吴蔡齊秦之聲，魚龍爵馬之玩，以上主詞。皆薰歇燼滅，光沉響绝。以上語詞。

《别賦》：下有芍藥之詩，佳人之歌，桑中衛女，上宫陳娥，以上主詞。春草碧色，春水绿波，以上狀詞讀。送君南浦，傷如之何？

此外諸體，文既整鍊，而構造亦多錯綜，有省詞以配合句度者，有增字以整齊句度者，有倒文以變易句度者，有意貫注而句式耦對者。文人愛奇，回互不常，《文心·定勢》嘗指斥之。而崇賢作注，亦有互文、避文之釋。非了於成文之法，寧易悉其所由哉？

五曰文律

陸士衡作《文賦》以述先士之盛藻，自謂『普辭條與文律，良余膺之所服。練世情之常尤，識前脩之所淑』。然則鑒賞前文，宜嫻於修辭之律令，而後可課其妍媸，明其利鈍。即如六代好用代語，而自延年益多，《曲水詩序》以禎莖、素毳代朱草、白虎，讀者以爲虬户、銑谿之比矣，然孟堅《典引》已云『擾緇文皓質於郊，升黄輝采鱗於沼』，上句以代騶虞，下句以易黄龍，是顔亦遠有端緒，非創爲澀體也。延年《祭屈原文》曰：『藉用可塵，昭忠難闕。』『藉用』以云白茅，『昭忠』以指蘋藻，猝讀之幾難索解矣，然其初《後漢·史弼傳》已有『陛下隆於友于，不忍恩〔二〕絶』之語，此以『友于』斥兄弟也。潘安仁《河陽縣作》曰：『引領望京華〔三〕，南路在伐柯。』此以『伐柯』代不遠也。謝叔源《游西池》曰：『有來豈不疾，良游常蹉跎。』『有來』用陸雲《歲暮賦》『年有來而棄予』，是以『有來』代年也。殷仲文《南州九井作》曰：『廣筵散泛愛，逸爵紆勝引。』『勝引』以稱良朋，『泛愛』即以替衆也。此不過修詞之末節，而豈不諳文律者能相説以解乎？

六曰史實

一文之成，必有其所以成茲文之故，是謂文事，亦即史實。讀《文選》者，自《史記》下盡南、北《史》，宜皆明習，乃於文事無所隔閡。

七曰地理

《兩都》《二京》即長安、洛陽之輿地志，《江海賦》即《水經》別注也。不明其方隅脉絡之所在，則讀其文無由知其地。至《七發》篇中地名，師説自廣陵而外，如曲江、南山、朱汜、或圍、伍子之山、胥母之場、赤岸、藉藉之口，無一可以指實。吴、越争此故實，如朱彝尊、閻若璩、汪中等。類如虞、芮之訟田，則又鑿矣。

八曰文體

《文選》分體三十有八，七代文體略備。讀者宜於每體之緣起流變，與特殊之質性，及彼此之間易涉朦混者，先能識別。而後知古人辭尚體要，非苟作者。

〔二〕據《後漢書》，作『遏』。

〔三〕據《文選》，作『室』。

九曰文史

七代文學遷變之迹，作家之材性學力與其時地，皆宜了然於心，然後讀其文多所啓發。此則正史《文苑傳》及爲文士别立之專傳，如班固、張衡、馬融、崔駰、蔡邕，《後漢書》不列《文苑》是。并宜詳覽明矣。

十曰玄學與内典

魏晋以來，聃、周當路，文士篇什，每含玄思，詩必柱下之旨歸，賦乃漆園之義疏。而孫興公《天台山賦》、王簡棲《頭陀寺碑》二篇，援引佛典，亦極奥博。陸放翁謂：『李善注《頭陀寺碑》，穿穴三藏，注《天台賦》，消釋三幡。至今法門老宿未窺其奥。』此可證學者讀《選》，於玄學内典，不能不稍加究心矣。

導言二

蕭《選》一書，采歷代之大宗，擷名家之精要，七代善文，包舉靡遺。而自昔文史之家商榷前藻、牢籠文變、名言讜論，無乏於代。特舉二端，以覘《文選》。

甲、總覽

《文心·通變篇》曰：黄唐淳而質，虞夏質而辨，商周麗而雅，楚漢侈而艷，魏晋淺而綺，宋初訛而新。從質及訛，彌近彌澹。此舉兩朝之文，一言以蔽，亦劣得辜較。

又《時序篇》評論文學源流，上自三古，下訖宋初，於兩漢魏晋言之最悉。文繁不録。

《宋書·謝靈運傳論》曰：自漢至魏，四百餘年，辭人才子，文體三變。已下論至宋世顔、謝爲止。文載《文選》，不録。

《南齊書·文學傳論》曰：屬文之道，事出神思，感召無象，變化不窮。俱五聲之音響，而出言异句。等萬物之情狀，而下筆殊形。吟咏規範，本之雅什。流分條散，各以言區。若陳思《代馬》群章，王粲《飛鸞》諸製，四言之美，前超後绝。少卿離辭，五言才骨，難與争鶩。桂林湘水，平子之華篇，飛館玉池，魏文之麗纂，七言之作，非此誰先。卿、雲巨麗，升堂冠冕，張、左恢廓，登高不繼，賦貴披陳，未或加矣。顯宗之述傅毅，簡文之摛彥伯，分言制句，多得頌體。裴頠内侍，元規鳳池，子章以來，章表之選。孫綽之碑，嗣伯喈之後；謝莊之誄，起安仁之塵。顏延《陽〔一〕瓚》，自比《馬督》。以多稱貴，歸莊爲允。五言之製，獨秀衆品。習玩爲理，事久則瀆。在乎文章，彌患凡舊，若無新變，不能代雄。建安一體，《典論》短長亘〔二〕出。潘、陸齊名，機、岳之文永异。江左風味，盛道家之言。郭璞舉其靈變，許詢極其名理。仲文玄氣，猶不盡除。謝混清〔三〕新，得名未盛。顏、謝并起，乃各擅奇。休、鮑後出，咸亦標世。朱藍共妍，不相祖述。

此節總論漢來至宋文翰，足與《文心》、沈論相發明。

又曰：今之文章，作者雖衆，總而爲論，略有三體。一則啓心閑繹，托辭華曠，雖存巧綺，終致迂回，宜登公宴，本非準的，而疏慢闡緩，膏肓之病，典正可采，酷不入情，此體之源出靈運而成也。次則緝事比類，非對不發，博物可嘉，職成拘制，或全借古語，用申今情，崎嶇牽引，直爲偶説，唯睹事例，頓失精采，此則傅咸五經，應璩指事，雖不全似，可以類從。次則發唱驚挺，操調險急，雕藻淫艷，傾炫心魂，亦猶五色之有紅紫，八音之有鄭衛，斯鮑照之遺烈也。

此節論南齊文學，沿流溯源，謂出傅咸、應璩、謝、鮑諸家。

《南史·文學傳序》曰：自中原鼎沸〔四〕，五馬南渡，綴文之士無乏於時。降及梁朝，其流彌甚〔五〕，蓋由時主儒雅，篤好文學〔六〕，故才秀之士焕乎俱集。又《武帝本紀》論曰：自江左以來，年踰二百，文物之盛，獨美於兹。

《梁書·文學傳序》曰：高祖旁求儒雅，文學之士焕乎俱集。其在位者，則沈約、江淹、任昉，并以文采妙絶當時。

《隋書·文學傳序》曰：自漢魏以來，迄乎晉宋，其體屢變，前哲論之詳矣。暨永明、天監之際，太和、天保之間，洛陽江左，文雅尤盛。於時作者，濟陽江淹、吴郡沈約、樂安任昉、濟陰温子昇、鉅鹿魏伯起等，并學窮書圃，思極人文，縟綵鬱於雲霞，逸響振於金石，英華秀發，波瀾浩蕩，筆有餘力，詞無竭源，方諸張、蔡、曹、王，亦各一時之選也。

〔一〕據《南齊書》，作「楊」。
〔二〕據《南齊書》，作「互」。
〔三〕據《南齊書》，作「情」。
〔四〕據《南史》，「鼎沸」作「沸騰」。
〔五〕據《南史》，作「盛」。
〔六〕據《南史》，作「章」。

上論梁初文學，諸家所見略同。

乙、析觀

《文心·練字篇》曰：前漢小學，率多瑋字，非獨制异，乃共曉難也。暨乎後漢，小學轉疏，複文隱訓，臧否大半。及魏代綴藻，則字有常檢。晋來用字，率從簡易。時并習易，人誰取難？今一字詭异，則群句震驚；三人弗識，則將成字妖矣。

上論用字由難趨易。

《事類篇》曰：觀乎〔一〕屈宋屬篇，號依詩人，雖引古事，而莫取舊辭。唯賈誼《鵩賦》，始用鶡冠之説，相如《上林》，撮引李斯之言〔二〕，此萬分之一會也。及揚雄《百官箴》，頗酌於《詩》《書》，劉歆《遂初賦》，歷叙於史〔三〕傳，漸漸綜采矣。至於崔、班、張、蔡，遂捃摭經史，華實布濩，因書立功，皆後人之範式也。

又《才略篇》曰：卿、淵以前，多役才而不課學，雄、向以後，頗引書以助文。此取予〔四〕之大際，其分不可亂者也。

上論文章運用典故始於揚、劉。

《麗辭篇》曰：自揚、馬、張、蔡，崇盛麗辭，如宋畫吴冶，刻形鏤法，麗句與深采并流，偶意共逸韵俱發。至魏晋群才，析句彌密，聯字合趣，剖毫析厘。

上論屬對由自然而趨巧密。

《物色篇》曰：詩人感物，連類不窮，并以少總多，情貌無遺。及《離騷》代興，觸類而長，物貌難盡，故重沓舒狀，於是嵯峨之類聚，葳蕤之群集〔五〕。及長卿之徒，詭勢瓌聲，模山範水，字必魚貫，所謂『辭人麗淫而繁句』也。自近代以來，文貴形似，窺情風景之上，鑽貌草木之中，吟咏所發，志惟深遠，體物爲妙，功在密附。故巧言切狀，如印之印泥，不加雕削而曲寫毫芥。

上論體物由形容而趨刻畫。

〔一〕據《文心雕龍》，作『夫』。
〔二〕據《文心雕龍》，作『書』。
〔三〕據《文心雕龍》，作『紀』。
〔四〕據《文心雕龍》，作『與』。
〔五〕據《文心雕龍》，『集』作『積矣』。

《比興篇》曰：楚襄信讒，而三閭忠烈，依《詩》製《騷》，諷兼比興。炎漢雖盛，而辭人夸毗，詩刺道喪，故興義銷亡，比體雲構。

上論文章設喻，比多於興，炎漢已然。

導言二

文體莫備於六朝，亦莫嚴於六朝。蕭氏選文，别裁僞體，妙簡雅裁，凡分體三十有八，可謂明備。《文心》一書，本與《文選》相輔，今宜據彥和所述四義，以觀《文選》纂録之篇，用資證明。四義者：一曰原始以表末，則述一體文章之緣起與其流變也。二曰釋名以章義，則詮明一體文辭之義界，所以區别同异也。三曰選文以定篇，則平章衆製，列舉佳篇，以爲模楷也。四曰敷理以舉統，則敷陳一體文章之真諦，所以禁邪止放也。舉《頌贊篇》爲例，自『昔帝嚳之世』起至『相繼於時矣』止，此原始以表末也。『頌者容也』二句，釋名以章義也。『若夫子雲之表充國』以下，此選文以定篇也。『原夫頌惟典雅』以下，此敷理以舉統也。姑舉兩書文體之目，略分文筆，通校於下。

《文心雕龍》	《文選》
辨騷	騷第三十二卷至三十三卷、辭第四十五卷
明詩、樂府	詩、樂府第十九至三十一
詮賦	賦第一卷至十九
頌贊	頌贊第四十七卷、史述贊附
祝盟	哀策第五十八卷、祭文第六十卷
銘箴	銘箴五十六卷
誄碑	誄五十六至五十七、碑文五十八至五十九、附墓志
哀吊	哀五十七、吊文六十
雜文	七三十四至三十五，對問、設論并四十五，連珠五十五
封禪	符命四十八卷

諧讔　無

右一類文之屬

史傳　無

諸子　無

論説　論第五十二卷至五十五、史論四十九至五十、説互見上書類

詔策　詔、册并三十五，令、教、策文并三十六

章表　表三十七至三十八

奏啓　上書、啓三十九、彈事四十

書記　箋、奏記并四十，書四十一至四十三

檄移　移四十三、檄四十四

序四十五至四十六互見《文心·論説》

行狀六十互見《文心·書記》

議對　無

右一類筆之屬

導言四

彦和論文，標舉體性。體斥文章體格，性即文家材性。緣材性之殊，而發之於文，體格异狀。《體性篇》區别文章之體格曰：總其歸塗，數窮八體。一曰典雅，鎔式經誥，方軌儒門者也。二曰遠奧，馥[二]采典[三]文，經理玄宗者也。三曰精約，核字省句，剖析毫釐者

[二] 據范文瀾注《文心雕龍》，作「複」。

[三] 據劉永濟校釋《文心雕龍》，作「曲」。

也。四曰顯附，辭直義暢，切理厭心者也。五曰繁縟，博喻醲[二]采，煒燁枝派者也。六曰壯麗，高論宏裁，卓躒[三]异采者也。七曰新奇，擯古競今，危側趣詭者也。八曰輕靡，浮文弱植，縹緲附俗者也。《文選》網羅文家凡百三十餘，文章體格之歧异可謂能盡大觀矣。

今舉所載文辭，以證彥和八體之説。

典雅　凡義歸正直，詞取雅馴者，皆入此類。

例：班固《幽通賦》、劉歆《讓太常博士書》

遠奧　凡理致淵深、詞采微妙者，皆入此類。

例：賈誼《鵩鳥賦》、李康《運命論》

精約　凡斷義務明、練辭務簡者，皆入此類。

例：陸機《文賦》、范曄《後漢書》諸論

顯附　凡語貴丁寧、義求周洽者，皆入此類。

例：諸葛亮《出師表》、曹冏《六代論》

繁縟　凡辭采紛紜、意義稠複者，皆入此類。

例：枚乘《七發》、劉峻《辨命論》

壯麗　凡陳義俊偉、措詞雄瓌者，皆入此類。

例：揚雄《河東賦》、班固《典引》

新奇　凡辭必研新、意必矜創者，皆入此類。

例：潘岳《射雉賦》、顔延之《三月三日曲水詩序》

輕靡　凡辭須蒨秀、意取優柔者，皆入此類。

例：江淹《恨賦》《别賦》、孔稚珪《北山移文》

《體性篇》復以八體屢遷，肇自血氣，根於情性。曰：上句斥其材性，下句證以其人之文體。

[二] 據劉永濟校釋《文心雕龍》，作「醲」。
[三] 據郭晋稀注譯《文心雕龍》，作「鑠」。

賈生俊發，故文潔而體清。《史記・屈賈列傳》曰：『廷尉乃言賈生年少，頗通諸子百家之書。文帝召以爲博士。是時賈生年二十餘，最爲少。每詔令下，諸老先生不能言，賈生盡爲之對。』此俊發之徵。

長卿傲誕，故理侈而辭溢。《文選》謝惠連《秋懷詩》注引嵇康《高士傳贊》曰：『長卿慢世，越禮自放。犢鼻居市，不耻其狀。托疾避患，蔑此卿相。乃至仕人，超然莫尚。』此傲誕之徵。

子雲沉寂，故志隱而味深。《漢書・揚雄傳》曰：『默而好深湛之思，清静無爲，少嗜欲。』此沉寂之徵。

子政簡易，故趣昭而事博。《漢書・劉向傳》曰：『向爲人簡易無威儀，廉靖樂道，不交接於世俗。』此簡易之徵。

孟堅雅懿，故裁密而思靡。《後漢書・班固傳》曰：『及長，遂博貫載籍，九流百家之言，無不窮究。性寬和容衆，不以才能高人。』此雅懿之徵。

平子淹通，故慮周而藻密。《後漢書・張衡傳》曰：『通五經，貫六藝。雖才高於世，而無驕尚之情。常從容淡静，不好交接俗人。』此淹通之徵。

仲宣躁鋭，故穎出而才果。《魏志・王粲篇》曰：『善屬文，舉筆便成，無所改定。』此鋭之徵。陳壽評曰：『粲特處常伯之官，興一代之制，然其冲虚德宇，未若徐幹之粹也。』此躁之徵。

公幹氣褊，故言壯而情駭。《魏志・王粲篇》注引《先賢行狀》曰：『輕官忽禄，不耽世榮。』謝靈運擬《鄴中集詩序》曰：『楨卓犖褊人。』此氣褊之徵。

嗣宗俶儻，故響逸而調遠。《魏志・王粲篇》曰：『籍才藻艷逸，而倜儻放蕩，行己寡欲，以莊周爲模則。』此俶儻之徵。

叔夜俊俠，故興高而采烈。《魏志・王粲篇》曰：『康文辭壯麗。好言老莊，而尚奇任俠。』注引《康别傳》。孫登謂康曰：『君性烈而才俊。』此俊俠之徵。

安仁輕敏，故鋒發而韵流。《晋書・潘岳傳》曰：『岳性輕躁趨世利。與石崇等諂事賈謐，每候其出，輒望塵而拜。構愍、懷文，岳之辭也。』此輕敏之徵。

士衡矜重，故情繁而辭隱。《晋書・陸機傳》曰：『機服[二]膺儒術，非禮不動。』此矜重之徵。

斯則由文辭之體格以得作者之材性，表裏必符，蓋可斷言。所舉諸家除劉子政外，文皆載於蕭《選》。試本劉説而詳察之，可以知

[二] 據《晋書》，作『伏』。

其概矣。

導言五

文章風格代有不同，兩漢之文迥异乎周秦，而東京之與西京，面目又异。下是則魏晋异於東漢，齊梁之文又不同於晋宋。王君壬甫嘗言：『文分代猶語分鄉，相去十〔一〕里，土俗殊音，但成朝代，即有風尚。九州隨之轉移，億兆同於格律。』可謂罕譬而喻矣。故明於歷代文章風尚之异，雖舉數十篇文，隱其姓名以相示。必能辨其時序，無所疑惑。蓋風格之説非虚玄也，可於文體與思想兩方察之。今舉魏文爲例：

劉君《中古文學史》曰：『建安文學，革易前型，遷蜕之由，可得而説。兩漢之世，户習六〔二〕經，雖及子家，必緣經術。魏武治國，頗雜刑名，文體因之，漸趨清峻，一也。建武以還，士民秉禮。迨至〔三〕建安，漸尚通侻，侻則侈陳哀樂，通則漸藻玄思，二也。獻帝之初，諸方棋峙，乘時之士頗慕縱横，騁詞之風肇端於此，三也。又漢之靈帝，頗好俳辭，原注見楊賜、蔡邕等傳。下習其風，益尚華靡，雖迄魏初，其風未革，四也。』

又曰：『魏文與漢不同者，蓋有四焉。書檄之文，騁詞以張勢，一也。論説之文，漸事校練名理，二也。奏疏之文，質直而無〔四〕華，三也。詩賦之文，益事華靡，多慷慨之音，四也。』

《文心·時序篇》論建安文學曰：『觀其時文，雅好慷慨。良由世積亂離，風衰俗怨，并志深而筆長，故慷慨〔五〕而多氣也。』觀此所云清峻論説、玄思詩、騁辭書檄、華靡詩、賦、慷慨詩，皆目魏文之文體。刑名之術、通侻之風、縱横之習，與夫風俗之衰怨，皆指魏文之思想。由斯思想成彼文體，一代之風格即於是形成焉。

風格爲一時代文學上之通象，然其始要由一二勝流提倡於上，綴文之士從有慕之，轉相摹擬，風會所驅，文壇波靡，浸淫以成一代

〔一〕據王代功《湘綺府君年譜》，作『半』。
〔二〕據劉師培《中古文學史》，作『七』。
〔三〕據劉師培《中古文學史》，作『及』。
〔四〕據劉師培《中古文學史》，作『屏』。
〔五〕據《文心雕龍》，作『梗概』。

之風尚。《文心·明詩篇》論建安詩曰：『暨建安之初，五言騰踊。文帝、陳思縱轡以騁節，王、徐、應、劉望路而争驅，并憐風月，狎池苑，述恩榮，叙酣宴，慷慨以任氣，磊落以使才，造懷指事，不求纖密之巧，驅辭逐貌，唯取昭晳之能。此其所同也。』

此則建安時代五言之蔚起，以及游覽之作，公宴之篇，充盈藝苑，皆由魏文、陳思所倡導，七子和之，新進復步其後塵，雷同祖構，由是丕然成一代之詩風也。

《文選》囊括七代。七代作品，風格自殊。試從文體與思想兩方察之，可以得其大凡已。

導言六

駢體之源，肇於《書》《易》，彦和論之詳矣。就入《選》之文而論，子夏《詩序》一篇，上規《易》《繫》，語比聲和。阮伯元氏以爲即駢文之初祖。然尚未開設喻隸事之風也。設喻隸事，始自李斯之上書。鄒陽繼之，儼成一種儷習，而駢體之經脉始有可尋。然尚未整句調，敷色采也。自王子淵出而駢始多，曹子建出而駢始工，陸士衡出而四六始昌，顔延年出而代語始繁，沈約、王融諸人聲律論出，而用字始避拘忌，駢文之體於焉成立。今舉《文選》數首，以觀其演進之序。

秦李斯《上秦始皇書》	設喻隸事之初祖，兩段相偶亦自此開。
漢鄒陽《獄中上書自明》	設喻隸事與李斯同風，而辭意更爲複叠。
漢王子淵《聖主得賢臣頌》	兩段相偶，上繼李斯。偶句、俳句、叠句、全段比喻、數句比喻、用成語、用古事，以上諸法，俱自此開之。
魏曹子建《七啓》	造語之精、敷采之麗，漢代所無。而力趨工整，竟爲儷體開先。
晉陸士衡《豪士賦序》	裁對之工，隸事之富，爲晉文冠。而措語短長相間，竟下開四六之體。
宋顔延年《三月三日曲水詩序》	用字避陳翻新，如以『禎莖』代朱草，『素毳』代白虎，『并柯』『共穗』代連理木、嘉禾之類。開駢文雕繪之習。李申耆謂『織詞之縟始於延之』，即以此篇爲例。
齊王元長《三月三日曲水詩序》 梁沈休文《齊安陸昭王碑文》	兩家發明聲律論，由詩以移於文。故選聲配色，益趨工律。駢文至是，如百尺竿頭更進一步。徐、庾宗之，遂爲集此體之大成矣。

駢文之成，先之以調整句度，是曰裁對。繼之以鋪張典故，是曰隸事。進之以煊染色澤，是曰敷藻。終之以協諧音律，是曰調聲。持此四者，可以考迹斯體演進之序。右舉《文選》諸篇，乃绝佳之佐證矣。

導言七

《文心·才略篇》於六代文人咸有品藻，以别其才思之優絀。《史通·核才篇》即仿此而作。今録篇中所舉諸家見《文選》者，而以彦和品藻之語繫其下。

周

屈平、宋玉　　屈、宋以楚辭發采。

秦

李斯　　李斯自奏麗而動，若在文世，則揚、班儔矣。

漢

賈誼　　賈誼才穎，陵軼飛兔。議愜而賦清，豈虚至哉？

枚乘、鄒陽　　枚乘之《七發》，鄒陽之《上書》，膏潤於筆，氣形於言矣。

司馬遷　　子長純史，而麗縟成文，亦詩人之告哀焉。

司馬相如　　相如好書，師範屈、宋。洞入誇艷，致名詞宗。然覆取精意，理不勝辭。故揚子雲以爲文麗用寡者長卿，誠哉是言也。

王褒　　王褒構采以密巧爲致。附聲測貌，泠然可觀。

揚雄　　子雲屬意辭人最深。觀其涯度廣[一]遠，搜選詭麗，而竭才以鑽思，故能理贍而辭堅矣。

劉歆、班彪、班固　　二班兩劉，奕葉繼采。舊説以爲固文優彪，歆學精向。然《王命》清辯，《新序》該練，璿璧産於崑岡，亦難得而踰本矣。

[一] 據《文心雕龍》，作『幽』。

傅毅	傅毅、崔駰，光采比肩。
馬融	馬融鴻儒，思洽識高，吐納經范，華實相扶。
王延壽	王逸博識有功而絢采無力。延壽繼志，瓌穎獨標，其善圖物寫貌，豈枚乘之遺術歟？
張衡、蔡邕	張衡通贍，蔡邕精雅，文史彬彬，隔世相望。是則竹柏异心而同貞，金玉殊質而皆寶也。
孔融、禰衡	孔融氣盛於爲筆，禰衡鋭思[一]於爲文，有偏美焉。
潘勖	潘勖憑經以騁才，故絶群於錫命。
魏	
曹丕、曹植	魏文之才洋洋清綺，舊談抑之，謂去植千里。然子建思捷而才俊，詩麗而表逸；子桓慮詳而力緩，故不競於先鳴。而《樂府》清越，《典論》辯要，迭用短長，亦無懵焉。但俗情抑揚，雷同一響，遂令文帝以位尊減才，思王以勢窘益價，未爲篤論也。
王粲	仲宣溢才，捷而能密。文多兼善，辭少瑕累。摘其詩賦，則七子之冠冕乎。
陳琳、阮瑀	琳、瑀以符檄擅聲。
劉楨、應瑒	劉楨情高以會采，應瑒學優以得文。
楊修	楊修頗懷筆記之工。
何晏	何晏《景福》克光於後進。
應璩、應貞	休璉風情，則《百一》標其志。吉甫文理，則《臨丹》成其采。
嵇康、阮籍	嵇康師心以遣論，阮籍使氣以命詩，殊聲而合響，异翮而同飛。
晉	
張華	張華短章，奕奕清暢。其《鷦鷯》寓意，即韓非之《説難》也。
左思	左思奇才，業深覃思。盡鋭於《三都》，拔萃於《詠史》，無遺力矣。
潘岳	潘岳敏給，辭自和暢。鍾美於《西征》，賈餘於哀誄，非自外也。

[一] 據《文心雕龍》，作「思鋭」。

陸機、陸雲	陸機才欲窺深，辭務索廣，故思能入巧，而不制繁。士龍朗練，以識檢亂，故能布采鮮净，敏於短篇。
孫楚	孫楚綴思，每直置以疏通。
傅玄、傅咸	傅玄篇章，義多規鏡。長虞筆奏，世執剛中。并楨幹之實力[一]，非群華之韡萼也。
成公綏、夏侯湛	成公子安選賦而時美，孝若具體而皆微。
曹攄、張翰	曹攄清靡於長篇，季鷹辨切於短韵，各其善也。
張載、張協	孟陽、景陽才綺而相埒，可謂魯、衛之政，兄之文也。
劉琨、盧諶	劉琨雅壯而多風，盧諶情發而理昭，亦遇之於時勢也。
郭璞	景純艷逸，足冠中興。《郊賦》既穆穆以大觀，《仙詩》亦飄飄而凌雲矣。
庾亮	庾元規之表奏，靡密以閑暢，亦筆端之良工也。
干寶	孫盛、干寶文勝爲史。準的所擬，志乎典訓。户牖雖异，而筆彩略同。
袁宏、孫綽	袁宏發軫以高驤，故卓出而多偏。孫綽規旋以矩步，故倫序而寡狀。
殷仲文、謝混	殷仲文之《孤興》，謝叔源之《閑情》，并解散辭體，縹緲浮音，雖滔滔風流，而大澆文意。

右列六代入《選》文家五十七人，約得蕭《選》所載之半。宋齊才士，世近易明，不復甄序。觀其品藻，字字珠璣。所舉篇章，亦大率載於《文選》。詳加研核，可以明《文選》諸家之優絀矣。

導言八

昔魏文以爲古今文人類不護細行，鮮能以名節自立。韋仲將之論王、繁、阮、陳，亦切中其病。《魏志·王粲傳》注。自爾《文心·程器》、颜介論文，并歷詆群不雷同一響。誠哉其言，可爲太息。諸家所舉文人，十九見於《文選》。今且録劉、颜之言，其不見《文選》者，辭從删剟。以見《文選》諸家之負累焉。

《程器篇》曰：略觀文士之疵，相如竊妻而受金，揚雄嗜酒而少算，班固諂竇以作威，馬融党梁而黷貨，文舉傲誕以速誅，正平狂

[一] 據《文心雕龍》，作『才』。

憨以致戮，仲宣輕脆以躁競，孔璋偬恫以粗疏，潘岳詭譸於懷、愍，陸機傾仄於賈、郭，傅玄剛隘而詈臺，孫楚狠愎而訟府。諸若此類，并文士之瑕累。若夫屈、賈之忠貞，鄒、枚之機覺，徐幹之沉默，豈曰文士必其玷歟？蓋人秉〔一〕五材，修短殊用，自非上哲，難以求備。然將相以位隆特達，文士以職卑多誚，此江河所以騰涌，涓流所以寸折者也。名之抑揚，既其然矣；位之通塞，亦有以焉。彼揚、馬之徒有文無質，所以終乎下位也。庾元規才華清英，勛庸有聲，故文藝不稱。若非台岳，則正以文才也。

此兼論文士叢誚之由，及文士位卑由於寡實，位高或以掩才。

《文章篇》曰：自古文人多陷輕薄。屈原露才揚己，顯暴君過。宋玉體貌容冶，見遇俳優。東方曼倩滑稽不雅，司馬長卿竊資無操。王褒過章《僮約》，揚雄德敗《美新》。李陵降辱夷虜，劉歆反覆莽世。傅毅党附權門，班固盜竊父史。馬季長佞媚獲誚，蔡伯喈同惡受誅。吴質詆訶鄉里，曹植悖慢犯法。陳琳實號麁疏，繁欽性無檢格。劉楨屈強輸作，王粲率躁見嫌。孔融、禰衡誕傲致殞，楊修扇動取斃。阮籍無禮敗俗，嵇康凌物凶終。傅玄忿鬥免官，孫楚矜誇凌上。陸機犯順履險，潘岳乾没取危。颜延年負氣摧黜，謝靈運空疏亂紀。王元長凶賊自貽，謝玄暉侮慢見及。凡此諸人，皆其翹秀者，不能悉紀，大較如此。自子游、子夏、荀況、孟軻、枚乘、賈誼、蘇武、張衡、左思之儔，有盛名而免過患，時復聞之，但其損敗居多耳。每嘗思之，原其所積。文章之體，標舉興會，發引性靈，使人矜伐，故忽於操持〔二〕，果於進取。今世文士，此患彌切。一事愜當，一句清巧，神厲九霄，志凌千載，自吟自賞，不覺更有傍人。加以砂礫所傷，慘於矛戟，諷刺之禍，速乎風塵。深宜防慮，以保元吉。又《南史·颜延之傳》論曰：文人不護細行，古今之所同焉。由夫聲裁所加，故取忤於人者也。觀夫颜、謝之於宋朝，非不名高一代，靈運既以取斃，延之亦躓當年。向之所貴〔三〕，翻成害己者矣。《梁書·文學傳·姚察》曰：魏文稱古之文人鮮能以名節自全，何哉？夫文者妙發性靈，獨拔懷抱，易邈等夷，必興矜露。大則凌慢侯王，小則慠蔑朋黨，速忌離訧，啓自此作。若夫屈、賈之流斥，桓、馮之擯放，豈獨一世哉？蓋恃才之患〔四〕也。

按此兼論文人熱中進取，及以文字賈禍之由。

文士負才遺行，致干世議，或乃不得全其首領。劉、颜二君詆之如是。竊謂文人當知者有二：一曰謹於文德，二曰嚴於律己。前者檢諸臨文，後者養之平日。前者當知臨文不可無敬恕，語本章學誠《文德篇》。後者當知文與行表裏宜一。昔王充特言文德之操，見

〔一〕據《文心雕龍》，作『禀』。
〔二〕據《颜氏家訓》，作『持操』。
〔三〕據《南史》，作『向之所謂貴身』。
〔四〕據《梁書》，作『禍』。

《論衡・佚文篇》。楊遵彦亦著《文德論》，見《魏書・文苑傳》。皆總括行文之德與立身之道二者而言，所以箴砭文士至深切也。《文選》諸家負世議者，劉、颜二君已嚴爲抨彈。而不得善其終者，僂指至三十餘人，蘭以香爇，膏用明煎，何其重可痛也？兹表列於下：未加注者皆被刑而死之列。

秦	李斯				
漢	楊惲	劉歆自殺	朱浮	班固死獄中	蔡邕死獄中
	孔融	楊修	禰衡		
魏	鍾會	何晏	嵇康		
吳	韋昭				
晉	張華	石崇	陸機	陸雲	
	歐陽建	曹攄與流人戰死			
	劉琨	盧諶	郭璞	殷仲文	謝混
宋	傅亮	范曄	謝靈運	袁淑	
	劉鑠毒殺	王僧達	鮑照爲亂兵所殺		
齊	謝朓	王融			

導言九

《文心・通變篇》云：『楚之騷文，矩式周人。漢之賦頌，影寫楚世。魏之策制，顧慕漢風。晉之辭章，瞻望魏采。』此總言歷代文體遞相祖述也。又云：『夫誇張聲貌，則漢初已極。自兹厥後，循環相因，雖軒翥出轍，而終入籠内。枚乘《七發》云：「通望乎東海，虹洞乎蒼天。」相如《上林》云：「視之無端，察之無涯。日出東沼，月生西陂。」馬融《廣成》云：「天地虹洞，固無端涯。大明出東，月生西陂。」揚雄《校獵》云：「出入日月，天與地沓。」張衡《西京》云：「日月於是乎出入，象扶桑與濛汜。」此并廣寓極狀，而五家如一，諸如此類，莫不相循。參伍因革，通變之數也。』此專言漢代佳篇，遞相因襲。雖有巨手，莫能凌越也。今試本此以觀《文選》所録，遞相祖襲。其中參伍因革之迹，可悟文家變古之法矣。爰推劉旨，更舉證焉。

一、題之相祖：

《兩都賦》　《兩京賦》　《三都賦》

《七發》　《七啓》　《七命》

二、體之相祖：

《子虛》《上林賦》　僞立主客曰：子虛、烏有先生、亡是公。

《長楊賦》　僞立主客曰：子墨客卿、翰林主人。

《高唐》《神女賦》　假設楚襄王與宋玉問答發端。

《舞賦》　假設楚襄王與宋玉問答發端。

三、句之相祖：

《上林》云：追怪物，出宇宙。

《校獵》云：追天寶，出一方。

《西都》云：左墄右平，重軒三階。

《西京》云：三階重軒，左平右墄。

四、意之相祖：

《高唐》云：纖條悲鳴，聲似竽籟。清濁相和，五變四會。

《上林》云：猗柅從風，藰莅芔歙。蓋象金石之聲，管籥之音。

《吴都》云：鳴條律暢，飛音響亮。蓋象琴筑并奏，笙竽俱唱。

觀右所列，直是勦襲前作，而异曲同工，無害成家者。此其故則『參伍因革，通變之數』一語盡之。劉氏《物色篇》亦曰：『《詩》《騷》所標，并據要害。故後進綴[二]筆，怯於争鋒。莫不因方以借巧，即勢以會奇，善於適要，則雖舊彌新。』又曰：『古來辭人异代接武，莫不參伍以相變，因革以爲功。物色盡而情有餘者，曉會通也。』其言正與《通變篇》相發，蓋屈宋詞賦，盧牟百代，雖有才士，罔或能新。権舉前文，以尋來歷。賈誼《惜誓》，出自《九章》。長卿《大人》，孕乎《遠游》。枚叔《七發》，自《高唐》得

〔二〕據《文心雕龍》，作『鋭』。

其法。漢代小賦，草木禽獸之屬。則《橘頌》肇其端。至於《鵩鳥》之體，本諸《天問》。《客難》《解嘲》，化自《漁》《卜》。《郊祀樂章》，源出《九歌》。而後世哀傷憑吊之文，又《大招》《招魂》之支與流裔也。孟堅《幽通》，平子《思玄》，師《天問》之意，而文通《邃古》又法《天問》之形者也。然自相如撰篇，心摹屈、宋，而貫練雅誦，假借形聲，詞既瑋异，體亦恢廓。斯則法古之中，無廢革易。惟善變者能改散舊作，杼軸新裁。擬此篇之體，則變以彼篇之調，仿此篇之意，則易以彼篇之辭，善於錯綜，所以襲舊彌新。繼相如而作，摹古之傑，無過子雲，自言作賦常擬相如爲式。《漢書》所載四賦，爲其傑構。《甘泉》則《大人》之遺蜕，語意全相彷佛，惟立格不同。《長楊》亦《難蜀》所脱胎，不惟體制相同，乃至琢句遣詞，亦無不祖其步驟，則其音節，可謂形神俱似。《河東》《羽獵》并法《上林》，而風諫之意益切。此則變古之深心，不僅以描摹聲貌爲能也。李文饒曰：『文章譬諸日月，雖終古常見，而光景常新。』古今人何遽不相及哉？

導言十

《文選》爲五言詩之總匯，甄録自漢迄梁凡五十九家，無名人古詩不數。四百三十八首，分類二十有三[一]：曰補亡，曰述德，曰勸勵，曰獻詩，曰公宴，曰祖餞，曰咏史，曰百一，曰游仙，曰招隱，曰游覽，曰咏懷，曰哀傷，曰贈答，曰行旅，曰軍戎，曰郊廟，曰樂府，曰挽歌，曰雜歌，曰雜詩，曰雜擬。後世特名曰《選》體詩云。然時更七代，衆製紛紜，合而觀之，可以洞見五言古詩之流變。《文心》《詩品》及章公《辨詩》於此論述綦詳，今删其要述之。

兩漢

韋孟　漢初四言，韋孟首唱，匡諫之義，繼軌周人。《明詩》。

李陵、蘇武、班婕妤　詞人遺翰，莫見五言，所以李陵、班婕妤見疑於後代也。《明詩》。

古詩　《古詩》佳麗，或稱枚叔。《孤竹》一篇，則傅毅之辭。比采而推，兩漢之作。《明詩》。
《古詩》眇邈，人世難詳。推其文體，固是炎漢之制。《詩品》。

班固　東京二百載中，唯有班固《咏史》，質木無文。《詩品》。按此篇《文選》未録。

[一] 此處列名二十三類，實際上衹有二十二類，應增補『曰反招隱』。

張衡

張衡《怨篇》，清典可味。《仙詩》《緩歌》，雅有新聲。《明詩》。按《怨篇》《同聲歌》，《文選》未録，録有《四愁詩》。

建安體

建安之初，五言騰踊。文帝、陳思，縱轡以騁節，王、徐、應、劉，望路而争驅。并憐風月，狎池苑，述恩榮，叙酣宴，慷慨以任氣，磊落以使才。《明詩》。降及建安，曹公父子篤好斯文，平原兄弟鬱爲文棟，劉楨、王粲爲其羽翼。次有攀龍托鳳，自致於屬車者，蓋將百計，彬彬之盛，大備於時矣。《詩品》。

魏

正始體

正始明道，詩雜仙心。何晏之徒，率多浮淺。唯嵇志清峻，阮旨遥深，故能標焉。若乃應璩《百一》，獨立不懼，辭譎義貞，亦魏之遺直也。《明詩》。按何晏詩，《文選》未入録。

晉

太康體

晉世群才，稍入輕綺。張、左、潘、陸比肩詩衢，采縟於正始，力柔於建安。或析文以爲妙，或流靡以自妍。《明詩》。

太康中，三張、二陸、兩潘、一左，勃爾復興，踵武前王，風流未沫，亦文章之中興也。《詩品》。

永嘉體

江左篇翰[一]，溺乎玄風，嗤笑循務之志，崇盛亡機之談。《明詩》。

永嘉時，貴黄老，尚虚談。於時篇什，理過其辭，淡乎寡味。爰及江表，微波尚傳。孫綽、許詢、桓、庾諸公，皆平典似《道德論》，建安之風[二]盡矣。《詩品》。按孫、許詩《文選》未録。

宋

元嘉體

宋初文咏，體有因革，莊老告退，而山水方滋。情必極貌以寫物，辭必窮力而追新。《明詩》。

先是郭景純用俊上之才，創變[三]其體，劉越石杖清剛之氣，贊成厥美。然彼衆我寡，未能動俗。迨[四]義

[一] 據《文心雕龍》，作『製』。

[二] 據《詩品》，『之風』作『風力』。

[三] 據《詩品》，『創變』作『變創』。

[四] 據《詩品》，作『逮』。

熙中，謝益壽斐然繼作。元嘉初〔一〕，有謝靈運，才高詞盛，富艷難踪，固已含跨劉、郭，凌〔二〕轢潘、左。《詩品》。

大明泰始體

大明、泰始中，文章殆同書抄。近任昉、王元長等，辭不貴奇，競須新事。爾來作者，浸以成俗，遂乃句無虛語，語無虛字，拘攣補衲，蠹文已甚。《詩品》。

齊

永明體

齊有王元長者，嘗謂余云，宮商與二儀俱生，自古詞人不知之。嘗欲進《知音論》未就。元長創其首，謝朓、沈約揚其波。於是士流景慕，務爲精密，襞積細微，故使文多拘忌，傷其真美。《詩品》。

永明末盛爲文章。吴興沈約、陳郡謝朓、琅邪王融，以氣類相推轂，約等文皆用宮商，以平上去入爲四聲。以此制韵，不可增減。世呼爲永明體。《南齊書·陸厥傳》。

《詩品序》總論建安迄元嘉詩曰：陳思爲建安之傑，公幹、仲宣爲輔。謝客爲元嘉之雄，顔延年爲輔。此〔三〕皆五言之冠冕，文詞之命世。

按《文選》於陳思、陸機、謝客諸家詩，甄録略備，精華具在。

《辨詩篇》論自永嘉迄陳隋詩曰：世言江左遺彦好語玄虛。孫、許諸篇，傳者已寡。陶潛皇皇，欲變其奏，其風力終不逮，玄言之殺，語及田舍。田舍之隆，旁及山川人〔四〕物，則謝靈運爲之主。自是至於沈約、丘遲，景物復窮。自梁簡文初爲新體，床笫之言揚於大庭，訖陳隋爲俗。

按此兼論淵明，補鍾、劉所未及。

〔一〕據《詩品》，作「中」。
〔二〕據《詩品》，作「陵」。
〔三〕據《詩品》，作「斯」。
〔四〕據《章太炎全集》，作「雲」。

導言十一

《文選》分體三十有八。一體之中，選文定篇，皆自昔佳製。然作者之體性不同，風流殊别。徐幹時有齊氣，仲宣惜其體弱。清曾滌生以陰陽剛柔論文，謂『陽剛者氣勢浩瀚，陰柔者韵味深美。浩瀚者噴薄而出之，深美者吞吐而出之』。其言頗得要領，然不及彦和所陳八體之精矣。又世運遷移，文體漸變。屈、宋以《楚辭》發采，而《九辯》句度，已變《騷經》之舊，導賈、馬之先。《風》《月》《秋興》，同隸物色。而宋則恢張聲勢，不出横縱。安仁詞尚清綺，猶沿建安之製。希逸駢語絡繹，下開唐律之風。源流正變，彙觀益明。此編限於篇幅，僅舉分體研究綱領，其詳具在附編。

《文選》分體研究綱領：

一、區一體所苞之時序與作家；
二、考一體文章之源流正變；
三、辨一體所苞衆篇之體性；
四、析觀衆篇作法；
五、比觀衆篇作法异同。

導言十二

摯虞《文章流别論》曰：『昔班固爲《安豐戴侯頌》，史岑爲《出師頌》《和熹鄧后頌》，與《魯頌》體意相類，而文辭之异，古今之變也。揚雄《趙充國頌》，頌而似雅。傅毅《顯宗頌》，文與《周頌》相似，而雜以風雅之意。若馬融《廣成》《上林》之屬，純爲今賦之體，而謂之頌，失之遠矣。』梁元帝《内典碑銘集林序》曰：『班固碩學，尚云贊頌相似。陸機鈎深，猶稱碑賦如一。』《金樓子·立言篇》亦云：銘頌所稱，興公而已。夫披文相質，博約温潤。吾聞斯語，未見其人。班固碩學，尚云贊頌相似，陸機鈎深，猶稱碑賦如一。劉孝綽《昭明太子集序》曰：『孟堅之頌，尚有似贊之譏。士衡之碑，猶聞類賦之貶。』觀此諸言，則知六朝辨别文體，由渾而畫。《文選》中有兩體易涉朦混者，宜取而參互讀之，以核其异同。如：

賦與頌　頌與贊
贊與箴　箴與銘
碑與行狀　碑與誄

兩體之朦混能辨，則一體之質性益明。彦和析論文體，嘗舉『頌之爲體[一]，辭必清鑠。敷寫似賦，而不入華侈之區。敬慎如銘，而异乎規戒之域』，又舉『箴之爲式，既上窺乎表，亦下睨乎書。使敬而不慴，簡而無傲』。此皆辨析豪芒，撮其體要。求之蕭《選》，左證分明。或者不察，讀韓集之碑銘，翻疑伯喈失體，退之起衰。抑知碑文之作，乃子孫爲其父祖，弟子爲其師尊，親故爲其親故。揆之人情，宜以頌揚爲本。授徒三千，行有九德，辭雖溢美，義固無愆。《文賦》所云『披文相質』，彦和亦曰：『序傳文銘。』中郎《郭有道碑》自謂無愧辭，然觀稚川《正郭》之篇，則有道之人品可知。然文雖失實，於體無害也。昌黎以史爲碑，更張舊作，自謂拔俗，於體乖矣。又如任彦昇《王文憲集序》，人共譏以似碑碣傳狀矣，然爲既殁者作書序，必以此爲定法。遠如繆襲之序《昌言》，嵇紹之叙《趙至集》，近則梁王僧孺序《臨海伏府君集》，陳劉師知序《侍中沈府君集》，皆累述生平，體同傳狀，褒揚德業，無异頌贊。知文體者歷觀前藻，復何疑於任筆哉？

導言十三

總集之作，所以搴摘孔翠，芟剪繁蕪，代不數人，人裁數篇。然《文選》所録，大家如揚、馬、潘、陸、謝、鮑、任、沈，甄采特周，菁華已竭。後之君子欲觀其體勢而見其心靈，開卷咸在。蓋雖選本，實無异讀其全集也。今粗舉專家研究綱領，其詳亦具附編。

《文選》專家研究綱領：

一、考史傳以詳其略歷；
二、彙評論以識其辜較；《文心》《詩品》，又《北史》以上關於評論本人文章之言，并宜研核。
三、溯其淵源，擘其影響；
四、考其文體之因與創及所優長；

[一] 據《文心雕龍》，作『頌惟典雅』。

五、核其文之作法。謀篇、造句、練字諸端。

導言十四

馬工枚速，异翮同飛。任筆沈詩，殊聲合響。後來論定，取以并稱，宜矣。然夷考其實，諸家或遲速懸绝，短長互見。才雖相埒，文自不同。是則六代文家有并世齊名者，宜取而通校讀之。《文選》所載，若阮籍與嵇康，潘岳與陸機，謝客與颜延之，任昉與沈約，前史嘗以相况矣。今舉潘、陸爲例而核論之。

《宋書·謝靈運傳論》曰：降及元康，潘、陸特秀。律异班、賈，體變曹、王。縟旨星稠，繁文綺合。綴平臺之逸響，采南皮之高韵。遺風餘烈，事極江右[一]。

《晉書·潘岳傳》史臣曰：機文喻海，韞蓬山而育蕪；岳藻如江，濯美錦而增絢。

《南齊書·文學傳論》曰：潘、陸齊名，機、岳之文永异。

《世説·文學篇》孫興公云：潘文爛若披錦，無處不善。陸文若排沙簡金，往往見寶。

又云：潘文淺而浄，陸文深而蕪。劉注引《文章傳》曰：『司空張華見機文篇篇稱善，謂曰：「人之爲文患於才少，至子乃恨太多。」』又引《文章志》曰：『岳爲文，選言簡章，清綺绝倫。』

蓋陸氏之文工而縟，潘氏之文雖綺而清，故興公立論以爲潘美於陸。研閲兩家作品，可得异同於下：

一、淵源

陸　文氣之厚，得於子建。文辭之雅，出於伯喈，而密緻皆過之。

潘　文之清秀，出於王粲。

二、材性

陸　《文心·體性篇》云：士衡矜重，故情繁而辭隱。

潘　又云：安仁輕敏，故鋒發而韵流。

[一] 據《宋書》，作『左』。

三、天才與學力

陸　天才與學力俱到，故極盡其捶鍊之工，艱苦之思。

潘　天才高於陸，而工力不逮，故清新洒逸之致過於士衡，而沉毅磅礴則不及。

四、文體

陸　駢偶之體，至陸漸備。句必用典。清新戒陳言。照應細密。詞厚重高偉。篇中多警策。

潘　思致高騫，理不綺虛，或謂西晉文辭少存樸實者，皆潘砥砫之力。語雋。氣清。綺而不滯，輕而不浮。轉捩自如，外華内淡。

五、流派

陸　晉人學陸者惟葛洪。學陸不善者病在長滯蕪晦。

潘　謝莊、謝朓、江淹并學潘。學潘不善恒病在浮。

導言十五

學古人文，宜取性之所近，斯可收事半功倍之效。若性質恬曠而務求華艷，才情綺麗而强擬沉鬱，始雖效顰，終失故步。昔蘇子瞻不好《史記》，方望溪不喜《漢書》、柳文。誠知所取捨也。今取《文選》諸家之文，標其绝特，聊資模楷。學者試就性近而致力焉，賢於百家旁騖、無復準的者遠矣。

喜典重厚實之文，法班固、蔡邕、陸機。

喜俊逸流運〔一〕之文，法潘岳。

喜辭令美妙之文，法任昉。

喜研撢名理、剖析精微之文，法嵇康。

喜句凝字鍊、章法綿密之文，法陸機。

清代文家如汪中學范、任，周濟學干寶，李兆洛學蔡。諸子皆知度材準性，就其近似者而模仿之，久乃卓然名家，真吾輩之前師矣。

〔一〕應作『連』。

導言十六

古人作文，不諱摹擬，前作果善，無嫌放依。是以長卿《封禪》之文，揚、班不易其體。枚叔《七發》之作，傅、崔皆襲其規。體格已成，沿襲無愆於義。神明在我，變通亦隨乎時。《文選》之辭，半由摹擬，高者上規經誥，下亦步趨前脩。雜擬一類，乃作者取往昔名篇，句句放依，無异臨摹書畫。昭明於每篇之前，一一題所擬者爲何篇。良工心苦，若見其情。自《選》學之行，才士著文，亦常擺落時趨，抗心希古，而真能摹《選》者，究亦無幾，唐文三變，猶沿徐、庾餘波。宋體代雄，乃成歐、蘇别派。明代何、李，標高揭己，卒所成就者詩耳，文則侈語秦漢，祇成僞體。清初復古，始革鴃音。西河才大，稍學齊梁；迦陵格卑，僅摹徐、庾。自爾駢體大作，家握靈蛇，胡稚威、洪稚存、汪容甫、孔顨軒、邵荀慈諸人其最也。胡之閎肆，洪之疏縱，汪之狷潔，孔之凝重，邵之清簡，皆卓爾名家，藝林仰鏡。而湘綺論文，乃謂『汪中、袁枚之徒，體格無存，何論氣韵，其餘如洪、吴之駢儷，不如其律賦』。王氏刻意摹《選》，妙解詞條，甘苦之言，寧同誣罔。然其持論，未免過苛。總觀一代，惟張皋文《黄山》諸賦，規摹《選》體，毋慚殆庶。蒓客晚出，小文可觀。段、王博關《蒼》《雅》，而翰藻弗工。容甫胎息晋宋，而篇幅稍窘。伯元揭櫫蕭《選》，亦精故訓，極其才學，優爲此體。近則王氏詩文兼擅，淪浥經訓。自謂其《湘軍志》軼承祚而睨蔚宗，志銘叙記，置於晋宋之間，可以亂楮。非溢語也。復有李詳審言，湛深《選》學，所撰《學製齋駢文》，鉥膽鐫思，殆無一字不出於《選》。惜爲才分所限，頗乏韵致，持較湘綺，有遜色焉。儀徵劉君文高學博，儒業夙成，所作《定命論》，則顧顧《論命》之儕，《君政復古》《駁聯邦議》諸篇，亦士衡《五等》之亞。本師黄氏孰精文律，能爲晋宋小賦。楚艷漢侈，亦在所綜，沈詩任筆，靡不兼美。文采照耀一世，群彦慕其流風。晚乃斫雕爲樸，鬱爲經師。又不得限以文辭之末矣。方今經籍道息，白賁無飾。得此數家，鼓芳風以扇游塵，振頹綱以繼前古，寧非卓犖傑出者哉！

王氏論文，常自標榜摹擬。又恐人挾其成心，以爲貌似之佳不如神似。嘗曰：『夫神寄於貌，遺貌何由[二]得神？優孟去其衣冠，直一優耳。不學古，何能入古乎？古之名篇乃自相襲，由近而遠，正有階梯。譬之臨書，當須池水盡墨，至其渾化，在自運耳。晋人行草，大抵相類，漢魏之文，約略相[三]同。知此可知學古矣。』又曰：『文須先學聲口，方别古今，非描畫所能工，不描畫愈不工也。大篇文

[二] 據王闓運《論文法（答陳完夫問）》，作『所』。
[三] 據王闓運《論文法（答陳完夫問）》，作『大』。

既非寸寸可摹，五經文尤非摹仿可似。初入手時，但取東漢小簡，如諸葛、曹公手牘，及《世説新語》《洛陽伽藍記》諸小説，將漢魏字句用法熟習心口間，自然脱口如生，入手即是，如置身莊嶽，無非齊語。小篇既成，乃學大篇。先成傳記，乃發論説。先有繩尺，後始放縱。其作大篇，又須熟讀周秦漢浩瀚之文，寬其氣局，多其往復，泯其端倪，迷其去來，不使如八家有起伏痕迹可尋，則可入古矣。』蓋王氏之論剴切如此。吾輩既治《選》學，而欲求真能爲《選》文，時代遠隔，積習擩染，入古實難，得湘綺之言，不啻金針度與矣。

餘論第十

一、徵史

史籍載文，有二例焉。政有廢興，事關軍國，傳之來葉，足以觀風俗之盛衰，察政治之得失，此則制册、誥令、章表、移檄之屬，史家采録，不厭周詳。皆是類也。或其人生非顯宦，文有高名。史家以文存人，宜致實迹。輒删其要，以綴於篇。所以著斯人之才思，炳一代之文章。此又一類也。自馬、班二史濫觴肇迹，後世史官遵而不改。而子玄譏之，乃謂長卿之《子虚》《上林》、揚雄之《甘泉》《羽獵》、班固《兩都》、馬融《廣成》，喻過其理[一]，詞没其義，繁華而失實，流宕而忘返，無裨勸奬，有長奸詐，而前後《史》《漢》皆書諸列傳，不亦[二]謬乎？《史通·載文》。其言頗拘，不免通人之蔽。章實齋嘗取而駁之曰：『賦家者流，縱横之派别，而兼諸子之餘風。漢廷之賦實非苟作長篇。録入於全傳，足見其人之極思。殆與賈疏、董策爲用不同，而同主於以文傳人也。』《文史通義·詩教》。此可以匡劉氏之失矣。《文選》本囊括别集爲書，而非掇之史傳。惟史傳論贊間采一二。詆之者或謂不根藝實，污人行止。譽之者又云文獻可徵，表裏國史。

《唐書·選舉志》李德裕對武宗曰：臣祖天寶末以仕進無他歧[三]，免彊[四]隨計，一舉登第。自後家不置《文選》，蓋惡其不根藝實。宋張唐英《外史檮杌》一名《蜀檮杌》云：鄭奕嘗以《文選》教其子。其兄曰：何不教讀《論語》，免學沈、謝嘲風弄月，污人

[一] 據《史通》，作『體』。
[二] 據《史通》，作『其』。
[三] 據《舊唐書》，作『伎』。
[四] 據《舊唐書》，作『勉强』。

行止。

章學誠《與甄秀才論〈文選〉義例書》嘉業堂刊本《章氏遺書》卷十五云：括代總選，須以史例觀之。昭明草創，與馬遷略同。由六朝視兩漢，略已，先秦略之略已，周則子夏《詩序》、屈子《離騷》而外，無他策焉；亦由先秦視天漢略已，周則略之略已，五帝、三王則本紀略載而外，不更詳焉。昭明兼八代，《史記》采三古，而又當創事，故例疏而文約。《文苑》《文鑒》皆包括一代，《漢書》《唐書》皆專紀一朝，而又藉前規，故條密而文詳。《文苑》之補載陳隋，則續昭明之未備。《文鑒》之并收制科，則廣昭明之未登。亦由[一]班固《地志》之兼采《職方》《禹貢》，《隋書》諸志之略志[二]梁、陳、周、齊，例以義起，斟酌損益，固無不可耳。夫一代文獻，史不盡詳，全恃大部總選，得載諸部文字，於律令之外，參互考校，可補二十一史之不逮。其事綦重，原與夫揣摩家評選文字不同。工拙繁簡，不可屑屑校量。讀書但當采掇大意，以爲博古之助，斯有益耳。

又答前人書同上云：《詩》亡而後《春秋》作。《詩》類今之《文選》耳，而亦得與史相終始，何哉？土風殊异，人事興衰，紀傳所不詳，編年所不録，而參互考驗，其合於是中者，如《鴟鴞[三]》之於《金縢》，《乘舟》之於《左傳》；其出於是外者，如《七月》追述周先，《商頌》兼及异代之類，豈非文事[四]、史事固相終始者與？兩京文字入選甚少，不敵班、范所收，使當年早有如選《文苑》者，其人裁爲大部盛典，則兩漢事迹，吾知更赫赫如昨日矣。……昭明所收過略，乃可恨耳。

然德裕之言，唐史已譏其偏异。六代文士如陸機、謝靈運、沈約、江淹之徒，皆以作史爲業，而以其緒餘爲文。謝莊工於詞賦，而巧製地圖；徐陵善爲文章，而草作陳律。此皆學有餘裕，宣被文辭之明論也，安得謂不根藝實乎？休文嗜利，玄暉輕佻，行止自污，何關風月。以斯詆《選》，抑又厚誣。章氏考鏡古今，欲以選家之政，補柱下之藏。其言雖卓，然但可施於《文苑》《文鑒》耳。《文苑》爲書千卷，號爲李唐著作淵海，故不妨以一代文徵視之。《文鑒》之作，朱子謂其所收，有取於文理佳者，有文雖不佳而事理可取者，有文理且如此，而衆人久以爲佳者，有文理不甚佳，而人賢名微，恐其湮没，亦編一二者。水心葉氏亦謂其鉅家鴻筆以浮淺受黜，稀名短句以幽遠見收。蓋其宗旨如此。若昭明所去取，限於沉思翰藻之篇，聊備詞人諷賞。雖存考見時序之意，究無表裏國史之長，未可一例論也。

[一] 據《文史通義》，作『猶』。
[二] 據《文史通義》，作『補述』。
[三] 據《文史通義》，作『梟』。
[四] 據《文史通義》，作『章』。

《文選》之篇載於正史者，撮舉之得下列百廿餘首。亦見昭明去取，多經國之文，非苟爲炳炳烺烺者。文饒之誣，不煩言而辨矣。

班孟堅《兩都賦》	《後漢書》本傳
揚子雲《甘泉賦》	《漢書》本傳
潘安仁《藉田賦》	《晉書》本傳
司馬長卿《子虛賦》《上林賦》	《史記》《漢書》本傳
揚子雲《羽獵賦》	《漢書》本傳
揚子雲《長楊賦》	同上
賈誼《鵩鳥賦》	《史記》《漢書》本傳
班孟堅《幽通賦》	《漢書·叙傳》
張茂先《鷦鷯賦》	《晉書》本傳
張平子《思玄賦》	《後漢書》本傳
潘安仁《閑居賦》	《晉書》本傳
向子期《思舊賦》	《晉書》本傳
成公子安《嘯賦》	《晉書·文苑》本傳
韋孟《諷諫詩》	《漢書·韋賢傳》
曹子建《上責躬應詔詩》	《魏志》本傳
曹子建《應詔詩》	同上
應吉甫《晉武帝華林園集詩》	《晉書·文苑》本傳
顔延年《五君咏》	《宋書》《南史》本傳節載
嵇叔夜《幽憤詩》	《魏志·王粲傳》注、《晉書》本傳又節見《晉書·孫登傳》
曹子建《七哀詩》	《宋書·樂志》載此詞共七解、解四句
曹子建《贈白馬王彪》	《魏志》本傳注
劉越石《重贈盧諶》	《晉書》本傳

謝玄暉《暫使下都贈西府同僚》	《南齊書》《南史》本傳節載
王仲宣《從軍詩・從軍有苦樂》	《魏志・武帝紀》注
魏武帝《短歌行》	《宋書・樂志》分爲六解
魏武帝《苦寒行》	同上分爲六解
魏文帝《燕歌行》	同上分七解
魏文帝《善哉行》	同上四句爲一解，共六解
曹子建《箜篌引》	同上六句一解，共四解
荆軻歌	《史記・刺客傳》
漢高祖歌	《史記》《漢書・高帝紀》
屈原《九歌》《山鬼》	《宋書・樂志》《陌上桑》曰《楚辭鈔》，以《山鬼篇》增損爲之。
屈原《漁父》	《史記》本傳
張景陽《七命》	《晋書》本傳
《漢武帝詔》	《漢書》本紀
漢武帝《賢良詔》	同上
潘元茂《册魏公九錫文》	《魏志・武帝紀》
傅季友《爲宋公修張良廟教》	《宋書・武帝紀》
孔文舉《薦禰衡表》	《後漢書・禰衡傳》
諸葛孔明《出師表》	《蜀志》本傳
曹子建《求自試表》	《魏志》本傳
曹子建《求通親表》	同上
羊叔子《讓開府表》	《晋書》本傳
李令伯《陳情表》	《蜀志・楊戲傳》注、《晋書・孝友》本傳
劉越石《勸進表》	《晋書・元帝本紀》

庾元規《讓中書監表》　《晉書》本傳
桓玄子《薦譙元彦表》　《蜀志·譙周傳》注
殷仲文《解尚書表》　《晉書》本傳
傅季友《爲宋公求加贈劉前將軍表》　《宋書》《南史·劉穆之傳》
任彦昇《爲齊明帝讓宣城郡公表》　《梁書》本傳
任彦昇《爲蕭揚州作薦士表》　《梁書·王暕傳》
李斯《上書秦始皇》　《史記》本傳
鄒陽《上書吴王》　《漢書》本傳
鄒陽《於獄中上書自明》　《史記》《漢書》本傳
司馬長卿《上疏諫獵》　《史記》《漢書》本傳
枚叔《上書吴王》　《漢書》本傳
枚叔《重諫舉兵》　《史記》《漢書》本傳
江文通《詣建平王書》　《梁書》《南史》本傳
楊德祖《答臨淄侯箋》　《魏志·陳思王植傳》注
阮嗣宗《爲鄭冲勸晉王箋》　《晉書·文帝紀》
謝玄暉《拜中軍記室辭隨王箋》　《南齊書》《南史》本傳
任彦昇《到大司馬記室箋》　《梁書》本傳
任彦昇《爲百辟勸進今上箋》　《梁書》《南史·高祖本紀》
阮嗣宗《奏記詣蔣公》　《晉書》本傳
司馬子長《報任少卿書》　《漢書》本傳
楊子幼《報孫會宗書》　《漢書·楊敞傳》
朱叔元《爲幽州牧與彭寵書》　《後漢書》本傳
孔文舉《與曹公論盛孝章書》　《吴志·宗室·孫韶傳》注

魏文帝《與朝歌令吴質書》 《魏志·王粲傳》注
魏文帝《與吴質書》 《魏志·王粲傳》及注
魏文帝《與鍾大理書》 《魏志·鍾繇傳》注
曹子建《與楊德祖書》 《魏志》本傳注
嵇叔夜《與山巨源绝交書》 《晋書》本傳原文多删節
孫子荆《爲石仲容與孫皓書》 《晋書》本傳
趙景真《與嵇茂齊書》 《晋書·文苑》本傳
邱希範《與陳伯之書》 《梁書》《南史·陳伯之傳》
劉孝標《重答劉秣陵沼書》 《梁書·文苑》本傳
劉子駿《移書讓太常博士》 《漢書·楚元王傳》
司馬長卿《喻巴蜀檄》 《史記》《漢書》本傳
陳孔璋《爲袁紹檄豫州》 《後漢書·袁紹傳》《魏志·袁紹傳》注
鍾士季《檄蜀文》 《魏志》本傳
司馬長卿《難蜀父老》 《史記》《漢書》本傳
東方曼倩《答客難》 《漢書》本傳
揚子雲《解嘲》 《漢書》本傳
班孟堅《答賓戲》 《漢書·叙傳》
陶淵明《歸去來》 《晋書》《宋書》《南史·隱逸》本傳
陸士衡《豪士賦序》 《晋書》本傳
王子淵《聖主得賢臣頌》 《漢書》本傳
揚子雲《趙充國頌》 《漢書·趙充國傳》
劉伯倫《酒德頌》 《晋書》本傳
袁彦伯《三國名臣序贊》 《晋書·文苑》本傳

司馬長卿《封禪文》	《史記》《漢書》本傳
班孟堅《典引》	《後漢書》本傳
班孟堅《公孫宏傳贊》	《漢書》卷五十八
干令升《晉紀總論》	《晉書·愍帝紀》文多刪節
范蔚宗《後漢書·皇后紀論》	《後漢書》卷十上
范蔚宗《後漢書·二十八將傳論》	《後漢書》卷五十二《馬武傳》後
范蔚宗《後漢書·宦者傳論》	《後漢書》卷一百八
范蔚宗《後漢書·逸民傳論》	《後漢書》卷一百十三
沈休文《宋書·謝靈運傳論》	《宋書》卷六十七
沈休文《宋書·恩倖傳論》	《宋書》卷九十四
班孟堅《漢書·述高祖紀贊》	《漢書·敘傳》
班孟堅《漢書·述成紀贊》	同上
班孟堅《漢書·述韓彭英盧吴傳贊》	同上
范蔚宗《後漢書·光武紀贊》	《後漢書》卷一下
賈誼《過秦論》	《史記·陳涉世家》《漢書·陳涉傳》
東方曼倩《非有先生論》	《漢書》本傳
班叔皮《王命論》	《漢書·敘傳》
魏文帝《典論·論文》	《魏志·王粲傳》注
曹元首《六代論》	《魏志·武文世王公傳》注
韋弘嗣《博弈論》	《吴志》本傳
陸士衡《辨亡論》上下	《吴志·三嗣主孫皓傳》注、《晉書》本傳
陸士衡《五等諸侯論》	《晉書》本傳
劉孝標《辨命論》	《梁書》本傳

劉孝標《廣絶交論》　《梁書·任昉傳》
班孟堅《封燕然山銘》　《後漢書·竇憲傳》
張孟陽《劍閣銘》　《晉書·張載傳》
颜延年《宋文元皇后哀策文》　《宋書·文帝袁后傳》
賈誼《吊屈原文》　《史記》《漢書》本傳
颜延年《祭屈原文》　《宋書》本傳

史籍載文，例有删削，而《選》家則多存原本。兩者相對，往往詳略不同，异同間出。蓋不特校勘之資，亦修辭之鑒也。兹取《選》載干令升《晉紀總論》一首，以與《晉書》相斠。

《文選》干令升《晉紀總論》

「屢拒」至「之勢」，《晉書》無，下同。「於是百姓」至「始構」，在「大權在」已下，無「矣」字。「軍旅」至「無虧」，無。「名器」至「伊尹」，無。「正位」至「慎法」，無。「以從」至「議而」，無。「泛舟」至「桂陽」，無。「夷吴」至「險塞」，無。「太康之中」，無。「行旅」至「道路」，無。「百代之一時」，無。「朝士」至「十族」，無。「而閟」至「歲構」，無。「而顛」至「日有」，無。「於是輕」至「赴火」，無。「二十」至「爲墟」，無。「山陵無所」，無。「故於時」至「素也」，無。「凡庸之才」，無。「成敗异效」，無。「拾遺」下有「芥」字。「乞爲」至「不獲」，無。「夫天下」無「夫」字。「而不有其功」，無。「而不尸其利」，無。「順乎」至「其義」，無。「故延陵」至「本也」，無。「故其詩曰思文」至「家室」，無。「故其詩曰乃裹」至「其民以」，無。「故其詩曰來朝」至「失也」，無。「居之」，無。「每勞」至「乃畝以」，無。「故其詩曰克明」至「之光」，無。「備修舊德」，無。「故其詩曰惟此」至「多福」，無。「養老乞言」，無。「故其詩曰刑於」至「家邦」，無。「故曰」至「治外」，無。「於是天」至「未至」，無。「保大」至「善也」，無。「爰及」至「一也」，無。「蓋有」至「之矣」，無。「務伐英雄」，無。「又加之以」，無「又」「之」二字。「目三」至「之名」，無。「機事」至「八九」，無。「長虞」至「能糾」，無。「有逆」至「上下」，無。「如室」至「鑿楔」，無。「賈充之事」，「事」作「争」。「故賈」至「惡乎」，無。「承亂之後」，無「之後」二字。「既已去矣」，「已」「矣」字無。「然懷」至「弘人者乎」，無。

黄先生曰：文章繁簡，最難適宜。陸士龍稱其兄士衡文嫌多，但清新相接，不以爲病。知此，則氣韵聲調最爲文中之要。於斯有得，雖偶然以多爲患，究之易於掩藏。此一説也。然爲文之義，本以達意傳言爲職。意既明察，宜去浮詞，榛楛勿剪，實累術阡。故作文斤斤於删繁，則條理易於齊整，意義易於昭晰。儻好取華言，苟助聲采，則蕪音實衆，正義轉湮。其爲疵累，誠非細也。《史通》有《浮詞篇》，又《叙事篇》亦言尚簡之義，雖專論史，而其義可通於雜文。其外篇中有《點煩》一篇，鈔自古史，傳文有煩者，以朱紛雌黄點其上，令觀者易悟其失。此法至爲可宗，惜今世傳本盡失其點耳。世有《班馬异同評》一書，於《史記》《漢書》相殊之義，頗事校核。要之欲求用字造句位置剪裁之法，必當覽省前文，於其字句細加審視。苟於昔人繁簡之宜悟了其意，則臨文屬草時，得失較易於自知也。觀《晋書》所删干《論》，雖未必盡當，而大略無誤。文雖節省，而神理不減，意義無失。此删繁之前師也。

二、指瑕

夏后之璜，不能無珛；隨侯之璧，不能無瑕。自古在昔，先民有作，時或神思失照，檢柙未周，豈無病累之句，以害錦綉之篇？知音君子爲之詆訶其非，不更文飾其過，斯固作者之諍友，後生之炯鑒也。昔陳思定敬禮之文，任昉削仲寶之稿，張融賦海，恨不道鹽，彦伯序征，益韵寫送，此得之并世，聞義則徙者也。颜監《匡謬》，掎摭及於末微；知幾《點煩》，丹黄爛其盈幅，此遇諸异代，摭實而談者也。彦和論文，亦嘗舉昔人之疵以誡後學，其言散見，諍難非一。復著《指瑕》專篇詳之。今仿其例，自《翰林》以下，爰逮《史通》，凡指斥及於《選》文者，悉摭録焉。間涉近賢之論，必取探賾之談。其有愛憎不同，是丹非素，如唐以來古文家之言。或夏蟲識陋，妄誚海冰，如後世時文家之見。不免苟誣往哲，疑誤方來，一概薙芟，毋煩紙墨。凡分體瑕、事瑕、語瑕、對偶之瑕、用字之瑕五事論之爾。

體瑕

李充《翰林論》云：木氏《海賦》壯則壯矣，然首尾負揭，狀若文章，句有誤。亦將由未成而然也。

摯虞《流别論》云：揚雄《趙充國頌》，頌而似雅。

《文心·贊頌〔二〕篇》云：陸機積篇，惟《功臣》最顯，其褒貶雜居，固末代之訛體也。

〔二〕據《文心雕龍》，作『頌贊』。

《顏氏家訓・文章篇》云：挽歌辭者，或曰古者虞殯之歌，或曰出自田横之客，皆爲生者吊〔一〕往告哀之意。陸平原多爲死人自嘆之言，詩格既無此例，又乖製作本意。

又云：凡詩人之作，刺箴美頌，各有源流，未嘗混雜，善惡同篇也。陸機爲《齊謳篇》，前叙山川物産風教之盛，後章忽鄙山川之情，疏失厥體。其爲《吴趨行》，何不陳子光、夫差乎？《京洛行》，胡不述赧王、靈帝乎？

《史通・雜説》云：夫盛服飾者以珠翠爲先，工績事者以丹青爲主。至若錯綜乖所，分布失宜，則采絢雖多，巧妙不足者矣。觀班氏《公孫弘傳贊》，直言漢之得人盛於武、宣二代，至於平津善惡，寂滅無睹。持論如是，其義靡聞。必矜其美辭，愛而不棄，則宜微有改易，列於《百官公卿表》後，庶尋文究理，頗相附會，以兹編録，不猶愈乎？又沈約〔二〕《謝靈運傳論》，全説文體，備言音律，此正可爲《翰林》之補亡、《流别》之總説耳。如次諸史傳，實爲乖越。陸士衡有云：「離之則雙美，合之則兩傷。」信矣哉！

事瑕

《文心・事類篇》云：凡用舊合機，不啻自其口出。引事乖謬，雖千載而爲瑕。相如《上林》云：「奏陶唐之舞，聽葛天之歌。千人唱，萬人和。」唱和千萬人，乃相如增入。然而濫侈葛天，推三成萬者，信賦妄書，致斯謬也。陸機《園葵詩》云：「庇足同一智，生理合异端。」夫葵能衛足，事譏鮑莊；葛藟庇根，辭自樂豫。若譬葛爲葵，則引事爲謬；若謂庇勝衛，則改事失真；斯又不精之患。夫以士衡沉密而不免於謬，曹仁之謬高唐，又曷足以嘲哉！

曹仁，「仁」字當爲「洪」。《文選》陳孔璋《爲曹洪與魏文帝書》：「蓋聞過高唐者效王豹之謳。」李注引《孟子》曰：淳于髡曰：「綿駒處高唐而齊右善歌。」按此文當過高唐者效綿駒之歌，但文人用之誤。今案此文本孔璋爲曹洪作，故彦和即以爲曹洪耳。

《匡謬正俗》卷七云《西征賦》「丞屬號而守闕，人百身以納贖」。《趙廣漢傳》：「廣漢下廷尉獄，吏民守闕號泣者數萬人，或言臣生無益於縣官，願代趙京兆死，得牧養小民。」《延壽傳》無此語。安仁論〔三〕延壽之死所，舉廣漢之請代，則用事之不審焉。

按善注亦云：延壽被誅，丞屬無守闕者，而趙廣漢就戮則有之。恐潘誤。

〔一〕據《顏氏家訓》，作「悼」。
〔二〕據《史通》，作「侯」。
〔三〕據《匡謬正俗》，作「諭」。

《顔氏家訓·文章篇》云：自古宏才博學，用事誤者有矣；百家雜説或有不同，書儻湮没〔一〕，後人不見，故未敢輕議之。今指知決紕繆者，略舉一兩端以爲誡。《詩》云：『有鷕雉鳴。』又云〔二〕：『雉鳴求其牡。』《毛傳》亦曰：『鷕雌雉聲〔三〕。』又云：『雉之朝雊〔四〕，尚求其雌。』鄭玄注《月令》亦云：『雊雄雉鳴。』潘岳賦曰：『雉鷕鷕以朝雊。』是則混雜其雄雌矣。

徐爰《射雉賦》注云：『延年以潘爲誤。』則顔氏自用其祖説爾。又云：『案詩「有鷕雉鳴」，則云「求牡」，及其朝雊，則云「求雌」。今云「鷕鷕朝雊」者，互文以舉雄雌皆鳴也。』此又一説。

顧寧人《日知録》云：古人爲賦多假設之辭，序述往事，《子虚》亡是公、烏有先生之文，已肇始於相如矣。謝莊《月賦》：『陳王初喪應、劉，端憂多暇。』又曰：『抽毫進牘，以命仲宣。』按王粲以建安二十一年從征吴，二十二年春道病卒。徐、陳、應、劉一時俱逝，亦是歲也。至明帝太和六年植封陳王，豈可掎摭史傳以議此賦之不合哉？

按此是正論，究以檢點爲佳。何屺瞻《讀文選記》云：『《月賦》：「委照而吴業昌。」既假托於仲宣，即不應用吴事，亦失於點勘。』是也。

汪氏《理學權輿》有《選注訂誤》一卷。凡《選》文用事之誤，李注曾加糾舉者，悉爲摘出。今不録。

語瑕

《文心·夸飾篇》云：子雲《羽獵》：『鞭宓妃以餉屈原。』變彼洛神，既非罔兩，而虚用濫形，不亦〔五〕疏乎？

又《史通·雜説下》云：雄哂子長愛奇多雜，又曰不依仲尼之筆，非書也。自序又云不讀非聖之書。然其撰《羽獵賦》，則云鞭宓妃云云，劉勰《文心》已譏之矣。

本師黄氏云：『鞭洛妃』二句各爲一事，不當聯説其誼，此彦和之疏。

《文心·指瑕篇》云：君子擬人必於其倫，而向秀之賦嵇生，方罪於李斯，不類甚矣。

〔一〕據《顔氏家訓》，作『滅』。
〔二〕據《顔氏家訓》，作『曰』。
〔三〕據《顔氏家訓》，作『鷕雉雌聲』。
〔四〕據《顔氏家訓》，作『鴝』。
〔五〕據《文心雕龍》，作『其』。

按《思舊賦》云：『昔李斯之受罪兮，嘆黄犬而長吟。悼嵇生之永辭兮，顧日影而彈琴。』此以李相之臨死張皇，反形叔夜之從容就戮。正言叔夜勝於李相，非以嘆黄犬媲顧影彈琴也。彦和説誤。

《匡謬正俗》卷七云：《左傳》：『夫豈無僻王，賴先哲以免也。』蓋言賴先人以免禍難。《西征賦》：『賴先哲之長懋。』懋訓勉勵之勉，改《左傳》文，於義未愜。又云：《西征賦》『曾不得與夫十餘公之徒隸齒』，言王音、王鳳、弘〔一〕恭、石顯之徒，不得與蕭、曹、絳、賈之卒徒奴隸齒。讀者言不得與十餘公齒，謂『隸齒』爲齊等之義。謝朓《宣城郡詩》『群龍難隸齒』，豈非僻謬？且『隸齒』之言，未爲典故，安所取詳？

《文心·論説篇》云：凡説之樞要，必使時利而義貞，進有契於成物〔二〕，退無阻於榮身。自非譎敵，則唯忠與信，披肝膽以獻主，飛文敏以濟時〔三〕，此説之本也。而陸氏直稱『説煒曄以譎誑』，何哉？

《匡謬正俗》卷一云：《伯兮篇》云：『焉得萱草，言樹之背？』《毛傳》：『背，北堂也。』謂於堂北種之以忘憂耳。而陸士衡詩云：『焉得忘憂草，言樹背與襟？』便謂身體前後種之，此亦誤也。

白居易《漢將李陵論》云：李陵論不死非忠，生降非勇，棄前功非智，召後禍非孝，而引范蠡、曹沫爲比；會稽之耻，蠡非其罪，魯國之羞，沫必能報。二子不死，無生降之名；二子苟降，無及親之禍。酌其本末，事不相侔。

《史通·雜説上》云：子長《與任少卿書》，歷説自古述作，皆因患而起。末云：『不韋遷蜀，世傳《吕覽》。』按吕氏之修撰也，廣招俊客，比迹春陵〔四〕，共集异聞，擬書荀、孟，思刊一字，購以千金，則當時宣布爲日久矣，豈以遷蜀之後方始傳乎？且必以身既流移，書方見重，則又非關作者本因發憤著書之義也，而輒引以自喻，豈其倫乎？若要多舉故事，成其博學，何不云『虞卿窮愁，著書八篇』？而曰『不韋遷蜀，世傳《吕覽》』。斯蓋識有未精〔五〕，思之未審耳。

又云：昔春秋之時，齊有夙沙衛者，拒晋殿師，郄〔六〕最稱辱；伐魯行唁，臧堅抉死。此閹官見鄙，其事尤著者也，而太史公《與

〔一〕據《匡謬正俗》，作『宏』。
〔二〕據《文心雕龍》，作『務』。
〔三〕據《文心雕龍》，作『辭』。
〔四〕據《史通》，作『春秋』。
〔五〕據《史通》，『未精』作『不該』。
〔六〕據《史通》，作『郭』。

任少卿書》，論自古刑餘之人爲士君子所賤者，唯以彌子瑕爲始，何淺近之甚邪？但夙沙出《左氏傳》，漢代其書不行，故子長不之見也。夫博考前古而捨茲不載，至於乘傳車，探禹穴，亦何爲者哉？

對偶之瑕

《文心·麗辭篇》云：劉琨詩言：『宣尼悲獲麟，西首〔一〕涕孔丘。』若斯重出，即對句之駢枝也。

梁茝林《旁證》云：謝惠連《秋懷詩》：『雖好相如慢〔二〕，不同長卿達〔三〕。』相如、長卿一人兩用，古人詩文多有之。《易林·隨之履》曰：『申公顛倒，巫臣亂國。』《臨之晉》曰：『平國不君，靈公殞命。』《後漢書·馮衍傳·顯志賦》：『款子高於中野兮，遇伯高〔四〕而定慮。』《范丹傳》：『甑中生塵范史雲，釜中生魚范萊蕪。』《宋書·恩倖傳序》：『胡廣累世農夫，伯始致位卿〔五〕相，黃憲牛醫之子，叔夜〔六〕名動京師。』及本書劉琨《贈盧諶》宣尼云云，皆同此體也。

按延年《車駕幸京口侍游蒜山作》：『周南悲昔老，留滯感遺民〔七〕。』一事而分用，句法與『宣尼』二語同。張景陽《七命》亦云：『接以商王之箸，承以帝辛之杯。』此類兼舉名字分箝二句中，雖有本，不可爲式。

葛立方《韵語陽秋》卷一云：《選》詩駢句甚多，如『千憂集日夜，萬感盈朝昏』『萬古陳往還，百代勞起伏』『多士成大業，群賢濟洪績』之類，不足爲後人法。

按謝公《泛湖歸出樓中玩月》：『日落泛登〔八〕瀛，星羅游輕橈。』《石壁精舍還湖中作》：『林壑斂暝色，雲霞收夕霏。』曹子建《公宴》：『神飆接丹轂，輕輦隨風移。』謝玄暉《和王主簿怨情》：『平生一顧重，宿昔千金賤。』上下語意重複，亦駢枝之類。

〔一〕據《文心雕龍》，作『狩』。
〔二〕據《文選旁證》，作『達』。
〔三〕據《文選旁證》，作『慢』。
〔四〕據《文選旁證》，作『成』。
〔五〕據《文選旁證》，作『公』。
〔六〕據《文選旁證》，作『度』。
〔七〕作『氓』。
〔八〕作『澄』。

用字之瑕

《文心·指瑕篇》云：立文之道惟字與義，字以訓正，義以理宣。而晉末篇章，依希其旨，始有『賞』『際』『奇』『至』之言，終有『撫』『叩』『酬』『即』之語，每單舉一字，指以爲情。夫賞訓錫賚，豈關心解？撫訓執握，何與[一]情理？雅頌未聞，漢魏莫用，懸領似如可辯，課文了不成義，斯實情訛之所變，文澆之致弊。

按用『賞』者，《文選》如沈休文《宋書·謝靈運傳論》之『諷高歷賞』，任彦昇《王文憲集序》之『綴賞無地』。（謝靈運《擬魏太子鄴中集詩序》亦有『賞心』之語。）用『撫』者，如傅季友《爲宋公修張良廟教》之『撫事懷人』，《爲宋公求加贈劉前將軍表》之『撫事永念』。用『即』者，如謝靈運《南樓中望所遲客》之『即事怨睽攜』，沈休文《游鍾山詩》之『即事既多美』，謝玄暉《敬亭山詩》之『即此陵丹梯』。此類上非故訓，下异方言，後人沿習不以爲异。而當時驟讀，頗費摸索。謂之情訛文澆，非過語也。

五事之外，訛變尤多。劉氏《通變篇》曰：『宋初訛而新。』《定勢篇》又詳言之曰：『自近代辭人，率好訛[二]巧。原其爲變[三]，厭黷舊式，故穿鑿取新。察其訛意似難，而實無他術也，反正而已。故文反正爲乏，辭反正爲奇。效奇之法，必顛倒文句，上字而抑下，中辭而出外，回互不常，故[四]新色耳。』觀此，則奇之爲用，在取新色。崇賢嘗於《恨賦》『孤臣危涕，孽子墜心』注曰：『心當云危，涕當云墜，江氏愛奇，故互文以見義。』又於《別賦》『心折骨驚』注曰：『亦互文也。』此外甄舉頗多，文家亦恒論列。権而言之，可得三事：一曰變文，二曰代語，三曰剪裁。然變文避複，乃修詞之成例；代語起源自古，課虛成實，濬發巧心；儷辭捶句，修短取均，剪截成文，亦牽體制，皆未足爲病也。今別白論之。

變文

《日知録》云：陳思王上書『绝纓盗馬之臣赦，楚、趙以濟其難』，注謂赦盗馬，秦穆公事，秦亦趙姓，故互文以避上秦字也。趙至《與嵇茂齊書》：『梁生適越，登岳長謡。』梁鴻本適吴而以爲越者，吴爲越所滅也。謝靈運詩：『弦高犒晉師，仲連却秦軍。』弦高

[一] 據《文心雕龍》，作『預』。
[二] 據《文心雕龍》，作『詭』。
[三] 據《文心雕龍》，作『原其爲体，讹势所變』。
[四] 據《文心雕龍》，作『則』。

所犒者秦師，而改爲晋以避下『秦』字，則舛而陋矣。按王元長《永明九年策秀才文》：『訪游禽於绝澗，作霸秦基。』『游禽』用董閼于爲趙上地守事。善注：出《史記》，曰：趙氏之先與秦共祖。然則以其共祖，故雖趙亦曰秦。

顧氏又云：自漢以來作文者即有回避假借之法。太史公《伯夷傳》：『伯夷、叔齊雖賢，得夫子而名益彰。顔淵雖篤學，附驥尾而行亦〔二〕顯。』本當是『附夫子』耳，避上文雷同，改作『驥尾』。使後人爲之，豈不爲人譏笑？』

張景陽《七命》：『價兼三鄉，聲貴兩都。』李注引《越绝書》，然實二鄉而云三者，避下文也。

代語

鮑明遠《蕪城賦》：『東都妙姬，南國麗人，蕙心紈質，玉貌絳唇。』善注云：『左九嬪《武帝納皇后頌》曰：「如蘭之茂。」《好色賦》曰：「腰如束素。」蘭蕙同類，紈素兼名，文士愛奇，故變文耳。』

江文通《雜體詩·潘黄門》：『仿佛想蕙質。』善注云：蕙，蘭類，故變之耳。

按此文易舊爲新耳。六代好用代語，觸手紛綸。舉日義言之，曰曜靈（《歸田賦》：『於時曜靈俄景。』亦用屈子《遠游》語），曰靈暉，曰懸景，曰飛轡（并見《演連珠》），曰陽烏（《蜀都賦》），皆替代之辭也。此外，言月則曰素娥，曰望舒，曰玄兔，曰蟾魄，此以典故代也。言山則曰巒、岑、巘、岡、陵，言舟則曰航、艖、艘、舫、舸、艫，言池塘則曰瀦、沼，言車則曰軺、轅，此以訓詁代也。托始於卿、固，（長卿《封禪文》曰：『導一莖六穗於庖犧，雙觡共骶之獸。』上句代嘉禾，下句代白麟。孟堅《典引》曰：『擾緇文皓質於郊，升黄輝采鱗於沼。』上句代騶虞，下句代黄龍。）中興於潘、陸，（安仁《藉田賦》：『緫犗服於縹軛兮，紺轅綴於黛耜。』『緫犗』以代青牛，『紺轅』以目赤色車。）顔、謝繼作，綴緝尤繁。而溯其緣起，大抵由文人厭黷舊語，欲避陳而趨新，故課虚以成實。抑或嫌文辭之坦率，故用替代之詞，以期化直爲曲，易徑成迂。雖非文章之常軌，然亦修辭之妙訣也，安可輕議乎？

剪裁

《日知録》云：晋侯重耳之名見於經，而定四年祝佗述踐土之盟，其載書止用〔三〕晋重，豈古人二名可但稱其一歟？班固《幽通

〔二〕據《日知録》，作『益』。
〔三〕據《日知録》，作『曰』。

賦》：『重醉行而自耦。』潘岳《西征賦》：『重戮帶以定襄。』文公名止用一字，本於踐土載書，却非剪截古人名字之比。至於潘岳爲《關中詩》云：『紛紜齊萬。』《馬汧督誄》云：『齊萬哮闞。』則不通矣，豈有以『齊萬年』爲『齊萬』者耶？若梁王彤爲征西大將軍，而詩云『桓桓梁征』，尤不成語。司馬遷《報任安書》：『周、魏見辜。』周，周勃；魏，魏其侯竇嬰也。揚雄《長楊賦》：『乃命驃、衛。』驃，驃騎將軍霍去病；衛，大將軍衛青也。班固《幽通賦》：『周、賈蕩而貢憤。』周，莊周；賈，賈誼也。又《幽通賦》：『巨滔天而泯夏。』王莽字巨君，止用一『巨』字。此體後漢人已開之矣。

汪師韓《詩學纂聞》云：以人名入詩文，或姓或名，有衹稱一字者。《日知録》有二名止用一字之條，博徵經傳，不獨詩文也。而詩文之載在《文選》者，固不僅顧氏所摘。如班固《幽通賦》稱重黎曰『黎』，張衡《思玄賦》稱勃鞮字伯楚而曰『伯』，此二名而舉一也。左思《蜀都賦》稱諸葛亮曰『葛亮』，此雙姓而舉一也。若《幽通賦》稱條侯周亞夫曰『條』，乃爵也。四皓曰『皓』，乃號也。其應連三四字而摘舉其二者，《幽通賦》稱衛叔武曰『衛叔』，陸機《宴玄圃詩》稱世祖武皇帝曰『世武』，嵇康《琴賦》稱王昭君曰『王昭』，稱晉之師曠字子野而曰『晉野』，陸厥《孺子妾歌》稱班婕妤曰『班婕』，又《西征賦》稱鄭桓公友曰『桓友』，是也。其兩人并稱而錯雜者，王褒《洞簫賦》曰『牙、曠』，乃伯牙、師曠也；曰『般、匠』，乃公輸般、匠石也。馬融《長笛賦》曰『彭、胥』，乃彭咸、伍子胥也。《幽通賦》曰『高、頊』，乃高陽氏、顓頊也；曰『孔、昊』，乃孔子及太昊也；曰『宣、曹』，乃周宣王及曹伯陽也。陸機《演連珠》曰『蒲、宓』，乃子路宰蒲及宓子賤也。孫楚《送征西官屬詩》曰『彭、聃』，乃彭祖、李聃也。潘岳《夏侯誄》曰『閔、參』，乃閔子騫、曾參也。謝靈運《去郡詩》曰『羲、唐』，乃伏羲、唐堯也，颜延之《陶徵士誄》曰『巢、高』，乃巢父、伯成子高也。江淹《雜體詩》曰『堯、老』，乃唐堯、老聃也。劉峻《辨命論》曰『容、彭』，乃容成公、彭祖也；曰『伊、颜』，乃伊尹、颜回也。又有以二名而分用之者，《思玄賦》曰：『穆届天以悦牛兮，豎亂叔而幽主。』穆與叔，乃叔孫穆子也；牛與豎，乃豎牛也。此在古人則可，後人惟前人所已有者方可襲用，莫敢創造。

已上剪裁人名。

《日知録》云：地名割用一字，漢已有之。《史記·貨殖傳》：『夫燕亦勃、碣之間一都會也。』注云：『勃海、碣石。』常璩《華陽國志》：『分巴割蜀，以成犍、廣。』是犍爲、廣漢二郡。左思《蜀都賦》：『跨躡犍、牂。』是犍爲、牂牁二郡。《魏都賦》：『恒、碣碪碍於青霄。』是恒山、碣石二山。

按六朝文割裂地名，固不僅如《文選》所載。（《文選》又有潘岳《西征賦》稱棘門霸上爲『棘、霸』。）《晉書·伏滔·正淮論》稱盧江、九江爲『盧、九』，《吴志·步騭吕蒙朱治傳》稱零陵、桂陽爲『零、桂』，《陳書·蕭乾傳》稱建安、晉安爲『建、晉』，《褚玠傳》稱會稽、山陰爲『稽、陰』，《南史·梁宗室傳》稱河間、東平爲『間、平』，《張纘傳》稱定襄侯祇、衡山侯恭爲『衡、定』，皆其類。晋宋以來，文尚駢儷，詩嚴聲病，不得不剪裁成文，以就繩墨。此體制所牽，不宜以尋常文法相難也。

已上剪裁地名。

王楙《野客叢書》云：語有不當文理而承襲用之者，如宋氏詔曰：『謝玄勛參微管。』取《論語》『微管仲』之義。前此潘安仁詩：『豈敢陋微管。』按今詩作『微官』，此誤。謝玄暉詩：『微管寄明牧。』此外《劉義康傳》：『臣以頑昧，獨獻微管。』《傅亮碑》：『道亞黄中，功參微管。』似此用微管者甚多。

按引潘詩見《文選·河陽縣作》。謝詩見《和王著作八公山》。又本書傳季友《爲宋公修張良廟教》有『微管之嘆』。任彦昇《勸進今上箋》有『嘆深微管』，《爲范始興作求立太宰碑表》亦有『功參微管』語。

黄徹《䂬溪詩話》云：《書》言：『惟孝友于兄弟。』《後漢·史弼傳》：『陛下隆於友于，不忍恩[二]絶。』而淵明詩遂云：『再喜見友于。』《詩》云：『貽厥孫謀。』《南史》到溉之孫藎嘗從武帝賦詩，受詔便就，後溉每和御詩，上輒手詔戲曰：『得無貽厥之助乎？』而王儉碑文又云：『貽厥之寄，允屬時望。』王仲寶《褚淵碑文》，見《文選》。

按《文選·曹子建求通親表》亦有『今之否隔，友于同憂』語。士衡《嘆逝賦》『怨具爾之喪』，又以『具爾』代兄弟。《與長沙顧母書》，述從祖弟士璜死，乃言『痛心拔腦，有如孔懷』。《顔氏家訓》云：『心既痛矣，即爲甚思，何故言有如也？觀其此意，當謂親兄弟爲孔懷。《詩》云：「父母孔邇。」而呼二親爲「孔邇」，於義通乎？』（見《文章篇》）此辨陸氏之文，不應以兄弟爲孔懷，并援孔邇爲證，駁斥極是。凡割裂成文用之，如以知人爲『則哲』（任彦昇《爲范尚書讓吏部封侯第一表》），目在位爲『曾是』（陸士衡《漢高祖功臣頌》）之類，雖六朝恒語，皆不可爲式。

已上剪裁成語。

抑吾觀《文心》一書，指摘創痏，歷詆前文。嘗舉王朗《雜箴》，乃置巾履。《銘箴》。陳思《文誄》，旨言自陳。《誄碑》。傅毅炫奇於淮雨，顔遠疵美於凶呶。《練字》。聖體浮輕，浮輕有似於蝴蝶。尊靈永蟄，永蟄可擬於昆蟲。《指瑕》。又《金樓子·立言篇》亦有此語。凡若此類，爲病非淺。而昭明概從裁汰，不入《選》樓。黄門初仕南朝，俗好擊難，家有詆訶，亦嘗著其説於《家訓·文章篇》曰：『《吴均集》有《破鏡賦》：「昔者邑號朝歌，顔淵不舍。里名勝母，曾參斂襟。」蓋忌夫惡名之傷實也。破鏡乃凶逆之獸，事見

[二] 作『遏』。

《漢書》，爲文幸避此名也。梁世費旭詩云：「不知是耶非？」殷澐詩云：「飄〔一〕揚雲母舟。」簡文曰：「旭既不識其父，澐又飄〔二〕揚其母。」此雖悉古事，不可用也。北面事親，别舅摛《渭陽》之咏；堂上養老，送兄賦《桓〔三〕山》之悲，此〔四〕大失也。』『凡代人爲文，皆作彼語，理宜然也。至於哀傷、凶禍之辭，不可輒代。蔡邕爲胡金盈作《母靈表頌》曰：「悲母氏之不永，然委我而夙喪。」又爲胡顥作其父銘曰：「葬我考議郎君。」《袁三公頌》曰：「猗歟我祖，出自有嬀。」王粲爲潘文則《思親詩》云：「躬此勞悴，鞠予小人。庶我顯妣，克保遐年。」而并載乎邕、粲之集，此例甚衆。陳思王《武帝誄》：「遂深永蟄之思。」潘岳《悼亡賦》：「乃愴手澤之遺。」是方父於蟲、匹婦於考也。蔡邕《楊秉碑》云：「統大麓之重。」潘尼《贈盧景宣詩》云：「九五思飛龍。」孫楚《王驃騎誄》云：「奄忽登遐。」陸機父誄云：「億兆宅心，敦叙百揆。」姊誄云：「俔天之和。」今爲此言，則朝廷之罪人也。王粲《贈楊德祖詩》：「我君餞之，其樂洩洩。」不可妄施人子，况儲君乎？』諸所彈射，言皆核實。而是衆作，《文選》并刊削弗載。足見昭明銓擇之精，皆先士茂製，物罕异議。所以摯虞《流别》、義慶《集林》，同歸澌滅，而此本垂諸方來，江河不廢也。

三、廣選

《文選》一書，網羅衆家，馳騖今古，而爲卷不踰三十。芟繁搴翠，殫見洽聞。矜式藝林，有由來矣。乃有好事之子，詡其插架，妄擬扶輪，掇所棄餘，補兹闕略，庶憑驥尾，千里绝群。孟卜續擬於唐，仁子補遺於宋，明世文日益竄，人喜操觚，廣續之編，前後盈望。吐果之核，寧聞精粹；續貂之尾，深訝不倫。而收采蕪雜，義例踳駁，更無論焉。夫名世之作，理绝攀躋，擬者之才，不過下駟。宜乎易世以後，人共嗤點，糞土同捐。又安望接光塵於蕭嗣，并輝烈於《選》樓哉。蓋有南威之容，而後可論於淑媛；有龍泉之利，而後可議其斷割。夫唯雅材好博，夙擅别裁，好惡畢同，臭味不殊於蘭鮑，去取惟允，矩矱竺守夫高曾。由斯選者，清世得三書焉：一曰張惠言《七十家賦鈔》，二曰李兆洛《駢體文鈔》，三曰王闓運《八代詩選》。三書各明一體，雖非承《選》而作，而編次體例，準的昭明。上起周秦，下訖隋季，限斷之際，稍軼於舊。要使八代之文章原委相承，粲然可考。取精用宏，真可以廣蕭書而闓來學矣。掇其

〔一〕據《颜氏家訓》，作『飖』。
〔二〕據《颜氏家訓》，作『飖』。
〔三〕據《颜氏家訓》，作『柏』。
〔四〕據《颜氏家訓》，作『皆』。

大旨，爰著於篇。

張書所録，凡賦七十家，二百六篇。通人碩士，先代所傳，奇辭奥旨，備於此矣。其離章斷句、闕佚不屬者，與其文不稱辭者，皆不與是。而謝客《山居》，顔介《觀我》，自爲賦注，今存創例。此編獨付闕如，不免失之眉睫。書成，張氏自序其旨，曰：

賦烏乎統？曰統乎志。志烏乎歸？曰歸乎正。夫民有感於心，有概於事，有達於性，有鬱於情，故有不得已者而假於言。言，象也，象必有所寓，其在物之變化，天之漻漻，地之嚣嚣，日出月入，一幽一昭，山川之崔蜀杳伏，畏佳林木，振硪谿谷，風雲霧霿，霆震寒暑，雨則爲雪，霜則爲露，生殺之代新而嬗故，鳥獸與魚，草木之華，蟲走螘趨，陵變谷易，震動薄蝕，人事老少，生死傾植，禮樂戰鬥，號令之紀，悲愁勞苦，忠臣孝子，羈士寡婦，愉佚愕駭，有動於中，久而不去，然後形而爲言。於是錯綜其辭，回牾其理，鏗鏘其音，以求理其志。其在六經則爲詩。詩之義六，曰風、曰賦、曰比、曰興、曰雅、曰頌。六者之體，主於一而用其五。故風有雅頌焉，《七月》是也。雅有頌焉，有風焉，《烝民》《崧高》是也。周澤衰，禮樂缺，詩終三百，文學之統熄；古聖人之美言，規矩之奥趣，鬱而不發。則有趙人荀卿，楚人屈原，引辭表旨，譬物連類，述三王之道以譏切當世，振塵滓之澤，發芳香之暢，不謀同偁，并名爲賦。故知賦者詩之體也。其後藻麗之士，祖述憲章，厥製益繁。然其能之者爲之，愉暢舒寫，盡其物，和其志，變而不失其宗；其淫宕佚放者爲之，則流遁忘反，壞亂而不可紀。已下評古之作者，自屈、宋下，盡庾信。其言最核，已節鈔於《品騭篇》矣。

張氏生於陽湖，素以江、戴經術，本方、姚之律令以爲文章，而爲賦獨宗兩漢。同邑董祐誠承其舅學，規摹漢篇。賦體宏博，才小易於绝臏，故張、董而後，作者寥寥。本師黄氏深通文律，所作《訊班賦》，庶幾《幽通》《思玄》之流。若夫榷舉原流，歸諸詁訓，則餘杭章公《辨詩》備矣。爰録以爲讀張書者告焉：

《七略》次賦爲四家。屈賦言情，荀賦效物。陸賈賦不可見，其屬有朱建、嚴助、朱買臣諸家，蓋縱横之變也。原注云：揚雄賦本擬相如，《七略》相如賦與屈原同次，班生以揚雄賦隸陸賈下，誤也。然言賦者多本屈原。漢世自賈生《惜誓》，上接楚辭，《鵩鳥》亦方物《卜居》。而相如《大人賦》，自《遠游》流變，枚乘又以《大招》《招魂》散爲《七發》。其後漢武帝悼李夫人，班婕妤自悼，外及淮南、東方朔、劉向之倫，未有出屈、宋、唐、景外者也。孫卿五賦，寫物效情，《蠶》《箴》諸篇，與屈原《橘頌》异狀。其後《鸚鵡》《鷦鷯》，時有方物，及宋世《雲》[一]《月》《舞鶴》《赭白馬》諸賦放焉。《洞簫》《長笛》《琴》《笙》之屬宜法孫卿，其辭義咸不類。徐幹有《玄蝯》《漏卮》《圓扇》《橘賦》諸篇，雜書徵引，時見一端，然勿能得全賦。大抵孫卿之體微矣，陸賈賦不可得蹤迹。

[一] 據章太炎《國故論衡》，作『《雪》』。

雖然，縱橫者賦之本。古者誦《詩三百》，足以專對。七國之際，行人胥附，折衝於尊俎間，其説恢張譎宇，紬繹無窮，解散賦體，易人心志。魚豢稱『魯連、鄒陽之徒援譬引類，以解締結，誠文辯之雋也』。《魏志·王粲傳》注引。武帝以後，宗室削弱，藩臣無邦交之禮。縱横既黜，然後退而爲賦家。時有解散，故用之符命，即有《封禪》《典引》，用之自述，而《答客》《解嘲》興。文辭之繁，賦之末流爾也。雜賦有《隱書》者，傳曰：『談言微中，亦可以解紛。』與縱横稱[二]出入。淳于髡《諫長夜飲》一篇，純爲賦體。優孟諸家顧少耳。東方朔與郭舍人爲隱，依以譎諫。世傳《靈棋經》誠僞書，然其後漸流爲占繇矣。管輅、郭璞爲人占皆有韵，管輅爲館陶令諸葛原射覆，見《魏志》原傳。殷佑令璞作卦，見《晉書》璞傳。斯亦賦之流也。自屈、宋以至鮑、謝，賦道既極。至於江淹、沈約，稍近凡俗。庾信之作，去古踰遠。世多慕《小園》《哀江南》輩，若以上擬《登樓》《閑居》《秋興》《蕪城》之儕，其靡已甚。賦亡蓋先於詩。繼隋而後，李白賦《明堂》，杜甫賦《大禮》，誠欲爲揚雄臺隸，猶幾弗及。世無作者，二家亦足以殿，自是賦遂泯绝。近世徒有張惠言區區修補，《黄山》之[三]賦雖未至，庶幾李、杜之倫。承千年之绝業，欲以一朝復之，固難能也。然自詩賦道分，漢世爲賦者多無詩。自枚乘外，賈誼、相如、揚雄諸公不見樂府五言。謹案：李延年嘗舉相如等十餘人作《郊祀歌》，即當時樂府。其道與故訓相儷，故小學亡而賦不作。

抑張書善矣；而其釋《九歌·湘君》曰：『此《離騷》所謂「哲王不悟」也。』《湘夫人》曰：『此《離騷》所謂「閨中邃遠」也。』釋《高唐》《神女》，亦曰『爲屈子作也』。適與其評謝之見解同。不悟詞賦之作，感物造端，意象深微，自非作者明言，師説見在，焉可臆爲比附。故曰『比易興難』，『比顯興隱』，所以戒穿鑿也。

明馮惟訥編輯漢魏六朝人樂府詩歌，成《古詩紀》一百五十六卷。有韵之作靡不兼收，溯古詩之源流者莫能外。然采摭既富，真僞錯雜，以及牴牾舛漏，所不能無，故馮舒作《詩紀匡謬》以糾其失。王翁壬甫因馮本删爲《八代詩選》二十卷，披沙揀金，頗得精要。其中十二至十四三卷，取齊梁以來儷事切而聲律調者，特立部居，題爲新體。然《文選》所載士衡以下之詩，即已如此。永明體出，斯事益精，而波瀾莫二。是知體之漸成，非忽然而有。王氏特立新稱，自我作故，誠所未喻。是書王無序致，而論詩之指，則屢於答門弟子問中發之。又取《詩選》自漢魏至齊梁分爲四體，曰寬和，曰清勁，曰高華，曰纖仄，各識之於當篇。嘗曰：『詩既分和、勁二派，作者隨其所近，自臻極詣。當其下筆，先在選詞。斐然成章，然後可裁。詩者持也，持其志，無暴其氣，掩其情，無露其詞。直舒己意，

[二] 據章太炎《國故論衡》，作『稍』。
[三] 據章太炎《國故論衡》，作『諸』。

始於唐人。宋賢繼之，遂成傾瀉。歌行猶可粗率，五言豈容屠沽？無如往而復之情，豈能動天地、感鬼神之聽？故曰先王作樂，後哲爲詩。觀《樂記》之言，即知詩之體用。功成作樂，學成作詩，詩之終也。十三舞勺，能言作詩，詩之始也。樂必依聲，詩必法古，自然之理也。欲已有作，必先有蓄。名篇佳製，手披口吟，非沉浸於中，必不能炳著於外。故余遇學詩人，從不勸進，以其功苦也。』又曰：『文無家數，有時代；詩有家數，有時代。周八百年，無闌入秦漢者。秦二世，隋亦二世，無闌入漢唐者。但成朝代，即有風尚，九州隨之轉移億兆，同於格律。詩爲心聲，故一人一聲。然其隨朝代爲轉移，究不能大异。唐宋懸绝，不以年也。明人復古，徒矜詩耳。其實剽唐宋之皮毛，律绝略似之，五七言則不似。』又曰：『詩咏性情，有時應用。廣宴密坐，賦咏爲歡。梁苑作賦，後乃爲詩。建安以來，遂爲例作。既非不得已之作，仍有争高下之心。故曰老莊告退，山水方滋，皆托物以成什也。爰及齊梁，因有宫體，游覽咏物，悉入閨情。蓋取其妍麗，始能綿邈。論者不曉其旨，輒以佻仄譏之，此不究而妄言也。』王氏論文，精理名言，美不勝采。兹姑舉其大略云。參閲前《品鷺》篇。

王氏刻意摹《選》，自言幼時嚴守格律，矩步繩趨，尺寸不亂。及後貫徹，乃能屈刀爲鏡，點鐵成金。《望廬山詩》參以考據，鎔鑄經史。《望巫山作》學謝《赤石帆海》。光陰往來，神光離合，爲五言上乘。《登泰山詩》竭思凝神，忽得升韵，自喜壓倒彌之。王云：『二十時，同鄧彌之游祝融，每日作詩，彌之出語益奇，余心怍焉。懷之積年，及登泰山，得二句云：「伊來聖皇游，非余德敢升。」自喜壓倒《白香亭》矣。』《游麓山寺詩》，與前三首又有仙凡之别。此皆艱苦自得之言，深可味也。同時鄧彌之亦工此體，名輔綸，武岡人，著有《白香亭詩集》。而工力遠遜。然海内言《選》詩者，率以王、鄧爲稱首焉。近則本師黄氏五言素慕康樂，四言抗衡嵇、陶。《游廬山詩》鑿險鎚幽，抗志窅冥，求之當代，罕其比倫矣。

學六代者卑視唐宋，學唐宋者亦菲薄六代，駢散之分由來舊矣。至清而桐城、儀徵二派，分道而馳，一察自好，不務返觀三代兩漢魏晋之文以會合體要，其弊甚矣。先是乾隆中有昭文邵齊燾，爲儷體，氣獨遒古，有正宗雅器之目。嘗序其兄文云：『清新雅麗，必澤於古，非苟且牽率以娱一世之[一]耳目者。』駢體之尊始此。而孔廣森與其甥朱滄湄書，亦云：『駢體文以達意明事爲主。不爾，則用之婚啓，不可用之書札；用之銘誄，不可用之論辯，直爲無用之物。六朝文無非駢體，但縱横開闔，一與散文同也。』兩家之論，漸開合駢於散之機。自汪中、李兆洛出，其風始暢。容甫爲文，合漢、魏、晋、宋作者鑄成一家之言，淵雅醇茂，醖釀獨深。申耆亦溯源兩漢，氣格自矜，特撰《駢體文鈔》，以張其駢散不分之論。上起晚周，下訖隋季，分上、中、下三篇。其指趣盡於二序，特備録之。

[一] 據邵齊燾《玉芝堂集》，『世之』作『時』。

少讀《文選》，頗知步趨齊梁。後蒙恩入庶常，臺閣之製，例用駢體，而不能致工。因益搜輯古人遺篇，用資時習。區其鉅細，分爲三編，序而論之。曰：天地之道，陰陽而已。奇偶也，方圓也，皆是也。陰陽相并俱生，故奇偶不能相離，方圓必相爲用。道奇而物偶，氣奇而形偶，神奇而識偶。孔子曰：『道有變動故曰爻，爻有等故曰物，物相雜故曰文。』又曰：『分陰分陽，迭用柔剛，故易六位而成章。』相雜而迭用，文章之用，其盡於此乎？六經之文，班班具存。自秦迄隋，其體遞變，而文無异名。自唐以來，始有古文之目，而目六朝之文爲駢儷，而爲其學者亦自以爲與古文殊路。既歧奇與偶爲二，而於偶之中，又歧六朝與唐與宋爲三。夫苟第較其字句，獵其影響而已，則豈徒二焉三焉而已，以爲萬有不同可也。夫氣有厚薄，天爲之也；學有純駁，人爲之也。體格有遷變，人與天參焉者也。義理無殊途，天與人合焉者也。得其厚薄純雜之故，則於其體格之變，可以知世焉，於其義理之無殊，可以知文焉。文之體至六代而其變盡矣。沿其流，極而泝之，以至乎其源，則其所出者一也。吾甚惜夫歧奇偶而二之者之毗於陰陽也，毗陽則躁剽，毗陰則沉膇，理所必至也，於相雜迭用之旨均無當也。

又代莊卿珊作《駢體文鈔序》曰：古之言文者吾聞之矣，曰雲漢之倬也，虎豹之文也，郁郁也，彬彬也，非是謂之野。今之言文者吾聞之矣，曰孤行一意也，空所依傍也，不求工也，不使事也，不隸詞也，非是謂之駢。唐以前爲文者必宗秦漢，唐以後皆曰宗韓退之。退之亦宗秦漢者也。而裴晋公之譏退之也，曰：『恃其絶足，往往奔放，不以文立律制，而以文爲戲。』又曰：『文之异在氣骨之高下、思致之深淺，不在磔裂章句，隳廢聲韵也〔一〕。』昔之病退之者病其才之强，今之宗退之者，則又病其才之弱矣。然則今之所爲文，毋乃開蔑古而便枵腹矣乎。業此者既畏駢之名而避之，或又甘乎駢之名而遂以齊梁爲宗。夫文果有二宗乎？吾友李君申耆欲人知駢之本出於古也，爲是選以式之，而名之曰《駢體文鈔》。亦欲使人知古者之未離乎駢也。夫文之道盛於周，横於秦，尊於漢，澆於魏晋，縟於齊梁。昭明隱憂之，而有《文選》之作。其言曰：『變本加厲。』可謂微而顯矣。而後之論者輒以爲溺卑靡之習。吾焉知讀是編者不以爲昭明之重儓也。

前序探原陰陽相待之理，以明文之有奇有偶，因於自然，而歸本於相雜迭用。即彦和《麗辭》所云『造物〔二〕賦形，支體必雙；神理爲用，事不孤立』，是也。曾氏《贈周荇農南歸序》：天地之數，以奇而生，以偶而成，一則生兩，兩則還歸於一，一奇一偶，互爲其用，是以無息焉。物無獨，必有對，太極生兩儀，倍之爲四象，重之爲八卦。此一生兩之説也。兩之所該，分而爲三，殽而爲萬，萬

〔一〕據《代作駢體文鈔序》，作『耶』。
〔二〕據《文心雕龍》，作『化』。

則幾於息矣，物不可以終息，故還歸於一。天地絪緼，萬物化醇，男女構精，萬物化生，此兩而致於一之説也。一者陽之變，兩者陰之化，故曰一奇一偶者，天地之用也，文字之理何莫不然云云。又自李氏此序演出。後序謂古文當宗秦漢，秦漢之文實未離乎駢。復舉晋公之言以懲退之之失，末流宗退之者至於枵腹蔑古，又不足責。探本之談，可謂遠離二偏，會契中道者矣。惟駢之名號，對散而言。李氏因流溯源，知文章之體無二宗矣。顧以駢體名書，不免標榜門户，予人口實。當時莊卿珊即疑太史公《報任安書》、諸葛武侯《出師表》不當入選，且有改名之請。而申耆復書盛言其不然。

書云：吾弟謂《駢體文鈔》當改名。吾弟未閲兆洛前序耶？未閲所代作之序耶？亦自[二]未之深思耶？若以爲《報任安》等書不當入，則豈惟此二篇，自晋以前皆不宜入也。如此，則《四六法海》等選本足矣，何事洛之爲此嘵嘵乎？洛之意頗不滿於今之古文家，但言宗唐宋，而不敢言宗兩漢。所謂宗唐宋者，又止宗其輕淺薄弱之作。一挑一剔，一含一咏，口牙小慧，謭陋庸詞，稍可上口，已足標异。於是家家有集，人人著書，其於古則未敢知，而於文則已難言之。竊以後人欲宗兩漢，非自駢體入不可。今日之所謂駢體者，以爲不美之名也，而不知秦漢子書無不駢體也。竊不欲人避駢體之名，故因流以溯其源。豈第屈司馬、諸葛以爲駢而已，將推而至《老子》《管子》《韓非子》等皆駢之也。今試指《老子》《管子》爲駢，人必不能辭也，而乃欲爲司馬、諸葛避駢之名哉？《報任安書》，謝朓、江淹諸書之藍本也；《出師表》，晋宋諸奏疏之藍本也：皆從流溯源之所不能不及焉者也。其餘所收秦漢諸文大率皆如此，可篇篇以此意求之者也。此等語言，本不欲自吐之，冀閲之者會之。吾弟既有所疑，故不敢不以告。向曾與弟言序中發言偏宕，恐治古文家見之不平。此時想治駢體者亦見之不平，則非其所料，姑俟异日何如。

其辭甚暢，然究難解於名之不正也。阮伯元揭櫫蕭《選》，謂『必沉思翰藻始得[三]爲文』。又云：『《選序》之法，於經子史三家不加甄録，爲其立言紀事爲本，非沉思翰藻之比也。今之爲古文者以彼所棄，爲我所取，立意之外，惟有紀事。是乃子史正流，終與文章有别。』由其言，是以駢文爲文，反尊散文爲經史子也。申耆此編所録皆晚周訖隋之文，而題號如此，淺者亦將疑隋以前文爲駢文，唐以後文反得爲古文也。二君以復古自命，良具救弊苦心，立言之間，殆猶未審矣。

持論議禮，六代所優。《文選》録《養生》《辨命》，而范縝《神滅》，顧愿《定命》，擯而不收，美猶有憾，章公所以來滑澤之誚。申耆此編羅致紛綸，亦未能爲蕭氏彌縫缺陷。然清代文家短於持論，禮宗如凌廷堪，文體卑近，無以自宣其學。本章公説。宜李氏見不

[二] 據《駢體文鈔》，作『自亦』。
[三] 據阮元《揅經室集》，作『名之』。

及此也。

李氏評文之言，略見序例。當篇品騭，著墨不多，亦間有造微之論。譚復堂寢饋是書，經歷廿稔，丹黄點勘，無閑舟車。承學迻寫，矜爲秘本。然每篇必綴評語，而卒不免膚廓。本師黄氏嘗謂申耆評《六代論》之詞只有七字，云：『可謂浩乎沛然矣。』此七字中實止『浩乎沛然』四字，而虚字又居其二。『浩沛』二字竟是空洞無物。然而世貴其書，人服其論，此真不可解也。以天下惑，自古所嘆，焉獨當今而已哉！世有妄下雌黄者可以懲矣。

前乎李氏，有劉逢禄《八代文苑》。觸類而長，復有陳崇哲《八代文粹》。《文苑》但存叙録。《文粹》定自王翁，鏤版於蜀，卷帙雖繁，而貶俗裁僞，導之正則，其書亦不可廢也。今附録焉。

劉逢禄《八代文苑》分類目録

賦騷、七、賦、頌、辭、吊文、哀文，凡七品　樂府　詩　頌　符命

贊箴銘　連珠　碑識刻石、銘、廟碑、墓碑、神誥，凡五品　哀誄

右上編皆主於用韵之文，從古詩發源者也。

制詔　對策　奏議章、表、謝、啓附　檄移附約　論　設論

書書箋、奏、記、啓，凡四品　序　志　行狀

右下編皆不用韵之文，從《尚書》發源者也。

陳崇哲《八代文粹》分類目録

制詔　敕　册令　璽書　賜書下書報書　令　教　符檄　移

右一集皇言爲主，諸論下之文附之。移用之同官敵國，比類符檄，故亦相從。

章表　疏奏　上書上言　封事　駁議　策封　對問　諫説

啓　箋　奏記　書

右二集皆奏上之文，而書牘以類從焉。

訓誡　論　序　記　傳　行狀　碑文　墓志

右三集皆論著傳述之文。

頌　贊　銘　箴　告祝　吊祭　哀策　誄　哀辭　設辭　七　連珠　雜文

右四集皆有韵之文，間無韵，其體要宜韵矣，雜文終之，猶外篇也。

王壬甫叙曰：昔良史總略群書，本於六藝，豈獨折衷於聖典，蓋亦探究其淵源〔一〕。書契之興，肇於羲畫。文聲之比，成於詩樂。同天則《尚書》《春秋》，治人則威儀經曲。文之盛也，斯人之所以參天地乎？夫方有殊音，故文不同體；音有楚夏，則文〔二〕有古今。孔子贊《易》曰『修辭』，《聘記》論辭曰『足達』，又曰『辭足以達，義之至也』。然則不修者，不足以達。達而不已者，修之不誠也。玄聖既没，文不在人。散之群賢，乃成一代。是以古之文則聖聖同揆，後之文〔三〕則世世殊風。自漢迄今，體惟三變。三體始末，改玉必殊。建武非文、景之詞〔四〕，鸞末异衍初之格。何以漢久而後變，梁禪而已殊，將非朝野之統同，有類鄉都之響應乎？越、雋至夔、巫，百舍而同於蜀語；宜章隔樂昌，一領而動資譯象。文之判代，亦猶是矣。夫辭不追古，則意必循今。率意以言，違經益遠。是以陳、周既合，政術彌乖。文飾者胥尚虛浮，馳騁者奮其私智。故知文隨德异，寧獨聲與政通。欲驗流風，尤資總集。但蕭樓略選，僅存梗概。梅紀旁搜，未區門目。自餘俗學〔五〕，莫識津涯。蔽所稀聞，咻於衆楚。中興先後，經術方昌，不煩木鐸，克傳天口。予〔六〕以寸莛之質，驂靳九州，博訪通人，周咨同志，常〔七〕願勒成一部，庶以羽翼六經。近入華陽，甫加鈔撮。既求珠於溟渤，實嘆材於鄧林。富順簡君及吾陳子，廣甄往籍，精論流別。類分仍夫蕭《選》，正副略仿李《鈔》。要以截斷衆流，歸之淳雅，使詞無鄙倍，學有本根。高陳皇古之訏謨，下亦稗官之談中。俾夫橫議不犯清塵，庶作者有達義之能，學者識立誠之效。猶恐論乖丹素，目眩〔八〕玄黃，或習傖荒，不分雅鄭，將謂文已末矣，何古之爲。輒爲述其本由，使必應於經義。方今九流已判，四海來同。揭日月以昭今，入宫墻而見美。共學適道，既洗於昏矇；博文約禮，詎窮於鑽仰也。

〔一〕據王闓運《八代文粹序》，作『原』。
〔二〕據王闓運《八代文粹序》，作『方』。
〔三〕據王闓運《八代文粹序》，作『人』。
〔四〕據王闓運《八代文粹序》，作『風』。
〔五〕據王闓運《八代文粹序》，作『撏摭』。
〔六〕據王闓運《八代文粹序》，作『余』。
〔七〕據王闓運《八代文粹序》，作『嘗』。
〔八〕據王闓運《八代文粹序》，作『炫』。

上論張惠言、李兆洛、王闓運三家之書，綱羅閎富，去取亦具別裁，足以翊贊蕭《選》。而回溯已往，猶有四書，宜加揚搉。一曰徐陵《玉臺新咏》，二曰無名人《古文苑》，三曰李昉等《文苑英華》，四曰姚鉉《唐文粹》。《玉臺》《文苑》與蕭《選》相補苴，《英華》《文粹》承德施之矩矱。弗嫌辭費，且綴於篇。

《大唐新語》曰：梁簡文爲太子，好作艷詩，境内化之。晚年欲改作，追之不及，乃令徐陵爲[一]《玉臺集》以大其體。據此則陵是書作於梁時，故簡文稱皇太子，元帝稱湘東王。今本題陳尚書左僕射太子少傅東海徐陵撰，殆後人之所追改，如彦和《文心》本作於齊，而題梁通事舍人耳。其梁武帝書謚，書國號，邵陵王并書名，亦出於追改也。是書前八卷，爲自漢至梁五言詩，第九卷爲歌行，第十卷爲五言二韵之詩，雖皆取綺羅脂粉之辭，而去古未遠，猶有得於温柔敦厚之遺，未可概以淫艷斥之。其中如古詩《西北有高樓》等九首，《文選》無名氏，據此知爲枚乘作。《飲馬長城窟》，《文選》亦無名氏，據此知爲蔡邕作。嚴羽《滄浪詩話》謂古詩《行行重行行》，《玉臺》以「越鳥巢南枝」以下别一首，今本仍聯爲一首。其有資考證如此。已上略本《提要》。劉克莊《詩話》乃謂孝穆所録，皆統棄餘。不知昭明志在博綜，孝穆惟録艷歌，廣狹有分，源流殊别，本非依傍而作，何來棄餘之誚。克莊之論，輕爲抑揚，甚無謂也。

《書録解題》載《古文苑》一書，世傳孫洙巨源於佛寺經龕中得之，唐人所藏。所録詩賦雜文，自東周訖於南齊，凡二百六十餘首，皆史傳《文選》所不載。然所録漢魏詩文，多從《藝文類聚》《初學記》删節之本，意在掇拾闕佚，非以銓擇爲長也。南宋淳熙間韓元吉次爲九卷，至紹定間章樵爲之注釋。序稱：「有首尾殘缺者，姑存舊編，復取史册所遺以補其數，厘爲二十卷。又有雜賦十四首，頌三首，以其文多不全，别爲一卷附於書末，共爲二十一卷。則已非經龕之舊矣。

《文苑英華》一千卷，宋太平興國七年李昉、扈蒙、徐鉉、宋白等奉敕編纘，又命蘇易簡、王祐等參修，至雍熙四年書成，宋四大書之一也。《文選》訖於梁初，此書所録，則起於梁末，蓋以上續《文選》。其分類編輯，體例亦略相同，而門目更爲繁碎，《提要》所云「後來文體日增，非舊目所能括」，是也。是集於唐代文章，采摭至備，號爲詞翰之淵藪。南北朝則間存一二而已。卷帙雖富，去取尚有主旨。惟官修之書成於衆手，不免牴牾。南宋紹熙中彭叔夏嘗作《辨證》十卷，以糾其舛矣。

姚鉉《唐文粹》一百卷，亦成於真宗朝，即以《英華》爲藍本，銓擇十一，類次成編，以嗣於《文選》者也。其書文賦惟取古體，而四六之文不録。詩歌亦惟取古體，而五七言近體不録。自序所云「止以古雅自[二]命，不以雕篆爲工，侈言曼詞[三]，率皆不取」，蓋詩

[一] 據《大唐新語》，作「撰」。
[二] 據《唐文粹》，作「爲」。
[三] 據《唐文粹》，作「故侈言蔓辭」。

文偶儷莫盛於唐，盛極而衰，流爲俗體，亦莫雜於唐。姚氏欲力挽其末流，故其體例如是。李唐一代之文，得是編裒録，英華備在矣。蕭《選》芟次七代，姚書彌綸一朝，微旨所存，要歸雅正，裁成之妙，异曲同工。後世溯總集者憲章蕭《選》，纂一朝者祖述寶臣，懸諸日月，并爲不刊，有以也。

選事之尚，以有文藻精鑒裁者爲貴。自《玉臺》以下，訖張、李、王三書，采摘富於《文選》，斷限亦略相同，信足以佐諷覽。然屬文之士，枕葄所資，無過《文選》。一緣其文久已播稱，然後蕭嗣以之入録。二則前人於此致力者衆，評注諸家，可爲導師。三緣所含廣博，於此致力，則文學之外，所得能多。顔黄門曰：『自古執筆爲文者何可勝言，至於宏麗精華，不過數十篇耳。』《文章篇》語。守約施博，文事亦然，豈必鷄蹠數千而後爲飽哉！

附編一　《文選》分體研究舉例

論

《文選》所録論體文

一、時序與作家

漢　賈誼《過秦論》、東方曼倩《非有先生論》、王子淵《四子講德論》

後漢　班叔皮《王命論》

魏　文帝《典論·論文》、曹元首《六代論》、李蕭遠《運命論》、嵇叔夜《養生論》

吴　韋弘嗣《博弈論》

晋　陸士衡《辨亡論》上下、《五等諸侯論》

梁　劉孝標《辨命論》《廣绝交論》

二、《文選》論體文分類

史論　《過秦論》《王命論》《辨亡論》

政論　《非有先生論》《四子講德論》《六代論》《五等諸侯論》

論事　《博弈論》

論理　《養生論》《運命論》《辨命論》

論人	《廣绝交論》
論文	《典論·論文》
上以内涵分	
諷刺體	
《過秦論》	此文諷漢而托言過秦也。然而『陳涉，甕牖繩樞之子』一節，内有漢高在，所以孟堅《典引》謂漢明以史公取以入史，爲微文刺譏也。
《非有先生論》	此文進武帝者也。『將儼然作矜莊之色』一節，所以諷諫也。篇末『故治亂之道』云云，亦對武帝言。
《王命論》	此文爲隗囂作，冀其悟而歸漢也。
《六代論》	此篇諷曹爽而作。
《博弈論》	此文意有所指斥，非泛論博弈之弊也。
《廣绝交論》	文爲指斥到溉而作，因以統論天下之利交。
頌揚體	
《四子講德論》	講漢家之德也。據史文本爲中和、樂職、宣布之詩作傳，後世乃題曰論耳。
《辨亡論》上下	上篇頌吴諸主，下篇揚其先功，其以吴亡歸咎歸命，特微文見意耳。
托諭體	
《運命論》	兩文言命，皆以寄其不遇之感。
《辨命論》	
上以性質分	
儒家	
賈誼	《漢志》儒家有《賈誼書》五十八篇。
班叔皮	本傳稱惟聖人之道然後盡心。
魏文帝	《隋志》《典論》列儒家。
韋弘嗣	本傳稱以儒學入官，論文亦以經術爲言。

陸士衡　本傳稱伏膺儒術。
李蕭遠
劉孝標　兩家論文，皆緣以儒言。
道家神仙家　嵇叔夜
縱横家　東方朔　王子淵
上以學術分
論興亡之屬　《過秦論》《辨亡論》上下
論封建郡縣之屬　《六代論》《五等諸侯論》
論運命之屬　《王命論》《運命論》《辨命論》
上以問題分

三、《文選》論體文諸篇析觀

甲、《王命論》

黄先生曰：楊嗣復對唐文宗以爲此文矯意以正賊亂，符讖非其所重，《舊唐書》百七十六。信然。蓋囂亦英傑，故徒可以天命嚇之也。文則浩浩洋洋，風骨遒上。

篇首至『而得崛起在此位者也』，言帝王之興，必有世德。黄先生曰：自曹、馬以來，有何德而登天位。趙、朱之世，亦復久長。至於沸唇辮髮之流，亦據赤縣和羹之地。如曰有命，一何謬乎？

『世俗見高祖興於布衣』至『帝王之分决矣』，先言天道，次證人事。『夫餓饉流隸』云云，黄先生曰：此等不緣它害，必屬無能。或自損其生，或群無善制。歸之於命，毋乃顢頇。『世俗見高祖』云云，即用囂語托於游説之口。『况乎天子之貴』語，此直指囂。

『短褐之襲』，據注引《説文》及《字林》音襲，當作『褻』。褻，重衣也。

『幺麼』之『麼』，《漢書》作『麿』。黄先生曰：《説文》無麼字，按當爲𣏟之後出乎？𣏟與𣏟同，𣏟之爲言微也。糜、礳、塺、䊳，亦同聲義。

「審此二者」，謂天道、人事也。

「蓋在高祖」已下，從高祖人事上決其有帝王之分。黃先生曰：五者唯後二差足爲興徵耳。「加之以信誠好謀」一段，即「知人善任」，詳言之耳。此則帝業所由成，亦非無故，何必高言天命乎？

「高祖之大略」，黃先生曰：略，謀略也。

「若乃靈瑞符應」已下，又言高祖之興實由天授。

「歷古今之成敗」已下，總結全篇，并直斥囂以致勸戒之意。

「畏若禍戒」，黃先生曰：若，如此也。

「貪不可冀，無爲二母所笑」，《漢書》「無」字在上句句上，當據乙。

《通鑒》載《王命論》，删削頗多。兹鈔録於左，以備參鏡：

咨爾舜《通鑒》三字無。光濟四海奕世載德八字無。「雖其」至「是故」二十二字無。氏族之世著於《春秋》八字無。「帝王」至「生民」三十四字無。「以爲適遭」至「之士」十三字無。「若然」至「事矣」十八字無。「思有」至「之蓄」十字無。「是故」至「王之」七十字無。嬰母作「昔陳嬰之母」。止之曰自吾爲子家婦而十字無。世貧賤「世」上有「以嬰家」三字。不祥「祥」下有「止嬰勿王」四字。

按此則《通鑒》載舊文删削之外，不無撮改。此昔人成文，非史家記事辭比，但删繁載之，不宜潤色及增改也。

「亦見」至「吾子」三十九字無。漢王長者「漢」上有「知」字，無「長者」二字。「子謹」至「漢使」十二字無。

按王陵自殺事雖共曉，然在叔皮論中「若無爲楚所獲」一段，但言知漢王必得天下，則陵母何故自殺。删去本事，直接「伏劍而死」，文義遂不可曉。

其後果定於漢陵爲宰相封侯十二字無。蓋在作「加之」。「其興」至「四曰」二十八字無。吾曰無。「加之」至「響起」三十一字無。「悟戍」至「之愛」二十字無。「又可」至「星聚」八十字無，又上有「其事甚衆」四字。「歷古」至「之誅」七十五字無。畏若禍戒四字無。

按删削前文，貴能心知其意，令文雖節省，而神理不減，意義無失。《通鑒》翦截諸史浮辭最工，删諸章奏曲盡，獨此篇太略，未可爲式。

《運命論》

此文氣壯，故駢詞疊調雖衆，初不覺其繁，正欲稍加删節，亦不可得。論其風骨，在於李斯《諫逐客》、賈誼《過秦》之間。起三語提綱，運謂國家盛衰之運，命即人生所值之顯晦也。以下至『賈誼以之發憤，不亦過乎』，皆證明起三語。

『其可格之賢愚』，黄先生曰：謂不量之以何時賢，何時愚也。

『六八而謀』，黄先生曰：謀，見謀也。

『仲尼至聖』以下，此一篇所爲發。單就孔子處再三言之，以孔子至聖而至不遇也。

『體二希聖』，黄先生曰：五臣銑注：言如颜冉而近仲尼也。或云體二乃具體而微之意，即後文之希聖備體，蓋爲是。

『以仲尼之才也而器不周於魯、衛』，黄先生曰：此當以管、蔡之事解之。

『以仲尼之辯也而言不行於定、哀』，黄先生曰：此當以桀、紂之事解之。

『以仲尼之謙也而見忌於子西』，黄先生曰：此當以崇侯之事解之。

『以仲尼之仁也而取讎於桓魋』，黄先生曰：此當以傲象之事解之。

『以仲尼之智也而屈厄於陳、蔡』，黄先生曰：此當以夏臺、羑里之事解之。

『以仲尼之行也而招毁於叔孫』，黄先生曰：此當以《君奭》之事解之。

『及其孫子思』一段，黄先生曰：此文之抑揚，非不足於子思也。觀前文贊孟、荀體二希聖，此云子思希聖備體，文意正同。彼既不貶孟、荀，此亦無抑子思矣。

『然則聖人所以爲聖者』至『蓋亦知爲之而弗得矣』，此言知命者。

『凡希世苟合之士』至『而不懼石顯之絞於後也』，此言不知命者。

『故夫達者之算也』以下，言立德者不須於外，是以安命而知自守。歸結孔子，與前相應。稱孔子爲先友，蕭遠自謂老聃之後也。

蕭遠此篇與孝標《辨命論》，皆言命有主宰，又緣飾儒言以成立其説。尋儒者言命，《詩》《書》與孔、孟之言互相差違。《詩》《書》皆言命無定，如《詩》言『自求多福』，又曰『自貽伊戚』，福由自求，戚由自貽，明非有主張綱維之也。《書》言『惠迪吉，從逆凶，惟影響』，又曰『惟不敬厥德，乃早隕〔一〕厥命』，又曰『自作孽，不可活』，皆言禍福自取，非果有主宰能降之禍也。《易》言『積善餘慶，積不善餘殃』，言殃慶之至，亦視其人身之善惡以爲憑也。此《詩》《書》言命之大較也。孔、孟言命，則以爲有定。如《論語》云：『道之將行也與，命也。道之將廢也與，命也。公伯寮其如命何？』子夏曰：『死生有命，富貴在天。』孟子亦曰：『孔子進以禮，退以義，得之不得有命。』又言：『求之有道，得之有命。』其與《詩》《書》之言差違如此。可知餘慶、餘殃之説，不過偶沿舊説之駁文耳，非孔子之言也。是以儒書復有三命之説以彌縫其闕。《孝經·援神契》云：『命有三科，有受命以任慶，有遭命以謫暴，有隨命以督行。受命謂年壽也。遭命謂行善而遇凶也。隨命謂隨其善惡而報之。』《禮記·祭法》『司命』注：『司命主督察。』三命疏引。《白虎通義》、王充《論衡》説略同。《白虎通義》云：命有三科以記驗，有壽命以保度，有遭命以遇暴，有隨命以應行。壽命者上命也，若言文王受命唯中身，享國五十年。隨命者隨行爲命，若言怠棄三正，天用勦绝其命矣。又欲使民務仁立義，無滔天，滔天則司命舉過言，用以弊之。遭命者逢世殘賊，若上逢亂君，下必災暴，至夭绝人命，沙鹿奔〔二〕於受邑，是也。冉伯牛威行正言〔三〕而遭惡疾，孔子曰：『命矣夫，斯人也而有斯疾也。』《論衡·命義篇》云：傳曰説命有三：一曰正命，二曰隨命，三曰遭命。正命謂本禀己〔四〕自得吉也，性善習善〔五〕，故不假操行以求福而吉自至，故曰正命。隨命者戮力操行而吉福至，縱情施欲而凶禍到，故曰隨命。遭命者行善得惡，非所冀望，遭逢〔六〕於外而得凶禍，故曰遭命是也。隨命之説，爲《詩》《書》言。遭命之説，爲孔孟言也。蕭遠、孝標皆緣儒説以言命，乃於此之差違，未能深察，故述於上。

命者範圍不過之謂，本無主宰，推定命之説所由起，蓋古者萌俗見夫爲善有不獲報，爲惡有不必罰，善人多夭而惡人多壽，求其故而不得，遂疑冥冥中有主持之者，非智力所得與。凡事物求之不得，與夫生不逢辰者，皆歸之於命焉。孔孟有道無時，因亦托詞自解。惟以命既非人力所能爲，故以知命安命爲宗。《中庸》言：『居易俟命。』《易傳》亦曰：『樂天知命。』《孟子》且言：『盡其道而死爲正命也。』又曰：『殀壽不貳，修身以俟之。』其意蓋以義所能爲者責之人爲，力所不逮者歸之命定，於壽夭禍福之來初無迎距，可謂

〔一〕據《尚書》，作『墜』。
〔二〕據《白虎通》，作『崩』。
〔三〕據《白虎通》，作『危言正行』。
〔四〕據《論衡》，作『之』。
〔五〕據《論衡》，作『性然骨善』。
〔六〕據《論衡》，作『逢遭』。

憭外内之分、析天人之辨已。或言儒者既執有命，而反勸人修德積善，其説似悖。不知儒説可攻，在其言命有主宰。其勸人修德積善，與有命之旨，固無妨并行也。

儒家言命，墨子非之，得其瑕隙矣。顧既昌言天鬼之存，而乃不許命之可有，善惡福禍，缴繞不分，徒能破人，而已復無以立，亦可惜也。

列子言有命，乃與墨氏同譏，亦緣善惡福禍缴繞不分也。彼徒見爲善有不獲福，而不知爲善者之非求福。彼徒見爲惡有不遇禍，而不知爲惡者之不畏禍。顔氏希聖，豈致憂於短年；盜跖甘人，寧動心於鈇鉞。何若以力所不逮者歸之命定，義所能爲者責之人爲，上不背知命之旨，下不致爲放蕩之行，其於化民成俗，賢於委命縱情者多矣。

莊生言命，亦與孔子樂天知命之旨同。《人間世篇》曰：『知其不可奈何而安之若命。』《達生篇》曰：『達命之情者不務知之所無奈何。』《山木篇》曰：『若夫萬物之情、人倫之傳則不然，合則離，成則毁，廉則挫，尊則議，有爲則虧，賢則謀，不肖則欺，胡可得而必乎哉。悲夫，弟子志之，其唯道德之鄉乎？』按人情萬端，不可得必，猶賦命萬殊，不可得必也。然而唯道德之鄉，所謂内重外輕者，此矣。

王充《論衡》言命，有曰『禀氣之命』，有曰『觸值之命。』《壽氣[一]篇》曰：『夫禀氣渥則其體强，體强則其命長。氣薄則其體弱，體弱則命短。』《無形篇》曰：『人禀元氣於天，各受壽夭之命，以立長短之行。……用氣爲性，性成命定。體氣與形骸相抱，生死與期節相須。形不可變化，命不可加減[二]。』此以命即性，性即氣，人生之有壽夭，由禀氣之有厚薄也。《幸偶篇》曰：『凡人操行有賢有愚，及遭禍福，有幸有不幸；舉事有是有非，及觸賞罰，有偶有不偶。并時遭兵，隱者不中；同日被霜，蔽者不傷；中傷未必惡，隱蔽未必善；隱蔽幸，中傷不幸。』《累害篇》曰：『非唯人行，凡物皆然，生物[三]之類，咸被累害。累害自外，不由其内。……物以春生，人保之，以秋成，人必不能保之。卒然牛馬踐根，刀鐮割莖，生者不育，至秋不成。不成之類，遇害不遂，不得生也。夫鼠涉飯中，捐而不食。捐飯之味，與彼不污者鈞，以鼠爲害，棄而不御。君子之累害，與彼不育之物、不御之飯同一實也，俱由外來，故爲累害。修身正行，不能來福，戰栗戒懼[四]，不能避禍。禍福之至，幸不幸也。』此以人之禍福視爲偶然之遭逢，非關命定。卓爾之言，賢

[一] 據《論衡》，作『氣壽』。
[二] 據《論衡》，作『減加』。
[三] 據《論衡》，作『動』。
[四] 據《論衡》，作『慎』。

於孔孟遠矣。乃《命義篇》釋『富貴在天』，又曰：『至於富貴所禀，猶性所禀之氣，得衆星之精。衆星在天，天有其象。得富貴象則富貴，得貧賤象則貧賤，故曰在天。……貴或秩有高下，富或貲有多少，皆星位尊卑小大之所授也。』此則不能抉舊説之蒙，又益之以麋惑也。彼既以禍福之至歸之幸不幸，而不知富貴貧賤亦爲偶然之遭逢，宜與禍福同科。悟之於彼而未明之於此，何哉？

《辨命論》

五臣翰注，辨人死生窮達必有命也。尋《梁書》孝標本傳云：『高祖招文學之士，有高材[一]者多被引進，擢以不次。峻率性而動，不能隨衆浮沉[二]，高祖頗嫌之，故不任用。乃著《辨命論》以寄其懷。』是則斯篇之作，孝標特以寄其不遇之感。所以持論頗偏，辭多憤激。篇中『昔之玉質金相』一節，吾師謂其自痛之深，何止雍門之琴，能垂涕泗，舒姑之浪，能赴弦歌。吁，其悲矣！『亭伯死於縣長』一節亦自喻。姚察乃謂命者，聖人罕言，就而必之，非經意也。本傳後贊。豈知孝標者哉？

篇首因論管輅，即借輅以發端。『嘗試論[三]之曰』下，以命歸之自然，爲定命之説立案。『是以放勛之世』下，博徵古今，以證成其説。『近世有沛國劉瓛』以下，則孝標自痛也。『然命體周流』以下，又就命體推言之，而以六蔽曲暢其説。首言榮辱有命，一蔽。次帝王公卿之由命，二蔽。次都邑之大，千萬之衆，同死劫者，皆命。三蔽。次窮達有命。四蔽，即前非一理一途及先號後笑意。次善惡廢興之由命，五蔽。次否泰之由命。六蔽。『然所謂命者』以下，引入自處之道，以邪正由人，吉凶在命，作歸結。『或以鬼神害盈』以下，又設問以發之。『斯徑廷之辭也』以下，又答詞以申未盡之意，見君子當安命自修，此即樂天知命之旨也。

篇中所舉言命諸家，如仲任、子長，皆執定命者也。蕭遠亦言定命。子玄之論，據李注所引，蓋與傳所云『禍福無門，惟人所召』者，大意相同。惜其文已佚，無以知其審也。

按人之死生窮達，本由偶然。仲任之言，有得有失。孝標此篇言命，乃歸之自然，此又爲定命之説安一根蒂，即古言富貴在天也，何若并此自然而亦歸之偶然耶？又曰：『命也者，自天之命也。』然則天復誰命之哉？首舉文公、宣尼之事以爲徵佐，曰：『聖賢且猶若此。』而不知此皆偶然也。繼舉伍員、三閭之事，曰：『此豈才不足而行有遺？』夫才行在內，偶然在外，焉可責其必合耶？其言命體糾紛，曰：『其道密微，寂寥忽慌，無形可見，無聲可聞。』竊謂不如竟謂之無也。其斥非命者之有六蔽，首以形、年、神三者定乎

[一] 據《梁書》，作『才』。
[二] 據《梁書》，作『沉浮』。
[三] 據《文選》，作『言』。

造化，不知此亦偶然也。次以形相符命爲徵，尤屬譸言。下文曰：『所謂命者，死生焉，貴賤焉，貧富焉，治亂焉，禍福焉，此十者天之所賦也。』案此皆偶然，亦有人爲，非天命也。曰：『君子居正體道，樂天知命，明其無可奈何，識其不由智力。』然則又何必更言天命，建有於無，以惑亂世人哉？此節本師説。

篇中多過激之詞，如『若謂驅貔虎，奮尺劍，入紫微，升帝道』四言，言帝業之成，不關功德，此則并梁武之帝而亦指斥之矣。『是使渾敦、檮杌踵武於雲臺之上，仲容、庭堅耕耘於巖石之下』四言，此則肆詈，非文德也。篇末答或者之言一節，曰：『何异乎夕死之類而論春秋之變。』蓋縱言以抒其積憤，遂不得不如此。

夫『聖人之言顯而晦』一節，知孝標尚未悉孔孟與《詩》《書》言命之异。餘慶餘殃，偶沿舊説之駁文耳。

『生之無亭毒之心』，《説文》：亭，民所安定也。用本義。毒則借爲壔。《説文》壔，保也，讀若毒。

『夏后之璜不能無考』，黃先生曰：考，正字作『朽』，《説文》謂之珛。

『徑廷之辭』，黃先生曰：徑廷，猶言徑逞，直遂之意也，猶今云快心之談。

本傳載：『《辨命論》成，中山劉沼致書以難之，凡再反，峻爲申析以答之。』今孝標與沼往還難答之作皆不傳。

《舊唐書》六十三載：蕭瑀嘗〔二〕觀劉孝標《辨命論》，惡其傷先王之教、迷性命之理，乃作《非辨命論》以釋之。晉府學士柳顧言、諸葛穎見而稱之，曰：『孝標後十數年言性命之理者，莫能詆詰。今蕭君此論，足療劉子膏肓。』按《非辨命論》，文亦佚。其詆訶孝標，蓋由不知孝標此篇，本自傷不遇，以此自解。瑀以膏粱子弟，乃於身所未歷之境，妄議前賢，亦不足較已。

宋顧願《定命論》，《文選》未收。其文以問難爲體，剖析精密，六朝論命之傑著也。文載《宋書》本傳。

儀徵劉君亦信定命之説，著文數篇，析理精微，過於顧、劉，文亦仿佛晉宋。載四川所刊《國故鈎沉》中。

乙、《過秦論》

按《過秦》三篇，賈子《新書》題下無論字。應劭曰：『《賈誼書》第一篇。』亦不以爲論也。《吴志·闞澤傳》始目爲論。孫權問澤書傳篇賦何者爲美，澤欲諷以明治亂，因對賈誼《過秦論》最善。左太沖《咏史》因之，昭明《文選》又因之。《文心·諸子篇》有賈誼《新書》，而《論説篇》但云『陸機《辨亡》，效《過秦》而不及。』蓋無專論《過秦》之詞，則彦和亦不題爲論也。

〔二〕據《舊唐書》，作『常』。

姚姬傳曰：固是合後二篇義乃完，然首篇爲特雄駿閎肆。

張廉卿曰：瑋麗之辭，瑰放之氣，揮斥而出之，而沛然其甚有餘，惟盛漢之文乃有此耳。

今按此篇論秦備述本末，而於結末兩言見意。方望溪評此篇：「論秦取天下之勢，守天下之道。其取之也雖不以仁義，而勢則可憑，且謀武實過於六國，此所以幸而得也。乃既得而因用此以守之，則斷無可久之道矣，此所以失之易也。秦始終仁義不施而成敗异勢者，以攻守之勢异也。」按漢初豪傑所見大抵如此，陸賈有逆取順守之言，誼亦爲攻守异勢之説。

篇首從孝公起，述秦得有天下之始。『當此之時』以下，言六國之盛，正以反襯秦之强。『秦人開關延敵』五句，極形容秦强，文勢至此小束。『秦有餘力而制其敝』句，承上接下，輕遞孝文、莊襄入始皇。『士不敢彎弓而報怨』以上，言攻。『陳利兵而誰何』以上，言以攻之道爲守。『天下已定』至『子孫帝王萬世之業』，頓挫。欲轉下，先頓上，文乃有力。『始皇既没，餘威猶振於殊俗』，再足一句，更雄。『然而陳涉甕牖繩樞之子』以下，言涉之微又以反襯秦之敝，自篇首至是，叙述始畢。『且夫』以下，論攻守之勢异，以涉與六國兩兩比較。『然而成敗异勢，功業相反』二句，虚作一束。『試使山東之國』至『不可同年而語矣』，又一層，勢乃紆餘。『然後以六合爲家』以下，復回到孝公，總一篇始末。結二句，揭《過秦》正意。

『遁逃而不敢進』，黄先生曰：《匡繆正俗》所見作『逡遁』。然自潘岳用《過秦》已作『遁逃』，未可輒改。

『陳利兵而誰何』，黄先生曰：《説文》：何，一曰誰也。『誰何』即譙讓之意。誰與譙、譙同；何與訶、呵同。

《辨亡論》上下

此文上下兩篇，更相表裏，亦猶《過秦》之聯三篇爲首尾也。上篇篇首至『而與天下争衡矣』，言吴之創立基業。首孫堅，次孫策，張昭、周瑜爲吴立國功臣，故特提叙。次入孫權，先言有君人之德，繼言能求賢用人。『故遂割據山川』三句一束，自『魏氏嘗藉戰勝之威』至『而帝業固矣』，論吴之抗拒魏、蜀，駸登大寶。首寫兵威，次言即位，次言即位後事，一路敷陳强盛，結完孫權。自『大皇既没』盡篇末，述後嗣敗亡，孫皓失德，概不斥言，而獨致慨於老成之亡，若天命既盡，非關晋功者。『元首雖病，股肱猶存』，暗咎孫皓而仍不顯言。『忠臣孤憤』，士衡自謂也。結末『彼此之化殊』二句，彼謂權時，此謂皓時，亦無深責歸命之辭。文特忠厚，蓋士衡爲吴世臣，立言之體當如是也。

『飾法修師』，據注，『飾』當改『飭』。

『旋皇輿於夷庚』，黄先生曰：王伯厚《困學紀聞》説夷庚出《左・成十六年傳》『披其地以塞夷庚』，《疏》謂平道也。案，《疏》

説亦不知所本，疑用筀詩《夷庚》之義。李注以爲藏車之所，甚非。

『而吴莞然坐乘其敝』，作『莞』最是，然『莞』又當作『莧』。莧然之本字作吅、讙。

『非有工輸雲梯之械』，『工』當改『公』。

『向時之師』，黄先生曰：《説文》：曏，不久也。

下篇篇首至『未有危亡之患也』，言吴之創基立業，本足貽後，以貶蜀魏起。此下歷叙權之用人，及即位以後體國經邦之具。『借使中才守之』以下，針對孫皓不率先德，却以反筆作議論出之，绝不著迹。自『或曰』至『不其然哉』，言蜀雖先亡，有人如陸公尚可守，脣亡齒寒之論，不必盡然。此則士衡揚詡先功，爲本篇立言大旨。自『易曰』盡篇末，言地利之不足恃，而歸本於人和。此是上下二篇總結。『所以用之者失也』句，亦暗咎孫皓也。結末二語，所以抒其亡國之痛也。

上篇『王師躡運而發』，王師，晋師也。下篇『而機械則彼我之所共』，彼，彼晋也。『憑寶城以延强寇』，强寇，晋也。『於時大邦之衆雲集』，大邦亦晋也。『强寇敗績宵遁』，强寇又晋也。『獻俘萬計』，俘，晋人也。一行之間，參互如此，此作者所以寄微意也。

上篇稱張昭，下篇則避晋諱稱張公，高張公之德。此猶强寇王師之并見也。

『歸魯子之功』，據注，『魯子』當改『子敬』。下句稱諸葛瑾之字，則此亦當稱字也。《吴志》注作魯肅，則與上文複。

『未巨有弘於兹者矣』，黄先生曰：巨，大也，此猶言更也。《志》注作見。

『禍有愈乎向時之難』，黄先生曰：此向仍訓不久。

《過秦》三篇爲論文之宗，覆燾無窮。文士著論則效最工者，有士衡《辨亡》與曹冏《六代論》、干寶《晋紀總論》諸篇。《辨亡》命意用筆遺辭，全規《過秦》，模擬之迹尤顯然明白。

《過秦》　首責子嬰
《辨亡》　暗咎歸命
《過秦》　言形勢之不足恃
《辨亡》　言險阻之不能獨憑
《過秦》　嘆子嬰之不善救敗
《辨亡》　言歸命之不善守成

此命意之相擬。

《過秦》有『秦孝公據殽函之固』已下
《辨亡》有『吴武烈皇帝慷慨下國』已下
此筆致之相擬。
《過秦》有『此四君者』已下
《辨亡》有『彼二君子』已下
此句法之相擬。
《過秦》累叙六國人物
《辨亡》累叙吴朝人物
《過秦》有『嘗以十倍之地』已下一節
《辨亡》有『魏氏嘗藉戰勝之威』已下一節
《過秦》有『且夫天下非小弱也』已下一節
《辨亡》有『夫曹劉之將』已下一節
又有『夫太康之役』已下一節
又有『夫四海[一]之萌非無衆也』已下一節同調而三襲
《過秦》有『故先王見終始[二]之變』一節
《辨亡》有『是故先王達經國之長規』已下一節
此句度之相擬。

丙、《六代論》

何義門曰：段成式《語資篇》載元魏尉瑾曰：『《九錫》或稱王粲，《六代》亦云[三]曹植。』按元首不以文章名世，安得宏偉至

[一] 據陸機《辨亡論》，作『州』。
[二] 據《史記》，作『始終』。
[三] 據何焯《義門讀書記》，作『言』。

此？意者陳王感愴孤立，常著論欲上，以身屬親藩，嫌爲己地，至身没而元首以貽曹爽歟？又曰：《晋書·曹志傳》：『武帝嘗閲《六代論》，問志曰：「是卿先王所作耶？」志對曰：「先王有手所作目録，請歸尋按。」還奏曰：「按録無此。」帝曰：「誰作？」對曰：「以臣所聞，是臣族父冏所作。以先王文高名著，欲令書傳於後，是以假托。」帝謂公卿曰：「父子證明，足以爲審，可無復疑。」』按允恭最稱好學，豈有先王所作，必待尋按目録，乃定是非。且素知元首假托，不即相證明，待帝再問耶？或緣此論於司馬氏後事有若燭照，身立其廷，恐召猜忌，故遜詞詭對耳。

案文中云大魏之興，於今二十有四年。自黄初元年，下數至正始四年，適得二十四年。其時曹爽正專柄，與《三國志》注引《魏氏春秋》所説相合。《三國志·陳思王植篇》曰：『建安十九年，徙封臨菑侯。太祖征孫權，使植留守，戒之曰：吾昔爲頓丘令，年二十三。思此時所行，無悔於今。今汝年亦二十三矣，可不勉與？』陳王之薨，在太和六年，年四十一，下距正始四年，復十有二年，安得復撰斯文，托之元首？義門考核不審，於此驗矣。《三國志·武文世王公篇》注引《魏氏春秋》載：宗室曹冏上書：『臣聞古之王者必建同姓以明親親，必樹异姓以明賢賢。故傳曰：「庸勛親親，昵近尊賢。」此左氏文。《書》曰：「克明峻德，以親九族。」詩曰〔一〕：「懷德惟〔二〕寧，宗子維城。」由是觀之，非賢無與興功，非親無與輔治。夫親親之道專用，則其漸也微弱。賢賢之道偏用〔三〕，則其弊也劫奪。先聖知其然也，故博求親疏而并用之，近則有宗盟藩衛之同〔四〕，遠則有仁賢輔弼之助，盛則有與共其治，衰則有與守其土，安則有與享其福，危則有與同其禍。夫然，故能有其國家，保其社稷，歷紀長久，本支百世也。今魏尊尊之法雖明，親親之道未備。《詩》不云乎：「鶺鴒在原，兄弟急難。」以斯言之，明兄弟相救於喪亂之際，同心於憂禍之間，雖有鬩墻之釁〔五〕，不忘御侮之事。何則？憂患同也。今則不然，或任而不重，或釋而不任。一旦疆埸稱警，關門反拒，股肱不扶，胸心無衛。臣竊惟此，寢不安席，思獻丹誠，貢策朱闕，謹撰合所聞，叙論成敗。論曰云云。冏中常侍兄叔興之後，中常侍曹騰也，騰字季典。少帝族祖也。是時天子幼稚，冏冀以此感悟曹爽，爽不能用〔六〕。』案上書之辭，比之於論，尤爲簡勁。論文陳古諷今，凡指陳利害處，皆隱據當世情狀爲説，推詳反覆，不厭其

〔一〕據《三國志》，作『云』。
〔二〕據《三國志》，作『維』。
〔三〕據《三國志》，作『任』。
〔四〕據《三國志》，作『固』。
〔五〕據《三國志》，作『忿』。
〔六〕據《三國志》，作『納』。

繁。憂之深，故言之長；見之切，故陳之痛。昭伯豚犢，不用嘉謀，卒成司馬篡奪之禍，元首作論時其見之矣。

觀《文選》所載陳王《求通親表》及《贈白馬王彪詩》，魏之薄待宗室，可以概見。《三國志・陳思王植篇》注引《魏略》載陳王因發諸國士事上書，略云：『臣所得兵百五十人，皆年老髦疲曳。』是魏世諸王之威，遠不敵一墨綬。故其篇終自陳求爲匹夫之意以見憤懣。文、明二帝意存猜忌，終不見省。至少帝即祚，方在沖齡，昭伯又魏之公族，故元首以爲可言之時，因有上書獻論之事矣。

何義門曰：此篇才力不減《過秦》。李申耆曰：一氣奔放，尚是西漢之遺。黄先生曰：此文最善學《過秦》，而懇至又似劉向《論外家封事》。其議刺秦漢，即所以諷當時。於前代用正言，於當時用巽語，所謂微而顯，婉而成章者歟。

前篇篇首『夫與人共其憂者』四句，成立封建之理。以下四節，叙論兼行，以證明封建之利與不封建之害。間以反振之詞，如：『豈非信重親戚，任用賢能，枝葉碩茂，本根賴之歟[二]？』『豈非深根固蒂不拔之道乎？』；……與重頓之筆，如：『《易》曰「其亡其亡，繫於苞桑」，周德其可謂當之矣。』『由斯言之，非宗子獨忠孝於惠文之間……徒以權輕勢重[三]不能有定爾。』故眉目疏豁，不嫌其冗。中用『向使』作折筆者二，如云：『向使始皇納淳于之策。』『向使高祖踵亡秦之法。』皆擬《過秦》句法。『而始皇晏然自以爲關中之固，金城千里，子孫帝王萬世之業也』云云，又直用《過秦》成語也。後篇『魏太祖武皇帝』以下，極論魏之以不封建而勢孤，與其薄待宗室。末言封建同姓，貴於未危未亂，使之深根固本，然後能屏藩王室。若危亂已迫，則亦無及，尤言之急切矣。

『海内無主四十餘年』，據《漢書》原文『四』字改『三』字。

『而天下所以能不傾動』，《國志》注無『能』字，當删。

『是以聖王安而不逸』，《國志》注『以』字當有。

《五等諸侯論》

孫執升曰：大意與《六代論》同，而彼情辭曲至，此議論明快，各極其勝。詞鋒英偉，波瀾壯闊，其推勘已無遺議。

浦二田曰：駢儷體難不在詳贍，而在縱控。難更不在縱控，而在渾成。讀此文逐節看其縱控，全體看其渾成。其能事直與賈傅相頡頏。

[二] 據《三國志》，作『與』。

[三] 據《文選》，作『弱』。

李申耆曰：運思極密，細意極多，然亦以此累氣。

黄先生曰：此文運思命筆，至爲綿密，而氣體仍不失純厚，蓋得力於《國語》。申耆謂以密思細意累氣，未必然也。

前篇推校事理，其叙秦漢，必舉周事以相衡度，故其文極有波瀾，而不憂散漫。『盛衰隆弊』已下一節，直照秦漢之輕於廢封建。成湯、公旦尚不欲變革前制，則秦漢之失顯然矣。

『周之不競』已下一節，辨陵夷之愈於土崩。『在周之衰』已下一節，辨侵弱之勝於殄祀。

自『或以諸侯世位』已下，更成立封建愈於郡縣之理。前篇舉事以爲徵，後篇持理以定論也。

『四體辭難』，五臣銑注：辭，去也。

『故五等之禮』，『故』字《晋書》作『然』，當據改。

『豈非置勢使之然歟』，置，《晋書》作『事』，當據改。

『皇祖夷於鯨徒』，據注引《楚漢春秋》，『鯨』當改『黥』。

『一夫縱横則城池自夷』，何云：殆指漢末群盗披猖，殘破郡縣也。

『脩己安民良士之所希及』，『及』字衍文。希，少也。

『并賢兩愚』，黄先生曰：合封建與郡縣言之也。李注誤。

主張封建，好古者之爲也。然群制之立，悉由自然。三代封建，秦漢郡縣，皆值其時耳，易世而無以相賤。曹元首《六代論》意在譏切魏室之薄待宗族，士衡則鑒於三代之長祚，而秦漢之易亡，因其成心，以定是非。不悟金行板蕩，咎即由於八王。内訌既生，戎羯蹈郤，安在禍止畿甸，害不宰及者哉？惜乎陸君之不及見也。

《通典·職官》十三《王侯總叙篇》論封建郡縣之迹，頗爲明允。録於左方，以備參覽：

法古者多封國之制，原注：魏曹元首《六代論》、晋陸士衡《五等論》，皆言封建之利。是今者賢郡縣之理，原注：貞觀中朝議封建，李百藥盛陳不可，馬周繼言之，遂止。雖有[一]徵利病，而終莫究詳。嘗試論之曰，在昔制置，事皆相因，物土疆，建萬國，成則肇於軒后，方有可稱。不應創擇萬人，首令分宰。蓋因其豪而扶[二]衆，即其地而名國，或循沿舊政，簡樸不傳，或墳籍散亡，建當作

[一] 據《通典》，作『備』。
[二] 據《通典》，作『伏』。

『逮』玆復紀。塗山之會，亦云萬數。夏祚經四百，已喪七千。殷氏六百年間，又損千二百矣。爰及周赧，八百餘祀，離爲十二，合爲六七。始皇蕩定，天下一家，歷載千九百，并萬而爲一。衆暴寡且無虚月，大滅小未嘗暫寧。迭尋干戈，齊人塗炭。秦觀〔一〕其弊，不復建侯，纔及嗣君，天下怨潰。漢祖矯枉，并建勛親，旋則韓、彭菹醢，續有吴、楚逆亂。武、昭之後，制許推恩，分人爲差，但食租税。王莽階緣后族，克成簒奪，諸劉微劣，勢同編甿。光武遠懲大封，優全勞舊，鄧、寇、耿、賈，國止四縣。二漢所立，列郡不殊，中爲〔二〕僞新，乃如羿、浞。雖無塗山萬國，享祚侔於夏氏。曹魏剪弱藩戚，未幾覆亡。晋氏〔三〕分兵八王，致亂尤速。原注：晋以魏公族微弱，神器易遷，故委兵諸王，未幾迭相攻伐，遂亡天下，所謂矯枉過當，其敗愈速也。劉宋改更舊制，國吏不得稱臣。孝武性多猜忌，制國吏令於本國君不得稱臣，改稱曰下官也。自玆以還，建侯日削。欲行古道，勢莫能遵。天生烝民，樹君司牧。人既庶焉，牧之理得。人既寡焉，牧之理失。庶則安所致，寡則危所由。漢隋大唐，海内統一，人户滋殖，三代莫儔。原注：唐虞之前，記録簡略，人户損益，不可復知。夏氏以來，載籍漸備。西漢有千二百餘萬户，東漢有千餘萬户，隋及大唐皆有九百餘萬户。雖三代致理，亦莫比焉。魏晋之後，凋耗則甚。若以爲人而置君，欲求既庶，誠宜政在列郡，然則主祀或促矣。若以爲君而生人，不病既寡，誠宜政在列國，然則主祀可永矣。主祀雖永乃人鮮，主祀雖促則人繁。建國利一家〔四〕，列郡利萬姓，損益之理，較然可知。夫立法作程，未有不弊者，固在度其爲患之長短耳。政在列國也，其初有維城磐石之固，其末有下堂中肩之辱，遠則萬國屠滅，近則鼎峙戰爭，所謂其患也長。原注：夏殷周三代諸國相滅，魏晋鼎峙六十餘年，車書方一。永嘉之後，天下幅裂，三百餘載，江左乃平。政在列郡也，其初乃四海一家之盛，其末有土崩瓦解之虞，高、光及於國初，戡定之勛易集，所謂其患也短。原注：自秦二世元年陳勝首起兵亂，至漢高平項羽，凡八年而天下定。迨〔五〕王莽地皇三年海内兵起，至光武建武十二年平公孫述，凡十四〔六〕年而甲兵戢，自隋文大業十一年，已有群盗起，至國家武德七年，凡十年而干戈息。豈非已然之證歟？夫君尊則禮安，臣强則亂危。原注：《管子》曰：君尊則國安，君卑則國危。是故李斯

〔一〕據《通典》，作『睹』。
〔二〕據《通典》，作『有』。
〔三〕據《通典》，作『室』。
〔四〕據《通典》，作『宗』。
〔五〕據《通典》，作『自』。
〔六〕據《通典》，作『三』。

相秦，堅執罷侯置守，其後立議者以秦祚促，遂爾歸罪〔一〕。向使胡亥不嗣，趙高不用，閭左不發，酷法不施，百姓未至離心，陳、項何由興亂？自昔建侯，多舊國也。周置〔二〕藩屏，唯數十焉，餘皆先封，不廢其爵。原注：楚滅六蓼，魯臧文仲嘆曰：『皋繇、庭堅，不祀忽諸。』按皋繇、庭堅，重於唐、虞之際，封立國邑，不應殷、周之時，略徵一二，是沿習也。諒無擇其利，遂建諸侯。懼其害，不立郡縣。故曰事皆相因，斯之謂矣。原注：自五帝至於三王，相習建國之制，當時未先知封建則理，郡縣則亂，而後又睹秦漢一家，天下分置列郡，有潰叛陵篡之禍，便以爲先王建萬國之時，本防其萌，務固其業，冀其分樂同憂，饗利共害之慮。乃將後事以酌前旨，豈非强爲之説乎？覽曹、陸著論，誠爲〔三〕文高理明，不本爲人樹君，不稽蒸〔四〕甿損益。觀李、馬陳諫，乃稱冥數素定，不在法度得失，不關政理否藏〔五〕。故曰終莫究詳，斯之謂矣。但立制可久，施教得宜，君尊臣卑，幹强枝弱，致人庶富，享代長遠，爲理之道，其在兹乎？

案如君卿之言，則三代封建，非由得已。夏時萬國，殷初僅及三千，周初餘千八百。殷周之起，又無不有所剪滅，以成王業。然則統一者王者之本懷，封建者制宇之權道。有周以前，天子之尊，僅同伯主，故盛則諸侯來享，衰則群后不朝。從周之造夏，而後天子常尊。自秦之并吞，而後天下真一。封建之趨於郡縣，其迹可尋，其理可察。論者必美三代而劇秦漢，斯君卿所云强爲之説者也。

馬周、李百藥議封建，《通典》三十一僅引其略。馬全文已佚。伯藥《封建論》載《唐書》本傳，今鈔於左：文中指駁元首、士衡者屢，以前世主張封建，二論爲最著也。

李百藥《封建論》

臣聞經國庇民，王者之常制。尊主安上，人情之本方。思闡理〔六〕定之規，以宏長代之業者〔七〕，萬古不易，百慮同歸。然命曆有賒促

〔一〕據《通典》，作『非』。
〔二〕據《通典》，作『立』。
〔三〕據《通典》，作『謂』。
〔四〕據《通典》，作『烝』。
〔五〕據《通典》，作『臧』。
〔六〕據《舊唐書》，作『治』。
〔七〕據《舊唐書》，作『以弘長世之業者』。

之殊，邦家有理亂之异。遐觀載籍，論之詳矣。咸云周過其數，秦不及期，存亡之理，在於郡國。周氏以鑒〔一〕夏、殷之長久，遵黄、唐之并建，維城磐石，深根固本，雖王綱弛廢，而枝幹相持，故使逆節不生，宗祀不绝。秦氏背師古之訓，棄先王之道，踐華恃險，罷侯置守，子弟無尺土之邑，兆庶罕共理〔二〕之憂，故一夫呼號〔三〕，七廟隳圮〔四〕。臣以爲自古皇王君臨宇内，莫不受命上元〔五〕，飛名帝籙，締構遇興王之運，殷憂屬啓聖之期，雖魏武携養之資，漢高徒役之賤，非以〔六〕意有覬覦，推之亦不能去也。若其獄訟不歸，菁華已竭，雖帝堯之光被四表，大舜之上齊七政，非止情存揖讓，守之亦不可固焉。以放勛、重華之德，尚不能克昌厥後，是知祚之長短，必在天時，政或盛衰，有關人事。宗周卜世三十〔七〕，卜年七百，雖淪胥之道斯極，而文、武之器猶存，斯則龜鼎之祚已懸定於杳冥也。至使南征不返，東遷避逼，禋祀如綫，郊畿不守，此乃陵〔八〕夷之漸，有累於封建焉。暴秦命〔九〕短閏餘，數鍾六百，受命之主，德异禹、湯，繼世之君，才非啓、誦，借使李斯、王綰之輩咸〔一〇〕開四履，將閭、子嬰之徒俱啓千乘，豈能逆帝子之勃興，抗龍顔之基命者也？

然則得失成敗，各有由焉。而著述之家，多守常轍，莫不情亡今古，理蔽澆淳，欲以百王之季，行三代之法。天下五服之内，盡封諸侯；王畿千乘之間，俱爲采地。是以結繩之化，行虞、夏之朝；用象刑之典，治劉、曹之末，紀綱弛〔一一〕紊，亂〔一二〕可知焉。鍥船求劍，未見其可；膠柱求音〔一三〕，彌所多惑。徒知問鼎請隧，有懼勤〔一四〕王之師；白馬素車，無復藩籬之援。不悟望夷之釁，未甚羿、浞

〔一〕據《舊唐書》，作「監」。
〔二〕據《舊唐書》，作「治」。
〔三〕據《舊唐書》，作「號澤」。
〔四〕據《舊唐書》，作「祀」。
〔五〕據《舊唐書》，作「玄」。
〔六〕據《舊唐書》，作「止」。
〔七〕據《舊唐書》，作「隆周卜代三十」。
〔八〕據《舊唐書》，作「凌」。
〔九〕據《舊唐書》，作「運」。
〔一〇〕據《舊唐書》，作「盛」。
〔一一〕據《舊唐書》，作「既」。
〔一二〕據《舊唐書》，作「斷」。
〔一三〕據《舊唐書》，作「成文」。
〔一四〕據《舊唐書》，作「霸」。

之災；高貴之殃，甯异申、繒之酷！此乃欽明昏亂，自革安危，固非守宰公侯，以成興廢。且數世之後，王室浸微，始自藩屏，化爲仇敵。家殊俗，國异政，强凌弱，衆暴寡，疆埸彼此，干戈日尋。狐駘之役，女子盡髽；崤陵之師，隻輪不返。斯蓋略舉一隅，其餘不可勝數。陸士衡方規規然云：『嗣王委其九鼎，凶族據其大邑，天下晏然，以治待亂。』何斯言之謬也！而設官分職，任賢使能，以循吏之才，膺共治之寄，刺郡分竹，何代無人？至使地或呈祥，天不愛寶，民稱父母，政比神明。曹元首方區區然稱：『與人共其樂者，人必憂其憂，與人同其安者，人必拯其危。』豈容委以侯伯，則同其安危；任之牧宰，則殊其憂樂？何斯言之妄也！封君列國，藉慶門資，忘其先業之艱難，輕其自然之崇貴，莫不世增淫虐，代益驕侈。自離宫別館，切漢凌雲，或刑人力而將盡，或召諸侯而共落[一]。陳靈則君臣悖禮，共侮徵舒；衛宣則父子聚麀，終誅壽、朔。乃云爲己思治，豈若是乎？内外群官，選自朝廷，擢士庶以任之，澄水鏡以鑒之，年勞優其階品，考績明其黜陟。進取事切，砥礪情深，或俸禄不入私門，妻子不之官舍。頒條之貴，食不舉火；剖符之重，衣惟[二]補葛。南郡太守，敝布裹身；萊蕪縣長，凝塵生甑。專云『爲利圖物』，何其爽歟！

總而言之，爵非世及，用賢之路斯廣；民無定主，附下之情不固。此乃愚智所辨，安可惑哉！至如滅國弑君，亂常干紀，春秋二百年間，略無寧歲。次睢咸秩，遂用玉帛之名；魯道有蕩，每等衣裳之會。縱使西漢哀、平之際，東洛桓、靈之時，下吏淫暴，必不至此。爲政之理，可一言以蔽之。

伏惟陛下握紀御天，膺期啓聖，救億兆之焚溺，掃氛祲於寰宇[三]。創業垂統，配二儀以立德；發號施令，妙萬物而爲言。獨照宸衷，永懷前古，將復五等而修舊制，建萬國以親諸侯。竊以漢魏以還，餘風之弊未盡；勛、華既往，至公之道斯革。况晋氏失馭，宇縣崩離；後魏乘時，華夷雜處。重以關河分阻，吴楚懸隔。習文者學長短縱横之術，習武者盡干戈戰争之心。畢爲狙詐之階，彌長澆浮之俗。開皇在運，因藉外家。驅御群英，任雄猜之數；坐移時運，非克定之功。年踰二紀，民不見德。及大業嗣文，世道交喪，先王[四]人物，掃地將盡。雖天縱神武，削平寇虐，兵威不息，勞止未康。自陛下仰順聖慈，嗣膺寶曆，情深致理[五]，綜核前王。雖至道無名，言象所紀，略陳梗概，實所庶幾。愛敬蒸蒸，勞而不倦，大舜之孝也。訪安内豎，親嘗御膳，文王之德也。每憲司讞罪，尚書奏獄，大

[一] 據《舊唐書》，作『樂』。
[二] 據《舊唐書》，作『唯』。
[三] 據《舊唐書》，作『區』。
[四] 據《舊唐書》，作『一時』。
[五] 據《舊唐書》，作『治』。

小必察，枉直咸申，舉斷趾之法，易大辟之刑，仁心隱惻，貫徹幽顯，大禹之泣辜也。正色直言，虛心受納，不簡鄙陋，無棄芻蕘，帝堯之求諫也。宏[一]獎名教，敦勸[二]學徒，既擢明經於青紫，將升碩儒於卿相，聖人之善誘也。群臣以宫中暑濕，寢膳或違[三]，請徙御高明，營一小閣。遂惜家人之産，竟抑子來之願，不叅陰陽所感，以安卑陋之居。去歲凶[四]儉，普天饑饉，喪亂甫爾，倉廩虛空。聖情矜愍，勤加賑[五]恤，竟無一人流離道路，猶且食啖藜藿，樂徹[六]簨簴，言必悽動，貌成臞[七]瘠。公旦喜於重譯，文命矜其即序。陛下每四夷款[八]附，萬里歸仁，必退思進省，凝神動慮，恐妄勞中國，以事遠方，不藉萬古之英聲，以存一時之茂實。心切憂勞，迹绝游幸，每旦視朝，聽受無倦。智周於萬物，道濟於天下。罷朝之後，引進名臣，討論是非，備盡肝膈，惟[九]及政事，更無异辭。纔及日昃[一〇]，命才學之士，賜以清閑，高談典籍，雜以文咏，間以玄言，一[一一]夜忘疲，中宵不寐。此之四道，獨邁往初。斯實生民以來，一人而已。弘兹風化，昭示四方，信可以期月之間，彌綸天壤。而淳樸[一二]尚阻，浮詭未移，此由習之永久，難以卒變。請待斫雕成樸，以質代文。刑措之教一行，登封之體云畢，然後定疆理之制，議山河之賞，未爲晚焉。《易》稱：『天地盈虛，與時消息，况於人乎？』美哉斯言也。

《唐書·朱敬則傳》：『始崔實、仲長統、王朗、曹冏論封建，指秦爲失。敬則以爲秦漢[一三]禮義陵遲，不可復用周制封諸侯，著論明之。儒者以爲知言。』按敬則論文載《唐文粹》。柳子厚《封建論》謂：『封建非聖人意也，勢也。』其言與近世社會學者由圖騰而酋長，由酋長而君主之説合。自此論出，雖攻者多端，而卒不可拔，其識見又進於君卿矣。

[一]據《舊唐書》，作『弘』。
[二]據《舊唐書》，作『勸勵』。
[三]據《舊唐書》，作『乖』。
[四]據《舊唐書》，作『荒』。
[五]據《舊唐書》，作『惠』。
[六]據《舊唐書》，作『撤』。
[七]據《舊唐書》，作『癯』。
[八]據《舊唐書》，作『欵』。
[九]據《舊唐書》，作『唯』。
[一〇]據《舊唐書》，作『昊』。
[一一]據《舊唐書》，作『乙』。
[一二]據《舊唐書》，作『粹』。
[一三]據《舊唐書》，作『世』。

丁、《養生論》

王世貞曰：嵇叔夜土木形骸，不事雕飾，想於文亦爾。如《養生論》《绝交論》，類信筆成者，或遂重犯，或不相續，然獨造之語，自是奇绝[二]超逸。

按此文驟觀覺其漫羡，細按之，條理仍自井然。由其氣體清壯，天機駿利，故詞雖多而不覺其繁，但未可輕於仿效耳。

大旨以神仙縱出自然，而養生可學。養生之道，内外兼資，必令形神相親，表裏俱濟，斯爲能盡。自『夫服藥求汗』至『表裏俱濟也』，首言誠於内必形於外，見外不能爲功於内，内能爲功於外，見内不可不養。設譬至切，符采可觀。繼言初養便异於不養，見能攝生者必後衆人而終。末言内外交養，養其外即以爲功於内。『夫田種者』以下至『因輔養以通也』，言服食不可不慎，申外養之説。『而世人不察』以下，内外二意串寫。首言不能養生者之内外俱失，繼言世人養生無成之理，剖盡俗情，致爲明快。『夫悠悠者』已下，總承上意，收入養生者或養其内，或養其外，養外即以養内，養内即以養外，承首段之意而申言之，説養生之理尤盡。

『豈惟蒸之使重而無使輕』數語，只承豆、薰辛、齒、麝言。校以文律，但云『豈惟如上所云而已』，其意已明。

『芬之使香而無使延』，黄先生曰：李引《方言》爲釋，未諦。『延』當爲『脡』之殘字，《説文》：脡，生肉醬也。《集韵》二『仙』：尸連切，與羴、羶同音。此文蓋借以爲羴、羶。

『故有一切之壽』，黄先生曰：一切，權時也，此猶言不定也。

『内懷猶豫』，『猶豫』《説文》作『冘豫』，乃雙聲字，注非。

『恕可與羡門比壽』，黄先生曰：恕即庶也。庶幾之庶，正當作恕字。

壽有仙無，生原有養。不善養生者或至夭閼，能養生者或盡其天年。養生之術盡善盡美者，則不特盡其天年，抑可以延年，此皆理所必有。嵇氏本文言服食之益，今古無以易。至謂神仙禀之自然，又曰導養得理可獲千歲，斯則照理未精，翻成誕妄耳。

嵇氏崇尚老莊，養生爲老莊要旨，《老子》一書自養生家視之，全部可作《養生論》讀。則嵇言養生，自有與老莊相承之處。然亦有不同者，老莊之言養生，以爲人之有喜怒哀樂，即足以動摇其身體，則節制情欲，或竟屏绝情欲，豈尚有絲毫之妨害者乎？此老莊之專研内養也。其説如：

[二] 據王世貞《藝苑卮言》，作『麗』。

《在宥篇》曰：無視無聽，抱神以静，形將自正。必静必清，毋〔一〕勞女形，無摇女精，乃可以長生。目無所見，耳無所聞，心無所知，女神將守形，形乃長生。慎女内，閉女外，多知爲敗。

《刻意篇》曰：夫恬淡寂寞〔二〕，虚無無爲，此天地之平，而道德之實〔三〕也。故曰聖人休休焉則平易矣，平易則恬淡矣，平易恬淡則憂患不能入，邪氣不能襲，故其德全而神不虧。

《繕性篇》曰：古之治道者以恬養知。生而無以知爲也，謂之以知養恬。知與恬交相養，而和理出其性。

《天地篇》曰：失性有五，一曰五色，二曰五聲，三曰五臭，四曰五味，五曰趣舍。

《達生篇》曰：達生之情者，不務生之所無以爲。又曰：養形必先之以物，物有餘而形不養者有之矣。有生必先無離形，形不離而生亡者有之矣。世之人以爲養形足以存生，而養形果不足以存生，則世奚足爲哉？棄事則形不勞，遺生則精不虧。夫形全精復，與天爲一。《老子》亦言：夫惟無以生爲者，是賢於貴生。

《庚桑楚篇》老子曰衛生之經一節。

嵇氏重内養，又重外養，以輔内養之不逮。其侈言服食，以爲五穀可以養生一時，則校勝於五穀者，功效當不止此，此與莊生《達生篇》之言顯相火馳。蓋魏晋之際，神仙丹藥之説甚盛。葛洪著書，其内篇專論服餌，《極言篇》言養生無成之理，即襲嵇氏本文。《極言篇》曰：養生以不傷爲本，凡言傷者亦不便覺也，謂久則壽損耳。又曰：或有怠厭而中止，或有怨恚而造退，或有誘於榮利而還修流俗之事，或有敗於邪説而失其淡泊之志，或朝爲而夕欲其成，或坐修而立望其效，若夫睹才色而不戰，聞俗言而不沮者，萬夫之中有一人爲多矣。故爲者如牛毛，獲者如麟角也。是則嵇氏養生之旨，實雜神仙家言，宜與老莊有不盡同也。

抑養生先須慮禍全身，有此生然後養之，勿徒養其無生也。嵇氏著養生之論，而以傲物受刑，以上《顔氏家訓・養生篇》文。又《勉學篇》曰：老莊之書，蓋全真養性，不肯以物累己也。嵇叔夜排俗取禍，豈和光同塵之流？此又與莊生之言背。《養生主》曰：『爲善無近名，爲惡無近刑。緣督以爲經，可以保身，可以全生，可以養親，可以盡年。』至於鳴雁、散木之喻，《山木篇》《人間世篇》。單豹、張毅之談，《達生篇》：『豹養其内而虎食其外，毅養其外而病攻其内。』周身之防，抑何明到！叔夜尚奇任俠，性烈才俊，

〔一〕據《莊子》，作『無』。
〔二〕據《莊子》，作『恬惔寂漠』。
〔三〕據《莊子》，作『質』。

既謝司馬氏之辟，爲絶世之言。《魏志・王粲傳》注引《魏氏春秋》曰：大將軍嘗欲辟康，既有絶世之言。至山巨源爲選曹郎，舉以自代，又因書叙意，非湯武而薄周孔。以此處衰世，正莊生所謂游於羿之彀中。《德充符篇》。雖朝錬五石，夕湌三芝，《幽憤詩》曰：『煌煌靈芝，一年三秀。予獨何爲，有志不就。』終陳《幽憤》之詩，何救彈琴之痛？斯則養其無生，適爲老莊之徒所棄，豈所謂『智及而仁不能守』邪？

《晋書・阮种傳》：『弱冠爲嵇康所重，康著《養生論》所稱阮生，即种也。』又《隋唐・經籍志》：『梁有《養生論》三卷，嵇康撰，亡。』按今《嵇中散集》，《養生論》外，有向子期《難養生論》，及嵇《答向》二篇。《答向》文亦無述及阮生者，則在逸篇中可知也。

魏晋論難之文突過晚周，而康爲之最。李充《翰林論》曰：『研求名理而論生焉，論貴於允〔二〕理，不求支離，若嵇康之論成文矣。』李氏以論推嵇，許其成文，良非過譽。今先述本體文章之效用，次録向、嵇論難駁養生之作，以考其持辨之術。

周秦諸子之言，闡明學術，世所共珍。然皆爲演述式之説理，無一人起而難之者，如墨子有《非攻篇》，無人爲《非非攻篇》。故其説止於一方面之發揮。即有問難，亦屬假設。如《荀子・正論》《韓非子・諸難》《孔叢子・詰墨》諸篇。魏晋之間，學術發達，復能綜核名理，通其條貫。於時論理之文，可分三派。一爲托古書以自見，如王弼之注《易》《老》，向、郭之注《莊》，張湛之注《列》，皆非翻譯古書之文義，乃以彼探索玄理之結果，托古書以自見，名曰注釋古書，實不啻自著一書也。此一派也。二爲説明式之説理，如阮籍之《通易論》《達莊論》及《世説新語》中所載諸人玄遠之談，多則十數言，《文學篇》注引支道林論《逍遥游》。少或片語。裴徽見王弼，問曰：『夫無者誠萬物之所資也，然聖人莫肯致言，而老子申之無已者何？』弼曰：『聖人體無，無又不可以訓，故不説。老子是有者也，故恒言無所不足。』此又一派也。三爲嵇康辨難一派，就一題往復辨詰，愈辨愈明，不似周秦諸子之遍叙無數問題，牽涉過廣，枝葉扶疏，故尤易至深刻。此派自嵇康外，其著者，如：

《才性論》

魏劉劭著《人物志》三卷，分别流品，研析近似，論才性同异。傅嘏難之而論才性同，李豐論才性异，鍾會論才性合，王廣論才性離。會集之，名四本論。見《三國志・鍾會傳》及《世説・文學篇》。

〔二〕據《淵鑒類函》，作『克』。

《**虛無論**》

王弼、何晏爲宗，王文略見《三國志·鍾會傳》注引何劭《王弼傳》，何文見《列子·仲尼篇》張注所引《無名論》。竹林七賢爲輔，流而爲樂廣之清談。

《**崇有論**》

裴頠著《崇有論》，文載《晋書》本傳。由名家以論無不離有，正《虛無論》之弊。

《**無君論**》

鮑敬言申上古之無君説，破世間之政治論，而葛洪著論詰之。《抱朴子·詰鮑篇》。浸淫及於宋齊，義學東渡，此風猶盛。若神滅與神不滅問題，争辨累數十萬言，參與者六十四人，相持殆數十年之久。又如齊張融作《門論》，謂道之與佛，致本則同，達迹成异。而周彦倫則作論以難之，謂佛教照窮法性，即道家流極虛無，當以非有無爲極則。梁道士某造《三破論》，排抑佛道，而劉勰作《滅惑論》以斥之，至謂孔釋教殊而道契，梵漢語隔而道通。又齊顧歡作《夷夏論》，意在抑佛伸老，而明休烈則作論以詆之，謂孔、老談心，與佛教同。又劉峻、劉沼互辨運命有無，亦往復答難無倦。觀《宏明集》與《廣宏明集》所録，可以概見。此皆嵇康辨難一派之所演也。第一、第二兩派皆爲演述之體裁，不必適於辨難學術。惟嵇康一派，攻人有度，守己有宗，思如剥繭，無不盡之意，文則質直而不失其華，以此辨論學理，夫孰有加？惜論著多湮，後世無以窺其全豹。或文存而佚其人之姓氏。惟《中散集》内，篇翰尚全，猶可想見當時之風致云。

向子期《難嵇叔夜養生論》

難曰：若夫節哀樂，和喜怒，適飲食，調寒暑，亦古人之所修也。至於絶五穀，去滋味，寡情欲，抑富貴，則未之敢許也。何以言之？

夫人受形於造化，與萬物并存，有生之最靈者也。异於草木，草木不能避風雨，辭斤斧。殊於鳥獸，鳥獸不能遠網羅而逃寒暑。有動以接物，有智以自輔。此有心之益，有智之功也。若閉而默之，則與無智同，何貴於有智哉？有生則有情，稱情則自然。若絶而外之，則與無生同，何貴於有生哉？

且夫嗜欲，好榮惡辱，好逸惡勞，皆生於自然。夫『天地之大德曰生，聖人之大寶曰位』。『崇高莫大於富貴』。然富貴天地之情也，貴則人順己以行義於下，富則所欲得以有財聚人，此皆先王所重，關之自然，不得相外也。又曰：『富與貴是人之所欲也。』但當求之以道義，在上以不驕無患，持滿以損儉不溢，若此何爲其傷德邪〔一〕？或睹富貴之過，因懼而背之，是猶見食之有噎，因終身不飡〔二〕耳。

神農唱粒食之始，后稷纂播植之業，鳥獸以之飛走，生民以之視息，周、孔以之窮神，顔、冉以之樹德，賢聖珍其業，歷百代而不廢。今一旦云『五穀非養生之宜，肴醴非便性之物』，則『亦有和羹』『黄耇無疆』『爲此春酒，以介眉壽』皆虚言也。博碩肥腯，上帝是饗，黍稷惟馨，實降神祇，神祇且猶重之，而況於人乎？肴糧入體，不踰旬而充，此自然之符、宜生之驗也。夫人含五行而生，口思五味，目思五色，感而思室，饑而求食，至〔三〕然之理也，但當節之以禮耳。今五色雖陳，目不敢視，五味雖存，口不得嘗。以言争而獲勝則可，焉有勺〔四〕藥爲荼蓼，西施爲嫫母，忽而不欲哉？苟心識可欲而不得從，性氣困於防閑，情志鬱而不通，而言養之以和，未之聞也。

又云：『導養得理以盡性命，上獲千餘歲，下可數百年。』未盡善也。若信可然，當有得者。此人何在，目未見之〔五〕。此殆影響之論，可言而不可得。縱時有耆壽耉老，此自特受一氣，猶木之有松柏，非導養之所致。若性命以巧拙爲長短，則聖人窮理盡性，宜享遐期，而堯、禹、湯、文、武、周、孔上獲百年，下者七十，豈復疏於導養耶？顧天命有限，非物所加耳。

且生之爲樂，以恩愛相接，天理人倫，燕婉娱心，榮華悦志，服饗滋味，以宣五情，納御聲色，以達性氣，此天地之自然〔六〕，人之所宜，三王所不易。今若舍聖軌而恃區種，離性〔七〕棄歡，約己苦心，欲積塵露以望山海，恐此功在身後，實不可冀也。縱令勤求，少有所獲，則顧影尸居，與木石爲鄰，所謂不病而自灾〔八〕，無憂而自默，無喪而疏食，無罪而自幽，追虚徼幸，功不答勞，以此養生，未聞

〔一〕據嵇康《嵇中散集》，作『耶』。
〔二〕據嵇康《嵇中散集》，作『飡』。
〔三〕據嵇康《嵇中散集》，作『自』。
〔四〕據嵇康《嵇中散集》，作『芍』。
〔五〕據嵇康《嵇中散集》，作『目未之見』。
〔六〕據嵇康《嵇中散集》，作『此天理自然』。
〔七〕據嵇康《嵇中散集》，作『親』。
〔八〕據嵇康《嵇中散集》，作『灸』。

其宜。故相如曰：『必若欲長生而不死，雖濟萬世猶不足以喜。』案此《大人賦》文，濟猶度也。言背情失性而不本天理也。長生且猶無歡，況以短生守之耶？若有顯驗，且更論之。

辨難之文，第一宜有主義，第二宜有根據。此篇以『樂生』爲主義，『自然』與『宜生』爲成立其主義之根據，探原理以立言，舉嵇氏養生之説而一切破之。首段以有生貴於用智稱情，難嵇氏斷思慮绝情欲之説也。二段以好榮惡辱生於自然，難嵇氏滅名位之説也。三段以五穀於人爲自然之符、宜生之驗，又以達性氣、適情欲爲自然之理，難嵇氏绝滋味、去聲色之説也。四段以人受命於天者有限，非物所能加，難嵇氏導養理得可過常期之説也。中并以千歲之人目所未睹，斥其言妄。五段則總束上文，以自然與宜生爲本，而歸結於樂生。其言之有宗如此。

本篇屢引《易》《詩》《論語》之言，又數數稱引三王、周、孔、颜、冉，是其理論之根據本於儒家。尋儒者之言情言欲，以爲二者與生俱至，弗學而能，但當有以節之使不得縱，而未嘗有息情去欲之説。向氏所謂達性氣，《左・昭二十五年傳》云：民有好惡喜哀樂，生於六氣。適情欲，蓋即儒者之旨而暢發之者也。

《禮記・禮運篇》曰：何謂人情，喜怒哀樂[一]愛惡欲七者，弗學而能。又曰：飲食男女，人之大欲存焉。

《孟子》曰：口之於味也，目之於色也，耳之於聲也，鼻之於臭也，四肢之於安佚也，性也，有命存焉，君子不謂命也。又曰：形色，天性也。惟聖人可以踐形。又曰：養身[二]莫善於寡欲。

《吕覽・重己篇》曰：夫[三]生之長也，順之也。使生不順者，欲也。故聖人必先適欲。

又《貴當篇》曰：治欲者不於欲，於性。性者萬物之本也，不可長，不可短，因其固然而然之，此天地之數也。

又《情欲篇》曰：天生人而使有貪有欲，欲有情，情有節。聖人修節以止欲，故不過行其情。上引三節實儒家之緒言。

右引諸文，曰寡欲，曰適欲，曰修節以止欲，向氏所謂節之以禮，正與之同。惟向氏言養生必曰樂生，用其説而過，或流爲楊朱。

《列子・楊朱篇》曰：晏平仲問養生於管夷吾。管夷吾曰：肆之而已，勿壅，勿閼。晏平仲曰：其目奈何？夷吾曰：恣耳之所欲聽，恣目之所欲觀[四]，恣鼻之所欲向，恣口之所欲言，恣體之所欲安，恣意之所欲行。夫耳之所欲聞者音聲，而不得聽，謂之閼聰。

[一] 據《禮記》，作『懼』。

[二] 據《孟子》，作『心』。

[三] 據《吕氏春秋》，作『凡』。

[四] 據《列子》，作『視』。

目之所欲見者美色，而不得視，謂之閼明。鼻之所欲向者椒蘭，而不得嗅，謂之閼顫。口之所欲道者是非，而不得言，謂之閼智。體之所欲安者美厚，而不得從，謂之閼適。意之所欲爲者放逸，而不得行，謂之閼性。凡此諸閼，廢虐之主。去廢虐之主，熙熙然以俟死，一日一月，一年十年，吾所謂養。拘此廢虐之主，録而不舍，戚戚然以至久生，百年，千年，萬年，非吾所謂養。

要而論之，嵇説使人節欲，而其弊至於谿刻自處。向説使人樂生，而其弊至於放縱無度。然求之實狀，按之人情，自以向説爲優也。

嵇叔夜《答向子期難養生論》

答曰：所以貴智而尚動者，以其能移[二]生而厚身也。然欲動則悔吝生，智行則前識立。前識立則志開而物遂，悔吝生則患積而身危，二者不藏之於内而接於外，衹足以灾身，非所以厚生也。夫嗜欲雖出於人，而非道之正，猶木之有蝎，雖木之所生，而非木之宜也。故蝎盛則木朽，欲勝則身枯。然則欲與生不并立，名與身不俱存，略可知矣。而世未之悟，以順欲爲得生，雖有後生之情，而不識生生之理，故動之死地也。是以古之人知酒肉爲甘鴆，棄之如遺，識名位爲香餌，逝而不顧，使動足資生，不濫於物，知正其身，不營於外，背其所害，向其所利，此所以用智遂生之道也。故智之爲美，美其益生而不羡，生之爲貴，貴其樂和而不交。豈可疾智而輕身，勤欲而賤生哉？

以上答向『用智』之難。

且聖人寶位，以富貴爲崇高者，蓋謂人君貴爲天子，富有四海，民不可無主而存，主不能無尊而立，故爲天下而尊君位，不爲一人而重富貴也。又曰：『富與貴是人之所欲者。』蓋爲季世惡貧賤而好富貴也。未能外榮華而安貧賤，且抑使由其道而不争。不可令其力争，故許其心競。中庸不可得，故與其狂狷。此俗談耳，不言至人常貪富貴也。聖人不得已而臨天下，以萬物爲心，在宥群生，由身以道，與天下同於自得，穆然以無事爲業，坦爾以天下爲公。雖居君位，饗萬國，恬若素士接賓客也。雖建龍旂，服華衮，忽若布衣之在身。故君臣相忘於上，蒸民家足於下，豈勸百姓之尊己，割天下以自私，以富貴爲崇高，心欲之而不已哉。且子文三顯，色不加悅，柳惠三黜，容不加戚。何者？令尹之尊，不若德義之貴，三黜之賤，不傷冲粹之美。二子嘗得富貴於其身，終不以人爵嬰心，故視榮辱如一。由此言之，豈云欲富貴之情哉？請問錦衣綉裳，不陳於闇室者；何必顧衆，而動以毁譽爲歡戚也？夫然，則欲之患其得，得之懼其失。苟患失之，無所不至矣，在上何得不驕，持滿何得不溢，求之何得不苟，得之何得不失耶？且君子出其言，善則千里之外應之，豈

[二] 據嵇康《嵇中散集》，作『益』。

在於多，欲以貴得哉？

奉法循理，不絓世網，以無罪自尊，以不仕爲逸，游心乎道義，偃息乎卑室，恬愉無遌，而神氣條達，豈須榮華然後乃貴哉？耕而爲食，蠶而爲衣，衣食周身，則餘天下之財，猶渴者飲河，快然以足，不羨洪流，豈待積斂然後乃富哉？君子之用心若此，蓋將以名位爲贅瘤，資財爲塵垢也，安用富貴乎？故世之難得者非財也，非榮也，患意之不足耳。意足者，雖耦耕甽畝，被褐啜菽，豈不自得？不足者，雖養以天下，委以萬物，猶未愜然。則足者不須外，不足者無外之不須也。無不須，故無往而不乏；無所須，故無適而不足。不以榮華肆志，不以隱約趨俗，混乎與萬物并行，不可寵辱，此真有富貴也。故遺貴欲貴者，賤及之。故忘富欲富者，貧得之，理之然也。今居榮華而憂，雖與榮華偕老，亦所以終身長愁耳。故《老子》曰：『樂莫大於無憂，富莫大於知足。』此之謂也。

已上答向『富貴』之難。

難曰：『感而思室，饑而求食，自然之理也。』誠哉是言。今不使不室不食，但欲令室食得理耳。夫不慮而欲，性之動也；識而後感，智之用也。性動者遇物而當，足則無餘。智用者從感而求，倦而不已。故世之所患，禍之所由，常在於智用，不在於性動。今使瞽者遇室，則西施與嫫母同情；聵者忘味，則糟糠与精粺等耳。豈識賢愚好醜，以愛憎亂心哉？君子識智以無恒傷生，欲以逐物害性，故智用則收之以恬，性動則糾之以和，使智上於恬，性足於和，然後神以默醇，體以和成，去累除害，與彼更生，所謂『不見可欲，使心不亂者也』。縱令滋味常染於口，聲色已開於心，則可以至理遣之，多算勝之。何以言之也？夫欲官不識君位，思室不擬親戚，何者？知其所不得，則不當生心也。故嗜酒者自抑於鴆醴，貪食者忍饑於漏脯，知吉凶之理，故背之不惑，棄之不疑也，豈恨向不得酣飲大嚼哉？且逆旅之妾，惡者以自惡爲貴，美者以自美得賤，美惡之形在目，而貴賤不同，是非之情先著，故美惡不能移也。苟云理足於內，乘一以御外，何物之能動〔二〕哉？由此言之，性氣自和，則無所困於防閑。情志自平，則無鬱而不通。世之多累，由見之不明耳。又常人之情，遠雖大莫不忽之，近雖小莫不存之。夫何故哉？誠以交賒相奪，識見异情也。三年喪不內御，禮之禁也，莫有犯者。酒色乃身之讎也，莫能棄之。由此言之，禮禁雖小不犯，身讎雖大不棄。然使左手據天下之圖，右手旋害其身，雖愚夫不爲，明天下之輕於其身，酒色之輕於天下，又可知矣。而世人以身殉之，斃而不悔，此以所重而要所輕，豈非背賒而趣交耶？智者則不然矣，審輕重然後動，量得失以居身，交賒之理同，故備遠如近，慎微如著，獨行衆妙之門，終始無虞，此與夫耽欲而快意者，何殊間哉？

已上答向『室食』之難。

〔二〕 據嵇康《嵇中散集》，作『默』。

難曰：『聖人窮理盡性，宜享遐期，而堯、孔上獲百年，下者七十，豈復疏於導養乎？』案論堯、孔，雖稟命有限，故導養以盡其壽。此則窮理之致，不爲不養生得百年也。且仲尼窮理盡性以至七十，田父以六弊蠢愚有百二十者，若以仲尼之至妙，資田父之至拙，則千歲之論奚所怪哉？且凡聖人有損己爲世，表行顯功，使天下慕之，三徙成都者，或菲食勤躬，經營四方，心勞形困，趣步失節。或奇謀潛稱，爰及干戈，威武殺伐，功利爭奮。或修身以明汙，顯智以驚愚，藉名高於一世，取準的於天下。又勤誨善誘，聚徒三千，口倦談議，身疲磬折，形若救孺子，視若營四海，神馳於利害之端，心鶩於榮辱之塗，俯仰之間，已再撫宇宙之外者。若比之於內視反聽，受〔一〕氣嗇精，明白四達，而無執無爲，遺世坐忘，以寶性全真，吾所不能同也。今不言松柏不殊於榆柳也，然則中年枯隕，樹之重崖，則榮茂日新，此亦毓形之一觀也。竇公無所服御而致百八十，豈非鼓琴和其心哉？此亦養神之一徵也。火蠶十八日，寒蠶二〔二〕十日餘，以不得踰時之命，而將養有過倍之隆。溫肥者早終，涼瘦者遲竭，斷可識矣。圉馬養而不乘用，皆六十歲。體疲者速形〔三〕，形全者難斃，又可知矣。富貴多殘，伐之者衆也，野人多壽，傷之者寡也，亦可見矣。今能使目與瞽者同功，口與聵者等味，遠害生之具，御益生〔四〕之物，則始可與言養性命矣。

已上答向『聖人宜享遐期』之難。

難曰：『神農唱粒食之始，鳥獸以之飛走，生民以之視息。』今不言五穀非神農所唱也。既言上藥，又唱五穀者，以上藥希寡，艱而難致，五穀易殖，農而可久，所以濟百姓而繼夭者〔五〕也。并而存之，惟賢志其大，不肖者志其小耳，此同出一人。至當歸止痛，用之不已；耒耜墾辟，從之不輟。何養命蔑而不議？此殆玩所先習，怪於所未知。且平原則有棗栗之屬，池沼則有菱芡之類，雖非上藥，猶愈於黍稷之篤恭也。豈云視息之具，唯立五穀哉？又曰：『黍稷惟馨，實降神祇〔六〕。』蘋蘩蘊藻，非豐肴之匹；潢〔七〕汙行潦，非重酎之對。薦之宗廟，感靈降祉。是知神饗德之與信，不以所養爲生。猶九土述職，各貢方物，以效誠耳。又曰：『肴糧入體，益不踰旬。』

〔一〕據嵇康《嵇中散集》，作『愛』。
〔二〕據嵇康《嵇中散集》，作『三』。
〔三〕據嵇康《嵇中散集》，作『彫』。
〔四〕據嵇康《嵇中散集》，作『性』。
〔五〕據嵇康《嵇中散集》，作『闕』。
〔六〕據嵇康《嵇中散集》，作『祇』。
〔七〕據嵇康《嵇中散集》，作『横』。

以明宜生之驗，此所以困其體也。今不言肴糧無充體之益，但謂延生非上藥之偶耳。請借以爲難：夫所知麥之善於菽，稻之勝於稷，由有效而識之；假無稻稷之域，必以菽麥爲珍養，謂不可尚矣。然則世人不知上藥良於稻稷，猶守菽麥之賢於蓬蒿，而必天下之無稻稷也。若能仗藥以自永，則稻稷之賤居然可知。君子知其若此，故準性理之所宜，資妙物以養身，植玄根於初九，吸朝霞以濟神。今若以肴酒爲壽，則未聞高陽有黄髮之叟也；若以充性爲賢，則未聞鼎食有百年之賓也。且冉生嬰疾，顔子短折，穰歲多病，饑年少疾。故狄食米而生癩，瘡得穀而血浮，馬秣粟而足重，雁食粒而身留。從此言之，鳥獸不足報功於五穀，生民不足受德於田疇也；而人竭力以營之，殺身以争之。養親獻尊，則□菊苽粱；聘享嘉會，則肴饌旨酒。而不知皆淖溺筋腋，易糜速腐。初雖甘香，入身臭腐。竭辱精神，染汙六府。鬱穢氣蒸，自生灾蠹。饕淫所階，百疾所附。味之者口爽，服之者短祚。豈若流泉甘醴，瓊蕊玉英，金丹石菌，紫芝黄精，皆衆靈含英，獨發奇生。貞香難歇，和氣充盈。澡雪五臟，疏徹開明，吮之者體輕。又練骸易氣，染骨柔筋。滌垢澤穢，志凌青雲。若此以往，何五穀之養哉？且螟蛉有子，果蠃負之，性之變也。橘渡江爲枳，易土而變，形之異也。納所食之氣，還質易性，豈不能哉？故赤斧以練丹赬髮，涓子以术精久延。偓佺以松實方目，赤松以水玉乘烟。務光以蒲韮長耳，邛疏以石髓駐年。方回以雲母變化，昌容以蓬藁易顔。若此之類，不可詳載也。孰云五穀爲最，而上藥無益哉？又責千歲以來，目未之見，謂無其人。即問談者，見千歲人，何以别之？欲校之以形，則與人不异；欲驗之以年，則朝菌無以知晦朔，蜉蝣無以識靈龜。然則千歲雖在市朝，固非小年之所辨矣。彭祖七百，安期千年，則狹見者謂書籍妄記。劉根遐寢不食，或謂偶能忍饑；仲都冬倮而體温，夏裘而身凉，桓譚謂偶寒耐暑；李少君識桓公玉椀，則阮生謂之逢占而知；堯以天下禪許由，而揚雄謂好大爲之。凡若此類，上以周、孔爲關鍵，畢志一誠；下以嗜欲爲鞭策，欲罷不能。馳驟於世教之内，争巧於榮辱之間，以多同自减，思不出位，使奇事绝於所見，妙理斷於常論，以言變通達微，未之聞也。

已上答向『五穀與上藥之難』（附答神仙妖妄）。

久愊閑居，謂之無歡；深恨無肴，謂之自愁。以酒色爲供養，謂長生爲無聊。然則子之所以爲歡者，必結駟連騎，食方丈於前也。夫俟此而後爲足，謂之天理自然者，皆役身以物，喪志於欲，原性命之情，有累於所論矣。夫渴者惟水之是見，酌者惟酒之是求，人皆知乎生於有疾也。今若以從欲爲得性，則渴酌者非病，淫湎者非過，桀、跖之徒皆得自然，非本論所以明至理之意也。夫至理誠微，善溺於世，然或可求諸身而後悟，校外物以知之者。人從少至長，隆殺好惡有盛衰。或稚年所樂，壯而棄之；始之所薄，終而重之。當其所悦，謂不可奪；值其所醜，謂不可歡。然還成易地，則情變於初。苟嗜欲有變，安知今之所耽，不爲臭腐；曩之所賤，不爲奇美耶？假令廝養暴登卿尹，則監門之類蔑而遺之。由此言之，凡所區區，一域之情耳，豈必不易哉？又饑飱〔二〕者，於將獲所欲，則悦情注心。飽滿之後，釋然疏之，或有厭惡。然則榮華酒色，有可疏之時，蚺蛇珍於越土，中國遇而惡之；黼黻貴於華夏，裸國得而棄之。當其無用，皆中國之蚺蛇，裸國之黼黻也。以大和爲至樂，則榮華不足顧也；以恬澹爲至味，則酒色不足欽也。苟得意有地，俗之所樂，皆糞土耳，何足戀哉？今談者不睹至樂之情，甘減年殘生，以從所願，此則李斯背儒，以殉一朝之欲，主父發憤，思調五鼎之味耳。且鮑肆自玩而賤蘭茝，猶海鳥對太牢而長愁，文侯聞雅樂而塞耳。故以榮華爲生具，謂濟萬世不足以喜耳。此皆無主於内，借外物以樂之；外物雖豐，哀亦備矣。有主於中，以内樂外，雖無鐘鼓，樂已具矣。故得志者，非軒冕也；有至樂者，非充屈也，得失無以累之耳。且父母有疾，在困而瘳，則憂喜并用矣。由此言之，不若無喜可知也。然則無樂豈非至樂耶？故順天和以自然，以道德爲師友，玩陰陽之變化，得長生之永久，任自然以托身，并天地而不朽者，孰享之哉？

已上答向『天理自然與樂生』之難。

養生有五難，名利不滅，此一難也；喜怒不除，此二難也；聲色不去，此三難也；滋味不绝，此四難也；神慮轉發，此五難也。五者必存，雖心希難老，口誦至言，咀嚼英華，呼吸太陽，不能不迴其操，不夭其年也。五者無於胸中，則信順日濟，玄德日全。不祈喜而有福，不求壽而自延，此養生大理之所效也。然或有行踰曾、閔，服膺仁義，動由中和，無甚大之累，便謂人理已畢，以此自臧，而不蕩喜怒，平神氣，而欲却老延年者，未之聞也。或抗志希古，不榮名位，因自高於馳騖，或運智御世，不嬰禍，故以此自貴。此於用身甫與鄉黨齯齒耆年同耳。以言存生，蓋闕如也。或棄世不群，志氣和粹，不绝穀茹芝，無益於短期矣。或瓊糇既儲，六氣并御，而能含光内觀，凝神復樸，棲心於玄冥之崖，含氣於莫大之涘者，則有老可却，有年可延也。凡此數者，合而爲用，不可相無。猶轅軸輪轄，不可一乏於輿也。然人皆偏見，各備所患，單豹以營内致斃，張毅以趣外失中，齊以誡濟西取敗，秦以備戎狄自窮，此皆不兼之禍也。積善履信，世屢聞之。慎言語，節飲食，學者識之。過此以往，莫之或知。請以先覺，語於將來之覺者。

已上申《養生論》未竟之意，末嘆知音之難。

向氏以樂生爲主義，樂生之具，偏重物質。嵇氏則持唯心唯理之説以破之，曰理足於内，曰有主於内，曰以内樂外，曰以至樂易俗樂，凡此皆以理智制情欲，而否定一切物質之生活。是則向、嵇同言樂生，而一主唯物，一主唯心，所持之主義適相反也。向氏持論，以宜生與自然爲根據，説崇儒家。嵇氏持論之根據，内證諸自悟，外驗之物理，推之人情。其言自然，本道家之旨歸，與向氏所定之界

〔二〕據嵇康《嵇中散集》，作『飡』。

説异。言養性命之法，又神仙家言。此又兩家持論根據之各殊也。

子期與叔夜同居七賢之列，相與友善，而持論不肯苟同如此，此亦足以見爾時學術界之風尚。《晉書》本傳：秀與康論養生，辭難往復，蓋欲發康高致也，蓋向亦尚老莊，本非與康异趣者。《中散集》内又載張遼叔《自然好學論》、叔夜《難張遼叔自然好學論》《難張遼叔宅無吉凶攝生論》《答張遼叔釋難宅無吉凶攝生論》諸篇。持論始終貫徹，求核實，祛專斷，衷一是，不兩許。論辨之文此爲臬極。惜《養生論》書三卷自梁已亡，今無以窺其全也。

戊、《廣绝交論》

蔣士銓曰：研鍊之中，自極遒宕。由其風骨高騫，故華而不靡。

此篇刺到溉兄弟而作。尋溉、洽之貴顯，實藉彦昇吹嘘之力，《梁書》四十九：溉少孤貧，與弟洽，俱聰敏有才學，早爲任昉所知，由是聲名益廣。身殁之後，即忘舊恩，孝標著論斥之，宜公論之同然已。

篇首借『客問』起，先説『素交』一層跌下，由『素交』説入『利交』。自『天下蚩蚩』至『其流五也』，分説利交。『凡此五交』至『何所見之晚乎』一段總束。以下分言釁隙，由利交推勘出。收處『朱穆昌言而示绝』云云，應起段。『近世有樂安任昉』盡篇末，叙任昉事。其中『顧眄增其倍價』云云，直斥到溉，文本爲任氏諸子刺溉兄弟而作也。文中子《中説》曰：『惜乎譽任公而毁之也，任公於是不可謂知人矣。』即指此節。

『若乃匠人輟成風之妙巧』四句，黄先生曰：此舉古之良朋，非以爲難遇也。注非。

『然則利交同源』，《梁書》無『則』字，當删。

『騁黄馬之劇談縱碧鷄之雄辯』，碧鷄與黄馬同出《公孫龍子》。注引馮衍所云，殆即指此。《碧鷄頌》與談辯無涉。

『丐其餘論』，『丐』爲『匃』字之訛。《説文》：匃，气也。气今作『乞』。

『謂登龍門之阪』，《南史·陸倕傳》：倕與任昉友善，及昉爲中丞，簪裾輻輳，預其宴者，殷芸、到溉、劉苞、劉孺、劉顯、劉孝綽及倕而已，號龍門之游。

『墳未宿草』，《通志》百四十作『墳草未宿』。罕漬之『罕』作『空』。

本篇作法：

問答體

客問	客曰
主人曰	主人昕然而笑曰
賓主法	
賓	素交　賓　天下利交
主	利交　主　任昉之友
分類叙述法	
五交	三釁
刻畫形容法	
勢交	模寫意狀最濃。
賄交	青松白水之誓，原於微澤末光，刻畫醜狀，令人嘔噦。
談交	叙温郁四句描寫最工。
窮交	窮交果能皓首，亦豈可非，所惡於終始參差耳。故舉伍、伯、張、陳以爲刺。
量交	量者料量之謂。此節尤爲痛快。
取喻法	
天	霧、雲、星、電、烟、雨、日月、雲、雷、風雨、霜雪、飈、雲雨、霜露、風塵、星、雪、游塵、雲、清風、雰、谷風
地	流波、沮澤、赤水、靈臺、江湖、谿谷、川、銅陵、金穴、平原、里閈、窮巷、白水、西都、東國、寒谷、雲閣、碣石、泉涸、江上、淵海、河漢、波瀾、闕里、龍門、雲臺、丹墀、太行、孟門、高山
蟲魚禽獸	草蟲、阜螽、雕虎、鷹鸇、豺虎、鴻雁、龍、蠖、魚、鳧、雁、鶩、黄馬、碧鷄、騏驥、歸鴻、魚、鳥、龍翰、鳳雛、翠羽、禽獸、麋鹿、毛羽、鱗翼
草木	蘭茝、青松、春叢、零葉、蘭薰、土梗、半菽、宿草、金蘭、棣華、稻粱
身體	心、吐漱、呼噏、頂踵、膽腸、頤頞、唾、沫、顧指、頸、鼻、息、一毛、枝、痔、肝、腕、眉、掌、脣吻、顧眄、肩、迹、目、駭、臂、足

百物　琴瑟、塤篪、金版、盤盂、玉牒、鐘鼎、弦、羅、金鏡、璧、玄珠、錐刀、燭、玉斝、綺紈、苫蓋、權衡、纖纊、輪、蓋、苞苴、甘醴、榎楚、冠蓋、衣裳、輜軿、繐帳、酒

本質語變易法

本意　明交道不可绝。

代語　草蟲鳴則阜螽躍，雕虎嘯而清風起。

本意　言感應之速。

代語　絪緼相感，霧涌雲蒸，嚶鳴相召，星流電激。

本意　言和順之甚。

喻語　心同琴瑟，言鬱鬱於蘭薰〔二〕，道協膠漆，志婉孌於塤篪。

本意　言聖人設教，從道污隆。

代語　日月聯璧，贊亹亹之弘致；雲飛電薄，顯棣華之微旨。

己、《博弈論》

題雖爲論，而意有所指斥，實書牘之類。

《吴志·孫和篇》曰：常言當世士人，宜講修術學，校習射御，以周世務，而但交涉〔三〕博弈，以妨事業，非進取之謂。後群寮侍宴，言及博弈，以爲妨事費日而無益於用，勞精損思而終無所成，非所以進德修業，積累功緒者也。且志士愛惜日力，君子慕其大者，高山景行，耻非其次。夫以天地長久而人居其間，有白駒過隙之喻，年齒一暮，榮華不再。凡所患者，其〔三〕於人情所不能绝。誠能绝無益之欲，以奉德義之塗，棄不及之務，以修功業之基，其於名行，豈不善哉。夫人情猶不能無嬉娱，嬉娱之好，亦在於飲宴書琴射御之間，何必博弈，然後爲歡。乃命侍坐者八人，各著論以矯之。於是中庶子韋曜退而論奏，和以示賓客。時蔡穎好弈，直事在署者頗斅焉，故以此諷之。按此則弘嗣此文，大旨皆本於子孝之言，特詞采有所修飾耳。

〔二〕據《廣绝交論》，作『茝』。
〔三〕據《三國志》，作『游』。
〔三〕據《三國志》，作『在』。

黄先生曰：賭之大弊，在其心專欲屈人以伸己，損人以利己耳，故言廉耻之意弛。

庚、《典論·論文》

《魏志·文帝篇》曰：帝好文學，以著述爲務，自所勒成垂百篇。裴注引《魏書》載帝《與王朗書》曰：『生有七尺之形，死爲一棺之土，惟立德揚名，可以不朽，其次莫如著篇籍。疫癘數起，士人凋落，余獨何人，能全其壽？故論據所著《典論》、詩賦，蓋百餘篇。』又引胡冲《吴歷》曰：『帝以素書所著《典論》及詩賦餉孫權，又以紙寫一通與張昭。』，據此，則《典論》一書，乃文帝精心撰結，故自喜如此。

《隋書·經籍志》小學類：《一字石經典論》一卷。杭世駿《石經考异》曰：《水經注》言魏文帝刊《典論》六碑，列於石經之次。裴松之注《三國志》云：漢世西域舊獻火浣布，文帝以爲火性酷烈，無含生之氣，著之《典論》。及明帝立，詔三公曰：先帝昔著《典論》，不刊[二]之格言。其刊石於廟門之外及太學，與石經并，以永示來世。至齊王芳正始元年，西域使至，獻火浣布焉。於是刊滅此論，天下笑之。松之昔從征西至洛陽，見《典論》石在太學者尚存，而廟門外無之。愚按：《魏志》明帝太和四年二月戊子，以文帝《典論》刊石立於廟門之外。酈道元云，文帝刊之，誤矣。松之既稱刊滅此論，又云《典論》石在太學者尚存，而《伽藍記》云《典論》六碑至太和後魏孝文帝號。十七年猶有四存，《隋·經籍志》亦有《一字石經典論》一卷，意當時所謂刊滅者，第芟去『火浣布』一條，至於六碑，則仍立於太學，故裴松之、楊衒之等并得見也。

《隋志》儒家類：《典論》五卷，魏文帝撰。侯康《補三國藝文志》曰：《文選》有《典論·論文》，《魏志·文帝紀》注引《典論·自序》，《魏志·方技傳》注、《後漢書·方術傳》注，俱引《典論》論郤儉等事，《意林》引《典論·太子篇序》，據此，則是書各有篇名。又據《後漢書·獻帝紀》注、《袁紹傳》注，及《魏志》袁紹、劉表兩傳注，知其書兼有記事體。據卞蘭《贊述太子表》見《藝文類聚》卷十六。知其書成於爲太子時。

按《典論》自《宋史》始不著録，其書蓋亡於宋時。今全篇存者，僅《文選》之《論文》，及裴注之《自叙》而已。

此篇首自言能審己度人，故能作論文，不失其實。『故能免於斯累而作論文』爲一句，李注本誤於『累』字绝。次論七子，次論文

[二] 據杭世駿《石經考异》，作『朽』。

體，二節均見文非一體，鮮能備善。次論文氣，末述文章之用，而以『成一家言之可貴』終焉。

『下筆不能自休』，言其喜於得官，益奮於文，非譏其文之冗散也。

『享之千金』，黄先生曰：注作『享』是，言敝帚之直，通於千金，極言重視己物耳。作『享』無義。然『亨、享』古皆通作『亯』，特當訓爲『通』，而不當就『享』字立訓耳。亯，訓薦神，誠意可通於神，故又訓通。

『咸以自騁驥騄於千里』，『以自』《魏志》作『自以』。

『徐幹時有齊氣』，黄先生曰：文帝《論文》主於遒健，故以齊氣爲嫌。

『如粲之《初征》《登樓》《槐賦》《征思》』，按《初征》《槐賦》并見《全後漢文》九十，《登樓》見《文選》，《征思賦》佚。

『幹之《玄猿》《漏卮》《圓扇》《橘賦》』，《圓扇賦》見《全後漢文》九十三，餘并佚。

『應瑒和而不壯，劉楨壯而不密』，按壯即遒，密即麗也。《文心·才略篇》云：『應瑒學優以得文，劉楨情高以會采。』其意正同。

『孔融體氣高妙』至『至於雜以嘲戲』。按北海文如《薦禰衡表》《論盛孝章書》，皆卓犖遒亮。黄先生曰：不能持論，即遒而不麗。辭多則史矣。丁令盜牛羊，言妲己賜周公，皆嘲戲之著者。

此篇雖於七子之文各有推奬之語，而言表實有自負之意，特措詞蘊藉耳。觀『孔融不能持論』及『唯幹著論成一家言』二語，魏文自喜其持論甚明。通材能兼，殆自喻之談乎。論七子文一節宜參考下列各篇：《三國志·王粲傳》并裴注引《典略》。魏文帝《與吴質書》、曹子建《與楊脩書》。

『書論宜理，銘誄尚實，詩賦欲麗』，黄先生曰：『銘誄尚實，可以補《文賦》。誄纏綿而悽愴。然彼於碑下見此義。碑披文而相質。專作諛言，翻騰取勝，則書論不理矣；因題造哀，隨人可用，則銘誄不實矣。』案麗亦密緻也。

『文以氣爲主』，當與《文心·體性篇》相參。此所云氣，即材性之謂。材性隨人而殊，不能相肖，故曰：『不可力强而致。』又當與《文心·風骨篇》相參。文帝論文，以氣健爲貴。《與吴質書》亦曰：『公幹有逸氣，但未遒耳。』唐李德裕爲《文章論》本之曰：魏文《典論》稱『文以氣爲主，氣之清濁有體』，斯言盡之矣。然氣不可以不貫，不貫則英辭麗藻，如編球[一]綴玉，不爲全璞之寶。鼓

[一] 據李德裕《文章論》，作『珠』。

氣以勢壯爲美，勢不可以不息，不息則流宕而忘返[一]。亦猶絲竹繁奏，必有希聲窈眇，聽之者悦聞。如川流迅激，必有洄洑逶迤，視[二]之者不厭。從兄翰嘗[三]言「文章如千兵萬馬，風恬雨霽，寂無人聲」，蓋謂是矣。

「文章經國大業」已下，意趣與《與王朗書》大同。讀之使人意憤悱，是文中最警策處。黄先生曰：古文分段，有極難處。大抵漢晋之文可以分句讀，而不可以分段讀，唐宋之文則段落甚爲了然矣。即如此文，如用分段之法，則篇末一語，直是畸零。「然融等已逝」之語，正承「與物遷化」之意，以見著論不朽之難。雖欲劃分，其如神理不相接何。

辛、《非有先生論》

此篇假仕吴之事，明君臣之義，以諷武帝者也。入後「正明堂之朝，齊君臣之位，……薄賦税，省刑罰」，句句切指武帝時弊，諷刺之意至顯。劉向稱「朔之文辭，《客難》《非有先生論》二篇最善」。《漢書·東方朔傳》引《别録》。良然。

「夫談者有悖於目而佛於耳」，「而」字《漢書》無。

「躬親節儉」，「躬」字删。

「天下大治」，《漢書》作「治」。

《四子講德論》

此篇似效《非有先生論》。彼文純乎諷刺，此亦於頌揚之中寓諷諭之意。篇首至「才蔽於無人，行衰於寡黨，此古今之患」，子淵自致其意也。「若乃美政所施，洪恩所潤，不可究陳」已下，皆諷諫之辭也。「先生獨不聞秦之時邪」已下，又借秦相形，以諷在官者也。

此篇當與《聖主得賢臣頌》合看。此爲詩作傳，彼乃頌其意也。

[一] 據李德裕《文章論》，作「反」。
[二] 據李德裕《文章論》，作「觀」。
[三] 據李德裕《文章論》，作「常」。

布局：

甲、問答體

微斯文學問於虛儀夫子。凡三問三答

於是相與結侶，携手俱游，求賢索友。歷於西州，有二人焉，乘輅而歌，輐而聽之，問歌者爲誰，則所謂浮游先生陳邱子也。三問三答以下，陳邱子爲文學夫子解，夫子答陳邱子，又爲浮游先生解。

於是文繹復集，乃始講德。凡二問二答。

於是二客醉於仁義，飽於盛德，終日仰嘆，怡懌而悦服。

乙、賓主法

微斯文學　賓　虛儀夫子　賓中賓

浮游先生　主　陳邱子　主中賓

遣辭：

甲、排偶體

有句偶者。有句疊者。有累數句相排者。

乙、連珠體

夫特達而相知者，千載之一遇也。招賢而處友者，衆士之常路也。是以空柯無刃，公輸不能以斫，但懸繒繳[二]，蒲苴不能以射。

作法：

甲、比喻

一事爲喻　蚊虻終日經營，不能越階序，附驥尾則涉千里，攀鴻翮則翔四海。

〔二〕據《文選》，作「曼矰」。

二事爲喻　膺騰撇波而濟水，不如乘舟之迅〔二〕也，……未若遵塗之疾也。

數事爲喻　虎嘯而風寥唳，龍起而致雲氣，蟋蟀俟秋吟，蜉蝣出以陰。

乙、事類

用語　《易》曰：飛龍在天，利見大人。

用事　昔寧戚商歌以干齊桓，越石負芻而窹晏嬰。

『美玉蘊於碔砆』，據注作『武夫』。

『《書》云迪一人使四方若卜筮』，黄先生曰：子淵所引乃今文《尚書》，注不當引孔安國説。然今文《太誓》，孔亦有注，豈孔又别有今文《尚書》注乎？此疑不可解。

『非有聖哲之君』至『利見大人』，黄先生曰：子淵自用諸語入《聖主得賢臣頌》，可知此篇爲慘淡經營之作。

『偃息匐匍乎詩書之門』，黄先生曰：『匐匍』二字當删。上句『能』字與下句『域』宇〔三〕爲韵。

『省田官』，『田官』二字當互乙，作『官田』。

『周公受秬鬯』，注未詳。按《書·洛誥》周公曰：伻來毖殷，乃命寧予以秬鬯二卣。曰：明禋，拜手稽首休享。

『燋齒梟瞷』，燋齒，注未詳。黄先生曰：燋齒即墨齒也。梟瞷言其目似梟，今歐羅巴人種皆如此。

『未剋殫貨』，『剋』當作『克』。

四、《文選》論體文諸篇比觀

甲、摸擬例

《過秦論》　《六代論》

〔二〕據《文選》，作『逸』。

〔三〕據文意，應作『字』，又參閲陳松青點校《文選學》。

《辨亡論》　　《五等諸侯論》

上意與辭之相擬。　　上意之相擬。

乙、辨駁例

《六代論》　　《五等諸侯論》

李百藥《封建論》

士衡、百藥二篇，皆縱覽古今，崇論閎議，足相匹敵。然士衡意密，伯藥不及。士衡文組織錯綜，百藥亦遜焉。至文體之一凝練，一充鬯，則又時代爲之，不可强同者也。

丙、論難例

《養生論》

《難養生論》

《答難養生論》

對觀嵇、向二文，以察其詞之針鋒相對與夫持辨之法。

合觀嵇答向文與《養生論》原作，以窺其養生説之全。《養生論》引而未發者，答向文乃暢言之。《養生論》雖言及，而僅以格言出之者，答向文則列成條目，剖析詳盡，蓋理以辨駁而愈析愈明也。

丁、同事异文例

《運命論》

《辨命論》

《運命論》沿襲陳言，《辨命論》自抒新解，此見名理久而愈出，後生勝於前賢。

《運命論》温然其詞，《辨命論》意憤激無餘藴，此由作者興感之不同。

《運命論》辭雄肆而氣疏遠，《辨命論》辭駿厲而氣遒緊，此見文家風格之各殊。
《運命論》筆勢多排叠，《辨命論》文體尚整偶，此見齊梁與魏晋文格之蜕變。

戊、問答例

《非有先生論》
《四子講德論》
兩家文近縱横派，因詞鋒易盡，設爲問答，易於馳騁也。

己、删節例

《王命論》
《通鑒》載《王命論》
説見前。

庚、推廣例

朱公叔《絶交論》
《廣絶交論》
廣者大也，主於斥大舊文，增衍其義，揚雄有《廣騷》，《漢書》本傳。蔡邕有《廣連珠》，《御覽》四百五十九、八百十四引。皆此體之祖也。《絶交論》略見《後漢書》章懷注。

辛、駢散比較例

《廣絶交論》
韓愈《柳子厚墓志銘》『嗚乎士窮乃見節義』一段。

兩篇刻畫末世交態并盡其妙，此見駢散二體各有所長。

壬、時代比較例

《過秦論》

《辨亡論》

《辨亡》機局，全學《過秦》，而風格不類，此時代之异。

《過秦論》

《王命論》

《過秦》爲西漢初文。《王命》爲東京初文。故一則體格雄渾，揮斥以出。一則俳偶之迹，漸開六代。而氣格高舉，要自不可攀躋，蓋由西京而轉東漢之關者也。

附編二 《文選》專家研究舉例

陸士衡

一、陸士衡傳略

案《晉書・陸機傳》：機字士衡，吳郡今江蘇吳縣人也。祖遜，吳丞相。父抗，吳大司馬。機身長七尺，其聲如雷。少有异才，文章冠世。伏膺儒術，非禮不動。抗卒，領父兵，爲牙門將。年二十而吳滅，退居舊里，避〔一〕門勤學，積有十年。至太康末，與弟雲俱入洛，大傅楊駿辟爲祭酒。惠帝即位，遷太子洗馬、著作郎，歷吳王晏郎中令，遷尚書兵部郎，轉殿中郎。尋爲趙王倫相國參軍，封關中侯，進中書郎。倫誅，坐徙邊，遇赦。成都王穎表爲平原内史。太安初惠帝，穎與河間王顒起兵討長沙王乂，假機後將軍、河北大都督，敗於河橋。孟玖譖於成都王穎，機與弟雲及從弟耽并誅，年四十三。吳永安四年生，晋太安二年卒。公元二六一至三零三。機天才秀逸，辭藻宏麗。張華常〔二〕謂之曰：『人之爲文常患〔三〕才少，而子更患其多。』弟雲常〔四〕與書曰：『君苗見兄文，輒欲燒其筆硯。』後葛洪著書，稱『機文猶玄圃之積玉，無非夜光焉；五河之吐流，泉源如一焉。其弘麗妍贍，英鋭漂逸，亦一代之絶乎。』其爲人所推服如此。所著文章凡二百餘篇，并行於世。

《隋書・經籍志》載《晉平原内史陸機集》十四卷、《晉紀》四卷、《洛陽記》一卷。

清錢培名輯《小萬卷樓叢書》，中刊《陸士衡集》十卷、附《札記》一卷。又陸心源《群書校補》中有《二陸集》一卷。

〔一〕據《晋書》，作『閉』。
〔二〕據《晋書》，作『嘗』。
〔三〕據《晋書》，作『恨』。
〔四〕據《晋書》，作『嘗』。

二、陸士衡文評

鍾嶸《詩品》云：陸機其源出於陳思，才高辭贍，舉體華美。氣少於公幹，文劣於仲宣。尚規矩，不貴綺錯，有傷直致之奇。然其咀嚼英華，厭飫膏澤，文章之淵泉也。張公嘆其大才，信矣！

《文心雕龍・才略篇》云：陸機才欲窺深，辭務索廣，故思能入巧而不制繁。

又《體性篇》云：士衡矜重，故情繁而辭隱。

又《鎔裁篇》云：士衡才優而綴辭尤繁，士龍思劣而雅好清省。及雲之論機，極〔一〕恨其多，而稱清新相接，不以爲病，蓋崇友於耳。

案《文心・詮賦》《頌贊》《哀吊》《論説》《檄移》《議對》《書記》《史傳》《聲律》《事類》《時序》《程器》《序志》諸篇，於士衡文并有論列，兹不具録。

又案《陸雲集・與兄平原書》，其中數首，於士衡文評論極當，允宜參考。

唐太宗《晋書・陸機傳論》曰：古人云：『雖楚有才，晋實用之。』觀夫陸機、陸雲實荆衡之杞梓，挺珪璋於秀實，馳英華於早年。風鑒澄爽，神情駿〔二〕邁；文藻宏麗，獨步當時；言論慷慨，冠乎終古。高詞迥映，如朗月之目縣〔三〕光，叠意迴舒，若重巖之積秀。千條析理，則電拆霜開；一緒連文，則珠流璧合。其詞深而雅，其意〔四〕博而顯，故足遠超枚、馬，高躡王、劉，百代文宗，一人而已。然其祖考重光，羽楫吴運，文武奕葉，將相連華。而機以廊廟蘊才，瑚璉標器，宜其承俊乂之慶，奉佐時之業，申能展用，保譽流功。屬吴祚傾基，金陵畢氣，君移國滅，家喪臣遷。矯翮南辭，翻棲火樹；飛鱗北逝，卒委湯池。遂使穴碎雙龍，巢傾兩鳳；激浪之心未騁，遽骨脩鱗；凌雲之意將騰，先灰勁翮；望其翔躍，焉可得哉？夫賢之立身，以功名爲本；士之居世，以富貴爲先。然則榮利人之所貪，禍辱人之所惡。故居安〔五〕保名，則君子處焉；冒危履貴，則哲士去焉。是知蘭植中塗，必無經時之翠；桂生幽壑，終保

〔一〕據《文心雕龍》，作『亟』。
〔二〕據《晋書》，作『俊』。
〔三〕據《晋書》，删除『目』，『縣』作『懸』。
〔四〕據《晋書》，作『義』。
〔五〕據《晋書》，作『安居』。

彌年之丹。非蘭窓而桂親，豈塗害而壑利？而生滅有殊者，隱顯之勢异也。故曰衒美非所，罕有常安，韜奇擇居，故能全性。觀機、雲之行己也，智不逮言矣。睹其文章之誡，何知易而行難。自以智足安時，才堪佐命，庶保名位，無忝前基。不知世屬未通，運鍾方否；進不能闢昏匡亂，退不能屏迹全身。而奮力危邦，竭心庸主；忠抱實而不諒，謗緣虛而見疑；生在己而難長，死因人而易促；上蔡之犬，不誡於前；華亭之鶴，方悔於後。卒令覆宗绝祀，良可悲夫。然則三世爲將，釁鍾來葉；誅降不祥，殃及後昆。是知西陵結其凶端，河橋收其禍末，其天意也，豈人事乎？

葉適《習學記言》云：自魏至隋唐，曹植、陸機爲文士之冠。植波瀾闊而工不逮機。植猶有漢餘體，機則格卑氣弱，雖杼軸自成，遂與古人隔绝，至使筆墨道廢數百年，可嘆也。案此論甚謬。然機於文字組織錯綜之間，特〔一〕有其功，雖古今豪傑名〔二〕世者，亦有所不能。復觀其譏切曹冏，案齊王冏姓司馬。以退爲高，而托寄非所，竟夷其族，乃知文人能言者多，能行者少，固無所取於智也。

張溥《陸平原集》題詞云：陸氏爲吴世臣，士衡才冠當世，國亡主辱，顛沛圖濟。成則張子房，敗則姜伯約，斯其人也。俯首入洛，竟縻晋爵，身事仇讎，而欲高語英雄，難矣！太康末年，釁亂日作，士衡預誅賈謐，俛得通侯，俗人謂福，君子謂禍。趙王誅死，羈囚廷尉，秋風蒓鱸，可早决機〔三〕。復戀成都活命之恩，遭孟玖青蠅之譖；黑幰告夢，白帢受刑；畫獄自投，其誰戚哉？張茂先博物君子，昧於知止，身族分滅，前車不遠，同堪痛哭。然寃結亂朝，文懸萬載；《弔魏武》而老奸掩袂，賦《豪士》而驕主〔四〕喪魄；《辨亡》《五等》懷宗國之憂，陳建侯之利。北海以後，一人而已。排沙簡金，輿公造喻；子患才多，司空嘆美。尚屬輕今賤目，非深知平原者也。

劉熙載《文概》云：六代之文，麗才多而鍊〔五〕才少。有鍊才焉，如陸士衡是也。蓋其思能入微，而才復足以籠鉅，故其所作，皆傑然自樹質幹。《文心雕龍》但目以『情繁辭隱』，殊未盡之。

自文衰於東漢，唐人好爲此言。而百代宗仰，未嘗绝焉。以我謏聞，徵諸前載，若夫伯喈之銘頌、子建之詩賦，并見稱當世，垂裕後來。至於士衡之文，論其氣厚，則得於子建，溯其詞雅，則祖之伯喈，而製篇之密，結體之奇，抑又過之。自唐以上，同響相推，不

〔一〕據葉適《習學記言》，作『實』。
〔二〕據葉適《習學記言》，作『命』。
〔三〕據《漢魏六朝百三家集》，作『幾』。
〔四〕據《漢魏六朝百三家集》，作『王』。
〔五〕據《藝概》，作『練』，下同。

僅稚川近接風流，致其尊敬，文皇深知文變，盡彼推崇者也。至陸氏平生，唐宗所論至悉，蘭摧桂折，异世同悲。然觀士衡及蔡邕文，非不知明哲自保，而終結釁河橋，興鶴唳之嘆，斯可痛惜也。

《演連珠》五十首

一、體式

連珠之體，大率先立理以爲基，繼援事以爲證。近世論之者謂有合於印度之因明，遠西之邏輯。詳加玩味，其言非誣。彥和稱『士衡運思，理新文敏，而裁章置句，廣於舊篇』，故結體彌多變化。今析爲六類述之：略本吾友黎劭西説。

（一）先舉事例，次明理由。

臣聞鑽燧吐火，以續暘[一]谷之晷；揮翮生風，而繼飛廉之功。是以物有微而毗著，事有瑣而助洪。第十九首。

此首『是以』下文，所以詮釋上舉事例，如邏輯上之歸納法然。第三十首及第三十一首同。

又第六首云：

臣聞靈輝朝覯，稱物納照；時風夕灑，程形賦音。是以至道之行，萬類取足於世；大化既洽，百姓無匱於心。

此首『是以』下文，先明溥遍之理，如大前提然。次歸到本旨，如斷案然。蓋連珠之作，大都述陳治理，獻之人主以資治也。第十八首同。又：

臣聞圖形於影，未盡纖麗之容；察火於灰，不睹洪赫之烈。是以問道存乎其人，觀物必造其質。第四十六首。

此首『是以』下文，先歸到本旨，次結以普遍之理，與上例相反。又：

臣聞利眼臨雲，不能垂照；朗璞蒙垢，不能吐輝。是以明哲之君，時有蔽壅之累；俊乂之臣，屢抱後時之悲。第十三首。

此首『是以』下文，全歸到本旨，不更及普遍之大前提。第十四首、十七首、二十首、三十三首及三十四首并同。

（二）先設喻，繼舉例，略去理由。

[一] 據陸機《陸士衡集》，作『湯』。

臣聞聽極於音，不慕鈞天之樂；身足於蔭，無〔一〕假垂天之雲。是以蒲、密之黎，遺時雍之世；豐、沛之士，忘桓撥之君。第三十二首。

又第七首同。

（三）先明理由，繼舉事例，與「（一）」相對。

臣聞應物有方，居難則易；藏器在身，所乏者時。是以充堂之芳，非幽蘭所難；繞梁之音，實縈弦所思。第十首。

此首「是以」下文，尚爲設喻，其本旨則隱而不言，令覽者微悟。第十一首同。又第九首云：

臣聞積實雖微，必動於物；崇虛雖廣，不能移心。是以都人冶容，不悅西施之影；乘馬班如，不輟太山之陰。

此首「是以」下文，乃實例也。第二十八首、四十三首、四十九首及五十首并同。

（四）先設喻，次明理，終以斷案。

臣聞鑒之積也無厚，而照有重淵之深；目之察也有畔，而眡周天壤之際。何則？應事以精不以形，造物以神不以器。是以萬邦凱樂，非悅鐘鼓之娛；天下歸仁，非感玉帛之惠。第八首。

此式最密，與因明脗合。因明有宗、有因、有喻宗者建立主義，因者說明理由，而喻則旁徵物理以爲佐證也。第二十四首及三十九首并同。

（五）先言理，次設喻，終以斷案，與「（四）」相對。

臣聞任重於力，力〔二〕盡則困；用廣其器，應博則凶。是以物勝權而衡過〔三〕，行〔四〕過鏡則照窮。故明主程才以效業，貞臣底力而辭豐。第二首。

第二十七首，及四十一首，并同。

（六）喻與理，起結各具。

〔一〕據陸機《陸士衡集》，作「不」。

〔二〕據陸機《陸士衡集》，作「才」。

〔三〕據陸機《陸士衡集》，作「殆」。

〔四〕據陸機《陸士衡集》，作「形」。

臣聞托闇藏形，不爲巧秘[二]；倚智隱情，不足自匿。是以重光發藻，尋虛捕景；大人貞觀，探心昭忒。第二十五首。

臣聞烟出於火，非火之和；（和所因以爲烟者。）情生於性，非性之適。（謂非出於性之自然。）故火壯則烟微，性充則情約。是以殷墟有感物之悲，周京無佇立之迹。第四十二首。

此首於結論中更舉實例相明，與上文遞引而出，又一格也。

二、命意

連珠之體，旨約詞微，有宜細繹而後能了者。今撮舉全文大意如次。

第一　此喻君象天地而任賢。
第二　此言君當度才授任，臣當量能受官。
第三　此言賢才無時不有，非取足於天地之特生。
第四　此喻棄賢才而信妖妄。
第五　此誡世卿。
第六　此言王道之成。
第七　此言高尚之士非物色所能致。
第八　此言化物不在形而發之末。
第九　此言事虛不如實。
第十　此喻賢者不遇時。
第十一　此喻大才不假藉於人。
第十二　此言忠貞之臣非有所爲而然。
第十三　此喻信讒。
第十四　此言貞烈之行，臨難益見。

[二] 據陸機《陸士衡集》，作「密」。

第十五　此言良臣能消於未然。
第十六　此言事貴適時會。
第十七　此喻因藉者易爲力。
第十八　此明實用。
第十九　此言小可以助大。
第二十　此言賞不遺賤、罰不遺貴。
第二十一　此言事在外則易致，妙在内則難精。
第二十二　此言物理物性各歸一定，更不能於一定之外得加毫末。
第二十三　此言妙理非恒情所知。
第二十四　此言道可傳，神不可傳。
第二十五　此言人不能以智匿詐。
第二十六　此言去讒。
第二十七　此喻當隨時用賢，不必空慕古人。
第二十八　此喻繫乎物者不可以力强。
第二十九　此喻人心深阻。
第三十　此言用各有殊。
第三十一　此言隱逸之心。
第三十二　此即賈生所言『元元之民冀得安其性命』也。
第三十三　此言世昏則賢愚俱困、時明則短長并用。
第三十四　此言遠微之理在於近顯。
第三十五　此言應物不師成心。
第三十六　此喻爲治之具圖其大，亦不可忽乎其細。
第三十七　此言人無兼才。

第三十八　此喻足己而無外慕。
第三十九　此言物無恒性，惟人所化。
第四十　此明故舊不可忘。
第四十一　此喻暴政欲速而不達，善治無爲而自成。
第四十二　此明情欲縱而喪身亡國也。
第四十三　此喻隨宜异用，則所適皆通也。
第四十四　此明賢者重義輕身。
第四十五　此言通變守要之用。
第四十六　此言貴探本。
第四十七　此言遠者不必難知，近者不必易察。
第四十八　此言士節不可奪。
第四十九　此明理有定分。
第五十　此言貞士不易其操。

三、校釋

善注用劉孝標舊注。按《隋志》尚有何承天注，孝標亦組織成文耳。然注釋之文，亦以華詞爲之。若此注與颜、沈《咏懷詩》注，文采連犿，復須解説而後能了，是亦一病已。

第二十一首『瞽史清耳而無伶倫之察』，黄先生曰：『史』當作『叟』。

第三十九首『牽乎動則静凝，係乎静則動貞』，黄先生曰：猶言舟牽動者也，無波則止；屋系静者也，有風則動。後文盗跖合舟，貞女合屋，動貞謂動其貞也，此足字成韵耳。其實上句止言静，下句止言動。舟本動，而無波則止；屋本静，而有風則動。李注互易其義，而説凝爲止，甚非。

第四十二首『周京無伫立之迹』，黄先生曰：此當以『踧踧周道，鞠爲茂草』説之。劉、李注皆未了然。

第四十四首，黄先生曰：謂貪利者理，全生者勢，惜死者道，取義者權。李注非。

《豪士賦序》

《晉書·陸機傳》齊王冏矜功自伐，受爵不讓。機惡之，作《豪士賦》以刺焉。冏不知悟，而竟以敗。

案齊王冏，獻王攸之子。趙王倫簒位，冏起軍，移檄告成都、河間、常山、新野四王。成都軍既破倫，惠帝反正。冏率衆入洛，天子就拜大司馬，加九錫。冏於是輔政，大築第館，毁壞樓舍以百數，使大匠營制，與西宮等。沉於酒色，寵親昵何勖等，號曰五公。於是朝廷側目，海内失望。主簿王豹屢有規箴，冏收殺之。河間王顒起兵討冏，長沙王乂發兵攻冏府。冏見敗，斬於閶闔門外。冏未敗時，前賊曹屬孫惠上諫稱天下有五難，四不可，而明公皆居之，鄭方亦數其五失，大致與士衡所賦相同。

士衡文細意極富，襯筆極多，而又運以潛氣，織以琦辭，自非静志研尋，不能得其脉絡。此文分析不過五大段，而每段皆以三四細意襯出之。自《史記·伯夷列傳》外，用襯筆之衆，未有類此文者也。學者誠能熟讀而精思之，豈有不能用筆不能達意之患乎？今細釋之如次。

自篇首至「任出才表」，總言齊王之功，得之時勢，而不必多矜。此中「立德」句至「不足繁哀響」，成立「立功由時」之理。「是故」句至「居伊周之位」句，證成「立功由時」之説。「我之自我」至「任出才表」，言所以矜功自伐之故。

「且好榮惡辱」至「必傷其手」，總言高位之足以賈禍。此中「好榮惡辱」四句，言致禍之由。「人主」句至「自下財物」，言天子分尊名正，尚有背叛，何况權臣。「廣樹恩」四句，斷其必無幸理。

「且夫」句至「易聖哲所難」，又言權勢震主足以賈禍。此中「且夫」句至「非其然者歟」，成立高位招忌之理。「嗟呼」句至「固其所也」，言忠賢之臣且招主忌。「因斯以談」至「易聖哲所難」，斷言短才大位，必見誅夷。

「身危」至「蓋謂此也」，敷言其闇於避禍之道。此中「身危」句至「怨行乎上下」，明斥齊王之所爲。「衆心」至「蓋爲此也」，明其所爲適足以賈禍。

「夫惡欲之大端」句盡篇末，明諷刺齊王之意。此中「惡欲大端」至「唯此而已」，言人情之所最愛者，唯名與位。「蓋世之業」六句，言齊王名位已隆。「借使」句至「名逾劭」，言果能引退，則名位益隆。「此之不爲」至「豈不謬哉」，惜其闇於利害，而名位俱不能保。篇末二句言寤百世，乃遜詞爾。

「君奭鞅鞅不悦公旦之舉」，《文選》李善注引《尚書序》曰：召公爲保，周公爲師，相成王爲左右，召公不悦。案《漢書·王莽傳》引《君奭》文，又引《説》曰：周公服天子之冕，南面而朝群臣，發號施令，常稱王命。召公賢人，不知聖人之意，故不説。

《漢書》景帝目送周亞夫曰：此之鞅鞅，非少主臣也。案《方言》『鞅，懟也[一]』，郭注『鞅，猶怏也』。《説文》『怏，不服懟也』，作怏爲正字。

『高平師師，側目博陸之埶』，李善注引班固述魏相曰：『高平師師，惟辟作威。圖黜凶害，天子是毗。』案《魏相傳》霍光先以事下相廷尉獄，久繫。後相爲御史大夫，因許伯奏封事，言霍氏驕奢放縱，宜損奪其權，破散陰謀。又白去副封霍氏殺許后之謀，始得上聞。乃罷其三侯，令就第。霍氏怨相，謀矯太后詔先召斬相，然後廢天子。事發覺，伏誅。文所云『側目』及注引班語謂此。

『伊尹抱明允以嬰戮』，善注引《紀年》曰：太甲潛出自桐，殺伊尹。沈約注謂《紀年》此文，後世所加。按據杜預《左傳集解後序》，則太甲潛出自桐殺伊尹，確是《紀年》本文。

『耳飽從諛之語』，《漢書·衡山王傳》：『日夜縱臾王謀反事。』縱，子勇反；臾，讀曰勇。《史記》云：『日夜從容王謀反事。』《正義》上，子勇反；下讀曰勇。謂勸奬也。此『從諛』與『縱臾』同。

《謝平原内史表》

何義門謂此文亦學蔡中郎《讓高陽侯表》。合讀之良然。今録伯喈文於左。

臣稽首。受詔怔營喜懼，精魄播越[二]，恍惚如夢，不敢自信。臣伏惟糠粃小生，學術虚淺。少竊方正，長歷宰府，備數典城，著作東觀，無狀取罪，捐棄朔野。蒙恩徙還，退伏甽畝。復階朝謁，進察[三]憲臺。遂充機密，令守巴郡。還備侍中，車駕西還，執鞭跨馬，及看輪轂，升輿下軫，扶接聖躬。既至舊京，出備郎將，中外所疑，對越省闥。群臣之中，特見褒异。訖無鷄犬鳴吠之用，常以汗墨愧負恩寵。誠不意寤，猥與公卿以下録功受賞，命服金紫，爵至通侯，非臣草萊功勞微薄所當被蒙。臣邕頓首死罪。臣十四世祖肥如侯佐命高祖以受爵賞，統嗣曠绝，除在匹庶。臣孑遺苗裔，復蒙顯封。前上有『挩』字。功輕重不侔，慚惶屢[四]息，無心怡寧。唐虞之朝，猶美三讓，臣者何人，受而不讓？臣不勝戰悼怵惕，詣闕拜章，上所假高陽侯印綬符策，伏受罪誅[五]。臣得微勞被受爵邑，光寵榮華，

[一] 據《方言》，作『鞅，倖懟也』。
[二] 據《全上古三代秦漢三國六朝文》，作『超』。
[三] 據《全上古三代秦漢三國六朝文》，作『發』。
[四] 據《全上古三代秦漢三國六朝文》，作『累』。
[五] 據《全上古三代秦漢三國六朝文》，作『誅』。

耀熠祖禰；非臣小族陋宗、器量褊狹所能堪勝，非臣力用勤勞有所當受，誠無安寧甘悅之情。拘迫國憲，上行下不敢逆。苟順恩旨，退省金龜紫綬之飾，非臣容體所當服佩。中讀符策誥戒之詔，非臣才量所能祇[一]奉。歷日彌久，震懼益甚。臣聞高祖受命，元功翼德者，與共天下爵土，故曰：『使黄河若帶，太山若礪，國之[二]永存，爰及苗裔。』夫山河至大，猶謂之小，重功輕賞，如此其至也。是以戰攻[三]之事，大有陷堅破敵、斬將搴旗之功，小有馘截首級、履傷涉血之難，勤苦軍旅，連年累歲，首如蓬葆，體如漆幹，勞瘁辛苦，如此其重也。以受爵土，誰曰不宜？今者聖朝遷都，應天順人，奔走之役，臣僕職分宜然。臣事輕葭莩，功薄蟬翼，恐史官録書臣等在功臣之列，陷恩澤之科垂名後葉，作戒末嗣，非本朝之德政，御臣之長策。臣是以宵寢晨興，叩膺增嘆，心煩慮亂，喘呼息吸。且鷦鷯巢林，不過一枝，偃[四]鼠飲河，不過滿腹，小人之情，求足而已。不勝大願，乞如前章云云。

《吊魏武帝文》

《文心·哀吊篇》云：陸機之《吊魏武》，序巧而文繁。

黄先生曰：此文誚辱魏武亦云酷矣，特托之傷懷耳。

黄先生曰：『豈不以資高明之質』四句，已有曹孟德在其言内矣。

『不能振形骸之内』，謂形骸有時而衰，故不能自振受困魏闕之下，謂老病不能身出國門，故受困。

『長筭屈於短日』二句，黄先生曰：冒下『曩以天下自任』云云。

『吾婕妤伎人』至『學作履組也』，案建安十四年作銅雀臺，令曰：百年之後，汝曹皆當出嫁。汝等時時登銅雀臺望吾西陵墓田。

案汝等指丕等，然陸以望田屬之伎人，故文士亦沿用之。

『愛有大而必失』二句，愛謂生，惡謂死。注不了了。

『前識所不用心』，黄先生曰：『前識』謂前世之識者，注引《老子》言非。

《吊文篇》首至『固舉世之所推』已上，言魏武牢籠萬有，經營八極之概。

[一] 據《全上古三代秦漢三國六朝文》，作『祇』。

[二] 據《全上古三代秦漢三國六朝文》，作『以』。

[三] 據《全上古三代秦漢三國六朝文》，作『功』。

[四] 據《全上古三代秦漢三國六朝文》，作『鼴』。

『指六軍曰念哉』已上，叙魏武歸自關中，死於洛陽。

『戢彌天乎一棺』已上，言托姬女季豹之非。

『獻兹文而悽傷』已上，言作脯、進伎、分香、賣履、别藏裘綬之非。

『彼人事之大造』，黄先生曰：大造，謂數之大成也。

『雖龍飛於文昌』，何焯云：『文昌即操所謂吾其爲周文王也，注非。』案《魏都賦》造文昌之廣殿，劉注：正殿名也。又《水經注》曰：魏武封於鄴，爲北宫，宫有文昌殿。

『非王心之所怡』，黄先生曰：謂志希九有，不以王位爲足也。

『憤西夏以鞠旅』至『彌四旬而成灾』，何云：此言操以西征無功，發憤疾作，與《魏志》不同，蓋諱之也。諸葛武侯《正議》云：孟德以其譎勝之力，舉數十萬之師，救張郃於陽平，勢窮慮悔，僅能自脱。辱其鋒鋭之衆，遂喪漢中之地。深知神器不可妄獲，旋還未至，感毒而死。以此證知武侯之言也信。

『援貞咎以惎悔』，『咎』改『吝』，李注大謬。貞，謂軍中持法是。吝，謂小忿。大過失，不當效，即在我不臧也。

『盻美目其何望』，『盻』依注義當改『貯』。

『既晞古以遇累』二句，《魏志》建安二十三年六月令曰：古之葬者必居瘠薄之地。其規西門豹祠西原上爲壽陵，因高爲基，不封不植。

《文賦》

唐以前論文之篇，自劉彦和《文心》而外，簡要精切，未有過於士衡《文賦》者。顧彦和之作，意在益後生。士衡之作，意在述先藻。又彦和以論爲體，故提綱疏目，條秩分明。士衡以賦爲體，故略細明鉅，辭約旨隱。要之言文之用心莫深於《文賦》，陳文之法式莫備於《文心》，二者固莫能偏廢也。往者李善注《選》，類引事而鮮及意義，獨於《文賦》疏解特詳。資來學以津梁，闡藝林之鴻寶，意至善也。第精理微言，猶未曲暢。張皇補苴，尚待後人。吾友鄭石君嘗剌取昔賢論文足與《文賦》相印證者彙而録之。今鈎稽群籍，就加沾益，注有未暢，并爲詮釋，聊備學者參鏡爾。

文賦

陸《賦》巧而碎亂。《文心·序志》。昔陸氏《文賦》號爲曲盡。然泛論纖悉，而實體未該。《總術》。按彦和言碎亂者，蓋謂不能具條貫。然陸本賦體，勢不能如散文之叙録有綱，此與《總術篇》所云皆疑少過。

陸機《文賦》通而無貶。鍾嶸《詩品序》。

陸機二十爲《文賦》。杜甫《醉歌行》。按《文賦》李善注引臧榮緒《晋書》：『機少領父兵，爲牙門將。年二十而吴滅，退臨舊里，與弟雲勤學積十一年，譽流京華，天才綺練，當時獨絶。妙解情理，心識文體，故爲《文賦》。』非謂作賦即在此時，杜似誤引。

『恒患意不稱物，文不逮意。』方其搦翰，氣倍辭前。暨乎篇成，半折心始。何則，意翻空而易奇，言徵實而難巧也。《文心·神思》。文章轉進，但才少思難，每於操筆，其所成篇殆無全稱者。范曄《獄中與諸甥侄書》。

『佗日殆可謂曲盡其妙。』黄先生云：『謂』字是羨文。此言今以能爲難，佗日庶幾能之耳。按俞正燮以『謂』字宜移置句首，傳寫誤倒，説亦可從。

『遵四時以嘆逝。』按《士衡集》有《感時賦》《嘆逝賦》。

『悲落葉於勁秋，喜柔條於芳春。』獻歲發春，悦豫之情暢。滔滔孟夏，鬱陶之心凝。天高氣清，陰沉之志遠。霰雪無垠，矜肅之慮深。歲有其物，物有其容。情以物遷，辭以情發。《文心·物色》。

『咏世德之駿烈。』按《士衡集》有《祖德賦》《述先賦》。陸機之辭賦先陳世德。庾信《哀江南賦序》。

『其始也，皆收視反聽，耽思傍訊。』陶鈞文思，貴在虚静。疏瀹五藏，澡雪精神。《文心·神思》。

『傾群言之瀝液，漱六藝之芳潤。』陳同甫在太學論作文之法曰：不用古人句，只用古人意，此即昌黎所謂師其意不師其辭也。爲文直録書籍，則〔一〕人譏之爲稗販，言其如負販子也。亦曰胥鈔，言其如鈔寫吏也。《文賦》云：『傾群言之瀝液，漱六藝之芳潤。』必如此乃爲食古而化。袁守定《佔畢叢談》。

『浮天淵以安流，濯下泉而潛浸。』黄先生云：二句須聯『沉辭』以下解之，喻隱者能顯之，揚者能抑之。

『收百世之闕文』至『啓夕秀於未振』。『雖杼軸於予懷，怵他人之我先。』

〔一〕據袁守定《佔畢叢談》，作『前』。

「收百世之闕文」四句，黄先生云：意言去故就新也。

陸機曰：「怵他人之我先。」韓退之曰：惟陳言之務去。假令述笑哂之狀曰「莞爾」，則《論語》言之矣；曰「啞啞」，則《易》言之矣；曰「粲然」，則穀梁子言之矣；曰「攸爾」，則班固言之矣；曰「囅然」，則左思言之矣。吾復言之，與前文何异？李翱《答王載言書》。文貴不襲陳言，亦其大體耳，何至字字求异，如翱之説，天下安得許新語邪。甚矣，唐人之好奇而尚辭也。王若虚《文辨》。「謝朝華於已披，啓夕秀於未振」，學詩者尤當深領此。陳腐之語固不必涉筆端，然求去其陳腐不可得，而翻爲怪怪奇奇不可致詰之語，以欺人自欺，學者之大病。葛立方《韵語陽秋》一。

「選義按部，考辭就班。」凡構思之始，衆妙紛呈，茫無統紀。必擇其意貫氣屬，應節而不雜者，屬而爲文。陸平原所謂選義按部，考辭就班也。《佔畢叢談》。

「抱景者咸叩，懷響者畢彈。」二句言應有之誼皆無所遺。

「或因枝以振葉，或沿波而討源，或本隱以之顯。」凡大體文章，類多枝派。整派者依源，理枝者循幹。是以附辭會義，務綜綱領，驅萬塗於同歸，貞百慮於一致。使衆理雖繁，而無倒置之乖，群言雖多，而無紛絲之亂。扶陽而出條，順陰而藏迹。首尾周密，表裏一體。此附會之術也。《文心·附會》。

「或虎變而獸擾，或龍見而鳥瀾。」黄先生曰：二句言文之來若龍虎，而馴擾之如鳥獸。瀾猶闌也，言在籠笯之中。李注迂曲。

「理扶質以立幹，文垂條而結繁。」「辭程才以效伎，意司契而爲匠。」常謂情志所托，故當以意爲主，以文傳意。以意爲主則其旨必見，以文傳意則其詞不流。然後抽其芬芳，振其金石耳。范曄《與諸甥侄書》。

夫才量學文，宜正體製，必以情志爲神明，事義爲骨髓，辭采爲肌膚，宫商爲聲氣。然後品藻玄黄，摛振金玉，獻可替否，以裁厥中，斯綴思之恒數也。《文心·附會》。情者文之經，辭者理之緯。經正而後緯成，理定而後辭暢，此立文之大本[二]也。《情采》。

凡爲文以意爲主，以氣爲輔，以辭彩章句爲之兵衛。意全盛者辭愈朴而文愈高，意不勝者辭愈華而文愈下[三]。是意能遣辭，辭不能成意。杜牧《答莊充書》。

但當以理爲主，理得而辭順，文章自然出群拔萃。黄庭堅《與王觀復書》。

[二] 據《文心雕龍》，作「本源」。

[三] 據杜牧《樊川文集》，作「鄙」。

『思涉樂其必笑，方言哀而已嘆。』談歡則字與笑并，論蹙則聲共泣偕。《文心·夸飾》。

王半山詞瘦削雅素，一洗五代舊習。惟未能涉樂必笑，言哀已嘆。故深情之士不無間〔一〕然。劉熙載《詞曲概》。

『或操觚以率爾，或含毫而邈然。』按率爾謂文易成也，邈然謂思之杳無得也。一易一難，與上文所云『或妥帖而易施，或岨峿而難安』一例，不作文思深遠解。下文『函綿邈於尺素』，是言文思深遠。

駿發之士，心總要術，敏在慮前，應機立斷。覃思之人，情饒歧路，鑒在疑後，研慮方定。相如含筆而腐毫，枚皋應詔而成賦。《文心·神思》。

『課虛無以責有，叩寂寞以求音』。黄先生曰：二句極狀用意之精微。

凡拈題之始，心與理冥，略無所睹。思之則出，深思則愈出。陸平原所謂『課虛無以責有，叩寂寞以求音』也。《佔畢叢談》。

『言恢之而彌廣，思按之而逾深。』陸機才欲窺深，辭務索廣，故思能入巧而不制繁。《文心·才略》。

『體有萬殊，物無一量。』『其爲物也多姿，其爲體也屢遷。』原夫文章之作，本乎情性。覃思則變化無方，形言則條流遂廣。詩賦與奏議异軫，銘誄與書論殊塗。撮其指要，舉其大抵，莫若以氣爲主，以文傳意。考其殿最，定其區域。摭六經、百氏之英華，探屈、宋、卿、雲之秘奧。其調也尚遠，其旨也在深，其理也貴當，其辭也欲巧。然後瑩金璧，播芳〔二〕蘭，文質因其宜，繁約適其變。權衡輕重，斟酌古今。和而能壯，麗而能典。焕乎若五色之成章，紛乎猶八音之繁會。夫然，則魏文所謂通才足以備體矣，士衡所謂難能足以逮意矣。《北周書·王褒庾信傳論》。

『亮功多而累寡，故取足而不易。』張華論韵，謂士衡多楚，《文賦》亦稱知楚不易。《文心·聲律》。黄先生云：彦和蓋引『取足不易』之言，以明士衡多楚，不以張公之言而變。『知楚』二字，乃涉上文字而訛。

『夸目者尚奢，愜心者貴當。』夫篇章雜沓，質文交加，知多偏好，人莫圓該。慷慨者逆聲而擊節，醞藉者見密而高蹈，浮慧者觀綺而躍心，愛奇者聞誇〔三〕而驚聽。《文心·知音》。

桓譚稱文家各有所慕，或好浮華而不知實核，或美衆多而不見要約。陳思亦云世之作者，或好煩文博采，深沉其旨者，或好離言辨白，分毫析厘者，所習不同，所務各异。《定勢》。

〔一〕據劉熙載《藝概》，作『閑』。
〔二〕據《周書》，作『芝』。
〔三〕據《文心雕龍》，作『詭』。

「言窮者無隘。」黄先生云：「無」當作「唯」。

「詩緣情而綺靡」。詩賦欲麗。《典論·論文》。四言正體，則雅潤爲本。五言流調，則清麗居宗。《文心·明詩》。

昔陸平原之論文曰：「詩緣情而綺靡。」是彩色相宣，烟霞交映，風流婉麗之謂也。芮挺章《國秀集序》。

以綺麗説詩，後之君子所斥爲不知理義之歸也。嘗讀《東山》之詩矣，周公但言「慆慆不歸」及「勿士行枚」數言而已足矣。彼夫蠋在桑野、瓜在栗薪、伊威在室、蠨蛸在户，町畽近廬舍而鹿以爲場，熠耀乃倉庚而螢以爲號，未至而婦嘆於室，既至而親結其縭，皆贅言也。又嘗讀《離騷》矣，屈子但言「國無人莫我知」及「指九天以爲正」，亦數言而可畢矣。彼夫駟玉虬、戒鸞皇、飲咸池、登閬風，索宓妃而求簡狄，占靈氛而要巫咸，始之秋蘭秋菊，終之瓊佩瓊靡，皆空談也。是則少陵之傑句無如「老夫清晨梳白頭」，昌黎之佳作莫若「老翁真個似童兒」。「一二三四五六七」，固唐賢人日之著題。「枇杷橘栗桃李梅」，且漢代大官之本色。香山《長慶集》必老嫗可解也，鄭谷《雲臺編》必小兒可教也。古樂府之《魚戲》，「魚戲蓮葉東，魚戲蓮葉西。魚戲蓮葉南，魚戲蓮葉北。」《浣花》之《杜鵑》，「西川有杜鵑，東川無杜鵑，涪萬無杜鵑，雲安有杜鵑。」元劉仁本之《蕨萁》，「東山有蕨萁，南山有蕨萁，西山有蕨萁，北山有蕨萁。」明袁中郎之《西湖》，「一日湖上行，一日湖上坐。一日湖上住，一日湖上卧。」同一排比也。晋之《懊儂》，「江陵去揚州，三千三百里。已行一千三，所有二千在。」蘇之《静坐》，「無事此静坐，一日似兩日。若活七十年，便是百四十。」同一真率也。刻畫而有唐之盧延遜，坦易而有明之莊定山，幾於風雅掃地矣。窅窅乎思乙若抽，淵淵乎言長不足，起輪囷之調，揚縹渺之意。《典論》《文賦》之言，竊謂未可盡非也。汪師韓《詩學纂聞》。

詩，承也，持也，承人心理[一]而持之。以風上化下，使感於無形，動於自然。故貴以詞掩意，托物寄[二]興，使吾志曲隱而自達，聞者激昂而欲[三]赴。其所不及設施而可見施行，幽窈曠朗、抗心遠俗之致，亦於是達焉。非可快意騁辭，自杖[四]其偏頗，以供世人之喜怒也。自周以降，分爲五七言，皆賢人君子不得志[五]之所作。晋人浮靡，用爲談資，故入以玄理。宋、齊游宴，藻繪山川。梁、陳巧思，寓言閨闥。皆知情不可放，言不可肆，婉而多思，寓情於文。雖理不充周，猶可諷誦。唐人好變，以騷爲雅。直指時事，多在歌行。覽

[一] 據王闓運《論詩文體式（答陳復心問）》，作「性」。
[二] 據王闓運《論詩文體式（答陳復心問）》，作「起」。
[三] 據王闓運《論詩文體式（答陳復心問）》，作「思」。
[四] 據王闓運《論詩文體式（答陳復心問）》，作「狀」。
[五] 據王闓運《論詩文體式（答陳復心問）》，作「意」。

之無餘，文猶足艷。韓、白不達，放弛其詞。下逮宋人，遂成俳曲。近代儒生深諱綺靡，乃區分奇偶，輕詆六朝。不解緣情之言，疑爲淫哇之語。其原出於毛、鄭，其後成於里巷，故風雅之道息焉。王闓運《湘綺樓論文》。

『賦體物而瀏亮。』賦者鋪也，鋪采摛文，體物寫志也。原夫登高之旨，蓋睹物興情。情以物興，故義必明雅。物以情觀，故詞必巧麗。麗詞雅義，符采相勝，如組織之品朱紫，畫繪之著玄黃。文雖新而有質，色雖糅而有本，此立賦之大體也。《文心·詮賦》。《屈原傳》曰：『其志潔，故其稱物芳。』《文心雕龍·詮賦》曰：『體物寫志。』余謂志因物見，故《文賦》但言賦體物也。《賦概》。

　　賦者詩之一體，即今謎也，亦隱語而使人諭諫。夫聖人非不能切戒臣民，君子非不能〔一〕直忤君相，刑傷相繼，政俗無裨，故不爲也。莊論不如隱言，故荀卿、宋玉賦因作矣。漢代大盛，則有相如、平子之流以諷其君。太沖、安仁發攄學識，用兼《詩》《書》，其文爛焉。要本隱以之顯，故托體於物而貴清明也。《湘綺樓論文》。

『碑披文以相質。』夫屬碑之體，資乎史才。其序則傳，其文則銘。標序盛德，必見清風之華。昭紀鴻懿，必見峻偉之烈。此碑之制也。自後漢以來，碑碣雲起。才鋒所斷，莫高蔡邕。其叙事也該而要，其綴采也雅而澤。清詞轉而不窮，巧義出而卓立。《文心·誄碑》。碑始於廟碑，文則始墓道，以文述事，而不可以事爲主。相質者，飾質也。《湘綺樓論文》。

『誄纏綿而悽愴。』銘誄尚實。《典論·論文》。誄之爲制，蓋選言録行，傳體而頌文，榮始而哀終。論其人也曖乎若可覿，道其哀也淒焉如可傷。此其旨也。《文心·誄碑》。

『銘博約而温潤，箴頓挫而清壯。』銘則序事温潤。箴興於補闕。蕭統《文選序》。箴誦於官，銘體〔二〕於器，名目雖异，而警戒實同。箴全禦過，故文資确切。銘資〔三〕褒贊，故體貴温〔四〕潤。其取事也必核以辨，其摛文也必簡而深。此其大要也。《文心·銘箴》。箴當聳聽，故尚頓挫。《湘綺樓論文》。

『頌優游以彬蔚。』頌者，美盛德之形容，以其成功告於神明者也。《詩大序》。後世之頌皆應制贊人之文，故貴優游，不可謂〔五〕譽。

〔一〕據王闓運《論詩文體式（答陳復心問）》，作『敢』。
〔二〕據《文心雕龍》，作『題』。
〔三〕據《文心雕龍》，作『兼』。
〔四〕據《文心雕龍》，作『弘』。
〔五〕據王闓運《論詩文體式（答陳復心問）》，作『妄』。

《湘綺樓論文》。頌惟典雅，辭必清鑠。敷寫似賦，而不入華侈之區；敬慎如銘，而异乎規戒之域。揄揚以發藻，汪洋以樹義。《文心・頌贊》。

「論精微以朗暢。」書論宜理。《典論・論文》。論則析理精微。《文選序》。論之爲體，義貴圓通，辭忌枝碎。必使心與理合，彌縫莫見其隙。辭共心密，敵人不知所乘。斯其要也。《文心・論説》。《文賦》云：「論精微以朗暢。」精微以意言，朗暢以辭言。精微者不惟其難惟其是，朗暢者不惟其易惟其達。《文概》。

「奏平徹以閑雅。」奏議宜雅。《典論・論文》。奏之爲筆，固以明允篤誠爲本，辨析疏通爲首。《文心・奏啓》。奏施君上，故必氣平理徹。《湘綺樓論文》。

「説煒曄而譎誑。」凡説之樞要，必使時利而義貞；進有契於成物[二]，退無阻於榮身。自非譎敵，則唯忠與信。披肝膽以獻主，飛文敏以濟辭。此説之本也。而陸氏直稱「説煒曄以譎誑」，何哉？《文心・論説》。説當回人之意，改已成之事，譎誑之使反於正，非尚詐也。《湘綺樓論文》。

「詩緣情而綺靡」至「説煒曄而譎誑」。

「頌優游彬蔚」已上皆有韵之文。詩之末流專主華飾。「説煒曄譎誑」以上皆無韵之文。單行直叙。《湘綺樓論文》。括囊雜體，功在銓別，宫商朱紫，隨勢各配。章、表、奏、議，則準的乎典雅；賦、頌、歌、詩，則羽儀乎清麗；符、檄、書、移，則楷式於明斷；史、論、序、注，則師範於核要；箴、銘、碑、誄，則體制於宏深；連珠、七辭，則從事於巧艷。此循體而成勢，隨變而立功者也。《文心・定勢》。

論古近體詩，參用陸機《文賦》，曰：絶博約而温潤，律頓挫而清壯，五古平徹而閑雅，七古煒曄而譎誑。劉熙載《詩概》。

「雖區分之在兹，亦禁邪而止放。」黄先生曰：邪指意言，放指辭言。禁邪止放，諸體所同。

「暨音聲之迭代」至「故淟涊而不鮮」。後來范、沈聲律之論皆濫觴於此。蔚宗語見《自序》。休文《宋書・謝靈運傳論》曰：夫五色相宜，八音協暢，由乎玄黄律吕各適物宜，欲使宫羽相變，低昂舛[三]節。若前有浮聲，則後須切響。一簡之内，音韵盡殊；兩句之中，輕重悉异。妙達此旨，始可言文。

[二] 據《文心雕龍》，作「務」。

[三] 據《宋書》，作「互」。

黄先生云：『逝止無常』二句，必聯下文義乃見，言音聲無常，惟達變者能調之也。

『或仰逼於先條，或俯侵於後章。』章句在篇，如繭之抽緒。原始要終，體必鱗次。啓行之辭，逆萌中篇之意；絶筆之言，追媵前句之旨。故能外文綺交，內義脉注，跗萼相銜，首尾一體。若辭失其朋，則羈旅而無友；事乖其次，則飄寓而不安。是以搜句忌於顛倒，裁章貴於順序。斯固情趣之指歸，文筆之同致也。《文心・章句》。

『苟銓衡之所裁，固應繩其必當。』黄先生云：此言銓衡所裁去者，雖意非不當，亦應繩之。

『意不指適。』黄先生云：適，當也，讀爲適莫之適。

『雖杼軸於予懷，怵他人之我先。苟傷廉而愆義，亦雖愛而必捐。』製同他文，理宜删革。若排人美辭，以爲己力，寶玉大弓，終非其有。全寫則揭篋，傍采則探囊。《文心・指瑕》。

凡得好句當下轉自疑，恐其經人道過。陸平原所謂『雖杼軸於予懷，怵他人之我先』也。《佔畢叢談》。

『彼榛楛之勿翦，亦蒙榮於集翠。』翠即翠鳥，言榛楛惡木而有珍禽萃之，則木亦蒙禽之榮而不見剗伐矣。

士衡才優而綴辭尤繁，士龍思劣而雅好清省。及雲之論機亟恨其多，而稱清新相接，不以爲病，見《與兄平原書》。蓋崇友於耳。夫美錦製衣，修短有度。雖玩其采，不倍領袖。巧猶難繁，况在乎拙。而《文賦》以爲『榛楛勿翦』，『庸音足曲』，其識非不鑒，乃情苦芟繁也。《文心・鎔裁》。

『混妍蚩而爲體，累良質而爲瑕。』前云『彼榛楛之勿翦，亦蒙榮於集翠』，是醇足掩瑕也。此云『混妍蚩而爲體，累良質而爲瑕』，是瑕乃累瑜也。議論頗似相反。作文之法於此等處正宜細辨。

『或遺理以存异，徒尋虚而逐微。』自魏三祖更尚文詞，江左齊梁其弊彌甚。遂復遺理存异，尋虚逐微，競一韵之奇，争一字之巧。連篇累牘不出月露之形，積案盈箱唯是風雲之狀。李諤《上書正文體》。

『故雖悲而不雅。』江左梁末，彌尚輕險。始自儲宫，刑乎流俗。雜沾濯以成音，故雖悲而不雅。《北齊書・文苑傳論》。

『普辭條與文律。』案辭條文律，義一也。

『彼瓊敷與玉藻』至『嗟不盈於予掬』。中原有菽喻易采。黄先生云：六句言世間自有佳文，而佳者實鮮。

蔡氏所長，惟銘頌耳，銘之美[一]者，亦復數篇。其餘平平耳。仲宣《登樓》，前即甚佳，其餘平平，不得言情處。陸雲《與兄書》。

[一] 據陸雲《陸士龍集》，作『善』。

『患挈缾之屢空』至『顧取笑乎鳴玉』。黄先生云：『挈缾』自喻。『昌言』謂古之佳文。『踸踔於短垣』，言爲才分所限。又云：八句言古人之文既鮮佳者，己之文亦復然，即此見士衡之嗛虚。前云『恒患意不稱物，文不逮意，非知之難，能之難』，此節與彼文相應。

『方天機之駿利』至『及其六情底滯』。故思理爲妙，神與物游。神居胸臆，而志氣統其關鍵；物沿耳目，而辭令管其樞機。樞機方通，則物無隱貌；關鍵將塞，則神有遯心。《文心·神思》。

且夫思有利鈍，時有通塞。沐則心覆，且或反常。神之方昏，再三愈黷。是以吐納文藝，務在節宣，清和其心，調暢其氣，煩而即舍，勿使壅滯。意得則舒懷以命筆，理伏則投筆以卷懷。逍遥以針勞，談笑以藥倦。常弄閑於才鋒，賈餘於文勇。使刃發如新，湊理無滯。雖非胎息之邁術，斯亦衛氣之一方也。《養氣》。

陸厥《與沈休文書》曰：『王粲《初征》，他文未能稱是。楊修敏捷，《暑賦》彌日不獻。一人之思，遲速天懸；一家之文，工拙壤隔。』夫一人載筆爲文，而有遲速工拙之不同者，何也？機爲之耳。機暢則文敏而工，機塞則文滯而拙。《佔畢叢談》。

文之所起，情發於中。人有六情，稟五常之秀；情感六氣，順四時之序。其有帝資懸解，天縱多能；摛黼黻於生知，問珪璋於先覺。譬雕雲之自成五色，猶儀鳳之冥會八音，固感英靈以特達，非勞心所能致也。縱其情思底滯，關鍵不通，但伏膺無怠，鑽仰斯切，馳騖勝流，周旋益友，强學廣其聞[一]見，專心屏於涉求，畫繢[二]飾以丹青，雕琢成其器用，是以學而知之，猶足賢乎己也。謂石爲獸，射之洞開，精之至也。積歲解牛，砉然游刃，習之久也。自非渾沌無可鑿之姿，窮奇懷不移之情，安有至精久習而不成功者焉？《南齊書[三]·文學傳論》。

『伊茲文之爲用，固衆理之所因』至『被金石而德廣，流管弦而日新』。蓋文章經國之大業，不朽之盛事。年壽有時而盡，榮樂止乎其身。二者必至之常期，未若文章之無窮。《典論·論文》。爰自風姓，暨於孔氏，玄聖創典，素王述訓，莫不原道心以敷章，研神理而設教，取象乎河洛，問數乎蓍龜，觀天文以極變，察人文以成化。然後能經緯區宇，彌綸彝憲，發輝事業，彪炳辭義。故知道沿聖以垂文，聖因文而明道，旁通而無滯，日用而不匱。《文心·原道》。

[一] 據《北齊書》，作『文』。
[二] 據《北齊書》，作『績』。
[三] 應爲《北齊書》。

附《文賦》分段

『佇中區以玄覽』至『聊宣之乎斯文』，以上言作文之由。
『其始也皆收視聽』至『撫四海於一瞬』，以上言構思之狀。
『然後選義按部』至『或含毫而邈然』，以上言謀篇之始、部署意辭之狀。
『伊兹事之可樂』至『鬱雲起乎翰林』，以上狀文之深閎芳茂。
『體有萬殊』至『故無取乎冗長』，以上辨體。
『其爲物也多姿』至『故淟涊而不鮮』，以上言會意遣言而詳論調聲。
『或仰逼於先條』至『固應繩其必當』，以上言去取之術。
『或文繁理富』至『故取足而不見〔一〕』，以上言篇中必有主語。
『或藻思綺合』至『亦雖愛而必捐』，以上言不當勦襲。
『或苕發穎豎』至『吾亦濟夫所偉』，以上言文中特有佳處而全篇不稱。
『或托言於短韵』至『含清唱而靡應』，以上言清而無應，此文小之故。
『或寄辭於瘁音』至『故雖應而不和』，以上言應而不和，此辭寙之故。
『或遺理以存异』至『故雖和而不悲』，以上言和而不悲，此理虚之故。
『或奔放以諧合』至『又雖悲而不雅』，以上言悲而不雅，此聲俗之故。
『或清虚以婉約』至『固既雅而不艷』，以上言雅而不艷，此質多之故。
『若夫豐約之裁』至『故亦非華説之所能精』，以上言隨手之變難以辭逮。
『普辭條與文律』至『顧取笑乎鳴玉』，以上言古之佳文難得，故己作亦鮮有佳。
『若之應感之會』至『吾未識夫開塞之所由』，以上言文思開塞之殊。
『伊兹文之爲用』至『流管弦而日新』，以上總嘆文用。

〔一〕據《文賦》，作『易』。

選學書箸録

全注本

《文選李善注》六十卷宋尤袤汝州刊本、清嘉慶乙巳胡克家影刊尤本、潯陽萬本儀廣州翻胡刻本、武昌翻胡刻本、四明林植梅縮胡刻小字本、元張伯颜刊本、明汪諒刊本、明唐藩刊本、明晋藩刊本、汲古閣本、海録軒朱墨本、廣州翻朱墨本、撫州饒氏重刊海録軒小字朱墨本、成都尊經書院刻墨本。

《文選六臣集注》六十卷宋贛州學刊本、《四部叢刊》影印宋本、明袁氏影刊宋廣都縣裴氏刊本、明茶陵陳氏翻宋本、明洪楩刊本、明新都崔氏刊本、唐寫本《文選集注殘本》十六卷上虞羅氏影印。

删注本

《文選瀹注》三十卷明閔齊華撰，孫鑛評，明刊本，原刻有錢謙益序。

《文選纂注》十二卷明張鳳撰，明盧之頤刊本。

《文選章句》二十八卷明陳與郊撰，明刊本。

《文選删注》十二卷明王象乾撰，明王氏寫刊本。

《文選尤》十四卷明鄒思明撰，四庫存目。

《文選越裁》十一卷清洪若皋撰，四庫存目。

《文選後集》十五卷清張宗緝撰，康熙二十七年刻本。

《文選集成》六十卷清方廷珪撰，刊本。

《文選集解》五十卷清鄧㲄撰，未刊，見《復堂日記》。

校訂補正之屬

《文選注考异》一卷宋尤袤撰，《群書拾補》本、《常州先哲遺書》本。
《文選理學權輿》八卷、《補》一卷清汪師韓撰，孫志祖補，《叢睦汪氏遺書》本、《讀畫齋叢書》本、近排印本。
《文選考异》四卷、《李注補正》一卷清孫志祖撰，《讀畫齋叢書》本。
《文選李注引群書目録》六卷清沈家本撰，未刊。
《文選考异》十卷清胡克家撰，附刊李注本。
《文選補注》若干卷清林茂春撰，引見《文選旁證》。
《文選附注》清葉樹藩撰，在《海録軒本》内。
《文選叩音》一卷清趙晋撰，《指海》本、上海大東書局影印《指海》本。
《選注規李》一卷清徐攀鳳撰，《續藝海珠塵》本。
《選學膠言》二十卷清張雲璈撰，三影閣原刊本、《文淵樓叢書》影印本。
《文選集釋》二十四卷清朱珔撰，朱氏家刻本、上海受古書店影印本。
《文選旁證》四十六卷清梁章鉅撰，榕風樓刊本、蘇州覆刊本。
《文選李注拾遺》二卷《文選賸言》一卷清王煦撰，見《越縵堂讀書記》，未刊。
《文選拾遺》八卷清朱銘撰，光緒十八年家刻本。
《文選筆記》八卷清許巽行撰，光緒刻本、《文淵樓叢書》本。
《文選校勘記》四卷清程先甲撰，《千一齋叢書》未刊本。
《選學管窺》六卷清程先甲撰，《千一齋叢書》未刊本。
《何氏校文選》若干卷清何焯撰，引見余、胡、孫、梁諸家書。
《錢氏校文選》六十卷清錢圓沙撰。
《文選舉正》一卷清陳景雲撰，《文道十書》未刊鈔本，錢氏《曝書雜記》作二卷，《書目答問》作六卷，《清史列傳》作《文選校正》三卷。

《段氏校文選》若干卷清段玉裁撰，引見《文選旁證》。

《文選拾瀋》二卷近人李詳撰，光緒甲午刻本。

《文選李注義疏》若干卷今人高步瀛撰。

《讀書雜志·楚辭合文選》一卷清王念孫撰，《王氏五種》本。

《四六叢話·文選》一卷清孫梅撰，原刊本、光緒七年吴下重刻本。

《過庭録·文選》一卷清宋翔鳳撰，《浮溪精舍叢書》本、單刻《過庭録》本。

《學古堂讀文選日記》一卷清陳秉哲撰，《學古堂日記》本。

《選學源海記》二卷清程先甲撰，《千一齋叢書》未刊本。

《選材録》一卷清周春撰，《周松靄遺書》本。

音義訓詁之屬

《文選音義》八卷清余蕭客撰，乾隆静勝堂刻本、鴻寶齋石印本。

《文選紀聞》三十卷清余蕭客撰，《碧琳琅館叢書》本。

《文選箋證》三十二卷清胡紹煐撰，世澤樓活字本、《聚學軒叢書》本。

《文選古字通疏證》六卷清薛傳均撰，原刻本、《益雅堂叢書》本、四川刻本、《小玲瓏山館叢書》本。

《續文選古字通》二十卷清薛旍伯撰，見《清史列傳》。

《文選古字通補訓》四卷、《拾遺》一卷清吕錦文撰，光緒辛丑傳硯齋刻本。

《文選通假字會》四卷清杜宗玉撰，光緒丙申孝感學署刊本。

《文選古字補疏》八卷清程先甲撰，《千一齋叢書》未刊本。

《選雅》二十卷清程先甲撰，《千一齋叢書》本。

《文選類詁》不分卷今人丁福保編，醫學書局印本。

《文選小學》若干卷清劉庠撰，見《清史列傳》。

評文之屬

《文選心訣》元虞集撰，《昌平叢書》本，日本昌平黌板，六然堂輯印。
《孫氏評文選》明孫鑛撰，在《文選瀹注》内，近同文書局印入影胡刻本。
《孫氏山曉閣重訂文選》二十二卷清孫琮撰。
《俞氏評文選》清俞瑒撰，傳鈔本。
《李氏評文選》清李光地撰，引見何氏評本。
《義門讀書記・文選》五卷清何焯撰，通行本、《海録軒》刻《文選》本。
《邵氏評文選》清邵長蘅撰，引見《文選集評》。
《文選集評》十五卷清于光華撰，通行本。
《選學糾何》一卷清徐攀鳳撰，《續藝海珠塵》本。
《讀選意籤》一卷清陳僅撰，四明文則樓刊本。
《文選珠船》五卷清傅上瀛撰，光緒壬辰典學樓刊本。

摘類之屬

《文選類林》十八卷宋劉攽撰，《四庫》類書類存目，引見《文選紀聞》，明吴思賢仿宋刻本。
《文選雙字類要》三卷宋蘇易簡撰，《四庫》類書類存目，引見《文選紀聞》。
《文選錦字》二十卷明凌迪知撰，明刻《文林綺綉》本、《融經館叢書》本、鴻寶齋石印本。
《文選粹語》二卷明胡煥文撰，《格致叢書》本。
《文選課虚》四卷清杭世駿撰，原刻《杭氏七種》本、《食舊堂叢書》本、鴻寶齋石印本。
《選藻》八卷清張雲璈撰，見《清史列傳》。

《文選類雋》十四卷清何松撰，鴻寶齋石印本。
《文選編珠》一卷清石韞玉撰，《碧琳琅館叢書》本。
《文選集腋》二卷清胥斌撰，鴻寶齋石印本。

選賦選詩之屬

《選賦彙注疏解》十九卷清顧施楨撰，康熙刊本。
《選詩句圖》一卷宋高似孫撰，《四庫》本、《百川學海》本。
《文選顔鮑謝詩評》四卷元方回撰，《四庫》本。
《選詩補注》八卷明劉履撰，《四庫》著録《風雅翼》本。
《文選詩集旁注》七卷明虞九章撰，萬歷二十八年世德堂刊本。
《選詩約注》十二卷明林兆珂撰，刊本。
《合評選詩》七卷明凌濛初輯，明凌刻朱墨本。
《選詩定論》十八卷清吴淇撰，康熙刊本。
《選詩偶箋》八卷清鍾駕鰲撰，嘉慶二年刊本。
《文選集律》一卷清董正揚撰，嘉慶刊本。
《古詩十九首解》清張庚撰，《藝海珠塵》本。
《古詩十九首詳解》二卷清饒學斌撰，刊本。
《古詩十九首説》一卷清徐昆撰，刊本。
《古詩十九首繹》清如皋姜任脩撰。
《阮籍咏懷十七首注》清蔣師爚撰，刊本。

補遺廣續之屬

《文選補遺》四十卷元陳仁子撰，明茶陵東山書院刻本、乾隆二年影翻茶陵本有倪國璉序、道光乙巳湖南小琅環館重刊本。

《廣文選》六十卷明劉節撰，明刻本。

《廣廣文選》二十三卷明周應治編，明刊本。

《續文選》十四卷明胡震亨撰，明刊本、上海進化書局影印本。

已上著録，皆舉見存而可求者。其史志已佚及存目《四庫》不易見之本，不録。

《文選學》附編補一　《文選》分體研究舉例

書　箋

書體廣義，包蘊最宏。《文選》所登，若表、上書、啓、彈事、箋、奏記下對上用、書平輩用之諸類，或係臣僚敷奏，或由朋舊往還，名號雖殊，其實一也。今所闡述，惟以書、箋二類爲限。先釋其名義與作法。

書者，舒也。舒布其言，陳之簡牘。詳總書體，本在盡言，言以散鬱陶，托風采，故宜條暢以任氣，優柔以懌懷。文明從容，亦心聲之獻酬也。

後漢公府奏記，郡將奏箋。箋者，表也，表識其情也。箋記之爲式，既上窺乎表，亦下睨乎書。使敬而不懾，簡而無傲，清美以惠其才，彪蔚以文其響，蓋箋記之分也。并《文心·書記篇》。

一、别其人與時

漢　李少卿一首、司馬子長一首、楊子幼一首

後漢　朱元叔一首、孔文舉一首

魏　曹子桓三首、吴季重三首、繁休伯一首、曹子建二首、楊德祖一首、陳孔璋二首、阮元瑜一首、應休璉四首、嵇叔夜一首、趙景真吕安一首、阮嗣宗一首

晋　孫子荆一首

齊　謝玄暉一首

梁　丘希範一首、任彦昇二首、劉孝標一首

僞製一：　李少卿《答蘇武書》辨詳後。

代作五：　陳孔璋《爲曹洪與魏文帝書》、阮元瑜《爲曹公作書與孫權》、阮嗣宗《爲鄭冲勸晋王箋》、孫子荆《爲石仲容與孫皓

書》、丘希範《與陳伯之書》　丘希範《爲呂僧珍作書與陳伯之》。

撰人傳疑宜正者一　趙至《與嵇茂齊書》　宜更定爲呂安《與嵇康書》，辨詳後。

誤以書序爲書者一　劉峻《重答劉秣陵沼書》　説詳後。

有其人本不以文名而第取本篇者，如朱浮、呂安是。

有本以文著而書記非所優長者，如曹植長於詩賦，嵇康善爲論難，書記非所特長。

有本以書記著稱者，如孔融、阮瑀、應璩諸人是。《文心·書記篇》云：元瑜號稱翩翩。文舉屬章，半簡必録。休璉好事，留意辭翰。

二、辨其文之體性

《文選》書箋二類，甄録凡二十家。僞製不計。析而觀之，亦足以覘文家體性之一斑云。

甲、壯麗體　陳琳　阮瑀　曹植　孔融　趙至呂安　嵇康

乙、雄健體　司馬遷

丙、繁縟體　應璩　謝朓　丘遲　劉峻

丁、優柔體　曹丕

書牘之文，乃作者直抒胸襟，而不必刻意摹古。故作家風格，尤易表見。右所銓品，其大齊蓋不遠云。

曾滌生以陰陽剛柔論文，謂陽剛者氣勢浩瀚，陰柔者韵味流[一]美，浩瀚者噴薄而出之，深美者吞吐而出之。又曰：陽剛之美莫要於『雄直怪麗』四字，陰柔之美莫要於『茹遠潔適』四字。是又綜《文心·體性篇》之八體而約以剛柔二性者也。今以《文選》書箋二類文證之。

甲、剛性之文　曹植　陳琳　阮瑀　嵇康　阮籍　趙至呂安

乙、柔性之文　曹丕　應璩　繁欽　謝朓　丘遲　劉峻　任昉

[一] 據《曾國藩日記》，作『深』。

三、統觀衆篇之粹美

有以氣勢長者　司馬遷　楊惲　嵇康
有以情韻勝者　曹丕　丘遲　劉峻
有辭采美者　應璩
有辭令工者　陳琳　阮瑀
有事理明者　朱浮

四、析觀各篇作法

甲、司馬子長《報任少卿書》

『太史公牛馬走司馬遷再拜言』，太史公，遷之官也。牛馬走，猶自稱臣若僕，謙言不敢居太史公之職也，當連下爲文，而注誤绝之。不知子長與人書，無故尊其父何爲者耶？

『若望僕不相師而用流俗人之言』，『而用』二字，據《漢書》當互乙。『用』字一讀，『而』字下屬。

『僕又薄從上雍』，《漢書》『上』下重『上』字，當據補。

『而事有乃大謬不然者夫』，『夫』字當屬下，注誤绝。

『士無不起躬自流涕』，『自』字衍文。起躬猶起身也。躬自流涕不詞。

『僕行事豈不然乎』，行事猶往事也。

『僕又佴之蠶室』，《説文》：佴，佽也。人志切。佽，一曰遞也。此猶言僕又隨之蠶室耳。

『而世俗又不與能死節者』，與，許也。師古注。注非。

『視徒隸則正惕息』，正，《漢書》作『心』。當從之。

『及罪至罔加不能引決自裁，在塵埃之中，古今一體，安在其不辱也』，『在塵埃之中』，横言之；『古今一體』，縱言之。無不受辱者也。或以『在塵埃之中』屬上説之，文理不通。

「寧得自引於深藏巖穴邪」，《漢書》「於」字在「藏」下，當從。

楊惲《與孫會宗書》

王楙《野客叢書》曰：司馬遷《報任安書》，情詞幽深，委蛇遜避，使人讀之傷惻，可以想像亡聊之況。蓋抑鬱之氣，隨筆發露，初非矯爲故爾。其甥楊惲《報孫會宗書》，委曲數〔二〕叙其怏怏不平之氣，宛然有外祖風致。蓋平日讀《太史公記》，發於詞旨，不期而然。雖筆力高下本於其材，然師友淵源，未有不因漸染而成者。

「又不能與群僚并力，陪輔朝廷之遺意」，「并力」上奪「同心」二字，當補。

「豈得全首領復奉先人之丘墓乎」，「豈」下奪「意」字，當補。

「雅善鼓琴」，「琴」當作「瑟」。

「稟然皆有節概，知去就之分」，「稟」即「凜」也。

乙、朱元叔《爲幽州牧與彭寵書》

按通篇俱反覆明寵之愚。愚則自伐其功，故典大郡意猶未足。愚則自矜其智，故據一隅妄冀非分。且愚則不明大義，識利害，故内聽婦言，外信邪謀。愚則不度形勢，審順逆，故灾身禍家，親痛讎快。且嘆且嗤，收語尤銛利。

「驕婦」，一本作「嬌」，非。

「勿以前事自疑」，前事即舉兵攻浮之事也。

馬援《與楊廣書》，《後漢書》本傳。亦是痛陳利害，以勸廣之歸命，而文有優劣。《文選》遺此録彼，正見别裁。

丙、孔文舉《論盛孝章書》

此文前半論孝章之遇，應致之以弘友道。後半論匡復漢室之須得賢，以市馬好玉爲喻，以燕昭尊郭隗爲證，而招致孝章，有功漢室之意，寓乎其中矣。其義節推展，文勢曲折盤旋，有逸宕之致。兹述其修辭如下：

〔二〕據《野客叢書》，作「敷」。

（一）取喻

用字之取喻　『零落殆盡』『妻孥湮没』。

造語之取喻　『時節如流』『向使郭隗倒懸而王不解』

『士亦將高翔遠引』。

命意之取喻　『珠玉無脛而自至者，以人好之也。』

（二）用筆

轉接

用連詞　『若使憂能傷人』『向使郭隗倒懸而王不解』。

用狀詞　『今孝章實大夫之雄也』『今之少年』

『公誠能馳一介之使』。

挺接　『《春秋傳》曰』『燕君市駿馬之骨』

『珠玉無脛而自至』『昭王築臺以尊郭隗』。

潛轉：　『吾祖不當復論損益之友，而朱穆所以絶交也』

『正之之術，實須得賢』。

頓筆：　『此子不得永年矣』『朱穆所以絶交也』『友道可弘矣』

『乃當以招絶足也』『况賢者之有足乎』

『莫有北首燕路者矣』『九牧之人所共稱嘆』

『欲公崇篤斯義』。

丁、曹子桓《與朝歌令吴質書》

黎庶昌曰：書牘有言情言事之别。古今文家，此體以昌黎韓氏爲最優，而多偏於事理，言情者絶少。子桓、子建一無所規仿，獨抒性靈，辭意斐篤，曾文正公推爲書牘正裁，不虚也。惟風骨稍頽，此時代爲之，不可强者。

凱按：子桓文便娟宛約，頗極徘徊往復之情。此書及後此《與吴質書》兩篇，尤徵情致。良由平昔禮賢愛客，矜尚風流，而鄴下諸賢，復皆饒於文采，所以連輿接席，朝夕游從，賦詩尊酒之間，弄姿絲竹之裏，其樂靡極也。及事過境遷，離群索處，或有溘先朝露，永隔幽冥，撫今念舊，愴懷曷極。況子桓自登儲貳，任重道遠，時以德薄位尊，年長才退，徬徨嘆息，通夜不瞑。追維疇昔宴游之樂，盛年已往，志意全非。能不攬筆龍鍾，悲來横集者乎？爾則子桓之才，雖富文藻，而遭會所逢，尤多感慨。宜其俯仰欷歔，一往情深也。

此書據《魏志》裴注引《魏略》云：『大將軍西征，太子南在孟津小城，與質書。』大將軍者，曹操也。考《魏武本紀》：『建安二十三年七月，治兵西征劉備。』此書之作，蓋在是時。

論本篇修辭：

（一）意

文章内含，不外情景事理四者。此文所述之事，即今昔宴游。河曲之游與南皮之游。所言之情，則盡於『節同時异』『物是人非』二語。孫執升評云：『撫今感舊，睹景思人，對此茫茫，百端交集。盈虚之感，正因游覽之勝而愈深也。讀者僅賞其佳麗，猶未極才人之致。』按孫評至愜，能曲道斯文之意矣。

（二）辭

描寫　『妙思《六經》』已下至『沉朱李於寒水』，狀寫樂緒，其景動蕩。『白日』已下至『悲笳微吟』，寫由樂轉哀之情，景極静寂。『清風』二句，興象尤入深微。

屬對　《六經》與百氏數對。
娱心與順耳身對。
北場與南館方對。
浮與沉反正相對，互文足義。
甘瓜與朱李色與味對。
白日與朗月狀對。
從者與文學定名與泛指名對。
樂往哀來自爲對。
節同時异、物是人非正反對。

造句　此文諷誦之際，多四字一讀。而準諸文法，考其構造，或以數四字讀合爲複句，或以四字成句，而省略句中應有之詞。由此可知偶體文之組織，亦可藉以推知造儷語之法焉。

戊、曹子桓《與吳質書》

前篇文意專寫游宴，體制亦全爲對偶。此則叙述諸子文學，撫今念昔，以感慨欷歔出之。其寫游宴，特牽聯以及耳。末段以人生奄忽物化，當以榮名爲寶，乃子桓流露人生觀之處。尤易引人同情。

此書排句極少，文勢流動，不似前篇之平直。其用筆如下：

（一）暗轉潛氣内轉，哀音外激。

「美志不遂，良可痛惜。」「至於所善，雖古人無以遠過。」「後生可畏，來者難誣。」「吾德不及之，而年與之齊矣。」

（二）曲折

「三年不見」以下四讀。「既痛逝者，行自念也」「今之存者已不逮矣」以下四讀。「志意何時，復類昔日」以下三讀。

（三）含蓄

「思何可支？」「何可攀援？」「然恐吾與足下不及見也。」「恐永不復得爲昔日游也。」「良有以也。」「此子爲不朽矣。」「今之存者已不逮矣。」「年與之齊矣。」

「百年己分」，謂人壽百年，乃己分内所有耳。

「觀古今文人」已下，當與《典論·論文》參看。以氣論文，始於子桓。《典論》云：「文以氣爲主，氣之清濁有體，不可力强而致。」此所云氣即材性之謂。材性隨人而殊，不能相肖。見之於文，清濁高下，一如其素，故曰「不可力强」。此書評孔璋曰：「章表殊健。」評公幹曰：「逸氣未遒。」《典論》亦曰有齊氣。評仲宣曰：「體弱不足起其文。」此見子桓論文，以遒健不弱爲貴，即《典論》以氣爲主之意也。《文心·風骨篇》全出於此。

逸氣未遒，則如奔踶之馬，不施控勒，必有流蕩妄反之憂。《顔氏家訓·文章篇》曰：「凡爲文章，猶人乘騏驥，雖有逸氣，當以銜勒制之，勿使流亂軌躅，放意填坑塹[一]也。」即此意。

「動見觀瞻，何時易乎」，「易」，讀難易之易。言舉動常爲世所觀見，何時容易者乎？此承「德不及之」而言。

[一] 據《顔氏家訓》，作「岸」。

曹子桓《與鍾大理書》

全書説玉，亦兼述情。「是以垂棘出晋」已下四語承上，而惟舉垂棘和璧，文乃參錯，可以爲式。

「厚見周稱」，《魏志·鍾繇傳》注引繇《報書》，其文如下：

昔忝近侍[一]，并得賜玦。尚方耆老，頗識舊物。名其符采，必得處所。以爲執事有珍此者，是以鄙之，用未奉貢。幸而紆意，實以悦懌。在昔和氏，殷勤忠篤，而繇待命，是懷愧耻。

己、曹子建《與楊德祖書》

先評論諸子，次言文不能無病，唯能者自知之，末自述。

「文之佳惡，吾自得之，後世誰相知定吾文者耶」，「惡」，《魏志》作「麗」，然此不誤。意言子定吾文，吾可以自得其佳惡。後世既與吾不相知，亦焉貴定吾文邪？其旨如此。非欲假力子建以欺後世也。

「今往僕少小所著辭賦一通相與」，「相與」，猶言相付也。

「非要之皓首」，「非」，《魏志》作「此」。

附：楊德祖《答臨淄侯箋》

「若仲宣之擅漢表」至「斯皆然矣」，答「今之作者」云云。

「伏想執事不知其然」至「固所以殊絶凡庸也」，答「好人譏彈」云云。

「君侯忘聖賢之顯迹」三句，答「壯夫不爲」云云。

「若乃不忘經國之大美」至「豈與文章相妨害哉」，答「戮力上國」云云。

「敢望惠施以忝莊氏」，答「惠子知我」云云。

[一] 據《三國志》，作「任」。

曹子建《與吳季重書》

先叙宴飲，次及文章，而以政事爲結，終以勖勉之詞。

「前日雖因常調」，「常調」謂官之常調，猶平調也。質出爲朝歌令，謁辭植，故云因常調。

「墨翟不好伎」二句，言不好伎可也，回車於朝歌之空名，則太過已。

前篇文殊蘊藉，此則過於駿快，未爲粹美。

附：吳質《答東阿王書》

「自旋之初」至「懷眷而悁邑者也」，答「足下鷹揚」等語。

「若追前宴」至「夫何足視乎」，答「泰山爲肉」以下云云。「鑽仲父之遺訓」數語，則規風之意也。「耳嘈嘈於無聞，情踊躍於鞍馬」，此即聞鼓鼙而思將帥之意。季重於宴時必曾發豪壯之論，故子建書有「鷹揚其體」等語，合觀兩書自明。或疑「無聞」下不應遽及「鞍馬」，疑有脱誤。非也。

「還治諷采所著」至「何但小吏之有乎」，此答「可令熹事小吏」等語。

「重惠苦言」至「固以久矣」，此答勉以政事意。

庚、應休璉書牘統觀

休璉長於書記，而時乖運蹇，懷才不遇，沉淪之嘆，情見乎辭。《文選》所録《與曹長思書》，自傷寡助，《與君苗君胄書》，志在歸田，皆可以覘其身世。至於諸書文體，整而兼儷。復好引事類，以佐敷陳。雖不免失之拘制，然周旋之態，俯仰之情，亦自成風格。當時以書記擅名，豈無故哉。

《與滿公琰書》

此書前述留公琰飯，後謝其見招。「陽晝」句喻求魚，「楊倩」句喻沽酒也。二句皆以二事牽合爲一，此修辭之病。上句用《説苑》陽晝論魚及《列子》詹何之釣，下句用《韓非子》楊倩論沽酒，而范武之事，李注不詳。今本《韓非子·外儲説》於楊倩事後，有宋之酤酒者有莊氏云云。未審即此文范武之訛否。

《與侍郎曹長思書》

首叙别後之情懷，次自傷其寡助。「王肅」四語，興感之由。「蒲[一]援助」二語，自喻。「塊然」二句，爲全書主意。「汲黯」已下，引古自况。「其有由也」一頓。「德非陳平」下，又博徵古人，以反形其落莫。「悲風」以下，叙哀生見過。首狀境，次述見過，又次相見時之情狀。末引古作結。「夫皮朽者」已下，又引物理爲喻，以菀枯之數歸之自然，用以自慰。而鬱抑之情，溢於言外矣。

全篇隸事用語設喻如下：

隸事　王肅、何曾、汲黯、何武、周黨以上正比。

陳平、揚雄、仲舒、孟公以上反比。

用語　「叔田」二語。

比喻　「鷹揚虎視」「復斂翼於故枝」「皮朽者毛落」三語。

《與廣川長岑文瑜書》

全書本意只「炎旱日甚，祈雨不驗」二語，餘文皆爲此而發。觀其正反相形，引類譬喻，可知爲文鋪張之術，特細剖之：

「炎旱」二句直述，「沙礫」二句描寫，「處涼台」四句描寫，加倍形容。「雲漢」二句引語作結。

「土龍」四句挺接，叙祈雨之事。「明勸教」二句，加論斷語作結。

「知恤下民」四句，指岑文瑜，立案。間以斷詞。「昔夏禹」四句，又一案。引古反形。「今者」二句叙事。與「言未發」二句對照。

「得無」四句，反筆；與上相較，立斷作結。此言其精神感通，不及古人，所謂戲也。

「周征殷」二句，又一證。「善否之應」二句，説明上意。「未可」一句，以反語結。

「想雅思」二句，作書之由。

休璉又有《與西陽令孔德琰書》，述祈雨之事，與此篇意大同。

《與從弟君苗君胄書》

此書乃欲歸田，先報二從弟也。首述北游之樂。次言還京師追想北游之樂，而歸隱之志愈决。次戒二弟绝意仕進。「幸賴先君之靈」

[一] 據應璩《與侍郎曹長思書》，作「薄」。

已下，皆言歸隱。

「間者北游」二句總提。「登芒」二句一意。「風伯」二句形容上句。「按轡」二句一意。「亦既至止」接筆。「接武」四句、「逍遥」二句、「結春芳」二句、「弋下」四句，皆二句一意。「何其樂哉」「無以過也」「信不虚矣」三結筆，作複叠勢。

「來還京都」二句，叙事。「營宅」二句、「思樂」二句，語對峙，意一貫。「昔伊尹」四句，合明一意，推開説。「而吾」二句，直叙。「知其不如」句一頓。「然山父」二句承轉上文，又推開説。亦其志也，説明上二句，一結。

「前者邑人」四句，謂欲辟入幕府也，叙事立案。「誠美意也」句略斷。「歷觀」三句挺接。「徒有句」足上意。「俟河」句，又足上意，文勢摇曳。「且宦」以下五句，易一意，仍申上文。「幸賴」以下，説明正意。

辛、繁休伯《與魏文帝箋》

此篇妙極形容。「潛氣内轉」一節，論聲首之理，可通於文。遺聲抑揚，不可勝窮，優游變化，餘弄未盡，此從和曲見其妙也。「暨其雜以悲吟，……哀感頑艷」，此從一人度曲見其妙也。「是時日在西隅」四句，謂曲聲既悲，當其時益見其悲，乃文章陪襯法。

「謇姐」之「姐」，即嵇康《幽憤詩》「恃愛肆姐」之「姐」，非如後世稱婦人爲姐也。《史記·東方朔傳》郭舍人稱幸倡，則謇姐名倡，蓋一男子耳。「名倡」連下「能識以來」爲句，注誤绝。

「哀感頑艷」，與上句儷，言頑者、艷者皆爲其哀音所感耳。

附：文帝《答繁欽書》

披書歡笑，不能自勝。奇才妙伎，何其善也。頃守土[一]孫世有女曰瑣，年始九歲，夢與神通，寤而悲吟，哀聲激切。涉歷六載，於今十五。近者督將具以狀聞。是日博延衆賢，遂奏名倡，曲極數彈，歡情未逞，乃令從宫[二]，引内世女。須臾而至，厥狀甚美，素颜玄髮，皓齒丹唇。詳而問之，云善歌舞。於是提袂徐進，揚蛾微眺，芳聲清激，逸足横集。然後循[三]容飾粧，改曲變度，斯可謂聲協鐘

[一] 據曹丕《答繁欽書》，作「宫王」。
[二] 據曹丕《答繁欽書》，作「官」。
[三] 據曹丕《答繁欽書》，作「脩」。

石，氣應風律。今之妙舞莫巧於絳樹，清歌莫激於宋臘〔一〕，豈能上亂靈祇，下變庶物，漂悠風雲，橫厲無方，若斯也哉？固非車子喉囀長吟所能逮也。吾鍊色知聲，雅應此選。謹卜良日，納之閑房。

按此篇形容歌舞，遠遜繁箋。故《文選》録彼遺此。

吴質《答魏太子箋》

自起首至「惜其不遂可爲痛切」，承子桓來書，重叙一番，以見彼此同慨。

「凡此數子」至「實可畏也」，來書以文學第諸子之高下，此又以才具品諸子之短長。隨引入自己，即後所云「展其割裂之用」也。

「後來」二句，答來書「後生可畏，來者難誣」語。

「伏惟所天」至「遠近所以同聲也」，此極贊子桓文章之美。「年齊蕭王，才實百之」，答來書「吾德不及之，年與之齊」語。

「然年歲若墜」至「展其割裂之用也」，先答來書「年一過往，何可攀援」之意，次以保身自勵，末以效用自期。「但欲保身飭行」，對前「不慎其身」。「猶欲觸胸憤〔二〕首」，申前「邊境有虞」一節。

《在元城與魏太子箋》

先叙侍宴之情，次述到官奉職，末見不樂外任之意，引古言之，文殊藴藉。

此書覽景述事，憑弔興亡，歔欷感慨。後人摹擬相仍，乃成俗調。

壬、陳琳《爲曹洪與魏文帝書》

琳、瑀以工爲書翰，齊名魏代。於時軍國書檄，多出其手。文帝評孔璋曰：「章表殊健，微爲繁富。」評元瑜曰：「書記翩翩，致足樂也。」夫文健則筆勢洞達，不能自休。篇幅之繁，職由於此。元瑜文與孔璋近。蓋書檄之體，本以宏壯爲美也。

子廉前因所見漢中之險，張魯有險而不知守，致破滅之速，書示子桓，復因子桓來書，見魯無道，雖守亦無救於亡，遂再申前説，

〔一〕據曹丕《答繁欽書》，作「臈」。
〔二〕據《文選》，作「奮」。

反覆折辨。首盛稱漢中之險；次言漢中有中材守之，即不能克；次言張魯雖下愚，有賢人爲之晝策而守，亦不能克；此皆折辨子桓來書也。以下因子桓謂其前書如出孔璋之手，辨其是自竭其思，實非倩人，則此書使不載《琳集》，竟似子廉自爲矣。

「孫田墨犛猶無所救」，按：「犛」，墨翟弟子禽滑厘也。

「有子勝斐然之志」，此句終當闕疑，注引《墨子》「告子勝仁」及《論語》「斐然成章」，綴集成解，殊未確。

「怪乃輕其家丘」，「家丘」不當引《邴原別傳》爲證，孫崧之去孔璋，亦未遠也。

阮瑀《爲曹公作書與孫權》

此書之致，在赤壁交兵以後，時吴蜀之好方固，立言自費斟酌。首明起釁之由，從婚媾舊好引入，見雖有小忿，不廢懿親，前此搆爭，俱可付之度外也。次恐受吴譏訕，復將譏訕情事，豫爲抉破。中間掩飾兵敗，以遜詞爲大言，在譙造艦，事在影響間，猶易掩飾。故可徐怵之以禍害。末期以取蜀自效，則致書之本意也。

「亦猶姻媾之義」，從潘耒説，「猶」改「由」。

「無匿張勝貸故之變」，「貸故」，貸其前事也。

「羞以牛後」，依注，「後」當改「從」。

「思計此變」，此變謂赤壁、江陵、荆州之事。

「何必自遂於此不復還之」，謂權因此自遂其心，不復還悔。李注非。

「貴欲觀湖漅之形」，「湖」「漅」二字當互乙。

「割江之表」，謂操自捨棄江南也。

「漢隗囂納王元之言」，「漢」字不當有。

「更無以威脅重敵人」，依注，「脅」「重」二字當互乙。

「聞荆楊諸將并得降者」至「各求進軍」，「人兵減省[二]」已上，降者之言；「各求進軍」，諸將之言。

「加懷區區」，「加」猶言加以也。

[二] 據《文選》，作「損減」。

按：此書亦檄爾。《文心·檄移篇》云：檄之大體，雖本國信，實参兵詐，譎詐〔二〕以馳旨，煒曄以騰説。又曰：植義揚辭，務在剛健，必事晤〔三〕而理辨，氣盛而辭斷，此其要也。

五、《文選》書箋類諸篇比觀

例甲　司馬遷《報任少卿書》
　　楊惲《報孫會宗書》
　　　上淵源
　　司馬遷《報任少卿書》
　　《漢書》蘇、李兩傳
　　李陵《答蘇武書》
　　　同上

例乙　朱浮《爲幽州牧與彭寵書》　繁欽《與魏文帝箋》
　　馬援《與楊廣書》　曹子桓《答繁欽書》
　　　上選與不選

例丙　阮瑀《爲曹公作書與孫權》
　　孫楚《爲石仲容與孫皓書》
　　　上比觀措詞之婉與峻

例丁　曹子桓《與朝歌令吴季重書》
　　曹子建《與吴季重書》
　　　上比觀詞意异同

〔二〕據《文心雕龍》，作『詭』。
〔三〕據《文心雕龍》，作『昭』。

例戊

曹子桓《與吴質書》

吴季重《答魏太子箋》

上對觀答書與來書之措詞

曹子建《與楊德祖書》

楊德祖《答臨淄侯箋》

同上

曹子建《與吴季重書》

吴季重《答東阿王箋》

同上例

例己

應休璉《與廣川長岑文瑜書》

應休璉《與西陽令孔德琰書》

上事同文异

例庚

曹子桓《與吴質書》

曹子建《與吴季重書》

上比觀才略子建思捷而才俊，子桓慮詳而力緩。與體性子桓陰柔，子建俊爽。

例辛

丘希範《與陳伯之書》

曾紀澤《擬陳伯之答丘遲書》

吴汝綸《代陳伯之答丘遲書》

屠寄《擬陳伯之答丘遲書》

上對觀辭意與模擬

六、《文選》書箋二類所遺之篇

《文心·書記篇》云：漢來筆札，辭氣紛紜。觀史遷之《報任安》，東方朔之《難公孫》，楊惲之《酬會宗》，子雲之《答劉歆》，志氣槃桓，各含殊采；并杼軸乎尺素，抑揚乎寸心。逮後漢書記，則崔瑗尤善。魏之元瑜，號稱翩翩；文舉屬章，半簡必録；休璉好事，留意詞翰；抑其次也。嵇康《絶交》，實志高而文偉矣；趙至叙離，乃少年之激切也。至如陳遵占辭，百封各意；禰衡代書，親疏得宜；斯又尺牘之偏才也。又曰：黄香奏箋於江夏，亦肅恭之遺式矣。公幹箋記，麗而規益，子桓弗論，故世所共遺；若略名取實，則有美於爲詩矣。劉廙《謝恩》，喻切以至，陸機《自理》，情周而巧，箋之爲善者也。

按《文心》榷論衆體，所舉篇目，皆自昔佳製，足以備文苑之楷模。退觀《文選》所録，遺美頗多。前漢不選揚子雲，子雲《答劉歆書》、劉歆《與子雲書》并見《方言》卷首。後漢不選崔瑗。本傳稱瑗高於文詞，尤善爲書記。今僅存《與葛元甫書》佚句，載嚴可均《全後漢文》四十五，餘文無考。陳遵、禰衡，半簡不録。二子書辭并無考。劉楨箋記，亦付區蓋。今存書三首載《全後漢文》六十五。豈以限於篇幅，不克一一騈羅歟？

又諸葛武侯、王右軍書翰，雖乏大篇，而風神高遠，亦書牘之正裁。《文選》不録，或由詞非藻麗。若鮑照，不選《登大雷岸與妹書》，又不選江淹、沈約，任昉亦衹選箋二首，不選《爲庾杲之與劉居士虬書》。則未識昭明之意匠矣。

史　論

干令升《晋紀論晋武帝革命》

此文致爲簡峭，純以天命立論。而雜舉柏皇以降不專恃天命者以爲陪。則晋之非由德興自明。然其筆意全從《史記·秦楚之際月表序》化出，遺其形貌而取其神明。擬古如此，故自不易。兹録《史記》文於左，以備參鏡：

太史公讀秦楚之際，曰：初作難，發於陳涉；虐戾滅秦，自項氏；撥亂誅暴，平定海内，卒踐帝祚，成於漢家。五年之間，號令三嬗。自生民以來，未始有受命若斯之亟也。昔虞、夏之興，積善累功數十年，德洽百姓，攝行政事，考之於天，然後在位。湯、武之王，乃由契、后稷修仁行義十餘世。不期而會孟津八百諸侯，猶以爲未可，其後乃放弑。秦起襄公，章於文、繆。獻、孝之後，稍以蠶食六國。百有餘載，至始皇，乃能并冠帶之倫。以德若彼，用力如此，蓋一統若斯之難也。秦既稱帝，患兵革不休，以有諸侯也；於是無尺土之封，墮壞名城，銷鋒鏑，鉏豪傑，維萬世之安。然王迹之興，起於閭巷。合從討伐，軼於三代。鄉秦之禁，適足以資賢者爲驅除難耳，故憤發其所爲天下雄，安在無土不王。此乃傳之所謂大聖乎？豈非天哉，豈非天哉！非大聖孰能當此受命而帝者乎？

此文以三代用德、秦用力，與漢氏之暴興相比較，雖欲不歸之天命而不可。其責秦處，即其輕漢處。表雖諛漢爲大聖，而譏刺之意至深。干文『漢魏外禪順大名』與『受命用終』二語，能得史公之法。若謝康樂之論云『安得不僭稱以爲禪代』，則直遂鮮味矣。

干令升文，氣體甚健，而鋪叙有時過繁，説詳後《晋紀・總論》識語。然重厚渾灝是其所長。近代擬之者有汪容父、周止庵二家。周氏《晋略》諸論，大率學干。汪氏《宋宗室世系表序》學干，有其波瀾而去其繁縟。干學《國語》，汪知其意，故亦於此致力，其佳處直不減令升也。兹録汪文於左。

沈約《宋書・表》不傳，今采宋氏宗室之見紀傳者輯爲此篇。且序之，曰：宋武帝受終晋室，自永初改元至於昇明〔一〕之末，凡五世六十年。本支百二十九人，其被殺者百二十有一，而骨肉自相屠害者八十。當齊初紀，彭城之族蓋有存者，而帝之血屬并長沙、臨川二系斬焉。夫一興一廢，國家代有，凡在公族，休戚同之。是以商孫不億，侯服於周。漢世王公，争言符命。當易姓之際，忍耻事讎，并爲臣僕，以全生保姓者有矣。未有君臨天下，傳序九君，一朝革命，覆宗绝祀，殄無遺育，如宋氏之甚者也。方其完如景平，治如元嘉，威如大明，國祚未傾，群生咸遂。而父子兄弟日剪月屠，如恐不及；甚至舉宗就戮，禍及嬰兒，使幼者不得長，壯者不得育。遂致宗姓寡弱，王室陵遲。奸雄睥睨其旁，拱手以成斷流之禍，豈不哀哉！齊高帝嘗夢蒿艾滿江。或解之曰：蒿艾者蕭也，滿江者斷流也。流，劉也，明蕭滅劉氏也。後果驗。或者謂武帝起自布衣，經營天下十有餘年，竟成王業。於時晋室宗親誅鋤略盡，而同力舉義之人罕有存者。創業垂統，取濟一時，非有積德累仁之舊。婁敬、干寶之陳言，稍已迂闊而遠於事情矣。昔漢魏末世，雖見逼奪，而歷年傳嗣，終保元吉。下至昌邑、海西，猶得盡其天年，未至公然操刃也。自平固解璽，人望未绝。武帝因之，以傾桓氏。殷鑒在夏，零陵遂以不免。自是以降，禪代之君，异世同轍。而君親殺戮之禍相沿而莫之革，實自帝始。象人以殉，猶或無後。況乎身爲戎首，禍流异代，而欲子孫令問〔二〕長世，豈可得哉？當帝踐祚〔三〕之初，威德在人，中外帖服。所長慮却顧莫克遑息者，惟故主耳。及其揜被告殂，子孫磐石之計雖至今存可也。曾不再稔，而前事之師，繼體之元子先嘗其害。蓋〔四〕所謂天道好還，爲法自敝者乎？後嗣之陵夷，又其所矣。嗚呼！無一民尺土之籍，戰必勝，攻必取，總攬英才，振厲風俗，遺令詔繼嗣之意，信乎人傑矣。謂禍患之來不可逆知，務增修於德而毋或多殺不幸以爲之備，斯三古哲王所以祈天永命也。

〔一〕據汪中《述學補遺》，作『平』。
〔二〕據汪中《述學補遺》，作『聞』。
〔三〕據汪中《述學補遺》，作『阼』。
〔四〕據汪中《述學補遺》，作『豈』。

『漢魏外禪順大名』一語最爲明曉。唐、虞禪讓，舜、禹本爲四海所歸，觀《虞書》及《孟子》之文可見。而曹丕、司馬炎妄欲摹擬之，不知其名實違戾也。大抵三代以後，易代之術，必徵之三代故事，而祗增其醜。王莽法周公，曹丕法舜、禹，蕭衍自比湯、武而稱無慚德，皆厚誣昔人，引與同類，以自掩蓋。非獨不能欺後世，實亦不能欺當世也。當晉之初紀，段灼上書言事，即以晉武況魏文，而力辯唐、虞之非可迹擬。其言曰：今之言世者，皆曰堯舜復興，天下已太平矣，臣獨以爲未。曩昔三主鼎足，并稱天子。魏文帝率萬乘之衆，受禪於靡陂。而自以德同唐、虞。以爲漢獻即是古之堯，自謂即是今之舜。乃謂孟軻、孫卿不通禪代之變，遂作禪代之文，刻石垂戒，亦安能使將來君子皆曉然心服其義乎？陛下受禪，從東府入西宮，兵刃耀天，旗旗翳日。雖應天順人，同符唐、虞。然法度損益，則亦不异於昔魏文矣。又曰：世之論者，以爲亂臣賊子無道之甚者莫過於王莽。向莽深惟殷周取守之術，施惠天下十有八年，如此宗廟社稷未宜[一]滅也。莽不知悟，身死於匹夫之手，爲天下笑。其所由然者，非取之過而守之非道也。《晉書·段灼傳》，稍刪節之。觀此言，是直以王莽、曹丕目晉武，可謂骨鯁之士矣。

《晉紀總論》

此文與《論晉武革命》仍是一意，反覆陳說，皆以見晉之非由德興而已。文學《過秦》，兼有士衡《辨亡》之筆意。自『夫天下重器』已下，布勢用筆，皆遠師《國語》，下法中壘，惟微覺其多耳。唐修《晉書》於《愍紀》後采此文，猶之《史記·秦紀》後采《過秦》也。

『性深阻有如城府』四句，譏切語，屢作開合之勢，此措詞之妙。

『后嬪妃主虜辱於戎卒，豈不哀哉』已上，歷叙晉之創業及其後亂亡，文筆多仿《過秦》。

『禦其大灾而不尸其利』至『而不謂浚已以生也』，司馬氏之取天下，尸利而浚生，故人心易去，言下躍然。

『然後設禮文以治之』至『又況可奮臂大呼，聚之以干紀作亂之事乎』，晉代士風民俗之壞，前後文已斥言之。然其意以爲由於人君之失教，故於此見其旨。

『夫豈無僻主賴道德典刑以維持之也』，此并以惠帝之失德，歸之詒謀之不善矣。

[一] 據《晉書》，作『宜未』。

『蓋民情風俗〔一〕，國家安危之本也』已上，言民情風教爲國家安危之本。
『昔周之興也』至『故其《詩》曰：克明克類，克長克君，載錫之光』，叙周之先世，覺與懿、昭、師之世濟其惡者异也。
『周家世積忠厚』，與『深阻任數』者异。
『外尊事黄耉，養老乞言』，此二語尤具深意，以見士大夫之虛薄放濁，皆在上者有以致之。
『是以漢濱之女』四句，與不知女工、淫妒逞亂者异。
『於是天下三分有二』四句，言外之意隱約可指。
『及其安民立政者其揆一也』已上，借周事一一與晋氏反形，文極縝密，而有神光離合之妙。
收處見偏舉周事，偏而不賅，故再益數語，斯旁皇周浹矣。
『恥尚失所』，言所恥非恥然，所尚非尚然。
『目三公以蕭杌之稱』，蓋猶潘岳題閣道爲謡之類。
『豈特繫一婦人之惡乎』已上，言晋之貽謀、政治風俗皆有取亂之道。
『故大命重集於中宗元皇帝』已上，言懷帝雖應讖登位，而卒不善終，隱見天命不常之意。收處歸於『淳耀之烈未渝』，文止於此，餘音泠泠然。

晋世重虛曠，在其初，諸賢皆各有深意。至於既成風俗，遂至陵夷。王夷甫將死，顧而言曰：『嗚呼，吾曹雖不如古人，向若不祖尚虛浮〔二〕，戮力以匡天下，猶可不至今日。』此所謂人之將死其言也善者歟？其後桓温言『坐〔三〕使神州陸沉，百年丘虛〔四〕』。王夷甫諸人不得不任其責，詆之是矣。究而論之，安心恬澹，未必足以致亡。但晋人大率内慕顯榮，情鍾勢曜，而又托爲玄遠之辭，聊爲口給之助。此則僞爲虛曠之患，而不可歸咎於莊周、阮籍也。《晋書·忠義傳》曰：『時弘農王粹以貴公子尚主，館宇甚盛，圖莊周於室，廣集朝士，使含嵇含爲之贊。含援筆爲吊文，文不加點。其序曰：「帝婿王弘遠，華池豊屋，廣延賢彦，圖莊生垂綸之象，記先達辭聘之事，畫真人於刻桷之室，載退士於進趣之堂，可謂托非其所，可吊不可贊也。」其辭曰：「邁矣莊周，天縱特放，大塊授其生，自然資其量，

〔一〕據《晋紀總論》，作『教』。
〔二〕據《晋書》，作『浮虛』。
〔三〕據《晋書》，作『遂』。
〔四〕據《晋書》，作『墟』。

器虛神清，窮玄極曠。人僞俗季，真風既散，野無訟屈之聲，朝有争寵之嘆，上下相陵，長幼失貫，於是借玄虛以助溺，引道德以自獎，户咏恬曠之辭，家畫老、莊之象。今王生沉淪名利，身尚帝女，連耀三光，有出無處，池非巖石之溜，宅非茅茨之宇，馳屈産於皇衢，畫茲象其焉取！嗟乎先生，高迹何局！生處巖岫之居，死寄雕楹之屋，托非其所，没有餘辱，悼大道之湮晦，遂含悲而吐曲。」粹有愧色。』君道爲叔夜兄孫，觀此文蓋能識竹林諸賢之意，而力詆當時貌爲虛曠之徒。今升以末流之弊追貶嗣宗，斯爲過矣。

文章繁簡，最難適宜。陸士龍稱其兄士衡文嫌多，但清新相接，不以爲病。知此則氣韵聲調，最爲文中之要。於斯有得，雖偶然以多爲患，究之易於掩藏，此一説也。然爲文之義，本以達意傳言爲職，意既明察，宜去浮詞。榛楛勿剪，實累術阡。故作文斤斤於删繁，則條理易於齊整，意義易於昭晰。儻好取華言，苟助聲采，則蕪音實衆，正意轉湮，其爲疵累，誠非細也。《史通》有《浮詞篇》，又《叙事篇》亦言尚簡之義。雖專論史，而其義可通於雜文。其外篇中有《點煩》一篇，鈔自古史，傳文有煩者，以朱粉雌黄點其上，令觀者易悟其失。此法至爲可宗，惜今世傳本盡失其點耳。世有《班馬异同評》一書，於《史記》《漢書》相殊之義，頗事校核。要之欲求用字造句、位置剪裁之法，必當覽省前文，於其字句細加審視，苟於昔人繁簡之宜，悟了其意，則臨文屬草時，得失較易於自知也。

移改例

《史記·高祖紀》：秦二世元年秋，陳勝等起蘄，至陳而王，號爲張楚。下即緊接諸郡縣多殺長吏以應涉，然後繼以沛令欲以沛應涉，以便入高祖事。《漢書》則於涉爲王下添入『遣武臣、張耳、陳餘略趙地，武臣自立爲趙王』二句，連[二]亘其間，文勢隔閡。後再補趙王武臣爲其將所殺，與上相應，實皆冗句。又《史記》叙『雍齒與豐子弟叛，高祖怨之』，下即云『聞東陽寧君、秦嘉立景駒爲楚王，乃往從之』，亦緊相承接。《漢書》乃於『怨之』下删去『聞』字，增入『張耳立趙後趙歇爲趙王』一句，連亘其間[三]，使上下語脉隔斷，而上文怨雍齒與豐子弟叛之之語，亦爲贅疣無著。兩處增句皆非是，亦正相類。

《後漢書·馬融傳》歷叙其事至順帝陽嘉間上疏言征西羌之下，即云『三遷』，『桓帝時爲南郡太守』下又追叙先是以事忤梁冀，然後接冀奏融在郡貪濁，髡徙朔方，赦還，復拜議郎，以病去官。下接『融才高博洽』云云一段，總説一生性行著述，下又追叙初融懲於鄧氏，遂爲冀草奏李固云云，其下則接『年八十八，延熹九年卒』云云，其下則接族孫日磾事云云。叙事顛倒，錯雜眩目。竊謂爲冀草

[二] 據《十七史商榷》，作『横』。
[三] 據《十七史商榷》，作『横亘其中』。

奏李固，據《固傳》是質帝朝事。忤冀而爲其髡徒，據《冀傳》是桓帝元嘉時事，於《融傳》亦宜挨年叙入。今以草奏李固事抽出另叙，又置於總叙之下，則錯亂眩目殊甚。當於叙完言征羌下，即接草奏李固事，其下接忤冀事，下接累遷南郡太守，冀奏免官云云。至『以病去官』下即接『年八十八』云云。其下接總叙一段，其下接日磾云云，方明白。

《後漢書·范滂傳》，叙至滂就逮辭母，母訓滂之下，宜補一句云『滂竟被害』，然後繼以『行路聞之，莫不流涕』云云。

《舊唐書·長孫順德傳》：『順德發疾，太宗鄙之，謂房玄齡曰：順德無慷慨之節，多兒女之情，此疾何足問也？』《新書》云：『順德喪息女，感疾。』《舊》無此句，則下文語皆無根。《舊》不如《新》。右四例并録清王鳴盛《十七史商榷》。

刪節例

『備修舊德』無。『故其《詩》曰惟此』至『多福』無。『養老乞言』無。『故其《詩》曰刑於』至『家邦』無。『故曰』至『治外』無。『於是天』至『未至』無。『保大』至『善也』無。『爰及』至『一也』無。『蓋有』至『之矣』無。『務伐英雄』無。『又加之以』無『又』『之』二字。『目三』至『之名』無。『機事』至『八九』無。『長虞』至『能糾』無。『有逆』至『上下』無。『如室』至『鑿契』無。『賈充之事』『事』作『爭』。『故賈』至『惡乎』無。『承亂之後』無『之後』二字。『既已去矣』『已』『矣』字無。『然懷』至『弘人者乎』無。

觀《晉書》所刪，雖未必盡當，而大略無誤。文雖節省，而神理不減，竟義無失。此刪繁之前師也。

古人文雖偶傷繁，而其句度究無疵點。又文章體氣高妙，足以舉其盈詞，讀之但覺其妥帖，非細省不知其繁也。

《史記·司馬相如列傳》云：《子虛》《上林》言上林、雲夢所有甚衆，故刪取其要。是則史公録文已有刪削。後來昭明選文，亦多刪節移易者。如《九章·涉江》末刪去『亂曰』已下文。

《奏彈劉整》李注云：昭明刪此文太略，故詳引之，令與彈相應也。此刪節也。曹子建《與吴質書》，注引別題，言昭明移『墨翟不好伎』置『和氏無貴矣』下，與季重之書相應也。此移易也。據此，則古賢於昔文本有刪移之事，但必心知其意，而謹慎以從事耳。今更廣舉成例，以備研尋。

刪改例

《史記》：秦始皇以東南有天子氣，乃東游以厭之，高祖即自疑，隱於芒碭山澤之間，吕后以其所居處常有雲氣，求輒得之。《漢書》删却『即自疑』三字。高祖以匹夫而以天子自疑，正見其志氣不凡也。《漢書》删此三字，便覺無意。

《史記》：沛公破豐，命雍齒守之，齒以豐降魏，沛公攻之，不能下，項梁益沛公五千兵攻豐。而不言攻之勝負。《漢書》則云：攻豐拔之，雍齒奔魏。

《舊唐書》王志《諫論太寬不可爲政疏》有云：人慢吏濁，僞積贓深，若以寬理之，何异命王良御騁，捨銜策於奔踶，請俞跗攻疾，停藥石於膚腠。《新書》改云：捨銜策於奔踶，則王良不能御騁，停藥石於膚腠，則俞跗不能攻疾。右三例并録《廿二史札記》。

《黄氏日鈔》言蘇子由《古史》改《史記》多有不當。如《樗里子傳》，《史記》曰：『母，韓女也。樗里子滑稽多智。』《古史》曰：『母，韓女也。滑稽智。』似以母爲滑稽矣。然則『樗里子』三字，其可省乎？《甘茂傳》，《史記》曰：『甘茂者，下蔡人也。事下蔡史舉學百家之説。』《古史》曰：下蔡史舉學百家之説。』似以史舉自學百家矣。然則『事』之一字，其可省乎？本顧炎武《日知録》。

改易例

范希文作《嚴先生祠堂記》曰：『先生之德，山高水長。』李泰伯爲改一字，曰：『先生之風，山高水長。』范從之。

歐陽永叔作《畫錦堂記》云：『仕宦至將相，富貴歸故鄉，此人情之所榮，今昔之所同也。』後增二字，作『仕宦而至將相，富貴而歸故鄉』。

永叔又作《峴山亭記》云：『元凱銘功於二石，一置兹山，一投漢水。』章子厚謂宜改作『一置兹山之上，一投漢水之淵』，方爲中節。永叔喜而用之。

歐陽永叔《醉翁亭記》，初説『滁州四面有山』，凡數十字，後皆删去，但云：『環滁皆山也。』一説，初本首言『環滁左右皆山也』，『環』字内便有左右之義，專言左右不言前後，亦不盡環字之義，自應如改本删去『左右』字爲工。

增益例

《晋書·袁宏傳》：從桓温北征，作《北征賦》，皆其文之高者。嘗與王珣、伏滔同在温坐，温令滔讀其《北征賦》，至『聞所聞〔二〕

〔二〕據《晋書》，作『傳』。

於相傳，云獲麟於此野，誕靈物以瑞德，奚授體於虞者，疚尼父之洞泣，似實慟而非假，豈一性之足傷，乃致傷於天下』。其本至此改韵。珣云：『此賦方傳千載，無容率爾，今於天下之後移韵徙事，然於寫送之致似爲未盡。』滔云：『得益寫韵一句，或爲小勝。』温曰：『卿思益之。』宏應聲答曰：『感不絶於予心，愬流風而獨寫。』

《南史·王誕傳》：晉孝武帝崩，從叔尚書令珣爲哀策，出本示誕曰：『猶恨少序節物。』誕攬筆便益之，接其『秋冬代變』後云：『霜繁廣除，風回高殿。』珣嘆美，因而用之。

《南史·張融傳》：作《海賦》，文辭詭激，獨與衆异。後以示顧覬之〔一〕。覬〔二〕之曰：『卿此賦實過〔三〕玄虚，但恨不道鹽耳。』融即求筆注曰：『漉沙構白，熬波出素。積雪中春，飛霜暑路。』此四句後所足也。

指瑕例

《史記集解序》『豈足以關諸畜德，庶賢無所用心而已』二句，《索隱》云：豈足關預於積學多識之士乎？正是冀望聖賢勝於飽食終日無所用心，愈於《論語》『不有博弈者乎』之人耳。案此訓釋有誤，文亦冗沓。

《史記·秦楚之際月表》：湯武之王，乃由契、后稷修仁行義十餘世，不期而會孟津八百諸侯，猶以爲未可，其後乃放弑。案會孟津乃武王事，不應并承湯、武而言。

《史記·三王世家》褚先生曰：夫賢王〔四〕所作，固非淺聞者所能知，非博聞强記君子者，所不能究竟其意。案『所』字當删。

嵇叔夜《養生論》：豈惟蒸之使重而無使輕，害之使闇而無使明，薰之使黄而無使堅，芬之使香而無使延哉？案此數語只承豆、薰、辛、齒、麝言。校以文律，但云『豈惟如上所云而已』，其意已明。

《穀梁·成元年傳》：季孫行父秃，晉郤克眇，衛孫良夫跛，同時而聘於齊。齊使跛者御跛者，秃者御秃者，眇者御眇者。劉知幾云：宜除跛者以下句，但云各以其類逆。

〔一〕據《南史》，作『後以示鎮軍將軍顧顗之』。
〔二〕據《南史》，作『顗』。
〔三〕據《南史》，作『超』。
〔四〕據《史記》，作『主』。

《論語》孔子曰：富與貴，是人之所欲也，不以其道得之，不居[一]也。貧與賤，是人之所惡也，不以其道得之，不去也。王充《問孔篇》云：貧賤何故當言得之，顧當言貧與賤是人之所惡也，不以其道去之則不去也。當言去，不當言得。得者施於得之也，今去之，安得言得乎？獨富貴當言得耳。

曾子固文往往有脱節處，如《寄歐陽書》『况翬也哉』，下接『其追晞祖德』云云，文氣似硬接。《移滄州札子》『其於勸帝者之功美，昭法戒於將來』，下接『聖人所以列之於經』，中間似有落句。《宜黄學記》『士有聰明樸茂之質，而無教養之漸，則其材之不成』，語似未完。《列女傳目録序》『身不行道，不行於妻子，信哉』下接『如此人者』，亦似有脱節。

曾國藩《送周荇農南歸序》：自漢以來爲文者，莫善於司馬遷。遷之文其積句也皆奇，而義必相輔，氣不孤伸，彼有偶焉者存焉。其他善者，班固則毗於用偶，韓愈則毗於用奇，蔡邕、范蔚宗以下如潘、陸、沈、任等比者，皆師班氏者也。茅坤所稱八家皆師韓氏者也。案韓氏爲茅坤所稱八家之一，此句有語病。

范蔚宗《後漢書·皇后紀論》

范氏自評其文，筆勢縱放，實天下之奇作，其中合者往往不減《過秦》，信能自知其長者。

此文前後關節，全在『向使因設外戚之禁』至『防閑未篤』數語，蓋妖幸毀政之事，誠爲東京所無，而外姻亂邦之禍，則烈於西都倍蓰，以至立昏主、召寇戎，終亡國祚，於此處略用提筆，使前後章法分明。其後文凡百餘言，順勢而下，精采焕然。『詩書』一語，回應『康王晚朝』至『冢嗣遘屯』數行，致爲嚴密。自謂精奇，豈虚語耶？

《周禮》有后，有九嬪，有世婦、女御而無其數。三夫人、二十七世婦、八十一御妻，乃《昏義》之言，康成混而一之，蔚宗亦承鄭説者。

『官備七國』，章懷注曰：《史記》曰：始皇破六國，寫放其宫室作之咸陽北坂上，南臨渭水，殿屋複道，周閣相屬，所得諸侯美人以充入之，并秦爲七也。

『增級十四』，章懷注曰：婕好一、娙娥二、容華三、充衣四，已上武帝置；昭儀五，元帝置；美人六、良人七、七子八、八子

[一] 據《論語》，作『處』。

九、長使十、少使十一、五官十二、順常十三、舞涓、共和、娱靈、保休〔二〕、良娣使、夜者十四，此六宫品秩同爲一等。

『東京皇統屢绝』已下數行，筆意似《豪士賦序》。

蔚宗在獄，與諸甥侄書以自序，於文章之要及其所撰《後漢書》旨意，言之甚詳，兹全録於下：見《宋書》，《南史》僅載其略。

吾狂釁覆滅，豈復可言，汝等皆當以罪人异〔三〕之。此憤詞也。然平生行己任懷，猶應可尋。至於能不，意中所解，汝等或不悉知。吾少懶學問，晚成人，年三十許，政始有向《南史》作尚，是也耳。自爾以來，轉爲心化，雖〔三〕老將至者，亦當未已也。往往有微解，言乃不能自盡。爲性不尋注書，心氣惡，小苦思，便憒悶，口機又不調利，以此無談功。至於所通解處，皆自得之於胸懷耳。文章轉進，但才少思難，所以每於操筆，其所成篇殆無全稱者。常耻作文士。文患其事盡於形，情急於藻，義牽其旨，韵移其意。雖時有能者，大較多不免此累，政可類工巧圖績，竟無得也。常謂情志所托，故當以意爲主，以文傳意。以意爲主，則其旨必見，以文傳意，則其詞不流，然後抽其芬芳，振其金石耳。此中情性旨趣，千條百品，屈曲有成理，自謂頗識其數，嘗爲人言，多不能賞，意或异故也。性别宫商，識清濁，斯自然也。觀古今文人，多不全了此處，縱有會此者，不必從根本中來，言之皆有實證，非爲空談。年少中謝莊最有其分。手筆差易文，『文』上《南史》有『於』字。不拘韵故也。吾思乃無定方，特能濟艱難，『難』上當脱一『艱』字，據陸厥《與沈約書》補。適輕重，所禀之分，猶當未盡，但多公家之言，少於事外遠致，以此爲恨，亦由無意於文名故也。本未關《南史》作開。史書，政恒覺其不可解耳。既造《後漢》，轉得統緒。詳觀古今著述及評論，殆少可意者。班氏最有高名，但〔四〕任情無例，不可甲乙辨，後贊於理近無所得，此非篤論。唯志可推耳。博贍不可及之，整理未必愧也。吾雜傳論，皆有精意深旨，既有裁味，故約其詞句。此謂諸短篇。至於《循吏》以下，及《六夷》諸序論，筆勢縱放，實天下之奇作，其中合者往往不減《過秦》篇。嘗共比方班氏所作，非但不愧之而已。欲遍作諸志，《前漢》所有者悉令備，雖事不必多，且使見文得盡。見文得盡者謂事盡於文中。又欲因事就卷内發論，以正一代得失，意復未果。贊自是吾文之傑思，殆無一字空設，奇變不窮，同含异體，謂事類相同而贊詞各异。乃自不知所以稱之。此書行，故應有賞音者。《紀傳例》爲舉其大略耳。觀此知蔚宗尚有《紀傳例》之文。諸細意甚多，自古體大而思精，未有此也。恐世人

〔二〕據《後漢書》，作『林』。
〔三〕據《宋書》，作『棄』。
〔三〕據《宋書》，作『推』。
〔四〕據《宋書》，作『既』。

不能盡之，多貴古賤今，所以稱情狂言耳。吾於音樂聽功不及自揮，但所精非雅聲爲可恨，然至於一絶處亦復何异耶[一]？其中體趣，言之不盡；弦外之意，虚響之音，不知所從而來，雖少許處而旨態無極。亦嘗以授人，士庶中未嘗有一毫[二]似者，此永不傳矣。蔚宗在獄爲詩曰：雖無嵇生琴，亦是此意。吾書雖小小有意，筆勢不快，餘竟不成就，每愧此名。

案『性別宫商，識清濁，特能濟艱難，適輕重，古今文人多不全了此處，縱有會此者，不必從根本中來』，及『手筆差易於文』數語，沈休文《宋書·謝靈運傳論》直是大體相襲，而乃自矜創獲，所以陸韓卿難沈之文，必先舉范詹事之語也，今觀蔚宗之文，洵所謂『興玄黄於律吕，若五色之相宜』，雖休文所稱『前有浮聲，後須切響，一簡之内，音韵盡殊』者，范氏固早已得其秘矣。

范蔚宗《後漢書·二十八將傳論》

案范書論贊本與傳別行，至章懷始合之，故其題目如此。今本《後漢書》此篇在《馬武傳》後。蔚宗自言：『吾雜傳論，皆有裁味，故約其詞句。』今細審其書諸論，實吉蠲無盈辭。榷舉所長，足爲吾輩楷式者，有四端焉。一曰辭句簡練，二曰節族分明，三曰局勢閑適，四曰音調和諧。宋世文才，雖季友、靈運，未能先也。

初學爲文，布勢爲要。一篇之中，雖有定旨，而推原窮委，反覆陳明，必非數言可了，一節已足者。貴在相其輕重疏密之宜、先後主客之位，士衡云『選義按部，考辭就班』，是其誼也。不然，凌雜敷陳，謬其秩序，雖有佳意，祇見繁蕪。故吾輩作文，首在能分段落，要令節族分明，提頓顯豁，然後致力於采藻，盡心於聲音。案范氏之文，用筆轉换處，皆有迹可索，謀篇布勢，可謂工巧。至於練字修詞，猶其餘事耳。此篇雖五六百言，而用筆凡十五變，遞相生發。幾於無一句可刊、無一字可減。故能摛其華采，振其好聲。由此得師，於爲文乎何有。

對問　設論

對問、設論，《文選》析爲二類，彦和撢其源流，合之爲一，良是。推原其溯，則《卜居》《漁父》已開其先，但未標對問之名耳。

[一] 據《宋書》，作『邪』。
[二] 據《宋書》，作『豪』。

今依《文心》之言，綜《文選》對問與設論二體述之。

一、《對楚王問》文載《新序》，其標曰對問，昭明所題也。

全篇用比體。惟『曲高和寡』與『士亦有之』已下，爲顯露正意，而『曲高和寡』二語，猶含正意於喻意之中。『士亦有之』已下，則明説正意矣。

『客有歌於郢中者』一節，用遞進法。

『鳥有鳳而魚有鯤』一節，用增益法。先簡説。鯤，鯤也。後詳説。

此篇已啓排偶之體。

『夫蕃蘺之雁〔二〕豈能與之料天地之高哉。』地亦言高，連類以叙之耳。

『夫尺澤之鯢豈能與之量江海之大哉。』尺讀爲廣斥之斥。

『世俗之民又豈知臣之所爲哉。』

二、《答客難》《解嘲》《答賓戲》

分述

《答客難》

全篇以遇委時，以修責身。規模自對問出，而加以鋪肆耳。

『水至清則無魚』一節，何義門曰：本言武帝知之不盡，反言明有所遺，君道固然。或有遺行，猶爲所恕。不亟勸賞以大官者，亦所以待其自得，非棄我也。故我亦任智優游，所以合於權變，奈何以此諷我哉？

『此適足以明其不知權變』二句，何曰：『不知權變』，收前後；『惑於大道』，計功而不道其常也。

《解嘲》

何曰：本東方之體，而恢奇淵妙過之。

姚惜抱曰：此文前半以取爵位富貴爲説，後半以有所建立於世成名爲説。故范雎、蔡澤、蕭、曹、留侯，前後再言之，而義則〔三〕

〔二〕據《對楚王問》，作『鷃』。

〔三〕據姚鼐《古文辭類纂》，作『别』。

非重複也。末數句，言人之取名，有建功於世者，有高隱者，又有以放誕之行，使人驚异者，若司馬長卿、東方朔，亦所以致名也。今進不能建功，退不能高隱，又不恐失於放誕之行，是不能與數子者并，惟著書以成名耳。

今按：『故有造蕭何之律』至『則乖矣』，此見子雲陋漢之意。篇末三顯三晦，意皆不爲。所謂非聖哲之書不好，於此驗矣。

《答賓戲》

何曰：麗過於揚，其氣質則遠不逮矣，要非崔、蔡所能及。

孫鑛曰：以正道作主張，自是理勝，造語最入細，字錘句鍊，極典雅工縟之致，可謂織文重錦。第風骨不若《解嘲》之古勁。此等機栝，更有難言，應是天分有限。

凱按：以揚作較方朔，華贍過之，而氣足以舉其詞。逮班氏又趨於整麗，然氣滯矣，靡矣。此蓋時代爲之，未必盡關天分也。

上評識

《答客難》

『天下和平與義相扶』，言不用世則修身。

《解嘲》

『顧默而作《太玄》五千文，枝葉扶疏獨説十餘萬言』，據此，子雲《太玄》自有説之之文也。王鳴盛以爲《法言》，非。

『鄒衍以頡頏而取世資』，《説文》：亢，人頭也。或以頏頡，直項也。段氏引此而釋之曰：謂鄒衍强項傲物。頡頏正謂直項。

『炎炎者滅』至『鬼瞰其室』，李光地曰：此段全釋《豐》卦之義。炎炎者，火也。隆隆者，雷也。當其炎炎、隆隆，以爲盈且實矣。然《豐》卦雷居上，則是天收其聲。火居下，則是地藏其熱。此其盛不可久而滅且绝之徵也。《豐》之義如此。卦爻俱發日中之戒，至窮極，則曰：豐其屋，蔀其家，窺其户，闃其無人。即揚子所謂『高明之家，鬼瞰其室』也。揚子是變《易》辭象以成文。自王〔二〕輔嗣以來，未有能知之者。

『抵穰侯而代之』，據注引《説文》當作『抵』。

『顩頤折頞』，『顩』，《漢書》作『頷』。然『顩』是正字。《説文》：顩，齵皃也。齵者齒差也。此今語所云蔵下巴。折頞，則塌鼻也。

〔二〕據李光地《榕村全集》，作『然自』。

「響若坻隤」，「坻」即《説文》「氐」字。《説文》氐字引揚雄賦曰「響若氐隤」。
「雖其人之膽智哉」，「膽」當改「贍」。《漢書》及本書《東方朔畫象贊》《馬汧督誄》兩注引，不誤。
「東方朔割炙於細君」，據《漢書》「炙」當改「名」。注兩「炙」字，亦依此改。

《答賓戲》

「躬帶紱冕之服」，「紱」字羨文，《漢書》無。
「枕經籍書」，《漢書》「籍」作「藉」，是也。
「器不賈於當己」，「當己」，猶知己也。
「意者且運朝夕之策」，意者之言或者也。與抑、懿并同。
「説難既遒」，《漢書》「遒」作「酋」，應劭曰：雄也。
「孟軻養浩然之氣」，「浩」當作「皓」，方與引項注相應。然正字又當作「昦」。《説文》：昦，春爲昦天，元氣昦昦也。項訓爲白，則「顥」字之假借耳。
「夷險芟荒」，據晉注，「芟」改「發」。
「謀合神聖」，《漢書》「神聖」作「聖神」，是也。此與下濱、垠爲韵。
「揚雄譚思」，《漢書》作「覃」，是。《説文》：醰，酒味長也。此覃思之正字。
「若乃伯夷抗行於首陽」二句，《漢書》無「伯」字、「柳」字。
「委命供己」，《漢書》作「共」。

上校釋

總述

文之鋪張而揚厲者，皆賦之變體。《解嘲》一篇，許書本名曰賦。《説文》氐字下引。《賓戲》又踵其事而增華。今析其鋪肆之法如下。

（一）鋪排

就一意推廣言之：

《答客難》

「客難東方朔曰」至「其故何也」。
《解嘲》
「客嘲揚子曰」至「何爲官之落拓也」。
《答賓戲》
「賓戲主人曰」至「不亦優乎」。
右三節是「難」「嘲」「戲」之大旨，不過謂有才而見棄於時耳。本一二語可了，而此則推廣言之至數十句。
或今昔相形言之：
《解嘲》
「今大漢左東海」一節與上文「往者周網解結」一節相形。
「譬若江湖之崖」數句與下文「昔者三仁去而殷墟」一節相形。
「當今縣令不請士」一節與上文「夫上世之士」一節相形。
《答賓戲》《答客難》作法同上。
或反覆言之：
《解嘲》
「嚮使上世之士」一節、「故有造蕭何之律於唐虞之世」一節。
《答客難》《答賓戲》作法同上。
或層層推演：
《解嘲》
「夫上世之士」之大段，與上文「周網解結」一大段，前以士之遇合言，謂時平則賢才無用。後以士之用舍言，斥當道不知重士也。
（二）陪襯
用前事作陪
《答客難》
「上觀許由」四句、「燕之用樂毅」三句。

《解嘲》

『鄒衍以頡頏而取世資』二句、『昔三仁去而殷墟』八句、『或解縛而相』八句、『藺生收功於章臺』六句。

《答賓戲》

『孔席不暖』二句、『魯連飛一矢而蹶千金』二句、『商鞅挾三術以鑽孝公』二句、『韓設辨〔一〕以激君』六句、『仲尼抗浮雲之志』二句、『昔者咎繇謨虞』八句、『近者陸子優游』八句、『若乃夷抗行於首陽』四句、『若乃牙、曠清耳於管弦』八句。

（三）形容

就原文加以狀語

《答客難》：『脣腐齒落，服膺而不可釋。』『連四海之外以爲帶，安如〔二〕覆盂。抗之則在青雲之上，抑之則在深淵之下。用之則爲虎，不用則爲鼠。』『説行如流，曲從如環，所欲必得，功若邱山。』

《解嘲》：『析人之珪，儋人之爵，懷人之符，分人之禄，紆青拖紫，朱丹其轂。』『深者入黄泉，高者出蒼天，大者含元氣，細者入無間。』『東南一尉，西北一候。』極言聲教之廣，謂東南一尉屬，西北一候舍耳。『家家自以爲稷、契，人人自以爲皋陶。戴縱〔三〕垂纓而談者皆擬於阿衡，五尺童子羞比晏嬰與夷吾』。『當塗者升青雲，失路者委溝渠。旦握權則爲卿相，夕失勢則爲匹夫。』『故世亂則聖哲馳騖而不足，世治則庸夫高枕而有餘。』『是以欲談者卷舌而同聲，欲步者擬足而投迹。』言不敢奇异也。『搤其咽而亢其氣，拊其背而奪其位。』拊其背，謂繼其迹也。『掉三寸之舌，建不拔之策，舉中國徙之長安。』

《答賓戲》作法同上。

文之有形容，汪容甫所謂辭不過其意則不暢，《述學・釋三九》中。而吾謂其功績在能化抽象爲具體，而使文意益顯達。右舉諸例，雖詞過誇飾，意涉鋪張，固可謂善於形容者也。

（四）譬喻

用物理作喻

《答客難》：『未有雌雄。』『猶運之掌。』『譬若脊令，飛則鳴矣。』『語曰：以管窺天，以蠡測海，以筳撞鐘，豈能通其條貫考其文

〔一〕據《文選》，作『辯』。
〔二〕據《文選》，作『於』。
〔三〕據《文選》，作『縰』。

理發其聲音〔一〕哉？』『譬由鼱鼩之襲狗，孤豚之咋虎。』

《解嘲》：『目如耀星，舌如電光。』『枝葉扶疏。』『周網解結，群鹿争逸。』『矯翼厲翮。』『天下之士雷動雲合，魚鱗雜襲。』『譬若江湖之崖，渤澥之島，乘雁集不爲之多，雙鳧飛不爲之少。今子乃以鴟梟而笑鳳皇，執蝘蜓而嘲腐鼠〔二〕。』『功若太山，響若氏〔三〕隤。』

《答賓戲》：『轡龍虎之文。』『卒不能攄首尾，奮翼鱗，振拔洿塗，跨騰風雲。』『上無所蒂，下無所根。』『馳辯如濤波，摛藻如春華。』『守窔奧之熒燭，未仰天庭而睹白日也。』『龍戰虎争。』『風颮電激。』『猋飛景附，霅煜其間。』『搦朽摩鈍，鉛刀皆能一斷。』『彼皆躡風塵之會。』『朝爲榮華，夕爲顦顇。』『炎之如日，威之如神，函之如神〔四〕，養之如春。』『沐浴玄德。』『枝附葉著。』『譬猶草木之植山林，鳥魚之毓川澤。』『欲從埶敦而度高乎太〔五〕山，懷沆〔六〕濫而測深乎重淵。』『賓又不聞和氏之璧韞於荆石，隨侯之珠藏於蚌蛤乎？』『應龍潛於潢污，魚黿媟之。』

統觀右列諸句，可知譬喻之體：或用字喻，或用語喻，或用事喻，正意與喻意并見，或有喻辭而省正文，或正喻融治而出。蓋詞章之文，貴乎色澤，而徒摛華藻，彌增冗濫。若設譬工切，徵材鮮妍，則采艷自呈矣。

（五）排疊

多用同類之事以明一意

三文援古、取譬、鋪張繁富，有累舉至四事乃至八事者。蓋單舉則似一事偶合，對舉二事，則其理若事無不確者。尤多，則辨證之力尤厚矣。參看上陪襯、譬喻二條。

甲、排偶

三文爲排偶之體，又時間以跌宕之筆。至文之一問一答，迴映周密，皆宜厝意。分述如下：

舉《解嘲》爲例

〔一〕據《文選》，作『音聲』。
〔二〕據《文選》，作『龜龍』。
〔三〕據《文選》，作『坻』。
〔四〕據《文選》，作『海』。
〔五〕據《文選》，作『泰』。
〔六〕據《文選》，作『沆』。

排偶者，各句之語意相偶，而排叠以出之者也。凡用此種筆，其文必氣加宏而力加厚，無錯雜繁瑣之病，故文家常用之。此篇蓋純爲排偶之體。或一排或兩排，或三排至四排，或以一句爲一排，或累數句爲一排。各排之中，又長短參差，不一其式。故其文多變化，而氣不凝滯，非特此也，排偶之中，時用奇句以疏宕之，或位於中，或結於末，此文之所以閎肆也。包慎伯曰：『討論體勢，奇偶爲先。凝重多出於偶，流美多出於奇。體雖駢必有奇以振其氣，勢雖散必有偶以植其骨。儀厥錯綜，致爲微妙。』《藝舟雙楫・文譜》。包氏之論，蓋可舉此篇以爲例證也。

乙、跌宕

舉《解嘲》爲例

跌宕者，即文家所謂抑揚頓挫，有蕩漾之姿者也。文過於直，則易傷平板而乏雋永之味。故善爲文者，就體之所宜，往往構爲空中樓閣，或抑或揚，或頓或挫，以跌宕之筆出之。令人讀之有餘聲，思之有餘韵。此篇爲排偶之體，平鋪之病，尤易觸犯。其猶能盡開闔動宕之妙者，蓋深明跌宕之法也。兹列舉其跌宕之筆如下：

意者玄得無尚白乎？何爲官之拓落也？

客徒欲朱丹吾轂，不知一跌將赤吾之族也。

世异事變，人道不殊；彼我易時，未知何如。

今子乃以鴟梟而笑鳳皇，執蝘蜓而嘲龜龍，不亦病乎？子之笑我玄之尚白，吾亦笑子病甚，不遇俞跗與扁鵲也。悲夫！

夫蕭規曹隨，留侯畫策，陳平出奇，功若泰山，響若坻隤，雖其人之贍智哉，亦會其時之可爲也。

丙、迴映

舉《解嘲》爲例

凡設論之文，主客對問，其首尾用筆，宜知迴映。迴映周密，斯意無歧出，辭能對針，而篇法章法自彌綸一體，無散漫之患矣。此文前後凡兩大段：前段之末『子之笑我玄之尚白……』云云，所以繳應前文『意者玄得無尚白乎……』兩語。中間『客徒欲朱丹吾轂……』云云，則爲繳應『朱丹其轂』一語而發，上言朱丹，下言赤，其義一也，猶云『客徒欲赤吾轂，不知一跌將赤吾之族也』，此又用字之互相照應者。『又安得青紫』一語，則爲繳應『紆青拖紫』一語而發也。後段之末，『僕誠不能與此數子并，故默然獨守吾《太玄》』兩語，所以繳應前文『然則靡玄無所成名乎……』云云也。文之首尾迴映周密如此，故全文機體，極其圓活。彦和稱之曰『迴環自釋，頗亦爲工』，不其然乎？

三、三文之遞相模擬

（一）結體之模擬

設論之體，第一須設主客，第二宜有辨論。試就三文觀之：

《答客難》

一問一答

客難東方朔曰。

東方先生喟然長息仰而應之曰。

《解嘲》

二問二答

客嘲揚子曰。

揚子笑而應之曰。

客曰：「然則靡玄無所成名乎。」

揚子曰。

《答賓戲》

二問二答

賓戲主人曰。

主人逌爾而笑曰。

賓曰：「若夫鞅、斯之倫……默而已乎。」

主人曰：「何爲其然也？」

（二）命意之模擬

《客難》《解嘲》通篇皆就「時」字立論。《客難》：「彼一時此一時也。」「夫蘇秦、張儀之時。」「使蘇秦、張儀與僕并生於今之世。」「故曰時异事异。」「是遇其時者也。」《解嘲》：「往者周網解結……」「今大漢左東海……」「且夫上世之士」，「當今縣令不請士……」「嚮使上世之士處乎今世。」「彼我易時，未知何如？」「亦會其時之可爲也。」「故爲可爲於可爲之時則從，爲不可爲於不可爲之時則凶。』此皆據『時』字抒議也。至《解嘲》『往者周網解結，……今大漢左東海……』云云，又擬《客難》『夫蘇秦、張儀之時……今則不然……』一節之文意語勢也。《賓戲》拈『名』字爲主，謂乘時立功之士，詭隨希合，雖一時尊顯，而禍機旋發，惟君子守身不失其正，譚思著述，味道得腴，雖晦於前，必傳於後。視《客難》《解嘲》，意不同矣。然『故曰慎修所志』一節，亦東方生所有之意，特爲詞小殊耳。

四、本體文之流變

摯虞《文章流別論》曰：若《解嘲》之弘緩優大，《應賓》之淵懿温雅，《達旨》之壯厲忼慷，《應閑》之綢繆契闊，郁郁彬彬，靡有不長焉矣。《全晉文》七十七。

洪邁曰：《答客難》自是人[二]中傑出，揚雄擬之，尚有馳騁自得之妙。至於崔駰《達旨》、班固《賓戲》、張衡《應閑》，皆屋下架屋，章摹句寫，其病與《七林》同。及韓退之《進學解》出，於是一洗矣。《容齋隨筆》七。

今按自曼倩《答客難》後，綴文之士，遞相仿效，其中佳者，仲洽、彦和言之詳矣。然文章之體，溯源流不免有所從來，要以變化爲貴。昭明選録，止此三家，可謂集其菁英。今仍録自漢迄晉《文選》所遺篇什於後：

漢揚雄《解難》，後漢崔駰《達旨》、張衡《應閑》、崔寔《答譏》、蔡邕《釋誨》、陳琳《應譏》，魏曹植《客問》、嵇康《卜疑》，晉夏侯湛《抵疑》、郤正《釋譏》、束晳《玄居釋》、郭璞《客傲》、曹毗《對儒》、庾敳《客咨》。

[二] 據《容齋隨筆》，作『文』。

《文選學》附編補二　《文選》專家研究舉例

颜延年

一、颜延年傳略

案《宋書》本傳：延之字延年，琅邪臨沂今山東臨沂縣人也。少孤貧，居負郭。好讀書，無所不覽。文章之美，冠绝當時。飲酒，不護細行。年三十猶未婚。後爲宋武帝豫章公世子中軍行參軍，及武帝北伐，有宋公之授，府遣延之慶殊命。行至洛陽，道中作詩二首，文辭藻麗，爲謝晦、傅亮所賞。武帝受命，補太子舍人，再遷太子中舍人。時尚書令傅亮自以文義之美，一時莫及。延之負其才，不爲之下。亮甚疾焉。廬陵王義真頗好辭義，待接甚厚。徐羡之疑延之爲同异，意甚不悦。文帝即位，累遷始安太守。延之之郡，道經汨潭，爲湘川刺史張邵《祭屈原文》，以致其意。元嘉三年，羡之等誅。徵爲中書侍郎，轉太子中庶子，領步兵校尉，賞遇甚厚。延之疏誕，不能斟酌當世，見劉湛、殷景仁專當要任，意不平。辭甚激揚，每犯權要，湛恨焉，言於彭城王義康，出爲永嘉太守。延之甚怨憤，乃作《五君咏》，以述竹林七賢，山濤、王戎以貴顯被黜，咏嵇康曰：『鸞翮有時鎩[一]，龍性誰能馴。』咏阮籍曰：『物故不可[二]論，塗窮能無慟。』咏阮咸曰：『屢薦不入官，一麾乃出守。』咏劉伶曰：『韜精日沉飲，誰知非荒宴。』此四句，蓋自序也。湛及義康以其辭旨不遜，大怒，欲黜爲遠郡。文帝與義康詔曰：『宜令思愆閭里。』於是延之屏居里巷，不豫人間者七載。閑居無事，爲《庭誥》之文。劉湛誅，起延之爲始興王濬後軍諮議參軍，御史中丞。在任縱容，無所舉奏。遷國子祭酒、司徒左長史。坐啓買人田，不肯還直，尚書左丞荀赤松奏：請以延之訟田不實，妄干天聽，以强凌弱，免所居官。詔可。復爲秘書監、光禄勛、太常。延之性既褊激，兼有酒過，

[一] 據《宋書》，作『鍛』。

[二] 據《宋書》，作『可不』。

肆意直言，曾無遏隱，故論者多不與之〔一〕。居身清約，不重〔二〕財利，布衣蔬食，獨酌郊野。當其爲適，旁若無人。三十年，致事。元凶弑立，以爲光禄大夫。世祖登祚，以爲金紫光禄大夫，領湘東王師。子浚權傾一朝，延之器服不改，宅宇如故。孝建三年卒，年七十三。生晋太玄九年，西元三八四至四五六。贈特進，金紫光禄大夫如故，謚曰憲子。所著并傳於世。

案《隋書·經籍志》：《宋特進颜延之集》二十五卷，案三十卷，又有《颜延之逸集》一卷，亡。《詁幼》一卷。

二、颜延年文評

《宋書·謝靈運傳論》曰：在〔三〕晋中興，玄風獨扇〔四〕，爲學窮乎〔五〕柱下，博物止乎《七篇》。馳騁文辭，義殫〔六〕乎此。自建武暨乎義熙安帝，歷載將百，雖綴響聯辭，波屬雲委，莫不寄言上德，托意玄珠，遒麗之辭無聞焉爾。仲文始革孫綽、許詢之風，叔源謝混大變太元武帝之氣。爰逮颜、謝騰聲，靈運之興會標舉，延年之體裁明密，并方軌前秀，垂範後昆。

詳宋初文體之變，實自颜、謝始。過江以後，競尚玄虛，故文亦清質。物極而變，則由質反華。推其風流所出，實遠紹平原而加之以麗密。劉彦和評宋初文咏，亦云：『儷采百字之偶，價争一句之奇，情必極貌以寫物，辭必窮力而追新。』及其論通變，則云：『宋初訛而新。』又譏略漢篇而師宋集者。鍾記室《詩品》稱『颜延年、謝莊尤爲繁密，於時化之』。此雖論詩，然當時文體，實亦從之而革。觀范蔚宗之爲文，亦致意於宫商，用思於裁味。而王融、謝朓、任昉、沈約之徒，莫不近宗颜、謝，競尚詞華。是知風氣所趨，英俊咸起。體裁既改，舉世相師。彼永明而降之文，其績鏤信已工矣。惟其真意猶存，舊規未偭。質雖爲文所絀，猶未遽绝也。迨及天監已後，藻采愈繁，事類愈富。句必求儷，聲必求偕。以鋪張爲能，以精切爲貴。文勝不能有加。推原其朔，皆颜、謝開其先河也。蓋麗密所以救空虛，而其弊則以刻雕藻飾爲能，而離真漸遠。颜、謝處於必變之時，故不能不以新聲標异。矯枉者必過其直，則文勝之弊又生，斯固必至之符，而非二君所及料也。

〔一〕據《宋書》，「與之」作「知云」。
〔二〕據《宋書》，作「營」。
〔三〕據《宋書》，作「有」。
〔四〕據《宋書》，作「振」。
〔五〕據《宋書》，作「於」。
〔六〕據《宋書》，作「單」。

又沈所謂「遒麗」者，遒，健也；麗，密也。興會標舉，遒之屬也。體裁明密，麗之屬也。此雖就詩言，而明密兩字以觀延年之文，亦可作定評。《文選》所載《曲水詩序》《陶徵士誄》《吊屈原文》，無不辭理詳明，意藻綺密。蓋延年文之風格如是。鮑稱顏詩「鋪錦列綉，雕繪滿眼」，亦即斯旨。

《文中子·中説》上曰：子謂顏延年、王儉、任昉有君子之心焉，其文約以則。

《陶徵士誄》

「故無足而至者」四句，李注非。此言物因藉而至，人隨踵而立，皆不足貴也。「無足而至」，即承「璿玉不畜隍池，桂椒不入園林」，而反言之。此四句承上關下。下云「物尚孤生」，則無足而至者，亦不足貴也。

「首路同塵，輟塗殊軌」，此謂不能終隱者。

「豈可〔一〕以昭末景泛餘波」，末景餘波，承上巢、高、夷、皓言。

「有晉徵士尋陽陶淵明」案《晉書》本傳云：陶潛字元亮。《南史》傳云：陶潛字淵明。或云字深明，名元亮。昭明《傳》云：陶淵明字元亮。或云潛，字淵明。據此，則「淵明」爲徵士之字矣。然徵士《祭程氏妹文》云：「淵明以少牢之奠，俯而酹之。」祭文不應自稱字也。又《孟府君傳》云：「淵明從父太常夔。」又云：「淵明先親，君之第四女也。」孟府君即孟嘉，徵士之外王父也。徵士此文，誦述其從父及其母，義必以名自見，不得稱字，則「淵明」又爲徵士之名矣。延年此文，曰：「有晉徵士尋陽陶淵明。」「淵明」爲名，爲字，仍難因此以定之也。

「南岳之幽居者也」，南岳，灊霍也。何云「廬山」，謬。

「母老子幼」，《祭程氏妹文》云：「慈妣早逝〔二〕，時尚孺嬰，我年二六，爾纔八〔三〕齡。」據此，則此文「母」字有誤，或當作「親」耳。

〔一〕據《文選》，作「所」。
〔二〕據《陶淵明集》，作「世」。
〔三〕據《陶淵明集》，作「九」。

『元嘉四年月日卒於尋陽縣之某里』，《自祭文》云：『月〔一〕中無射。』《挽歌》詩云：『嚴霜九月中，送我至〔二〕遠郊。』然則淵明以九月殁也。

『至自非敦』，此語難解。或當言出於自然，非由敦迫耳。

『依世尚同』四句，言依世則尚同，詭時則尚异，二者皆有可議，不可默置也。注非。

『世霸虛禮』，世霸斥宋武。

『年在中身』，用《書·無逸》『文王受命惟中身』語。文王九十七而崩，享國五十年，受命之時，當四十七也。徵士殁年，實過五十。《與子儼等疏》，徵士疾重自知不起時之言也，中有『吾年過五十』語可證。此特模略之詞，甚言其壽促，而怨天道之難憑也。《宋書》傳、昭明《傳》及《晉書》傳以徵士年爲六十三者，誤。

『獨正者危』至『吾規子佩』，此述靖節戒己之詞。

『疢維痞〔三〕疾』，據此，是徵士以久瘧亡，故能爲《自祭文》，作《挽歌》也。

『敬述靖節』，『靖』，五臣本作『清』是也。

徵士襟懷夷曠，人品極高。延年此文以巢、高、夷、皓相况，信符累德之實矣。昭明《陶靖節集序》，表章高蹈，亦知徵士之深者。今録於後。

夫自衒自媒者，士女之醜行。不忮不求者，明達之用心。是以聖人韜光，賢人遁世。其故何也？含德之至，莫踰於道。親己之切，無重於身。故道存而身安，道亡而身害。處百齡之内，居一世之中，倏忽比之白駒，寄寓謂之逆旅，宜乎與大塊而盈虛，隨中和而任放。豈能戚戚勞於憂畏，汲汲役於人間哉！齊嫗〔四〕趙女之娱，八珍九鼎之食，結駟連騎之榮，侈袂執圭之貴，樂既樂矣，憂亦隨之。何倚伏之難量，亦慶吊之相及。智者賢人，居之甚履薄冰；愚夫貪士，競之若洩尾閭。玉之在山，以見珍而終破；蘭之生谷，雖無人而自芳。故莊周垂釣於濠，伯成躬耕於野。或貨海東之藥草，或紡江南之落毛。譬彼鴛雛，豈競鳶鴟之肉；猶斯雜懸，寧勞文仲之牲。至於子常、寧喜之倫，蘇秦、衛鞅之匹，死之而不疑，甘之而不悔。主父偃言生不五鼎食，死則五鼎烹。卒如其言，豈不痛哉？又楚子觀周，

〔一〕據《陶淵明集》，作『律』。
〔二〕據《陶淵明集》，作『出』。
〔三〕據《文選》，作『痁』。
〔四〕據《漢魏六朝百三家集》《全上古三代秦漢三國六朝文》等，作『謳』。

受折於孫滿；霍侯驂乘，禍起於負芒。饕餮之徒，其流甚衆。唐堯四海之主而有汾陽之心，子晉天下之儲而有洛濱之志，輕之若脱屣，視之若鴻毛，而况於他人乎？是以至人達士，因以晦迹。或懷厘而謁帝，或被褐而負薪。鼓枻清潭，棄機漢曲。情不在於衆事，寄衆事以忘情者也。有疑陶淵明詩，篇篇有酒。吾觀其意不在酒，亦寄酒爲迹者也。其文章不群，辭彩精拔。跌宕昭彰，獨超衆類。抑揚爽朗，莫之與京。横素波而傍流，干青雲而直上。語時事，則指而可想。論懷抱，則曠而且真。加以貞志不休，安道苦節，不以躬耕爲恥，不以無財爲病。自非太賢篤志，與道污隆，孰能如此乎？余素愛其文，不能釋手。尚想其德，恨不同時。故加搜校，粗爲區目。白璧微瑕，惟在《閑情》一賦，揚雄所謂『勸百而諷一』者乎？卒無諷諫，何足摇其筆端？惜哉，亡是可也。并粗點定其傳，編之於録。嘗謂有能觀淵明之文者，馳競之情遣，鄙吝之意祛，貪夫可以廉，懦夫可以立。豈止仁義可蹈，抑乃爵禄可辭。不必傍游泰、華，遠求柱史，此亦有助於風教也。

《祭屈原文》

「湘州刺史吴郡張邵」，「張邵」連下讀，注誤绝。

「藉用可塵昭忠難闕」，「藉用」以代白茅，「昭忠」以代蘋藻，皆品物也。六代好用代語，而自颜益多。其用字上非故訓，下异方言，須以意摸索之也。

《三月三日曲水詩序》

此序雖名爲序，而鋪張繁密，實賦體也。「左關嚴澄」至「淵旋雲被」十數句，又皆用韵，則與賦竟無差别矣。

赬莖、素毳、并柯、共穗，皆代語。赬莖代朱草，素毳代白虎，并柯代連理木，共穗代嘉禾。此本修辭之成法，而用之既濫，訛體隨興。至乃割裂陳句，如歇後體。如藉用、昭忠之類。斯則未可輕效也。代語之例至多，略舉於下：

指孔子爲尼山，目老聃爲苦賴。此以地域代人。

稱竹馬爲篠驂，名龍門爲虬户，易金谷爲銑谿。此以訓詁代本字。

號匈奴以纁鬻，斥中國爲神州。此假故名代今名。

割裂陳句之例：

以『孔懷』或『友于』代兄弟。陶淵明詩『再喜見友于』、陸士衡《嘆逝賦》。

以『則哲』爲知人，任彦昇文。以『貽厥』代子姓。《南史·到蓋傳》。以『曾是』作在位，陸士衡《漢高祖功臣頌》。以『具瞻』代宰輔。

《顔氏家訓·文章篇》曰：『《詩》云：「孔懷兄弟。」孔，甚也。懷，思也。言甚可思也。陸機《與長沙顧母書》，述從祖弟士璜死，乃言「痛心拔腦，有如孔懷」。心既痛矣，即爲甚思，何故言「有如」也？觀其此意，當謂親兄弟爲孔懷。《詩》：「父母孔邇。」而呼二親爲「孔邇」，於義通乎？』王楙《野客叢書》曰：『近時四六多以「爰立」對「具瞻」，作宰相事用。所謂「爰立」者，訓於是乎耳。不知所立者何事，而曰「即膺爰立之除，式副具瞻之望」。』按勉夫此論，正與《家訓》相發。

任彦昇

任彦昇傳略節《梁書》及《南史》本傳

昉字彦昇，樂安博昌山東青州府壽光縣東人。父遥，齊中散大夫。昉身長七尺五寸，幼而聰敏，八歲能屬文，自製《月儀》，辭義甚美。初爲奉朝請，舉兖州秀才，拜太常博士。永明初，衛將軍王儉領丹陽尹，復引爲主簿。儉雅重昉文，曰：『自傅季友以來，始復見於任子。』後爲司徒竟陵王記室參軍。時瑯琊王融有才俊，自謂無對。當時見昉之文，怳然自失。以父喪去官，泣血三年，杖而後起。服闋，續遭母憂，常廬於墓側，哭泣之地，草爲不生。服除，拜太子步兵校尉，掌東宫書記。齊明帝既廢鬱林王，始爲侍中中書監、驃騎大將軍、開府儀同三司，揚州刺史、録尚書事，封宣城郡公，使昉具草。帝惡其辭斥，甚愠，昉由是終建武中位不過列校。昉尤長載筆。頗慕傅亮，才思無窮，當世王公表奏，莫不請焉。昉起草即成，不加點竄。沈約一代辭宗，深所推挹。明帝崩，遷中書侍郎。永元末爲司徒右長史。梁武帝剋建業，霸府初開，以爲驃騎記室參軍，專主文翰。每制書草，沈約輒求同署。常被急召，昉出而約在，是後文筆，約參製焉。梁武臺建，禪讓文誥，多昉所具。武帝踐祚，歷黄門侍郎、吏部郎，出爲宜[一]興太守。在任清潔，兒妾食麥而已。友

[一] 據《梁書》，作『義』。

人彭城到漑、漑弟洽從昉共爲山澤游。及被代登舟，止有米五石〔一〕。至都〔二〕無衣，鎮軍將軍沈約遣裙〔三〕衫迎之。重除吏部郎，參掌大選。居職不稱。尋轉御史中丞、秘書監。自齊永元以來，秘閣四部篇卷紛雜，昉手讎校，由是篇目定焉。出爲新安太守，爲政清省，吏民便之。卒於官，時年四十九。宋大明元年生，梁武帝天監七年卒，公元四五七至五〇八。追贈太常卿，謚曰敬子。昉博學，於書無所不見。家雖貧，聚書至萬餘卷，率多异本。既以文才見知。時人云任筆沈詩，昉聞甚以爲病。晚節轉好著詩，欲以傾沈，用事過多，屬辭不得流便。自爾都下士子慕之，轉爲穿鑿。於是有才盡之談矣。

《隋書·經籍志》：《雜傳》三十六卷、任昉撰。本一百四十七卷，亡。《地記》二百五十二卷、梁任昉增陸澄之書八十四家以爲此記。《地理書抄》九卷、任昉撰。《梁太常卿任昉集》三十四卷。

鍾嶸《詩品》曰：大明泰始中文章殆同書抄，近任昉、王元長等辭不貴奇，競須新事。爾來作者，寖以成俗，遂乃句無虛語，語無虛字，拘攣補衲，蠹文已甚。但自然英旨，罕值其人，詞既失高，則宜加事義，雖謝天才，且表學問，亦一理乎？

又曰：彦昇少年爲詩不工，晚節愛好既篤，又亦遒變，若銓事理，拓體淵雅，得國士之風，故擢居中品。但昉既博物，動輒用事，所以詩不得奇。少年士子效其如此，弊矣。

沈約《太常卿任昉墓志銘》曰：天才俊逸，文雅弘備，心爲學府，辭同錦肆，含華振藻，鬱焉高致。

梁簡文帝《與湘東王書》曰：近世謝朓、沈約之詩，任昉、陸倕之筆，斯實文章之冠冕、述作之楷模。

顔介《家訓·文章篇》曰：邢子才、魏收俱有重名，時俗準的以爲師匠。邢賞服沈約而輕任昉，魏愛慕任昉而毀沈約。每於談宴，辭色以之。鄴下紛紜，各有朋黨。祖孝徵嘗謂吾曰：任、沈之是非，乃邢、魏之優劣也。

案《三國典略》曰：邢邵〔四〕嘗云江南任昉文體本疏，魏收非直模擬，亦大偷竊。收聞之，乃曰：劭常於沈休文集裏做賊，何意道我偷任語？《太平御覽》五百九十九引。

王僧孺《任敬子傳》曰：少孺速而未工，長卿工而未速，孟堅辭不逮理，平子意不及文，孔璋傷於健，仲宣病於弱，集論尚書，窮文質之敏，駐馬停信，極亹亹之功，莫尚斯焉。張溥《漢魏百三名家集題詞》曰：异哉，貶前修而昂任君，其東海之溢美乎！江南

〔一〕據《梁書》，作「斛」。
〔二〕據《梁書》，作「既至」。
〔三〕據《梁書》，作「遺裙」。
〔四〕據《太平御覽》，作「劭」。

文勝，古學日微，方軌詞苑，代有名人。大抵采死翟之毛，抉焚象之齒，生意盡矣。居今之世，爲今之言，違時抗往，則聲華不立。投俗取妍，則爾雅中絶。求其儷體行文，無傷逸氣者，江文通、任彦昇庶幾近之。然後知僧孺所言〔二〕，非盡謬也。

朱一新《無邪堂問答》曰：駢文之有任、沈，猶詩家之有李、杜也。李存古意，杜開今體，任、沈亦然。任體疏，沈體密，梁陳尤密，遂日趨於綺靡。

孫德謙《六朝麗指》曰：任、沈二子之文，就昭明所録與諸選本觀之，彦昇用事〔三〕稍有質重處，不若休文之秀潤，時有逸氣。《詩品》云：『昉既博物，動輒用事，所以詩不得奇。』然則彦昇之詩，失在貪用故事，故不能有奇致。吾謂其文亦然，皆由於隸事太多耳。夫文章之妙不在事事徵實，若事事徵實，易傷板滯。後之爲駢文者，每喜使事而不能行清空之氣，非善法六朝者也。又曰：《北齊書·魏收傳》見邢、魏之臧否，即是任、沈之優劣。兩家之文，蓋不無優劣之分，然而任、沈要爲駢文大家也。

蔣士銓曰：用事不顯是彦昇長處，專以用事見長是其短處。得使事之妙而不得不使事之妙，方之詩家，如李玉谿。又曰：彦昇漸開俗派，再四規其病源，總由質重無飄逸之氣耳。凱曰：彦昇博物洽聞，所爲文章，皆極精深典實，字字凝錬。沈約稱其心爲學府，辭同錦肆，非過譽也。當時倫輩堪與彦昇比肩者，惟沈一人。沈長於詩，任長於筆，二子之才分既殊，故所造各有獨至。而後之論者或以彦昇隸事過多，致傷質重，不及休文之時有逸氣。或以沈文字必求儷，聲必求諧，而任則未嘗拘執於此。因謂一密一疏，密者遂開今體，疏者猶存古意。斯二説者，皆能道其深際，非灼知兩家文體之同异者不辨也。然間嘗取任文而誦之，覺其隸事繁富，而善於點竄剪裁，有同己出，無堆砌壅遏之病。又其徵引事類，必以精切爲歸，不涉浮泛。此固非後世文家活剥數典，不解鎔冶，或濫填故實，意在鋪張者，所可同日語也。魏晋文散朗之致，遒勁之骨，觀於任文，猶存仿佛。是故齊梁作者多矣，其卓然爲一代弁冕者，其惟任彦昇乎。

《爲范始興作求立太宰碑表》

孫琮曰：援古證今，稱功志德，皆有偉論以經之，至情以緯之，故能使人循諷不倦。

蔣士銓曰：質文并茂，風度嫣然。唐人爲之則必濫，宋人爲之則必枯。

案此文首段語語圓轉。首言『故老已盡』，則不復傳其當時行事，必藉記載以傳之。繼言記載亦不可恃，引入立碑。隨帶出立碑之

〔二〕據《漢魏六朝百三家集》，作『稱』。
〔三〕據孫德謙《六朝麗指》，作『筆』。

效，以足其義。繼又言精廬之開、牧宰之美，古之人猶尚刊勒碑頌，然後引入竟陵王有周公、召公之化，伊尹、顔回之德，不可不爲立銘記。層層遞進，愈逼愈緊，此文之富於細意者也。

『精廬妄啓』，李注引王阜事，五臣以爲寺觀，均誤。《困學紀聞》云：精廬，見《後漢書・姜肱傳》，乃講授之地，即劉淑、包咸、檀敷所云精舍是也。凱案：精廬，又見《後漢書・儒林傳論》：『若乃經生所處，不遠萬里之路。精廬暫建，贏糧動有千百。』注：『精廬，講讀之舍。』蓋自漢以來，一師講授，其弟子每爲立碑頌德，以志不忘，不必其通儒大師也，故曰妄啓。

『瞻彼景山，徒焉望慕』，《詩・小雅・車舝》云：『高山仰止，景行行止。』言人有景行，當效而行之，如山之高當仰之。此文二語，李善雖引《詩》陟彼景山爲釋，然實不出景行高山之意。此可見六朝文引用成語，好爲竄易也。

『阮略既泯，故首冒嚴科』，胡克家《文選考异》云：『何（焯）校謂「故」下疑有脱文。案所説是也。何意謂此當云故吏故民之類，未知所脱果何文耳，今無以補之。』案『故』字衍，非有脱文也。何説非。

『道被如仁，功參微管』，此一典分用也。以『如仁』暗指管仲，揆之文律，自無不合。『微管』二字，割裂人名，似歇後語。論文之士輒用譏議。然徵之古人之文，如班孟堅《幽通賦》『巨滔天而泯夏兮』，莽字巨君，止用一『巨』字。王逸《九思賦》『管束縛兮桎梏，百貿易兮傳賣』，百，謂百里奚。固有於前人名字單稱一字者。是知駢文句度既尚整齊，割裂之病，勢所難免，斯固未可以尋常文律繩之也。

《爲褚諮議蓁讓代兄襲封表》

此文前段引武始張奮、陵陽丁鴻爲況，以見張根病廢而其弟猶不肯襲封，況己之兄賁原非被病者乎？丁鴻雖難逃封爵，而以年長理當襲封，故卒屈於鮑駿之言，垂涕就國。前例具在，則賁之不當讓封明甚。似此援古況今，精確不浮。爲文敷典者，所不易及也。

嘗謂駢之與散，形式雖异，内涵則同，故較量優劣，宜於其本質課之。苟削去文中之代語，一切譯爲質言，仍非費如許之辭不能宣意；或譯爲質言，而其辭反增多於前者，則此類駢文，必爲上乘。觀此文，字字凝鍊。或二語而意一轉，如『能以國讓，弘義有歸，匹夫難奪，守以勿貳』四句。或一語而意一轉，如『若使賁高延陵之風，臣忘子臧之節，是廢德舉，豈曰能賢』四句。試譯爲散文，有能如是之簡鍊者乎？由此可知其簡質清剛，無一浮詞也。

又駢偶之文往往應以一言蔽之者，輒足爲二言；應以兩句成文者，必分爲四句。此其弊也。故閲者欲審駢文之優劣，宜將偶語去其一端，僅存單行。若其文仍相連貫，或略增連詞。則可去者皆爲浮辭，此一法也。或每聯并爲單行，若意無大殊，則一以之兩，繁而無謂，亦浮詞之類也，此又一法也。試以斯律課之彥昇此文，無一可施，足知其文本無此弊矣。

《天監三年策秀才文》

六朝文琢句最工。然如此文『朕本自諸生，弱齡有志』，謂弱齡有志於學也。省略『於學』二字，文義未明，讀者若不就其上下語氣細爲推繹，幾於索解不得矣。

六朝文之承轉，有令人不可探索者。自昔論駢文者，有曰『上抗下墜，潛氣内轉』，朱一新《無邪堂答問》。可謂一語道破矣。凱嘗就其説而求之，所謂潛氣内轉者，蓋有三焉：

（一）寓轉折之意於上下相對詞内

『弊帷毁蓋，未蓐螻蟻；珠襦玉匣，遽飾幽泉。』任昉《爲范始興作求立太宰碑表》。轉折之意即寓『未』與『遽』兩對詞内。

（二）相關連詞省其一

『雖一日萬機，早朝晏罷；而聽覽之暇，三餘靡失。』本篇。

『雖德慚往賢，而業優前事。』本篇。

『雖德謝往賢，而任重先達。』任昉《爲梁武帝禁奢令》。

『雖汾陽之舉，輟駕於時艱；而明揚之旨，潛感於窮谷矣。』劉柳之《薦周續之表》。

上録諸文，上用『雖』字而下并無『而』字爲轉筆，一若下文仍接上而言，不知其氣已轉也。

（三）滅轉折之迹而以意自周旋

『上之化下，草偃風從，惟此虚寡，弗能動俗。昔紫衣賤服，猶化齊風，長纓鄙好，且變鄒俗。……』本篇。

『昔紫衣賤服猶化齊風』云云，字面似承上文，而細繹其意，則已轉下，第痕迹滅盡耳。

賈誼

事迹

詳《史記·屈原賈生列傳》《漢書·賈誼列傳》。

生卒

高帝七年生，文帝十二年卒，年三十三。公元前二〇〇至前一六七。

文帝二年爲長沙王傅，爲賦吊屈原，時年二十三。文帝五年作《鵩鳥賦》，年二十六。

上據汪中《賈生年表》《述學·内篇二》。

著述

《賈誼》五十八篇《漢志》儒家。按《誼傳》亦云凡所著述五十八篇，今《新書》止五十六篇。稱《新書》者劉向校録所加。《荀卿新書》見楊倞序，是其證也。清人正定王耕心撰《賈子次詁》。夏炘《景紫堂全書》中有《賈誼疏考》。

《賈誼賦》七篇《漢志·詩賦略》：《屈原賦》二十五家類。今存《吊屈原》《惜誓》《鵩賦》《旱雲賦》《簴賦》（殘）

評論

劉歆《移太常博士書》曰：在漢朝之儒惟賈生而已。

劉熙載《文概》云：『《經典叙[一]録》所次，本劉向《别録》。其叙《左氏傳》云：荀卿授武威[二]張蒼，蒼授洛陽賈誼，然則生固

〔一〕據《述學》，作『序』。

〔二〕據《述學》，作『陽武』。

荀氏再傳弟子也，故其學長於禮。其所陳立諸王制度、教太子、敬大臣皆先王成法。』『蓋仲尼既歿，六藝之學，其卓然著於世用者，賈生也。』『漢世是書甚[一]行於世，司馬遷、劉向著書稱述。孝昭通《保傅傳》，則當時以教冑子。《傅職》《保傅》《連語》《輔佐》《胎教》，戴德采之入《大戴禮》。《禮》篇之文，載在《曲禮》。』

又云：賈生陳政事，大抵以禮爲根極。劉歆云：在漢朝之儒，惟賈生而已。一『儒』字下得極有分曉，何太史公但稱其明申、商也。

又云：賈生謀慮之文，非策士所能道；經制之文，非經生所能道。漢臣後起者，得其一枝[二]一節，皆足以建議朝廷，擅名當世，然孰若其籠罩群有而精之哉！

又云：賈長沙、太史公、淮南子三家文，皆有先秦遺意。若董江都、劉中壘，乃漢文本色也。

又云：賈長沙[三]、陸宣公之文，氣象固有辨矣。若論其實，惟[四]象山最説得好：賈誼是就事實上説仁義，陸贄是就仁義上説事。

上評文

《法言·吾子篇》曰：或問景差、唐勒、宋玉、枚乘之賦也，益乎？曰：必也淫。淫則奈何？曰：詩人之賦麗以則，辭人之賦麗以淫。如孔氏之門用賦也，則賈誼升堂，相如入室矣，如其不用何？

皇甫謐《三都賦序》曰：逮漢賈誼，頗節之以禮。

摯虞《文章流別論》曰：賈誼之作，屈原儔也。

沈約《宋書·謝靈運傳論》曰：屈平、宋玉導清源於前，賈誼、相如振芳塵於後。

按賈生沉思渺慮，具有屈心。相如則取騷中贍麗之詞以爲詞，源出宋賦。賈遵軌而未殊，馬恢拓而善變，二子之途徑固不同也。

朱熹曰：兩漢以下，獨賈生以命世之才，俯就騷律，所出三篇，非一時諸人所及。《漢藝文志考證》八引。

[一] 據《述學》，作「盛」。
[二] 據《藝概》，作「支」。
[三] 據《藝概》，「長沙」作「生」。
[四] 據《藝概》，作「陸」。

沈明遠《寓簡》曰：《楚辭·惜誓》一章，超逸絶塵，氣象曠遠，真賈生所作無疑。

劉熙載《賦概》曰：讀屈、賈辭，不問而知其爲志士仁人之作。太史公之合傳，陶淵明之合贊，非徒以其遇，殆以其心。

又云：屈子之賦，賈生得其質，相如得其文，雖塗徑各分，而無庸軒輊也。揚子乃云〔一〕：賈誼升堂，相如入室，以已多仿〔二〕相如故耳。

又云：賈生之賦志勝才，相如之賦才勝志。賈、馬以前景差、宋玉已若以此分途，今觀《大招》《招魂》可辨。

又曰：賈生〔三〕《惜誓》《吊屈原》《鵩賦》，俱有鑿空亂道意。騷人情境，於斯猶見。

又曰：《鵩賦》爲賦之變體。即其體而通之，凡能爲子書者，於賦皆足自成一家。

《文心·體性篇》云：吐納英華，莫非性情。賈生駿發，故文潔而體清。

又《才略篇》云：賈誼才穎，陵軼飛兔，議愜而賦清。

又《詮賦篇》云：賈誼《鵩鳥》，致辨於情理。

又《哀吊篇》云：賈誼浮湘，發憤吊原〔四〕。體同〔五〕而事核，辭清而理周。

又云：班彪、蔡邕，并敏於致語〔六〕。然影附賈氏，難爲并驅。

宋李壁曰：賈生《惜誓》之超絶，如云『黄鵠一舉兮，知山川之紆曲；再舉兮，睹天地之圜方』，此言居身益高，則所見益遠矣。今人泊〔七〕於情僞，沉於利欲，猶坎蛙壤蚓，積處窪下，欲幾高明，得乎？《四十九章經序》。

〔一〕據《藝概》，作『揚子雲乃謂』。
〔二〕據《藝概》，作『依效』。
〔三〕據《藝概》，作『賈誼』。
〔四〕據《文心雕龍》，作『屈』。
〔五〕依唐寫本《文心雕龍》，作『周』。
〔六〕依唐寫本《文心雕龍》，作『詰』。
〔七〕據李壁《四十九章經序》，作『汩』。

上評賦

《吊屈原文》此當爲誼賦七篇之一，《史傳》明言爲賦，《文選》乃題爲文。

命意

追傷屈原，因以自喻。

『遭世罔極』與『遠世自藏』二語，一篇之意盡矣；餘則發揮世之罔極與所以自遠之道而已。

作法

自喻用托喻法。誼蓋以絳、灌之屬爲子蘭之徒，又怪屈原以彼其才游諸侯，何國不容，而自令若是，自傷遭時不如原也。揚子雲《反離騷》意即本此。前寫濁世，正喻，夾敘。『訊曰』以下寫遠世，亦同。

注釋

『闒茸尊顯』，《漢書·司馬遷傳》注：闒，下也。茸，細毛也。按闒樓上門也。訓下則借爲墊。

『生之無故』，故即辜也。生即先生也。先生或有稱先，或有稱生。見趙翼《廿二史劄記·漢書類》。

『見細德之險徵兮，遥曾擊而去之』，細德，猶言小德細故也。險，危也。曾即上也。

『豈能容夫吞舟之巨魚』，巨魚即下『鱣鯨』。

『固將制於螻蟻』，蟻與魚韵，不誤。

校勘

《史記》《漢書》《文選》載本篇文字互异：

『世謂伯夷貪兮，謂盜跖廉。』《史記》
『謂隨、夷混兮，謂跖、蹻廉。』《漢書》
『世謂隨、夷爲溺兮，跖、蹻爲廉。』《文選》
上文字之不同
『莫邪爲鈍』，《史記》鈍作『頓』。
『般紛紛其離此尤兮』，《漢書》尤作『郵』。
上正借字之别
『亦夫子之故也』，《史記》故作『辜』。
《史記索隱》：夫子謂屈原也。李奇曰：亦夫子不如麟鳳翔逝之故罹此咎也。
《漢書注》師古曰：此説非也。賈誼自言今之離郵亦猶屈原耳。
《文選注》善曰：言般桓不去離此愆尤，亦夫子自爲之故，不可尤人也。
按，故猶辜也。師古注爲是。
『嗟苦先生』，《漢書》苦作『若』。
按，《漢書》是也。若以傳寫誤爲苦。若先生，猶若人也。
『歷九州而相其君兮』，《史記》歷作『瞝』。
按：瞝，丑知反，謂歷觀也。

《**鵩鳥賦**》《鵩鳥》非賦鳥也，《文選》入之鳥獸類，誤。
司馬遷曰：讀《鵩鳥賦》『同死生，輕去就』，又爽然自失矣。
朱熹曰：凡誼所稱，皆列禦寇、莊周之常言，又爲傷悼無聊之故。而藉之以自誑者，夫豈真能原始反終而得夫朝聞夕死之實哉！
吕祖謙曰：《鵩鳥賦》非不洞達死生之理，然誼以此自廣，何嘗廣得分毫。《麗澤論説》十。

《三山老人語録》云：性命死生之説，老莊論之備矣。自秦滅學之後，賈誼首窺其奥。爲長沙傅，有服〔一〕入舍，爲賦以自廣。自漢以來，言達性命齊死生〔二〕者，皆不能出其右。晋宋間清談，推本其言而已。漢興，至文帝時，在朝諸〔三〕臣，惟生〔四〕年甚少而學甚博，非有師友漸摩〔五〕之益，風俗遷染之故〔六〕，而獨穎然秀出。論時政則盡人事，論性命則盡天理，後世無以復加，豈非豪傑乎？《漁隱叢話》。

命意

全文大意，於萬事萬物既以其變化參互，非智慧所能與謀，故不如任之。即人生於世，亦焉能自主，亦聽之造化而已。然誼之此賦亦第激於一時情感耳，若確見如是，其後何至以爲傅無狀，哭泣以卒耶？

賦中涵義

一、死生人與异物；二、禍福吉凶；三、命時；四、智形形氣；五、財名權生；六、彼我；七、好惡；八、俗；九、物萬物變化；十、道；十一、造化陰陽；十二、大人、至人、真人、德人。

作法

意以變化無常爲主，故篇中措詞，前半悉用否詞與疑問詞。後半作法，以小智與達人，怵迫之徒與大人，愚士與至人，衆人與真人，兩兩比説。末段收束全文。

何屺瞻曰：『萬物變化』八句，應『予去何之』。『禍兮福所倚』十六句，應『吉乎告我，凶言其灾』。『水激則旱』十二句，應

〔一〕據《漁隱叢話》，『服』作『鵩鳥』。
〔二〕據《漁隱叢話》，作『生死』。
〔三〕據《漁隱叢話》，作『儒』。
〔四〕據《漁隱叢話》，作『誼』。
〔五〕據《漁隱叢話》，作『磨』。
〔六〕據《漁隱叢話》，作『效』。

「淹速之度」。「且夫」以下，推而言之以自廣也。

用韵

夏古音户、舍古音暑、暇古音户、故、度爲韵。之古音端咍切、灾、期古音溪咍切爲韵。翼、臆爲韵。還、蟺、言爲韵。伏、域爲韵。刑、丁爲韵。纆、極古音見德切爲韵。遠、轉爲韵。紛、垠爲韵。謀古音明咍切、時古音端咍切爲韵。工、銅爲韵。則、極爲韵。摶、患古音還爲韵。我、可爲韵。名、生爲韵。東、同爲韵。拘、俱爲韵。億、息爲韵。喪、翔爲韵。止古音端咍切、已古音影咍切爲韵。休、舟、浮、憂、疑古音疑尤切爲韵。

《文心·章句篇》云：「昔魏武論賦，嫌於積韵，而善於資代。陸雲亦稱四言轉句，以四句爲佳。觀彼制韵，志同枚、賈。然兩韵輒易，則聲韵微燥[一]；百句不遷，則脣吻告勞。妙才激揚，雖觸思利貞，曷若折之中和，庶保無咎。」按賈誼《鵩賦》《弔屈原賦》用韵，多兩韵一易。劉氏所云，當指此也。其云「折之中和，庶保無咎」者，蓋以四句一轉則太驟，百句不遷則太繁，因宜適變，隨時遷移，務使口吻流利，聲調均停。至於轉韵，又宜令平側相間，然後聲音參錯，易於入耳。魏武善於資代，即工於換韵耳。

校釋

「水激則旱兮」，「旱」讀爲悍戾之「悍」。《説文》：厲，旱石也，亦謂堅悍耳。

「品庶每生」，「每」讀爲《周語》「冒没輕儳」之「冒」。

「得坻則止」，據注，「坻」當作「坎」。

「或趨東西」，據《史》《漢》，「東」「西」二字當互乙。

證義

此賦皆原本道家之言，多用老、莊緒論。或以爲出《鶡冠子》，柳宗元辨之甚詳。大抵好事者僞爲其書，反用《鵩賦》以文飾之也。

[一] 據《文心雕龍》，作「躁」。

玆略舉老莊之言，以證本篇：

「萬物變化兮，固無休息」，《莊子·齊物論》：「方生方死，方死方生。」《知北游》：「已化而生，又化而死。」《大宗師》：「夫藏舟於壑，藏山於澤，自已爲固矣[一]。然而夜半有力者，負之而走，而昧者不知也。」

「形氣轉續兮，變化而蟺」，《知北游》：「生也死之徒，死也生之始，孰知其紀。人之生，氣之聚也。聚則爲生，散則爲死。故萬物一也，臭腐化爲神奇，神奇化爲臭腐，故曰通天地爲一氣。」《寓言》：「萬物皆種也，以不同形相禪。始卒若環，不知端倪。」《至樂》：「雜乎混芒之中，變而有氣。氣變而有形，形變而有生，今又變而之死，是相與爲春夏秋冬四時行也。」

「禍兮福所倚」二句，《老子》：「禍兮福之所倚，福兮禍之所伏，孰知其極。」

「命不可説兮」「遲速有命兮」，《德充符》：「死生、存亡、窮達、貧富、毀譽、飢渴，是命之所行，日夜相代乎前，而不能規其始者也。」

「天地爲鑪兮」四句，《大宗師》：「今一以天地爲大鑪，造化爲大冶。」《則陽》：「陰陽，氣之大者。」《秋水》：「受氣於陰陽。」

「忽然爲人兮」四句，《大宗師》：「今之大冶鑄金，金踊躍曰，我且必爲鏌鎁。大冶必以爲不祥之金。今一犯人之形，而曰人耳人耳。夫造化者，必以爲不祥之人。」又曰：「浸假而化予之左臂以爲鷄，予因以求時夜。浸假而化予之右臂以爲彈，予因以求鴞炙。浸假而化予之尻以爲輪，以神爲馬，予因以[二]乘之，豈更駕哉？」

「貪夫殉財兮」二句，《駢拇》：「小人則以身殉利，士則以身殉名。事業不同，身名[三]异號，其於傷性以身爲殉一也。」

「夸者死權兮」，《徐無鬼》：「權勢不尤，則夸者悲。」

「大人不曲兮」二句，《秋水》：「大人無已。是故大人之行，不賤門隸，不賤貪污。行殊乎俗，不多辟异。爲在從衆，不賤佞諂。」

「至人遺物兮」，《天下》：「不離於真，謂之至人。」

「真人恬漠兮，獨與道息」，《刻意》：「能體純素，謂之真人。」《徐無鬼》：「抱德煬和，以順天下，此謂真人。」《大宗師》：「古

[一] 據《莊子》，作「謂之固矣」。

[二] 據《莊子》，作「而」。

[三] 據《莊子》，作「名聲」。

之真人，不知說生，不知惡死，其出不訢，其入不距，翛然而往，翛然而來而已矣。不忘其所始，不求其所終，受而喜之，忘而復之，是之謂不以心捐道，不以人助天，是之謂真人。」

「釋智遺形兮，超然自喪」，《大宗師》：「顏回曰：墮支〔一〕體，黜聰明，離形去智〔二〕，同於大道，此謂坐忘。」《齊物論》：「今者吾喪我。」

「乘流則逝兮」二句，《大宗師》：「且夫得者時也，失者順也。安時而處順，哀樂不能入也。此古之所謂懸〔三〕解也。而不能自解者，物有結之。」

「不私與己」，《知北游》：「身非汝有，是天地之委形也。生非汝有，是天地之委和也。性命非汝有，是天地之委順也。孫子非汝有，是天地之委蛻也。故行不知所往，處不知所持，食不知所味，天地之强陽氣也，又胡可得而有邪？」

〔一〕據《莊子》，作「枝」。
〔二〕據《莊子》，作「知」。
〔三〕據《莊子》，作「縣」。